U0063498

〈蘭亭序〉全文

永和九年，歲在癸丑，暮春之初，會於會稽山陰之蘭亭，脩褉事也。群賢畢至，少長咸集。此地有崇山峻嶺，茂林脩竹，又有清流激湍，映帶左右，引以為流觴曲水，列坐其次。雖無絲竹管絃之盛，一觴一詠，亦足以暢敘幽情。是日也，天朗氣清，惠風和暢，仰觀宇宙之大，俯察品類之盛，所以遊目騁懷，足以極視聽之娛，信可樂也。夫人之相與，俯仰一世，或取諸懷抱，悟言一室之內，或因寄所託，放浪形骸之外。雖趣舍萬殊，靜躁不同，當其欣於所遇，蹔得於己，快然自足，不知老之將至。及其所之既惓，情隨事遷，感慨係之矣。向之所欣，俯仰之間，已為陳跡，猶不能不以之興懷。況脩短隨化，終期於盡。古人云，死生亦大矣，豈不痛哉！每攬昔人興感之由，若合一契，未嘗不臨文嗟悼，不能喻之於懷。固知一死生為虛誕，齊彭殤為妄作，後之視今，亦猶今之視昔，悲夫！故列敘時人，錄其所述，雖世殊事異，所以興懷，其致一也。後之攬者，亦將有感於斯文。

蘭亭序殺局

卷三 長安亂【完】

王覺仁——著

suncolor 三采文化

目錄

第一章 廷對

貞觀十七年的第一場雪從蒼穹深處緩緩飄落的時候，蕭君默回到了長安。

此時的他，已經從一個亡命天涯的逃犯變成了朝廷的平叛功臣。

蕭君默身穿玄甲衛郎將的甲冑，披著一襲猩紅的大氅，騎在一匹高大的白馬上，穿過雄偉壯麗的大唐山河，穿過幾千里的風塵霜雪，穿過詭譎無常的命運給他設下的重重迷障，帶著歷盡滄桑、恍如隔世的心情，回到了他出生和成長的地方。

倘若此前的一切都是上天給他的考驗，那麼衣錦還鄉無疑是對一個勇士最公正的獎賞。

然而，蕭君默絲毫沒有榮歸故里、凱旋還朝的喜悅。

因為他知道，等待在他前方的，將是比以往任何時候都更為可怕的陰謀、紛爭與殺戮。而表面上富貴雍容、繁華太平的長安，實則已是暗流湧動、殺機四伏，很快將成為各方勢力終極對決的血腥戰場。

自己能夠挽回這場注定到來的劫難嗎？

蕭君默不敢做出肯定的回答。

此刻，儘管他的神情一如往常那樣堅毅從容，可心底還是不可遏止地浮出一絲惶惑與不安。

天幕低垂，白鹿原遼闊而蒼茫。

長長的隊伍押送著十餘輛囚車在雪地上轆轆而行。囚車上分別關押著披頭散髮的李祐、曹節及一干心腹。他們一個個面如死灰、目光呆滯，與策馬走在一旁、春風得意的裴廷龍、薛安等人恰成鮮明對照。

去年初秋，蕭君默僅用一天時間就挫敗了齊王李祐的叛亂圖謀，之後卻不得不在齊州滯留數月——皇帝給他下了一道旨意，命他暫留齊州善後，待肅清齊王餘黨、恢復齊州的安寧和秩序後才能還朝。

當然，除此之外，皇帝也赦免了他，宣稱他已將功折罪，不但可既往不咎、官復原職，還許諾回朝之後給他加官晉爵。

那天，朝廷特使宣完詔書，蕭君默卻仍跪在地上，久久不願接旨。

因為他並不稀罕朝廷的官爵，儘快回到長安找到楚離桑才是他此刻最為迫切的念想。

負責宣詔的朝廷特使是刑部尚書劉德威，他奉命與蕭君默一起處理齊州的善後事宜。見蕭君默遲遲不接旨，劉德威大為尷尬，連忙湊上前低聲勸說。一旁的桓蝶衣和羅彪等人也輪番勸他。蕭君默猶豫良久，忽然念及袁公望現在身負重傷，自己若只顧兒女情長，棄他而去，便是不義；又想到朝廷此次欲肅清齊王餘黨，難免大肆株連，自己留下來或許還能救一些人。想到這裡，他才磕頭謝恩，接過了聖旨。

隨後的日子，蕭君默配合劉德威對齊州的大小官員展開了繁瑣的審查和甄別工作。由於劉德威行前領受了皇帝旨意，採取了「寧枉勿縱」的嚴厲態度，稍有疑點便要入罪，而蕭君默則始終堅持從寬發落、疑罪從無的原則，希望把打擊控制在最小範圍內，所以二人多有抵牾，屢屢爭執不下。

為此，蕭君默不得不花費大量時間和精力進行調查，把苦心搜集到的翔實證據一一擺在劉德威面前，這才救下了一個個無辜官員的性命。

最後，齊州的數百名官員只有十餘人真正被定罪，其餘大多數都在蕭君默的全力營救下逃過一劫，重新得到了委任。

其間，袁公望在郗岩的悉心照料下，傷勢也逐漸痊癒。

蕭君默離開齊州的那天，出現了令人意想不到的場面——數千名齊州的官民士紳扶老攜幼，自發前來送行，把齊州西門堵得水洩不通。許多人當場就跪下了，涕泗橫流，頻頻磕頭，連聲高呼「恩公」。蕭君默目光濕潤，趕緊下馬，將那些人一一扶了起來。

劉德威也被這一幕感染了，對蕭君默道：「佛說救人一命，勝造七級浮屠。蕭將軍救了這麼多人，可謂功德無量啊！」

蕭君默淡淡一笑。「劉尚書謬讚了。蕭某做事，向來只問良心，不計功德。」

「施恩不圖報，為善而不著善相，如此不住相功德才是真功德！蕭將軍年紀輕輕，心性修為卻已非常人可及，老夫佩服之至，佩服之至！」

直到走出齊州城很遠，劉德威仍在嘖嘖讚嘆。

由於用囚車押送人犯，蕭君默一行走得很慢。從齊州到長安，他們走了足足一個月。隊伍抵達白鹿原的這天，已然是貞觀十七年的正月初七。

李世勣奉皇帝之命，率一眾玄甲衛將士在春明門外的十里長亭列隊迎候。

一想到蕭君默不僅撿回了一條命，還能以煊赫的功臣身分榮耀歸來，李世勣的心裡便充滿了慶幸和欣慰。

他站在亭子裡極目遠眺。

許久，透過漫天飛舞的雪花，一支隊伍終於緩緩進入了他的視野。李世勣心頭一熱，趕緊走出亭子，大踏步朝他們迎了過去。

一見到李世勣，蕭君默、桓蝶衣、羅彪及裴廷龍等一干玄甲衛盡皆下馬行禮。李世勣跟裴廷龍等人寒暄了幾句後，走到了蕭君默和桓蝶衣面前，定定地看著他們，眼中不覺便有些濕潤。

「舅舅……」桓蝶衣心中似有千言萬語，卻哽咽著說不出話。

「師傅，我們不在的這些日子，讓您老人家掛念了。」蕭君默強忍著內心的傷感，笑了笑。

「臭小子，老夫才不掛念你們。」李世勣瞪著眼道：「你倆翅膀硬了，想幹什麼就幹什麼，何曾把我這個老頭子放在眼裡？」

「師傅教訓得是。」蕭君默賠著笑臉。「我們這不是知道錯了，趕忙回來向您賠罪嗎？」

「算你小子走運！」李世勣依舊不依不饒。「要不是你們蕭家祖上積德、你爹在天有靈，我看你小子也沒命回來了。」

「舅舅，現在事情不都過去了嗎，您還說這些幹什麼？」桓蝶衣上前，一把攬住李世勣的胳膊，撒起嬌來。

聽到李世勣提起養父，蕭君默不禁下意識地轉頭，朝其墳墓所在的方向望去，眼中一片憂傷。

「你不在的這些日子，我多次來看望你爹，放心吧。」李世勣察覺到他的神色，忙道：「還有，據我所知，吳王殿下和魏太師也沒少過來祭拜，大夥兒都在替你這個不孝子盡人倫呢！」

蕭君默赧然無語。

「舅舅！」桓蝶衣急了。「師兄九死一生才回到家，您就不能少說兩句？」

「行了行了，趕緊跟我走吧。」李世勣這才緩下臉色，看著蕭君默道：「聖上還在宮裡等你覲見呢。」

「這麼急？就不能讓師兄先歇一歇，明天再入宮？」桓蝶衣道。

「聖上是要給妳師兄封官，妳說該不該急？」

「真的？」桓蝶衣一聽，頓時雀躍起來，推了蕭君默一把。「快走快走，這是天大的好事，趕緊入宮！」

蕭君默淡淡一笑。皇帝這麼急著召他入宮，絕不僅僅是封官那麼簡單。他很清楚，皇帝真正關心的事情，其實還是〈蘭亭序〉和天刑盟。

李世民在兩儀殿單獨召見了蕭君默，連李世勣都被攔在了殿外。

此時，偌大的兩儀殿內，只有三個人——皇帝端坐御榻，趙德全侍立一旁，蕭君默跪在下面。原本就恢宏闊大的殿堂，此刻越發顯得空曠冷清。

李世民久久凝視著蕭君默，很長時間沒說一個字。蕭君默則一動不動地跪著，眼眸低垂，面容沉靜。

趙德全不時偷眼瞧瞧這個，又瞧瞧那個，心裡竟莫名有些緊張。

大殿沉寂得像一座千年古墓，只有角落裡嗶嗶剝剝燃燒的炭火發出些許聲響。

不知多了過久，李世民渾厚的聲音才在大殿上緩緩響起。「蕭君默，你這大半年來，輾轉數千里，跨越十幾州，一次次金蟬脫殼，一回回死裡逃生，讓朕寢食難安、傷透了腦筋，也讓你的同僚疲於奔命、丟盡了臉面！最後你卻搖身一變，從朝廷欽犯變成了平叛功臣。如此傳奇，堪稱世所罕見！此時此刻，朕不知你的心裡做何感想？」

「回陛下，」蕭君默幾乎不假思索，朗聲答道：「微臣經歷了這一切，既可謂感慨萬千，亦可謂心如止水。」

「哦？」李世民眉毛一挑。「你這話豈不是自相矛盾？」

「是的，微臣此刻的心境的確矛盾，故只能據實以告，不敢欺瞞陛下。」

「那你且先說說，你感慨什麼？」

「微臣劫走辯才父女、觸犯大唐律法，是為不忠；遠走天涯，任家父墳塚荒蕪、無人祭祀，是為不孝；為一己活命而殺害玄甲衛同僚，是為不仁；有負陛下的期望與朝廷的栽培，是為不義。似微臣這般不忠不孝不仁不義之輩，實乃人神共憤、天地可誅！幸賴陛下天恩浩蕩、慈悲為懷，給予微臣改過自新、將功贖罪的機會，令微臣慚愧無地、感激涕零。如此種種，皆為臣胸中感慨。」

蕭君默站在皇帝的立場把自己罵了個狗血噴頭，就等於幫皇帝出了一口惡氣。

李世民心裡舒服了一些，不過臉上卻面無表情。「蕭君默，你把自己罵得這麼狠，可到底是真心話呢，還是為了敷衍朕而精心準備的說辭？」

「陛下明鑑！微臣所言，句句發自肺腑，絕不敢心存敷衍。」

李世民冷哼一聲。「那你再說說，『心如止水』又是何意？」

「回陛下，自從微臣犯下滔天大罪，愧悔之情便日甚一日，自忖無顏苟活於世，常欲自裁以謝天下——」

「等等！」李世民忽然打斷了他。「『常欲自裁以謝天下』？蕭君默，你這不是明擺著糊弄朕嗎？你若真有此心，為何還三番五次、千方百計逃脫玄甲衛的追捕？何不乾脆把人頭獻上，以贖罪愆？你沒有這麼做，說明還是貪生怕死，又何必把話說得如此堂皇？」

「陛下教訓得是。」蕭君默淡然一笑。「不過微臣這麼說，自然是想表明一些心跡，不知陛下能否容微臣把話說完？」

「行，你接著說。」

「謝陛下！微臣之所以沒有把人頭獻上，或許有貪生怕死之心作祟，但也未必盡然。其中緣故，便是微臣自忖罪孽深重，一死不足以贖之，故欲奮此殘軀，為我大唐社稷建立尺寸之功。倘能如願，微臣便了無遺憾了。之後是生是死、是殺是剮，全憑律法處置，聽任陛下聖裁，微臣絕無怨尤。正因心存此志，加之如今大事已畢，生死榮辱皆已不再縈懷，故而微臣才敢說出『心如止水』這四個字。」

「為我大唐建功？」李世民斜眼看著他。「蕭君默，莫非你有未卜先知之能，在逃亡路上便已預見齊王會叛亂了嗎？」

「陛下誤會了，微臣並無此意。」蕭君默道：「微臣流落齊州、捲入齊王事件純屬意料之外。」

「那你說的『建功』又是何意？」

亭序〉。」

蕭君默抬起頭來，嘴角泛起一絲淺淺的笑意。「微臣所指，便是不惜一切代價為陛下取得〈蘭亭序〉。」

此言一出，李世民不由一震，臉上露出難以置信的表情。

一旁的趙德全也始料未及，忍不住睜大了眼睛。

李世民身子前傾，緊盯著蕭君默。「那你拿到了嗎？」

蕭君默迎著皇帝灼熱的目光。「是的，微臣拿到了，否則豈有顏面來見陛下？」

之前的幾個月裡，蕭君默已經把接下來要做的事情想得很透澈了。他知道，自己回到長安後，必將面臨錯綜複雜、凶險異常的局面，要解決的問題勢必一個比一個棘手，要對付的勢力也將一個比一個強大。所以，無論如何都要先取得皇帝的絕對信任，進而掌握必要的權力，否則在長安這個龍潭虎穴便什麼都玩不轉。

而要取得皇帝信任，最簡單也最有效的辦法，無疑就是把皇帝夢寐以求、志在必得的〈蘭亭序〉主動獻出去！如此，皇帝才會真正對他既往不咎。

說到底，皇帝恨他的原因並不在於他劫走了辯才父女，而是在於辯才一跑，尋找〈蘭亭序〉真跡的線索便斷了。如今他既然主動獻上〈蘭亭序〉，那麼皇帝非但可以無視他此前的罪行，反而要給他記一大功。

此刻，李世民已經情不自禁地從御榻上站了起來，眼中閃爍著喜出望外的光芒。「〈蘭亭序〉現在何處？」

「回陛下，微臣方才入宮時，已經將真跡交給了李大將軍，由他暫為保管，陛下隨時可以取來御覽。」

「好，很好！」李世民龍顏大悅。「蕭愛卿，平身吧，你為我大唐社稷立下了兩樁大功，朕要重重賞你！」

蕭君默站了起來。「謝陛下！但微臣只求將功贖罪，不敢期望獎賞。」

「這些客氣話就不必說了。朕向來賞罰嚴明，這你也知道。」李世民重新坐回御榻。「當然，在獎賞之前，朕還是有些話想問問你。」

「請陛下明示。」

「朕很好奇，你當初是出於什麼動機劫持辯才父女的？」

蕭君默一聽，當即面露赧然之色。「回陛下，說來慚愧。微臣當初奉旨前往伊闕捉拿辯才時，便對其女……對其女楚離桑生出了愛慕之情，回朝之後依然無法忘懷。所以當楚離桑被陛下請入宮中之後，微臣便鬼迷了心竅，天天寢不安枕、食不知味，最後……最後為了兒女私情，才罔顧君恩，鋌而走險，鑄下了大錯！」

說完，蕭君默便又跪了下去，一臉愧悔不已的表情。

蕭君默很清楚，要消除皇帝對他的疑慮，最好的辦法便是拿兒女私情來當擋箭牌，何況他說的這些話，本來也是一部分實情。

李世民呵呵一笑。「都說英雄難過美人關，看來蕭卿也未能倖免啊！」

「微臣萬分慚愧，更不敢妄稱英雄……」

「行了行了，起來吧。年輕人血氣方剛，容易衝動，行差踏錯在所難免，只要能記取教訓便可，正所謂知錯能改，善莫大焉嘛！」

「謝陛下！」蕭君默重新站起身來。

「朕再問你，你是什麼時候意識到自己做錯了，才想為社稷立功以贖前罪呢？」

「回陛下，臣是逃出了江陵之後，才慢慢想通這件事的。」

李世民看著他，又問：「那，辯才父女現在何處？」

「微臣與辯才父女在越州取出〈蘭亭序〉後，辯才說要去齊州拜訪故友，於是我等便動身北上，不料在半路遭遇山賊打劫，辯才父女在打鬥中與微臣失散，至今……至今下落不明。」

「哦？這麼巧？」李世民半信半疑。「若是未遇山賊，你原本又做何打算？」

「微臣已決定取走〈蘭亭序〉，回京向陛下自首請罪。」

李世民若有所思。「照你這麼說，你對那個楚離桑已經沒有感情了？」

蕭君默故意遲疑了一下，道：「不瞞陛下，微臣對她的感情……並沒有變。」

「既然還鍾情於她，你又為何捨得背棄她？」

「因為微臣對我大唐社稷忠心未泯，終究不敢為兒女私情而忘卻家國大義。」蕭君默眼中閃射出真誠的光芒。「這也是微臣在逃亡路上經過冷靜思考，又在內心經歷一番天人交戰之後，痛定思痛做出的抉擇！」

李世民顯然感受到了他的真誠，遂不再疑心，轉而問道：「你和辯才到江陵的目的，是不是去跟天刑盟的分舵接頭？」

「是。」

「那你們總共找了幾個分舵？」

「三個。」

「除了裴廷龍抓到的那個謝吉之外，另外兩個分舵的人現在何處？」

「回陛下，微臣離開江陵之後，便再沒見過他們了，是故也無從知其下落。」

李世民瞟了他一眼。「也罷，那你告訴朕，你和辯才找這三個分舵的目的是什麼？」

「取回天刑盟的聖物『三觴』。」

「三觴?!」李世民不明所以。「三觴又是何物？」

時至今日，曾是天刑盟核心機密的「三觴」已然沒有了保密的價值，所以蕭君默便將三觴的來龍去脈原原本本對皇帝做了解釋，包括王羲之那句「三觴解天刑」所隱含的深意，也對皇帝做了詳細說明。當然，自始至終，他都沒有提及盟印「天刑之觴」。

李世民恍然大悟，不禁笑道：「幾百年來，無數士人讀過王羲之在蘭亭會上所作的這首五言，可又有誰能想到，『三觴解天刑』這五個字中，竟然隱藏著這麼深的玄機！」

「是的陛下，微臣對此也深感震驚。」

「照此看來，天刑盟的所有祕密，應該都藏在〈蘭亭序〉真跡中了吧？」

「是，想必定是如此。」

「想必？」李世民目光狐疑。「你拿到〈蘭亭序〉真跡後，就沒有仔細做一番研究？」

「陛下聖明，微臣確實花了些心思揣摩，只可惜天資駑鈍，終究沒有任何發現。」

李世民本來還想追問下去，可轉念一想，〈蘭亭序〉真跡既已到手，日後大可從容研究，也不必急於這一時。沉默少頃，又問道：「你與辯才父女失散之後，為何不拿著〈蘭亭序〉直接回京，而是跑到齊州去了？」

「回陛下，這是微臣的一點私心。與他們失散之後，微臣心中仍惦記著楚離桑，心想他們若還活著，可能會按原計畫去齊州尋訪故友，所以微臣就想過去碰碰運氣，打算找著他們後，私下帶楚離桑走……」

「哈哈！」李世民忍不住大笑。「你是想誘拐人家女兒，讓她跟你私奔？」

蕭君默赧然道：「也算是吧。微臣是想，倘若既能將〈蘭亭序〉獻給陛下，又能與佳人長相廝守，豈不是兩全其美？當然，萬一到頭來二者實在不可兼得，微臣也只能捨私情而保大義了。」

李世民點點頭，似乎覺得這幾句話還算老實，又道：「辯才要尋訪的所謂友人，就是那個畏罪自殺的庾士奇吧？」

「正是。」

「此人是不是天刑盟成員？」

「據微臣判斷，應該不是。」

李世民眉頭微蹙。「何以見得？」

「其因有三：一、若庾士奇是天刑盟的人，行事必然低調縝密，絕不會用自家的青銅箭鏃去射殺權萬紀；二、事變當夜，庾士奇前來齊王府時，微臣已經讓杜行敏控制了門禁，若他真是訓練有素的祕密組織之人，必然會有所察覺，從而逃之夭夭；三、天刑盟分舵眾多，彼此之間自然是同聲相應、同氣相求，若庾士奇是天刑盟之人，想要起兵造反，必會聯絡其他分舵以壯聲威，可事實上也沒有。綜上所述，庾士奇應該只是當地的豪猾而已，不大可能是天刑盟之人。」

此前，蕭君默已經把齊王叛亂的主要案情在奏疏中做了稟報，其中自然也提到了庾士奇，不過只大致提及他與齊王勾結造反，暗殺了權萬紀，在誘捕之際畏罪自殺，其餘並未詳述，所以李世民才有此一問。

此刻，聽完他的陳述，李世民也覺得無可辯駁，便道：「即使庾士奇不是天刑盟之人，可刺殺朝廷命官、企圖謀反也是滅族之罪，你怎麼就讓他的兒子和家人全都溜了呢？」

當時庾士奇自殺後，蕭君默趕著要去找楚離桑，匆匆離開了齊王府，不過臨走前便已叮囑羅彪暗中把庾平放跑，並讓他帶走庾士奇的遺體。由於當晚的齊王府異常混亂，誰也顧不上誰，所以庾平便在羅彪的幫助下神不知鬼不覺地逃走了，並連夜帶著家人離開了齊州城；隨後又遵照庾士奇的遺囑遠走他鄉，躲進了深山老林。

事後，蕭君默虛張聲勢進行了一番搜捕，結果當然是什麼人都沒抓到。

「回陛下，雖說當時齊王府混亂不堪、諸事繁雜，但庾士奇自殺、庾平攜家人潛逃一事，亦屬微臣疏忽所致，微臣難辭其咎，還請陛下責罰。」蕭君默說完又跪了下去。

李世民沉吟半晌，道：「罷了，齊州這場叛亂，全賴你機智果敢、應對有方，才得以迅速平定，即便有些過失，那也是功大於過，朕恕你無罪。」

「謝陛下！」

既然庾士奇不太可能是天刑盟之人，李世民也懶得再深究了。

今日這番廷對，君臣二人一問一答、語氣平和，皇帝間或還發出朗聲大笑，若在外人看來，氣氛似乎頗為融洽，可只有蕭君默心裡清楚，今日皇帝所提的每一個問題，幾乎都是一道凶險的關隘，稍有不慎便會引起懷疑，乃至暴露自己目前的真實身分。

所幸，面對皇帝鉅細靡遺、刨根究底的追問，蕭君默的回答真真假假、虛虛實實，卻無一露出破綻。最終，他還是憑藉過人的智慧和膽魄一一跨越了這些生死關隘。

此刻，隨著盤問的結束，蕭君默才驀然發覺自己的後背早已被冷汗浸濕了。

「蕭愛卿，」皇帝的聲音再次響起。「你平定了齊王叛亂，有大功於朝，朕本欲擢升你為中郎將，不過今日你又獻上了〈蘭亭序〉，再立一功，朕決定給你一個更高的官職……」

李世民故意停了一下，賣了個關子，然後鄭重其事地說出了那個官名。

蕭君默一聽，幾乎不敢相信自己的耳朵。

儘管早已料定自己很可能被破例提拔，可一下子擢升到如此高位，還是大大出乎他的意料。

楚離桑沒想到自己竟然可以心甘情願地與冥藏生活在同一片屋簷下。

可事實正是如此。

眼下，在青龍坊這座大宅的後花園裡，紛紛揚揚的雪花把一切景物都染成了悽惶的白色。楚離桑一動不動地坐在亭子裡，望著這片白茫茫的世界怔怔出神。

她想起了娘，想起了小時候跟娘一起在爾雅當鋪的後院堆雪人的情景。她記得娘每回都能堆起一個又大又漂亮的雪人，可她堆的雪人卻總是歪歪扭扭、醜陋不堪。那時候她多麼渴望自己快快長大，有一天也能堆一個比娘的更大更漂亮的雪人。

去年冬天——也是她跟娘在這個世上過的最後一個冬天——雪下得特別大，娘突然來了興致，就來拍她的門，邀她到庭院裡堆雪人。當時她正和綠袖躲在屋裡說悄悄話，對住在同一條街上的幾個年輕郎君評頭論足，被娘打斷了，便有些不耐煩。她把門拉開一條縫，意興闌珊地說：「娘，我長大了，不想玩那種幼稚的把戲了。」

她記得當時娘的眼中掠過一絲失望，然後就笑著說：「對，桑兒長大了，娘不能再把妳當小孩子看了。」

娘說完這句話後伸手想摸她的頭，卻被她躲開了。她討厭人家摸她的頭。

娘怔住了，手僵在半空。她急著想跟綠袖繼續剛才的話題，便忙不迭地把門又關上了，然後她和綠袖又嘰嘰喳喳地說了起來，說到開心處兩人都咯咯大笑。她不知道娘是什麼時候走的，當然也無從知道娘走的時候，心裡是否帶著一種深深的失落和感傷。

那時候她和娘在一起，經常會有不耐煩的感覺，因為她覺得娘老了，聽不懂坊間最新的笑話，更不懂年輕人喜歡的東西，當然更不可能像綠袖一樣跟她聊一些私密的話題。所以，她記不得自己給娘甩了多少次臉色，類似堆雪人這樣當面拒絕娘更是司空見慣的事情了。她從不覺得有什麼不妥，更談不上有什麼愧疚之情。

然而此刻，無邊的愧悔和內疚卻強烈地啃噬著她的心。

她多麼希望時光倒流，讓她把每一次甩給娘看的臉色，都變成燦爛的笑容，再把每一次對娘的拒絕，都變成開心的應承；哪怕只給她一個瞬間，讓她能夠抱著娘說一聲「對不起」也好，這樣她的心就不會如此疼痛了……

淚水不知何時爬了楚離桑一臉。

綠袖站在一旁輕輕幫她抹眼淚。「娘子，妳是不是……又想主母了？」

楚離桑強顏一笑，握住綠袖的手。「我們去堆雪人吧。」

不消片刻，一個漂亮的雪人便立在了後花園的雪地上。綠袖拿來兩枚黑色的圍棋子給它當眼睛，楚離桑撿了一根彎彎的小樹枝做它微笑的嘴。正想再給它安上一個鼻子時，旁邊伸過來一隻大手，掌心裡攤著一顆鵝卵石。

「那時候妳娘堆雪人，鼻眼都是我幫她找的。」王弘義站在一旁微笑道。

楚離桑面無表情地接過那顆石子，摁在了雪人的臉上。

「桑兒，妳知道嗎？」王弘義把那個「鼻子」又摁緊了一點，然後目光灼灼地看著她。「妳堆雪人的時候，臉上的神情跟妳娘一模一樣。」

從齊州到長安的一路上，王弘義跟楚離桑說了很多話，幾乎都是關於虞麗娘的。

他帶著一半歡笑和一半淚水，回憶了無數瑣碎的往事。而就是這些碎片般東鱗西爪的回憶，幫楚離桑拼湊起了母親青春時代的完整模樣——那是母親從來未曾告訴過她的，卻在王弘義的講述中漸漸生動和清晰了起來。

楚離桑明明知道，王弘義是在用親情的繩索對她進行溫柔的捆綁，而她之前也明明打定了主意，一有機會便要從他身邊逃離；可令她始料未及的是，王弘義的講述彷彿擁有強大的魔力，自始至終牢牢吸附著她，讓她不僅忘記了逃脫，甚至還聽得如痴如醉。

就這樣，她不知不覺便跟他一起回到了長安，並隨他住進了青龍坊的這座宅子。

一晃幾個月過去了。直到此刻，楚離桑依舊沒有逃跑的打算。

除了還想聽到更多與娘有關的事情外，她隱隱察覺似乎還有一種異樣的情愫，正在令自己逃跑的意願漸漸消散。她因這樣的發現而不安，甚至有些憤怒和自責。可奇怪的是，原本堅定的意願依舊像戰場上的潰軍一樣無可挽回地瓦解了。

楚離桑為此苦思多日，終於在幾天前豁然省悟——這份情愫其實就是血緣，就是無論她對王弘義多麼深惡痛絕都無法割斷的血脈親情！

其實，在這幾個月的相處中，王弘義在她心目中的「惡人」形象已悄然發生了變化。儘管楚離桑一直告訴自己，這是由於對母親的思念而導致的「愛屋及烏」，並不等於對王弘義的印象已經改觀，可她最終還是不得不承認：在每一次講述母親的故事時，王弘義的笑容和淚水都是無比真誠的，以致一次又一次感染並打動了她。

所以在內心深處，楚離桑已經不再像以前那樣，認為他是一個徹頭徹尾的壞蛋和惡棍了。換言之，她其實已經在某種程度上接受了這個父親，儘管她知道自己可能永遠不會把這個稱謂叫出口。

「桑兒，雪下大了，回屋吧。」王弘義柔聲道。

「冥藏先生……」楚離桑為自己竟然能平靜地叫出這個稱呼感到驚訝。「你一直希望我能留在你身邊，現在我想好了，我可以答應你，不過有兩個條件。」

王弘義先是一愣，緊接著便露出喜出望外的笑容。「妳說！別說兩個，就算是二十個、二百個，爹都會答應妳。」

「第一，不要再為難蕭君默。」

「這個容易。」王弘義笑道：「只不過，我不為難他，就怕他會來為難我啊。」

「這你放心。如果有機會見到他，我會勸他，讓他不要與你為敵，縱然不能化干戈為玉帛，至少可以井水不犯河水。」

「如此甚好！」

「第二，我雖然暫時寄你籬下，但我想做或不想做什麼都是我的自由，一概不准干涉。」

「當然。」王弘義滿臉笑。「妳是我女兒，又不是犯人，爹怎麼會干涉妳的自由呢？」

「我說的自由，是包括我什麼時候想要離開，你也不得阻攔。」

「離開？」王弘義一怔。「桑兒，妳別忘了，現在朝廷還在到處通緝妳，妳可不能隨便出門。再說了，爹現在是妳唯一的親人，妳離開爹，又能去哪兒呢？」

這幾個月，楚離桑一直足不出戶，她根本不知道，蕭君默在齊州立功後，早已上表奏請朝廷，赦免了他們兩個和辯才、米滿倉、華靈兒。現在大街小巷的布告榜上，早就沒有了他們五人的海捕文書。王弘義其實也早已從玄泉那裡得知了這一消息，可他當然不會把這事告訴楚離桑。

「不管怎麼樣，總之你別想留我一輩子。」楚離桑板著臉。

「爹當然不是這個意思。」王弘義趕緊賠笑。「爹只是替妳的安全著想。倘若妳指的是終身大事，那日後要是碰上合適的機會，爹自然要幫妳物色一位如意郎君，風風光光地把妳嫁出去……」

「我不是指終身大事。」楚離桑冷冷道：「不過真要談婚論嫁，也無須你來替我操心。我想找什麼樣的郎君，是我自己的事，與你無關。」

「是，爹只是表個態罷了，不是要替妳作主。」王弘義感覺自己一輩子從未如此低聲下氣過，可無論如何，只要楚離桑願意跟他說話，他就覺得是莫大的幸福了。「桑兒，爹也知道，妳已經有心上人了——」

「行了。」楚離桑打斷他。「我再說一遍，這是我自己的事，與你無關。」

楚離桑扔下這句話，便帶著綠袖離開了後花園。

王弘義有些尷尬地站在原地，不過心裡卻沒有一絲不悅。因為楚離桑能答應他留下來，就足以讓他感到萬分欣慰了。至於楚離桑對他的恨意，只能用時間、耐心和虧欠了她二十多年的父愛去慢慢化解，眼下王弘義也不敢奢望太多。

「娘子，妳既然恨他，咱們為什麼不走？」綠袖隨著楚離桑轉過一個月亮門，走進一座幽靜的小院落，忍不住問道。

楚離桑忽然止住腳步，抬頭望著灰濛濛的天空，苦笑了一下。「咱們現在還能去哪兒？」

「天地之大，哪兒不能去？」綠袖不服。「我就不信，離開這老頭咱們就活不了了。」

「是啊，咱們到哪兒都能活……」楚離桑依舊望著天空，喃喃道：「可是，我要是走了，蕭郎找不到我怎麼辦？」

綠袖眉頭微蹙。「這麼久都沒有蕭郎的消息了，他能不能回長安都不好說，妳怎麼知道他一定會來找妳？」

「會的，他一定會回來。」楚離桑回過頭來，目光篤定。「他一定會回來找我。」

醉太平酒樓的雅間裡，李恪、尉遲敬德、孫伯元三人坐著，氣氛沉鬱。

數月前，李恪得知朝廷要打壓士族的消息後，便再三暗示孫伯元趕緊把鹽業生意盤掉，以免遭受重大損失。孫伯元雖然也意識到了事態的嚴重性，但一來他的鹽場規模都很大，短時間要找到出得起價錢的下家並非易事，二來鹽業利潤著實豐厚，孫伯元終歸有些捨不得，便心存僥倖，所以幾個月來只盤掉了一部分規模相對較小的鹽場，其餘大部分都沒動。

結果，就在一個多月前，朝廷便以雷霆萬鈞之勢對他名下的數十家鹽場開刀了。

有唐一代，鹽業與銅鐵一樣，允許公私兼營。不過與此同時，大唐律法也明文規定：「山澤陂湖，物產所值，所有利潤，與眾共之。其有占固者，杖六十。」也就是說，朝廷雖然允許民間私營鹽業，可一旦發現「占固」，即占山固澤的私人壟斷現象，便視為非法，可處以「杖六十」的刑罰。而要判斷某私營鹽業是否屬於「占固」，其標準、依據和解釋自然全都操在官府手中。

此次，由長孫無忌主導的這場打壓行動，本來便不是單純的整肅經濟之舉，而是出於「打壓士族」的政治動機，所以各州官府接到朝廷敕令後，便不分青紅皂白，紛紛以涉嫌「占固」為由，僅以市場價一到兩成的價格，強行將孫伯元名下的鹽業通通收歸官營。於是幾乎在一夜之間，孫伯元辛苦大半生攢下的家業便化為烏有了。

有個別州縣甚至還發出了緝捕令，準備逮捕孫伯元並施以「杖六十」的刑罰，所幸尉遲敬德四處奔走、上下打點，才把人給保住了。但那些被朝廷巧取豪奪的數十口鹽井和鹽池，則任憑尉遲敬德如何施展手段，終究一口也沒能討回。

「我尉遲好歹也是開國元老、當朝重臣，沒想到這回竟被長孫無忌玩得這麼慘！」尉遲敬德恨恨道：「我這張老臉算是沒處擱了，傳出去讓天下人恥笑啊！」

「敬德叔也不必這麼說。」李恪勸慰道：「誰都知道，朝廷這回幹的事情，表面上是長孫無忌主導，實際上還不是奉了父皇旨意？父皇想做的事，又有誰能阻攔？」

尉遲敬德苦笑長嘆，不作聲了。

「此次多虧了敬德兄，才保住孫某一命。」黯然良久的孫伯元終於開口。「敬德兄這回的損失，我一定會設法補上——」

「你打住！」尉遲敬德眉頭一皺，滿臉不悅。「我說老孫，你把我尉遲看成什麼人了？你以為我救你，是為了讓你彌補我的損失？」

尉遲敬德在孫伯元的鹽業生意中占有兩成的乾股，這些年一直充當他的官場保護傘，自然也沒少分紅。

「不不不，敬德兄誤會了。」孫伯元連連擺手。「我不是這意思……」

「不是這意思就閉嘴。」尉遲敬德沒好氣道：「是兄弟就要有福同享，有難同當。你老孫都血本無歸了，我尉遲若還惦記那幾個銅錢，那我還算人嗎？」

孫伯元大為動容，衝尉遲敬德拱了拱手。

「孫先生，鹽場的幾千個兄弟，你打算如何安置？」李恪關切地問。

孫伯元的主營生意是鹽業，不過名下尚有不少賭肆、當鋪、酒樓、田莊等。他略微沉吟，嘆了口氣道：「少數跟隨我多年的兄弟，倒是可以轉入別的行當，可大部分年輕後生，委實是難以安置了，只能發一筆遣散費，讓他們各尋活路去。」

李恪知道，孫伯元的手下都不是一般的夥計，而是天刑盟九皋舵成員，如今迫於無奈把他們遣散，無異於是自毀長城。可見遭遇這番打壓，孫伯元最難承受的還不是經濟上的慘重損失，而是勢力上的極大削弱。

想到這裡，李恪也頗有些無奈，只能緘默不語。

「殿下，如今這形勢是越來越不妙了。」尉遲敬德打破了沉默。「我這回為老孫出頭，估計已經被聖上和長孫無忌盯上了，日後怕是不宜再跟殿下私下見面，否則必會連累殿下。」

「我也得到消息了。」李恪眉頭深鎖，嘆了口氣。「已經有朝臣把我跟你，還有承范叔過從甚密的事捅給了父皇。接下來，咱們是得格外小心，不能再被人抓住把柄。」

「眼下魏王失勢，東宮肯定會把矛頭轉向殿下，不知殿下可有應對之策？」孫伯元問。

「以不變應萬變吧。」李恪微微苦笑。「目前的朝局雲譎波詭，誰也不知道明天會發生什麼，與其輕舉妄動，不如等別人去破局，咱們再後發制人。」

孫伯元點點頭，然後想著什麼，欲言又止。

李恪敏銳地察覺到了，便道：「孫先生有話儘管說。」

孫伯元又猶豫了片刻，才下決心道：「殿下，經此重挫，孫某已然元氣大傷，加之手底下那麼多兄弟的活路，也得重新計議安排，是故……孫某打算先回一趟老家，把這些麻煩事處理一下，而後再來為殿下效力，不知……」

李恪當即明白，孫伯元這是迫於朝廷壓力想要退出了。雖然頗覺遺憾，但自己也不好強人所難，便笑笑道：「孫先生不必為難，該辦什麼事就去辦。我這邊自有主張，你就放心回去，若有什麼需要，可隨時跟我說。」

孫伯元面露赧然之色，拱了拱手。「多謝殿下，孫某如此半途而廢，實在是愧對殿下！」

李恪一擺手。「先生切莫這麼說，要說『謝』字的應該是我。去年抓捕姚興和楊秉均，若無先生鼎力相助，我又豈能如願？」

孫伯元苦笑。「那只是舉手之勞，無足掛齒。」

「對了孫先生，你離京之前，派人到我府上一趟，我想送先生一份薄禮，略表寸心。」李恪決定贈他一筆重金，一來答謝他的相助，二來也是幫他度過眼前難關。

孫伯元一怔，慌忙擺手。「不不不，這我絕對不能收……」

「先生切勿推辭。」李恪正色道：「你再推辭，就是不把我當朋友了。」

孫伯元大為感動，只好鄭重地抱了抱拳。

就在這時，外面響起了敲門聲。對過暗號後，孫朴推開門，只見李道宗大步走了進來，面帶喜色對李恪道：「殿下，蕭君默回朝了。」

李恪轉過臉來，原本黯淡的眼眸驀然射出了一道光芒。

此前他已得知蕭君默平定叛亂、被父皇赦免的消息，所以早就在翹首期盼他的歸來，今天終於等到了。

蕭君默走出承天門的時候，看見李恪正站在宮門口，顯然是在等他。

去年初夏，李恪就是在這裡送走了蕭君默。

兩個男人互相朝對方走近，相距三步開外站定，然後四目相對，寂然無言。

許久，李恪才冷冷道：「我以為你死了。」

「閻羅王看我不順眼，不收我。」蕭君默一臉風輕雲淡。

「你這人太不講義氣。」

「你指的是我不告而別嗎？」

「看來你還有點自知之明。」

「我那是迫於無奈。」

「你為什麼要救辯才父女？」

「因為良心不安。」

「你撒謊。」

「你愛信不信。」

「你不就是被那個楚離桑迷住了嗎？」

蕭君默一笑。「你若硬要這麼說，那我倒想問問，就算是又怎麼樣？」

「我替你不值。」

「值不值，難道不是我自己說了算嗎？」

「早知道你的命這麼賤，當初在白鹿原就不該救你。」

「你那是還我人情，別說得好像我欠你似的。」

「還是這麼牙尖嘴利。」李恪冷笑。「只是不知當了大半年逃犯，功夫有沒有長進？」

「長沒長進不敢說，但跟某人過招還是綽綽有餘的。」

李恪眸光一聚。「非逼我出手是吧？」

蕭君默笑。「光說不練，怕你不過癮。」

話音剛落，李恪便已欺身上前，雙拳虎虎生風，頻頻朝蕭君默面門招呼。蕭君默背起雙手，連連躲閃，臉上卻帶著笑意。「當初不告而別是我不對，為表歉意，就先讓你幾招。」

李恪一怒。「誰要你讓？快點還手！」說著又是一陣急攻。

蕭君默被逼得連退十幾步，突然騰身而起，一個急旋繞到李恪身後，一掌拍在他的後背上。李恪一個趔趄，險些摔倒，頓時怒目圓睜。

蕭君默呵呵一笑。「是你讓我還手的，可別怪我。」

李恪一聲暴喝，出招更為凌厲。蕭君默這才斂起笑容，全心應對。雙方拳打腳踢，你來我往，轉眼便打了幾十個回合。

大雪依舊紛紛揚揚地飄落，二人拳腳帶起的勁風把周遭的雪花攪得團團飛舞。承天門的守門隊正和手下軍士無不看得目瞪口呆。隊正很清楚他們的身分，也知道二人關係匪淺，起初還想睜一眼閉一眼，不敢打攪他們，可眼見兩人越打越凶，絲毫沒有罷手的意思，而且此起彼伏的叱喝之聲已經飛進了宮牆，頓時慌了神，連忙帶著手下跑過去「勸架」。

「吳王殿下，蕭將軍，請二位行行好吧！」隊正愁眉苦臉。「你們要練拳腳也找個別的地兒啊，公然在這宮門之前打鬥，這不是要害死卑職嗎？」

兩人轉瞬之間又過了幾招，然後四掌相擊，啪地發出一聲脆響，各自震開數步，卻看也不看隊正一眼，仍舊四目相對。

「還以為你長進了。」李恪冷哼一聲。「真讓我失望！」

「當著這麼多人的面，我是不想讓你難堪。」蕭君默反唇相譏。

「那你是想再接著打嘍？」

「來日方長，你急什麼？」蕭君默笑。「我千里迢迢回來，你也不給我擺個洗塵宴，太不夠意思了吧？」

「也對。那就郎官清吧？」

「這還差不多。」

說完，兩人同時朗聲大笑，然後相互走近，非常默契地擊了一掌，最後肩並著肩，在隊正和軍士們錯愕的目光中走遠了。

「這兩個傢伙，有毛病吧？」一個軍士忍不住道。

「閉嘴！」隊正回過神來，拍了他腦袋一下。「再瞎咧咧，老子把你舌頭割了！」

第二章 深謀

在郎官清酒肆的雅間中，蕭君默與李恪痛快暢飲，然後各自訴說了離別後的遭遇。

蕭君默回顧了大半年來的逃亡經歷，雖然有意輕描淡寫，但在李恪聽來卻格外驚心動魄，尤其是聽到他僅用一天時間便挫敗了齊王李祐的叛亂圖謀，更是忍不住拍案叫絕。

當然，蕭君默並未將所有事情和盤托出。他隱去了有關天刑盟的部分，包括自己已然成為盟主的事實。

李恪也講了自己破獲楊秉均案並升任左武候大將軍的經過，但同樣隱去了與九皋舵孫伯元聯手及逐步介入奪嫡之爭的事情。末了，他忽然盯著蕭君默道：「你這大半年跟著辯才走了那麼多地方，就沒挖出天刑盟的什麼祕密？」

「聖上剛把我盤問了一遍，嚇得我汗流浹背。」蕭君默抿了一口酒，微微一笑。「怎麼，現在吳王殿下打算再審我一回？」

「你要是心裡沒鬼，又何必害怕？」李恪玩味著他的表情。

「聖上赫赫天威，誰人不怕？」

「去去去，少跟我來這套！我還不瞭解你？就算天塌下來，我看你也不帶眨眼的。」

「呵呵，殿下這麼說就太抬舉我了。」

「廢話少說，回答我的問題。」

「我要是不回答呢？你還想唱跑調的軍歌來噁心我呀？」

蕭君默說著，喝光杯裡的酒，伸手要去拿酒壺，卻被李恪一把搶過。

「不回答，休想再喝！」

「不喝就不喝，反正我待會兒還要回玄甲衛報到呢……」

蕭君默滿不在乎，拿起筷子要挾菜，又被李恪用筷子敲掉了。

「噯，我說，有你這樣子請客的嗎？」蕭君默眼睛一瞪。「不讓我喝酒又不讓我吃菜，你什麼毛病？」

李恪只盯著他，不說話。

半晌，蕭君默嘆了口氣，把筷子往案上一拍。「吳王殿下，俗話說有來無往非禮也，你想從我嘴裡掏東西，那也得拿點誠意出來，跟我說幾句實話吧？」

「你什麼意思？」李恪裝糊塗。

蕭君默冷哼一聲。「我不懷疑你的辦案能力，不過說老實話，楊秉均和姚興都是冥藏的心腹之人，若冥藏想保他們，單憑你，恐怕沒那麼容易得手吧？」

「我又沒說只有我，這不是還有玄甲衛幫忙嗎？」

「玄甲衛有多大本事我最清楚，對付貪官汙吏或許綽綽有餘，可要想對付天刑盟這種江湖勢力，還差得遠呢！」

李恪沉默了，片刻之後才道：「君默，咱們可說好了，我要是跟你把實話撂了，你也一樣不許瞞著我。」

「當然！」蕭君默一笑。「我剛才不是說了嗎？禮尚往來嘛！」

「那你聽好了。」李恪目光灼灼地看著他。「你剛離開長安不久，我便與天刑盟九皋舵的孫伯元聯手了。」

「九皋舵？」蕭君默微微一驚，心念電轉。「這個孫伯元，就是孫綽的後人？」

李恪點頭。「現在可不光是我在援引江湖勢力。據我所知，冥藏早就先我一步跟魏王聯手了，至於東宮那邊，我估計肯定也有天刑盟的人。」

蕭君默不由倒吸了一口冷氣。

倘若真如李恪所言，他們二王一太子背後都有天刑盟的勢力，那麼這場奪嫡之爭勢必會演變成一場席捲長安、遍及朝野的大動亂——大唐社稷已面臨傾覆之危！

見他蹙眉不語，李恪又接著道：「此次朝廷打壓士族，孫伯元遭到重創，九皋舵元氣大傷。就在剛才，他已經跟我辭行了。此外，李道宗和尉遲敬德擔心時局太過敏感，接下來也不敢跟我走得太近。你說，形勢如此險惡，我該怎麼辦？」

蕭君默沉吟良久，忽然抬起頭，直直地凝視著李恪。

「我只問你一個問題——你，想不想當皇帝？」

李恪沒料到他會突然拋出這麼直接又這麼露骨的問題，一時怔住了。「幹麼這麼問？」

「你只需回答我，想，還是不想。」

「想又如何？不想又如何？」

「你要這麼說話，那咱倆就沒得聊了。」蕭君默說著，作勢就要起身。

「等等！」李恪急了。「我當然想，可是──」

蕭君默一抬手止住了他。「夠了，有你這句話就夠了。接下來，你只要照我說的做，我必全力輔佐你奪嫡繼位！」

蕭君默做出這個決定，並非僅僅出於跟李恪的兄弟之情，而是更多地考慮到大唐社稷的長治久安。在當今的十幾個皇子中，吳王李恪的稟賦最為優異，無論文韜武略還是品德才幹都非其他皇子可及，因而也是最有資格入繼大統的人。對此，就連今上李世民也心知肚明。

李恪唯一的劣勢就在於他是庶子，但如果能把太子李承乾和魏王李泰淘汰出局，那麼李恪的贏面就大了，皇帝最有可能選擇的便是他。

所以，蕭君默接下來要做的便是鼎力輔佐他，把太子和魏王一一扳倒，奪取儲君之位。

這，便是蕭君默「守護天下」的計畫中不可或缺的重要一環。

李恪聞言，又驚又喜。「你真的願意幫我？」

蕭君默笑了笑。「投我以木桃，報之以瓊瑤。你都跟我開誠布公了，我豈能無所表示？」

「看來我所料不錯，你這一趟，果然是挖到寶了。」李恪心情大好。「能不能告訴我，你到底掌握了天刑盟的什麼機密？」

「這你就不必問了。」蕭君默神祕一笑。「你只需知道，我有那個實力幫你就行了。」

「噯，你不厚道啊！」李恪眼睛一瞪。「你剛才不都答應不瞞我了嗎？」

「我都已經答應要幫你奪嫡了，你還有啥不滿意的？」蕭君默瞪了回去，順手抓過酒壺。「再叫幾壺上來，這點酒喝不痛快！」

蕭君默帶著酡紅的臉色回到玄甲衛時，李世勣已經等得不耐煩了。

「我奉聖上旨意給你授官，都在這兒等你大半天了，你小子卻跑去喝酒快活，我看這官你是不想當了吧？」李世勣劈頭就是一陣數落。

蕭君默嘿嘿笑著，打了個酒嗝。「吳王殿下給徒兒接風洗塵，盛情難卻，所以就多喝了幾杯，還請師傅寬宥。」

「這裡是衙門，少跟本官套近乎！」李世勣沒好氣道。

「是，屬下錯了，請大將軍責罰。」蕭君默趕緊改口，俯首抱拳。

「行了，弟兄們都在校場等你亮相呢，把衣甲換了趕緊過來！」

「遵命。」

蕭君默回到自己的值房，發現一襲嶄新鋥亮、威風凜凜的鎧甲已經披掛在了衣架之上。他穿上鎧甲來到校場，看見數十名玄甲衛的將官已在此列隊迎候。其中，桓蝶衣和羅彪均已升任旅帥，同樣身著嶄新鎧甲，看上去容光煥發。裴廷龍和薛安也在佇列中，可身上的裝束卻沒有變，顯然都未獲得晉升。

之前，蕭君默在呈給皇帝的奏疏中，力表桓蝶衣和羅彪在此次平叛中的功績，再三敦請皇帝論功行賞，給予提拔。與此同時，蕭君默出於公心，也如實上報了裴廷龍和薛安的功勞。但現在看來，皇帝似乎並未認可後者。

蕭君默推測，原因一定是裴廷龍在此次追捕行動中屢屢受挫並損兵折將，因而雖參與平定齊王叛亂有功，但充其量也只是功過相抵，所以皇帝便沒有予以封賞。

此時大雪初霽、天光漸開，蕭君默跟隨李世勣走上高高的點將臺，面向眾將官。一道陽光從雲層中射出，把他的一襲黑甲照得閃閃發亮。

李世勣清了清嗓子，代表皇帝對眾人進行了一番勗勉和訓話，最後隆重宣布了朝廷對蕭君默的任命。

「屬下恭喜左將軍，賀喜左將軍！」

眾將官雙手抱拳，齊聲高呼，聲音振聾發聵，響徹雲霄。

是的，此時的蕭君默已經從正五品上的郎將連升五級，成了從三品的左將軍！

左將軍是玄甲衛的二把手，僅次於大將軍李世勣，官位還在右將軍裴廷龍之上。至此，還未滿二十三歲的蕭君默已一躍而為滿朝文武中最年輕的三品官，而且還是身處玄甲衛這種要害部門。

短短半年多前，自己還是一個亡命天涯、朝不保夕的逃犯，當時連這輩子能不能回長安都不敢想像，誰料如今搖身一變，竟然一步踏上了萬眾矚目的人生巔峰。

如此起伏跌宕、詭譎莫測的命運和際遇，真是令蕭君默充滿了無限的唏噓和感慨。

任命儀式結束後，一干同僚相繼上前祝賀。蕭君默一邊與他們酬酢寒暄，一邊用眼角的餘光暗暗留意裴廷龍。只見他背負雙手，抬頭望天，神情頗為蕭索，薛安似乎想安慰他，卻被他甩甩手支開了。

李世勣邀蕭君默今夜去府上赴宴，說要為他接風洗塵，並叫桓蝶衣、羅彪、紅玉等人作陪，同時也點了裴廷龍和薛安的名。裴廷龍以家中有事為由婉拒了，薛安也隨聲附和。李世勣笑了笑，沒再說什麼，先行離開了。

桓蝶衣注意到了裴廷龍的臉色，心中有些不安，低聲叫蕭君默跟她一塊兒走。蕭君默道：「妳先走吧，我待會兒還得回趟家，隨後就來。」

桓蝶衣又不自在地瞥了裴廷龍一眼，壓低聲音道：「他今天一整天都擺著張臭臉，好像全天下都欠了他似的，你別理他，更別跟他糾纏。」

「大家都是同僚，今後還要共事，沒必要勢同水火。」蕭君默淡淡一笑。「看他那樣子，應該是有話跟我說，你先走吧。」

「可是……」桓蝶衣依舊不放心。

「別可是了。」蕭君默微笑著打斷她。「當初他領著你們百十號人都沒能把我怎麼樣，現在妳還怕他吃了我不成？」

桓蝶衣白了他一眼。「少跟我嘚瑟，當初要不是我幾次三番幫你，你能那麼輕易逃脫嗎？」

「是是是。」蕭君默滿臉堆笑。「桓旅帥大恩大德，我蕭君默銘感五內，日後必結草銜環以報，這總行了吧？」

桓蝶衣湊近他，突然在他手上掐了一把，低聲道：「這可是你自己說的，可別食言。」

蕭君默吃痛地「噝」了一聲，瞪眼道：「幹麼掐我？」

「吃點痛你才能記得住。」桓蝶衣竊笑著，這才和紅玉一起揚長而去。

裴廷龍看到了這一幕，臉上的肌肉不禁抽搐了幾下。

羅彪臨走前，瞟了下裴廷龍，朝蕭君默擠擠眼，故意大聲道：「老大，今兒可是你揚眉吐氣的日子，咱得好好慶賀一番，晚上不醉不歸啊！」

「一言為定！」蕭君默道。

眾人陸續散去，校場上轉眼便只剩下蕭君默和裴廷龍二人。

裴廷龍終於把高高揚起的下巴放了下來，目光陰沉地盯著蕭君默。

蕭君默平靜地走上前去，微微一笑。「裴將軍沉默多時，是不是留著話想跟我說？」

「蕭將軍平步青雲、春風得意，大家夥兒都圍著你巴結諂媚，我排不上號，只好等到最後嘍。」

「平步青雲或是事實，春風得意卻談不上。聖上不次拔擢，賜予蕭某分外之恩，蕭某惶恐尚且不及，豈敢得意？」

「蕭將軍，這裡就咱倆，你就沒必要跟我打官腔了吧？」

「我說的是心裡話。」

「少跟我來這套。」裴廷龍冷笑。「曾幾何時，你蕭君默還是一個惶惶若喪家之犬的逃犯，被我追得滿天下跑，現在搖身一變就成了我的頂頭上司，你說你不得意，誰信哪？」

「裴廷龍，你憋了這半天，就想跟我說這些酸溜溜的話嗎？你要是沒別的想說，恕我不奉陪了。」蕭君默說完，轉身欲走。

「站住！」裴廷龍沉聲一喝。

蕭君默停住，卻沒有回頭。

「蕭君默，別以為我就這麼輸給你了，咱倆之間還沒完！」

「那你想怎麼樣？」

「我要跟你鬥到底！」

「有意思嗎？」蕭君默仍舊沒有回頭。「就算贏了我又能如何？」

「當然有意思，有意思極了！」裴廷龍獰獰一笑。「我現在覺得，我生命裡最有意思的事便是打敗你。只有贏了你，我才能證明我自己！」

蕭君默啞然失笑，轉過身來看著他。「裴廷龍，一個人要靠打敗別人來證明自己，你不覺得很可悲嗎？你也是讀書人，哪一本聖賢書是教你這麼做人的？成己成物，修己安人，這才叫證明自己。這道理你六歲開蒙的時候便懂了吧？」

「你少在我面前唱高調！」裴廷龍咬牙切齒。「蕭君默，別以為聖上現在寵你，你就可以高枕無憂了，我告訴你，要不了多久，我便會讓你現出原形！」

蕭君默眸光一閃，走到他跟前，盯著他的眼睛。「你想說什麼？」

「我想說什麼你心裡清楚。」

「威脅的話只說一半是色厲內荏的表現，你這樣我會瞧不起你的。」蕭君默溫和地笑笑。「把話都說出來，讓我看看你有沒有資格做我的對手。」

裴廷龍冷哼一聲。「你私下跟天刑盟有多少瓜葛，還要我提醒你嗎？你瞞得了聖上，瞞得了天下人，可你瞞不過我。我甚至懷疑，你早已經是天刑盟的人了！」

蕭君默微微眯眼，眼中寒光凜冽。

「怎麼，害怕了？」

「不是害怕，是興奮。」蕭君默無聲一笑。「本來你沒有資格做我的對手，不過現在，恭喜你，你成功地激起了我的興致，讓我有了陪你玩下去的欲望。」

「很好。」裴廷龍也毫無懼色地迎著他的目光。「那你等著，看我會讓你死得多慘！」

「會咬人的狗不叫。」蕭君默笑意盈盈。「想讓我死，你得拿點真本事出來。」

兩人的目光絞殺在了一起。

天色就在這時又暗了下來，長安城上空的陰霾堆積得更厚了。

馬車軋到路上的一塊石頭，顛簸了一下，車廂裡同時傳出一陣劇烈的咳嗽聲。

御者聞聲，連忙放慢了車速。

魏徵用一條汗巾捂著嘴，又艱難地咳了幾聲，然後拿開汗巾一看，上面果然又是一簇鮮血。他苦笑了一下，把汗巾疊起，揣進了袖中。

從去年初秋感染了一場風寒之後，魏徵就病倒了，在病榻上纏綿了一個多月。

皇帝對他的病情非常關心，前後派了好幾撥太醫給他診病，並親臨魏府看望了兩次，還隔三差五派內侍前來慰問。

也許是為了讓他心情好一些，以便儘快痊癒，又或是想感謝他這麼多年來的鼎力輔佐，皇帝竟然親自作媒，宣布把女兒衡山公主許配給他的長子魏叔玉，並訂立了婚約。

如此種種，無不讓魏徵感動不已。之後一段時間，他的病情似乎有所好轉，不料入冬之後又加劇了。儘管他每天都照太醫的方子使勁喝藥，可還是沒日沒夜地咳，近來更出現了咳血的現象。

魏徵無奈地意識到，這回的病怕是好不了了。

大限將至，去日無多。

這一生，他也算做了不少轟轟烈烈的事情，其中最引以為豪的便是輔佐李世民開創了貞觀盛世，給飽經離亂的天下蒼生帶來了太平與安寧。如此功業，庶幾可讓他青史留名了。於此而言，魏徵已是了無遺憾。然而在這患病的幾個月裡，還是有幾件事情讓他始終放心不下。其中最重要的一件，便是愈演愈烈的奪嫡之爭。

去年夏末，杜荷遇刺案剛一發生，太子便被皇帝軟禁，魏徵急得坐臥不寧，立刻入宮向皇帝陳情，表示太子一定是遭人陷害。皇帝說刺客厲鋒已經供認，證據確鑿。魏徵愕然良久，建議皇帝親自提審厲鋒，尋找疑點，肯定能抓住破綻。皇帝經此提醒，隨後果然設計從厲鋒那裡詐出了實情，還了太子清白。

魏徵料定厲鋒必是受魏王指使，但還是出於穩定大局的考慮，暗示皇帝想辦法將此事淡化處理。此言正合皇帝心意，於是便找陳雄之子當了替罪羊。魏徵深知太子對此結果相當不滿，於是打算到東宮跟他深談一次，不料就在此時突然患上急病，此事便耽擱了。

臥病期間，太子來看望了他一次。魏徵抓住機會，極力想跟他討論朝局，勸他別輕舉妄動，可太子卻不接茬，始終顧左右而言他，最後說了一些安心養病之類的客套話便匆匆離去了。魏徵從太子的眼神中看出了危險的氣息，越發憂慮難安，無形中又加重了病情。

這幾日，雖然咳嗽一直未斷，而且還伴有咳血現象，但魏徵卻忽然感覺身心輕鬆了許多。他驀然意識到，這很可能是死亡來臨之前的迴光返照，於是今日不顧家人的勸阻，斷然決定前來東宮，對太子進行最後一次諫諍。

他預感到太子極有可能鋌而走險、孤注一擲，所以無論如何都要阻止他，否則武德九年那一幕父子反目、兄弟相殘的血腥慘劇必將重演！

馬車在東宮麗正殿前停了下來，御者扶著魏徵小心翼翼地步出車廂。

事先接到通知的李承乾早已在殿前迎候，此時拄著手杖快步走上來，命跟在身旁的宦官扶過魏徵，溫言道：「太師，您身體抱恙，有何吩咐召我過去便可，何苦親自過來呢？」

上午接到魏徵要來的消息，李承乾的第一反應便是找藉口避而不見，可念及太師這幾年一直在全心全力輔佐自己，又有些於心不忍，只好打消了躲避的念頭。反正他已經打定主意了，不管魏徵今天說什麼，他都當耳旁風，只需裝出一副謙恭之狀敷衍一下便是了。

魏徵瞟了他一眼。「殿下恐怕不太想見我這個將死之人吧？」

李承乾一怔，乾笑兩聲。「看太師說的，我在您眼中就那麼冷血嗎？」

「生於皇家之人，血比常人冷一些，似乎也不奇怪。」

李承乾心中一顫。這話什麼意思？難道太師已經察覺自己有動手的意圖了？

二人進入麗正殿的書房坐定後，魏徵單刀直入道：「老夫臥病的這些日子，不知殿下都在忙些什麼？」

「老樣子唄。」李承乾笑了笑。「讀讀書，見見客，做一些父皇交辦的事情，一切如常。」

「不知殿下見的是什麼客？」

「名士大儒，文人墨客，還有一些公務往來的朝臣。」

「是何公務？哪些朝臣？」

「太師……」李承乾有些不自在了，於是索性撕掉事先準備好的謙恭假面，臉色一黯。「您這一來就劈頭蓋臉地問，莫非是想審問我？」

「據老夫所知，吏部尚書侯君集最近與殿下過從甚密，可有此事？」魏徵絲毫不給他改變話題的機會。

「太師莫不是在我身邊也安插耳目了？」李承乾微微冷笑。

「侯君集到底跟殿下在謀劃什麼？」

「太師最近臥病在床、閉門不出，沒想到還是眼觀六路、耳聽八方啊！」李承乾雖然話帶嘲諷，不過他這麼說倒也沒冤枉魏徵。自從患病以來，魏徵便命李安儼及潛伏在朝野的臨川舵手下密切監視東宮，自然也就掌握了不少情況。

「殿下，聖上不嫌我老邁昏聵，執意要讓我當你的師傅，倘若我對你的情況一無所知，豈不是辜負了聖上，也愧對殿下你？」

魏徵此言，幾乎就等於承認監視之事了。李承乾不禁譏誚一笑。「太師還真是坦蕩啊，連派人監視我這種事，您也都坦率承認了。」

「老夫一心只為殿下和社稷安危著想，並非出於一己私利，又何須掩藏？」

「太師若真的替我著想，就該知道我差點被魏王害死是什麼心情！」

「我理解殿下的心情，所以當初去探病之時，老夫就想討論此事，是殿下避而不談。」

「那是我尊重您，想讓您安心養病，不願意讓您在重病之際又替我操心。」

「可殿下若是背著我做什麼不可告人之事，又讓我如何安心養病？」

「不可告人？」李承乾大笑了幾聲。「太師，您為官多年，不妨捫心自問一下，倘若在官場上事事皆可對人言，您還能活到今天嗎？」

「城府與陰謀是兩碼事，你不要混為一談！」魏徵情緒激動起來，立刻引起了一串咳嗽，咳得幾乎停不下來。

「來人啊！」李承乾有些慌，趕緊大聲呼叫下人。

幾個宦官從門口跑了進來。

「讓他們……下去，我……我沒事。」魏徵大口喘氣，好不容易才把咳嗽平息了下去。

「太師，要不……咱們改日再談吧，我讓他們送您回去？」李承乾關切地問。

雖然他很想把魏徵支走，不過這關切倒也有幾分是真的。

魏徵連連擺手。「你……你回答我剛才的問題。」

「什麼問題？」李承乾一邊裝糊塗，一邊甩甩手，把那幾個宦官趕了出去。

「你跟侯君集……到底在……在謀劃什麼？」

李承乾聞言，又恢復了冷漠之色。「沒什麼，也就聊一聊坊間趣聞，說一說前朝典故。」

「前朝典故？」魏徵眉頭微蹙。「比如什麼？」

「比如……」李承乾邪魅一笑。「比如前朝太子楊勇，假如不要那麼軟弱，儘早對晉王楊廣下手，也不至於被奪了儲君之位；假如楊廣早一點被除掉，也就沒有後來的窮兵黷武和橫徵暴斂，那麼天下就不會分崩離析，隋朝也不會二世而亡了。」

魏徵苦笑。「殿下，你終於肯說出心裡話了。」

「有嗎？我說什麼了？我剛才說的，不都是婦孺皆知的事實嗎？」

「殿下，當今聖上是不世出的明主，不是刻薄猜忌的隋文帝；殿下你不是楊勇，魏王也不是楊廣。所以，殿下只要安忍不動，這天下遲早是你的！」

李承乾冷笑一聲。

「就算魏王不是楊廣，可吳王呢？自古以來庶子當皇帝的例子，也並不少見啊！」

「只要殿下你臨深履薄、謹言慎行，吳王就絕對沒有機會！可殿下若是執迷不悟，幹出什麼愚蠢的事情，那才真是遂了吳王的心願。」

「想當初我跟魏王鬥法的時候，你也是這麼勸我的，可結果呢？結果就是讓他搞出了一起驚天大案，差一點就讓我身陷囹圄、腦袋搬家了！」李承乾霍然起身，原本蒼白的臉色因激動而漲紅。「現在你又勸我忍，天知道他吳王李恪會不會再弄出一個厲鋒案置我於死地?!」

「可你現在不是好端端地站在這裡嗎?!」魏徵也站起身來，額上青筋暴起。「聖上天縱英明，又豈會被一幫宵小之徒愚弄？像魏王自以為聰明，玩弄那種鬼蜮伎倆，到頭來又如何？不是弄巧成拙，反而徹底寒了聖上的心嗎？玩火者必自焚，多行不義必自斃，這是千古不易的至理！」

「您不用跟我講什麼大道理！」李承乾袖子一拂。「這世上的事情都是先發者制人，後發者制於人。咱們就不說什麼前朝典故了，還是說說武德九年之事吧！當年的隱太子和我父皇，其情勢與今日何其相似乃爾，你當時身為太子洗馬、東宮輔臣，想必也一直勸隱太子隱忍不動吧？可結果怎麼樣？還不是讓我父皇先下手為強了？還不是等來了玄武門的那場血腥殺戮？隱太子和我四叔，還有我那十個未成年的堂兄弟，全都成了父皇的刀下之鬼！可你呢？你搖身一變就成了秦王府的人，心裡可曾有半點愧疚？你若真的忠於隱太子，當年就應該為舊主殉節，而不是為了榮華富貴投靠我父皇，然後一直活到現在，再來勸我隱忍，讓我重蹈當年隱太子之覆轍！」

聽完這番聲色俱厲的激憤之言和始料未及的誅心之論，魏徵渾身一震，如遭雷擊。彷彿一道結痂多年的傷口又被血淋淋地撕開，本已重病的魏徵木立當場，全身顫抖，卻久久說不出一個字。

李承乾只顧著痛快，一口氣把該說的不該說的全說了，此時一看魏徵面如死灰、樣貌嚇人，不禁有些慌神，想說幾句軟話又礙於面子，於是也僵在那兒一動不動。

片刻後，魏徵忽然伸手要去捂嘴。

可他的手終究慢了一步，一大口鮮血從他嘴裡噴濺而出，仰面灑向半空，又化成片片血點紛紛落下……

「來人啊！」李承乾萬分驚駭，發出厲聲嘶喊。

魏徵雙目緊閉，直直向後倒去……

大雪再次落下的時候，蕭君默回到了位於蘭陵坊的自家宅院。

之前在宮裡，皇帝給他封官的同時，還宣布要賜給他一座靠近皇城的大宅，卻被蕭君默婉拒了。他說家父已經過世，自己又尚未婚娶，一個人住太大的地方不僅浪費，而且顯得冷清，還是原來的舊宅舒心安適。皇帝笑著誇獎他幾句，便答應了。

老管家何崇九在一個多月前便接到了他的信，知道他已被朝廷赦免，不日即將回京。老何歡欣鼓舞，就把家中原來的那些下人僕傭一個個都召了回來。此刻，何崇九帶著下人們在大門外站了一排，一看到蕭君默，每個人眼裡都忍不住泛起激動的淚光。

蕭君默和他們一一說了些話，最後握住何崇九的手。「九叔，身體可好？」

「好著呢，好著呢……」何崇九哽咽，手也在顫抖。「二郎這大半年來可吃盡苦頭了吧？」

「沒什麼，都過去了。」蕭君默微笑，道：「我這不是完整無缺地平安回家了嗎？又沒缺胳膊少腿的。」

「是啊，回家就好。」何崇九笑得滿臉都是褶子。「真是老天爺開眼，主公在天有靈啊！」

蕭君默又跟他拉了幾句家常，然後低聲問：「九叔，我那幾位朋友可到了？」

「到了到了，上午便到了，我讓他們在後院歇息呢。」

為了避人耳目，袁公望和郗岩並未與蕭君默同行，而是先他一步，早在半個月前便到了長安。他們特意召集了各自分舵的手下，總計達百人之多，然後在蕭宅附近租賃了幾處宅院，安頓了下來。按事先商定的，蕭君默一回京，他們便要過來彙報並接受任務。

在後院的客房裡，蕭君默見到了袁公望和郗岩。

二人同時跪地行禮。「屬下見過盟主。」

「快起來吧。」蕭君默扶起二人。「這裡是長安，人多眼雜，今後就不必如此稱呼了，叫我蕭郎便可。」

「那怎麼成？」郗岩忙道：「盟主就是盟主，豈能亂了尊卑？」

「老郗說得是。」袁公望也道：「不能壞了規矩。」

「那好吧。」蕭君默無奈一笑。「私底下隨你們叫，不過有外人在的場合，你們切記不能說漏了嘴。」

三人坐定，袁公望和郗岩彙報了各自的情況，然後便問起了此次回京的計畫。

蕭君默略加沉吟，道：「二位，我們接下來要做的事情，凶險至極，且事關重大，不僅關乎大唐社稷的安危，更關乎天下百姓的命運與福祉，所以我想問一問二位，是否已經做好了準備。」

袁公望和郗岩對視了一眼。

「盟主，」袁公望慨然道：「『守護天下』向來便是本盟的宗旨和使命，我等有幸追隨盟主履行此神聖職責，誠可謂與有榮焉，自應肝腦塗地，在所不辭！」

「沒錯。」郗岩也正色道：「我郗岩守了大半輩子棺材鋪，也窩囊了大半輩子，就盼著有朝一日能幹一些轟轟烈烈的大事！而今機會來了，只要盟主一聲令下，我郗岩絕無二話，哪怕赴火蹈刃，亦當在所不辭！」

儘管蕭君默早已深知二人皆為忠義之士，可聞言依舊有些動容。「二位義薄雲天，令人感佩！既如此，我便不多言了。二位當知，如今長安的局勢錯綜複雜，上有朝堂的奪嫡之爭，下有本盟各分舵的暗中角力。據我所知，魏王背後是王弘義的冥藏舵，太子背後很可能也有本盟的勢力。此外，當朝重臣中，也有三位是咱們天刑盟的人……」

「三位當朝重臣？」郗岩嚇了一跳。「都是誰呀？」

蕭君默遲疑了一下。「其中一位便是太子太師魏徵，他的隱蔽身分是本盟臨川舵舵主。我瞭解魏太師，他就算不站在咱們這邊，也至少不會與咱們為敵。另外兩位，一個是玄泉，一個是素波。玄泉可以肯定是冥藏的人，至於素波嘛……究竟是敵是友，目前還不好斷言。」

「盟主是如何得知這些機密的？」袁公望大為困惑。

「〈蘭亭序〉。」蕭君默道：「歷代盟主用明礬水，陸續將各分舵的傳承和世系祕密寫在了〈蘭亭序〉真跡的空白處，我也是在很偶然的情況下發現的。」

「不對啊盟主！」郗岩想著什麼，一臉驚駭。「你之前不是說，打算把〈蘭亭序〉獻給皇帝嗎？這一獻，本盟的機密不就全抖漏了？」

「上午入宮時，我已經獻了。」蕭君默一笑。「不過，我事先做了手腳，現在本盟的世系表，都裝在這兒了。」他指了指自己的腦袋。

郗岩恍然，和袁公望相視一笑。

蕭君默把〈蘭亭序〉獻給皇帝之前，早已用明礬水將世系表完全覆蓋掉了，現在李世民拿到的〈蘭亭序〉，除了是千古書聖的墨寶，在書法藝術上價值連城之外，別無其他價值。而蕭君默把世系表覆蓋掉之前，便已仔仔細細把它背了下來——就在這個過程中，他有了一個遠比玄泉更為可怕的發現。

當初發現玄泉的真實身分，便已經讓他十分驚駭了，而後來發現的這個素波，更是令他震驚得無以言表。

現任素波舵主是東晉行參軍徐豐之的後人，「素波」二字出自徐豐之在蘭亭會上所寫的一首精短的四言詩：

俯揮素波，仰掇芳蘭。尚想嘉客，希風永嘆。

如今的這個素波先生不僅在朝中身居要職，某種程度上甚至比玄泉更為皇帝所倚重，所以才會讓蕭君默深感震驚與錯愕。而更讓他感到擔憂和棘手的是，這個素波先生在此次奪嫡之爭中究竟站在什麼立場，在接下來的權力博弈中會不會與自己為敵，他全都一無所知。

萬一雙方成為敵人，蕭君默根本不知道自己該怎麼辦……

「盟主，」袁公望打斷了蕭君默的思緒。「你剛才提到奪嫡之爭，那麼在太子與二王之中，咱們究竟該支持誰？」

「太子陰狠乖戾、任性妄為，他若繼承皇位，絕非社稷和百姓之福。魏王權欲薰心、殘忍狡詐，為達目的不擇手段，將來也不會是一個好皇帝。」

「這麼說，咱們就只能選擇吳王啦？」郗岩搶著道。

「吳王並非咱們無奈之下的選擇，而本就是上上之選。他文韜武略，智勇雙全，為人重情重義，就連今上也屢屢稱其『英武類我』，對他甚為器重。吳王唯一的劣勢在於他並非嫡子，而是庶出，但只要咱們輔佐他擊敗太子和魏王，相信今上必然會立他為太子。」

「盟主，既然你已經決定了，那就下令吧，我和老袁該做什麼？」郗岩摩拳擦掌。

「當務之急有兩件：一、查出冥藏在長安的據點；二、查清太子背後是本盟的哪個分舵。做完這兩件事，再決定下一步行動。」

「楚姑娘是我弄丟的，」郗岩赧然道：「頭一個任務就交給屬下吧。」

「也好，那就有勞了。」蕭君默說著，拿筆在紙上寫了一個名字，遞給郗岩。「盯住此人，他可能隨時會與冥藏接頭，順此線索，你便不難摸到冥藏的老巢。」

郗岩接過一看，不解道：「這是何人？」

「他便是我方才說的——玄泉。」

郗岩一驚，又看了看，隨即把紙扔進一旁的火盆裡。「盟主放心，屬下一定盯死他，儘快把冥藏查出來！」

蕭君默雖然沒有明說要找楚離桑，但只要找到冥藏自然便能找到她。此事對蕭君默而言其實最為迫切，可他現在有了盟主的身分，這種事關兒女私情的話便不宜明說，只能讓手下人意會。

「那我負責太子那頭。」袁公望道：「屬下跟本盟幾個較大的分舵都打過交道，或許能摸出點線索來。」

「很好，那就分頭行動，隨時保持聯絡。」蕭君默站起身來，眼中露出一種運籌帷幄、指揮若定的光芒。

他把這兩個任務分別交給郗岩和袁公望的同時，也給了自己三個任務：一、與裴廷龍、玄泉、素波等人周旋，在防止自己身分暴露的同時，設法把他們及有關重臣握於股掌之中；二、繼續追查自己的身世；三、靜待時機成熟，對魏王發起致命一擊，為養父復仇。

送走了袁公望和郗岩後，蕭君默找到了何崇九，道：「九叔，有件事得麻煩你。」

「三郎儘管吩咐。」

「幫我騰一間乾淨點的屋子，我想立幾個牌位。」

「牌位？」何崇九從未聽人說一下子就要立「幾個」牌位的，頓覺有些瘮人。「不知三郎想要立幾個？」

「七個。」蕭君默面帶微笑。

何崇九感覺全身的寒毛都豎了起來。

甘露殿內殿，燈火搖曳。

一卷以暗黃色雲紋絹帛裱褙的法帖靜靜地攤開在書案上。

這就是十七年來，李世民傾盡天下之力，不惜一切代價，必欲得之而後快的天下第一行書——〈蘭亭序〉！

此刻，偌大的寢殿內只有李世民一人，趙德全等一干宦官宮女都被屏退了。

李世民久久凝視著這卷法帖，眼前漸漸浮現出一張清臞儒雅、目光矍鑠的臉龐。

然而，李世民看到的，卻不是逸興遄飛的一代書聖在蘭亭會上揮毫潑墨的情景，而是一個心憂天下的士族首領面對南北分裂、家國憂患時的悲憤與蒼涼。在這悲憤與蒼涼背後，卻是一種世人難以想像的深謀遠志。

自古帝王如秦皇漢武，包括李世民自己，都可以算是征服天下的英雄，可無論他們的霸業是統一天下還是開疆拓土，無論他們占有了多少土地，把帝國版圖拓展到了什麼地方，終究也只是一種關乎空間的霸業。

而王羲之，玩的卻是一種關乎時間的深謀。

儘管此時的李世民尚未破解〈蘭亭序〉的核心祕密，更無從得知天刑盟的隱祕歷史，可他憑直覺便能斷定，王羲之的深謀，謀求的絕不是一時或一朝的勢力，而是一種掌控歷史走向、操縱王朝更迭的可怕力量！

所謂「邦有道則隱，邦無道則現」，說的不就是這回事嗎?!

王羲之一定已經預見到，在他有生之年不可能看到天下一統、四海昇平，所以才成立了天刑盟。他把自己的信念、抱負和使命濃縮為「守護天下」這四個字，然後像靈魂附體一樣注入了天刑盟。換言之，這個神祕組織從誕生的那一刻起，便擁有了王羲之的靈魂。所以，縱使王羲之的肉身灰飛煙滅，可只要天刑盟存在一天，他的靈魂便仍然會在世間不屈不撓地追尋著那具肉身不曾實現的盛世理想。

這個可怕的王羲之，就這麼躲在「名士」和「書聖」溫文爾雅的面具背後，謀劃著這種穿越歷史、穿越時間的宏圖遠略，而幾百年來的天下人竟然全都被他蒙在了鼓裡！

李世民英雄一世，從來沒有像現在這樣懼怕過一個人——而且是個死了兩百多年的古人。

天刑盟的勢力到底有多龐大？眼下除了冥藏之外，還有多少天刑盟的勢力已經滲進了長安？那個長年潛伏朝中，就藏在自己眼皮子底下的玄泉究竟是誰？滿朝文武中，類似玄泉這樣的潛伏者還有多少？他們會不會已經介入了奪嫡之爭？他們的最終目的是不是想要改朝換代，顛覆大唐天下，再造一個他們心目中的朗朗乾坤？

李世民知道，只有先破解眼前這卷〈蘭亭序〉的祕密，才有望解決上述問題。可是，任憑他把這卷法帖拿在手中翻來覆去地看了數十遍，焦灼的目光幾欲把這卷古老的蠶繭紙穿透，卻始終沒有任何發現。

難道，蕭君默獻上的是一件贗品？

不可能。憑著精湛的書法造詣和對王羲之書法的瞭解，李世民很清楚，眼前這一個個飄若遊雲、矯若驚龍的文字，還有那縱橫恣肆、遒媚飄逸的筆意，的確都出自王羲之之手，世上沒有第二個人寫得出來，也不可能摹寫到這種程度。

詳察古今，研精篆素，盡善盡美，其惟王逸少乎！觀其點曳之工，裁成之妙，煙霏露結，狀若斷而還連；鳳翥龍蟠，勢如斜而反直。玩之不覺為倦，覽之莫識其端……

這是李世民對王羲之書法的公開評價。平心而論，他說的都是真話。他是真的喜歡王羲之的書法，而不只是因為這卷法帖裡藏著天刑盟的祕密。

玩之不覺為倦，覽之莫識其端。

想著這句話，李世民不覺自嘲一笑。此時此刻，面對這卷三百二十四字的法帖，自己還真是「玩之不覺為倦，覽之莫識其端」了。

會不會是從一開始，自己就錯解了呂世衡那幾個血字的意思？天刑盟的祕密根本就不是藏在〈蘭亭序〉的真跡之中？

不。李世民搖了搖頭。自從派遣蕭君默到洛州伊闕抓捕辯才的那一天起，朝野上下已經有多少人為了爭奪這件墨寶付出了性命，那就足以證明它裡面一定隱藏著天大的祕密！

然而，祕密到底藏在哪兒呢？

李世民揉了揉酸痛的眼睛，長長地嘆了口氣。

既然它已經到了自己手中，倒也不急這一天半天。十七年都等了，何必在乎多等幾日？李世民相信，只要天刑盟的祕密確實藏在這幅字裡，那他遲早會將其破解。

當然，還有一種可能，就是這卷法帖裡本來藏有祕密，卻被人做了手腳，掩蓋掉了。

想到這裡，李世民的眼中驀然泛起一絲寒光。

倘若如此，最有可能這麼做的人，無疑便是蕭君默了。

這個年輕人，今天在兩儀殿的一番應答幾乎無懈可擊，可出於一個雄主的直覺，李世民還是隱隱感覺他對自己隱瞞了什麼。

雖然李世民並未表現出絲毫懷疑，但這並不等於他就相信了蕭君默的清白，更不意味著這個年輕人從此就可以平安無事地當他的三品官了。

欲擒之，必先縱之。

這是最起碼的博弈術，也是李世民駕輕就熟的帝王術。

蕭君默，你最好不要欺瞞朕，否則，朕一定會讓你生不如死！

第三章 復仇

子夜時分，六、七條黑影敏捷地翻過一片院牆，悄無聲息地進入了王弘義的宅子。

王弘義的寢室位於大宅第二進的正堂西側。此時雖然已近二更，王弘義卻睡意全無。他怔怔地坐在書案前，手裡拿著一支金簪子。

這支金簪是當年虞麗娘遺落在江陵的。王弘義還記得，二十多年前的那天，他回到家中時，驀然發現人去屋空，首飾盒裡的飾物也都不見了，只有這支金簪靜靜地躺在地上。王弘義知道這肯定是妻子匆匆離去時不慎遺落的，但他更願意告訴自己，這是妻子心裡對他還有未盡的情分，故而有意留給他作為紀念。

從此，這支金簪子就被王弘義揣進了懷中，與他寸步不離，並日日夜夜緊貼著他的胸口……

屋內的薰香似乎燃完了，王弘義拿起案上的鎮尺拍了兩下。近來他時常頭痛失眠，聽醫師說西域的安息香有安神止痛、行氣活血之效，便在房中常燃此香，症狀果然減輕了許多，於是便一日也離不開此香了。

聽到聲音，一個年輕男僕推門而入，躬身施了一禮。他目光一掃便明白了王弘義的用意，隨即輕手輕腳走到香爐旁，熟練地添了薰香，然後又施一禮，用目光詢問王弘義，見他沒什麼表示，才躬身退了出去，輕輕帶上了房門。

這個男僕叫阿庸，才來了幾個月，不過卻讓王弘義很滿意。不為別的，只因為他安靜，而且聰明。王弘義之前的貼身僕從是跟隨他多年的一個老僕，半年前患病身故，之後換了好幾個，他都不滿意，直到有一天注意到這個新來的阿庸，便讓他過來試試，結果就用到了今天。在王弘義用過的僕人中，阿庸最寡言少語，卻又最善解人意。平常服侍他，阿庸總是安靜得像不存在一樣，可一切生活起居卻又照顧得無微不至。王弘義要叫他做什麼，經常不用說話，只需一個眼神他便心領神會，然後就辦得妥妥貼貼了。

像今夜這種忘添薰香的事，似乎還是頭一遭。王弘義微覺詫異，不過轉念一想，人家來了幾個月才犯了這一次小過，實在沒必要計較。

獬豸香爐的輕煙裊裊升騰。

王弘義仍舊沒有睡意，索性取過一卷書看了起來……

此時，那六、七條黑影從後花園翻牆而入後，便弓著腰快速向正堂方向而來。宅中崗哨密布，且不時有巡邏隊往來穿梭。可奇怪的是，這群不速之客似乎早已把宅內的建築布局和防禦情況摸清了，所以成功地避開了沿途的崗哨和巡邏，不消片刻便穿過三進宅院，摸到了正堂附近。

這六、七個人皆穿夜行衣，頭臉皆蒙黑布，腰挎寬刃彎刀，行動迅速，步調統一，顯得訓練有素。為首的黑影身形瘦削，一雙明眸在黑暗中閃閃發亮。

王弘義的寢室外有一片小院，庭院中央是一座假山。一支十來人的巡邏隊剛剛從院外走過，那六、七個黑影便從暗處躥了出來，迅捷無聲地摸到了院牆下，貓著腰緊貼牆根。為首那個瘦削之人警惕地掃了周圍一眼，然後撿起一根樹枝扔過了院牆。

院內無聲無息，此人不禁皺了皺眉。

旁邊一個眼似銅鈴的人忍不住用目光詢問。此人只搖了搖頭，一言不發。

寢室內，一縷青煙從王弘義的眼前緩緩飄過。王弘義吸了吸鼻翼，感覺今晚的薰香似乎味道有些不同。正尋思間，一陣倦意突然襲來，王弘義感覺頭腦昏沉，上下眼皮也開始打架。

方才還很清醒，怎麼忽然就有了這麼強的睡意？

不，這不是睡意！王弘義猛然意識到了什麼，想站起來，但四肢卻鬆軟無力，強行起身的結果便是令他一頭栽倒在地上。

失去意識前，王弘義用盡最後一絲力氣，把那支金簪子狠狠插進了自己腳底的某個部位，然後就閉上眼睛，一動不動了。

聽見屋內傳出砰然倒地的聲音後，站在門外的阿庸無聲冷笑了一下，隨即推開門，看見王弘義面朝門口躺在書案後。阿庸像貓一樣無聲無息地走到王弘義身邊，倏然一腳踢在了他的胸口上。

王弘義紋絲不動。

阿庸再次抬腿，又連踹了幾腳，王弘義還是像死人一樣沒有任何反應。

「王弘義，你也有今天！」

阿庸咬牙切齒，面目忽然變得猙獰。他往王弘義臉上吐了一口痰，這才走出寢室，來到了院門後，壓低聲音道：「墓門有棘，斧以斯之。」

院外傳來回應，居然是一個女子的聲音。「夫也不良，國人知之。」

這兩句暗號出自《詩經・墓門》，是一首抨擊惡人的諷刺詩。

阿庸聞聲，迅速打開院門，門外的六、七個人閃身而入。阿庸探頭看了外面一眼，旋即關上門，與為首的女子交換了一下眼色。女子會意，當即帶著眾刺客與阿庸一起進到了寢室內。看見王弘義的那一刻，女子的眼中瞬間燃起了一團仇恨的火焰。

此時，阿庸和這群刺客都沒有注意到，黑暗中有一雙眼睛早已盯住了他們。

這個盯梢者就是楚離桑。

早在這群刺客從後花園進入第四進庭院時，無心睡眠的楚離桑便察覺動靜，發現了他們，隨即一路跟蹤至此。見他們進了院子，楚離桑也緊跟著摸了過來，然後輕輕翻過院牆，躲到了假山後面。由於寢室門沒關，所以她不但可以看清裡面發生的事情，還能聽清他們講的每一句話。

「阿庸，多謝你了。」蒙面女子道：「終於讓我可以手刃這個魔頭。」

「祭司不必言謝。他是咱們共同的仇人，我恨不得他早一天下地獄！」阿庸一臉憤恨之色。

「可你這回幫我，終歸是違背了先生的命令，回頭先生要是怪罪下來……」

「祭司勿慮，殺了他之後，我自會去向先生請罪，不管先生如何責罰，我都認了。」

「那我陪你，事成之後，咱們一塊兒去跟先生請罪！」

「祭司，這些事大可以回頭再商量。」那個眼如銅鈴的男子急道：「這裡太危險，一刻耽擱不得，還是趕緊動手吧！」

蒙面女子點點頭，目光一沉，宛如利刃一樣釘在了王弘義臉上。「弟兄們，咱們跟這個魔頭都有血海深仇。我先刺第一刀，然後大家一人一刀，這樣我們的親人在九泉之下就都可以瞑目了。」

「一刀不足以解我心頭之恨！」大眼男子恨恨道：「你們先捅吧，最後一刀讓我薩魯曼來，我要割下這傢伙的狗頭當尿壺！」

說話間，眾人皆已抽出了腰間的寬刃彎刀，阿庸也抽出了王弘義藏在臥榻上的一把橫刀。一時間，小小的寢室內一片刀光閃爍。

此時，躲在假山背後的楚離桑早已是萬般驚駭。

從他們的對話可知，這些人都是王弘義的仇人，而且是花了不短的時間精心策劃了這場裡應外合的刺殺。假如在幾個月前遭遇這種事，楚離桑一定會拍手稱快、樂觀其成，因為她當時也認為王弘義死有餘辜。可現在，她不但知道王弘義是自己的生父，更對他產生了一定的感情，此刻到底要不要救他，頓時令她陷入了兩難。

若是救他，這些復仇之人恐怕全都得死，自己無異於助紂為虐；若是不救，自己在這世上的最後一個親人便會死於非命，無法割斷的血脈親情也必將折磨自己一輩子。

怎麼辦？我到底該怎麼辦?!楚離桑從來沒有像現在這麼痛苦、糾結和無助。

寢室內，蒙面女子蹲在王弘義面前，把刀尖抵在了他的胸膛上。「王弘義，你殺人如麻，惡貫滿盈，今天便是你的死期！不過你放心，我不會讓你做糊塗鬼，我要讓你知道，是誰殺的你，殺你又是為誰報的仇，免得你到了陰曹地府跟閻羅王喊冤。」

說完，女子將自己臉上的黑布一把扯下。一張美得不食人間煙火的臉龐露了出來。

幾乎同一瞬間，王弘義倏然睜開雙目，露出一個詭譎的笑容。「黛麗絲，妳居然還活著！」

黛麗絲。這個被稱為「祭司」的蒙面女子竟然就是黛麗絲！

王弘義昏迷之前，將金簪子插進了自己足底的湧泉穴。該穴位為腎經首穴，腎主骨生髓，腦為髓之海，故以中醫的針灸之術而言，針插此穴，可醒腦開竅，治療昏迷。王弘義武功深厚，熟知人體經脈穴位，方才吸入迷魂香，眼看就要暈厥，情急之下將金簪插入湧泉穴，竟然真的避免了昏迷。他料定阿庸不會獨自行動，肯定還有同黨，所以假裝昏死，目的便是將所有刺客引過來，以便一網打盡。

黛麗絲被突然醒來的王弘義嚇了一跳，一時竟愣住了。趁此間隙，王弘義左手抓住刀背，右手猛地一掌擊出。黛麗絲只覺一股大力猛然撞在心口上，一口鮮血從嘴裡噴出，同時整個人向後飛了出去，撞翻了三、四個手下，並徑直飛出房門，重重摔在了庭院裡。

楚離桑沒料到會生此變故，但心裡卻暗暗鬆了口氣。見那個叫黛麗絲的波斯女子摔在地上，連吐了幾口血，有心想上去救，卻又猶豫著挪不開腳步。

薩魯曼和阿庸大驚失色，同時揮刀急攻王弘義。王弘義方才已經拔下足底金簪揣進懷中，此時立刻翻身躍起，揮刀格擋。其他刺客見事已敗露，必須速戰速決，遂顧不上黛麗絲，紛紛上前圍攻王弘義。

王弘義一人力敵六、七人，卻毫無懼色，遊刃有餘，轉眼便砍殺了三人。

「阿庸，我平日待你不薄，為何恩將仇報？」

「呸！」阿庸又急又怒。「我的兄長就是在甘棠驛被你害死的，老子在這兒臥薪嘗膽這麼久，就是為了親手殺你，為我哥報仇！」

他的哥哥便是蕭君默手下的玄甲衛，去年暮春死於甘棠驛血案。

「原來如此。」王弘義又砍倒了一人，冷笑道：「不過我就不明白了，以我對你的信任，你完全可以在食物中給我下毒，何必這麼麻煩呢？」

「下毒就太便宜你了！」阿庸不停進攻。「我們每個人都想親手宰你一刀，心裡頭才痛快！」

王弘義哈哈大笑。「這我倒能理解，奈何你們本事不夠，只能白白送死！」

阿庸不再說話，手中橫刀對著王弘義連劈帶砍，每一招都傾盡全力。

王弘義知道，像這種一心復仇、無懼死亡的人，即使活捉恐怕也問不出什麼有價值的東西，所以跟他周旋已沒有意義，便瞅了個空當兒一刀刺入了他的腹部。阿庸雙目圓睜，仰面倒地。薩魯曼滿臉悲憤，一刀向王弘義當頭劈落。王弘義趕緊閃避，雖然躲了過去，但手臂還是被劃出了一道口子，鮮血滲出，瞬間染紅了身上的白衣。

庭院中，黛麗絲臉色蒼白，渾身無力，爬了幾次都沒爬起來。

院外傳來了呼喝之聲和雜遝的腳步聲，顯然是宅中守衛聽見動靜，正從各個方向趕過來。就在守衛們即將撞開院門的一剎那，楚離桑下定決心，衝過去揹起黛麗絲，旋即縱身躍上西廂房的屋頂，轉眼便消失了。

韋老六帶著守衛們衝進來的時候，看見所有刺客都已經倒在了血泊之中。

王弘義滿身血汙站在寢室門口，一手拿著波斯彎刀，一手提著薩魯曼的首級，揶揄道：「老六，你來得可真及時，這只夜壺送你了。」

話音未落，那顆血淋淋的腦袋便劃過一道優美的弧線落進了韋老六的懷裡。

看著那雙睜得比銅鈴還大的眼睛，韋老六的胃部忍不住一陣痙攣。

楚離桑揹著黛麗絲出了王宅，趕緊問她該往哪個方向走。

「西邊……」

「西邊？西邊哪兒？」

「妳只管……一直往西就行。」黛麗絲聲如蚊蚋，似乎隨時會昏死過去。

楚離桑苦笑，只好拔足飛奔，一口氣跑到了青龍坊的西坊門附近，然後找了個避風的地方把黛麗絲放了下來，邊喘氣邊道：「說清楚，妳到底住哪兒？」

此時黛麗絲已經恢復了一些體力，微笑道：「多謝姑娘出手相救，要不妳就把我放這兒吧，我自己走。」

方才在王宅，黛麗絲一直背對著門口站著，楚離桑沒看清她的長相，此時借著街邊人家門口的燈籠一看，頓時暗暗吃驚，沒想到世上竟有如此美貌的女子。聽剛才那些人喊她「祭司」，楚離桑也不知道是什麼名堂，只知道後來王弘義喊了她的名字，好像是叫黛麗絲。

人美，名字也美，卻不知如此美貌的女子與王弘義有著怎樣的血海深仇。

「妳叫黛麗絲？是西域人？」

黛麗絲點頭。「是的，我是波斯人。敢問姑娘如何稱呼？」

「我姓虞，名桑兒。」楚離桑倉促之下，便用母親的真姓和自己的小名湊了個名字。

「多謝虞姑娘救命之恩！」

「妳為何要刺殺王弘義？」

黛麗絲不作聲，然後警覺地瞥了她一眼。「敢問虞姑娘是何人？方才為何會在王宅之中？」

楚離桑一怔，發現她目光狐疑，便道：「說來也巧，我……我也是去殺他的。」

黛麗絲頗為驚訝，忍不住盯著她。「虞姑娘也是去殺王弘義的？這又是為何？」

「這問題，好像是我先問妳的吧？」楚離桑笑道。

黛麗絲歉然一笑。「他殺了我的……我的父親。」

楚離桑心裡咯噔了一下，驀然想起了生死未卜、多半已不在人世的辯才，眼圈不禁一紅。

「莫非……虞姑娘跟王弘義也有仇？」

楚離桑一臉淒然。「咱倆……咱倆一樣，家父也是被他所害。」

黛麗絲越發驚訝，但見楚離桑神情淒惻，顯然沒有說謊，便同情地握住她的手。「虞姑娘，別太傷心，咱們一定還有機會報仇的。」

楚離桑苦笑，不由在心裡感到慚愧。如果辯才真的已經遭遇不測，那麼王弘義便確確實實是自己的殺「父」仇人，可就在剛才，自己卻還在猶豫要不要救他……

「虞姑娘，妳趕緊走吧，我自己能行。」黛麗絲不想連累她，強撐著要站起來，可終究還是虛弱，腳下一軟，一屁股又坐回了地上。

「瞧妳都站不起來了，還說自己能行？」楚離桑嗔笑著扶起她。「別逞強了，我送妳回去。」

「不不，虞姑娘已經救了我一命……」

「正是我救了妳，才不想讓妳又出意外！」楚離桑轉過身，背朝著她。「上來，別磨蹭了。」

黛麗絲不覺動容，便順從地趴了上去。

王宅正堂，王弘義臉色陰沉地坐在榻上，蘇錦瑟在幫他處理手臂上的傷口。

韋老六和一干手下俯首站在下面，一個個大氣都不敢出。

「老六，看來你和弟兄們來長安住了一陣子，就養尊處優了嘛，竟然讓刺客摸到了我的跟前，還差點把我殺了！」

韋老六和眾人慌忙齊刷刷地跪倒在地。「屬下無能，罪該萬死，還請先生責罰！」

「老六你知道嗎？剛才黛麗絲就把刀頂在了這裡。」王弘義指著自己的胸口。「只要捅進去兩寸，我就見閻王去了。我王弘義這輩子，頭一回被人這麼威脅，而且還是一個幾乎不會武功的弱女子！這事若傳出去，豈不是讓江湖上的朋友笑掉大牙？」

「先生放心，誰要敢亂嚼舌頭，我殺他全家！」

方才，韋老六聽說今晚領頭的刺客居然是黛麗絲，驚得半晌回不過神來。他怎麼也想不明白，明明已經投水而死的黛麗絲為何會起死回生，還三更半夜摸到府裡來行刺。要是剛才那一幕讓他撞見，他一定會認為是鬼魂作祟。

「府裡跟阿庸一塊兒招進來的有幾人？」王弘義沉聲問道。

「回先生，好像……有七、八個。」

「好像？」

「不……不是好像，是……是八個，確定是八個。」

王弘義眼中寒光一閃。「埋了。」

蘇錦瑟一驚。「爹，阿庸蓄謀行凶，其他人不見得知情啊！」

「老六！」王弘義置若罔聞。「沒聽見我說的話嗎？」

「遵命。」韋老六慌忙給一名手下使了個眼色。手下爬起來，匆匆跑了出去。

蘇錦瑟暗暗嘆了口氣。

八條人命，整整八條人命，卻如同螻蟻一般，就這麼被輕輕一撚，便從這個世界上消失了。

片刻後，傷口包紮完，王弘義才對蘇錦瑟露出一個笑容。「沒事了，妳先回去睡吧。」

「是，爹也早點安歇。」蘇錦瑟施了一禮，剛要退下，三名手下氣喘吁吁地跑進來稟報，說搜遍了整座宅邸，卻絲毫不見黛麗絲的蹤影。

「找不著？」王弘義眉頭緊鎖。「莫非她會飛天遁地不成？」

方才王弘義與薩魯曼等人打鬥正酣，並未看見楚離桑救走了黛麗絲。

「先生，」韋老六弱弱道：「黛麗絲會不會是跑掉了？」

「不可能！」王弘義大聲道：「她沒什麼武功，況且還傷得不輕，怎麼可能跑掉？一定還藏在府中！」

「你們都搜仔細了嗎？」蘇錦瑟忽然盯著那三個手下道。數月前黛麗絲對她的囚禁和羞辱，至今仍讓她記憶猶新，而且這輩子都忘不掉。

「回大小姐，喔不，回……回錦瑟小姐，」為首一人道：「弟兄們把府裡的每一個房間都搜遍了，就是找不著。」

自從楚離桑到來之後，蘇錦瑟就從「大小姐」變成了「錦瑟小姐」，因為她只是養女，「大小姐」的稱謂自然要讓給楚離桑。蘇錦瑟對此倍感失落。她萬萬沒想到，更不敢相信，養父王弘義居然會從外面找回一個似乎從未存在過的「親生女兒」。她很好奇，總想問問王弘義這個「親生女兒」的來歷，可不知為什麼，每次話到嘴邊卻又嚥了回去。

「每一個房間？」蘇錦瑟似笑非笑。「我還真不信你的話。」

王弘義蹙眉看著她，顯然聽出了言外之意。

那個手下也反應過來，正要張口解釋，王弘義一抬手止住了他，然後瞥了蘇錦瑟一眼。「走吧，隨爹到後院去看看。」

一行人來到楚離桑居住的小院，只見臥房的窗戶一片漆黑，似乎裡面的人已然熄燈入睡。王弘義上前，輕輕叩了兩下門環。「桑兒，妳睡了嗎？」

屋裡悄無聲息。王弘義耐心等待片刻，又叩門詢問。屋裡終於亮起了燭光，一會兒，房門打開，綠袖擎著一盞燭臺，睡眼惺忪地看著外面眾人。

「綠袖，桑兒睡下了嗎？」王弘義問。

綠袖點點頭。「娘子今日有些不舒服，用過晚飯就睡下了。」

「不舒服？」王弘義登時緊張起來。「她怎麼啦？哪兒不舒服？」

「也沒什麼，就是有些氣悶頭暈，娘子說睡一覺就好了。」

「好，那妳好生照看著，有什麼需要就說，我明早再來看她。」王弘義道：「還有，今晚府裡不太平，有賊人鬧事，妳們當心點。」

「知道了。」綠袖說著，便要把門關上。蘇錦瑟忽然伸手抵住，對王弘義道：「爹，桑兒妹妹不舒服，我這個做姊姊的，總得進去看看吧？」

王弘義明白她的用意，卻沉吟著不說話。

綠袖眼中掠過一絲驚慌，被蘇錦瑟盡收眼底。

「綠袖，把門打開，我進去看看。」蘇錦瑟要把門推開。綠袖用力頂著門板。「不可以，我們娘子好不容易才睡過去，誰都不能進去打攪她。」

「我就看一眼而已，又沒打算叫醒她，妳慌什麼？」蘇錦瑟微微冷笑。

「就是不可以！」

「呵呵，妳一個小小的丫鬟，竟敢這麼跟我說話。」蘇錦瑟面帶笑意，目光卻犀利起來。「快讓開，否則別怪我用家法！」

「我是我們娘子的丫鬟，又不是妳的，妳橫什麼？」綠袖毫不示弱。「你們家的家法，還管不到我綠袖頭上！」

「好一副尖牙利嘴！」蘇錦瑟冷笑，給了身後的下人一個眼色。幾個手下立刻要上前推門，王弘義沉聲一喝。「都給我下去！」

手下趕緊束手躬身。

「錦瑟，就讓桑兒好好休息吧，要看明早再來看，何必非得現在？」王弘義說完，便頭也不回地離開了院子。蘇錦瑟無奈，冷冷掃了綠袖一眼，趕緊跟了出去。

綠袖不無得意地回瞪一眼，砰的一聲關上了門。

走出小院的月亮門時，王弘義對韋老六使了個眼色。韋老六會意，當即點了兩名手下守在了院門口。

「爹，您不會真的信那丫頭的話吧？」蘇錦瑟跟上來，忍不住道。

王弘義腳步不停，淡淡道：「我是信我們家桑兒。」

蘇錦瑟驀然頓住。

雖然她知道王弘義的話或許是無心的，但「我們家」這三個字，還是像一根針一樣在她心上扎了一下。

楚離桑幫黛麗絲翻過坊牆，然後揹著她一路疾行，朝西走了五個坊，又往北過了兩個坊，整整花了一個多時辰，然後才翻越懷貞坊的東坊牆，進入了該坊的東南隅，來到了黛麗絲住的地方。

一路上，她們遭遇了好幾撥巡夜的武候衛。每每聽見馬蹄聲近，楚離桑便要費力地扶黛麗絲爬進街邊的坊牆，等馬隊過去後再翻出來。

前半程，楚離桑都是揹著黛麗絲走；後半程，黛麗絲體力稍有恢復，便下來步行，讓楚離桑攙著走。可即便如此，這一路折騰下來，還是把楚離桑累得筋疲力盡。黛麗絲心裡無比感激。

自己與楚離桑素昧平生，可她不但救了自己，還不顧危險和辛勞送自己回來，這份俠骨柔腸的情義，不禁讓生性冷傲、從未交過知心朋友的黛麗絲感到了少有的溫暖。

一路上二人說了許多話，各自講述了自己的身世，雖然多少都有所隱瞞，但還是大致瞭解了對方。一番攀談後，二人頗有一見如故、惺惺相惜之感，以致來到黛麗絲所住的那幢二層小樓時，彼此竟都有些依依不捨。

小樓有個很好聽的名字——芝蘭，位於一條巷子的深處，白牆碧瓦，從牆內探出了三、兩枝含苞待放的梅花，一派清幽雅致。在來的路上，楚離桑已經得知黛麗絲和她的姨娘，也就是當年收留她的救命恩人一起住在這裡。黛麗絲口中描述的姨娘美麗善良，如同觀世音菩薩一般，楚離桑不由很想見她一面。

「桑兒，隨我上樓歇息片刻吧。」黛麗絲道：「反正天也快亮了，等晨鼓響了妳再走。」

楚離桑沒有拒絕。「也好，我正想拜見一下妳姨娘呢。」

「姨娘一定會喜歡妳的。」黛麗絲粲然一笑，剛要去敲院門，木門忽然吱呀一聲開了，一個魁梧壯實的中年男子提著盞燈籠站在門洞裡，一臉不悅之色。

「黛麗絲，妳忘了先生的叮囑了嗎？為何深夜出門？妳到底做什麼去了？」

看此人裝扮，應該只是僕役下人，不想一開口便是質問和數落，而且口氣嚴厲，楚離桑不禁有些詫異。

「方伯，先生是不希望我隨意出門，可也沒讓你把我關著吧？」黛麗絲冷冷道：「難道我出去走走都不行嗎？」

「三更半夜，穿一身夜行衣出去走走？妳也不怕被武候衛逮住？」方伯冷笑。「黛麗絲，妳如此違抗先生命令，不光是令我為難，也是置妳自己和妳姨娘的安危於不顧！莫非發生在大祭司身上的事情，還不夠讓妳記取教訓？」

楚離桑總算聽出點苗頭了。此人並非下人，而是奉某先生之命，以僕人身分為掩飾，專門在此保護黛麗絲和她姨娘的，本就無須聽命於黛麗絲，怪不得說話口氣這麼衝。

聽對方提起大祭司，黛麗絲的眼圈驀然一紅，說不出話了。

「妳是誰？」方伯把目光轉向楚離桑，滿眼警覺。

「她是我的好姊妹。」黛麗絲搶過話頭。「我今晚就是去找她的，不料在半道跌了一跤，崴了腳，是她送我回來的。」

方伯直直盯著楚離桑，毫不客氣道：「這位姑娘，人妳送到了，請回吧，這裡不待客。」

「方伯，她……她是我的救命恩人！」黛麗絲脫口而出。

「救命恩人？」方伯斜過眼來。「妳方才不是說崴了腳嗎？怎麼就扯到『救命』上了？」

「我……」黛麗絲語塞。

見此人如此不近人情，楚離桑雖然心中不悅，但也不想讓黛麗絲為難，便道：「算了黛麗絲，我先走了，妳好好養傷，咱們改日再約。」

說完，楚離桑轉身欲走。就在這時，院中傳出一個中年女性親切柔和的聲音。「黛麗絲，妳可回來了……」

楚離桑情不自禁地回過頭去，便見一位婦人在一老一少兩個婢女的陪同下從樓內款款走出。方伯見狀，終於露出些許恭敬之色，側了側身子，俯首叫了聲「夫人」。

想必她就是黛麗絲的「姨娘」了。黛麗絲說姨娘有一個很好聽的名字，叫徐婉娘。

徐婉娘緩緩走近。借著旁邊燈籠的光亮，楚離桑看見她年紀四十餘歲，膚色白皙，五官秀美，神情溫婉，氣質淡雅如蘭，雖已不再年輕，卻仍風姿綽約，讓人一見之下便油然而生親近之感。

不知為什麼，楚離桑總覺得她的眉眼似曾相識，彷彿早已見過，卻又說不出在哪兒見過。此外，楚離桑還注意到了，徐婉娘的眼神與常人頗為不同，有點恍惚又有點空茫，像是籠著一片若有似無的輕煙薄霧。

黛麗絲一見姨娘出來，立刻淚濕眼眶，緊走幾步撲進了她的懷裡。

徐婉娘輕撫她的頭髮，柔聲安慰著她。黛麗絲似乎跟她解釋了晚歸的原因，然後招手讓楚離桑過去，給二人做了介紹。

楚離桑斂衽一禮。「見過夫人。」

「這孩子，長得真好看，跟我們黛麗絲一樣好看！」徐婉娘很自然地牽過楚離桑的手，笑容滿面地端詳著她。「走，咱們進屋，讓姨娘好好看看妳。」

一瞬間，楚離桑又想起了母親，心中酸楚，趕緊以笑容掩飾。

方伯見她們要上樓，稍微遲疑了一下，便要上前阻攔，那個老婢女忽然挺身一擋，沒好氣道：「死老頭子，你剛才又凶黛麗絲了是吧？」

此人是方伯的老婆，名叫桂枝，表面身分是芝蘭樓的廚娘，實際上跟方伯一樣，都是奉命保護黛麗絲和徐婉娘的人。

「我那是為她好！」方伯急道：「她今夜一定是出去闖禍了，妳沒瞧見她受傷了嗎？」

「我又沒瞎，咋沒瞧見？」桂枝白了他一眼。「你有話不能好好說？非得擺臭臉給人看？」

「起開起開，我跟妳說不清楚。」

方伯想推開她，不料桂枝卻雙手扠腰，兩眼一瞪。「你想幹麼？」

「先生說過好多次了，不能讓外人進來……」

「那姑娘不算外人，我看黛麗絲跟她親著呢！」桂枝不以為然，哼道：「你別多管閒事了，睡你的覺去！」

「噯，妳這婆娘怎麼不講道理呢？」方伯也瞪眼。「我這是奉命行事，啥叫多管閒事？」

「老娘就不講道理了，你能怎麼著？」桂枝挑釁地逼近他。「你要是嫌棄老娘，那好啊，外面講道理的年輕姑娘多的是，你索性把老娘休了，再去找一個唄！」

方伯被她逼退了好幾步，氣急無奈。「妳、妳……妳這婆娘，真是胡攪蠻纏，不可理喻！」

「爹，娘，你們一天不吵架就渾身不得勁是吧？」方才那個年輕婢女忽然從二樓窗口探出頭來，一臉不屑。「再吵我告訴先生去，把你們兩個都弄走！」

她是方伯和桂枝的獨生女，叫杏兒，年方十四、五歲，生性潑辣，向來跟爹娘沒大沒小。

「嘿，妳個死丫頭，又皮癢了是吧？有本事給我滾下來！」桂枝指著樓上罵。

杏兒做了個鬼臉，把頭縮了回去。方伯趁此機會，趕緊溜之大吉，躲進了小樓旁的廂房裡。桂枝回頭找不著人，又意猶未盡地罵了幾句，這才悻悻作罷，拐進了院子另一頭的灶屋。她必須趕緊給黛麗絲熬藥，因為她方才已經看出來了，黛麗絲受了不輕的內傷。

徐婉娘似乎很喜歡楚離桑，拉著她的手噓寒問暖。儘管聊的都是一些家長里短的瑣碎話題，可楚離桑卻覺得跟她說話有一種很安詳、很溫馨的感覺，甚至只是靜靜地聽她說，心中便會流淌過一陣濃濃的暖意。

自從母親死後，楚離桑就再也沒有過這種感覺了。

當得知楚離桑已然父母雙亡時，徐婉娘當即掉下淚來。「妳和黛麗絲一樣，都是苦命的孩子，若不嫌棄，以後我便是妳的姨娘了，妳要常來陪姨娘說話，好嗎？」

楚離桑忍住眼淚，鄭重地點了點頭。

「對了孩子，妳眼下在何處安身？」徐婉娘忽然問。

楚離桑有些納悶，因為方才聊家常時，她已經跟徐婉娘講過了，說自己寄居在一個親戚家中，不知她為何如此健忘。楚離桑又說了一遍，徐婉娘略顯遺憾地笑笑。「哦，是這樣，那也好……姨娘本想讓妳留下來呢。」

楚離桑越發詫異，因為徐婉娘這句話也已經說過了，可看她的神情又像是頭回說的一樣。莫非她患上了老年人常有的痴呆之症？可是她四十多歲的年齡，無論如何也不該得這種「老年人」才有的病啊！

三人又聊了一會兒，桂枝端著藥進來，讓黛麗絲喝了，然後便催促徐婉娘回房歇息。徐婉娘起身，忽然想起什麼，問楚離桑。「對了孩子，妳還沒告訴姨娘妳叫什麼呢。」

楚離桑和黛麗絲對視一眼，暗暗苦笑。因為這話徐婉娘剛才也已經問過了。

楚離桑只好又說了一遍，說自己叫「虞桑兒」。

「虞桑兒……真好聽的名字！」徐婉娘心滿意足地笑了。「答應姨娘，以後一定要常來啊。」

楚離桑點了點頭，然後再次注意到了她眼中那片若有似無的輕煙薄霧。到底是什麼東西擋住了她的眼睛，又在某種程度上遮蔽了她的心智呢？

徐婉娘和桂枝離開後，黛麗絲察覺到了楚離桑的困惑，便嘆了口氣，道：「如妳所見，姨娘有時記不住事。剛說的話，她會轉眼即忘，見過的人也是。」

楚離桑心裡一陣難受。「為什麼會這樣？姨娘這樣子……已經多久了？」

黛麗絲搖搖頭。「我也不知道多久了。我只知道，當年姨娘收留我的時候，就已經這樣了。」

「可她卻一直都能記得妳，對嗎？」

黛麗絲眼中泛出了淚光，臉上卻露出一個幸福的笑容。「是的，她記得我，從收留我的那一天起，直到現在，她從來沒有忘記我。」

「她只問過一遍妳的名字？」

黛麗絲點頭。

「可她卻問了我好多遍。」楚離桑苦笑。

「姨娘一定會記住妳的。下次妳來，她一定會認出妳，相信我。」

「但願如此。」楚離桑勉強笑笑。「除了記不住眼前的事，姨娘把過去的事也都忘了？」

「是的。她全部的記憶，都是從她丈夫開始的……」

「她丈夫？」

「一個以掘墓為生的男人。」黛麗絲苦笑。「一個遠遠配不上姨娘的男人。」

「姨娘怎麼會嫁給那樣的人？」楚離桑愕然。

「我當年也問過姨娘這個問題。」

「她怎麼說？」

「她說……她也不知道。」黛麗絲頓了頓，又道：「後來姨娘倒是跟我講了一些，她說她最早的記憶，是從一片墓地開始的……」

「墓地？」楚離桑頓覺毛骨悚然。

「是的。姨娘說，她人生中的第一個記憶，是她坐在一口棺材裡，而棺材就在深深的墓坑裡。她不知道自己為什麼在那兒，就彷彿她是從棺材裡面出生的一樣。」

楚離桑不由倒吸了一口冷氣——世上竟然會有如此匪夷所思的事情?!

「那後來呢？」

「當時，那個男人就站在棺材邊，好像嚇得不輕，後來知道她還活著，就把她帶回了家。姨娘問他是誰，他說他是姨娘的丈夫。當時姨娘連自己是誰都不知道，離開他也不知道該去哪裡，只好跟他一起過了……」

「那個男人撒謊！」楚離桑不禁義憤。「他肯定是騙姨娘的！」

「是啊，後來姨娘也猜出來了，可一來感於救命之恩，二來那個男人也待她不錯，姨娘便沒有離開了。」

「再後來呢？」

「再後來，姨娘就收留了我。有一天，一群壯漢突然衝到家裡來，要帶走姨娘，那個男人想反抗，被他們一推，撞在石磨上死了。再往後的事情妳都知道了，我被送到了祆祠，姨娘被送到了這裡。我十六歲升任祭司那年，大祭司便讓我跟姨娘重逢了……」

「這個大祭司，是否就是妳和方伯說的那個『先生』？」

黛麗絲搖搖頭。「我昨晚沒跟妳說實話，其實王弘義殺害的不是我父親，而是大祭司。」

楚離桑驚訝。「那……那你們說的這個先生又是何人？」

黛麗絲遲疑，顯然有難言之隱。楚離桑見狀，也不便再追問。

寒夜既漫長又短暫。很快，耳畔便已隱隱傳來承天門上的隆隆晨鼓之聲，緊接著六街鼓也依次播響了。

楚離桑旋即跟黛麗絲告辭，離開了芝蘭樓。

天色漸漸亮了，眼前不知何時又飄起了雪花。楚離桑抬頭望著灰濛濛的天空，一時竟有些恍惚，感覺昨晚經歷的一切就像是一場不真實的夢。

徐婉娘一定有著非同尋常的身世，也一定有著一段坎坷的過往，否則她不會「出生」在一口棺材裡，還被一個掘墓人帶回家做了老婆，更不會被某位先生鄭重其事地保護起來。

如果姨娘能夠清楚地記得過去的一切，她必然會活在痛苦和憂傷之中。楚離桑想，就此而言，她忘記了一切過往，其實未嘗不是一件幸事……

為了儘快趕回青龍坊，也為了避免讓人認出自己的「逃犯」身分，楚離桑低頭從懷貞坊的南坊門出來之後，往東步行了兩個坊區，終於在蘭陵—靖安街口僱到了一輛馬車。

楚離桑低頭鑽進車廂的瞬間，一騎白馬恰好從蘭陵坊的東坊門出來，與馬車擦肩而過。

馬上的騎者是蕭君默。

他們誰也沒有看見對方。

馬車向南行去，白馬朝北疾馳。很快，二者便各自消失在了長街的盡頭。

第四章 國士

魏徵閉著雙目，一動不動地躺在榻上，彷彿已然進入長眠。

李安儼靜靜地站在一旁，眼圈泛紅，神情肅然。

方才魏徵長子魏叔玉領他進來時，本想叫醒父親，卻被他攔住了。「不必了，讓太師休息吧，我就是來看看他，看一眼就走。」

可這「一眼」，李安儼卻足足看了大半個時辰。適才魏叔玉進來了幾次，想請他到書房安坐等候，都被他拒絕了。

他現在就想這麼陪伴太師，一刻也不願離開，似乎只有這樣才能讓自己稍感心安。

昨天，當他得知魏徵在東宮暈厥，差一點就沒搶救過來時，頓覺血往上衝，恨不得立刻衝進東宮一刀宰了李承乾！

當然，他知道自己不能這麼做，所以只能在心裡咒罵李承乾，同時替太師叫屈——為了維護太子，他付出了多少心血，到頭來卻險些把自己的老命扔在了東宮！

聽魏叔玉說，太師昨天被東宮的人抬回來後，便一直昏迷不醒。聖上聞訊後，遣了趙德全和一批太醫前來探望診治，總算讓太師醒了過來，但是幾個太醫都對病情不太樂觀，臨走前吩咐家人讓太師休息靜養，切莫再令他傷心動氣，否則後果就難料了。

此刻，李安儼的內心充滿了矛盾和不安——他既不想攪擾太師，可眼下又有急務必須向身為「臨川先生」的太師稟報，所以異常躊躇，不知如何是好。

他想稟報的急務，便是黛麗絲的事情。

一想起這個黛麗絲，李安儼便頗感頭痛。去年夏天，王弘義派蘇錦瑟查找徐婉娘的下落，結果落入了太師早就設計好的陷阱。原本事情進展得很順利，他們僅以犧牲夜闌軒老鴇秀姑的微小代價，便掌握了王弘義的情報，知道了他在長安的據點，而索倫斯和黛麗絲本來也都可以照原定計畫安全轉移，不料黛麗絲的一時衝動便打亂了整個計畫，導致蘇錦瑟被劫回、索倫斯被殺，連黛麗絲自己也險些葬身水底。

那天，太師先是命索倫斯把蘇錦瑟押解過來，稍後又覺得不太放心，便命李安儼去接人。就在李安儼行至輔興坊南面的石橋時，竟目睹了索倫斯被殺和黛麗絲投水的一幕，他趕緊跳進永安渠中，好不容易才把沉入水底行將溺斃的黛麗絲救到了岸上，保住了她的命。

事後，太師命他把黛麗絲安置在懷貞坊的芝蘭樓，讓她和徐婉娘住在一起，並命老方等人嚴密保護。本以為她會從此安分，不料就在昨夜，她竟然又闖禍了……

「安儼，你來了……」

魏徵不知何時睜開了眼睛。李安儼回過神來，當即雙膝跪地，趴在床榻邊沿，又驚又喜道：「先生，您……您終於醒了！」

魏徵一雙渾濁的眸子看了他片刻，忽然一笑。「老夫還沒交代後事呢，豈能就這麼死了？」

隨後，魏徵不顧魏叔玉及家人勸阻，強行下榻，在李安儼的攙扶下來到了書房，然後便把所有人都屏退了。

「說吧，出什麼事了？」剛一坐下，魏徵便看穿了他的心事。

李安儼本來還在猶豫要不要稟報，聞言不禁自嘲一笑。「什麼都瞞不過先生。」

今日晨鼓剛剛響過，李安儼便接到了臨川舵屬下的兩份急報：一份是負責監控青龍坊王宅的手下所報，稱昨夜王宅發生了不小的動靜，而且潛伏其內的暗樁阿庸隨後失聯，目前尚無法得知具體情況；另一份是芝蘭樓的老方所報，稱黛麗絲昨夜趁其不備偷偷出門，半夜負傷而歸，還帶回了一名陌生女子。

李安儼深感事態重大，立刻趕到芝蘭樓跟黛麗絲問清了整個事情經過。

此刻，聽完李安儼的稟報，魏徵苦笑了一下。「這個黛麗絲，終究還是不忘復仇啊！」

「先生，都怪屬下失職，才讓黛麗絲闖下禍事……」

魏徵擺擺手。「除非你把她綁起來，否則便是防不勝防。」

李安儼沉沉地嘆了口氣，說道：「屬下萬萬沒想到，阿庸竟然會跟黛麗絲聯手，背著咱們去刺殺王弘義……」

「這就說明，阿庸跟王弘義肯定也有仇。」

「沒錯，黛麗絲說了，阿庸有個哥哥是玄甲衛，去年在甘棠驛殉職了。」

「這件事是我疏忽。」魏徵苦笑。「阿庸是我親自指派的，我卻忘了這一茬。」

當初得知王弘義的據點所在後，魏徵和李安儼便進行過一番討論。李安儼認為王弘義凶險至極，乾脆把情報暗中呈給皇帝，讓朝廷把王弘義和冥藏舵一鍋端了，以絕後患。然而，魏徵思考良久，卻沒有同意這個方案。一來是因為冥藏舵的人畢竟都是天刑盟的兄弟，把他們出賣給朝廷，他於心不忍；二來是擔心冥藏詭計多端，萬一在抓捕行動中漏網，日後要想再查到他的行蹤就千難萬難了。所以，思前想後，魏徵還是決定派出細作打入王宅，同時派人在周邊監控，隨時掌握王弘義的動向，然後根據事態發展再做打算。

可是，眼下被黛麗絲這麼一鬧，計畫顯然又被打亂了。

「如果我所料不錯，王弘義最遲今日便會轉移，你是否已做好安排？」魏徵問。

「先生放心，屬下都交代好了，周邊的弟兄們會盯死他。」

「讓弟兄們小心為上。如今既已打草驚蛇，王弘義必然十分警覺，所以咱們寧可把人跟丟了，也絕不可冒險。」

「是，屬下回頭便去傳令。」

「你方才說，黛麗絲昨晚帶了一名女子回芝蘭樓，那女子是何人？」

「此人名叫虞桑兒，昨夜黛麗絲行刺失敗受了傷，便是這個虞桑兒救了她。」

「虞桑兒……」魏徵沉吟，驀然想起辯才的女兒也叫桑兒，不過又一想，也許只是巧合罷了。

「她是在王宅裡救了黛麗絲嗎？她為何會在那個時間點恰好出現在那裡？」

「據黛麗絲說，這個虞桑兒的父親也是死於王弘義之手，昨晚同樣是去行刺的，見黛麗絲受傷，便救了她，並冒險把她送回了芝蘭樓。」

「若此言不虛，這個虞桑兒倒也是個俠女。」

「是的，不過屬下總覺得此事太過巧合，不免讓人心生疑竇。」

「言之有理，不可不防。」魏徵深以為然。「你讓老方做好準備，萬一有什麼情況，立刻將徐婉娘和黛麗絲轉移。」

「先生放心，這個屬下也已經安排好了。」

魏徵滿意地點點頭，然後深長地看著他。「安儼，你跟隨我多少年了？」

「整整三十年了！」李安儼想起了如煙往事，不禁頗為感慨。

他的父親也是臨川舵成員，隋朝大業末年在一次行動中犧牲。當時他年僅十餘歲，便被魏徵接到身邊做了書僮，此後跟隨魏徵走南闖北，投瓦崗，歸李唐，入東宮，輔今上……風風雨雨三十年來，他不僅是魏徵在朝中的心腹股肱，更是其臨川舵中的左膀右臂。生死與共這麼多年，二人的感情早已形同父子。

「古人說，三十年為一世。看來，老夫也該交班了。」說著，魏徵顫顫巍巍地站了起來，李安儼要過來扶，被他擺擺手阻止了。

魏徵傴僂著腰，慢慢踱到了屏風後面，片刻後，捧著一只銅匣走了出來。

李安儼看見魏徵重新坐下，從懷中掏出一把精緻的鑰匙打開了銅匣，然後畢恭畢敬地從匣中取出一個錦緞包裹的東西，放在案上，最後才看著他道：「打開。」

「先生……」李安儼已經預感到了什麼，心中驀然有些緊張。

「打開它。」

錦緞有好幾層。李安儼抑制著內心的激動，輕輕顫抖著伸出了手。

隨著最後一層錦緞掀開，一隻左半邊的青銅貔貅便映入了李安儼的眼簾。

蕭君默一大早出了延興門，獨自到白鹿原祭祀了養父。他跪在墳前，向養父講述了這大半年來的經歷，同時表達了自己未盡孝道的愧疚之情，其間幾度哽咽，潸然淚下。最後，他磕了幾個響頭，輕聲道：「爹，兒子回來了。兒子一定會讓害您的人得到報應，讓您在九泉之下得以瞑目！」

回城後，蕭君默徑直來到了永興坊的魏徵府邸。

昨日剛一回朝，他便聽說魏徵病了，而且病得很重，所以於公於私，他都必須來探望。當然，除了探病之外，蕭君默此行還有兩個重要的目的，其一是說服魏徵放棄太子，其二便是徹底弄清自己的身世之謎。

出於某種必要的考慮，蕭君默沒走正門，而是從一條巷子來到了魏府的東側小門。巷子很幽靜，行人稀少。他敏銳地觀察了一下四周。忽然，斜對過一座二層小樓上，有一扇窗戶原本打開了一條縫，這時卻啪地一下關上了。

蕭君默不動聲色，叩響了門上的銅環。

下人開了門，問明身分後，旋即進去通報，然後魏叔玉出來迎接，徑直把他帶到了魏徵的書房外。蕭君默在迴廊上等候了片刻，魏叔玉便領他進去了。

一看見魏徵憔悴枯黃的面容，蕭君默心裡不禁一陣酸楚。

時隔不過半年多，這位原本還很硬朗的老人彷彿一下就進入了風燭殘年。

魏叔玉命下人奉上清茶，然後悄悄退了出去。賓主見禮後，隔著一張書案對坐。魏徵端詳了他一會兒，開口道：「賢姪，還記得去年你來告別，老夫對你說過的話嗎？」

「當然記得。您說長安是我的家，無論我走了多遠、去做什麼，最後都一定要回來。」

「沒錯，看來你沒讓老夫失望。」

「太師，晚輩不在的這些日子，聽說您多次去看望過家父，晚輩不勝感激！」

蕭君默抱了抱拳。

「鶴年是跟隨我多年的兄弟，我自然要去看他。」魏徵淡淡笑道：「你無須掛懷。」

「聽聞太師身體抱恙，晚輩甚為不安，還盼太師早日痊癒，康泰如常。」

「人生一世，草木一秋，老夫這回恐怕是大限已至、在劫難逃了。」魏徵苦笑了一下。「不過，老夫其實並不畏死，只是有些事還沒做完，終究有些放不下罷了。」

「太師最放不下的，想必便是東宮吧？」

蕭君默要輔佐吳王李恪奪嫡繼位，勢必要與東宮和魏王開戰，所以在此之前，他必須盡最大的努力說服魏徵放棄太子。如若不然，整個臨川分舵都會變成自己的敵人。蕭君默絕對不能讓這種情況出現。

魏徵聞言，笑了笑，不答反問：「賢姪此次回朝，是打算幫哪位皇子呢？」

「太師認為晚輩應該幫哪位？」

「如果你肯聽我的，我一定會勸你誰也不要幫。」

「太師時至今日，還認為太子是最有資格入繼大統的嗎？」

「不，老夫從不這麼認為。說心裡話，老夫甚至不太喜歡他。」

「那太師為何還要一心維護他？」

「你錯了，老夫維護的並不是他，而是老祖宗傳下來的嫡長繼承制。」

「即使明知這個嫡長子不賢不肖，您也還是要維護這種制度？」

魏徵輕輕一笑。「照賢姪的意思，是不是認為儲君皆應由賢能者居之？」

「晚輩這麼認為難道不對嗎？」

「道理上是對的，可惜當真實行便會貽害無窮。」

蕭君默眉頭微蹙。「為何？」

「若儲君不以嫡長立，而以賢能立，那麼『賢能』二字該如何判斷？以何為準繩？」

「自然是以德才兼備為準繩。」

「好，即便以此為準繩，那麼龍生九子，設若皆有賢能之名，又當立哪一子？又怎知何者為真賢能，何者為假賢能？又如何判斷何者之賢能乃為第一賢能？」

蕭君默聞言，頓時一怔。

不愧是當朝第一諍臣，雄辯之才果然了得！當然，蕭君默也不會如此輕易便被駁倒。他略微思忖，便迎著魏徵的目光道：「孔子曰：『視其所以，觀其所由，察其所安，人焉廋哉？』曾子亦言：『十目所視，十手所指，其嚴乎！』一個人的言行舉止若處於眾目睽睽之下，是否賢能便自有公論。上自天子宰相，下至百官萬民，難道都不足以考察和判斷一個人是真賢能還是假賢能嗎？」

「賢姪此言固然不無道理，可你所言之前提，便是天子宰相和百官萬民所做之考察和判斷，都必須出於純正無私之公心，但事實上這可能嗎？賢姪也是遍覽青史之人，當知自古以來，歷朝歷代，在涉及立儲的大事上，朝野人心只會圍繞各自的利益打轉，何曾有幾個真正秉持公心之人？倘若天子宰相和百官萬民各取所愛、各有所附、各擅一端、各執一詞，賢姪又該如何判斷？」

蕭君默語塞。

「再者，世上之人，誰不自以為賢能？誰又甘願承認別人比自己賢能？」魏徵接著道：「是故，為了爭這個所謂的真賢能或第一賢能，皇子們便會以權術謀之，以武力奪之，這不正是禍亂的根源嗎？古人正是看到了這一點，才不得不確立了嫡長繼承制，以杜絕『儲君之位可經營而得』的念想，目的便是讓兄弟鬩牆、骨肉相殘的人倫慘劇不再發生！賢姪啊，古人所創之嫡長制，何嘗不是苦心孤詣、自無數血淚中得出的教訓?!即便它不是最好的制度，但它也是兩害相權取其輕的最不壞的制度。」

聽完這番話，蕭君默不由陷入了沉思。

一直以來，他都從未如此深入地思考過嫡長制的來源及其合理性，而是下意識地認為「立賢」才是最合理的制度。然而今天，他卻實實在在地挨了當頭一棒。也是直到今天，他才真真切切地認識到，魏徵之所以苦心維護嫡長制，並非出於泥古不化的迂腐思想，乃是出於審慎的思考和悲天憫人的情懷。他不得不承認，魏徵所秉持的這個信念幾乎是不可能被別人瓦解的。所以，從這個角度，他恐怕很難說服魏徵放棄李承乾。

然而，不從這個角度勸說還能從什麼角度呢？

蕭君默今天是有備而來的，除了勉力說服之外，他當然另有辦法。可是，不到萬不得已，他還是不想對這位令人崇敬的老人使出撒手鐧。

「太師，聽君一席話，勝讀十年書。晚輩見識淺薄，徒然貽笑大方，真是慚愧無地！」

「賢姪也不必過謙。以你的年紀，能有如今這般見識已屬不易了。」

「太師，晚輩雖然折服於您所說的道理，但仍然不贊同您所做的選擇。在當今的太子、魏王和吳王三位皇子中，的確只有吳王最為賢能！朝野對此有目共睹，連天子對此也是心知肚明。太師難道不這麼認為？」

魏徵一笑。「賢姪果然是選擇了吳王。」

「太師認為晚輩的選擇不對嗎？」

魏徵搖搖頭。「這不是簡單的對與錯的問題。」

「那是什麼問題？」蕭君默不解。「吳王德才兼備、文韜武略，如果立他為太子，不是更有利於我大唐社稷的長治久安，更能維護並光大聖上的千秋基業嗎？」

「千秋基業？」魏徵苦笑。「恰恰相反，吳王上位，才更有可能毀了聖上的千秋基業。」

「這又是為何？」蕭君默大為詫異。

「原因很簡單，因為吳王是庶子。倘若庶子以賢能為由上位，在聖上一朝開了『廢嫡立庶』之先河，那麼聖上的子子孫孫必將群起而效仿，人人皆以為儲君之位可經營而得。如此一來，試問我大唐還如何長治久安？到時候恐怕就國無寧日了，還談什麼千秋基業？」

「太師，縱使您成功維護了當今一朝的太子，可您又如何保證今後每一朝都有一個魏太師全力維護嫡長制？縱使嫡長制在當今一朝不被打破，可日後的太子若仍如李承乾這般，必然就有更為賢明的皇子試圖取而代之。倘若如此，即便嫡長制如您所願保全了，可聖上的千秋基業不也依舊存在種種後患和風險嗎？」

魏徵聞言，不禁哈哈大笑了起來。

蕭君默忽然發現，魏徵眼中不知何時竟然泛出了昔日的神采，彷彿他的病瞬間便好了大半。這一發現讓他頗有些欣慰。可猛然，一個念頭又闖入他的腦海，讓他的心情一下沉重了起來。

迴光返照！他隱隱察覺，此刻魏徵的表現，很可能只是大限將至前的迴光返照。

「賢姪才思敏捷，言辭犀利，老夫差點就說不過你了。」魏徵朗聲笑道：「你方才所言，其實已將古往今來皇權繼承的困境一語道破！說穿了就是兩個字：兩難。無論是立嫡還是立賢，都有各自的利弊，這是無可奈何之事。正因為此，老夫方才才說：嫡長制不是最好的制度，只是兩害相權取其輕的最不壞的制度。至於將來能否發明更好的制度，那就要靠你們這些後生俊彥了。老夫現在能做的，只有善始善終地堅持自己的選擇。換言之，只要我魏徵活一天，便一天不會支持廢長立幼、廢嫡立庶。」

「太師，」蕭君默話鋒一轉。「聽說您昨日入東宮時忽然暈厥，想必一定是太子有什麼出格的言行，惹您動怒所致吧？」

魏徵臉色稍稍一黯，卻不假思索道：「你猜錯了。昨日之事，皆因老夫久病體虛所致，與太子無關。」

蕭君默在心裡一聲長嘆。事到如今，他已別無選擇，只能向魏徵攤牌了。

「太師，晚輩此番亡命天涯，雖九死一生，但也見了不少世面。尤其有幸的，便是結識了天刑盟的新任盟主。太師想不想知道他是誰？」蕭君默觀察著他的表情。

「新任盟主？」魏徵一怔，不由眯起了眼睛。「本盟自智永盟主圓寂之後，便未再立盟主了，不知賢姪何出此言？」

「正因為本盟這麼多年未立新主、群龍無首，才令冥藏這種野心勃勃之人乘虛而入，幾次三番圖謀不軌。有鑑於此，左使辯才審時度勢，便與舞雩分舵袁公望、東谷分舵郗岩、浪遊分舵華靈兒等人，共同推舉了一位新盟主，於是晚輩也就躬逢其盛，見證了本盟新任盟主的誕生！太師既為本盟臨川舵主，如此大事，晚輩理當讓您知曉。」

聽他一口一個「本盟」，魏徵不禁又驚又喜。「聽賢姪之意，你現在也是本盟之人了？」

蕭君默含笑點頭。

「很好，很好……」魏徵喃喃著，臉色因激動而微微泛紅。「左使此舉堪稱英明！若非如此，天刑盟便是一盤散沙，只怕就無法阻止冥藏禍亂天下了。賢姪快告訴老夫，這位新盟主究為何人，現在何處？」

「太師，左使曾經跟晚輩講過本盟的一個規矩：若見本盟盟印『天刑之觴』，便如親見盟主本人。想必太師也知道吧？」蕭君默不答反問。

「這是當然。」魏徵不明白他為何忽然提起這個。

「那太師會不會遵守這個規矩？」

「這還用說！」魏徵越發不解。

蕭君默又看了魏徵片刻，然後淡淡一笑，從袖中取出了一個用絹帛包裹的東西，放在案上，接著輕輕掀開一層絹帛，又掀開一層薄紗，一隻頭角崢嶸、昂首挺胸的青銅貔貅就此展露在魏徵面前——貔貅的身體左側刻著「天刑」二字，右側刻著「之觴」二字。

天刑之觴?!魏徵的眼中光芒乍現，不自覺地屏住了呼吸。

身在天刑盟近四十年，魏徵只見過這件至尊之物三次。最後一次是在武德九年春，正值隱太子與秦王的鬥爭趨於白熱化之際，盟主智永親至長安，向他下達了「先下手為強，除掉秦王」的指令。智永與他熟識，本無須出示盟印，但還是遵照天刑盟的規矩向他出示了，同時還出示了「臨川之觴」的陰印，與魏徵手中的陽印若合符節地扣上，嚴格履行了號令分舵的相應手續。

從此，魏徵便再也沒見過盟主，自然也沒再見過天刑之觴了。

這一別，便是整整十七年！

對自知時日無多的魏徵而言，能在此刻最後看一眼盟印，無疑是一種莫大的欣慰。

魏徵把盟印捧在手上，顫顫巍巍地摩挲著，眼中淚光閃動。

蕭君默見狀，不禁也有些動容。

許久，魏徵才將盟印放回原處，抹了抹眼睛，笑道：「老夫失態了。敢問賢姪，新盟主如今到底身在何處？是否已到長安？老夫已時日無多，還望賢姪儘快帶老夫前去拜見。」

蕭君默微微苦笑。他能理解魏徵，知道魏徵一定是把自己當成了新盟主身邊的人，而萬萬不會料到他就是天刑盟的新任盟主。

事實上，直到今天，蕭君默自己也還未能完全適應這個角色。這大半年來發生在自己身上的事情都有些匪夷所思，尤其是最後就任盟主這件事，更為不可思議，讓蕭君默至今仍有一種不真實的感覺，也就無怪乎旁人難以把他和「盟主」聯在一起了。

「太師，您忘了我剛才問您的話了？」

「剛才？」魏徵似乎意識到了什麼，眼中露出難以置信的神色。「賢姪的意思是……」

「是的，您現在心中所想的念頭便是了，」蕭君默不無感慨地笑了笑。「儘管這件事如此令人難以置信，就連晚輩自己都不大敢相信是真的。」

魏徵不由睜大了眼睛，定定地看著他，嘴裡喃喃道：「若見天刑之觴，便如親見盟主……賢姪，你當真就是……就是新任盟主?!」

「如假包換。」蕭君默迎著他的目光，臉上是一種雲淡風輕、泰然自若的笑容。

魏徵騰地站起身來，速度快得讓蕭君默都來不及反應，緊接著單腿跪地，俯首抱拳。「屬下臨川魏徵，見過盟主！」

「太師快快請起！」蕭君默慌忙把他扶了起來。「切莫行此大禮，晚輩萬萬受不起。」

「盟主在上，屬下豈敢倚老賣老？」魏徵不禁喜極而泣，兩行清淚從眼角流淌下來。「說心裡話，儘管此事令屬下頗感意外，可細細一想，委實沒有誰比賢姪更適合做這個盟主，看來左使和舞雩、東谷那幾個兄弟，的確是有眼光啊！」

「太師過譽了。」蕭君默扶著魏徵坐下。「晚輩忝任此職，實在是勉為其難，心中常感不安，生怕能力不濟，有負左使和本盟弟兄的重託。」

「對了盟主，左使和他女兒似乎沒跟你回來，不知他們現在何處？」

聽魏徵正式稱呼「盟主」，蕭君默頗有些不習慣，但眼下也無暇客套這個便默認了。說到下落不明的辯才和楚離桑，他不由神色一黯，便將這大半年來的經歷和遭遇大概講了一遍，包括過秦嶺、下江陵、取三觴、獲真跡、天目山遇伏、辯才失蹤、齊州平叛、楚離桑被冥藏擄走等等。

魏徵聽得唏噓不已，最後長嘆一聲，道：「左使為了完成智永盟主遺命，誠可謂鞠躬盡瘁！盟主為保護左使和本盟聖物，歷經千難萬險，九死一生，亦令屬下萬分感佩！」

蕭君默擺擺手，苦笑了一下。「那都是晚輩該做的，無足掛齒。倒是眼下的長安，朝野上下暗流洶湧，各方勢力蠢蠢欲動，形勢已然十分危急。在晚輩看來，眼下的危局無疑比此前的任何艱險都要可怕，也更難應對！晚輩既然忝任盟主，身負守護天下之責，便絕不能袖手旁觀。所以，晚輩懇請太師伸出援手，鼎力相助！」

魏徵聽出他又在暗示東宮之事，便咳了咳，隨口敷衍道：「如今的形勢確實錯綜複雜，所以才須從長計議，切莫心急……」

「心急？」蕭君默苦笑。「太師其實最清楚，眼下的奪嫡之爭已呈一觸即發之勢，冥藏那些人為了火中取栗，更是唯恐天下不亂！長安的劫難就在眼前，太師豈忍坐視?!」

魏徵渾身一震，不由蹙緊了眉頭。

「如今，幾位奪嫡的皇子背後都有天刑盟的勢力，他們何時會發難，會以何種方式對何人下手，太師可知？」蕭君默目光如電，直逼魏徵。「還有，在當今的朝廷重臣中，除了太師您以外，還潛伏著兩個天刑盟的舵主，他們是誰？他們在朝中潛伏了這麼多年，意欲何為，太師可知？倘若他們有比冥藏更大的野心，有比他更可怕的圖謀，那麼聖上的安危、社稷的安危、整個大唐天下的安危，又將被置於何地?!」

聽完這番話，魏徵額頭上已是冷汗涔涔，一雙眼眸光芒盡失，重新變得灰暗渾濁。

蕭君默心中大為不忍，可事關家國安危和社稷存亡，他又不得不這麼做。

片刻後，魏徵才抬起黯然的目光。「你方才說，有兩個潛伏在朝中的天刑盟舵主，一個我知道，是玄泉，還有一個是誰？」

「素波。」

魏徵若有所思。「徐豐之的後人？」

「正是。」

「那盟主能不能告訴老夫，這個玄泉和素波到底是什麼人？」

「此二人位高權重，深受聖上信任，萬一心懷不軌，後果不堪設想。」蕭君默道：「不過，他們究竟是什麼人，請恕晚輩暫時無可奉告，除非……除非太師願意放棄太子，和晚輩站在一起。」

魏徵苦笑了一下。「現在老夫已經是你的屬下，如果你以盟主身分下令，老夫也不敢不遵。」

「我當然可以這麼做。可晚輩做事，向來不喜歡被人強迫，也不喜歡強迫別人。所以，我更希望太師能夠認清形勢、改弦更張，也省得讓晚輩破這個例。」

魏徵無奈一笑，旋即沉默了。

事實上，昨日在東宮，與太子一番爭執無果，他便知道太子已經按捺不住，決意鋌而走險了。假如昨天沒有暈厥，他也許一怒之下就入宮面聖，把所有事情通通稟報給皇帝了。然而，方才從昏迷中醒來後，他冷靜一想，卻不得不打消了這個念頭。

因為，他身為太子太師，畢竟對李承乾負有責任，也還有些許感情。一旦向皇帝告密，太子必將萬劫不復，他於心不忍。

可是，如果將此事按下不表，便是對皇帝和朝廷不忠，一旦太子真的動手，武德九年的那場人倫慘劇便會再度重演，無論最後誰輸誰贏、誰生誰死，都是魏徵萬萬不想看到的。這些年來，他之所以極力維護嫡長制，不就是為了避免這一幕的發生嗎？

方才跟李安儼說話時，他心裡其實一直在糾結這件事，可思前想後，還是毫無結果。

蕭君默到來後，他只是基於長期堅持的立場為嫡長制辯護，卻不等於他是在替李承乾辯護，尤其是現在已知李承乾隨時可能謀反，他就更不能任由事態繼續惡化下去。

所以此刻，當魏徵把所有這些事情又通盤考慮一遍之後，他無奈地得出了一個結論：面對這個左右為難、進退維谷的困境，把李承乾交給蕭君默處置，也許是唯一可行且唯一穩妥的辦法了。

思慮及此，魏徵終於抬起頭來，對蕭君默露出了一個滄桑而疲憊的笑容。「對於太子，老夫已是仁至義盡！也罷，接下來的事，便交與盟主了。」

蕭君默在心裡長長地鬆了口氣。「那太師能否告訴我，昨日在東宮到底發生了什麼？太子他……是不是打算動手了？」

魏徵沉默少頃，點了點頭。

蕭君默苦笑。這其實早在他的意料之中——若非太子有政變企圖，像魏徵這麼沉穩持重的人，斷斷不會與太子激烈爭執，更不會因激憤而暈厥。

「事已至此，老夫只有一事相求。」魏徵沉沉一嘆。「希望盟主能盡力阻止太子謀反，若實在無法阻止，也希望盟主能盡力保全他。」

蕭君默當即抱拳。「太師放心，晚輩定當盡心竭力，既不會讓太子危害社稷，也不會讓別人無端加害太子。」

魏徵也拱了拱手，然後看著他。「現在，盟主可以跟老夫透露玄泉和素波的真實身分了吧？」

蕭君默一笑，湊近他，低聲說了兩個名字。

魏徵頓時萬分驚駭，喃喃道：「想不到，真的萬萬想不到……」

「是啊，晚輩當初得知的時候，同樣也是深感震驚。」

至此，魏徵才終於明白蕭君默為何會如此憂心忡忡——眼下的局勢果然是萬分險惡，甚至比當年玄武門之變爆發前的形勢還更加險惡！

遺憾的是，自己已然油盡燈枯，沒有機會與這個年輕人並肩攜手，共同拯救社稷的危難了。

蕭君默觀察著他的神色，以為他又在擔心太子，便安慰道：「太師，東宮之事，您也不必過於憂心，也許太子只是一時衝動言辭過激而已，不見得一定會付諸行動……」

魏徵苦笑著拂了一下袖子，彷彿再也不想談及此事，然後定定地望著某個地方，目光忽然變得邈遠。「老夫一生奮勉，朝乾夕惕，唯為家國，唯為蒼生！此心日月可表，天地可鑑！無論將來發生什麼，也無論後世如何評價，老夫都可以問心無愧、安然瞑目了。」

「太師莫這麼說，您只要安心靜養，此病定可痊癒……」

魏徵抬手止住了他。蕭君默看著魏徵斑白的鬢髮和溝壑縱橫的臉龐，心裡又是一陣難過。

「中原還逐鹿，投筆事戎軒。縱橫計不就，慷慨志猶存……」

追憶往事，回望生平，魏徵情不自禁地吟詠了起來，卻因百感交集而凝噎。

這是他多年前寫下的一首五言詩，自述平生之志，雖文辭拙樸，卻自有一股雄健磊落的豪情。

蕭君默注視著魏徵，忽然開口唸道：「既傷千里目，還驚九折魂。豈不憚艱險，深懷國士恩。季布無二諾，侯嬴重一言。人生感意氣，功名誰復論。」

「君默也背得出老夫的詩？」魏徵有些驚訝，但更多的卻是欣慰。

聽到他稱呼自己的名字，而非稱呼「盟主」，蕭君默心中倏然湧起了一股暖意。

「晚輩少年時拜讀太師此作，不解其中況味，直至此番亡命天涯、歷盡艱險，庶幾才讀懂了太師心志。」

「哦？」魏徵欣喜地看著他。「你都讀出了什麼？」

「晚輩讀出了『國士』二字的分量，故決意以太師為榜樣，以國士自勉。」

「怎麼個自勉法？」

「面對家國社稷和天下蒼生，晚輩雖無國士之德，卻不敢不懷國士之志；雖無國士之才，卻不敢不效國士之報！至於功名利祿、高官顯爵，皆浮雲爾，又何足論哉！」

「人生得一知己足矣！」魏徵朗聲大笑。「此處應當有酒！」

蕭君默一笑，端起案上的茶碗。「晚輩以茶代酒，敬太師！」

「乾！」二人茶碗一碰，各自一飲而盡。

「魏徵可能已經知道，咱們馬上要動手了。」

在永嘉坊謝紹宗宅的書房中，當李承乾對李元昌、侯君集、謝紹宗說出這句話時，李元昌驚得目瞪口呆，而侯君集和謝紹宗則臉色沉靜，恍若未聞。

「他是怎麼知道的？」李元昌大為不解。

「昨天他又勸我隱忍，我一時激憤，話趕話，便說漏嘴了。」李承乾一臉懊惱。

「那老傢伙病得都快死了，你隨便敷衍他一下不就得了，幹麼跟他較真？」

「道理我當然懂。」李承乾沒好氣道：「就是一時情急，沒忍住嘛。」

「可你這不是小不忍則亂大謀嗎?!」

「王爺，事已至此，再說也沒有意義了。」謝紹宗道：「當務之急還是想想應對之策。」

「所言甚是。」侯君集斜了李元昌一眼。「王爺急成這樣，莫不是怕了，想打退堂鼓？」

「就算本王想退，可現在還有得退嗎？」李元昌瞪眼。「那老傢伙要是一道奏疏呈給皇兄，咱們一個個全得腦袋搬家！我就不信你侯尚書不怕死！」

「沒錯，我當然怕死，只不過到了該搏命的時候，我侯君集絕不會當縮頭烏龜！」

「你罵誰呢？誰是縮頭烏龜？」李元昌火了。「侯君集，你今天要不把話說清楚，本王就跟你沒完！」

「那王爺想怎麼著？」侯君集眉毛一挑，毫不示弱。

「姓侯的，你別給臉不要臉……」李元昌一拍書案，跳了起來。

「都給我閉嘴！」李承乾沉聲一喝。「本太子還沒死呢，等我死了你們再內訌不遲！」

李元昌一肚子怒氣沒處撒，踢了書案一腳，拔腿要走，謝紹宗慌忙起身攔住，賠笑道：「王爺息怒，事情也沒糟到那個地步，咱們坐下慢慢商量。侯尚書快人快語，若唐突了王爺，在下代他給您賠個不是，您大人有大量，就別跟他計較了。」

李元昌有了這個臺階下，這才瞪了侯君集一眼，悻悻然坐了回去。「謝先生，咱們現在連行動計畫都還沒有，就已經走漏風聲了，你覺得事情還能糟到什麼地步？」

「王爺別急，容在下慢慢跟您解釋。」謝紹宗笑了笑。「眼下咱們最擔心的，便是魏徵去向聖上告密，不過依在下看來，魏徵未必會這麼做。」

「怎麼講？」

「王爺您想想，魏徵是聖上任命的太子太師，其職責便是輔佐太子，而且他這個人向來看重名節，就算他認定太子想謀反，可他敢向聖上告密嗎？出了這種事情，他豈不是晚節不保，一世英名毀於一旦？再說了，太子也不過是情急之下說了幾句重話，憑什麼就認定他想謀反？若聖上這麼一問，他魏徵拿得出證據嗎？所以在下判斷，像魏徵這種老謀深算之人，斷斷不會幹出此等自取其辱、自遺其咎之事。」

在場三人聞言，都覺得頗有道理，無不鬆了一口氣。

「還是先生高明。遇事沉著冷靜，不慌不亂，一派大將風度！」李承乾一臉讚賞之色，隨即瞥了李元昌一眼。「不像某些人，仗都還沒打，便自亂陣腳了。」

侯君集竊笑。李元昌大為不服。「噯，我說殿下，你怎麼也衝著我來了？」

「殿下謬讚了。」謝紹宗趕緊又打圓場。「有道是關心則亂，王爺他也是出於對殿下的一片忠心，才會著急上火嘛。」

李元昌一聽，這才緩下臉色。

「老謝，你剛才所言固然有道理，可魏徵就算不去告密，他也斷斷不會替殿下隱瞞吧？」侯君集道。

「對，侯尚書問得好，我也正有此慮。」李承乾介面道。

謝紹宗拈了拈下頷短鬚，微微一笑。「是的，這一點在下也想過了。假如我是魏徵，在此病入膏肓之際，又碰上如此棘手之事，恐怕就只剩下一個辦法了。」

「什麼辦法？」李承乾和侯君集同聲一問。

「我會找一個既可靠又能幹之人，把這件事情託付給他，讓他密切監視東宮。一旦發現異動，即刻稟報聖上；但若一切如故，便權當沒這回事。如此，既念及與太子殿下的師生情誼，又兼顧了與聖上的君臣之道，可謂化兩難為兩全、變被動為主動之良策。」

李承乾和侯君集皆恍然大悟，李元昌也不禁露出佩服的神色。

「那依先生所見，魏徵會找什麼人來做這事？」李承乾問。

「魏徵為官多年，門生故吏遍滿朝堂，咱們若是坐在這裡猜，恐怕永遠也猜不出來。」

「那怎麼辦？」李元昌又緊張了起來。

「王爺勿憂。」謝紹宗從容道：「從昨日魏徵被抬回家之後，在下便已派人盯住了他的府邸，這幾天無論什麼人出入，都逃不過咱們的眼睛。」

「先生高明！」李承乾大喜，忍不住一拍書案。「我早就說過先生有臥龍鳳雛之才，果不其然！在這緊要關頭就看出來了！」

「殿下這麼說就折煞謝某了。」謝紹宗趕緊躬身一揖。「我只是幫殿下拾遺補闕罷了，實在當不起如此讚譽。」

「先生不必過謙。」李承乾朗聲道：「來日我若登基，必定拜你為相！到那時，先生便可承繼乃祖遺風，光大謝氏門楣，做一番『克紹箕裘，踵武賡續』之偉業了！」

聞聽此言，謝紹宗的心頭忍不住滾過一陣戰慄。

這麼多年來，他唯一朝思暮想、念念不忘之事，便是像謝安那樣入閣拜相，治國安邦，成就一番經天緯地、名垂千古的事功！如今這一切儼然就在目前，怎能不令他激動萬分？

謝紹宗當即跪地，雙手抱拳。「士為知己者死！紹宗今日在此立誓，若不能輔佐殿下登基即位、入繼大統，必自裁以謝，絕不腆顏苟活於天壤之間！」

「先生請起。」李承乾趕緊離座，一手拄著手杖，另一手將他扶起。「咱們二人相知相得足矣，何必立此重誓？」

「謝先生，」李元昌似乎仍有疑慮。「你方才說，魏徵門生故吏眾多，那他們要是都跑去他府上探病，咱們又該如何鎖定目標？」

謝紹宗淡然一笑。「這一點，還是讓殿下解釋吧。」

「七叔，這就是你孤陋寡聞了。」李承乾笑道：「自從魏徵臥病之後，父皇便跟文武百官打過招呼了，說為了讓他安心養病，任何人不得前去攪擾。所以，若此時還有人敢出入魏徵府邸，那十有八九便是咱們的目標。」

李元昌一聽，這才露出如釋重負的表情。

侯君集輕蔑地掃了他一眼，對李承乾道：「殿下，既然魏徵已不足為慮，那咱們是不是可以商討一下行動計畫了？」

「好！」李承乾躊躇滿志。「侯尚書，你親歷過武德九年事，這方面你最有經驗，你先說說，我們洗耳恭聽。」

侯君集雙拳一抱。「恭敬不如從命。」

「太師，晚輩還有一個請求。」

蕭君默放下茶碗，適時開啟了今天的第二個話題。

魏徵看見他的目光有些異樣，知道接下來的話題非同小可，卻一時猜不透他到底想說什麼，便道：「盟主有何吩咐，儘管直言。」

蕭君默忽然自嘲一笑。「太師，這件事，倘若真的可以動用盟主的權力給您下一回命令，晚輩倒是很想這麼做，即使對您有些不敬。」

魏徵大為狐疑，腦中快速思索了一番，最後終於猜出了什麼，頓時啞然失笑。

「太師為何發笑？」

「老夫是在笑自己，做了一輩子天刑盟的人，從未違抗過盟主之命，卻不料臨命終之際，或許還真得抗一次命了。」

這就是聰明人之間的對話，表面好像什麼都沒說，可實際上什麼都已經說了。蕭君默苦笑。「沒想到時至今日，太師對此還是諱莫如深，晚輩能問一句為什麼嗎？」

「老夫答應過故人，無論如何都要守口如瓶。倘若把真相告訴了你，你讓老夫到了九泉之下，有何顏面去見故人？」

儘管魏徵深知蕭君默被這個身世之謎折磨得很苦，心中頗為不忍，可他更清楚，一旦祕密揭破，蕭君默要承受的痛苦肯定十倍、百倍於今日，同時更會面臨殺身之禍！所以，魏徵只能狠下心來保持緘默。

「在您看來，是不是九泉之下的故人，反倒比您面前的活人還重要？」

蕭君默這話說得很不客氣，可他實在是忍不住了。

魏徵一怔，居然點了點頭。「盟主若非要這麼認為，也無不可。」

這回輪到蕭君默啞然失笑了。他怎麼也想不明白，自己的身世到底隱藏著多麼可怕的祕密，以至於讓魏徵如此諱莫如深、三緘其口，寧可抗命也不吐露半字！

「也罷，既然太師如此重諾守信，那晚輩也不能陷您於不義。」蕭君默站起身來，絲毫不想掩飾自己的失望。「太師貴躬抱恙，還望安心靜養，切盼早日康復。晚輩告辭。」

說完，蕭君默轉身欲走。

「盟主請留步。」魏徵慢慢起身，忽然看著身後的屏風。「出來吧，來見過新盟主。」

李安儼大踏步從屏風後走出，徑直來到蕭君默面前，單腿跪地，雙手抱拳：「屬下臨川李安儼，拜見盟主。」

蕭君默微微一怔，旋即明白過來。魏徵自知時日無多，已經把臨川舵交給李安儼了。

第五章

失寵

卯時三刻左右，楚離桑偷偷潛回了青龍坊的王宅。

她疲累至極，跟綠袖問了下昨夜的情況，便一頭栽在床上呼呼大睡。不想剛睡了小半個時辰，王弘義便來敲門，「桑兒桑兒」叫個不停。楚離桑鬢髮凌亂、哈欠連天地爬起來開門，沒好氣道：「昨天半夜就來敲了一通，這會兒又來敲，還讓不讓人睡覺了？」

王弘義一邊觀察著她的神色，一邊賠著笑臉。「昨夜府裡遭賊了，爹是怕妳睡不安生，就過來看看。」

「我又不是不會武功，還怕一、兩個小毛賊不成？」

「是是，咱們桑兒神勇無敵，是爹多慮了。」王弘義乾笑了幾聲。「爹過來找妳，是想跟妳說，這宅子不大太平，爹已經讓人物色了一處新房子，咱們今天就搬過去，妳趕緊收拾一下。」

楚離桑已經料到他會這麼做了，卻故作驚訝。「不就是遭個賊嗎，這就要搬家？」

王弘義笑笑，隨口敷衍了幾句，又交代她趕緊收拾行李，然後便匆匆走了。楚離桑關上門，把自己又重新扔回了床上。綠袖想著什麼，過來扯了扯她。「娘子，別睡了，跟我說說，昨晚到底出什麼事了？」

「有人要殺他唄。」楚離桑趴在床上，閉著眼，口齒不清地說。

「是什麼人要殺他？」

「仇人唄。」

「那妳大半夜幹麼去了？」綠袖又扯了扯。「害我擔心死了，又不知道妳跑哪兒去了，還得替妳擋著。妳可不知道，那個蘇錦瑟有多壞，一直想闖進來，把我嚇得半死……」

話還沒說完，楚離桑已經發出了鼾聲。綠袖氣急，掐了她一把。楚離桑尖叫一聲醒了過來，瞪眼道：「妳幹麼？讓我多睡會兒不行嗎？」

「不行。」綠袖冷冷道：「妳得跟我說清楚，妳是不是還打算跟他走？」

楚離桑睏得要死，便沒好氣道：「他是我親爹，我不跟他走跟誰走？」

「可他害了妳的親娘！」綠袖急了。「又害了妳的養父！妳咋這麼輕易就變節了呢?!」

此前綠袖已經聽楚離桑講了這大半年發生的事，不禁對王弘義恨之入骨，可瞧眼下這情形，楚離桑好像都快認下這個父親了，所以心裡一萬個想不通。

「我是那麼容易變節的人嗎？」楚離桑知道睡不成了，索性翻身坐起。

「那好，那咱們今天就走。」綠袖一喜。「趁他們要搬家，咱們正好溜之大吉。」

「往哪兒溜？」

「回伊闕呀，那不是咱們的家嗎？」

提起伊闕，楚離桑不禁神情一黯。「咱們的房子早就燒光了，哪兒還有家？」

綠袖一時語塞，想了想，道：「那咱們就這麼一直耗著，等蕭郎來找妳嗎？」

楚離桑不語。

「要是蕭郎永遠都不回長安呢？」

「不會的。」楚離桑若有所思。「說不定，他現在已經回來了。」

「可朝廷不是一直要抓他嗎？他怎麼敢回來？」

今早從懷貞坊回來時，楚離桑坐在馬車上，一路偷偷留意街邊的布告榜，發現了一件奇怪的事——所有布告榜上竟然沒有一張她或蕭君默的海捕文書。她不禁暗想，會不會是蕭郎在齊州做了什麼對朝廷有利的事，立了功，然後朝廷把他們都赦免了呢？

楚離桑把這個發現說了，綠袖卻仍不以為然。「就算蕭郎真的回來了，可他猴年馬月才能找到咱們啊？」

「不一定非得等他找過來，我也可以去找他。」

「妳怎麼找？妳知道他住在哪兒嗎？」

楚離桑搖頭。

「我說妳也真是！跟他在一塊那麼長時間，也沒問問他家住哪兒。」

楚離桑苦笑。「當時我們一路逃命，都不敢想明天會在哪兒，怎會打聽他長安的家？」

「那現在兩眼一抹黑，妳說要怎麼找？」

「假如我的猜測是對的，他已經被赦免了，那肯定會回玄甲衛，我就到皇城門口去等。」

綠袖無奈地翻了個白眼。「我的娘子啊，皇城總共有五座城門，妳知道玄甲衛從哪個門出入？妳每個門都去等？」

「若是能等到他，每個門都去又有何妨？」楚離桑看著綠袖，再次露出了執著的目光。

綠袖嘆了口氣，正想再說什麼，外面忽然響起了敲門聲。綠袖一臉不悅。「誰啊？」

「是我，錦瑟。」

楚離桑和綠袖對視了一眼，示意她去開門。綠袖嘟起嘴，走過去打開房門，白了蘇錦瑟一眼。

「錦瑟小姐又想來查房嗎？」

「妳這丫頭啊，本來長得挺秀氣，可成天橫眉瞪眼就不好看了。」蘇錦瑟笑道：「我找妳們娘子，她這會兒總該醒了吧？」

「沒醒呢，妳待會兒再來。」綠袖說著，又要把門關上。蘇錦瑟伸手頂住，綠袖正待發飆，房內傳出楚離桑的聲音。「綠袖，讓她進來吧，我起來了。」

綠袖無奈，這才氣咻咻地鬆開了手。

楚離桑坐在窗前梳妝，沒有回頭。蘇錦瑟面帶笑意走到她身後，從銅鏡裡看著她。「桑兒妹妹，昨晚睡得可好？」

「還好。」

「沒什麼人來打攪妳吧？」

楚離桑兀自梳著自己的一頭長髮。「聽綠袖說妳大半夜來了一趟，不知這算不算？」

蘇錦瑟呵呵一笑。「姊姊是關心妳，如果打擾到妳了，那姊姊跟妳賠個不是。」

「不必了，反正我睡得挺死，也沒被妳吵醒。」

蘇錦瑟定定地看著銅鏡中的楚離桑，忽然彎下腰來，湊到她身邊。「妹妹眼睛這麼紅，倒像是昨晚一夜沒睡的樣子呢。」

「是啊，我是一夜沒睡。」楚離桑轉過身來，笑盈盈道：「昨晚賊人闖進我房間了，還是個挺俊俏的郎君。我一看之下，睡意全無，便留他說了一宿的話。他這會兒剛走呢，妳要是派人去追，興許還趕得上。」

綠袖在旁邊一聽，忍不住笑出了聲。

蘇錦瑟一愣，旋即咯咯笑了起來。「以後要是再有俊俏的郎君到訪，煩勞妹妹說一聲，讓姊姊也過來開開眼。」

「這我可不能答應。他要是再來，沒準兒我就跟他私奔了。」

「妹妹真是個有趣的人。」蘇錦瑟很自然地拿過楚離桑手裡的木梳，竟幫她梳了起來。「咱這個家裡男人多，本來挺悶的，妳這一來啊，姊姊可算找著個說話的人了。」

「錦瑟小姐說的是真心話嗎？」楚離桑一笑，任由她梳著。「我倒是覺得，其實我不該到這個家來。」

「妹妹怎麼說這種話？」蘇錦瑟故作驚詫。

「我一來，就搶了妳『大小姐』的身分，心裡挺過意不去的。」

「看妹妹說哪裡去了。」蘇錦瑟笑道：「我只是爹的養女，妳才是爹的親生骨肉，這『大小姐』本來便是妳的，談什麼搶不搶呢？妳這麼說，真是讓姊姊無地自容了。」

「錦瑟小姐不必擔心。我跟先生說過了，我只是暫時跟他住一塊兒，什麼時候我想離開了，立馬就走，這『大小姐』還是妳的。」

「桑兒妹妹，」蘇錦瑟忽然正色道：「我看爹對妳無微不至、百依百順的，可妳老是這麼『先生』長『先生』短，他老人家得有多傷心啊！妳就不能叫他一聲『爹』嗎？」

「這是我跟他之間的事，就不勞妳操心了。」楚離桑從她手裡拿回木梳。「不是說要搬家了嗎？我還得收拾一下，錦瑟小姐請便吧。」

蘇錦瑟微覺尷尬，然後貌似親暱地用手在楚離桑肩上撫摩了一下，笑了笑。「那好吧，那妹妹先忙，等到了新家，咱們再慢慢聊。」說完，又似不經意地低頭，瞟了一眼楚離桑腳上的鞋子，這才走了出去。

綠袖衝著她的背影做了個鬼臉。

楚離桑若有所思，忽然伸手在自己肩上摸了一下，眼中閃過一絲憂色。

王弘義背著雙手站在正堂前，韋老六跟在身邊。一群手下和僕傭正忙著搬東西，抬著大箱小箱進進出出。

「老六，你覺得咱們的對手會是誰？」王弘義頭也不回道。

韋老六想了想。「不就是那些祆教的人嗎？我看昨晚那些殺手，除了阿庸外，都是波斯人。」

「不管是昨晚那些人還是索倫斯和黛麗絲，依我看都是棋子而已，背後那隻黑手絕不一般！」

「那這傢伙會是誰呢？」

王弘義眉頭深鎖。「此人這麼多年一直保護著徐婉娘，可以肯定也是隱太子的人。他還處心積慮地布下一張大網等著我，可見他必定認識我，甚至很瞭解我，所以料定我遲早會追查徐婉娘。可恨的是，我竟然對這個對手一無所知。」

「如果是當年的東宮屬官，那他後來一定投靠了秦王，現在想必也是朝中的大官了。」

「這一點毋庸置疑。可讓我納悶的是，從去年錦瑟被他們綁架之後，這傢伙顯然就已經掌握了咱們的情報，以他當朝大員的身分，為何不向李世民稟報，把咱們一網打盡，而僅僅是派人潛伏進來呢？」

韋老六也是一臉困惑，說不出話。

「也許只有一種解釋……」王弘義低頭沉吟，彷彿是在自語。「這傢伙並不單純是朝廷的人，他覺得把咱們出賣給李世民，對他並沒有什麼好處，甚至還可能對他不利，故而投鼠忌器，不敢輕舉妄動。」

「不單純是朝廷的人？」韋老六越發迷糊，忍不住撓了撓頭，隨口道：「難道還是咱們天刑盟的人不成？」

王弘義笑了笑，但笑容剛一綻開便凝住了。他猛地轉身盯著韋老六。「你說什麼?!」

韋老六嚇了一跳。「沒、沒什麼呀……」

「沒錯，沒錯！」王弘義兩眼放光，揉搓著雙手，興奮得來回踱步。「只有這個解釋，這是唯一合理的解釋！」

韋老六沒想到自己隨口胡謅竟然歪打正著了，不禁咧嘴笑道：「若果真是咱們天刑盟的人，那屬下可算是瞎貓碰上死耗子了。」

「你是否真撞上了一隻耗子，還得驗證一下。」

「先生的意思是……」

王弘義冷然一笑。「你想，此人既然想監控咱們，怎麼會只派一個阿庸？如果我所料不錯，咱這座宅子的前前後後，恐怕早就埋伏了他們的眼線。而咱們今天轉移，他們必定會跟蹤。接下來該怎麼做，不用我教你了吧？」

韋老六恍然，頓時興奮起來。「先生，那屬下這就去安排？」

「去吧。記住，要活的。」

「屬下明白。」

韋老六剛走，蘇錦瑟就快步走了過來，神色有些異樣。

「錦瑟，咱們馬上就走了，妳怎麼還不去收拾行李？」王弘義的表情有一絲冷淡。

「爹，女兒……女兒有話對您說。」

「什麼話不能等搬了家再說？妳沒看現在裡裡外外都在忙嗎？」

「爹，我可以斷定……」蘇錦瑟頓了一下，旋即鼓足勇氣。「昨天晚上，桑兒她……她根本就沒在房間裡！」

王弘義目光一凜，卻若無其事道：「何以見得？」

「她身上的衣服是濕的，腳上的鞋子也是濕的，這還不夠說明問題嗎？」

王弘義想著什麼，淡淡一笑。「這能說明什麼問題？桑兒喜歡堆雪人，或許是天亮下雪的時候，她又到院子裡轉了轉，這不就把衣服和鞋子都弄濕了嗎？」

「可是……」

「好了好了，看這天色，馬上又要下雪了，得趕快走，爹還有些東西沒整理呢。」王弘義笑著拍拍她的肩膀。「妳也快去收拾吧，別磨蹭了。」

王弘義說完，不等她做何反應，徑直繞過正堂，走向了後院。

蘇錦瑟怔怔地站在原地，黯然良久。

魏徵讓李安儼出來見過蕭君默後，身體便因久坐而感覺不適，遂讓魏叔玉扶著回房休息了。李安儼隨即向蕭君默稟報了臨川舵的大致情況，不過卻隱瞞了所有與徐婉娘有關的事。包括王弘義的情報，因事涉徐婉娘，不到萬不得已，他也不打算透露。

蕭君默一邊聽一邊觀察他的神色，憑直覺便斷定他很可能也知道自己的身世，但事先被魏徵關照過了，因而也跟魏徵一樣守口如瓶。

看來這個身世之謎，終究還是要靠自己去追查，指望不上任何人了。

蕭君默不禁在心裡一聲長嘆。

「盟主，眼下東宮蠢蠢欲動，不知您打算如何應對？」

李安儼不像魏徵那樣對太子懷有感情，所以現在最關心的便是這件事。

蕭君默靜靜坐著，恍若未聞，片刻後才沒頭沒腦地問了一句。「李將軍，你方才是從哪個門進來的？」

李安儼一怔。「如今局勢敏感，屬下自然不敢走正門，是從東側小門進來的。」

蕭君默微微頷首，然後又沉默了。

李安儼如墜雲霧，鬧不清這個新盟主葫蘆裡賣的什麼藥，想問又不敢問，一時心裡七上八下。

「去年營救左使父女的事，多蒙將軍鼎力相助，我還沒謝過將軍呢。」蕭君默忽然微笑道。

李安儼忙道：「盟主千萬別這麼說，左使身繫本盟安危，屬下自當要拚死守護，何況這也是先生的命令，屬下更是責無旁貸。」

蕭君默點點頭。「將軍身負宿衛宮禁之責，卻被我劫走了人質，事後聖上必責罰你了吧？」

李安儼苦笑了一下。「也還好，只是杖責二十，罰沒了一年俸祿，其他倒沒什麼。」

「哦？」蕭君默微覺詫異。「這麼說，聖上還是很信任你的。」

「算是吧。屬下宿衛宮中這麼多年，從沒出過半點岔子，這是頭一回，所以聖上法外開恩，只給了屬下一個小小的懲戒。」

蕭君默聽完，便又不說話了。

李安儼又憋了一會兒，剛想開口，蕭君默忽然問：「你方才從東側小門進來時，有沒有發現什麼異常？」

李安儼莫名其妙地搖了搖頭。

「負責保衛聖上安全的人，後腦勺最好多長一隻眼睛。」蕭君默笑笑起身，徑直朝門口走去。

「走吧，咱們一塊兒去會會外面的朋友。」

李安儼越發迷糊，可來不及多想，趕緊起身跟了出去。

李承乾等人在謝紹宗書房密謀了一個多時辰，大致擬訂了一個行動方案。

政變時間定於正月十五上元節之夜。

按大唐慣例，每年的上元節之夜，皇帝都會駕臨某位皇子的府邸作客聚宴，通常是按嫡庶長幼的順序每年輪流，比如去年是去東宮，今年自然就輪到魏王府。其間，皇帝會邀請一幫皇親國戚和元勛老臣作陪，以示君臣同樂、普天同慶。與此同時，朝廷的首席宰相——去年是房玄齡，今年是長孫無忌，也會在皇城的尚書省宴請文武百官。

在李承乾等人看來，這無疑是發動政變的最佳時機。一來是所有人都防備鬆懈，容易一擊得手；二來是以皇帝為首的所有重要人物全都在場，有利於一網打盡。

他們的計畫是兵分兩路：一路由李承乾攜太子左衛率封師進及若干衛士，與一同到魏王府赴宴的李元昌、杜荷聯手行動，誅殺魏王，挾持皇帝；一路由侯君集率親兵控制皇城內的尚書省衙署，挾持長孫無忌及文武百官；而謝紹宗、謝謙及羲唐舵手下則相應分成兩撥——謝紹宗帶人埋伏在延康坊的魏王府附近，配合李承乾行動；謝謙帶人埋伏在皇城朱雀門外的興道坊，配合侯君集行動。

今日是正月初八，離上元節僅剩七天，每個人都要緊鑼密鼓地行動起來，各自做一些籌劃和準備。故大致議定之後，李元昌和侯君集便相繼離開，此刻書房中只剩下李承乾和謝紹宗。

「先生，你覺得咱們的計畫……能成功嗎？」李承乾看著謝紹宗，目光既殷切又不無忐忑。

「殿下，古人言：行萬里者，不中道而輟足；圖四海者，匪懷細以害大。」謝紹宗看出了他的不安，便給他鼓氣道：「殿下是名正言順的大唐儲君、命中注定的真龍天子，卻屢遭魏王那種小人暗算，聖上也只是毫無原則地和稀泥，是可忍而孰不可忍！正所謂王者一怒而安天下，既然局勢已經到了這一步，您自當拿出王者應有的果決和霸氣，切勿瞻前顧後，患得患失！」

李承乾聞言，這才精神一振，眼中露出了自信的神色。

這時，外面響起了有節奏的敲門聲，一個略顯急促的聲音道：「醇酐陶丹府。」

謝紹宗聽出是兒子謝謙，心中一喜，對李承乾道：「想必是魏徵那邊有消息了。」隨即對著門口道：「兀若游羲唐。」

謝謙推門而入，朝二人匆匆施了一禮，看了看謝紹宗，卻欲言又止。

「怎麼了？」謝紹宗察覺他神色有異。「是不是永興坊有消息回報？」

「回父親，稟殿下，」謝謙苦著臉。「是、是有消息，不過，是個壞消息……」

「到底何事快說！」謝紹宗不悅道：「跟你講過多少次了，要處變不驚！」

「是，那邊的人回話說，從昨天盯到現在，魏府各門均沒有任何發現，但在東門監視的兩個兄弟卻失蹤了。」

「失蹤了?!」李承乾忍不住站了起來，一臉驚訝。

「殿下莫急。」謝紹宗眉頭微蹙，示意謝謙出去，然後沉吟了片刻。「看來，埋伏在東門的人定然是有所發現，可惜暴露了行藏，被對方給……」

「那怎麼辦？」李承乾又氣又急。「萬一他們把你給供出來，那咱們不就麻煩大了?!」

「殿下放心，我手底下的兄弟，骨頭還沒那麼軟。」謝紹宗強作鎮定，但心裡還是浮出了一絲憂懼。

「你這麼有把握？」李承乾眼一斜。「我連自己都不一定信得過，你就那麼相信手下？」

「殿下所慮也不無道理。」謝紹宗迅速思忖了一下。「這樣吧，我這就讓謙兒護送您回東宮，為防不測，在下即刻安排轉移……」

「你們儘快轉移吧，不必送我了，安頓之後再給我消息。」

李承乾袖子一拂，忙不迭地走了出去。

「恭送殿下。」謝紹宗連忙起身相送，可李承乾連頭都沒回，緊走幾步就從門口消失了。

這個年輕氣盛的太子，終究還是缺了一點做大事的沉穩之氣，自己把身家性命和一生的志向全都押在他身上，會不會是一個錯誤？

追隨太子這麼長時間以來，這還是謝紹宗頭一次對他，也是對自己產生了懷疑。

不過，這個念頭一冒出來便被他強行壓下去了。

既然已經走到了這一步，那就不能再有一絲的猶疑和退縮，不管前面是功成名就的權力巔峰還是身死族滅的萬丈深淵，他都只能不顧一切往前闖了！

青龍坊東北隅的五柳巷附近，兩個壯漢扶著一個受傷的中年人倉皇奔逃，後面一群持刀的黑衣人緊追不捨。兩撥人一前一後在迷宮般的巷子裡繞來繞去，一炷香後，前面逃命的三人驀然頓住了腳步。

他們逃進了一條死巷。前面一堵大戶人家的高聳山牆徹底擋住了三人的去路。後面的黑衣人瞬間追至，紛紛用戲謔的目光盯著他們。受傷的中年人慘然一笑，對左右二人道：「二位，咱們為先生盡忠死節的時刻到了！」

「想死？可惜沒那麼容易！」韋老六獰笑著，從那群黑衣人身後大步走了過來。黑衣人迅速朝兩邊讓開，俯首躬身。

那三人卻置若罔聞，相互發出莫逆於心的微笑，然後那中年人突然右手一抖，從袖中滑出了一把匕首，牢牢握在了手中。

韋老六臉色一變，對左右大喊：「都給我上！抓活的！」

十幾個黑衣人一擁而上。

可那個中年人的速度還是快過了他們。只見他手上的匕首寒光一閃，唰唰兩下，迅速割開了身旁兩人的喉嚨。鮮血從傷口中噴湧而出。二人栽倒時，臉上竟然出現了如出一轍的笑容，彷彿這致命的一刀是中年人送給他們的一件美好禮物。

中年人最後要揮刀自刎，卻已來不及。眾黑衣人衝上去制伏了他，奪下匕首並把他死死按在了地上。

韋老六鬆了一口氣，走到他面前蹲下，拍了拍他的臉頰，笑道：「兄弟，在五柳巷盯了我們這麼長時間，真是辛苦你了。」

中年人冷哼一聲。「姓韋的，算你夠義氣，還來送老子最後一程。」

韋老六哈哈大笑。「別急，我會讓你死的，不過不是現在。」

「老子想死就死，可不由你說了算。」中年人說得很篤定，一點都不像是嘴硬。

韋老六盯著他，忽然意識到什麼，飛快出手扼住他的下巴，試圖從他嘴裡掏出什麼東西。然而為時已晚，中年人的口鼻和雙耳就在此刻流出了鮮血。最後，氣急敗壞的韋老六還是從他嘴裡掏出了半顆小小的蠟丸。顯然，剩下半顆已被他吞進肚中。

蠟丸裡面包裹的是砒霜。

看來他早就把蠟丸含在了嘴裡，就是為了在最後時刻不被活捉。

韋老六為自己的後知後覺而大為懊惱。

此時，一個手下慌張來報，說坊裡的武候衛已經出動，正迅速朝這邊逼近。韋老六狠狠咒罵了幾句，隨即大手一揮，帶著手下撤離了巷子。

半個多時辰後，韋老六趕到位於崇德坊的新宅，沮喪地向王弘義稟報了事情經過。

王弘義正在布置自己的新書房，聞言忍不住把手裡的一卷書擲到了韋老六臉上。韋老六滿臉慚悚，當即撲通跪下，連聲請罪。王弘義陰著臉，半晌才道：「活口沒抓到，別的線索也沒發現嗎？」

韋老六忙道：「正如先生之前預料的那樣，屬下可以肯定，他們也是咱天刑盟的人。」

「何以見得？」

「他們自殺之前，說要『為先生盡忠死節』，聽這話的口氣，當是本盟之人無疑。」

王弘義沒再說什麼，示意他起身。

韋老六這才微微顫抖地爬了起來，卻不敢抬頭。

「昨天黛麗絲莫名其妙就消失了，你怎麼看？」王弘義忽然提起了這個話頭。

韋老六遲疑了一下。「這個……屬下也很納悶。」

「除了納悶，就沒別的想法了？」

韋老六想著什麼，卻欲言又止。王弘義瞥了他一眼。「有什麼話就說。」

韋老六又猶豫半晌，才鼓足勇氣道：「屬下是有些想法，只是……只是不知當不當說。」

「讓你說你就說！」王弘義加重了語氣。

「是。屬下斗膽認為，除了阿庸之外，黛麗絲在咱們府上恐怕還有內應。」

「我昨晚讓你把那八個人埋了，不就是擔心這個嗎？」

「是的，但是屬下懷疑，這個內應並不在那八個之中，而是另有其人。」

王弘義眸光一閃。「有何憑據？」

「今早撤離五柳巷時，屬下臨走前又在宅子裡轉了一圈，發現後院的院牆有攀爬的痕跡……」

「昨夜黛麗絲和那些波斯人很可能就是從後院進來的，這有什麼奇怪？」王弘義不以為然。

「先生說得對，可問題是，屬下在後院發現了兩處攀爬痕跡。」

「兩處?!」王弘義不禁蹙起了眉頭。

「正是。北邊的一處有多個腳印，那顯然便是黛麗絲他們留下的，可還有一處是在西北角，卻只有一個腳印。」

「倘若昨晚那八人中有一個是黛麗絲的內應，這個腳印正是他幫黛麗絲逃走時留下的呢？」

「可昨晚事發後，屬下曾到後院仔細觀察了一遍，只發現了一處攀爬痕跡，也就是北邊有多個腳印的那處；而西北角的那單個腳印，卻是今早才發現的。」

「你的意思是說，這個腳印是在那八人被埋之後才留下的？」

「是的，時間應該是今早卯時左右。屬下推測，此人定是昨晚救走了黛麗絲，至今早才返回宅子。從那個腳印的痕跡看，應該是從外面翻爬進來時留下的。」

王弘義這才意識到問題的嚴重性，眉頭擰得更深了。「那依你看，這個內鬼會是誰？」

韋老六目光閃爍了一下。「這個……屬下不敢妄加揣測。」

王弘義垂首沉吟。「本府除了阿庸和同一批招進來的那八個人外，其他的下人，都跟了咱們十多年了，會是黛麗絲的內應嗎？」

「屬下認為不大可能。」

「不是下人，難道還是本舵的弟兄不成？」

「這個就更不可能了。此次跟咱們來長安的兄弟，都是追隨先生多年的人，個個忠心耿耿，屬下相信他們絕不會是內鬼。」

既不是府裡的下人也不是本舵的弟兄，韋老六的言外之意已經很明顯了——他懷疑的對象正是楚離桑！

這是王弘義最不願意接受的結論，可恰恰也是他自己內心的懷疑。

在昨夜綠袖拒不讓蘇錦瑟進門時，王弘義就已經生出疑心了，眼下蘇錦瑟和韋老六又各自提供了有力的證據，更是令他再也無法迴避。

桑兒，倘若妳真是這個內鬼，爹該拿妳怎麼辦?!

王弘義眉頭深鎖，額角青筋暴起，且不自覺地一跳一跳。

韋老六忍不住偷眼瞄了一下。

他知道，這是先生陷入極度為難和痛苦時才會有的表情。

日暮時分，魏王府。

李泰披著一件厚厚的狐裘披風，站在春暖閣的飛簷之下，遙望著東北方向的太極宮，神情抑鬱而憂傷。

自從去年構陷太子失敗後，李泰就落入了人生的最低谷。雖然皇帝找了個替罪羊幫他把這件糗事掩蓋了，但從此便冷落了他，這半年來再也沒召見過他一次，彷彿已經忘了有他這個兒子。

有生以來，李泰頭一回品嚐到了失寵的況味。

回顧這幾年與太子的明爭暗鬥，李泰有時候會感覺恍惚，好像不擇手段爭奪儲君之位的人是另外一個李泰，而真正的他其實一直在王府的文學館裡和一幫宏儒碩學研究學問、鑑賞書畫，過著逍遙自在的生活。

倘若一生都可以這麼過，不也挺好的嗎？為何非要拚死拚活去爭那個皇位呢？

這些日子，李泰不止一次這麼問過自己。經過一番剖析，他發現自己的奪嫡欲望至少有三個來源：首先，當然是自己對建功立業有著強烈的渴望，並且自恃在學識、才幹、胸懷等各方面都遠遠勝過大哥李承乾；其次，是父皇對他的過度寵信，讓他產生了有恃無恐的心理，從而催生並強化了他的奪嫡之心；最後，是身邊的謀臣如杜楚客、劉洎等人，還有權貴子弟如房遺愛、柴令武等人對他的慫恿和吹捧，讓他的野心逐漸膨脹，以致忘乎所以。

想清楚這些事後，李泰忽然生出了一種衝動，很想到東宮跟大哥李承乾開誠布公地談一次，告訴他自己不想爭了，彼此都是一母同胞，沒必要為了皇位骨肉相殘；然後他再入宮去向父皇懺悔，告訴父皇自己錯了，從此再也不對儲君之位生出一絲一毫覬覦之心，只願安心做一個屏藩社稷、侍奉父兄的親王。

然而，衝動終究也只是衝動而已。

冷靜下來後，他便忍不住嘲笑自己——自古以來，有誰能夠在你死我活的奪嫡之爭中全身而退的？即便真心實意想放下屠刀，又有誰會相信你真的能立地成佛？某種意義上說，從投胎到帝王家的那一天起，就已經落入了一個強敵環伺、人人自危的修羅場；從起意奪嫡的那一刻起，就已經邁上了一條成王敗寇、至死方休的不歸路！居然時至今日才想回頭，這不是滑天下之大稽嗎?!

就這樣，李泰繞了一圈，最後又繞回了原地。

他以為已經想明白了許多事情，可到頭來卻發現自己陷入了比以前更深的惶惑與茫然之中……

大雪不知何時又紛紛揚揚地落了下來。

李泰倚著欄杆，伸手抓住了一片雪花，然後攤開手掌，看著它在掌心裡漸漸融化。剎那間，他感覺世間的一切無不像這片雪花——你自以為抓住了它，其實只是抓住了幻影，抓住了虛空。

一個宦官輕手輕腳地走過來，小聲稟道：「殿下，劉侍中和杜長史已經在書房候著了。」

李泰一動不動，恍若未聞。許久，他才慢慢轉身，邁著沉重的步履走下了春暖閣。

近來，這兩位忠心耿耿的謀臣發覺他有些異樣，好幾次要來見他，都被他拒絕了。今天，反倒是李泰主動約了他們。因為他知道，自己繼續這麼沉溺下去也不是辦法，不管接下來要不要奪嫡、該怎麼奪嫡，他都要回到現實中來，回到命定屬於自己的角色中，面對他無法逃避的一切。

走進書房的時候，李泰重重打了一聲噴嚏，正竊竊私語的劉洎和杜楚客慌忙起身相迎。

李泰擺了擺手，徑直走到榻上坐下，也不拿眼瞧他們，只是掖了掖自己的狐裘披風，好像書房裡熊熊燃燒的炭火還不足以抵禦他身上的寒意。

劉洎和杜楚客對視了一眼，都有些忐忑。

杜楚客咳了咳，小心翼翼道：「殿下去春暖閣了？那裡地勢高，風太大，萬一受了風寒可怎麼得了……」

「放心吧，我還沒那麼嬌貴。」李泰勉強一笑。「再說了，若真受了風寒豈不是好？我一臥病，上元節就不必張羅著宴請父皇了，這樣咱們和父皇兩頭都省事，東宮更是樂得看我失寵，豈不是皆大歡喜？」

聽魏王說出這麼消極的話，劉洎和杜楚客的心都止不住地往下沉。

「殿下有所不知，」劉洎趕緊開口。「聖上這段時間只是忙於政務，其實心裡還是很惦記你的，我就親耳聽他唸叨了幾次。」

劉洎撒了謊，可他不得不這麼做。

「劉侍中就別安慰我了。」李泰一臉自嘲之色。「你們知道我為什麼覺得冷嗎？不是春暖閣風大，而是我站在樓閣之上，隔著半座長安城，都能感受到來自太極宮的一股寒意。那是什麼寒意你們知道嗎？是父皇心裡頭的寒意。」

說著，李泰又打了下噴嚏，連忙裹緊了身上的披風。

劉洎和杜楚客再度面面相覷。

「殿下，請恕屬下說幾句不敬的話。」杜楚客終於忍不住了。「自古成大事者，無不在逆境中奮發自強，正所謂『文王拘而演《周易》，仲尼厄而作《春秋》；屈原放逐，乃賦《離騷》；左丘失明，厥有《國語》』。如今殿下只是暫時遇到了一點挫折，豈能如此自怨自艾、自暴自棄呢？」

這話雖有道理，但確實不太恭敬。可李泰卻不以為忤，只淡淡笑道：「我若真的自暴自棄，今天又何必約二位過來？」

「不知殿下約我們過來，有何示下？」劉洎問。

「上元節快到了，就是想跟二位商量一下，屆時我該如何……如何款待父皇？」

「自然是把宴席辦得越隆重、越喜慶越好。」杜楚客道。

「這就無須說了。」李泰思考著措辭。「我的意思是，這麼長時間沒跟父皇見面了，我該……我該怎麼面對他？」

「一切如常。」杜楚客不假思索道：「過去怎樣，現在還是怎樣，就當那些不愉快的事從沒發生過。」

「若只是如此倒也好辦。」李泰苦笑。「我自然可以當什麼事都沒發生，問題是父皇呢？他恐怕不會這麼想吧？」

杜楚客語塞。

「殿下，我倒是有個建議。」劉洎若有所思道：「聖上近來雖然未與殿下見面，不過畢竟父子連心，就算嘴上不說，心裡卻還是惦念的。依我看，聖上最想知道的，便是這半年來殿下深居簡出，究竟在想些什麼、做些什麼。所以我建議，殿下不妨做個姿態給聖上看，一來讓聖上瞭解您的近況，二來嘛，也從側面表現一下忠孝之心。」

李泰微微頷首。「侍中言之有理。那依你看，我該怎麼做？」

劉洎略微思忖，道：「恭請一位德高望重的法師為殿下授戒，然後從正月十五上元節之後，殿下便可宣布閉門謝客，虔誠受持八關齋戒，為期一個月，最後以此功德至誠迴向文德皇后。與此同時，殿下可斥資在洛州龍門開鑿佛窟，為文德皇后造像追福。待上元節之夜，聖上駕臨，殿下便可佯裝在無意之中讓聖上知道這些打算。如此一來，既能讓聖上察覺您有淡出朝政之意，又能讓聖上感到您的拳拳忠孝之心。我相信，在聖上看來，這必將是殿下獻給他最好的節日賀禮。」

文德皇后便是李泰的生母、李世民的皇后長孫氏，賢良淑德，善於匡正李世民的為政之失，與李世民鶼鰈情深，於貞觀十年崩逝，葬於昭陵。

李泰聞言，不禁目光一亮。「侍中好主意！」

杜楚客卻有些不以為然。「思道兄，讓殿下在龍門造像追福自無不可，只是這閉門謝客、修持一個月的八關齋戒，會不會太過自苦自抑了？」

所謂八關齋戒，是佛陀專門為在家眾制定的一種清淨修行之法，相當於短期出家。受持修行期間，必須嚴格持守八條戒律，其中除了基本五戒之外，還包括夫妻不得行房、過午不食、不得佩戴飾物塗抹脂粉、不觀歌舞伎樂、不坐臥高廣大床，總之要求甚高。一旦受持，必將十分清苦，而且此戒通常只要求受持一日一夜，現在劉洎卻讓李泰受持一個月，怪不得杜楚客會替他叫屈。

「山實兄，請恕我直言。」劉洎淡淡道：「出了去年那檔子事，殿下若不主動自苦自抑，如何獲取聖上的諒解？倘若不能重新取得聖上的好感，又如何重整旗鼓，再與東宮一較高下？」

「侍中所言甚是！」李泰搶著道，眼中居然露出了一絲久違的光彩。「事不宜遲，我這就寫信請我的皈依師前來。」說完立刻脫下狐裘披風，然後鋪開信紙，俯首書案，洋洋灑灑地寫了起來。

很快，一封文采斐然、情真意切的邀請信便寫完了。李泰自己默唸了一遍，似乎很滿意，正準備唸給劉、杜二人聽，一個宦官忽然匆匆來到書房門口，躬身道：「啟稟殿下，宮中趙內使來了，說有聖上口諭要宣。」

李泰一怔，迅速給了劉、杜二人一個眼色。二人來不及多想，慌忙躲到了屏風後面。

「快快有請！」李泰起身，整了整衣領，快步迎了出去。

這是李泰半年來頭一回接到父皇旨意，心情既忐忑又興奮。他料想趙德全此刻奉旨前來，一定與上元節父皇要來府上聚宴的事情有關。

李泰在書房門口迎接了趙德全，稍事寒暄之後，便恭恭敬敬地將他請進了書房，隨即便要跪地接旨。趙德全一把扶住了他。「殿下請起，老奴此來，只是傳大家口諭，並非正式宣旨，殿下不必行此大禮。」

李泰微覺詫異，便笑笑道：「有勞內使了，不知父皇有何教示？」

「這個嘛，其實也沒多大的事，就一句話。」趙德全笑容滿面，但眼中卻有一絲難掩的憂色。

李泰察覺到了，心跳陡然加快，緊張地看著他。「是……是什麼話，還請內使明示。」

「大家說……」趙德全又遲疑了一下，才道：「大家說近日政務煩冗，感覺有些疲倦，所以……所以今年上元節，大家就不出宮了，就在宮中宴請諸位親王和老臣。」

李泰聞言，只覺腦中轟然一響，登時愣在原地。

他萬萬沒想到，父皇對他已經心寒到了這個地步，竟然為了不見他，連每年出宮聚宴的慣例都取消了。

「殿下……」趙德全看著他的神情，心中頗為不忍。「殿下不必多想，大家其實也沒別的意思，的確是近來精神有些倦怠，所以才做此決定。」

「當……當然，父皇這麼決定，自有他的道理，我怎麼會多想呢？」李泰勉強回過神來，露出一個生硬的笑容。「這樣也好，我正打算閉關齋戒一個月，為母后做些功德呢，不在這裡設宴，倒也清靜一些。」

「閉關齋戒？」趙德全有些詫異。

李泰取過書案上的那封信。「這不，恭請法師來府裡授戒的信都寫好了。」

趙德全接過去看了幾眼，遞還給他，嘖嘖讚道：「難得難得，殿下如此精進修行，實在是稀有難得，令人歡喜讚嘆、歡喜讚嘆哪！」

李泰自謙了幾句，然後把趙德全送到了府門口，一路上又「順便」提及想在龍門為母后鑿窟造像的事。趙德全聽了，免不了又是一番恭維讚嘆。

轉回書房時，李泰又打了幾聲噴嚏，心想自己還真有可能受了風寒了。

劉洎和杜楚客從屏風後出來。杜楚客一臉焦慮，迫不及待道：「殿下，聖上居然不過來聚宴，這可不是什麼好消息啊！」

李泰面無表情道：「我早有預感。」

杜楚客急得直搓手。「看來聖上這回真的是寒了心了，這可如何是好？」

「山實兄少安毋躁。」劉洎一臉沉靜道：「如此非常時期，更要沉著應對，比如殿下剛才就做得很好，不著痕跡地讓趙德全回宮傳話，讓聖上知道殿下的打算，實在高明。」

劉洎現在已經是宰相，說話自然比過去更有分量。杜楚客心裡雖然還是不服他，但表面上卻不得不忍讓三分，便不作聲了。

「我躲在家裡修苦行，頂多就是讓父皇放心而已。」李泰苦笑了一下。「可是這儲君之位，這輩子恐怕是與我無緣了。」

「殿下切莫灰心。」劉洎意味深長地看著他。「只要太子尚未登基，變數就隨時存在，最後鹿死誰手，尚在未定之天！」

李泰勉強笑笑，沒再說什麼。

第六章　權謀

甘露殿內殿，李世民聽完趙德全的稟報，沉默了半晌，才問道：「青雀那封信是怎麼寫的，還記得嗎？」

趙德全想了想。「回大家，老奴昏聵，只記得最後幾句。」

「唸來聽聽。」

「老奴遵旨。」趙德全清了清嗓子，朗聲道：「弟子攝此心馬，每渴仰於調御；墾此身田，常載懷於法雨。若得師資有託，冀以袪此六塵；善尊啟行，庶無迷於八。」

李世民聽罷，這才露出一絲笑容。「嗯，是青雀手筆。文采倒是一如既往的好，只是不知，他是否真心實意想『攝此心馬，墾此身田』。」

「回大家，魏王正值血氣方剛之年，此番願意攝心閉關、修持一個月的八關齋戒，必是下了極大的決心。僅此一點，老奴便認為值得嘉許。」

李世民不置可否，又問：「你告訴他朕的意思之後，他做何反應？」

「正如大家之前預料的一樣，很震驚。」

「震驚之餘呢，有沒有不忿之色？」

「這倒沒有。據老奴所見，魏王這半年來深居簡出，似乎想通了一些事情，遇事比以前沉著了不少。」

「他要真能想通，倒也不枉朕一番苦心。」李世民想著什麼，沉沉一嘆。「你瞧瞧朕這幾個兒子，青雀是千方百計想奪嫡，祐兒是在齊州造反，承乾昨日在東宮還把魏徵氣暈了，哪一個讓朕省心？朕這個君父，當得可真是如履如臨、身心交瘁啊！」

聽皇帝發牢騷是件很尷尬的事情，既不能隨意附和，更不能出言反駁，就連安慰都不太好找說辭。趙德全眼珠子轉了轉，忙道：「大家莫太焦心，保重龍體要緊。都說龍生九子，個個不同，雖說有那不安分的，但大部分還是守規矩的——」

「好了，朕知道你想說什麼。」李世民冷笑著打斷他，道：「你是不是想說，恪兒和雉奴就是守規矩的？」

趙德全慌忙俯首，不敢答言。

「朕倒是聽說，恪兒自從回長安後，就跟道宗、敬德那兩個老傢伙打得火熱，也不知在謀劃什麼。還有雉奴，看上去老實巴交，可前陣子也沒少往玄甲衛跑，東打聽西打聽，李世勣不敢跟朕說，可不等於朕什麼都不知道。」

趙德全聽得心驚，很想說，大家您如此明察秋毫，下面的臣子也不好當啊！

不過這種話當然不能說出口，所以趙德全只好深深俯首，保持沉默。

李世民伸手在御案上扒拉了幾下，從堆積的案牘中抽出一卷，展開來看著，眼神極為複雜。趙德全暗暗瞥了一眼，知道那是齊王李祐的自供狀。

齊王李祐被押回長安後，便囚禁於趙德全管轄的內侍省，不許跟任何人見面。皇帝命他寫自供狀，他下午剛剛寫好，由內侍省的宦官呈了上來。皇帝翻來覆去看了好多遍，卻什麼都沒說。趙德全知道，皇帝此刻的心一定是在流血，因為齊王事涉謀反，論罪當誅，可畢竟是親生骨肉，又很難下這個狠手。

李世民閉上眼睛，突然把那份自供狀擲到了地上。

趙德全一驚，連忙撿起來，輕輕放回了御案。

「這東西你也看了，有何想法？」李世民仍舊閉著眼睛，用力按壓自己的太陽穴。

「回大家，恕老奴愚鈍，不知大家想問什麼？」

「這小子對自己的罪行輕描淡寫，卻把蕭君默罵了個狗血噴頭，說蕭君默陷害了他。這事，你怎麼看？」

趙德全思忖了一下，道：「此案參與之人眾多，刑部劉德威也奉大家之旨去了齊州，一干涉案人員均有供詞，要說蕭君默陷害齊王，恐怕難以採信，想必只是齊王的激憤之詞。」

李世民「嗯」了一聲，又問：「那你說說，蕭君默這個人怎麼樣？」

「這個年輕人頗有才幹，對朝廷也算忠心，只是……」

「只是什麼？」李世民倏然睜開眼睛。

趙德全想了想。「只是這個年輕人身上，似乎有一種與他年齡不太相稱的東西，老奴……老奴也說不清楚。」

「那就想清楚再說！」李世民有些不悅。「否則朕何必問你？」

「是，是。」趙德全諾諾連聲，只好說：「老奴是覺得，這個蕭君默心裡，好像……好像藏著不少事。」

李世民眸光一閃。「你也這麼認為？」

這個「也」字說明了一切，所以趙德全只是一躬身，沒有回話。

李世民思忖著，眸光漸漸凝聚，似乎要把眼前的什麼東西看穿。片刻後，他收回目光，瞥了一眼角落裡的刻漏，道：「朕命你密召裴廷龍入宮，這都什麼時辰了，人怎麼還沒到？」

趙德全正要回話，門口一個宦官快步趨入，稟道：「啟稟大家，玄甲衛右將軍裴廷龍覲見。」

「讓他到外殿候著。」

「遵旨。」宦官領命而去。

李世民又沉吟了一會兒，才起身朝外殿走去。趙德全趕緊跟在身後。

「你就不必去了。」李世民頭也不回道。

趙德全一怔，只好停住腳步。「老奴遵旨。」

●

天色微明，蕭君默剛剛起床，還沒洗漱，袁公望就興沖沖地前來稟報，說查到線索了。蕭君默匆匆擦了把臉，便命何崇九把早飯端到書房，然後叫袁公望一起邊吃邊說。

「弟兄們昨天跑遍了屬下在長安的各個聯絡點，問了百十號人，終於有了點眉目。」袁公望吸溜吸溜地喝著粥，口齒不清道：「有跡象表明，本盟的羲唐舵大半年來一直在長安活動。」

袁公望的絲綢生意遍及天下，在長安自然也開了幾家分號，每家分號下面又各有不少貨棧，而所有這些當然都是舞雩舵的祕密聯絡點。

「是何跡象？」蕭君默不慌不忙地喝了口粥。

「有個叫謝沖的年輕人，就是羲唐舵的。我下面一個姓古的分號掌櫃，曾在去年夏天撞見過他兩次。」

「古掌櫃怎麼知道這個謝沖是羲唐舵的人？」

「老古是舵裡的老人了，十幾年前曾奉盟主之命，跟羲唐左使謝紹祖一塊兒執行過任務，在謝紹祖家裡住過一晚，認得他兒子謝沖。雖然過了這麼多年，那小子也長成大塊頭了，可老古眼力很好，還是一下就認出了他。」

蕭君默聞言，瞇了瞇眼，〈蘭亭序〉及隱藏其中的世系表立刻浮現在他眼前。

在「雖無絲竹管弦之盛」的「之」字旁邊，記載著羲唐舵歷任舵主的名字：謝安、謝玄、謝瑍、謝靈運、謝鳳、謝超孫、謝蘇卿、謝施、謝華、謝紹宗。

羲唐舵的現任舵主便是謝紹宗，可見這個謝紹祖極有可能是他的親兄弟，而謝沖無疑便是謝紹宗的姪兒。倘若古掌櫃曾在長安兩次見過謝沖，那麼袁公望的判斷應該就不會錯——謝紹宗和羲唐舵很可能早已潛入了長安！

「老古是在什麼地方見到謝沖的？」

「一回是在東市，還有一回在永嘉坊。」

袁公望一口氣喝光了碗裡的粥，正想用袖子擦嘴，蕭君默已經把一塊乾淨的布巾遞給了他。袁公望嘿嘿一笑，趕緊接過。

「那最近呢，老古還有沒有見過謝沖？」

袁公望搖搖頭。「自從去年夏天見過兩回後，這半年來就再沒見著了。」

蕭君默微微沉吟，然後三兩口扒完了粥，站起身來。「你和弟兄們辛苦一些，繼續查，看能不能查出更多線索。」

「看盟主說的，這點小事算什麼辛苦。」袁公望跟著起身。「盟主，依你看，羲唐舵此來，會不會是投靠了東宮？」

蕭君默若有所思。「我正要去查證這一點。」

袁公望不解。「可……可如此隱祕之事，一時半會兒要如何查證？」

「我自有辦法。」

蕭君默神祕一笑。

蕭君默策馬來到了忘川茶樓，下意識地抬頭，望了望二樓東邊第一個雅間的窗戶。窗臺上靜靜擺放著三盆普通的樹木盆栽。

蕭君默驀然想起去年暮春跟蹤魏徵來到此處的情景，然後便又想起了養父蕭鶴年，心頭不由一陣傷感。

剛一下馬，門口便有一個夥計小跑著迎了出來，用一種不尋常的目光多看了他幾眼。蕭君默進門後，發現所有夥計和茶博士的目光都跟剛才那個夥計如出一轍。

很顯然，李安儼都跟他們打過招呼了。儘管他不會輕易透露蕭君默的盟主身分，但至少會讓手下人知道他是天刑盟的頭面人物。

一個夥計迎上前來，跟蕭君默交換了一下眼色，然後便徑直領他上到二樓，來到東邊第一個雅間門口。夥計敲門，對過暗號後，蕭君默推門而入，李安儼已在裡面等候。

昨日他們離開魏徵府邸時，便已約定今早在此見面。

「如何？那人招了嗎？」蕭君默開門見山。

李安儼搖頭苦笑。「沒有，是個硬骨頭。」

正如李承乾和謝紹宗所猜測的那樣，昨天在魏府東門外監視的那兩人，的確是被抓了，而抓他們的人正是蕭君默和李安儼。抓捕過程中，一人自知逃不掉，拔刀自刎，另一人稍微猶豫了一下，被蕭君默拿下了，隨後被李安儼帶到了忘川茶樓，現關在茶樓的一處地牢中。

「意料之中。」蕭君默淡淡一笑。「昨天咱們要是手慢一點，這傢伙也抹了脖子了，可見咱們天刑盟的人都是死士啊！」

「什麼？」李安儼驚詫。「他們也是本盟之人？盟主如何得知？」

「我不僅知道他們是本盟之人，還知道他們是羲唐舵的。」

李安儼越發驚異。

蕭君默笑著拍拍他的肩膀。「走吧，帶我去見他，我證明給你看。」

地牢內光線昏暗，一個左臉有刀疤的年輕人赤裸上身，耷拉著腦袋，兩隻手被鐵鍊捆著高高吊起，身上已經被打得皮開肉綻。蕭君默命一旁行刑的手下把他解了下來，並吩咐他們去準備酒菜。

刀疤臉被按在一張几案前坐下。他啐了一口帶血的唾沫，抬眼瞟了瞟蕭君默，冷笑道：「好酒好菜儘管端上來，可爺爺醜話說在前頭，你們別指望我會說什麼。」

「行，不說就不說。」蕭君默微笑著在他對面坐下。「我沒別的意思，只想跟你聊聊天。」

「少廢話！」刀疤臉惡狠狠地盯著他。「讓爺爺吃頓飽的，然後趕快送爺爺上路！」

李安儼聽不下去，猛然踹了他一腳。「小子，嘴巴放乾淨點！」

蕭君默抬手，示意他冷靜。這時酒菜已經端了上來，擺滿了几案。蕭君默親自給刀疤臉斟了酒，然後笑道：「有酒就得有詩，兄弟儘管放開肚皮吃喝，我來唸詩給你助興。」

李安儼困惑地看了看蕭君默，不知道他玩什麼名堂。

刀疤臉一聽卻樂了。「有詩有酒，那有美人嗎？最好給爺爺來全套的！」

李安儼又是一怒，卻強行忍住了。

「有！你先喝著，我回頭就把美女給你送來！」蕭君默呵呵一笑，還衝他眨了眨眼。「一個夠不夠？」

李安儼不禁皺了皺眉。

刀疤臉猛地抓過酒壺，自斟自飲了幾杯，然後抹抹嘴，大笑道：「你這傢伙有點意思，爺爺喜歡跟你聊天。」

蕭君默笑笑，自飲了一杯，忽然開口吟道：「相與欣佳節，率爾同褰裳。薄雲羅陽景，微風翼輕航。醇醑陶丹府，兀若游羲唐。萬殊混一理，安複覺彭殤。」

這是謝安在蘭亭會上所作的五言詩，當然也是羲唐舵的「暗號詩」。吟詩的過程中，蕭君默一直注視著對方的眼睛。儘管刀疤臉一直強作鎮定，可眼中隱隱閃過的一絲慌亂，還是被蕭君默敏銳地捕捉到了。

果然不出所料，這個刀疤臉正是羲唐舵成員、謝紹宗的手下！

直到此時，李安儼才終於明白蕭君默的用意，心裡不禁大為嘆服。

「怎麼樣兄弟，此詩下酒，可還合胃口？」蕭君默對刀疤臉露出一絲戲謔的笑容。

刀疤臉躲開他的目光，拿起筷子挾了幾大口菜，悶聲大嚼。

「慢慢吃，別噎著。」蕭君默又幫他斟了一杯酒，冷不防道：「對了兄弟，最近可見過謝沖？」

刀疤臉這回警惕了，沒表現出任何明顯異常，但蕭君默還是看出他的咬肌緊了一緊，這是內心不安的下意識流露。這也就證明，他認識謝沖。

「爺爺聽不懂你說啥。」刀疤臉又把酒一飲而盡，甕聲甕氣道。

「聽不懂沒關係。」蕭君默似笑非笑。「你只要聽得見就行了。」

刀疤臉這才隱隱猜出他在玩什麼花樣，表情不由一僵，身體也繃直了。

「沒用的兄弟，你繃不住的。」蕭君默道：「除非是死人，否則你身上可以說話、可以出賣你的地方太多了。」

刀疤臉閉上了眼睛，儘量讓自己紋絲不動。

「老李，咱們打個賭。」蕭君默這話是對李安儼說的，眼睛卻始終沒離開過刀疤臉。「我賭這位兄弟，一定住在永嘉坊。」

刀疤臉一動不動。

李安儼看到他的樣子，不免有些失望。蕭君默忽然一笑，給了李安儼一個眼色，然後兩人離開地牢，回到了二樓的雅間。

「盟主，您最後說他住在永嘉坊，可這小子毫無反應啊！」

「他反應了。」

李安儼眉頭一皺。「哪兒反應了？」

「喉頭。」蕭君默道：「有一個細微的吞嚥動作。」

李安儼困惑。「這能說明什麼？」

「這能說明他緊張。」蕭君默淡淡一笑。「也說明我猜對了。羲唐舵在長安的據點，應該就是在永嘉坊。」

李安儼恍然，旋即想到什麼。「可這羲唐舵的人，為何會監視先生宅邸？」

「若我所料不錯，這個羲唐舵的謝紹宗，應該是投靠了太子。」

李安儼又不解了。「何以見得？」

「太子在與太師的爭執中，洩露了謀反之意，所以他必須監視太師的一舉一動，包括所有進出魏府的人，以防太師將他告發。而此時羲唐舵的人恰好也在監視太師，你覺得，這會是一個毫無關聯的巧合嗎？」

李安儼想了想，搖搖頭。

「所以，唯一的解釋便是，羲唐舵監視太師，正是奉了太子之命。」

李安儼聞言，不免有些心驚。「倘若如此，那太子的力量便不可小覷了。他們一旦動手，後果豈不是不堪設想？」

蕭君默目光凝重，沉吟不語。

「盟主，要我說，咱們乾脆把太子告發了吧？」

「此時告發，你有什麼證據？」蕭君默看著他。「就憑他跟太師爭吵的時候說了幾句氣話？還是憑咱們現有的這些推測？」

李安儼頓時語塞。

「上元節快到了……」蕭君默若有所思。「如果我是太子，我一定會選這一天動手。」

李安儼又是一驚。「您是說，太子敢勒兵入宮？」

「他不需要入宮。按慣例，今年聖上會到魏王府聚宴，我想太子肯定會在那裡動手，然後栽贓給魏王。」

李安儼忽然想起什麼。「對了盟主，說到這個，我今早剛得到消息，今年上元節，聖上不打算去魏王府了，而是要在宮中設宴。」

蕭君默不由一怔。「有這種事？」

「千真萬確。」李安儼道：「我今早入宮時，趙德全親口對我說的。他還叮囑我說，這些天務必加強玄武門的防務，確保上元節宮宴的安全。」

玄武門，又是玄武門！十七年前那場手足相殘、父子反目的血腥慘劇，莫非又將重演?!

蕭君默眉頭深鎖，不覺陷入了沉思。

李安儼觀察著他的神色，等了好一會兒，終於硬著頭皮道：「盟主，太子之事——」

蕭君默忽然抬手打斷了他的話，旋即目光炯炯地看著他。「老李，我想問你一個問題，你可以慎重考慮一下，不必現在就回答我。」

李安儼有點懵。「還請盟主明示。」

蕭君默又定定地看了他一會兒，這才湊近身子，用很輕的聲音說了一句話。

李安儼一聽，頓時一臉驚駭。

直到此刻，他才明白蕭君默方才那一番沉吟意味著什麼，也才明白蕭君默為什麼讓他慎重考慮一下再回答。

蕭君默走進皇城武候衛衙署的時候，李恪正在庭院裡跟七、八個部下練武，刀劍鏗鏘，寒光閃閃。李恪用眼角的餘光瞥見了他，卻視若無睹。蕭君默索性抱起雙臂，斜靠在一株樹上觀戰。李恪以一敵眾，一把橫刀上下翻飛，片刻工夫就把那些部下全打趴下了。

見李恪獲勝，一旁圍觀的甲士們掌聲雷動，紛紛高呼「大將軍威武」。李恪一臉自得，收刀入鞘，對眾人道：「行了，都散了吧，該幹麼幹麼去！」

蕭君默仍舊站在樹下，卻面無表情。

李恪大步走過來，朗聲道：「看這麼久，也不給點掌聲？」

「這麼多人吹捧你，你虛榮心還不滿足？」蕭君默道：「再說了，我又不看你臉色吃飯，幹麼要給你鼓掌？」

「你就是小心眼！」李恪冷笑。「好像誇別人一下就會掉塊肉似的。」

「肉是不會掉，不過會有點麻。」

李恪不悅。「誇我怎麼就肉麻了？」

「跟一幫喜歡拍你馬屁的手下打，你不覺得勝之不武嗎？」

「他們可是真打！」李恪急了。「你以為他們是故意讓著我？」

「行行行，你說真打就真打吧。」蕭君默笑笑，抬手輕拍了兩下。「如你所願，給你鼓掌。」

「看來你還是不服。」李恪唰地一下抽出佩刀。「來，咱倆比劃比劃。」

「今天就算了吧。」蕭君默正色道：「有事跟你說。」

李恪會意，旋即收刀，低聲道：「去我值房。」

「就幾句話，在這兒說就行了。」蕭君默說著，看了看四周，從袖中掏出一張紙條。「馬上帶人去這個地方，陣仗搞大一點。」

在蕭君默看來，去李恪值房更容易引人注目，反不如在這裡說話顯得隨意。

「這什麼地方？」李恪展開紙條，上面是永嘉坊的一個位址。

方才在忘川茶樓，蕭君默向刀疤臉承諾會放他走，並保他家人平安，最後終於攻破他的心防，拿到了謝紹宗在永嘉坊的確切地址。

「抄家，抓人。」蕭君默道：「如果那地方還有人的話。」

「什麼意思？抓什麼人？」李恪一臉困惑。

「天刑盟羲唐舵主謝紹宗。」蕭君默低聲道：「他現在跟東宮聯手了。」

李恪一驚。「你這麼快就查到了？」

「當然！你以為我這個玄甲衛左將軍是吃乾飯的？」

「得了得了，少跟我嘚瑟。」李恪白他一眼，忽然想到什麼。「對了，你剛才那話的意思，好像是說這姓謝的有可能已經跑了？」

蕭君默點點頭。「我估計，八成是跑了。」

「你要我呢?!」李恪瞪大了眼。「人都跑了你還叫我去？」

「叫你去是做給謝紹宗和太子看的。」蕭君默又下意識地看了周遭一眼。「所以才讓你把動靜搞大一點嘛。」

「為何要做給他們看？」李恪莫名其妙。「而且為什麼是我？你自己去不行嗎？」

「必須是你。」蕭君默說著，湊近他低聲說了幾句話。

李恪一聽，非但沒弄明白，反而更加糊塗。「我說你小子到底玩什麼花樣，能痛快一點跟我說清楚嗎？」

「不能。」蕭君默不假思索道：「知道太多對你沒好處，你照做就行了。」

李恪看著他，眼光忽然有些陌生。「我發現，你小子是越來越邪門了！我當初怎麼就沒看出來，你這傢伙這麼會玩權謀呢？」

「我要不玩權謀，如何幫你正位東宮？又如何幫你君臨天下？」蕭君默淡淡一笑。「我行於黑暗，只為讓你立於光明，你不來點掌聲，還發牢騷？」

蕭君默雖言語戲謔，但李恪卻分明感到一種彌足珍貴的情誼在彼此的心間流淌。

李恪無言，拍了拍蕭君默的肩膀。

隨後，李恪便帶上大隊人馬，前呼後擁地趕到了永嘉坊。

不出蕭君默所料，這座雕梁畫棟、裝飾奢華的大宅早已人去屋空。看得出住在這裡的人走得極為匆忙，屋裡屋外散落了一地雜物。李恪特意來到原主人的書房，看見許多書籍仍舊堆放在書架和書案上，都來不及搬走。

李恪踩到了地上的一卷書，撿起來一看，是《六韜》，上面還留有主人標注的句讀。

「裡裡外外都給我仔細搜一遍，凡可疑物品一律帶回去！」李恪手握《六韜》來到庭院裡，對進進出出的部下大聲下令。

蕭君默說把動靜鬧大一點，李恪就儘量賣力吆喝。

離開時，李恪命人在大門上貼了封條，還讓部下敲著鑼昭告四鄰，說一旦發現與這戶人家有關的線索，便要到武候衛衙門稟報，官府重重有賞云云。

大張旗鼓地折騰了一通後，李恪才帶著大隊人馬揚長而去。

而在謝宅斜對面的一座宅院中，謝紹宗留下的眼線已將李恪的一舉一動盡收眼底。

玄甲衛衙署，桓蝶衣剛一走進自己的值房，便看見書案上放著一束鮮豔的梅花，旁邊還有一個小巧精緻的錦盒。

她喜上眉梢，快步走過去打開了錦盒，裡面是一只通體碧綠的手鐲。

後天便是桓蝶衣的生日。每年生日前夕，蕭君默都會送她一樣禮物，不過通常都是古劍啊良弓啊這些男人才喜歡的東西，沒想到他今年竟然開竅了，懂得送這種姑娘家才喜歡的東西了。

桓蝶衣拿起手鐲套在手腕上，抬起來左看右看，滿心歡喜。

紅玉就在這時走了進來，看著她，欲言又止。

桓蝶衣轉過身來，一臉笑容。「我師兄呢？送人家東西也沒個誠意，把東西放下人就跑了，妳也不把他叫住。」

紅玉表情怪異，囁嚅著道：「蝶衣姊，這東西、這東西是……」

「這東西怎麼了？」桓蝶衣有些詫異，卻仍笑道：「妳不會告訴我，這手鐲是大街邊買的便宜貨吧？我看著挺貴重的呀！」

「這手鐲……」紅玉終於鼓起勇氣。「這手鐲不是左將軍送的，是右將軍。」

桓蝶衣一愣，立刻沉下臉來。她忙不迭地扒下手鐲，扔回錦盒中，冷冷道：「他的東西妳幹麼不叫他拿回去？我不在妳就可以自作主張收人東西了？」

紅玉滿臉委屈。「姊，人家是右將軍，我是什麼身分，怎敢叫他拿回去？再說了，就算我敢，人家只要說一句『這又不是送妳的，妳憑什麼拒絕？』，妳讓我怎麼說？」

桓蝶衣想想也是，這事怪不到紅玉頭上，便不再言語，拿起錦盒匆匆向外走去，準備去還給裴廷龍。

紅玉忙道：「姊，還有那梅花呢！」

「扔了！」桓蝶衣頭也不回道。

桓蝶衣剛要邁出大門，差點跟匆匆往裡走的一個人撞個滿懷，抬頭一看，竟然是裴廷龍。桓蝶衣順勢把錦盒往他懷裡一塞。「右將軍來得正好，東西你拿回去，屬下無功不受祿！」

裴廷龍一怔，看了看手裡的錦盒，勉強笑道：「蝶衣，看妳說哪裡去了，這是我以朋友身分送妳的生日禮物，又不是以上司的身分……」

「咱們的關係只是上司跟下屬，沒有別的。」桓蝶衣冷若冰霜。

紅玉見勢不妙，趕緊衝裴廷龍點了下頭，三步併作兩步地跑了。

「蝶衣，妳就這麼討厭我嗎？」裴廷龍一臉失落。

「這裡是衙署，咱們最好以職位相稱。」桓蝶衣依舊冷冷道：「另外，上下級之間，也談不上什麼討厭不討厭。裴將軍今天來，是有公事嗎？」

裴廷龍苦笑了一下。「沒有公事，我就不能來找妳了？」

「沒有公事，請恕屬下不便奉陪。屬下還要去向大將軍稟報公務，將軍請自便。」桓蝶衣說完，徑直朝外走去。

裴廷龍臉上的肌肉抽搐了一下，忽然沉聲一喝。「站住！」

桓蝶衣停住腳步，卻沒有回頭。「將軍還有什麼吩咐？」

裴廷龍也沒有回頭，兩人就這樣背對背站著。片刻後，裴廷龍想著什麼，冷冷一笑。「桓旅帥，要說公事，本官今天來，倒真有一件公事。」

桓蝶衣無奈，只好轉過身來。「還請將軍明示。」

裴廷龍也轉過身來，看著她。「本官現在手上有一個案子，還望桓旅帥能夠盡力協助。」

「什麼案子？」

「稽查案，一個內部稽查案。」

玄甲衛不僅負有偵緝百官的職責，更有內部稽查的機制，而且一旦啟動，其手段往往比對外偵緝更為嚴厲。

桓蝶衣不由一驚。「稽查何人？」

裴廷龍得意一笑，從牙縫裡輕輕吐出三個字。「蕭君默。」

「裴將軍，請恕屬下直言。」桓蝶衣道：「蕭將軍早已因功得到聖上赦免，並且不次拔擢，現在已經是你的上司，你憑什麼查他？」

「上司怎麼就不能查了？」裴廷龍呵呵一笑。「本衛的規矩，不僅上級可以查下級，同級之間也可以互相稽查，甚至下級也可以查上級。所以，我不僅可以查蕭君默，如果必要的話，我連李大將軍都可以查。同樣，若是我裴廷龍有瀆職或犯罪嫌疑，妳桓旅帥也可以查我！桓旅帥，妳也是咱們玄甲衛的老人了，不會連這個都不清楚吧？」

「這個我當然清楚。可我只想知道，是誰給你下的命令？」

「這就無可奉告了。」裴廷龍攤攤手，絲毫不掩飾自己的得意之色。「妳只要協助本官辦好這個案子就行了。」

桓蝶衣知道，舅父絕對不可能給他下這個命令，而玄甲衛是直屬於皇帝的機構，連三省宰相都無權調動。所以，能夠越過李世勣直接給裴廷龍下令的人，只有一個，那就是當今天子！

意識到這一點後，桓蝶衣既忐忑又無奈，只好道：「那就請將軍下令吧，屬下該做什麼？」

「祕密調查蕭君默，查清他與江湖組織天刑盟的瓜葛。」

「天刑盟?!」桓蝶衣又是一驚。

「是的。蕭君默在去年逃亡期間，與天刑盟過從甚密，我有理由懷疑他掌握了天刑盟的重大機密，卻有意向聖上和朝廷隱瞞；我甚至懷疑，他本身就是天刑盟的人！」

「不可能！」桓蝶衣脫口而出。「蕭將軍對聖上和朝廷忠心耿耿，怎麼可能是天刑盟的人？」

「桓旅帥，請注意妳說話的口氣。」裴廷龍臉色一沉。「本官現在是以右將軍的身分跟妳說話，所以，可不可能，不是妳說了算。」

桓蝶衣語塞，只好壓抑著內心的憂懼和不安，抱拳道：「屬下唐突了。還請將軍明示，屬下該怎麼做？」

「首先，由於此案關係重大，所以本官今天對妳說的話，妳不可向任何人洩密，包括大將軍。其次，妳可以照常接觸蕭君默，不過有關他的一言一行、一舉一動，妳都必須向本官稟報，不許有絲毫隱瞞。最後，本官不得不提醒妳，倘若妳在辦案過程中洩露機密或隱瞞不報，那麼按我大唐律法，妳將與被稽查者同罪！」

裴廷龍說完，面帶笑意地看著她，頗有一種將她握於股掌的快意。

「裴將軍，你的意思屬下明白了。」桓蝶衣強打精神，迎著他的目光。「不過，也請允許屬下提醒你一句，在查清本案之前，任何人也無權說蕭將軍有罪。」

「當然，這我懂。」裴廷龍湊近她，陰陰一笑。「正如在查清本案之前，任何人也無權說他無罪一樣。」

一股女性特有的體香沁入了鼻孔，裴廷龍不禁暗暗吸了吸鼻翼。

桓蝶衣，走著瞧吧，蕭君默遲早會死在我的手上，而妳也遲早會躺進我的懷中。

●

皇城朱雀門前的橫街上，一個頭戴帷帽、面遮輕紗的女子靜靜地站在街邊。透過川流不息的車馬和行人，她的目光一直盯著對面的朱雀門。

她就是楚離桑。

今日晨鼓一響，她便避開府裡眾人的耳目，悄悄從崇德坊的王宅翻牆而出，僱了一輛馬車來到了這裡。她先是在城門對面的一家茶肆坐了一上午，中午在隔壁的湯餅鋪隨便吃了點東西，然後下午便又回到茶肆，坐在臨街的一扇窗邊——

自始至終，她的目光都沒有離開過街對面那座巍峨的城門。

她相信，只要蕭君默確實回到了長安，只要他恢復了玄甲衛的身分，那麼她一定能在皇城的出入口等到他。今天是朱雀門，明天她會去東邊的安上門，後天去西邊的含光門，之後去皇城最東邊的景風門，然後再去最西邊的順義門。如果一直沒等到，第六天起，她就重新回到朱雀門……

雖然知道這個辦法很笨，但她不知道還能有什麼更好的辦法。

暮鼓敲響的時候，茶肆夥計很客氣地催她離開。楚離桑只好離開茶肆，站在了街邊。看著街上匆匆來去、急著要在夜禁之前趕回家的各色行人，她的目光便漸漸有些迷離。

「六街鼓」至少已經響過幾百聲了。楚離桑意識到自己必須走了，否則一定趕不及在夜禁之前趕回崇德坊。

她黯然轉身，朝朱雀大街的南面煢煢獨行。

一片片雪花就在這時紛紛揚揚地飄落下來，落在她的身前身後。

崇德坊位於朱雀大街的西面。快步走過一個坊區後，楚離桑拐向了右邊的橫街。她當然不知道，此刻蕭君默正騎著一匹白馬飛快地馳過她身後的十字街口。

他們兩人距離最近的時候，不會超過三丈。

然而，隨著楚離桑一步步朝西邊走去、蕭君默縱馬向南疾馳，他們之間的距離便越來越遠了。

楚離桑走著走著，忽然下意識地停了下來。

她驀然回首。蕭君默卻在此時馳過了街口。

楚離桑只看見一匹白馬的馬尾在遠處的人流中一閃即逝，卻壓根兒不知道馬上騎著何人……

第七章 遺孤

清明渠引自長安城南的潏水，從安化門流入城內，流經九坊，最後流入皇城和宮城。崇德坊西北隅的一座木橋下，清明渠的水面結著一層薄冰，倒映著對岸人家的點點燈火。

初更時分，王弘義負手站在渠水旁，盯著冰面發呆。

一駕馬車軋著橋上的積雪，咯吱咯吱地行過橋面。片刻後，一個身影來到橋下的陰暗處，望著王弘義的背影，用刻意掩飾的聲音道：「先師有冥藏。」

王弘義回過神來。「安用羈世羅。」

即使這個暗號已經對過無數遍，可他們每次接頭，還是都得照規矩來。

「你今天約我來，所為何事？」王弘義沒有回頭。

「稟先生，蕭君默回朝了。」

「哦？」王弘義眸光一閃。「是以功臣的身分？」

上次接頭，玄泉已經把蕭君默在齊州平叛立功，因而被李世民赦免的消息告訴了他。

「是的。」玄泉道：「而且聖……而且李世民還升了他的官。」

「什麼官？」

「玄甲衛左將軍。」

「怎麼可能？」王弘義有些詫異，轉過身來，問道：「左將軍不是從三品嗎？李世民居然給他連升五級？」

「是的，屬下對此也頗為不解。此次破格提拔的力度之大，乃李唐建國以來所未曾有。」

王弘義眉頭微蹙。「除了平叛立功之外，蕭君默會不會還做了什麼事，討了李世民的歡心？」

「這個……屬下沒有聽說。」

李世民得到〈蘭亭序〉真跡的事，除了少數幾個知情者外，對所有人都沒有透露，玄泉自然也無從得知。

「想辦法查一查。」

「是。」

王弘義沉吟了一會兒，換了個話題。「魏王方面，最近是什麼情況？」

「自從去年的厲鋒案後，魏王便深居簡出——」

「我問的不是這個。」王弘義打斷他。「他本人的情況我還用你說？我想知道的是，李世民是不是已經放棄魏王了？」

「屬下認為，現在下這個結論還為時過早。」

「李世民不是已經半年沒召見他了嗎？」

玄泉遲疑了一下。「是的。」

「這在以前有過嗎？」

「沒……沒有。」

「這不就很明顯了嗎？」王弘義冷笑。「一個連皇帝的面都見不著的皇子，一個徹底失寵的親王，還有什麼希望奪嫡？」

「先生，眼下魏王只是暫時失寵，並不等於就此出局。」玄泉忙道：「屬下認為，他完全還有翻盤的機會。」

王弘義想著什麼。「上元節快到了，據說今年李世民會到魏王府聚宴，如果善加利用，這倒也算個機會，你有沒有給他出個巴結李世民的好點子？」

玄泉忽然沉默了，片刻後才道：「對不起先生，屬下正要向您稟報此事。」

「稟報什麼？」

「據屬下最新得到的情報，今年上元節，李世民並未打算去魏王府，而是要在宮中設宴。」

王弘義一怔，旋即失笑。「魏王都已經落到這步田地了，你還說他有機會？」

「這只是李世民的一種敲打手段，只要魏王應對得當，就無礙大局。」

「那你倒是說說，時至今日，魏王還有什麼辦法翻盤？」

「辦法便是八個字。」

「哪八個字？」

「以退為進，以靜制動。」

「倘若東宮也用這一招呢？」王弘義冷哼一聲。「大家這麼耗著，贏的不還是東宮。」

「如果李承乾有這麼聰明的話，那屬下倒也沒什麼好說的了。」

「就算李承乾不夠聰明，他身邊不還有一個老謀深算的魏徵嗎？」

「是的，可惜李承乾根本不會聽魏徵的。」

「何以見得？」

「前天，魏徵抱病前去東宮，卻與太子激烈爭吵，當場暈厥，險些把老命都丟了。」

「有這等事？」王弘義有些意外，呵呵一笑。「看來，我們這位大唐太子還真是一個扶不起的阿斗啊！」

「正因如此，屬下才說魏王完全有機會。」

「照你的意思，魏王現在只要韜光養晦、夾起尾巴做人，然後靜待東宮自己犯錯就行了？」

「是的，可以這麼說。」

王弘義沉吟了一會兒，重新轉過身去，望著冰面上的點點光亮，自語般道：「既如此，那就再給魏王一點時間吧。」

玄泉趨前一步。「先生，請恕屬下斗膽問一句，您本來……是不是已經打算放棄魏王了？」

王弘義無聲一笑。「不瞞你說，是有此意。」

「可是，假如放棄魏王，您還能選擇誰？難道是那個庶出的吳王？」

「不排除這個可能。」王弘義若有所思。「不過，說不定我還有別的選擇。」

「別的選擇？」玄泉頗為不解。「李世民的兒子雖然不少，但除了這幾位，剩下一個嫡子就是少不更事、懦弱無能的晉王，其他庶子就更不足論，先生還有什麼選擇？」

王弘義哈哈一笑。「誰告訴你，我只能在李世民的兒子當中選呢？」

玄泉一愣，越發困惑。「先生何意，屬下實在聽不懂。」

「你會懂的。」王弘義盯著冰面，目光卻好像落在很遠的地方。「用不了多久，我就會解開那個謎團，到那時候，你就懂了。」

玄泉如墜雲霧。

他蹙緊眉頭，急劇地思考著，忽然若有所悟，脫口而出道：「先生，您指的，莫非是──」

「行了。」王弘義打斷他，截口道：「有必要讓你知道的時候，我自然會告訴你。今天就到這兒，你走吧。」

「是。」玄泉無奈，躬身一揖。「屬下告退。」

直到玄泉離開了一炷香後，王弘義才緩緩走上橋面。

韋老六和幾個隨從牽著馬走過來。王弘義翻身上馬。突然，他感覺到了什麼，猛地回頭，掃視著身後的街道和兩旁民宅的屋頂。

「怎麼了先生？」韋老六一驚，也跟著他的目光四處張望。

周遭一片黑暗。如此寒冷的夜晚，多數人家早已熄燈就寢。

王弘義的目光又在黑暗中巡視了片刻，才搖搖頭，拍馬朝東邊的街道馳去。

沉沉夜色中，一道精瘦的黑影從街邊房頂的屋脊上飛速掠過。

黑影的輕功煞是了得，只見他在高高低低的屋頂上兔起鶻落，竟然與前面縱馬奔馳的王弘義一行始終保持著不遠不近的距離……

七個檀木牌位在長條案上一溜排開，上面分別寫著：辯才、華靈兒、米滿倉、蔡建德、孟懷讓、孟二郎、孟三郎。

蕭君默神情肅穆，給七個牌位一一上香，然後默立良久，眼睛不覺便濕潤了。

何崇九悄悄走進來，輕聲道：「二郎，郗先生來了。」

蕭君默暗暗抹了下眼角。「知道了，請他到書房，我就來。」

何崇九看著他的背影，輕輕一嘆，轉身走了出去。

蕭君默平復了一下情緒，才快步來到了書房。一進門，他就看見郗岩的臉上寫滿了喜悅，顯然是跟蹤王弘義有了結果。

「有眉目了？」一想到很快就能見到楚離桑，蕭君默頓時有些急切。

郗岩重重點頭。「屬下跟了玄泉兩天，他今晚終於跟王弘義接頭了。」

「王弘義住在何處？」

「崇德坊東北隅的青梅巷中。」郗岩因完成了這一重大任務而激動不已。「盟主若想去，屬下現在就帶您過去。」

「走！」蕭君默不假思索。

王弘義回到崇德坊的新宅時，無意中看見蘇錦瑟的房間還亮著燈，想了想，便走過去敲響了房門。「錦瑟，還沒睡嗎？」

片刻後，門開了，蘇錦瑟雙目微紅，低垂著頭。「爹，您……您回來了？」

「怎麼這麼晚還沒睡？」王弘義關切地看著她。

「哦，沒……沒怎麼，一時興起做了點女紅，這就要睡了。」

王弘義在心裡嘆了口氣。他知道，自從楚離桑來了之後，這個養女心裡便起了芥蒂，自己也有意無意冷落了她，難怪她會傷心。

「錦瑟，咱們爺兒倆也有些日子沒說話了。」王弘義溫言道：「妳要是還沒睡意，那爹就陪妳聊聊天？」

錦瑟頓時有些驚喜。「爹快請進來。」

就在王弘義進入蘇錦瑟房間的同時，楚離桑手裡捧著一件錦衣正從後院走來。

這件衣服是楚離桑白天不在的時候，蘇錦瑟讓人送過去的，綠袖拗不過，只好留下。楚離桑回來一看，發現這件錦衣用料上乘、做工考究，顯然價格不菲，便想叫綠袖拿過來還她。後來轉念一想，人家畢竟也是一片好意，還是自己送回來，說幾句客氣話比較合適，以免綠袖一見面又跟她吵嘴，倒顯得自己不懂禮數。

王弘義和蘇錦瑟進屋坐定，便笑笑道：「錦瑟，去年徐婉娘的事，讓妳受了不少苦，遭了不少罪，爹好像……還沒跟妳道過歉吧？」

蘇錦瑟頗感意外，忙道：「爹，看您說的！女兒是您一手養大的，幫您做點事是天經地義，吃點苦又算什麼？您千萬別講這種話，這讓女兒如何承受得起？」

「好，那就不說。」王弘義呵呵一笑。「不過徐婉娘的事，終究還是要跟妳交個底的。」

這時，楚離桑恰好走到房門口，聽到「徐婉娘」三個字，不由一驚，悄悄把耳朵貼上房門。

「爹，這事如果是不該女兒知道的，您可以不必說……」

王弘義擺擺手止住了她。「爹這麼多年，哪有什麼事是瞞著妳的？再說了，妳不僅是爹的女兒，更是爹在冥藏舵裡少有的心腹股肱之一，這件事就更應該讓妳知道了。」

蘇錦瑟聞言，心裡湧起一股暖意，數月來的委屈瞬間煙消雲散，眼眶登時便紅了。「爹，能聽您這麼說，女兒為了您，就算賠上這條命也值了！」

楚離桑在外面聽著，不由也有些感動。看來王弘義跟這個養女的感情還滿深的，怪不得蘇錦瑟會對自己懷有那麼強的敵意。

「錦瑟，不許妳說這種話。」王弘義嗔怪道：「妳的命是妳自己的，妳得為自己好好活著，才不枉爹養育妳這麼多年。」

「是……爹說得是。」蘇錦瑟的眼淚止不住流了下來，同時破涕為笑。「您還是說說徐婉娘吧，其實女兒一直對她挺好奇的。」

「瞧瞧，這才是心裡話吧？」王弘義逗她。

蘇錦瑟促狹地笑了笑。「您時隔多年卻忽然要尋找一名歌姬，不免讓人懷疑，這個人會不會是您年輕時的紅顏知己呢？」

王弘義哈哈一笑，但笑容很快便從他的臉上淡去。「妳猜錯了，這個叫徐婉娘的歌姬，並不是爹的紅顏知己，而是別人的。」

蘇錦瑟看他神情嚴肅，便不再插言，靜靜等著。

王弘義沉默了片刻，才道：「這個人，便是當年的隱太子。」

外面的楚離桑頓時一驚。她萬萬沒想到，黛麗絲的這個「姨娘」竟然有這麼大的來頭。可她既然是隱太子的情人，為何後來又會委身於一個掘墓人呢？

屋裡的蘇錦瑟也是一驚。「隱太子？」

王弘義點點頭。「當年，隱太子與這個徐婉娘交好，二人如膠似漆，但礙於徐婉娘的身分，隱太子不可能將她娶回東宮，更不敢讓世人知道。據我所知，二人暗中好了兩、三年。當時我雖然知情，但並未多想什麼，對這個徐婉娘既不感興趣，也沒多少瞭解。可自從武德九年那場巨大的變故之後，我卻有了一種想法……」

「什麼想法？」

「我總是在想，這個徐婉娘跟隱太子好了那麼長時間，會不會……給他留下了骨肉呢？」

蘇錦瑟恍然大悟，至此才明白王弘義讓她尋找徐婉娘的目的——原來他是想找到隱太子李建成不為世人所知的私生子！可是，即使當年徐婉娘確實生下了隱太子的骨肉，即使現在還能找到這個私生子，又能幹什麼呢？

與此同時，外面的楚離桑也陷入了沉思。

她聽養父辯才說起過玄武門之變，對這段風雲往事也算略有所知，去年在越州聽辯才講述天刑盟的歷史，也知道王弘義曾在武德末年輔佐過隱太子。此刻又聽王弘義說要尋找隱太子的遺孤，楚離桑不禁也對他的動機充滿了好奇。

屋裡，王弘義陷入了對往事的回憶中，黯然神傷。

「爹……」蘇錦瑟小心翼翼道：「有句話，我不知當不當問？」

王弘義蒼涼一笑。「妳是想問，我尋找隱太子的遺孤是想做什麼，對吧？」

蘇錦瑟點點頭。

王弘義又沉默了一會兒，才緩緩道：「想當年，我與隱太子相交甚契、志同道合，一心一意要共創大業。可惜後來，一切都被那個心狠手辣的李世民給毀了，隱太子的五個兒子更是慘遭屠戮！而我卻無力挽回這一切，多年來一直深感憾恨……」

蘇錦瑟終於意識到了什麼，驚詫道：「爹，您此次來長安，除了輔佐魏王之外，是否……是否也有替隱太子報仇之意？」

「是的，這一點無須諱言！」王弘義眼中露出了一絲仇恨的光焰。

蘇錦瑟眉頭緊鎖。「那麼，假如您找到了隱太子的遺孤，您……您打算怎麼做？」

「那就要看是女兒還是兒子了。」

「女兒如何？兒子又如何？」

「倘若是女兒，我便收她為義女，然後由我作主，把她嫁給將來的皇帝，讓她成為母儀天下的皇后。」王弘義頓了頓。「若是兒子嘛……」

「倘若是兒子的話，」蘇錦瑟接過他的話。「您是不是打算擁立他繼位，讓他奪回本屬於隱太子的皇權？」

王弘義淡淡一笑。「不排除這種可能。」

楚離桑在外面一聽，不由倒吸了一口冷氣。她一直以為王弘義禍亂天下的目的僅僅是火中取栗，趁亂實現他的權力野心，沒想到他還有這更深一層的圖謀！這一點，恐怕連辯才和蕭君默也萬萬不會想到！

蘇錦瑟想著什麼，眼中掠過一絲憂傷。「爹，倘若您這麼做，又將置魏王於何地？」

「魏王？」王弘義冷笑。「他本來就只是一枚棋子而已，有價值便用之，無價值則棄之，又何須糾結？」

蘇錦瑟聞言，越發傷感，竟黯然無語。

王弘義看著她。「錦瑟，爹早就告訴過妳，對魏王只宜逢場作戲，萬不可動真情，可妳……」

「爹，您放心。」蘇錦瑟勉強一笑。「女兒只是拿他當朋友，並未動真情，只是乍一聽說要放棄他，有些……有些意外而已。」

「爹也沒說現在就放棄他。如果他自己爭氣，不影響爹的通盤計畫，爹還是照樣輔佐他。」王弘義說著，站起身來。「好了，時辰不早了，妳早點睡吧。」

外面的楚離桑聞聲，慌忙轉身，想找個地方躲藏，怎奈蘇錦瑟房前只有一條長長的迴廊，迴廊下是一片無遮無攔的小花園，根本沒有地方可以藏身。情急之下，楚離桑只好縱身一躍，攀上了廊簷，整個人趴在一根窄窄的橫梁上。

王弘義開門出來，忽然吸了吸鼻翼，好像聞到了什麼味道。

楚離桑的心頓時提到了嗓子眼。

王弘義警覺地環顧四周。蘇錦瑟跟出來，詫異道：「爹，怎麼了？」

「哦，沒什麼，妳快睡吧。」王弘義沒發現什麼，擺擺手，順著迴廊走遠了。

蘇錦瑟站在房門口，目送著王弘義的背影消失在迴廊拐角。

楚離桑正暗暗慶幸，可一不留神，手裡的那件錦衣竟然滑了下去。

說時遲那時快，楚離桑飛快伸手一撈，終於抓住了錦衣的一條袖子。此時，錦衣的另一條袖子距離蘇錦瑟的頭頂不過三寸。

蘇錦瑟又左右看了看，這才進屋，回身關上了房門。

就在她回身關門前的一瞬間，錦衣被收了上去。

楚離桑長長地鬆了一口氣，額頭和鼻尖上早已沁出了細密的汗珠。

兩個黑影一前一後翻過牆頭，悄無聲息地跳進了一片庭院。

這是崇德坊青梅巷中的一座三進大宅，大大小小的房屋足有數十間。此刻大多數房間都黑黢黢的，似乎宅裡的人都已熄燈入睡。

「是這裡嗎？」前面的蕭君默蹲伏在地上，敏銳地觀察著四周。

「錯不了！」後面的郗岩低聲道：「屬下親眼看見王弘義進了這座宅子。」

蕭君默看了看不遠處迴廊上幾盞昏黃的燈籠，沒說什麼，弓著身子往斜刺裡一躥，摸進了宅子的後院。郗岩緊隨其後。

後院占地挺大，有小橋流水、假山亭榭，若是白天，景色一定頗為雅致。由於整座院子有十幾座石燈籠都點著燭火，所以感覺比前面的院子要明亮許多。蕭君默和郗岩伏低身子，貼著假山繞了一圈，基本上就把整個後院看清楚了。

院子裡總共有七、八個房間，大小不一，卻都黑燈瞎火。二人很快就把房子都探了一遍，發現東、西兩側的廂房都落了鎖，只有北邊的主房沒鎖，顯然是從裡面閂上的。

「盟主，」郗岩低聲道：「楚姑娘會不會就住在這裡面？」

蕭君默沒有答言，心卻怦怦直跳。

他從袖中掏出一根特製的鐵絲，插進窗縫中，輕輕一勾，就把裡面的插銷挑開了，旋即小心翼翼地推開窗戶，無聲地跳了進去。郗岩也緊跟著翻窗而入。

蕭君默示意郗岩把窗戶打開一些，讓外面微弱的光線可以透進來，然後兩人在窗邊站了一會兒，才看清了這個主房的布局和陳設。

主房被隔成了相互連通的三間，中間是堂屋，右邊小間是傭人房，左邊房間最大，顯然便是主人的臥房了。

雖然一眼便可看出這是女子的閨房，但是三個房間卻都空無一人——楚離桑並不在這裡。

蕭君默的心驀然一沉。

桑兒，妳到底在哪裡?!

楚離桑悄悄回到後院的閨房，看見綠袖正和衣歪倒在榻上，顯然是等她等得睡著了，便順手把手上的錦衣蓋在了綠袖身上。

綠袖驚醒，一看到錦衣，頓時一骨碌坐起來，皺緊了眉頭。「娘子，妳怎麼又拿回來了？」

「人家一片好意，盛情難卻，我也不好太駁人面子。」楚離桑隨口道。

「她一片好意？」綠袖冷哼一聲。「我看她就是黃鼠狼給雞拜年！」

楚離桑沒有答言，而是怔怔地想著徐婉娘的事情。

看來，正因為徐婉娘是隱太子當初的情人，一旦讓李世民和朝廷發現就有性命之憂，所以黛麗絲和她口中的「先生」才會煞費苦心地把徐婉娘保護起來。

可是，徐婉娘真的替隱太子生過孩子嗎？如果是真的，這個遺孤現在又在哪裡？黛麗絲他們保護徐婉娘的目的之一，肯定也是守護這個祕密，保護這個遺孤。現在王弘義一心想打這個隱太子後人的主意，黛麗絲他們知道嗎？

想著想著，楚離桑忽然生出了一股強烈的衝動，很想馬上到芝蘭樓找黛麗絲，先把這些事情問個清楚，再把王弘義的企圖告訴她，讓他們當心。

巧合的是，現在楚離桑所住的這個崇德坊，就在懷貞坊的北邊，兩坊之間僅有一街之隔，要過去很容易。

念頭一起，楚離桑便再也無法遏制。

跟綠袖又說了幾句閒話後，綠袖便哈欠連天，回自己臥房去睡了。楚離桑不再耽擱，立刻換上夜行衣，從後窗跳了出去，然後翻過園牆，快步朝南邊的懷貞坊奔去。

楚離桑並不知道，她剛一跳出後窗，便有一個在暗處蟄伏許久的黑影緊緊跟上了她。

蕭君默和郗岩又花了將近一個時辰，把這座三進大宅的數十個房間都摸了一遍，發現除了前院一個房間亮著燈，六、七個大漢在裡面玩樗蒲之外，其他房間竟然都空無一人。

這基本上就是一座空宅，玩樗蒲的那些傢伙也不過是在此看家護院而已。

「盟主，」郗岩大惑不解。「我明明看見王弘義進來了，可怎麼就……」

「很顯然，這是他的障眼法。」蕭君默道：「他就是怕被跟蹤才利用這座宅子做掩護。」

「你的意思是說，王弘義根本不住在這裡？」

「沒錯。」

「那他是怎麼做的？每天都先回到這裡，以此掩人耳目，過會兒再偷偷出門，溜回他真正住的地方？」

「倘若跟蹤的人一直在門外盯著呢？」蕭君默笑著反問：「王弘義絕不會如此笨拙。」

郗岩一愣。「那他的障眼法到底是怎麼玩的？」

蕭君默略微沉吟，道：「如果我所料不錯，這座宅子下面，肯定有地道。」

郗岩一驚。「地道?!」

「是的，地道很可能通向另一座宅子，而這座宅子僅僅是作為出入口之用。把兩座宅子打通還有一個好處，就是萬一其中任何一處被人發現，王弘義都可以透過地道從另一座宅子從容逃脫。」

郗岩恍然。「這老小子，真狡猾！」

蕭君默冷然一笑。「王弘義一輩子都在做刀頭舔血的營生，若不如此，怎麼可能活到今天？」

「那咱們現在就找找地道吧？」郗岩被王弘義擺了一道，心裡窩火。

「這麼大的宅子，你打算怎麼找？」蕭君默環顧四周，既像是在問他，又像是自問。

郗岩撓了撓頭。「也只能一處一處慢慢找了。」

「這麼找，恐怕三天三夜也找不到。」

「那咋辦？」

蕭君默沉吟不語，然後抬頭望著某個地方，忽然道：「跟我來。」

片刻後，蕭君默和郗岩便摸上了正堂的屋頂。

此處是整座宅子的制高點，四下俯瞰，不僅能把這座坐北朝南的三進大宅盡收眼底，而且還能看清左鄰右舍的情況。

郗岩跟著蕭君默環視周遭一圈，也沒看出啥名堂，便問道：「盟主，這麼看，能看出什麼？」

「如果你是王弘義，當初挖掘地道的時候，會不會儘量避免從別人的房子底下經過？」蕭君默不答反問。

「那是當然。」郗岩不假思索。「若從別人房子底下經過，挖掘的時候很容易被發現。」

「所以……」蕭君默指了指大宅的左、右兩邊。「這東、西兩面，都與別人的宅院毗鄰，挖掘地道的可能很小，對不對？」

「對。」

「那你再看南面，大門外就是青梅巷，對面也是一整排的深宅大院。如果往南面挖，是不是同樣會碰到這個問題？」

「是。」

「所以，這條地道，王弘義肯定會往北面挖！」

順著蕭君默的目光望去，郗岩發現這座大宅的後面竟然沒有任何人家，而是一座小山包，山上是一片樹林，長滿了松柏。

郗岩深以為然。「沒錯，地道從山下挖，肯定是最安全的。」

「不僅是安全……」蕭君默凝視著那座小山。「地道經過山下的時候，還可以多挖幾條岔道，一來遭遇追捕時便於逃脫，二來迷惑追捕者。此處的地形得天獨厚，看來，王弘義必是經過一番精心考察，才買下了這座宅子。」

「盟主，那咱們上北邊的後院找找吧？」郗岩摩拳擦掌。「地道口肯定在那兒。」

蕭君默卻不置可否，若有所思，半晌才道：「不必找了。」

「為何？」郗岩不解。

「即便咱們找到地道也不能下去，因為王弘義一定會在地道口做記號，只要別人動過，他便會察覺。」蕭君默眉頭微蹙。「還有，我估計地道下也遍布機關暗器，貿然下去太危險了。」

「那怎麼辦？」郗岩大為焦急。

蕭君默略微思忖。「不找地道，也未必就不能發現王弘義的藏身之處。」

「盟主還有什麼辦法？」

「後山的北邊就是烏衣巷……」蕭君默瞇眼望著遠處的小山。「那裡的大宅比青梅巷少，離這裡近的也就那麼三五座，咱們寧可一一探查，逐個排除，也好過冒險下地道。」

楚離桑一路疾行，兩刻鐘之後便來到了懷貞坊東南隅的芝蘭樓。

小樓靜靜地矗立在黑暗中，只有二樓西側的一個房間點著燈。楚離桑知道，那就是徐婉娘的房間。黛麗絲說過，姨娘怕黑，晚上睡覺的時候都不敢熄燈。

黛麗絲的房間在徐婉娘隔壁。

楚離桑輕巧地翻過院牆，摸到了黛麗絲房間的窗下。剛一躍起，兩手抓住窗臺，一隻大手就突然在下面拽住了她的腳腕。

楚離桑一驚，當即一個後空翻，掙脫了那隻手，可還未落地，一道勁風又襲向面門。楚離桑不得不接連幾個後翻，才躲開襲擊並穩住了身形。

她定睛一看，偷襲她的人正是護院的方伯。

「方伯，是我，虞桑兒。」楚離桑忙道。

「打的就是妳虞桑兒！」方伯冷冷道：「三更半夜扒牆頭，妳想幹什麼？」

「我是來找黛麗絲的，您別誤會。」

「既是找人，為何白天不來，卻要在大半夜如此鬼鬼祟祟?!」

楚離桑有些語塞。「我……我白天走不開。」

「撒謊都不會找理由，我看妳就是居心不良、別有所圖！」

方伯不由分說，掄起拳頭又衝了上來。楚離桑無奈，只好接招。

就在兩人打成一團之際，被吵醒的黛麗絲慌忙從樓上跑了下來，擋在楚離桑身前。「方伯，別打了，她是我朋友，不是壞人。」

方伯不得不收住拳腳，冷笑道：「妳這朋友總在夜裡出沒，我都懷疑她到底是人是鬼！」

「她要是鬼，我就拜拜她趕緊把你收了！」桂枝罵罵咧咧地跑過來，扠腰瞪著方伯。「你這死老頭，成天疑神疑鬼的不累嗎？人家虞姑娘就喜歡大半夜出門，礙著你了？」

方伯在老婆面前永遠是直不起腰的。他氣得吹鬍子瞪眼，又不敢回嘴，只好跺跺腳，回自己屋裡去了。

黛麗絲對桂枝道了謝，便牽起楚離桑的手上了二樓。

「妳怎麼來了？」黛麗絲給她倒了杯水，不無驚訝道。

「想妳和姨娘，這不就來了？」楚離桑笑了笑。

「妳這人也是，還真的喜歡大半夜出門啊？」黛麗絲語氣雖柔和，但眼中已有了一絲狐疑。

楚離桑在心裡嘆了口氣。要是自己再不說實話，下面的話題根本就沒法展開。

想了想，她終於向黛麗絲吐露了所有實情：從自己的真名實姓、身世、遭遇講起，到隨養父辯才被抓入宮，再到被蕭君默營救，一路逃亡，最後被生父王弘義擄回長安等等，一五一十、原原本本全都說了。

黛麗絲聽得目瞪口呆。最讓她感到驚詫的，莫過於自己的仇人王弘義竟然是她的生父！

呆了半晌，黛麗絲才道：「假如那天我有機會殺王弘義，妳會不會救他？」

這個問題顯然是楚離桑自己都想不清楚的，因此也就沒辦法回答。

「我不知道。」楚離桑只能說實話。

黛麗絲又沉默了一會兒，道：「謝謝妳能把這些實情告訴我。平心而論，換成我是妳，我可能也不知道該怎麼做。」

楚離桑有些感動。「謝謝妳黛麗絲，謝謝妳的理解。」

「我一直以為自己的身世和遭遇已經很離奇了。」黛麗絲苦笑了一下。「沒想到，妳的更讓人匪夷所思。」

兩人相視一笑，頓時有了同病相憐之感。

「對了，妳今晚過來，肯定有事吧？」黛麗絲問。

楚離桑點點頭，把自己偷聽到的事情說了，然後問道：「姨娘當年跟隱太子，到底……到底有沒有生下骨肉？」

黛麗絲搖了搖頭。「這些事情，先生從沒告訴過我。」

楚離桑有些意外。「那姨娘呢？姨娘也沒告訴妳嗎？」

黛麗絲苦笑。「我跟妳說過，姨娘她早就忘記過去的事了。」

楚離桑啞然失笑，片刻後才道：「王弘義這個人心狠手辣，說得出做得到，妳一定要轉告那位先生，千萬要當心。假如隱太子真有遺孤在世的話，一定要保護好，千萬別落到王弘義手裡。」

黛麗絲感激地點點頭。「謝謝妳桑兒，謝謝妳告訴我這些。」

「好了好了，咱倆之間就不必這麼客氣了。」楚離桑很豪爽地道：「再怎麼說，咱們也算過命的交情了不是？」

黛麗絲笑。「對，咱們是生死之交！」

「是桑兒來了嗎？」隨著聲音，徐婉娘走了進來。

「對不起姨娘，把妳吵醒了。」聽到她叫自己的名字，楚離桑頗感欣慰，因為她很擔心姨娘又像上次那樣把自己忘了。

「姨娘老了，晚上總睡不踏實，不能怪妳。」徐婉娘牽過她的手，在榻上坐了下來。「好孩子，妳沒有食言。說要來看姨娘，果然這麼快就來了。」

「是啊姨娘，桑兒是我的好姊妹。」黛麗絲也走過來坐下。「她跟我一樣，最喜歡跟您說話了，怎麼會食言呢？」

「妳們都是好孩子。」徐婉娘顯得很高興，笑得眼睛都彎了。

接著，徐婉娘便跟二人拉起了家常。

楚離桑靜靜地聽著，看見徐婉娘的神情依舊是那麼溫婉而親切，而目光卻依舊是那樣恍惚而空茫。尤其是她的眉眼，總讓楚離桑覺得那麼似曾相識。

這是不是像老話常說的，一個人面善，就總會讓人覺得似曾相識？

楚離桑這麼想著，卻很快就否定了這個想法。因為她分明覺得，姨娘的眉眼的確很像自己認識的某個人……

忽然，彷彿一道閃電在腦海中劃過，楚離桑被一個突如其來的念頭驚呆了。

蕭君默！

原來自己一直苦思不得的跟姨娘眉眼酷似的這個人，正是蕭君默！

這是一個最不可能的答案，所以她此前一直在記憶中搜尋其他那些認識的人，卻無論如何也不會去想到蕭君默。

既然蕭君默與徐婉娘如此相似，那麼，他會不會就是當年徐婉娘為隱太子生下的骨肉？會不會就是王弘義不擇手段想要找到的那個隱太子的遺孤?!

就在楚離桑的心中翻江倒海之際，沒有人知道，在敞開的窗戶外面，相距六、七丈的一處屋頂上，有一個黑影從頭到尾一直匍匐在屋脊後面，用狼一樣的目光死死盯著她們。

這個人就是韋老六。

第八章

策反

三更時分，長安城的絕大多數里坊早已一片沉寂，可平康坊卻依舊繁華喧鬧。

李承乾、謝紹宗、李元昌、侯君集坐在棲凰閣的一個雅間中，個個陰沉著臉，氣氛幾近凝滯。

棲凰閣本來便是謝紹宗的地盤。他匆匆搬離永嘉坊後，便搬進了離棲凰閣不遠的一處宅院，因而此處便成了他與太子等人密會的最佳地點。

「先生，」李承乾率先開言。「照你的意思，你的人就是吳王抓的？」

方才謝紹宗已經把吳王李恪帶隊去抄家的事跟太子說了，並懷疑自己在魏徵府外盯梢的人就是落入了吳王手裡。

「回殿下，依目前的事態來看，這是最有可能的解釋。」

李承乾想著什麼，忽然一驚。「你那兩個手下，知不知道我跟你聯手的事？」

「這個請殿下放心，除了永嘉坊的那處宅子，他們什麼都不知道。」

李承乾這才鬆了口氣，少頃卻又皺起了眉頭。「我這個三弟，是什麼時候跟魏徵勾搭上的？怎麼事先一點徵兆都沒有？」

「要我說，如今朝中局勢這麼亂，誰勾搭上誰都不奇怪。」李元昌插言道：「現在犯不著去想這個，得想想萬一魏徵把消息洩露給吳王，吳王會不會去告密？」

「王爺勿憂。」謝紹宗接道：「吳王現在一心只想抓住我，在這之前，他什麼都做不了。」

「何以見得？」李元昌斜著眼問。

「因為他沒有任何證據。」謝紹宗坦然道：「他既沒有證據證明太子殿下想謀反，也沒有證據證明我跟殿下聯手。充其量，他就只有魏徵這個病懨懨的老頭告訴他的捕風捉影之詞罷了，試問聖上怎麼會相信他？」

「可他手上有你的人！」李元昌不以為然。「如果他把你的人帶到聖上面前，不就可以證明你跟太子聯手了嗎？」

謝紹宗笑了笑。「好，即便如王爺所說，那最多也只能證明我謝紹宗捲入了朝堂陰謀，才會派人暗中監視魏徵；至於我為何捲入，以及我想幹什麼，有誰能告訴聖上？又有誰能證明這一切跟太子有關？再說了，經過厲鋒一案，吳王隨便抓個人就想指控太子，會不會引起聖上猜疑？搞不好，他吳王羊肉沒吃到，反惹了一身臊！倘若吳王是有腦子的人，我相信他就不會這麼做。」

李元昌一聽，頓時啞口無言。李承乾原本也有些擔心，聞言不禁笑道：「還是先生腦子清醒。此番分析入情入理，讓人茅塞頓開啊！」

「老謝，現在吳王不是咱們的重點。」沉默了半天的侯君集道：「聖上今年上元節不去魏王府了，咱們得趕緊想個新的行動計畫。」

此事在場四人皆已知曉，適才的沉默主要便是因為這件事。他們都很清楚，隨著皇帝計畫的改變，他們要麼放棄行動，要麼只能勒兵入宮，二者必居其一。

「要我說，乾脆放棄行動吧，勒兵入宮純屬自取滅亡！」李元昌道。

「王爺此言差矣！怎麼勒兵入宮就一定是自取滅亡？」侯君集冷哼一聲。「倘若聖上當年也是這麼想的，那坐上皇位的不就是隱太子了？」

「皇兄當年功蓋天下、威震四海，甘願替他賣命的人多的是！你侯尚書當初不也是皇兄手上的一把刀嗎？」李元昌道：「再說了，皇兄當年在秦王府蓄養了八百死士，個個有以一當十之勇……」

「七叔！」李承乾臉色一沉。「你說這話什麼意思？莫非我沒有父皇的功績和聲望，就該把皇位拱手讓給別人嗎？」

李元昌這才意識到自己心急口快，無意中傷了太子，趕緊道：「我不是這個意思。我主要是想說，時移世易，眼下的情況跟當年不可同日而語——」

「事在人為！」李承乾又打斷了他。「父皇可以做到的事，憑什麼我李承乾就做不到？他當年的秦王府有八百死士不假，可謝先生的義唐舵難道就都是貪生怕死之輩嗎？或者你覺得他們都是繡花枕頭，沒有以一當十之勇？」

李元昌無奈地發現，自己方才一句話不僅得罪了太子，也得罪了謝紹宗，此刻再怎麼解釋估計都沒人想聽了，只好悻悻閉嘴。

侯君集幸災樂禍地瞟了他一眼，對李承乾道：「殿下，我早就對您說過了，我侯君集就是您的一把刀，何時出鞘，就等您一聲令下了！」

「好！侯尚書寶刀未老，您這把刀一出鞘，定然能夠所向披靡、旗開得勝！」

李承乾大為興奮，可話音剛落，忽然瞥見謝紹宗正蹙眉沉吟，似乎頗有憂色，便問道：「先生在想什麼？」

謝紹宗淡淡道：「殿下，請恕謝某說一句煞風景的話，方才漢王殿下所慮，其實不無道理。」

李元昌一聽，頓時抖擻起來。「怎麼樣承乾，我沒說錯吧？謝先生可是個明白人，不像某些人只會逞匹夫之勇！」

侯君集冷冷一笑，權當沒聽見。

對漢王這個軟蛋，侯君集早就看透了，此時也懶得再跟他計較。

李承乾聽謝紹宗這麼一說，不覺有些緊張。「先生有何顧慮，還請明言。」

「殿下，當年秦王之所以能對隱太子和齊王一擊得手，在您看來，最主要的原因是什麼？」謝紹宗不答反問。

李承乾想了想。「我明白先生的意思，不就是控制玄武門嗎？」

「正是。如果要在太極宮發難，就必須控制玄武門！」謝紹宗目光灼灼。「否則，寧可放棄行動，也絕不可打無把握之仗。」

「侯尚書，」李承乾轉過臉來。「太極宮的宿衛禁軍中，有沒有你的舊部？」

「有倒是有。」侯君集思忖著。「只是……」

「只是什麼？」

「只是要想策反他們，一來過於倉促，怕難以成功；二來嘛，雖說是當年舊部，可人心隔肚皮，貿然拉他們入夥，只怕風險太大。」

李承乾還沒表態，李元昌便搶著道：「侯尚書，您方才不是還滿腔激情、志在必得嗎？怎麼這會兒又謹慎起來了？」

侯君集一怒。「漢王殿下，侯某懶得跟你計較，你別得寸進尺！」

李元昌剛想回嘴，李承乾忍不住呵斥。「夠了！七叔，你就不能少說兩句嗎？」

「諸位消消氣，消消氣。」謝紹宗趕緊又打圓場。「大夥兒都是為了殿下的大業，集思廣益，群策群力，切莫為了一點意氣之爭而影響大局。」

「先生，」李承乾不再理他們。「依你看，咱們現在該怎麼做？」

「眼下距上元節雖然沒剩幾天了，但所謂富貴險中求，依在下之見，策反禁軍倒也不是不可行。」謝紹宗看著侯君集。「君集兄，得煩勞你把禁軍中的舊部拉一張名單出來，咱們一個個分析，略加篩選，或許可以鎖定幾個可能性比較大的，逐個試探一下。」

「這是個辦法！」李承乾大腿一拍。「試探一下，點到為止，就算不成也不至於走漏風聲。」

侯君集猶豫片刻，勉強點點頭。「好吧，那我就試試。」

「承乾，就這件事，我可以說兩句嗎？」李元昌斜著眼問。

李承乾看他怏怏不樂的樣子，微覺過意不去，便道：「七叔，我也不是不讓你說，只是你說的東西得有助於咱們的行動……」

「這是當然！」李元昌不服氣道：「否則我何必提著腦袋跟你冒這個險？」

李承乾笑笑。「那好吧，你說，我洗耳恭聽。」

「說到這宮中的禁軍，我手裡頭倒是有一個合適的人選。」

此言一出，其他三人無不睜大了眼。李承乾忙問：「誰？」

「左屯衛中郎將，李安儼。」

謝紹宗眸光一閃。「此人是玄武門守將，更是直接負責宮禁安全的，若能策反他，大事便成功了一半！只是不知王爺說他合適，指的是什麼？」

「我跟他打過不少交道，算是老熟人了，彼此也聊得來，此其一；其二，他前不久因為辯才逃跑一事被皇兄杖責罰俸，雖然嘴上不說，心裡肯定懷恨；其三，他當年也是隱太子的東宮屬官，有一個親叔叔也是，卻在玄武門事變中被皇兄殺了，要策反他，這也不失為一個切入點。」

其他三人聞言，同時陷入沉吟。片刻後，謝紹宗面露讚許之色，道：「王爺這個建議不錯，看來李安儼值得考慮。」

「我不敢苟同。」侯君集甕聲甕氣道：「依我看，王爺這三點都站不住腳。第一，要說熟，宮中禁軍我的熟人多了去了，可恰恰很多大事，便是壞在熟人身上！第二，辯才逃跑一事，聖上對李安儼罰俸杖責已經算是法外開恩了，若按律法，李安儼就該革職流放；如今重罪輕罰，他感恩戴德都來不及，豈會懷恨？第三，當年死在玄武門的人那麼多，難道他們的親人個個都想找聖上報仇？更何況這麼多年過去了，有什麼仇恨也早已淡化了吧？時至今日還值得拿這個來說事嗎？」

李承乾本來對李元昌之言也頗為贊同，一聽頓時又躊躇起來。

李元昌很想反駁，可情急之下竟然找不到半點反駁的理由。

眾人一時便沉默了。李承乾無奈，只好看向謝紹宗，用眼神示意他拿個主意。

謝紹宗會意，又思忖了一下，道：「要不這樣，咱們分頭行事，君集兄去試探他的舊部，王爺這邊也跟李安儼接觸一下。在我看來，二者非但不矛盾，反而可以增加成功的可能性。不知殿下以為然否？」

李承乾大喜，重重拍了下面前的食案。「好，就這麼定了！明日一早二位便分頭行動，時不我待，不可再有半刻拖延！」

將近五更時分，晨鼓尚未敲響，長安各坊的坊門依舊緊閉。

此時天色尚黑，皇城西南含光門外的太平坊忽然不太平了——該坊坊正在睡夢中，被本坊的一個武候給叫了起來，說東坊門那邊有人醉酒鬧事。

「你們都是吃乾飯的？」坊正六十來歲，頭髮鬍子花白，一邊披衣下床，一邊罵罵咧咧。「有人鬧事抓起來便是，這種小事也要來找我？」

「坊正有所不知。」那武候苦著臉道：「這夥鬧事的，來頭不小啊！」

「多大來頭？」坊正不耐煩道：「還能是皇宮裡來的不成？」

武候一臉苦笑。

「還真讓您給說著了，這幫傢伙正是宮裡的禁軍，領頭的好像還是個中郎將。」

「啥？」坊正一下子清醒過來。「你說啥？禁軍中郎將?!」

「可不是嘛，聽說叫李什麼……對了，李安儼。」

坊正的臉色唰地白了，來不及穿好衣服便衝出了門。一路上，坊正聽武候斷斷續續講述了經過，才大致弄清了事情原委：

李安儼帶著七、八個部下，都喝得爛醉，從本坊一家酒樓出來，要敲開東坊門出去。守門的坊卒見他們都穿著便裝，以為是潑皮無賴，便罵了他們幾句，結果就被他們一頓暴打。一隊正在巡夜的本坊武候恰好巡邏至此，慌忙衝上去制止，雙方便打了起來。打鬥過程中，對方為首之人臉上被揍了兩拳，才暴怒地喊出自己的官職和姓名。武候們將信將疑，這才趕緊派人來給坊正報信。

兩人策馬狂奔至東坊門時，一下就被眼前的景象驚呆了——只見那十來個坊卒和武候正被那幫鬧事者威逼著跪在地上，還兩兩相對互摑耳光，每個人的臉都被打得又紅又腫。

坊正心裡暗暗叫苦，認準對方的為首之人，慌忙跑過去，不停作揖。「這位將軍，他們有眼不識泰山，得罪了將軍，在下一定好好教訓他們，還請將軍手下留情，放他們一馬吧！」

此人正是李安儼。他滿身酒氣，睜著布滿血絲的眼睛瞪了坊正好一會兒。「你又是什麼東西，也敢替他們求情？給老子滾一邊去！」

老坊正在這個位置上幹了半輩子，還從沒被人如此羞辱過，心裡大為窩火，當即道：「鄙人是本坊坊正，雖然位卑人輕，但好歹也是長安縣廨任命的一坊之正，將軍何故出言不遜？」

「一個屁大的坊正，也敢跟本將軍叫囂！」

李安儼往地上啐了口唾沫，一把揪住坊正的衣領，把他按跪在地上，又命手下把一旁嚇得臉色煞白的武候抓過來，命他們二人也像其他人一樣互摑耳光。坊正氣得破口大罵，李安儼就親自動手，狠摑了那個武候幾下。坊正又罵，他就又摑武候。武候終於反應過來，急得一掌拍在坊正臉上，坊正大怒還手，於是兩人就這樣打了起來。

李安儼和手下們見狀，頓時發出一陣大笑聲。

晨鼓就在這時敲響了，一個手下從坊卒那裡搶過鑰匙，打開了坊門。可所有人都沒料到的是，坊門開處，一隊全副武裝的武候衛竟然策馬立在門口，而為首之人正是左武候大將軍李恪。

李安儼一看，登時一個激靈，酒醒了大半，慌忙叫所有人罷手。可坊正和武候卻打得正起勁，李安儼的幾個手下費了好大勁才把二人拉開。

李恪縱馬過來，目光如電掃過眾人，最後停在李安儼臉上。「李將軍，這是唱哪一齣啊？」

李安儼趕緊上前見禮，賠笑道：「殿下，您……您怎麼親自巡夜呢？」

「為了確保上元節燈會的安全，最近這幾天都是本王親自巡夜。」李恪淡淡道：「看李將軍的樣子，好像很不喜歡見到我？」

「哪裡哪裡，殿下說笑了。」李安儼給手下使眼色，手下們連忙把仍然跪在地上的那些武候攙了起來。

「本王方才經過坊門，聽見裡面劈里啪啦一片耳光聲，煞是熱鬧！想必是這些人得罪了李將軍，受罰了吧？」李恪臉上掛著笑意，但那笑容卻冷得令人心驚。

「這個，事情是這樣……」李安儼正想找個理由搪塞，那個坊正突然掙脫他的手下，一個箭步衝過來，撲倒在李恪馬前，連磕了幾個頭，然後便指著李安儼和他的人，聲淚俱下地控訴了起來。

李安儼暗暗咒罵，卻又不敢阻止。

李恪靜靜聽著，目光漸漸凝聚，最後就像利箭一樣射向了李安儼。「李將軍，你身為禁軍中郎將，卻知法犯法，無故犯夜，你說本王該如何處置你？」

李安儼自知無法抵賴，便笑笑道：「殿下，都怪卑職喝多了，一時酒後亂性，還請殿下高抬貴手，卑職一定記取教訓，絕不再犯！」

「教訓？」李恪冷然一笑。「若是本王真的抬手放你過去，你還有什麼教訓可以記取呢？要想長記性，也得真的吃點教訓才成吧？」

李安儼見他絲毫不給面子，頓時不悅。「吳王殿下，不看僧面看佛面，要教訓我，您也得先跟聖上請旨吧？」

李恪哈哈一笑。「李將軍，這你就想多了。父皇既然任命我當這個左武候大將軍，我就有權力依法懲治犯夜之人，還真不需要跟父皇請旨。」

「那您想怎麼樣？」李安儼變了臉色。

「很簡單，依照大唐律法，鞭笞二十。」

「吳王殿下，上元節宮宴的安全職責在我肩上擔著，您要是把我打傷了，聖上怪罪下來，只怕您也擔待不起！」

「嗯，這話倒是有些道理。」李恪煞有介事地點點頭。「那該如何是好呢？」

李安儼見他犯了難，暗自得意，便趁勢道：「殿下，我也不想讓您為難。要不這樣，您放我回宮，我親自去向聖上陳情請罪，您看如何？」

李恪垂首沉吟，恍若未聞。

李安儼狐疑地看著他，正想再說什麼，李恪忽然一抬手止住了他。「你不必說了，本王想到了一個主意，一定會讓我們大家都滿意。」說著，還微笑地看了看旁邊的坊正。

所有人都不知道他有什麼主意，只好靜靜等著。

「為了維護我大唐律法的權威，也為了讓李將軍能夠履行職責，本王決定將鞭笞二十改成掌嘴二十。」李恪一笑。「李將軍，這樣既執行了律法，又不至於把你打傷，是不是兩全其美呢？」

李安儼這才明白他是成心想羞辱自己，頓時大怒。「吳王，士可殺不可辱，你別欺人太甚！」

「哦？你也知道士可殺不可辱？那你方才當街羞辱這些忠於職守的人，又該如何解釋？」李恪說完，給了身後的部下一個眼色，立刻有兩人翻身下馬，一左一右緊緊抓住了李安儼。

李安儼暴跳如雷，破口大罵。旁邊的手下們面面相覷，卻都不敢輕舉妄動。

「打！」李恪一聲令下，立刻有一個副手上前，揪住李安儼開始掌嘴，耳光聲清脆響亮。李安儼拚命掙扎，口中詈罵不止。一旁的坊正和手下們無不露出稱心快意的表情。

此時天色微明，早起的路人見此一幕，大感好奇，遂紛紛駐足圍觀，指指點點……

晨鼓響過不久，楚離桑悄悄回到了崇德坊烏衣巷的王宅。

自從把徐婉娘和蕭君默聯到一起後，她的腦子便一團亂了。假如蕭君默真的是隱太子的遺孤，這個驚天祕密一旦洩露的話，事情將變得非常可怕，因為皇帝必定會不擇手段置他於死地，王弘義也會千方百計利用他——蕭君默瞬間就將成為朝野各方勢力的焦點！

更可怕的是，一旦得知這個身世真相，蕭君默將如何面對？一旦知道他全力效忠的皇帝竟然是殺害生父的劊子手，蕭君默該怎麼辦？

楚離桑原本以為自己的身世就夠讓人崩潰的了，沒想到蕭君默的身世竟然比她更詭譎離奇，也更讓人靈魂撕裂。

剛從高牆翻進後院，楚離桑便隱隱瞥見一道黑影在不遠處的月亮門閃了一下。

她若無其事地朝月亮門走去，一把精緻的匕首從袖中悄然滑出，握在了手中。

這把鑲嵌有紅、綠寶石的匕首，正是當初在伊闕刺傷蕭君默的那一把。

穿過門洞的一剎那，楚離桑感覺那道黑影從左後側撲了過來，旋即左手一彎，用手肘擊向那人，同時右手的匕首劃過一道弧光，朝對方面門刺去。

不料對方反應更快，一掌擋開她的手肘，另一手抓住了她的手腕，然後楚離桑便聽到一個無比熟悉的聲音。「這位姑娘，妳知道持刀威脅玄甲衛，是什麼罪嗎？」

這句話，正是蕭君默當初在伊闕被楚離桑持刀威脅時說過的。

楚離桑驀地一震，抬頭看著這張讓她日思夜想的臉龐，看著他嘴角若有似無的笑意，眼睛瞬間便濕潤了。

「你這個騙子……」楚離桑凝視著他。「那天你只說離開一會兒，讓我在客棧等你，然後便杳無音信了。你知道這些日子，我是怎麼過的嗎？」

「對不起，是我不好。」蕭君默一臉歉然。「我保證，今後，我再也不會離開妳了。」

從昨夜到現在，蕭君默和郗岩相繼探察了烏衣巷的五座宅子，最後終於在這座宅子發現了不少來回巡邏的武士，還在後院發現了早起的綠袖，遂確定這便是王弘義的藏身處，也確定楚離桑就住在這裡，便隱藏了起來。

「你是怎麼找到我的？」楚離桑問。

蕭君默笑了笑。「用心找，自然就找到了。」

這話說得輕描淡寫，可楚離桑卻分明感到了「用心找」三個字的分量。

「走吧，跟我回家。」蕭君默柔聲道。

楚離桑剛想說什麼，驀然想起了有關他身世的事，心中頓時大為糾結，不知道該不該把徐婉娘的事和自己的發現告訴他。

蕭君默察覺她神色有異。「怎麼了？」

「沒、沒什麼……」楚離桑支吾著。「總之，我現在還不能跟你走。」

「這是為何？」蕭君默大為詫異。

「我……我還有些事情要做。」

在楚離桑看來，如果蕭君默果真是隱太子的遺孤，那麼王弘義遲早會知道真相。所以，她必須潛伏在王弘義身邊，隨時刺探情報，才能助蕭君默一臂之力。

蕭君默看著她，心裡大為狐疑，正待追問，郗岩忽然緊張地跑了過來，低聲道：「盟主，楚姑娘，咱們得走了，有人過來了。」

楚離桑順勢推開了蕭君默，正色道：「你們快走！」

郗岩一愣。「楚姑娘，盟主可是好不容易才找到妳的……」

「別說了，趕緊走。」楚離桑冷冷道。

這時，一隊巡邏武士的腳步聲已經越來越近。蕭君默知道楚離桑一定有什麼難言之隱，但眼下已經沒有時間再磨蹭了，只好道：「桑兒，妳自己小心，我回頭再來看妳。」

楚離桑忍著心頭的酸楚，用力地點了點頭。

蕭君默又深深地看了她一眼，旋即轉身，和郗岩一前一後躍過了牆頭。

楚離桑望著空蕩蕩的牆頭，眼睛不覺便又迷濛了。

漢王李元昌的府邸位於太平坊的東北隅，所以一大早發生在東坊門的那齣鬧劇很快便傳進了他的耳朵。李元昌頗為驚詫，連忙命人把坊正找來，仔細詢問了事發經過。等坊正一五一十說完，李元昌不禁在心裡大笑，連叫了幾聲「天助我也」。

李安儼好歹也是一員禁軍老將，雖然官秩不是很高，但在朝中也算有頭有臉的人物，如今被吳王李恪如此當眾羞辱，豈能吞得下這口惡氣？眼下自己正打算策反李安儼，恰好就出了這檔子事，這不是天賜良機嗎？

事不宜遲，李元昌隨即乘車來到了昭國坊的李安儼宅。

李安儼跟他熟，也就沒有迴避，紅腫著半邊臉便出來見他了。李元昌一看，便義憤填膺道：「吳王這個渾小子，怎麼能如此對待李將軍呢？他也太不懂事了！」

李安儼苦笑，請他到正堂入座，嘆道：「人家是皇子，又是大將軍，自然是執法如山、鐵面無私！我一個區區中郎將，在人家面前算個屁呀！」

「李將軍，這事可不能就這麼算了，回頭我便入宮，讓皇兄為你主持公道。」

「多謝殿下美意！」李安儼又自嘲一笑。「不瞞殿下，今早我便入宮去跟聖上申訴了，可是、可是……」

「可是什麼？」李元昌觀察著他，不禁暗自竊喜。他本來還擔心，萬一皇帝在這件事上替李安儼撐腰，幫他撈回面子，那這件事便沒什麼利用價值了。現在看來，李安儼在皇帝那裡八成也是吃癟了。

果不其然，只聽李安儼道：「我沒想到，太平坊的事情一了，李恪便先我一步入宮，惡人先告狀去了。所以，聖上非但沒替我說話，反而還訓斥了我一頓，說吳王如此執法沒什麼不妥，甚至處罰得太輕了，還說這筆帳先記著，等上元節宮宴之後，還會降罪責罰。」

「怎麼會這樣？」李元昌故作驚詫。「這吳王年紀輕不懂事，怎麼皇兄也如此不近情理?!」

「算了，反正我也想好了，一過上元節，我便給聖上上表，請求致仕，解甲歸田。」

看著他滿臉懊喪的樣子，李元昌心裡又多了幾分把握，便陪他嘆了口氣，道：「李將軍，不是我背後說皇兄壞話，他這兩年似乎有些糊塗了，處置事情往往很不公允。別的不說，咱就說去年那樁『構陷太子案』吧，明眼人都看得出來，這事就是魏王在背後搞的鬼，可皇兄居然找了個替罪羊，硬是瞞天過海地把案子給糊弄過去了。你說，他這麼幹，如何讓朝野上下心服？又豈能不令太子寒心？」

李安儼聞言，面露驚惶之色。「我說漢王殿下啊，您行行好，千萬別在寒舍說這種話，萬一傳出去，我一家老小還有活路嗎？」

「李將軍，你也不必如此謹小慎微。」李元昌一笑。「說實話，現如今可不是我一個人這麼說，滿朝文武，王公貴戚，可沒少人在背後議論。大家都說呀，聖上在貞觀初年的確是一位英主，可惜這幾年卻日漸昏聵，正應了那句老話——『靡不有初，鮮克有終』啊！」

「殿下！」李安儼終於忍無可忍，沉聲道：「您若再說這種大逆不道的話，請恕我不能奉陪了，您還是請便吧！」

李元昌卻沒有動，而是淡淡一笑。「李將軍，本王一直認為你是一位有血性的漢子，不料今日看來，卻也是膽小如鼠的匹夫罷了！」

「你說什麼?!」李安儼雙目一瞪。「漢王殿下，難不成你們一個個都約好了，今天是變著法兒來羞辱我是吧？」

「李將軍！」李元昌霍然起身，與他四目相對。「你若不願受辱，那就拿出點男兒氣概出來，也免得讓聖上和吳王、讓滿朝文武和天下人都把你看扁了！」

李安儼與他對視片刻，忽然雙肩一塌，苦笑道：「不願受辱又能如何？我只是一介武夫，除了打脫牙和血吞，還能怎樣?!」

「一介武夫？」李元昌冷然一笑。「是的，你這麼說好像也沒錯。可你別忘了，你是手握宮禁大權、鎮守玄武門的武夫，是一旦刀鋒所向，就有可能令天地變色、令歷史改轍的武夫！」

李安儼渾身一震，終於聽出了弦外之音，蹙眉道：「殿下此言何意？」

「我的意思很簡單，現在你面前就擺著一個機會，一個不但可以讓你洗刷恥辱、揚眉吐氣，還能讓你光宗耀祖、飛黃騰達的機會，就看你要不要了。」

李安儼眸光凝聚，死死地盯著李元昌。「殿下的意思，莫不是要讓我……造反?!」

「不是造反，是鼎革！是除舊布新、改天換地！」

「就憑你我二人，如何改天換地？」

李元昌知道自己基本上成功了，便朗聲一笑。「跟我走吧，我帶你去見個人。」

「見誰？」

「這還用問嗎?當然是未來的大唐天子！」

「你確定你看到的人就是徐婉娘？」

聽韋老六說昨夜在懷貞坊發現了疑似徐婉娘的人，王弘義露出了難以置信的神色。

「是的先生，那人四十多歲，雖是半老徐娘，但風韻猶存，而且跟黛麗絲住在一起，據屬下判斷，十有八九便是徐婉娘！」

「你可派人過去了？」

「先生放心，屬下都安排好了，現在那棟小樓周圍都是咱們的弟兄，十二時辰盯著，徐婉娘和黛麗絲插翅難飛！」

王弘義大為興奮，來回踱了幾步。「告訴弟兄們，只要把徐婉娘給我盯死就行，千萬不可輕舉妄動，她並不是咱們的最終目標，切勿打草驚蛇。」

「是，屬下記住了。」韋老六想著什麼。「先生，屬下斗膽問一句，您既然這麼說，那咱們的最終目標是什麼？」

韋老六只知道徐婉娘身上藏著祕密，卻一直不知道這個祕密是什麼。

「我懷疑，當年徐婉娘為隱太子生下了骨肉。」

韋老六恍然。「先生的意思是，咱們監視徐婉娘，就是為了找到這個隱太子的遺孤？」

王弘義頷首。

「那，找到之後呢？」

王弘義略微沉吟，然後便把那天對蘇錦瑟講的話又對他說了一遍，大意是：若是女兒，就冊封她為皇后；若是兒子，就擁立他當皇帝。最後，王弘義又悠悠地說了一句。「若如此，庶幾不負隱太子的在天之靈，也不枉我與隱太子相知一場！」

韋老六聞言，不禁有些動容。「先生，您對隱太子的情義，真是令人感懷！」

王弘義淡淡一笑，沒說什麼。

其實，王弘義自己也說不清，他的這些打算到底是出於對隱太子的情義，還是出於對李世民的報復，或者是出於自己掌控天下的欲望，又或是這些因素兼而有之。

人就是這麼複雜——你不僅很難真正瞭解別人，你也很難真正瞭解自己。

桓蝶衣陰沉著臉走進蕭君默的值房，看見他正埋頭書案，在處理一批案牘。

蕭君默下意識抬頭，發現是她，展顏一笑。「蝶衣，妳來得正好，我還想待會兒去找妳呢。」

「左將軍自從回京後便日理萬機，還有空找我們這些做下屬的？」桓蝶衣一臉譏誚，走到他旁邊坐下。

「怎麼，」蕭君默注意到她的神色。「誰又惹妳了？」

「你說呢？」

「我怎麼知道？」蕭君默一笑，隨手拿過一只精巧的首飾盒，遞給了她。

「這什麼？」桓蝶衣明知故問。

「送妳的生日禮物唄，打開看看。」

桓蝶衣打開，取出了一對玉佛耳墜，但見佛像雖小，卻衣袂飄然，面容更是栩栩如生，顯然價格不菲。桓蝶衣有些感動，臉上卻不動聲色，把耳墜又放回盒子裡，道：「送這東西做什麼？我又用不上。」

「總是有機會戴的嘛。」蕭君默猜不出她又在耍什麼小性子，只好賠笑道：「不當值的時候，妳也別老是穿甲冑，多穿穿姑娘家的衣裳，不就能戴了嗎？」

「沒興趣。」桓蝶衣嘟著嘴。「還不如你以前送的良弓寶劍來得好玩。」

「我說妳這丫頭可真難伺候。」蕭君默笑道：「前幾年送妳那些東西，妳就說我不懂姑娘家的心思；這回送妳飾物，妳又嫌不好玩，那妳讓我送什麼好？」

「既然如此為難，索性就別送了唄。」

蕭君默被噎住了，半晌才苦笑道：「送總是得送的，誰讓我只有妳這麼一個師妹呢。要不這樣，改天我陪妳逛街，妳想要什麼，自己挑，我付帳，這總成了吧？」

「自己給自己挑禮物，有什麼意思啊？」桓蝶衣白了他一眼。「算了，不說這個了，我找你是有事。」

蕭君默見她神情有異，便屏退了值房裡的幾名侍從，然後看著她。「說吧，什麼事？」

桓蝶衣盯著他看了好一會兒，才壓低聲音道：「我下面要問的問題，你必須要老實回答我，不許糊弄我。」

蕭君默一笑。「瞧妳一副審犯人的樣子，到底什麼事這麼嚴重？」

「嚴肅點！」桓蝶衣沉聲道：「我沒跟你開玩笑。」

「好，好，嚴肅嚴肅。」蕭君默斂起笑容。「問吧，桓大旅帥。」

「你去年跟辯才一塊兒逃亡，有沒有發現天刑盟的什麼祕密？」

「妳問這個做什麼？」

「你別管我做什麼，回答我。」

蕭君默想了想。「要說有，也算是有吧。」

桓蝶衣眉頭一蹙。「是什麼？」

「師傅沒告訴妳嗎？」

「告訴我什麼？」桓蝶衣不解。

「既然連師傅都不告訴妳，那我恐怕也不便說了。」蕭君默故意賣了個關子。

其實他已經想清楚了，桓蝶衣既然開口詢問，自己總得告訴她點什麼。而除了絕大多數不能說的之外，有件事還是不妨透露給她的。

桓蝶衣板起了臉。「我幫了你那麼多次，你卻什麼都瞞著我，你這人還有沒有良心?!」

蕭君默笑了笑。「好吧，我告訴妳，不過妳可得保密。」

「好，我保密。」

蕭君默湊近她，低聲道：「我找到了〈蘭亭序〉的真跡，然後把它獻給了聖上。」

「〈蘭亭序〉真跡？」桓蝶衣驚詫。「就是聖上這些年一直在找的東西？」

蕭君默笑而不語。

「那你把真跡獻給聖上之前，就沒從裡面發現什麼？」

蕭君默搖搖頭。「如果那裡頭真藏著天刑盟的祕密，有那麼容易被我發現嗎？」

「對別人當然不容易，可你不一樣。」

「怎麼不一樣？」

「你這人最狡猾，最有心機，什麼東西瞞得過你？」

「哈哈！」蕭君默大笑。「我說桓旅帥，我可是妳的上司，有屬下這麼說上司的嗎？」

「別打岔，回答我。」

「好，我回答妳：沒有，我什麼都沒發現。」

「你騙我。」

蕭君默無奈地攤了攤手。「信不信由妳。」

桓蝶衣緊盯著他。「那我再問你，你和辯才跑了那麼遠的路，一定跟不少天刑盟的分舵接頭過，可為何沒見你向朝廷稟報？」

「這就是妳瞎猜了。我只不過在江陵見到過天刑盟的兩個舵主，一個開酒樓的，一個做棺材的，接頭之後就再也沒見過他們，我能稟報什麼？再說了，這些事情裴廷龍不都掌握了嗎？要稟報也得他去稟報吧？」

桓蝶衣冷然一笑。「看來你是打算對我隱瞞到底了。」

「我說的都是實話。」

「那天聖上召你廷對，你也是用這套說辭應付聖上的吧？」

「我有一說一，有二說二，怎麼叫『應付』呢？」

「那你說完後，聖上信你了嗎？」

「聖意如何我可不敢揣測。」蕭君默又笑了笑。「我只求問心無愧。」

桓蝶衣又冷笑了一下，環視這間既寬敞又豪華的左將軍值房。「左將軍就不必跟屬下打官腔了！您這幾日坐在這值房裡，感覺挺美的吧？只是屬下不免擔心，您還能美多久？」

「噯，我說蝶衣，妳怎麼說話的呢？」蕭君默故作不悅。「裴廷龍那傢伙眼紅我倒也罷了，妳怎麼也咒我？」

「裴廷龍何止是眼紅你？他恨不得一口吃了你！」

蕭君默不屑道：「只怕他沒那麼大的胃口。」

「他也許沒有，但他背後的人有。」桓蝶衣在「背後」二字上加重了語氣。

蕭君默眉頭微蹙。「妳是不是聽說了什麼？」

「你別管我聽說了什麼。」桓蝶衣冷冷道：「我只是想告訴你，裴廷龍也許只是條惡犬，在你看來根本不足為慮，可你千萬別忘了那個放狗的人。他若是想吃你，你絕對連渣都不剩！」

蕭君默終於聽明白了，桓蝶衣口中這個「放狗的人」，無疑就是當今天子。

看來，皇帝終究還是信不過自己。

桓蝶衣站了起來。「我言盡於此，你好自為之吧。」說完轉身要走，忽然想起什麼，停了一會兒，然後拿起書案上的首飾盒。「東西我收下了，明天有空就來家裡吃飯吧，我讓舅母做幾道你愛吃的菜。」

蕭君默知道，她是冒著極大的危險來給他報信的，可他卻不得不對她隱瞞一切，心中甚是愧疚，遂站起身來，道：「我送妳吧……」

「不必了。」桓蝶衣依舊冷冷道：「您左將軍日理萬機，整天要處理那麼多機密事宜，豈敢勞您相送？」說完便頭也不回地走了出去。

蕭君默目送著她離去的背影，無奈地苦笑了一下。

對不起蝶衣，我不是故意要瞞著妳，只是不希望妳捲進來。眼下的局勢如此險惡，妳知道得越少，妳就越安全。

李安儼化裝成李元昌的侍衛，跟著他乘車來到了東宮。

李元昌先讓李安儼在偏殿等候，自己入內知會了太子，把事情經過詳細告訴了他，然後才領著李安儼來到了麗正殿。

雙方見禮後，李承乾也不寒暄，開門見山道：「李將軍，想必該說的話，漢王都跟你說了。你今天既然踏進了東宮，那咱們就是一條船上的人了。你若助我登基，自有享不盡的榮華富貴；可要是三心二意，咱們所有人都得腦袋搬家！你可想清楚了？」

李安儼額上瞬間沁出了冷汗，他下意識地揩了一把，道：「卑職萬分感激太子殿下和漢王殿下的垂青，事已至此，卑職自當唯殿下之命是從。」

李承乾眉頭一蹙。「聽你這話的口氣，好像有點被逼無奈啊？」說著瞟了李元昌一眼。「七叔，既然人家李將軍不太情願，你怎麼能脅迫人家呢？」

李安儼猝然一驚，慌忙單腿跪地，雙手抱拳。「殿下誤會了，卑職絕無此意！卑職的意思是，既然局勢已經發展到了這一步，而殿下又是堂堂正正的大唐儲君，卑職自當盡心竭力、拋頭灑血，為殿下剪除奸佞、誅滅凶頑，助殿下位登大寶、君臨天下！」

「好！」李承乾一拍書案，示意李元昌扶起他，大笑道：「李將軍果然深明大義，有你鼎力相助，何愁大事不成！」

「李將軍，」李元昌適時插言道：「上元節宮宴，太極宮和玄武門的防衛部署，想必都已做好了吧？」

李安儼點點頭。「是的殿下，此事就是由我牽頭的。」

「那好，那就有勞將軍儘快把計畫交給太子殿下吧。」

李安儼略微遲疑了一下，旋即躬身一揖。「卑職遵命。」

李承乾和李元昌相視一笑。

隨後，李安儼立刻伏案執筆，畫了一幅太極宮的草圖，圖上詳細標注了宮內各要害之處的兵力部署。畫完後，李承乾仔仔細細地看了一遍，隨即勗勉了幾句，便讓李元昌帶他出去了。

二人剛一離開，謝紹宗便從屏風後走了出來。

「到手了！」李承乾面露喜色，把圖遞給了他。

謝紹宗恭敬接過，看了看，只微微頷首，卻不說話。

李承乾詫異。「先生好像有想法？」

謝紹宗又沉吟了一下，道：「殿下，我總覺得，策反李安儼這事，似乎太過容易了些……」

「你是懷疑李安儼並非真心投誠？」

「倒也不是懷疑，只是感覺這兩天發生的事，有些過於巧合了。」

「怎麼講？」

「吳王昨天剛抓了我的手下，抄了我的宅子，今兒一早，就跟李安儼在太平坊發生了衝突，還把李安儼當眾羞辱了一番。幾乎一夜之間，吳王就成了咱們和李安儼共同的敵人。更為巧合的是，昨夜咱們才剛剛準備策反李安儼，今天漢王殿下便能借此由頭去說事，而且一說就成功了。」謝紹宗頓了頓。「這麼多巧合，殿下難道不覺得蹊蹺嗎？」

李承乾想了想，不以為然道：「我不覺得有什麼蹊蹺。就說我這個三弟吧，從小自視甚高，父皇又在各種場合多次誇他『英武類我』，所以這小子的奪嫡之心老早就有了。自從去年回京，他便千方百計討好父皇；前幾天聽說魏徵跟我吵了一架，他便覺得有機可乘，去找魏徵打探消息，這才抓了你的人。今天早上李安儼這事，則是他故意要把事情鬧大，好表現給父皇看，證明他執法如山，不因李安儼是父皇的禁衛將領而有所回護。說到底，這兩件事都完全符合他的個性，也都符合他奪嫡的心思。先生難道不這麼認為嗎？」

謝紹宗蹙眉思忖。「殿下這麼說也有道理，可是……」

「沒那麼多可是。」李承乾袖子一拂。「你不就是覺得巧合嗎？這世上巧合的事多了，或許正是因為天命在我，所以連老天爺都幫我呢？」

「殿下能有如此自信，自然是好。不過在下還是覺得，咱們得多留個心眼，不能這麼輕易就相信這個李安儼。」

「這是當然！我已經想好了，回頭就讓漢王和侯尚書分別找他們在宮裡的眼線，從側面驗證一下，看看這張安防圖是否為真。只要有一個地方不對頭，我就親手把李安儼宰了！」

謝紹宗點點頭。「這倒也是個辦法。」

「另外，我還有一個辦法，可以確保他死心塌地跟著咱們幹，不起絲毫異心。」

「殿下還有什麼好主意？」

李承乾看著他，邪魅一笑，湊近他低聲說了句什麼。

謝紹宗恍然，不禁深長一揖。「殿下思慮周詳，在下佩服！」

第九章

芝蘭

齊王李祐被押解回長安後，在內侍省囚禁了數日，其間皇帝既不召見他，也沒派人來審他，只有內侍監趙德全來看過他幾次。李祐每次都抓著趙德全的手不放，苦苦追問父皇打算如何處置他。趙德全卻總是顧左右而言他，從不給他一個準信。

李祐為此恐懼難安、夜夜無眠，才短短數日，兩鬢竟然生出了白髮。

這天午後，披頭散髮的李祐正蜷縮在牆角打盹，牢房門上的鐵鍊一陣叮噹亂響。李祐迷迷糊糊地睜開眼睛，看見趙德全走了進來，手裡似乎拿著一卷帛書。

趙德全看著目光呆滯的李祐，心裡長嘆一聲，淡淡道：「李祐，跪地接旨。」

李祐渾身一震，瞬間清醒過來，沙啞著嗓子道：「趙內使，你剛才叫我什麼？」他記得趙德全每次來都是客客氣氣地稱呼他「齊王殿下」，不知今日為何直呼其名。

趙德全心中頗有幾分不忍，卻也只能面無表情道：「李祐，聖上有旨，已將你廢為庶人，你趕緊跪地聽宣吧。」

這回李祐徹底聽清了。他瞪著一雙渾濁的眼睛盯了趙德全片刻，忽然乾笑了幾聲。「庶人？我身上流著父皇的血，我是大唐的龍子，憑什麼說我是庶人？」

「李祐！」趙德全終於失去了耐性，沉聲一喝。「聖上說你是什麼你便是什麼，趕緊跪下！」

李祐哆嗦了一下，然後不情不願地跪了下去。

趙德全展開帛書，清了清嗓子，唸了起來。「庶人李祐，汝素乖誠德，重惑邪言，自延伊禍以取覆滅。痛哉，何愚之甚也！遂乃為梟為獍，忘孝忘忠，擾亂齊郊，誅夷無罪。去維城之固，就積薪之危；壞磐石之親，為尋戈之釁。且夫背禮違義，天地所不容；棄父逃君，人神所共怒。往是吾子，今為國仇。萬紀存為忠烈，死不妨義；汝生為賊臣，死為逆鬼。彼則嘉聲不隤，爾則惡跡無窮。吾聞鄭叔、漢戾，並為猖獗，豈期生子，乃自為之！吾所以上慚皇天，下愧后土，嘆惋之甚，知復何云……」

李世民的這道手詔，言辭極為痛切，字裡行間充斥著一個皇帝、一個父親對叛臣逆子的憤然和絕望，也流露出一股濃濃的無奈和悲傷。

李祐聽著聽著，眼神慢慢僵直，臉色變得死白，整個人癱軟在了地上。

到最後，他已經聽不見趙德全在唸什麼，腦中只剩下四個字：恩斷義絕。

連日來的所有希冀和幻想，終於在這一刻被徹底粉碎。

不過，父皇總算還顧念著一點父子之情。李祐不無自嘲地想，他只是把自己廢為庶人而已，沒要自己的命，也算是不幸中的萬幸了。

李祐強打精神，舉起雙手，正準備領旨謝恩，不料趙德全忽然道：「別急，聖旨是宣完了，可還有一道口諭未傳呢。」

一聽此言，李祐不由全身一僵，抬起頭來。「口諭?!」

趙德全避開他的目光，咳了咳，道：「傳聖上口諭，著即賜李祐鴆酒一杯，以謝天下！」

話音一落，便有幾個宦官走了進來，其中一人雙手端著一只托盤，盤中赫然盛著一杯毒酒。

李祐突然跪行了幾步，像瘋了一樣緊緊抱住趙德全的腿，喃喃道：「趙內使，求求你，求求你跟父皇求個情，饒兒臣一命吧，兒臣知錯了……」

趙德全順勢把聖旨塞進他的懷裡，然後給了手下宦官一個眼色。兩個宦官立刻上前，強行把李祐拉開了。趙德全趕緊轉身，逃也似地離開了牢房。

直到走出很遠，身後依舊傳來李祐聲嘶力竭的哭喊。

早知今日，又何必當初？趙德全只能在心裡發出一聲長嘆。

匆匆回到甘露殿內殿時，趙德全看見皇帝怔怔地坐在榻上，神情木然，眼中還隱隱泛著淚光。見此情景，趙德全心裡不免又是一陣唏噓。無論李祐如何大逆不道，畢竟也是親生骨肉，皇帝做出這個「賜死」的決定，內心的痛苦可想而知。

李世民察覺他進來，暗暗抹了抹眼角，道：「事情都辦妥了？」

「回大家，都辦妥了。」

李世民「嗯」了一聲，表情仍舊淒然。趙德全正想找什麼話來安慰一下，殿門外忽然有一個宦官匆匆走了進來，似乎有什麼事要奏。

趙德全趕緊迎了上去。

這種時候，除非有什麼天大的事，否則還是不要打擾皇帝為好。

李世民抬眼一瞥，看見趙德全和那個宦官一個勁兒地交頭接耳，神色似乎有些慌張，不禁眉頭一皺，沉聲道：「有事就奏，少在那兒嘀嘀咕咕！」

趙德全一驚，忙快步過來，囁嚅道：「啟稟大家，魏太師之子魏叔玉剛剛來報，說……」

「說什麼了？」李世民心中生出了一絲不祥的預感。

「魏太師他……他薨了！」

入夜，李安儼穿著便裝，隨李元昌來到了平康坊的棲凰閣。

李承乾、侯君集、謝紹宗、杜荷、封師進已經在雅間裡等著他們了。

早上李安儼在東宮畫出上元節宮宴的安防圖後，李承乾便讓李元昌和侯君集去找宮中的眼線驗證，結果證明他畫的圖完全正確，李承乾於是放下心來，便正式讓李安儼加入進來。

眾人見禮後，李承乾給李安儼和謝紹宗做了介紹。二人寒暄了幾句，李承乾便開門見山道：「諸位，離上元節沒剩幾天了，咱們必須儘快確定行動方案。」

由於皇帝更改了上元節夜宴的地點，所以原定的行動方案必須大幅修改。

「殿下所言極是。」侯君集立刻接言道：「咱們原定的計畫是兵分兩路，現在看來，必須得分成三路，同時動手。」

「為何要分成三路？」李元昌不解。「原來的目標是魏王府和尚書省，現在不過是把魏王府換成了太極宮，不也還是兩路嗎？」

「七叔有所不知，」李承乾怕他跟侯君集一言不合又起紛爭，便接過話茬。「聽說魏王染了風寒，現在連站都站不起來，想必上元節宮宴是參加不了了，這些天只能老實待在自己府裡。」

李元昌恍然。「這就是說，咱們到時候的行動目標也包含了魏王府？」

「正是此意，所以才要兵分三路。」

「尚書省還是我負責。」侯君集道：「我來搞定長孫無忌和百官。」

「那魏王府就交給在下吧。」謝紹宗道：「我帶上本舵的所有人手，定將魏王人頭拿下！」

「很好！」李承乾躊躇滿志，把臉轉向李安儼。「李將軍，依你看，咱們宮裡這一路，該如何行動？」

李安儼略微思忖了一下。「回殿下，卑職建議，您可以把東宮兵力分成兩撥，一撥跟卑職一起扼守玄武門，徹底封鎖內外；另一撥入宮之後，與卑職的部分屬下聯手，分散控制各主要殿閣。另外，卑職會把最可靠的手下安排在舉行宮宴的百福殿，命他們隨時聽候殿下差遣。如此一來，整座太極宮就在殿下的股掌之中了，不管是誰，到時候都將成為殿下砧板上的魚肉！」

李承乾滿意地點點頭，對封師進道：「師進，到時候你帶上咱們東宮的精銳，和李將軍一起守在玄武門。行動一開始，此處便是最要害的關節，無論出現什麼情況，都必須給我牢牢控制住，直到我拿到父皇的退位詔書。」

封師進雙手抱拳。「屬下遵命！」

「二郎，」李承乾看向杜荷。「宮宴開始後，你便找個由頭離開百福殿，把咱們埋伏在附近千秋殿和承慶殿的人手召集起來，然後包圍百福殿，配合我在殿內的行動。」

「沒問題。」杜荷嘻嘻一笑。「到時候我就說吃壞了肚子，得趕緊上一趟茅廁。」

「隨你怎麼說。」李承乾淡淡道：「只要別引起旁人注意就行。」

「承乾，那到時候，百福殿裡面……就只有咱兩人了？」李元昌有些懼意。

「剛才李將軍的話你沒聽見嗎？」李承乾很不喜歡看他那樣。「他要把最可靠的部下都放在百福殿，你還有什麼好擔心的？」

「李將軍，」李元昌仍不太放心，轉頭問李安儼。「你在百福殿安排了多少人？」

「五十人。」

「五十人夠嗎？」李元昌皺著眉頭。「那天皇親國戚、元勛老臣都會來，大殿裡少說也有上百號人……」

「對，五十人肯定不夠！」侯君集忽然接言道：「要我說，李將軍最好安排五百個人，而且都得是精銳。到時候，平均每五名精銳禁軍對付一個來賓，包括那些公主啊、長公主啊、誥命夫人什麼的，這樣就十拿九穩了。我說得對吧，漢王殿下？」

此言一出，杜荷第一個笑出聲來，隨後封師進也忍不住咧嘴笑了，連李承乾都花了好大力氣才憋住笑。只有李安儼和謝紹宗表情淡定。

李元昌臉上一陣紅一陣白，怒視著侯君集。「侯尚書，如今大事當前，本王看在太子的分上，不跟你一般見識，但我勸你最好自重，我李元昌可不是寬宏大量之人，向來都是很記仇的！」

「哦？王爺這是在威脅侯某嗎？」侯君集斜著眼道：「恰好我侯君集是個不怕死的人，向來不懼威脅。」

李承乾見兩人說著說著又槓上了，連忙打圓場道：「侯尚書，漢王雖然生性謹慎了一些，但這麼大的事情，三思後行總不為過。咱們大夥兒就事論事，別說些不相干的話。」

侯君集聞言，這才撇了撇嘴，收回了與李元昌對峙的目光。

李元昌雖然餘怒未消，但也不好再說什麼。

「殿下言之有理。」沉默了半天的謝紹宗終於開言。「茲事體大，確實應該三思後行。就比如漢王殿下方才的顧慮，就不能說完全沒道理。依在下之見，百福殿的兵力，固然不需要增加到五百人，但是再增加五十人，我看還是有必要的。」

「謝先生，請恕我直言。」李安儼道：「上元節宮宴的安防計畫和兵力部署方案，是我與內侍監趙德全共同商議擬定，然後呈交聖上親自御覽批准的，若要擅自更動，恐怕不太好辦，一不小心便會引起趙德全和聖上的警覺。再者，我手中的兵力有限，要在百福殿再增加一倍的人手，怕是撥不出來啊。」

李承乾眉頭微蹙，想了想，對謝紹宗道：「老謝，上元節宮宴雖然參與者眾，但相當一部分是上了年紀的老者，婦人和女子也不少，剩下的青壯男子手無寸鐵，犯得著這麼如臨大敵嗎？」

謝紹宗淡淡一笑，暗暗給了他一個眼色，然後道：「既然李將軍有難處，那也不必強求，五十人便五十人吧。只是，在下有一個顧慮，不知當不當說。」

李承乾注意到了他的眼色，便道：「先生有何顧慮，但說無妨。」

「多謝殿下！」謝紹宗把臉轉向李安儼，微笑道：「李將軍，你剛才說的那個行動計畫，甚為周全，在下深表贊同。不過，這百福殿的五十名軍士雖說都是您的心腹，但從未聽命於太子殿下，萬一到時候出現什麼突發情況，您又遠在玄武門，鞭長莫及，那非但會影響到整個大局，甚至連太子殿下的安全都沒有保障。不知在下這麼想，算不算多慮呢？」

李安儼聽懂了，說來說去還是不信任自己，便道：「謝先生這麼想絕非多慮，是我疏忽了。那不知依先生之見，該當如何？」

謝紹宗此言一出，李承乾便意識到這個問題非同小可——李安儼的部下畢竟不是自己的人，誰也不敢保證他們都肯替自己賣命，萬一到時候父皇許給他們高官厚祿，這些人完全有可能臨陣倒戈。還好謝紹宗精明審慎，及時發現了這個問題。

謝紹宗略微沉吟，道：「李將軍，您看，可不可以讓東宮侍衛換上禁軍甲冑，進入百福殿，跟您的手下一起行動？」

李安儼一怔。「可是……這樣一來，人數就不符了呀。」

「數量不需要變，還是五十人。」謝紹宗一笑。「我的意思是，您派十至二十人就夠了，其他就由東宮的人頂上。」

李承乾和眾人聞言，不約而同地對視了一下，然後都把目光轉向了李安儼。

李安儼眉頭緊鎖。「這個辦法，倒也不是不行，只是生面孔太多，怕會露餡兒啊！」

「那依將軍的意思，東宮派多少人比較穩妥？」

李安儼又想了想。「最好……最好別超過一半吧。」

謝紹宗迅速和李承乾交換了一下眼色，得到肯定的暗示後，便笑笑道：「也好，那就各出二十五人。正月十五午時過後，讓東宮的人進入玄武門軍營，換上禁軍甲冑，然後和你的人一起進駐百福殿。」

李安儼不再猶豫，點了點頭。「可以，就這麼辦。」

對此結果，李承乾還算滿意，便道：「李將軍，謝先生這麼做也是出於大局考慮，並不是不信任你，你可別多心啊。」

「當然，這個卑職明白。」

「對了，還有件事得跟你商量一下。」李承乾像是忽然想起了什麼。

「殿下這麼說就折煞卑職了。」李安儼恭謹道：「有什麼事，殿下儘管吩咐。」

「其實也不是什麼大不了的事，你別緊張。」李承乾笑了笑。「就是這次行動吧，在座諸位可以說都是提著腦袋上陣了。大事若成，咱們共用富貴，我李承乾絕不會虧待諸位；可醜話也得說在前頭，萬一敗了，大夥兒不僅人頭落地，還會禍及滿門。所以，為了讓在座諸位的家人不被咱們的行動連累，我和謝先生商量了一個法子，就是事先把大夥兒的家人接出來，轉移到一個安全的地方，這樣大夥兒就沒有後顧之憂了。即使落敗，最壞的結果也是咱們自個兒掉腦袋而已，不至於遺禍家人。對此，不知將軍意下如何？」

李安儼一下就聽明白了——李承乾這是要把自己的家人扣為人質，以防自己有異心。

似乎只猶豫了短短的一瞬，李安儼便抱拳道：「殿下考慮得如此周全，真是令卑職萬分感佩！卑職沒有異議。」

「好！」李承乾朗聲大笑。「李將軍果然是明事理的人！那咱們就這麼說定了，明日一早，便讓謝先生派人到府上去接你的家眷。」

「是，卑職回去立刻安排。」

夜闌人靜時，蕭君默再次來到了崇德坊烏衣巷的王宅。

自從今天早晨在此找到楚離桑後，他一整天都心神不寧，眼前都是她的影子。

他一直在想一個問題：楚離桑為何不願離開王弘義？難道她已經接受了這個生父，並心甘情願跟他生活在一起？

儘管蕭君默深知楚離桑是個嫉惡如仇、愛恨分明之人，不大可能這麼快就接受王弘義，但人的感情有時候又是很難說清的。即使她真的接受了王弘義，他也完全可以理解。畢竟不管王弘義做了多少壞事，他終究是楚離桑的親生父親，這種血脈親情是任何事情都無法改變的。

然而，倘若楚離桑還有別的隱情，他就不能再讓她留在這個危險的魔頭身邊。

所以今夜，蕭君默決意找楚離桑問個清楚。

他不會強迫她離開王弘義，但也絕不會任由她置身於危險之中。

翻過圍牆後，蕭君默借著漆黑的夜色一路伏低疾行，很快就來到了楚離桑居住的這座小院。他匍匐在東廂房的屋頂上，警覺地觀察了一下四周，確認安全後，剛想跳進院中，卻見主房的燈火倏地熄滅了。

緊接著，一道纖細的黑影閃身而出，左右看了看，旋即朝南邊飛奔而去。

無須看清此人面目，蕭君默也知道她就是楚離桑。

這麼晚了，她穿著一身夜行衣是要去哪兒？

聯想到今天早上楚離桑說她「還有些事情要做」，蕭君默更是好奇心大起，無暇多想，立刻跟著她的背影追了過去……

楚離桑一路埋頭飛奔，她的目標正是一街之隔的懷貞坊。

昨夜她猜出蕭君默極有可能是隱太子和徐婉娘的骨肉，卻又不知該如何證實，更不敢跟任何人提起，感覺就像一顆巨石壓在了心頭，令她一整天焦灼難安。

思前想後，她最終還是決定去芝蘭樓，想辦法證實自己的猜測。

雖然徐婉娘已經失憶，但楚離桑還是想儘量喚醒她的記憶，看看她能否想起點什麼。如果這個辦法行不通，她打算讓黛麗絲直接帶她去找那位先生，當面把事情問清楚。

事關蕭君默的安危，楚離桑覺得無論如何都要查個水落石出。

很快，楚離桑便再次來到了芝蘭樓。

院子的一個角落裡堆滿了雜物。楚離桑翻進院牆後，居然徑直走到了這堆雜物旁，敲了敲一口大水缸，道：「方伯，很抱歉我又來打攪了。」

過了一會兒，水缸的缸蓋才動了動，然後方伯頂著缸蓋站起身來，身上還披著一床薄棉被。他不無尷尬地盯著楚離桑。「妳怎麼知道我在這兒？」

「桂枝大娘告訴我的。」楚離桑粲然一笑。「她說您通常在這兒值上半夜，她在柴房那邊值下半夜。我要是上半夜來呢，就找您通報一聲；要是下半夜來呢，直接上樓便可。」

方伯一臉惱恨，忍不住嘟囔。「這婆娘，什麼都往外說……」

「對了，大娘還說了，說姨娘有交代，我不是外人。」

「去去去，懶得理妳。」方伯不耐煩地甩甩手。「可別待太久啊，不然我可是會趕人的。」

楚離桑知道他這是找個臺階下而已，實際上自己就算待到天亮他也不敢趕，因為有桂枝在背後給自己撐腰呢。

「行，聽您的，我待會兒就走。」楚離桑又是一笑，還幫他掖了掖被角。「那您受累，接著值夜吧，不耽誤您了。」

方伯恨恨地盯著她轉身而去的背影，又嘟囔了一句什麼，這才裹緊了棉被，悻悻地蹲回了水缸裡，啪的一聲把缸蓋又蓋上了。若有外人偷偷進來，絕對想不到這兒會躲著一個人，可方伯從水缸口邊沿的一個破洞望出去，卻可以看清院子裡的任何動靜。

楚離桑上到二樓，敲響了黛麗絲的房門。

黛麗絲還沒睡，開門一看是楚離桑，不免有些驚訝。楚離桑進屋後，直言不諱地道明了來意。黛麗絲驚得目瞪口呆。「妳說什麼？妳找到了姨娘的兒子？」

「我只是覺得他們長得很像，不敢確定是不是，所以才來找妳和姨娘。」

「可我不是跟妳說過好多遍了嗎？姨娘忘記過去的事了，妳就算問她，她也記不起來啊！」

「我就是想試試。如果姨娘確實想不起來，那妳就帶我去見那位先生，我當面問他。」

黛麗絲苦笑。「妳把事情想得太簡單了。先生是什麼身分的人，豈是想見就能見的？」

「求求妳了黛麗絲，無論如何都要讓我跟先生見上一面。」楚離桑焦急道：「這件事非同小可，我必須弄清楚。」

「可我不明白，妳為何如此關心這件事？」黛麗絲緊盯著她。「妳說的那個姨娘的兒子又是何人？跟妳是什麼關係？」

楚離桑頓時語塞。「他……他是我的救命恩人，就是我上回跟妳講過的，把我和我爹從宮裡救出去的那個玄甲衛。」

黛麗絲有些釋然，旋即又問：「他叫什麼？」

楚離桑猶豫了起來，不知該不該把蕭君默的名字告訴她，就在此時，樓下突然傳來刀劍鏗鏘的打鬥聲，二人一驚，連忙衝出了房間。

方才蕭君默跟蹤而至的時候，方伯已經縮回水缸裡去了，所以蕭君默毫無察覺。結果他剛一翻牆進來，才走了幾步，後背就被方伯用刀頂住了。可是，還沒等方伯出言質問，蕭君默的龍首刀就出鞘了。不過三、四個回合，方伯的刀便被蕭君默打飛，然後那把寒光閃閃的龍首刀便抵在了方伯的喉嚨上。

楚離桑和黛麗絲匆匆跑下樓時，看見一個黑影正用刀挾持著方伯，桂枝在一旁持刀對峙，兩人頓時大驚失色。楚離桑毫不猶豫地抽刀上前，卻驚愕地發現那人竟然是蕭君默。

「你怎麼在這兒?!」楚離桑大惑不解。

「這還用問嗎？」蕭君默一笑。「當然是妳帶我過來的。」

「桂枝！」氣急敗壞的方伯終於找到了一個發洩的理由。「我早說這丫頭來者不善，妳就是不聽我的，現在怎麼樣，引狼入室了吧?!」

桂枝語塞，扭頭看向楚離桑。

楚離桑忙道：「大娘，方伯，你們別擔心，他是自己人，是我的朋友。」

「既然是妳朋友，還不叫他把刀放下？」桂枝道：「我家老頭子膽小，可別把他嚇壞了。」

還沒等楚離桑發話，蕭君默便已收刀入鞘，對方伯抱了抱拳。「得罪了。」

方伯惱恨地瞪了他一眼，不說話。

黛麗絲走上前來，不無警惕地看了一眼蕭君默，問楚離桑。「他是什麼人？」

「他就是我方才跟妳說起的救命恩人。」

黛麗絲一聽，又走近了兩步，終於看清了蕭君默的面容，不禁一怔。難怪楚離桑會說這個男人是姨娘的兒子，他的眉眼果然跟姨娘很像，尤其是眼神。

「桑兒，這是什麼地方？妳為何深夜來此？」蕭君默看著楚離桑。

「我……」楚離桑一時真的不知從何說起。

「這是你們不該來的地方，快走吧！」方伯一臉怒容。「這裡不歡迎你們！」

「死老頭子，歡不歡迎都輪不到你說話！」桂枝扠起了腰。「你沒聽楚姑娘說這位郎君是她朋友嗎？」

方伯剛想回嘴，一個溫和悅耳的聲音驀然響起。「你們到底在吵什麼？」

隨著話音，小丫鬟杏兒扶著徐婉娘從樓梯口款款走來。

眾人不約而同都把目光轉了過去。

看見徐婉娘的一剎那，蕭君默心中忽然泛起一種非常奇怪的感覺。

這一生中，他是第一次見到這位五官娟秀、神情溫婉的婦人，可不知為什麼，蕭君默卻有一種強烈的似曾相識之感。

由於瞬間被這種感覺攫住，所以蕭君默異乎尋常地失態了。

他就這麼定定地看著徐婉娘，完全無視在場眾人詫異的目光。

而讓眾人更加詫異的是，與此同時，徐婉娘也目不轉睛地看著這個完全陌生的年輕男子。

這一刻，似乎只有楚離桑意識到發生了什麼。

她無比驚訝地發現，此前徐婉娘那恍惚又空茫的眼神竟然消失了——她那雙一直被輕煙薄霧籠罩著的眼睛，此刻閃爍著一種清澈而明亮的光芒，並且煥發出了一種前所未見的動人神采！

此時此刻，楚離桑知道自己不需要再向任何人求證了。

她的猜測便是事實！

因為除了「母子連心」，她想不出還有什麼理由可以解釋眼前的這一幕。

就在蕭君默意識到失態，趕緊要把目光挪開的時候，徐婉娘竟喃喃地說出了幾個字。不知道是因為激動還是失神，她發出的聲音含混不清，在場眾人都沒有聽出她說了什麼。

只有蕭君默憑著過人的聽力聽見了兩個字：沙門。

什麼意思？為什麼這個從未謀面的婦人，在看到他的時候會露出如此奇怪的表情，並說出一個這麼奇怪的詞？

根據佛教，「沙門」就是出家人的意思。難道這個婦人錯把他當成了某位出家人？

「姨娘，您剛才說什麼？」

正當眾人都驚詫不已之時，黛麗絲打破了沉默。而徐婉娘也在這一刻回過神來，歉然一笑，淡淡道：「沒……沒什麼。」

楚離桑發現，隨著徐婉娘恢復常態，方才閃現在她眼中的光芒便倏然消失了，那層熟悉的輕煙薄霧重新罩上了她的眼睛。

「桑兒，這位郎君是妳帶來的朋友嗎？」徐婉娘微笑著問道。

楚離桑趕緊點頭。

「夜深了，咱們芝蘭樓住的都是女眷，不方便接待郎君。」徐婉娘說著，把臉轉向蕭君默，依舊面帶笑容。「還請這位郎君改日再來作客，好嗎？」

方伯聞聽此言，不禁大為快意，遂得勝似地瞟了桂枝一眼。桂枝把頭扭開，裝作沒看見。

蕭君默回過神來，躬身一揖。「晚輩冒昧前來，打擾大娘休息了，實在抱歉！晚輩這就走。」

「可否請問郎君尊姓大名？」

「不敢。晚輩姓蕭，名君默。」

「這名字真是儒雅，想必令尊令堂定是腹有詩書之人，才會給你取一個這麼好聽的名字。」

「大娘過獎了，晚輩不敢當。」蕭君默心裡苦笑。如果您口中的「令尊令堂」指的是我的親生父母，那我倒真想見見他們。

說完，蕭君默給了楚離桑一個眼色。楚離桑會意，便向徐婉娘和黛麗絲告辭。

徐婉娘親自把他們送到了院門口，還叮囑他們常來作客。二人謝過，隨即離開了芝蘭樓。

此時，即使連蕭君默也沒有發現，自從他和楚離桑進入芝蘭樓，直到此刻離開，其間發生的一切，都已經被黑暗中的一雙眼睛盡收眼底。

他就是王弘義。

此刻，王弘義正站在離芝蘭樓不遠的另一幢小樓的二樓房間中，透過微微打開的窗縫，目送著蕭君默和楚離桑的背影在小巷中慢慢走遠。

「先生，大小姐走遠了，要不要讓弟兄們跟上去？」韋老六站在一旁，躬身問道。

「不必了。」王弘義淡淡道：「蕭君默不是等閒之輩，若派人跟蹤，他定會發覺。」

「那……那怎麼辦？就讓大小姐這麼跟他走了？」

「蕭君默就住在蘭陵坊，咱們還怕找不到桑兒？」

韋老六想了想，又道：「先生，方才蕭君默見到徐婉娘的那一幕，看上去很蹊蹺啊！」

「蹊蹺嗎？」王弘義臉上露出一種彷彿能看穿一切的神情。「我怎麼不覺得？」

「這還不夠蹊蹺？」韋老六不解。「方才那兩人對視了那麼久，好像之前就認識似的。」

「如果你相信母子連心，那你就不覺得蹊蹺了，也理解他們為何一見面便似曾相識一般。」

「母子連心？」韋老六驚呆了。「您的意思是說……」

「對，我就是那意思。」

「可……可這怎麼可能呢？」韋老六大為不解。「蕭君默不是蕭鶴年的兒子嗎？」

「現在看來，蕭鶴年肯定不是他的生父。」

「先生是如何看出來的？」

王弘義自得一笑。「我不僅看出了這個，還知道這麼多年來，是什麼人一直在保護徐婉娘，又在去年誘咱們入局。」

「是誰？」韋老六睜大了眼睛。

「魏徵。」

「魏徵?!」韋老六無比驚駭。

「是的。你還記不記得，前幾天咱們討論過這事，這個保護徐婉娘、誘咱們入局的人，必須符合哪幾個條件？」

「當然記得。首先，此人當年肯定是隱太子的東宮屬官，而且對您頗為瞭解。」

「魏徵當年便是隱太子的東宮屬官，任職太子洗馬，雖然跟我沒有太多交集，但他知道我，也瞭解我。」

「其次，此人後來投靠了秦王，如今在朝中身居高位。」

「魏徵以宰相身分加拜太子太師，官秩從一品，正是屈指可數的當朝大員。」

韋老六聞言，雖有些釋然，卻仍不免狐疑。「可是先生，符合這兩點的人還是不少啊。」

「是的，所以就要加上第三點：蕭鶴年。」王弘義道：「此人當年也是隱太子的屬下。據我所知，他和魏徵早年都是瓦崗的人，後來一起降唐，又一起在東宮任職，二人交情匪淺，要說是生死之交也不為過。你想想，雖然符合剛才那兩個條件的人不少，但除了魏徵，還有誰與蕭鶴年有這麼深的關係？」

韋老六思忖著。「這就是說，當年隱太子知道徐婉娘懷上他的骨肉之後，便把她託付給了魏徵和蕭鶴年？」

「沒錯！當年隱太子這麼做，只是怕洩露徐婉娘的身分和私生子的事情，不料他們母子竟因此躲過了武德九年的那場滅頂之災。這也算是蒼天有眼，不讓隱太子絕後。從那之後，魏徵便把徐婉娘保護了起來，蕭鶴年則負責撫養隱太子的遺孤。」

韋老六想著什麼，道：「先生，既然給咱們設局並監視咱們的人就是魏徵，那結合咱們之前的判斷，是不是可以肯定，他和蕭鶴年都是咱們天刑盟的人？」

「是的，這一點毋庸置疑。正因如此，魏徵掌握了咱們的情報之後，才不敢向李世民稟報——他怕搞不好會把他自己也牽扯出來。」

「如果說魏徵也是本盟之人……」韋老六還是有些困惑。「那當年智永盟主把您派到隱太子身邊時，為何不把魏徵的真實身分告訴您？」

「這就是那老和尚的狡猾之處了。」王弘義冷冷一笑。「他不放心我，所以一邊讓我輔佐隱太子，一邊又讓魏徵暗中監視我。」

韋老六徹底恍然，片刻後才道：「先生，若蕭君默果真是隱太子的遺孤，那您打算怎麼做？」

王弘義若有所思。「那……他就不再是我的敵人，而是我的盟友。」

第十章 真相

蕭君默並不知道自己無形中已經變成了王弘義的「盟友」。

此刻，他和楚離桑並肩走在懷貞坊的巷道中，呼吸著深夜冰冷的空氣，努力想讓自己冷靜下來，以理清腦中的一團亂麻。

楚離桑一邊不安地關注著他的神色，一邊斷斷續續地講述了自己和黛麗絲、徐婉娘結識的經過。當然，她暫時隱瞞了對他身世的猜測，更不敢透露自己已經在很大程度上證實了這一猜測。

蕭君默一直默不作聲，靜靜聽完了她的講述。

忽然，蕭君默想起了什麼，猛地停住腳步，目光灼灼地看著她。「妳剛才說，那棟小樓叫什麼名字？」

「芝蘭樓啊。」楚離桑不明白他為何會關注這個毫不起眼的細節。

「這名字是誰起的？」蕭君默的呼吸急促了起來。

「我也不太清楚……應該是姨娘自己起的吧。」

蕭君默渾身一震，眼中露出了難以置信的神色。

「怎麼了？」楚離桑驚訝。「這名字……有什麼問題嗎？」

蕭君默怔怔出神，沒有答言。

芝蘭，就是靈芝和蘭花，也就是生父留給他的那枚玉珮上的圖案。這難道僅僅是巧合嗎?!

「方才徐婉娘看著我，說了一個詞，妳聽清了嗎？」蕭君默忽然問。

楚離桑搖搖頭。「我只聽見了一個『門』字。」

「我聽見了兩個字。」蕭君默苦笑了一下。「沙門。」

「沙門？」楚離桑思忖著。「不就是佛教裡『和尚』的意思嗎？」

蕭君默點點頭。「準確地說，是出家人的意思。」

楚離桑也迷惑了。她不明白徐婉娘為什麼會說出這個詞，更不明白蕭君默與「出家人」會有什麼關係。

「其實徐婉娘說的是三個字，可惜頭一個字我們都沒聽清。」蕭君默眉頭緊鎖。

楚離桑看著他焦灼的樣子，好幾次忍不住想把自己發現的事情都說出來，卻又怕他一時接受不了這個殘酷的真相，所以話到嘴邊又都嚥了回去。

「徐婉娘是不是身體有些不適？」蕭君默忽然問道：「我發現她的眼神異於常人，感覺好像特別恍惚。」

楚離桑嘆了口氣，便把自己所知的徐婉娘的身世說了，然後道：「不知道姨娘之前經歷了多麼可怕的事情，總之她的記憶就是從一片墓地開始的，之前的一切她全都不記得了。」

蕭君默恍然，同時也為徐婉娘離奇坎坷的身世而唏噓不已。

「我之前辦過一個案子，碰到過類似的事情。」蕭君默回憶道：「有人生了一場急病，呼吸和脈搏都沒了，家裡人以為他死了，便把他放進了棺材裡，準備安葬。不料就在出殯的時候，棺材裡忽然發出捶打的聲音，所有人都以為是詐屍，全都嚇跑了。只有他兒子壯著膽子掀開了棺材蓋，才發現那人其實沒死，只是急病之下出現了一種『假死』現象……」

「假死?!」楚離桑聞所未聞。

「是的。就是呼吸、心跳和脈搏都停止了，表面上已經沒有了生命跡象，其實只是暫停而已，若救治得當，或者病人本身有頑強的求生意志，還是有可能活過來的。我估計，徐婉娘很可能也是這種情況。」

「太不可思議了！世上竟然還有這種事！」

「除此之外，你就沒辦法解釋徐婉娘為何會從棺材裡醒來，又為何會把以前的事情都忘記了。」蕭君默嘆了口氣。「經歷過假死的人，往往腦部會受到創傷，所以即使活過來，也極有可能失憶——要麼失去一部分記憶，要麼失去全部！」

「那失去的記憶就完全不能恢復了嗎？」

「這個我就不太清楚了。」蕭君默說著，驀然又想起方才徐婉娘看他的眼神，那分明是一種如遇故人的眼神！「也許……碰到過去熟悉的事物，或者是過去認識的人，然後有所觸發，能夠回憶起一些也未可知。」

楚離桑聞言，便忍不住道：「你覺得，剛才姨娘看見你的時候，會不會就是把你當成了過去認識的人呢？」

「有可能吧。」蕭君默苦笑。「誰知道呢？」

二人說著話，不知不覺已經來到了懷貞坊的東坊門。此時正值夜禁，大門緊閉。蕭君默道：「桑兒，妳昨天早上跟我說，妳還有些事情要做，能告訴我是什麼事嗎？」

楚離桑明白蕭君默的意思，他是希望自己離開王弘義，可眼下他的身世基本上已經證實了，而王弘義遲早也會查出他是隱太子的遺孤。在此情況下，自己就更有必要留在王弘義身邊，以隨時刺探情報，防止他對蕭君默不利。

主意已定，楚離桑便嫣然一笑，道：「能讓我保留一點自己的祕密嗎？」

「當然。」蕭君默有些意外，但也只好笑了笑。「我只是怕……」

「怕什麼？」

「怕妳哪一天又走丟了。」蕭君默注視著她，柔聲道：「那我一定不會原諒自己。」

楚離桑聞言，心頭湧起一陣暖意。「放心吧，我一定會照顧好自己，你也一樣。」

「這麼說，咱們只能在這裡分手了？」蕭君默看了看坊門，眼中浮起一絲傷感。

「說得好似從此不見面了一樣。」楚離桑心中不捨，卻故作輕鬆道：「反正你知道我的住處，隨時可以來找我。」

「那妳知道去哪裡找我嗎？」

楚離桑一怔，笑著搖了搖頭。

「蘭陵坊西北隅的蒹葭巷，巷口南邊第一座宅院，就是我家。」蕭君默說著從腰間掏出一樣東西。「拿著它，無論什麼情況，妳都可以用它號令官府的人，也能在最短的時間內找到我。」

楚離桑接過來一看，是一枚亮閃閃的銅製玄甲衛腰牌。

「好，我記下了。」楚離桑把腰牌揣進懷裡。「你走吧，我看著你走。」

「沒這個道理，」蕭君默一笑。「當然是妳先走。」

楚離桑蹙眉想了想，笑道：「那這樣，咱們數三下，一起轉身，各走各的，誰也不許回頭。」

「非得這樣嗎？」

「不然你說怎麼辦？」

蕭君默無奈一笑。「好吧，聽妳的。」

楚離桑數了三下，隨後兩人各自轉身，蕭君默往南邊走，楚離桑朝北邊走。可沒走幾步，便都忍不住悄悄回頭，結果目光一撞，兩人都笑了起來。

「看來這法子行不通。」蕭君默道：「要不我說個辦法？」

「你說。」

蕭君默又看了楚離桑一眼，忽然往斜刺裡一躥，躍上了道旁一株高聳的雲杉樹，瞬間隱身在了黑暗中。

「你做什麼？」楚離桑詫異。「你在哪兒？」

「別管我在哪兒，反正妳看不見我。」蕭君默在黑暗中道：「所以只能妳先走，否則咱倆誰都走不了。」

楚離桑哭笑不得。「好了好了，跟你扯不清，不管你，我走了。」說完便轉身走了，可還是一路回了好幾次頭。

蕭君默站在樹上，一直目送著楚離桑的身影慢慢消失在夜色中。

正打算從樹上下來時，他的目光無意中瞥見了不遠處的一座寺院。那寺院名「法音寺」，蕭君默去過幾次，認識寺裡一位法名覺照的知客師。

……沙門。

徐婉娘的聲音再次在他耳旁響起。

蕭君默從樹上跳下，快步朝法音寺走去。

反正睡意全無，他決定去找覺照法師聊一聊，問問佛教中有什麼名相是帶有「沙門」二字的，看能不能找出什麼有用的線索，弄清自己跟徐婉娘的關係。

法音寺的寺門早已關閉，蕭君默只好翻牆入內，結果一名巡夜的和尚恰好路過，被他嚇了一跳。蕭君默趕緊表示歉意，說有事找覺照法師。可和尚卻告訴他，覺照法師已經在三個月前遷單離開了。蕭君默有些失望，便請求和尚讓他到佛前敬個香。和尚看他也不像是壞人，便點點頭，自顧自巡夜去了。

蕭君默徑直來到大雄寶殿，在佛像前上了香，行了一番跪拜之禮，然後驀地想起自己許久未曾打坐，現在回去八成也是失眠，不如就在此靜坐一回，調理一下心境。

主意已定，他便在大殿一角找了個蒲團，兩腿一盤，開始打坐。

然而，他緊閉雙目坐了至少一炷香工夫，心中卻始終妄念紛飛，一直靜不下來。

正不得要領，倍感焦躁，一個低沉渾厚的聲音忽然從一根殿柱後面傳了過來。

「施主，坐禪可不是要跟妄念交戰，而是要覺知。你越想消滅妄念，就越是在滋養它；你一覺知，妄念自然便消融了。」

這個聲音太熟悉了！可他怎麼會出現在這裡?!

蕭君默倏然睜開眼睛，然後就看見玄觀面帶笑容地走了過來。雖然他的下頷蓄起了一圈絡腮鬍，乍一看判若兩人，可蕭君默還是一眼就把他認出來了。

「多謝法師教誨！」蕭君默起身合十，微笑道：「晚輩駑鈍，不解禪法心要，可否請法師多多賜教？」

「不敢不敢。施主若看得起貧僧，就請到禪房一敘。長夜未央，若得一知己談禪論道，豈非人生一大樂事！」

二人相視一笑，默契於心。

蕭君默隨玄觀來到禪房，旋即問他為何會出現在長安。玄觀說，他當年就是在法音寺剃度出家的，去年離開江陵後雲遊四方，心裡總感覺漂泊無依，索性便回到了這裡，從此才有了安頓之感。

隨後，玄觀親自煮水烹茶，也問起蕭君默江陵一別後的遭遇。

在茶香氤氳之中，蕭君默大致講述了去年離開江陵後的種種經歷，包括取出盟印和〈蘭亭序〉、遭遇冥藏追殺、辯才失蹤，以及自己被迫接任盟主、與袁公望和郗岩接上頭、平定齊王叛亂等等。玄觀聽完，不禁又驚又喜，連忙起身向蕭君默行禮，口稱「盟主」並宣誓效忠。

蕭君默趕緊將他扶起。

二人重新落坐，玄觀滿心激動道：「盟主智勇雙全、年輕有為，必能挫敗冥藏，守護天下，光大我天刑盟！」

蕭君默苦笑擺手。「我也是迫於無奈才當這個盟主，等做完該做的事，我即刻讓賢。」

隨後，蕭君默向玄觀說明了目前長安的險惡局勢。玄觀聽得憂心忡忡，當即表示他此次來長安，已將重元舵的一批精幹手下都帶了過來，其中多數是和尚身分，眼下跟他一起在這法音寺掛單，隨時可以執行蕭君默分派的任務。

蕭君默聞言，意識到自己的實力又進一步壯大了，心中頗感欣慰，便道：「目前暫無急務，不過法師放心，日後一旦有需要法師的地方，我會派人通知你。」

這話剛一說完，蕭君默便想起了今夜來此的目的，遂問道：「對了法師，在佛教的名相之中，有沒有什麼詞是帶有『沙門』二字的？」

「沙門？」玄觀略微思忖，道：「有一個常用名相，叫『四沙門』……」

蕭君默眼睛一亮。「何謂四沙門？」

「是指沙門修道的四種不同境界，即勝道沙門、示道沙門、命道沙門、汙道沙門。」

這都是四個字的，顯然不對。蕭君默又問：「有沒有三個字的？」

「三個字的倒也不少，有沙門尼、沙門那、沙門統……」

「有沒有『沙門』二字在後面的？」

這下玄觀犯難了，想了好一會兒才道：「一時也想不起來了，不知盟主為何問這個？」

蕭君默無奈，只好苦笑作罷。「沒什麼，我就是隨口問問。」

玄觀知道他絕非隨口問問，但他不說，自己也不便再問。蕭君默愣怔了片刻，正待起身告辭，玄觀忽然大腿一拍。「對了，我想起來了。」

蕭君默一喜。「是什麼？」

「毗沙門。」玄觀道：「三個字的佛教名詞，且『沙門』二字在後面的，我能想得起來的，也就只有毗沙門了。」

蕭君默一震，瞬間呆住了。

因為他可以確定，徐婉娘說的那個詞正是「毗沙門」！

「那法師快告訴我，毗沙門是何意？」蕭君默迫不及待。

「毗沙門的意思就是『多聞』，多聞是意譯，毗沙門是梵文音譯。」玄觀道：「所以，四大天王中的多聞天王也常稱為毗沙門天王。」

又是「多聞」！

蕭君默的心怦怦跳動了起來，他知道自己就快逼近真相了！

在生父留給自己的玉珮上，一面刻著「多聞」二字，另一面刻著靈芝和蘭花，而徐婉娘的小樓就起名「芝蘭」，今晚從她口中說出的「毗沙門」恰好又是「多聞」的意思，所有這一切難道都只是巧合嗎？

不，絕對不可能！

玄觀發現他臉色大變，詫異道：「盟主怎麼了？」

「法師，據你所知，我大唐有沒有哪位僧人的名號就叫毗沙門？」蕭君默不答反問。

玄觀蹙眉思忖，然後搖了搖頭。

「居士呢？」蕭君默緊盯著他，呼吸急促。「在家的大德居士中，有沒有以此為名號的？」

「讓我想想……」玄觀俯首沉吟了起來。

自從開始追查自己的身世之謎，蕭君默還從未如此接近過真相。此刻，儘管內心翻江倒海，可他還是強迫自己冷靜了下來，然後閉上眼睛，把這半年多來的追查過程在腦中一幕幕重放。很快，有一幅畫面便在他的腦中定格了。

畫面的情景是在魏徵府邸，時間是去年自己離開長安的前夕。

那天，在他的一再逼問下，魏徵無奈地暗示說，他的生父或許與佛教有關，但具體有何相關，魏徵卻又不肯明言。也是在那一天，蕭君默不知怎麼憶起了武德九年的一樁往事，即高祖李淵因故想要取締佛教，多虧了太子李建成極力勸諫，高祖才收回成命，令佛教逃過了一劫。可是，當他向魏徵提起這樁往事時，魏徵卻臉色大變，立刻岔開了話題。

魏徵到底在忌諱什麼？難道自己的生父跟那次勸諫有關？或者說，自己的生父與隱太子李建成有什麼關係？

玄觀俯首沉吟，蕭君默閉目苦思，禪房中一片寂靜。

蕭君默想著想著，突然，彷彿一道閃電劈開了漆黑的夜空，一個最不可能的答案跳進了他的腦中——隱太子！

這一刻，蕭君默終於從記憶最深處的角落中，挖出了一個令他萬般驚駭又不得不面對的答案——隱太子的小字就叫毗沙門！

兩年前他辦過一個案子，曾因案情需要調閱過隱太子的檔案。他還記得當初看到隱太子的這個小字時，曾經多留意了一下，因為以這個佛教名詞作為字號實在少見。

而他之所以一直沒有憶起這個細節，一個原因是他根本不可能往隱太子身上想，還有一個原因是他根本不知道「毗沙門」就是「多聞」。

至此，真相似乎已經一目了然了。自己一直以來苦苦尋找的生父，極有可能便是隱太子李建成；而自己的生母，極有可能便是住在芝蘭樓的那個失憶的徐婉娘！

這是上天跟我開的一個玩笑嗎？

如果這是真的，那也就意味著，我身上居然流淌著李唐皇族的血，當今皇上居然是我的親叔父，而太子、吳王、魏王他們，居然是我的堂兄弟！

還有，更讓人無法接受的是，如此一來，今上李世民就不僅是我的叔父，而且是我的殺父仇人！就是他，在武德九年六月四日親手射殺了我的生父李建成，並在同一天血洗東宮，砍殺了我的五個兄弟！

如果說魏王李泰殺害了我的養父，我就發誓要找他報仇，那麼李世民殺害了我的生父，我又該怎麼辦？我該不該以牙還牙，以血還血，殺了他為父親報仇？或者說，我該不該以其人之道還治其人之身，從他手中奪回本屬於父親的皇權?!

這一刻，蕭君默感到了一種前所未有的茫然和無助。

坐在對面的玄觀看見他臉色蒼白，額頭上青筋暴起，不禁驚詫道：「盟主怎麼了，是不是哪裡不舒服？」

蕭君默苦笑著搖了搖頭，當即起身，辭別了玄觀，失魂落魄地離開了法音寺。

此時此刻，他只想找一個沒人的地方，一個可以讓自己放下堅強、肆意軟弱的地方，然後像一隻孤獨的野獸那樣，舔一舔內心那個鮮血淋漓的傷口，最後再以一聲淒厲的長嚎質問上蒼！

祢為什麼要給我安排這樣的命運？為什麼要跟我開這麼可怕又殘酷的玩笑?!

蕭君默不知道自己怎麼出了懷貞坊，又怎麼鬼使神差地來到了長安東南蝦蟆陵的郎官清酒肆，然後硬是把緊閉的門板給踹開了。酒肆的掌櫃和夥計從睡夢中驚醒，以為是地痞惡霸來找碴，抄起棍棒菜刀跑出來要拚命，一看竟是熟客蕭將軍，不禁面面相覷，哭笑不得。

接著，蕭君默便闖進酒肆開始狂飲。

他不記得自己叫了多少酒，只記得喝到最後，一直在旁邊好言相勸的酒肆掌櫃跟他翻了臉，死活不讓他再喝。蕭君默勃然大怒，起身揪住了掌櫃衣領，威脅要揍他。可掌櫃的只是笑了笑，然後輕輕把他一推，他就重重倒在地上不省人事了。

掌櫃叫了幾個夥計，費了九牛二虎之力，才把爛醉如泥的蕭君默抬進了一間客房。

重新睜開眼睛的時候，天已大亮，蕭君默從床榻上坐起來，用了好一會兒才弄清自己為何在這個地方。他找到掌櫃，表達了謝意。掌櫃不放心地看著他，說要讓夥計趕車送他回去。蕭君默苦笑著擺了擺手，然後頭重腳輕地走出了酒肆。

這是一個難得的大晴天，天空瓦藍瓦藍，陽光竟然有些刺眼。

街市上車馬駢闐，行人熙攘。

蕭君默心神恍惚地行走在人群之中，感覺身邊嘈雜的市聲是那麼近又那麼遠，感覺這個擾攘的紅塵是那麼真實又那麼虛幻。

不知走了多久，蕭君默來到了一個十字路口。他忽然駐足，抬頭直視蒼穹，明晃晃的太陽立刻刺痛了他的眼睛。

兩行晶瑩的淚珠同時從他的兩邊眼角流了下來。

我不是哭。蕭君默對自己說，只是陽光太過刺眼。

不遠處，一輛疾馳而來的馬車沒料到有人會突然停在街心，車夫反應不及，一下子勒不住轠繩，馬車直直朝蕭君默衝了過去。

蕭君默扭頭看了一眼，竟然視若無睹，猶自一動不動。

千鈞一髮之際，一匹駿馬飛馳而至，馬上騎者縱身躍起，一腳踹倒了蕭君默，自己穩穩落地，那輛失控的馬車堪堪擦著他的衣角掠了過去。

蕭君默揉著發痛的胸口，從地上爬起來，對騎者道：「你有病啊，踢那麼重！」

騎者正是吳王李恪。

「你才有病！」李恪不悅道：「站大馬路上讓車撞，找死啊你?!」

蕭君默拍了拍身上的灰塵，淡淡道：「算了算了，不跟你計較。上哪兒去呢這是？」

「我上你家找你，老何說你一夜未歸。我猜你一準是到郎官清買醉來了，果不其然！」李恪說著，湊近他嗅了嗅。「你這是灌了多少黃湯？啥事想不開了？」

蕭君默想起若論輩分，李恪還算是自己的堂兄，不禁在心裡苦笑。「你別管我，還是操心你自己的事吧。」

「有你這個諸葛孔明幫我謀劃一切，我還有啥可操心的？」李恪笑。

「別掉以輕心，你大哥李承乾不是笨蛋，況且他背後還有一個謝紹宗，此人也非等閒之輩。」

蕭君默道：「我估摸著，他們不會輕易相信李安儼。」

「我正是為這事找你的。」李恪收起笑容，正色道。

蕭君默目光一凜。「出什麼事了？」

「今天一大早，有一夥人把李安儼的一家老小都帶走了，去向不明。」

得知李安儼家人被帶走的消息，蕭君默立刻斷定，這是謝紹宗在太子的授意下幹的，目的便是把李安儼的家人扣為人質，以確保他不會在政變行動中倒戈。

蕭君默旋即騎上李恪的馬，一路疾馳趕回了蘭陵坊，找到了袁公望和郗岩，命他們把所有的人手都撒出去，無論如何都要找到李安儼的家人。

交代完任務，蕭君默才回了一趟家。

剛一進門，何崇九便匆匆迎了上來，焦急道：「二郎，你昨夜上哪兒去了，怎麼一夜未歸呢？吳王殿下方才找你來了，好像有什麼急事……」

「我知道，我在街上碰到他了。」

何崇九「哦」了一聲，接著道：「今兒一大清早，魏太師家的公子也來了……」

「魏叔玉？」蕭君默微微一驚，再看何崇九的神色，心中頓時有了一種不祥的預感。「他來做什麼？」

「魏太師他……他昨日下午辭世了，魏公子是來報喪的。」

儘管已經意料到了，可真的聽到消息，蕭君默還是覺得胸口一痛，像是被人剜了一刀。

何崇九嘆了口氣，從懷中掏出一封信函。「二郎，這是魏公子留下的，說必須親手交給你。」

蕭君默接過來一看，是個普通的信封，上面一個字都沒寫，不解道：「這是何人所寫？」

「魏公子說，是魏太師臨終前寫的，囑咐他一定要交給你。」

蕭君默想了想，剛要把信拆開，何崇九忽然伸手攔住。

「魏公子說太師有交代，讓你暫時別打開。」

蕭君默詫異。「這是為何？」

「太師臨終前說，這裡面就是二郎一直想要的答案，但他勸你最好別打開，除非是萬不得已的時候。」

蕭君默一聽，不由啞然失笑。

這就是你一直想知道的答案！

太師啊太師，從去年到現在，我不止一次向您追問過真相，可您卻始終三緘其口、諱莫如深，而今我自己終於探知了真相，您卻在這個時候才想把一切都告訴我。

不過，蕭君默此時已經完全理解了魏徵。

魏徵一直隱瞞真相，其實不僅是出於對隱太子的承諾，更是為了保護他，怕他無法面對如此殘酷的事實，承受不了如此沉重的打擊。此外，也是擔心保守了這麼多年的祕密一旦掀開，萬一被今上李世民所知，必將給他帶來殺身之禍！

然而，揭開真相固然是一種殘忍，可始終隱瞞真相，讓他在苦求不得中煎熬，不也是另一種殘忍嗎？

也許，正是因為不忍看他永遠處於這種煎熬中，魏徵才最終下定決心，把所有的真相都寫下來——正如當初養父預感到處境危險，也不願把真相帶進墳墓，而是留給了他一卷帛書一樣。

蕭君默拿著信走進書房，閂上了門，然後把那封信放在書案上，坐下來靜靜地看著它。

魏徵讓他「萬不得已的時候」才打開，目的也是儘量延緩他面對真相的痛苦。然而，現在他已經得知了真相，痛苦已經是既成事實，所以，此刻的蕭君默沒有理由不打開它，沒有理由不把有關自己身世的來龍去脈全都弄清楚。

蕭君默慢慢撕開信封，取出了一遝素白的信箋。

很顯然，自己的身世一定頗為曲折，因為魏徵整整寫了十幾頁紙。

隨著信箋的展開，一個個遒勁有力的行書躍入了蕭君默的眼簾，而塵封多年的身世之謎，也宛若一幅泛黃的長軸畫卷，一幕一幕浮現在他的眼前……

武德四年，年僅二十餘歲、小名芝蘭的徐婉娘已經是平康坊夜闌軒的頭牌歌姬。她姿色出眾，能歌善舞，琴棋書畫樣樣精通，長安城的諸多達官貴人、富商巨賈都被她迷得神魂顛倒，不僅痴迷於她的歌舞才藝，更垂涎於她的傾城美色。可徐婉娘並非一般的風塵女子，她品性高潔，賣藝不賣身，縱然那些高官巨富百般威逼利誘，也無法令她屈從。

一個偶然的機會，隱太子李建成以富家公子的身分結識了徐婉娘。他驚嘆於她的美色與才藝，更傾心於她出淤泥而不染的氣節，因而花重金包下了她，且對她極為尊重，除了觀舞聽歌之外，從不越雷池半步。

徐婉娘一開始以為他也只是不學無術、縱情聲色的紈褲子弟，可一番交往之後，才發現他不僅飽讀詩書、通曉音律，且為人謙遜儒雅，身上毫無半點紈褲習氣，因而漸漸被他打動。

二人情投意合，自然走到了一起。李建成替徐婉娘贖了身，並讓魏徵在與東宮只有一街之隔的永昌坊買下了一座清靜的宅院，將她安置於此。此後，兩人就在這座「愛巢」中度過了一段琴瑟和鳴、如膠似漆的幸福時光。李建成從不敢向她洩露真實身分，只讓她以小字「毗沙門」稱呼他；徐婉娘知道他有難處，便始終沒有追問，也從不向他要求名分。李建成對此深感愧疚，便私下告訴魏徵，等他即了皇帝位，一定要給徐婉娘改換身分，將她迎入後宮，即使不能立為皇后，至少也封她一個貴妃。

不久，徐婉娘有了身孕。李建成既喜且憂，喜的是這孩子是他們二人的愛情結晶，憂的是這孩子也將跟徐婉娘一樣沒有名分。當時，秦王李世民因一戰平滅竇建德和王世充，威望如日中天，奪嫡野心日漸膨脹。李建成擔心無暇照顧徐婉娘母子，便與魏徵商量，決定讓蕭鶴年收養這個孩子，等將來即位後再讓孩子歸宗入籍。隨後，為了掩人耳目，蕭鶴年將夫人送回了娘家，計畫等徐婉娘的孩子出生後，再由夫人把孩子抱回家，這樣便不會令人懷疑。

武德四年底，懷胎僅八個月的徐婉娘出現了早產的跡象。李建成聞訊，匆匆趕到永昌坊，不料此時徐婉娘竟然又難產了，產婆說母子都很危險。李建成心急如焚，說大人孩子都要保，實在不行就保大人，寧可不要孩子。

可即便如此，注定要降生人間的這個孩子還是呱呱落地了，而讓李建成肝腸寸斷的是，徐婉娘在用盡全部力氣生下孩子後，竟悄然停止了呼吸。

李建成抱著剛出生的男嬰，在徐婉娘床榻前淚如雨下。

由於他跟徐婉娘的關係原本便是不可告人的，所以李建成也不敢為徐婉娘辦喪，加之當時宮中雜事紛繁，李建成當天便把男嬰交給了蕭鶴年，並讓魏徵負責善後事宜。魏徵隨即把事情交給了李安儼，讓他把徐婉娘好生安葬。

於是當天晚上，李安儼便找了幾個掘墓人，把徐婉娘的「屍體」悄悄運到了城外的一處墓地。

李安儼親眼看著棺材被放進墓坑後，覺得事情已畢，便離開了。可誰也沒有想到，他前腳剛走，後腳棺材裡便發出了砰砰砰的捶打聲。時值深夜，那幾個掘墓人嚇得差點尿褲子，紛紛扭頭就跑，只有一個叫牛二的好奇心起，便壯著膽子撬開了棺材蓋，然後徐婉娘就直挺挺地從棺材裡坐了起來。

牛二嚇得一屁股跌坐在了地上。

他當時也想跑，可一來嚇得腿軟，二來這「女屍」實在漂亮，讓打了半輩子光棍的他一下就挪不開眼了。

後來徐婉娘開始說話，一直問牛二她在什麼地方。牛二發覺她沒死，第一個念頭就是趕緊把人給送回去，可當他注意到徐婉娘臉上那種恍惚而空茫的表情，還有說話時語無倫次的樣子，便懷疑她的腦子已經「壞掉」了，於是試探性地問了幾句，比如她叫什麼，家住哪裡，家中還有什麼人等等。果然，徐婉娘除了還記得自己的名字之外，別的什麼都忘了。

牛二心中竊喜，便匆匆把那具空棺材給埋了，然後把徐婉娘揹回了家。從此，牛二的街坊鄰居便無比驚奇地發現，這個又窮又醜的傢伙居然有了一個美若天仙的老婆！

就這樣，失憶的徐婉娘陰差陽錯地成了牛二的妻子，跟他做了好幾年的夫妻。

武德九年的一天，徐婉娘在自家門口發現了一個餓暈的小乞丐，便將其收養。這個小乞丐就是從西域逃到長安的波斯女子黛麗絲。

這幾年中，蕭君默在蕭鶴年的撫養下漸漸長大，李建成不時會抽空去看他，給他買一堆吃的玩的東西，但每次待的時間都不長。有一天，李建成把一枚玉珮掛在了蕭君默的胸前，玉珮的一面刻著「多聞」，另一面刻著靈芝和蘭花。

雖然無法相認，但李建成還是透過這個方式，把自己和徐婉娘的小字和小名留給了兒子。

牛二自從「娶」了徐婉娘，對外一直謊稱她是自己的遠房表妹，因父母雙亡才來投靠了他。然而，紙總有包不住火的時候。有一回，牛二和幾個朋友一塊兒喝酒，結果酒後吐真言，自己說出了徐婉娘「死而復生」的祕密。一起喝酒的人中，有一個就是當初被棺材裡的怪聲嚇跑的傢伙。他既羨且妒，第二天便想借此敲詐牛二，牛二慌忙矢口否認。此人惱怒，便輾轉找到了李安儼，將這個祕密和盤托出。

李安儼大驚失色，當天便去挖墳，果然看見棺材裡面空空如也。他隨即將此事稟報給了魏徵和隱太子。李建成又驚又怒，自然是命他立刻把徐婉娘搶回來。李安儼趕緊帶人闖到牛二家中，不由分說便把徐婉娘帶走了，順便也帶走了黛麗絲。牛二要跟他們拚命，結果被李安儼用力一推，頭正巧撞在石磨上，當場便死了。魏徵隨後便讓李安儼把徐婉娘安置在了懷貞坊的芝蘭樓。

闊別五年之後，李建成萬萬沒想到自己還能見到活著的徐婉娘。

重逢的那一刻，百感交集，他忍不住抱著她潸然淚下。

然而，徐婉娘卻輕輕地推開了他。因為在她眼中，此時的李建成早已成了陌生人。李建成事先已經聽魏徵講了她的情況，可還是不願相信這個事實。

他用力地搖著徐婉娘，大聲說自己是她的丈夫毗沙門。

徐婉娘看了他很久，眼中終於露出一絲光彩，怔怔地喊了一聲「毗沙門」。

李建成大喜過望，以為她已經恢復了記憶，可不過片刻之後，徐婉娘眼中的神采便消散了，代之而起的仍然是那種恍惚和空茫的神情。她弱弱地告訴他，自己的丈夫叫牛二，不叫毗沙門。

李建成既傷心又失落，命魏徵和李安儼好生照顧徐婉娘，然後便離開了。

他本以為徐婉娘回來了，可現在才意識到，回來的只是她的軀殼，她的靈魂似乎早已不在人間。不過，李建成雖然失望，卻並未完全絕望。他相信，只要細心照料，再多花一點時間陪她，假以時日，徐婉娘一定可以恢復記憶。

然而，老天爺並沒有給李建成這樣的機會。

就在他接回徐婉娘的短短半個月後，玄武門之變就爆發了，他和四弟李元吉，還有五個兒子，一天之內便都成了李世民的刀下之鬼。從此，李建成與徐婉娘便真正陰陽永隔了，只是這次離開人間的是李建成自己，而且他永遠也不可能像徐婉娘那樣「死而復生」……

不幸也是幸運的是，對於外界的風雲變幻和毗沙門遭遇的滅頂之災，徐婉娘全都一無所知。

這麼說不僅是因為她被魏徵隔離保護起來了，無從得知外界的消息，也不僅是因為她失憶，已經認不得自己的愛人，更因為她本來就不知道李建成是堂堂大唐帝國的儲君，她甚至連他的真實姓名都從來不知道！

正因為什麼都不知道，她才避免了痛苦。

在這種時候，無知和遺忘，何嘗不是上蒼對她最好的垂憫？

看到此處，早已淚流滿面的蕭君默再也抑制不住，漸漸開始了啜泣。緊接著，連啜泣也無法釋放他的悲傷，於是他只能失聲痛哭起來。

自從長大成人之後，他便再也沒有這樣放肆地哭過了。他跪坐在地上，像一隻蝦一樣弓著腰，把頭深深地埋在自己的雙膝之間，後背一陣陣地戰慄，哭得就像一個孩子……

不知過了多久，蕭君默漸漸止住了哭泣，翻開了信箋的最後兩頁。

魏徵說，隱太子和五個兒子均遭屠戮後，他就更有責任保護徐婉娘和隱太子的遺孤了。一方面，他必須全力保守這個祕密，絕對不能讓皇帝和朝廷察覺任何蛛絲馬跡；另一方面，由於隱太子曾向王弘義透露過徐婉娘這個人，所以魏徵必須對王弘義有所防範。為此，他和祆教大祭司索倫斯聯手，苦心孤詣地編織了一張警戒網，以防王弘義有朝一日想要探查這一祕密。

不出魏徵所料，王弘義終於在去年動手了。雖然魏徵成功地阻止了王弘義，沒有讓他接近徐婉娘，但索倫斯和夜闌軒老鴇秀姑卻都慘遭毒手，就連黛麗絲也險些葬身水底……

看到這裡，蕭君默終於知道了自己身世的來龍去脈，也終於知道有多少人，為了保護他和他母親，付出了多麼大的心血和代價。

在信的最後一頁，魏徵對蕭君默說了這麼幾段話：

賢姪，你讀到這封信的時候，我已經不在人世，再也幫不上你了。我知道你現在很痛苦，這也是我一直不敢告訴你真相的主要原因。然而，我最後還是寫了這封信，其因有二：

首先，是因為我瞭解你，不把真相查個水落石出，你是不會甘心的，所以，與其讓你冒著危險去追查真相，還不如讓我把一切都告訴你。

其次，王弘義同樣不會放棄。由於去年的失敗，他不僅會惱羞成怒，而且會越發意識到你母親身上定然藏著天大的祕密，所以他更會千方百計找到你母親，進而找到你。因此，與其讓你到時候落入被動，還不如讓你現在便掌握先機，以便更好地應對和防範他。

賢姪，王弘義尋找你母親和你的主要動機，便是想利用你來報復今上，同時禍亂李唐天下。他一定會慫恿你為你的生父報仇，也一定會用皇位來誘惑你，讓你採取不明智的行動。假如真有這麼一天，你一定要冷靜思慮，千萬不可意氣用事。毋庸諱言，今上的確是你的殺父仇人，但他自即位以來，虛懷納諫，勵精圖治，已經用一個惠及天下蒼生的太平盛世，完成了他的救贖。儘管這並不能抵消他的罪愆，儘管他仍然有負於你的父親，可他卻對得起百姓，對得起社稷，也對得起皇皇青史。我想，倘若你父親在天有靈，他或許不一定會原諒今上，但一定不希望你為他復仇。

你父親當年千叮萬囑，讓我永遠不要把真相告訴你，也是不想再讓你捲進這血腥而殘酷的宮廷鬥爭中。他只希望你做一個普通人，一個平靜、自由和快樂的普通人。然而，如今他的這一願望看來是落空了，你終究還是捲了進來。事已至此，老夫亦復何言！或許一切都是天意，非人力所能改變，老夫也唯有盡人事、聽天命而已。

賢姪，你眼下面對的，也許是一生中最艱難的抉擇，老夫不敢替你拿任何主意。該怎麼做，都要由你自己來決定。老夫最後只能告訴你：放下仇恨，或許很難，可背負仇恨前行，只會更難！

蕭君默看完這封長信，感覺就像生過了一場重病，身心幾近虛脫。

接下來，他根本不知道自己該怎麼做。

他只知道，血債血償，以其人之道還治其人之身，並不違背自己信奉的道義。

他只知道，假如此刻李世民就站在面前，他最自然的反應，很可能便是抽出腰間那把寒光閃閃的龍首刀……

第十一章
家人

一代名相魏徵於貞觀十七年正月與世長辭，唐太宗李世民哀慟不已。

李世民為此廢朝五日，追贈魏徵為司空、相州都督，謚號「文貞」，還下詔厚葬，準備賜予其「羽葆鼓吹，班劍四十人」等最高規格的葬儀，並准其「陪葬昭陵」。在當時，這是人臣所能享有的最大哀榮。不過，魏徵之妻裴氏卻以魏徵平生儉素、厚葬之禮非亡者之志為由，婉言謝絕了。

出殯當日，李世民命朝廷九品以上官員全部去給魏徵送行，同時御筆親書，為他撰寫了墓誌碑文。這天在甘露殿，寫完碑文，李世民止不住潸然淚下，對身旁的趙德全道：「夫以銅為鏡，可以正衣冠；以古為鏡，可以知興替；以人為鏡，可以明得失。朕常保此三鏡，以防己過。今魏徵殂逝，遂亡一鏡矣！」

「大家節哀。」趙德全也陪著掉眼淚。「魏太師雖然不在了，但還有長孫相公、岑相公、劉侍中他們呢……」

「他們？」李世民苦笑了一下。「他們凡事都喜歡隨順朕意，有誰能像魏徵那樣犯顏直諫？」

事關對幾個宰相的評價，趙德全身為內臣，不敢多言，便噤聲了。

「明日便是上元節，宮宴的一應事務，你可安排妥當了？」李世民轉換了話題。

「大家放心，老奴都安排好了。」趙德全躬身道：「保管讓您和皇親國戚們過一個祥和太平的節日。」

「這就好。」李世民頷首，忽然想起什麼。「對了，青雀這幾日身體如何？」

「昨日老奴剛剛去了一趟，魏王的風寒之症似乎還未見好，只怕明日這宮宴……」

「既然有恙，那就好好養病，明日宮宴他就不必參加了。」李世民道：「明兒一早，你再去慰問一下，順便把新羅進貢的人參、南海進貢的燕窩給他帶點過去，就說朕讓他安心養病，別的無須多想。」

「老奴遵旨。」

蕭君默參加完魏徵的葬禮，來到了忘川茶樓。

他在魏徵過去常坐的這個二樓雅間中煮水烹茶，心情頗為沉鬱。

從數日前得知李安儼的家人被東宮的人帶走，到現在三、四天過去了，袁公望和郗岩帶著手下日夜尋找，用盡了各種辦法，卻仍然沒有發現任何蹤跡。

眼看明晚便是太子發動政變的時間，倘若在此之前還是找不到李安儼的家人，後果將不堪設想。所以，蕭君默不得不有所行動。

無論如何，他都不能讓這些無辜的老弱婦孺為此搭上性命。

茶湯剛剛煮沸的時候，李安儼到了。

自從設計讓李安儼打入太子集團內部，蕭君默便儘量避免與他直接接觸，只保留傳遞情報的管道，可今天他卻不得不主動約了李安儼。

「盟主，急著找屬下來，所為何事？」李安儼坐下，有些詫異。

蕭君默舀了一碗茶，遞到他面前。「家中發生那麼大的變故，你為何一直不告訴我？」

「變故？」李安儼裝糊塗。「有啥變故？只是拙荊帶著老母和孩子回鄉下走親戚而已——」

「別瞞我了，」蕭君默打斷他。「我早就知道了。」

李安儼一聽，這才忍不住眼圈一紅，把頭低了下去。

「那天一出事，吳王便來告訴我了。」蕭君默道：「我當天就讓老袁和老郗他們去查了，問題是……直到現在為止，仍然沒有任何消息。所以，我才不得不找你過來。」

李安儼的眼淚唰地下來了，哽咽道：「盟主，大局為重，至於屬下的家人……」

「沒有任何大局，會比家人的性命更重要。」蕭君默不假思索道：「咱們若連家人都不能守護，還談什麼守護天下？」

「不瞞盟主，」李安儼擦了擦眼淚。「這幾天，屬下也讓弟兄們到處去找了，可偌大的長安城，隨便哪個地方不能藏幾個人呢？要找到他們談何容易？」

「不能再這麼大海撈針了。」蕭君默沉沉一嘆。「必須主動出擊。」

「主動出擊？」李安儼不解。「盟主何意？」

蕭君默眉頭緊鎖。「我估計，奉太子命綁架令堂和你妻兒的人，必定是謝紹宗。只要咱們設法把他引出來，就能找到他的老巢，進而找到令堂和你妻兒的下落。」

「可是，怎麼才能把謝紹宗引出來？」李安儼犯愁。「那天聚會之後，太子就說了，若非萬不得已，所有人不得再碰面，以免洩露蹤跡，引人懷疑。」

蕭君默冷然一笑。「所以，咱們就得給他們製造一個『萬不得已』的情況，迫使太子再次召集謝紹宗聚會。」

「那……具體該怎麼做？」

蕭君默略微沉吟，忽然道：「你待會兒立刻去找李元昌，就說宮中的安防部署有變，得趕緊找太子商議。」

「那屬下該說些什麼？」

「就說明晚宮宴，聖上有可能會讓吳王率百名武候衛進駐百福殿，以加強安防。」

此前，蕭君默已透過李安儼給他的情報，得知了太子政變計畫的全部細節，所以他知道，太子最在意的便是百福殿的兵力部署，倘若百福殿突然多出一百名武候衛，太子必定震恐，也必定會立刻找謝紹宗商議。

李安儼明白了他的意思，卻仍眉頭微蹙。「這個辦法是能引出謝紹宗，可問題是，李元昌和侯君集在宮中都有不少眼線，只要他們一打聽，馬上就知道這是個假消息啊！」

「這我當然想到了。」蕭君默淡淡一笑。「你放心，我會讓它變成真消息。」

李安儼想了想，恍然道：「盟主的意思是，讓吳王配合咱們？」

蕭君默點頭。「我回頭就讓吳王去跟聖上提這個事，理由便是他羞辱過你，恐你懷恨在心，所以最好讓武候衛進駐百福殿，以防不測。」

李安儼笑。「這倒是個不錯的由頭。」

「如此一來，這就是個真消息，至於聖上答不答應，那就是另一碼事了。」

「以盟主看，聖上會答應嗎？」李安儼又有些擔心。「倘若聖上答應了，太子恐怕會放棄此次行動吧？」

「依我看，聖上不答應的可能性會大一些，因為他信任你，怎麼可能相信你會因這種小事而謀反？何況聖上舉辦宮宴，本就是為了慶賀太平，若擺出一副如臨大敵的陣仗，豈不是有違本意？不過，凡事也無絕對，萬一聖上答應了，而太子也知難而退的話，那他就沒有理由再扣著你的家人不放，相信很快會把他們送回。所以，不管聖上答不答應這件事，咱們都可確保令堂、嫂夫人和孩子的安全。」

李安儼這才發現，蕭君默提出的這個辦法其實是個兩全之策，目的都是保護他家人的安全。相形之下，對付太子的事反倒退居次要地位了。意識到這一點，他心中大為感動，道：「盟主，倘若太子放棄行動，那……那咱們豈不是白忙了一場？」

「來日方長，我就不信太子能安分多久。只要咱們睜大眼睛盯著，就隨時都有機會。」蕭君默笑笑，指了指案上的茶碗。「來吧，別光說話，嚐嚐我煮茶的手藝。」

離開了忘川茶樓，蕭君默和李安儼隨即分頭行動。

蕭君默來到武候衛衙署的大將軍值房，找到李恪，把事情跟他說了。

「沒問題，我待會兒就入宮向父皇上奏。」李恪道：「可我有個問題。」

「你說。」

「要是父皇答應了，東宮也打了退堂鼓，咱們豈不是功虧一簣？」

「寧可日後再找機會，也不能累及無辜。」蕭君默決然道。

「你這人的毛病就是心太軟。」李恪嘆了口氣，微微譏笑道：「似你這般婦人之仁，如何做得大事？」

「古人行一不義、殺一不辜而得天下尚且不為，你若踩著李將軍一家人的鮮血上位，於心何安？」蕭君默反唇相譏。

李恪冷哼一聲。「孟老夫子說這個話，是他太過迂闊！君不見，吳起為了功名，不惜殺妻求將？劉邦當年為了逃命，把一雙兒女三次踹下馬車？」

「那是吳起和劉邦，不是我，也不是你。」蕭君默看著他。「除非你想告訴我，你跟他們是一樣的人。」

「如果我說是呢？」李恪笑道。

「那只能怪我眼瞎。」蕭君默道：「從此你我分道揚鑣，你走你的陽關道，我走我的獨木橋。」

「這麼絕情？」

「道不同不相為謀。」

李恪呵呵一笑。「擁我上位，你將來就是一人之下、萬人之上的宰相，難道你不想要？」

「不就是宰相嗎？不稀罕。」

「宰相都不稀罕？」李恪眼睛一瞪。「莫非你還想當皇帝不成?!」

「怎麼，」蕭君默淡淡一笑。「怕我跟你搶？」

「有種就放馬過來！」李恪道：「不過你要跟我搶，也得先當權臣再篡君位吧？那不也得先輔佐我當上皇帝嗎？」

蕭君默一聽，驀然想起自己的身世——實際上，作為隱太子唯一在世的遺孤，原則上他也是有權繼承李唐皇位的，還真不必像李恪說的那樣，「先當權臣再篡君位」。換言之，假如真要搶這個皇位的話，他和吳王、魏王乃至太子，其實都具有同樣的資格。從某種意義上說，他甚至比他們更有資格，因為大唐皇位本來便是隱太子李建成的，就算他加入奪嫡的行列，也只是拿回本來便屬於自己的東西而已。

想到這些，蕭君默不免在心裡苦笑，嘴上卻道：「我只輔佐君子，你若把吳起和劉邦視為楷模，那你就是小人，請恕我不能奉陪。」

李恪哈哈大笑。「行了行了，我鄙視他們可以嗎？說正經的，若父皇不答應我的奏請，太子明晚照常行動的話，我該怎麼做？」

「你就當事先什麼都不知道，只需暗中盯住太子的一舉一動，等他一發難，你便把他拿下。我已經叫李安儼吩咐下去了，他在百福殿那二十五名手下，到時候都聽你的。」

李恪點點頭。「除了在宮裡動手，太子同時也會對尚書省和魏王府展開行動吧？」

關於太子的政變計畫，蕭君默並未向李恪全盤透露，只跟他講了太極宮這部分，因為另外那兩個部分關涉到許多祕密，暫時還不能讓他知道。現在聽他問起，蕭君默只好敷衍道：「別的事你就不必操心了，我自有安排。」

李恪看著他，忽然有些不悅。

「兄弟，我對你言聽計從，可你卻什麼都瞞著我，這不厚道吧？」

「我是謀士，需要綜觀全域，才能謀定後動；你是主公，只要得到一個滿意的結果就夠了，何必知道那麼多細節，」蕭君默也看著他。「除非你想跟我換個位置。」

「什麼話被你一說都好像挺有道理。」李恪哂笑道：「你這張嘴，怎麼就這麼厲害呢？」

「反正你不是頭一回領教，習慣就好。」蕭君默笑著拍拍他。「該幹正事了，回見。」

說完，蕭君默便轉身走出了值房，一邊走一邊頭也不回地揮了揮手。

李恪看著他離去的背影，神情忽然有些複雜。

他在想，像蕭君默這樣的人，還好是自己兄弟，假如是對手的話，那就太可怕了。

這日午後，王弘義一身商人裝扮，從東北角的一個小門進入了魏王府，由管家領著徑直來到了書房。剛一走到門口，他便聽到裡面傳出一陣劇烈的咳嗽聲。

李泰臉色蒼白，照舊裹著那件厚厚的狐裘披風，怔怔地坐在書案後。此時書房裡燒著好幾盆炭火，王弘義一進來就感覺有些熱意，可魏王仍是一副瑟縮畏冷的樣子，看起來果真病得不輕。

見王弘義進來，李泰也未起身，只是屏退了下人，示意他到身旁來坐。

「殿下貴體抱恙，還未見好嗎？」王弘義在書案邊坐下。

「是啊，誰能料一病便這麼多日。」李泰有氣無力道：「未能遠迎，先生勿怪。」

「殿下不必客氣。」王弘義擺擺手，瞥了他一眼。「明日便是上元節了，不知殿下能否照常入宮赴宴？」

「剛剛宮裡傳來消息了，」李泰苦笑了下。「父皇讓我安心養病，明日宮宴可不必參加。」

王弘義詫異，停了片刻，道：「如此說來，殿下這病可來得真不是時候。」

「世事無常，人命危脆，連死亡都可能隨時降臨，何況是病？」李泰訕訕道：「先生這麼說，好像我還可以選擇什麼時候生病似的。」

「我當然不是這意思。」王弘義笑了笑。「天意如此，人力何為？我也只是替殿下抱憾，發個牢騷而已。」

「先生，你是不是在暗示我，在奪嫡這件事上，上天已經拋棄我了？」李泰斜著眼看他。「無非就是一場宮宴而已，參不參加真有那麼重要嗎？」

「宮宴本身自然無關緊要，我只是擔心殿下榮寵漸衰，日後別說奪嫡，自保恐怕都成問題。」

王弘義直言不諱。

「先生還真是快人快語。」李泰笑道：「那我想請問先生，倘若我真的落入這般境地，先生還願不願意輔佐我？」

「只要殿下不自暴自棄，我當然願意輔佐殿下。」

「哦？」李泰眉毛一挑，問道：「先生是不是認為，我這段時間閉門謝客、茹素持戒就算是自暴自棄？」

「不，我更願意相信殿下是在韜光養晦。」

李泰直視著他。「先生這麼說，可是實話？」

「當然。」王弘義迎著他的目光。「我與殿下之間，還有必要虛情假意嗎？」

李泰又定定地看了他一會兒，才露齒一笑。「好，既然如此，那我也跟先生說句實話，本王韜光養晦的日子，就到今日為止了。」

王弘義不解。「殿下此言何意？」

「我的意思是，過了明晚，便是我李泰揚眉吐氣，也是先生你大展宏圖的時候了。」李泰眼中忽然泛出激動的神采。「換言之，明日的宮宴，便是太子的死期！」

聞聽此言，王弘義越發困惑。「殿下是不是聽到什麼消息了？」

李泰笑而不答，從案上的文牘中抽出一封信函，遞了過去。

王弘義接過一看，只見信封上寫著「魏王殿下親啟」的字樣，字體遒媚勁健，竟然頗有幾分王羲之行書的神韻。他取出信紙，展開一看，先是眉頭微蹙，緊接著臉色大變，忍不住道：「這是何人所寫？」

李泰搖了搖頭。「沒有落款，我也猜不出是何人。」

王弘義之所以大驚失色，是因為這封匿名信雖然只有短短幾句話，但內容卻足以石破天驚。信中說，明日上元節宮宴，太子會有異動，同時會有一支不可小覷的江湖勢力夜襲魏王府，讓魏王小心防範。

「殿下是如何得到這封信的？」

「有人把它從門縫裡塞了進來。」

王弘義眉頭緊鎖，下意識地把信封和信紙翻來覆去看了好幾遍，卻沒有任何有用的發現。

「依先生看來，這個消息可靠嗎？」李泰問。

「應該可靠。」王弘義神情凝重。「此人既然不願透露身分，撒這個謊對他又有什麼好處？」

「我也是這麼想的。」李泰道：「另外，這裡頭說的江湖勢力，會不會也是你們天刑盟的人？」

「有可能。本盟各分舵自武德九年後便各行其道了，不排除其中有人投靠了東宮。」

「既然是天刑盟的人，那明天晚上，本府的安全就拜託先生了。」李泰懇切道：「我府裡的侍衛，肯定不是他們的對手。」

王弘義頷首。「放心吧殿下，我會親自帶人過來，保管讓他們有來無回！」

李泰放下心來，感嘆道：「還好有人暗中給我透露了這個消息，否則後果不堪設想啊！」

「這封匿名信到底是誰人所寫，殿下完全猜不出來嗎？」

李泰思忖片刻，搖搖頭。「一點頭緒都沒有。」停了停，又道：「管他是誰呢，反正他既然願意幫我，就肯定不是咱們的敵人。」

王弘義想著什麼，冷然一笑。「他這回是幫了殿下沒錯，可此人究竟是敵是友，現在恐怕還不好說。」

李泰一怔。「先生何出此言？」

王弘義沉默片刻，淡淡道：「沒什麼，直覺而已。」

玄甲衛衙署，桓蝶衣手裡拿著一道摺子，剛走到大將軍值房前，便被守衛攔住了。

「桓旅帥請留步，大將軍有令，他在處理緊要公務，任何人不得入內。」

「任何人？」桓蝶衣眉頭一皺。「包括我嗎？」

「是的。」守衛道：「大將軍說了，任何人不得例外。」

自從入職玄甲衛以來，舅父值房的大門始終都是對她敞開的，任何時候她都可以不經稟報自由出入。雖說這並不符合規矩，但礙於她跟李世勣的特殊關係，守衛們從來不敢攔她；沒想到今日竟吃了閉門羹，這可是破天荒的頭一遭。

桓蝶衣大為詫異。「什麼公務如此緊要？」

守衛犯了難。「這個……請恕屬下無可奉告。」

桓蝶衣正想再說什麼，值房內忽然傳出李世勣的一聲呵斥，雖然聲音不大，但聽得出極為憤怒。桓蝶衣和守衛同時一怔。

「還有誰在裡面？」桓蝶衣問。

「是……是左將軍。」

「君默？」桓蝶衣越發狐疑。舅父和蕭君默一向情同父子，即使在公事上偶有意見分歧，兩人也從未紅過臉，今天這是怎麼了？

思忖間，值房中再次傳出砰然一響，好像是誰踹翻了書案——很顯然，這一定是舅父踹的，因為蕭君默無論如何也不會在舅父面前如此放肆。可舅父生性沉穩，能有什麼事讓他氣成這樣？

「讓開，我要進去！」桓蝶衣撥開守衛，當即要往裡面闖。守衛慌忙張開雙手擋住去路，苦著臉道：「抱歉桓旅帥，大將軍下了死令，任何人都不讓進啊！」

「你耳朵聾了？沒聽見裡面的動靜嗎？」桓蝶衣急了。「快給我讓開！」

就在二人推搡之時，蕭君默忽然陰沉著臉從大門裡走了出來，看到桓蝶衣，有些尷尬，遂勉強一笑，算是打招呼。

桓蝶衣甩開守衛，走到他面前，瞪著眼道：「你跟舅父說什麼了，惹他生那麼大氣？」

「生氣？」蕭君默迅速恢復了鎮定之色。「沒有啊，我跟師傅談了點事，談得挺好的，誰說他生氣了？」

「連書案都踹翻了，還說沒有?!」桓蝶衣氣急。「快說，你到底跟舅父說什麼了？」

蕭君默無奈一笑。「蝶衣，妳現在也是堂堂旅帥了，怎麼連這點規矩都不清楚？我跟大將軍談的事情，哪能隨便告訴妳？」

桓蝶衣聽他竟然打起了官腔，更是氣不打一處來，但又無言反駁，只好狠狠瞪了他一眼，又一把將他推開，然後大踏步走進了值房。

守衛還沒接到李世勣解除警戒的命令，不敢確定能不能放桓蝶衣進去，正想追上去，蕭君默拍了拍他的肩膀。「讓她進去吧，現在沒事了。」

守衛這才鬆了一口氣。「是。」

桓蝶衣走進值房，看見李世勣怔怔地坐在榻上，眉頭擰成了一個「川」字。

這是舅父碰上重大疑難時慣有的表情。桓蝶衣又瞥了一眼他面前的書案，雖然已經被人扶起來了，但並未擺正，案上的東西也顯得頗為凌亂。一切跡象都表明蕭君默一定是跟舅父說了什麼天大的事情，從而給舅父造成了極大的困擾。

看到她進來，李世勣緊鎖的眉頭才勉強鬆開，換上了一副若無其事的表情。「妳怎麼來了？」

「您前幾天交辦的案子，我都查清了。」桓蝶衣把摺子遞過去，觀察著他的神色。

李世勣「嗯」了一聲，接過摺子翻看了起來，卻明顯有些心不在焉。

「舅舅，剛才君默跟您說什麼了？」桓蝶衣忍不住問。

李世勣眼皮也沒抬。「沒什麼，就是例行公事。」

「是嗎？」桓蝶衣故作無意地整理著凌亂的書案。「是什麼樣的例行公事，能讓您發這麼大的火，把几案都踹翻了？」

李世勣一怔，抬起眼來。「不該問的事情就別問，妳一個小小旅帥，打聽這麼多幹麼？」

沒一會兒時間，桓蝶衣就讓人嗆了兩回，且都是拿「旅帥」說事，心裡不禁既委屈又氣惱，便噘著嘴道：「我還不是擔心你們倆？君默自從回京之後就神神祕祕的，什麼事都瞞著我。現在您也學他了，都把我蒙在鼓裡，要不是擔心你們，我才懶得打聽！」

李世勣最怕她撒嬌，只好苦笑了一下，道：「好了好了，我也知道妳是好意，告訴妳也無妨。君默是來跟我建議，說咱們玄甲衛素來公務繁忙，弟兄們都很辛苦，所以趁明日上元節之際，在咱們衙署聚宴一下，也犒勞犒勞大夥兒……」

「這是好事啊！」桓蝶衣搶著道：「這種事您有什麼好發火的？」

「這當然是好事，我也是贊同的，只不過……」

「不過什麼？」

李世勣遲疑著，眼睛轉了轉。「只是我認為，聚宴人數不宜太多，召集隊正以上的將官便可以了，可君默硬是堅持說，凡隊正以上將官及入職五年以上的弟兄都要召集過來，這一下可就是幾百號人哪！我便沒同意，所以就爭執了幾句，其實也沒啥。」

桓蝶衣狐疑地看著他。「就為這麼點小事，你們就起了爭執？」

李世勣自嘲一笑。「我或許是有些反應過激了，所以後來想想，多召集幾個弟兄也熱鬧一些，便答應他了。」

桓蝶衣知道，舅父沒說實話。

這件事既沒有任何爭執的必要，更不足以引發舅父的怒氣和困擾。蕭君默提這個建議，一定不僅僅是出於對本衛弟兄的體恤，而是別有動機。或者說，他只是以此為幌子，想達到什麼不可告人的目的！只有這個原因，才會令舅父大光其火並且大傷腦筋。

可是，蕭君默真正的目的到底是什麼呢？舅父既然發火，就說明已經知道了他的真正目的，可為什麼還要答應他？看舅父的樣子，似乎是迫於無奈，甚至有點被脅迫的感覺。可蕭君默是這種人嗎？他怎麼可能為了達到自己的目的而脅迫舅父呢？

桓蝶衣百思不解。

突然，她感覺蕭君默彷彿已經變成了陌生人，一個充滿了神祕和詭異氣息的陌生人。

李元昌聽李安儼說宮中的安防計畫可能有變，頓時嚇壞了，立刻趕到東宮，把事情告訴了太子。李承乾也被這個突發情況搞懵了，一邊命李元昌趕緊入宮打探確切消息，一邊命人通知謝紹宗和侯君集見面。

酉時末，李承乾、謝紹宗、侯君集先後來到平康坊棲凰閣，緊急商討對策。

「先生，依你看，若父皇同意讓吳王帶百名武候衛於明晚進駐百福殿，咱們該怎麼辦？」李承乾一臉憂慮地看著謝紹宗。

謝紹宗拈鬚沉吟，片刻後道：「若果真如此，明晚的行動恐怕只能取消了。」

「什麼？」侯君集眼睛一瞪。「我說老謝，你這未免太謹慎了吧？稍有變故就取消行動，那咱們還能幹成什麼事？」

謝紹宗笑了笑。「君集兄，這可不是小小的變故。若消息坐實，明晚的百福殿將是一個極度凶險之地，太子殿下千金之軀，豈能去冒這個險？」

「不就是區區一百名武候衛嗎？有什麼可怕的？」侯君集不以為然。「讓封師進早一刻離開玄武門趕到百福殿，我在南衙收拾了長孫之後，也儘快帶人殺進宮去，我就不信對付不了吳王和他的武候衛！」

「君集兄，話說起來容易，可事實哪有這麼簡單？」謝紹宗耐心道：「你讓封師進早一刻離開玄武門，就等於把這個重地全盤交給了李安儼。萬一玄武門遭遇攻擊，李安儼抵擋不住或是臨陣倒戈怎麼辦？即使百福殿得手，太子殿下不還是危險嗎？」

「李安儼的家人不是在你手裡嗎，你還怕他倒戈？」

「他們是在我手裡沒錯，可人要是到了萬般無奈的時候，什麼絕情的事做不出來？倘若李安儼為了保命，寧可犧牲他的家人呢？」

「左一個萬一右一個倘若，如此前怕狼後怕虎，那還打什麼天下?!」侯君集知道自己的吏部尚書馬上就要當到頭了，若不儘快行動，局勢將對自己非常不利，是故極力堅持。「咱們這回要幹的，本就是驚天動地、九死一生的大買賣，哪能不冒風險?像你這麼畏首畏尾，那索性啥也別幹了，大家趁早散夥吧！」

李承乾聽他越說越難聽，不禁蹙眉道：「侯尚書，咱們這不是在商量嗎?我也沒說一定就不幹了，你何必急成這樣?再說了，父皇準不準吳王的奏議還不知道呢，若是父皇否了，咱們的計畫不就可以照常進行了嗎？」

侯君集這才撇了撇嘴，不再言語。可沒過多久，就又瞅著窗外的天色，嘟囔道：「這個漢王就是磨嘰，打聽個消息也要這麼久！」

「君集兄少安毋躁。」謝紹宗方才被他一頓數落，此刻卻仍不慍不惱，微笑道：「反正今日必有準確消息。」

話音剛落，在門外放哨的封師進輕輕推開房門，然後李元昌便風風火火地走了進來。三人的目光立刻都集中在了他身上。

「怎麼樣？」李承乾緊張地看著他。

李元昌神情似乎有些沮喪，走到李承乾食案邊坐下，抓起案上的酒盅，仰起頭一飲而盡，卻始終一言不發。其他三人不禁相顧愕然。

「到底怎麼樣，你倒是說話呀！」李承乾急了。

李元昌定定地看了他一會兒，忽然嘿嘿一笑。「皇兄否了，沒同意讓吳王帶人進駐百福殿。」

三人聞言，總算長長地鬆了一口氣。

「既然是好消息，你幹麼擺一張臭臉？」李承乾不悅道。

「我就是逗逗你們。」李元昌嬉皮笑臉。

「都什麼時候了，王爺還有心思開玩笑?!」侯君集忍不住爆了粗口。

李元昌臉色一黑，正要回嘴，李承乾趕緊道：「行了行了，都別廢話了，趕緊各自回去準備吧，明晚的行動按原計畫進行。」

說完，李承乾便率先離開了棲凰閣，接著侯君集和李元昌也各自離去。謝紹宗卻不慌不忙，又在雅間裡坐了小半個時辰，才慢慢起身走了出去。

華燈初上，正是平康坊的夜生活開始的時候。棲凰閣大門外的街道上，行人熙攘，車馬川流。沒有人注意到，大門斜對過的一個暗處，停著一架不新不舊的待僱馬車。此刻，車夫正歪躺在座位上，臉上蓋著斗笠，似乎在打盹。

不時有客人過來，想僱他的車，卻都叫不醒他，只好另找他人。

過了一會兒，謝紹宗低著頭，帶著幾名貼身隨從匆匆步出棲凰閣。這時，對面打盹的那個車夫忽然醒了。他伸了個懶腰，然後把斗笠戴在了頭上，笠簷壓得很低。

此人正是袁公望。

謝紹宗緊走幾步，登上早已候在門口的自家馬車，那幾名隨從也各自騎上馬，一行人前呼後擁地離開了。袁公望暗暗一笑，隨即提起轡繩一抖，輕輕「駕」了一聲，馬車應聲啟動，不緊不慢地跟了上去。

大約一炷香後，棲凰閣後院一扇緊閉的小木門吱呀一聲打開了，一條黑影閃身而出。門外是一條僻靜的小巷，光線昏暗，此人又穿著雜役常穿的褐色布衣，幾乎與夜色融為一體，若不細看，根本察覺不出來。

此人警惕地看了看左右，旋即朝右首的巷口快步走去。

事實上，這個人才是真正的謝紹宗，方才從大門離去的人是他的隨從假扮的。

為了避免被人跟蹤暴露行藏，謝紹宗可謂煞費苦心。他料定，即使有人想盯他的梢，也想不到他會喬裝成雜役，獨自一人從棲凰閣後門離開。

然而，謝紹宗失算了。

他剛一沒入漆黑的夜色中，便有一道黑影從不遠處的屋頂上躍起，彷彿一個鬼魅，悄無聲息地從背後跟上了他。

這個人正是郗岩。他埋伏在這裡，正是奉了蕭君默之命。

第十二章

政變

正月十五上元節，是唐代最隆重的節日之一，舉國上下，普天同慶。

長安城在一年之中，僅於正月十五和前、後各一日開放夜禁。這三天，整個帝京火樹銀花，張燈結綵，遊人如織，車馬如龍，可謂「九陌連燈影，千門度月華」、「燈火家家市，笙歌處處樓」。尤其是上元節之夜，長安城中不論王公貴戚還是黎民百姓，都會通宵達旦地聚宴慶賀、夜遊觀燈、燃放煙火，盡情享受這一年一度的良辰美景。

這一天的太極宮百福殿，更是裝點得美輪美奐、富麗堂皇。大殿內外掛滿了造型各異、別致精美的大小花燈，令人賞心悅目。

百福殿位於兩儀殿之西，前有百福門。武德九年三月，高祖李淵曾在此宴見各地來京的朝集使。李世民即位後，也曾多次在此殿與四夷使者和王公大臣聚宴。

夜，戌時整，百福門緩緩開啟，上百位親王、王妃、公主、駙馬、元勛老臣、誥命夫人魚貫而入。李承乾與李元昌、杜荷緩步經過百福門，走進殿庭。他目光一掃，看見該殿的五十名「禁軍」士兵大概分成了三撥：第一撥十人，守在百福門；第二撥二十人，束立於甬道兩側；第三撥二十人，分立於殿門兩側。

當然，這五十人中，有二十五人是李承乾的東宮侍衛。

按照李承乾的要求，這批人並未與李安儼的手下平均混搭，而是有五人守在百福門，另外二十人全部放在了百福殿的殿門兩側。如此安排，自然是為了確保在行動開始後，李承乾能夠在第一時間命令自己人進殿控制李世民。

此刻，李承乾發現，李安儼的確不折不扣地執行了計畫：殿門兩側果然都是自己的東宮侍衛，領隊的是一名叫韓聰的千牛備身。

邁進殿門的時候，李承乾跟韓聰暗暗交換了一下眼色。

按計畫，宴席進行到一半時，李承乾將以「擲酒壺、踹食案」為號發出命令，然後韓聰便要率眾殺入，劫持李世民。

身為太子，李承乾的座席位於大殿左首的第一位；第二位是晉王李治，第三位是吳王李恪，其他皇子依長幼依次排列。李元昌、杜荷、李道宗、尉遲敬德等人，則分列於大殿右首就座。其中，李道宗是以資深郡王的身分出席，尉遲敬德則是以元勛老臣的身分出席。

李世民坐在御榻上，面帶笑容，看上去心情不錯。李承乾上前見禮時，忍不住想像待會兒劫持父皇逼他下詔退位的情景，心中不由既緊張又興奮。忽然，他注意到了父皇額上的皺紋和斑白的兩鬢，一時竟隱隱有些傷感。

對不起父皇，並非兒臣不忠不孝，一心要篡奪您的皇位，而是魏王、吳王他們對兒臣虎視眈眈，令兒臣深懷憂懼、寢食難安，所以兒臣只能鋌而走險、孤注一擲，正如您在武德九年迫於無奈，才發動了玄武門之變一樣。

原諒我吧父皇，兒臣真的是不得已而為之！

直到行禮完畢，回到自己的座位上，李承乾心裡還一遍遍地唸叨著這幾句話……

不一會兒，趙德全尖著嗓子高聲宣布宴席開始。李世民端起酒盅，照例講了一番應景的吉祥話。眾賓客一同起身，紛紛舉杯，齊聲唸了一堆歌功頌德的祝酒詞，然後君臣同飲了杯中之酒，宴席才算正式開場。

宴會的第一個節目，照例還是演奏〈秦王破陣樂〉，跳「七德舞」。自李世民即位後，每回宮宴必有此樂舞，以示不忘本之意。李承乾從小到大，已觀聽過無數遍，對此早已興味索然，加之行動在即，心中緊張，一時竟怔怔出神。

「大哥怎麼了？是有什麼心事嗎？」

樂舞不知何時已經結束，宴會進入了自由敬酒的環節。吳王李恪手裡端著酒盅，正微笑地站在他面前。

李承乾回過神來，緩緩起身，矜持地笑笑。

「三弟莫不是一直在留意我，否則怎知我有心事？」

「大哥這麼說就冤枉我了。是你自己神遊天外，誰人看不出來，何須我特別留意？」

「別人我就不管了。只是你目光如炬，讓我這個做大哥的未免有些害怕呀！」

李恪哈哈一笑。「大哥真會說笑。您貴為大唐儲君，何須怕我這個庶出的弟弟？」

「三弟智勇雙全、英武過人，唯一可惜的便是庶出。」李承乾忽然湊近他，低聲道：「如若不然，父皇說不定早就立你為太子了。」

「大哥這麼說，好像在懷疑我有奪嫡之心哪！」李恪保持著笑容。「若是讓父皇聽了，豈不是陷我於不仁不義？」

「平生不做虧心事，半夜不怕鬼敲門。」李承乾邪魅一笑。「若你並無此心，就算父皇聽了，又能拿你怎麼樣？」

「話也不能這麼說。自古以來，三人成虎、眾口鑠金的事還少嗎？如若問心無愧便可萬事大吉，那世上又怎會有冤獄呢？」

「放心。父皇天縱聖明，又那麼喜歡你，豈會讓你坐冤獄？除非……」李承乾又湊近了一點，鼻子都快蹭上李恪的臉了。「除非，你真的心懷不軌，讓父皇抓住了把柄。」

「大哥你真有意思，本來沒影的事，倒被你說得有鼻子有眼的。」李恪晃了晃手上的酒盅，笑道：「這酒舉得我手都痠了，大哥能否賞臉，讓小弟敬你一杯？」

「抱歉三弟，我今日有些不適，這酒我還真喝不下。」李承乾背起雙手，淡淡道。

李恪舉杯的手僵在半空，眉毛一挑。「大哥真的不給我這個面子？」

「我說過了，今日身體不適。改天我作東，一定陪三弟喝個痛快。」

二人正僵持間，臉色酡紅的李治忽然舉杯湊上前來。「大哥，三哥，值此良辰美景，正應一醉方休，何必改天呢？來，小弟我敬二位大哥一杯！」

「小孩子家，喝那麼多酒幹麼？吃你的菜！」李承乾袖子一拂，坐了下去。

李治窘迫。「大……大哥，我都十六歲了，不是小孩子了。」

「來吧九弟，既然大哥不喝，那咱倆喝一杯。」李恪說完，把酒一飲而盡，亮出杯底。李治憨憨一笑，也趕緊把自己的酒喝了。李恪若有似無地瞟了李承乾一眼，回到了自己的座位上。

御榻之上，李世民與一旁的趙德全談笑風生，事實上已將這一幕盡收眼底。

正當李世民在百福殿舉行宮宴的同時，長孫無忌也正在皇城的尚書省宴請三品以上文武官員。劉洎、岑文本、侯君集、杜楚客、劉德威等人都在列，就連被停職了大半年的房玄齡也被邀請來了。由於沒有皇帝在場，這裡的氛圍輕鬆了不少。而且，這是長孫無忌第一次以首席宰相的身分主持百官宴會，也有意製造和樂氣氛，所以宴席一開始，便主動講了幾則最新的坊間趣聞，把眾官員逗得哄堂大笑。

侯君集表面上跟著眾人說笑，實則內心卻隱隱不安。因為他發現，今日赴宴的官員中少了一位重要人物——李世勣。

「劉侍中，」侯君集終於忍不住，跟坐在隔壁的劉洎打聽了起來。「這李世勣將軍怎麼沒來？不會是去赴聖上的宮宴了吧？」

「那不能。」劉洎道：「論爵位，李大將軍只是國公，並未封王，豈能參加宮宴？若要以功臣元勛的身分論，他倒也名列其中，只是還排不上號。」

「朝中的功臣元勛這麼多，迄今也沒見聖上排過座次啊。」侯君集忽然對這個話題產生了興趣。「劉侍中怎敢斷言李世勣就排不上號呢？」

劉洎一會兒時間已經喝了不少，此時已然微醺，話也多了起來，便笑道：「侯尚書焉知聖上就沒有給功臣排過座次？」

侯君集感覺他話裡有話，便湊近了一些，低聲道：「劉侍中，您位居清要，且深受聖上信任，可曾聽聖上講過這方面的事？」

劉洎呵呵一笑，賣起了關子。「即便是有，劉某也不敢亂講啊！」

侯君集趕緊幫他斟了一杯酒，堆起一臉討好的笑容。「思道兄，咱倆的交情也不算淺吧，您怎麼還跟我保密呢？」

劉洎想，侯君集畢竟也是吏部尚書，且資歷深厚，總不好太駁他面子，便左右看了看，壓低嗓門道：「此事尚屬機密，侯尚書知道就好，切不可外傳！」

「這是當然。」侯君集一喜。「侯某自有分寸。」

劉洎湊到他跟前。「前幾日，聖上擬了一份開國功臣名單，交給了閻立本，讓他繪製畫像，事後準備掛在凌煙閣。」

「功臣名單？」侯君集睜大了眼。「有多少人？」

「二十四人。」劉洎看著他，微微一笑。「侯尚書放心，您的大名也在其中。」

侯君集聞言，稍感安慰，趕緊問：「誰排名第一？」

劉洎笑而不語，朝坐在首座上的長孫無忌努了努嘴。

「果不其然！」侯君集撇了撇嘴。「那，房玄齡呢？」

「第五，僅次於魏徵。」

「尉遲敬德呢？」

「第七，在高士廉之後。」劉洎說著，瞥了他一眼。「侯尚書只顧著關心別人了，您自個兒的名次都不問問？」

「我自己？」侯君集自嘲一笑。「可想而知，別墊底就謝天謝地了。」

前幾年他率部遠征西域，平滅了高昌，卻只因私吞了一些財寶，凱旋回朝後不僅沒有論功行賞，反倒被李世民丟進了監獄。想起這事，侯君集心頭的怒火就噌噌地往上躥。雖說後來李世民赦免了他，可從此便對他日漸疏遠，如今給功臣排座次，侯君集又豈敢奢望李世民讓他名列前茅？

「侯尚書也不必妄自菲薄嘛。」劉洎道：「您的排名雖然不算靠前，但也不至於墊底。」

「敢問，我到底排在幾位？」

「十七。」

侯君集苦笑了一下。這個結果，只能說給他留了面子，卻遠遠低於他的期望。

想當年，他和尉遲敬德可以說是玄武門之變中最重要的兩員悍將，因為當時就是他們兩個跟隨李世民入宮控制了高祖。要論功勛，他無論如何也該排在十名之內，至少也得在尉遲敬德之後，位列第八吧？若能如此，他今天也就跟尉遲敬德一樣，有資格參加百福殿的宮宴了。

想到這兒，侯君集忽然反應過來，不禁在心裡暗罵自己沒出息；今日政變若能成功，自己就是新朝首屈一指的大功臣了，何必稀罕李世民的功臣座次?!

「侯尚書，」見他發愣，劉洎便碰了碰他。「想知道，在凌煙閣的這個功臣排位中，哪幾個是真的墊底的嗎？」

侯君集回過神來。「劉相公請講。」

「倒數第一，秦叔寶；倒數第二，李世勣。」

侯君集啞然失笑。

怪不得劉洎剛才那麼肯定，說李世勣沒有資格參加宮宴，原來他才是墊底的。想來，這李世勣定然是近來追查天刑盟不力，讓李世民深感不滿，才會被放在這麼靠後的位置。

「劉相公，你說說，」侯君集回到了最初的話題。「李世勣若沒去宮裡赴宴，這尚書省總該來吧？他連這兒都不來，豈不是太不給長孫相公面子了？」

「倒也不能這麼說，據我所知，他今晚好像在自己的衙門犒勞屬下呢。」

侯君集一聽，不由驚出了一身冷汗。

玄甲衛衙署與尚書省不過一街之隔，若此消息屬實，那麼他一動手，玄甲衛必定察覺，頃刻之間便可殺過來，足以在兵力上對他形成壓倒性的優勢！這如何是好?!

他今夜只帶了百來個精銳親兵潛入皇城，此刻正埋伏在尚書省的圍牆外，本以為對付尚書省的數十名守衛和長孫無忌這些文官綽綽有餘，卻萬萬沒料到李世勣和他的手下會憑空出現！

往年上元節，玄甲衛都是放大假各回各家的，今年怎麼突發奇想要聚宴了呢？會不會是李世勣事先聽到了什麼風聲，才假意以聚宴為名，集合部眾防範變故？

然而，開弓沒有回頭箭。既然已經走到了這一步，那就只能不顧一切往前衝了。即使李世勣早有防範，自己也只能拚死一搏！只要劫持長孫無忌和百官，占領尚書省，自己就掌握了先機，不怕李世勣不乖乖就範！

想到這裡，侯君集再也坐不住了，便找了個由頭悄然離席，然後匆匆趕到尚書省大門外，找到埋伏在暗處的親兵領隊侯七，命他立刻帶人去玄甲衛偵察。

侯七領命而去。

一炷香後，侯七便又摸了回來，面露喜色道：「主公，玄甲衛的人確實在聚宴，不過個個喝得爛醉如泥，依屬下看，根本不足為慮。」

侯君集暗暗鬆了口氣，不過仍不太放心，沉聲道：「你帶上三十個弟兄，去玄甲衛門外埋伏，以防有詐。倘若他們有任何異動，即刻格殺！」

「遵命。」侯七隨即帶人離開。

侯君集接過身旁親兵遞過來的一把橫刀，唰地抽了出來，環視餘下的六、七十人，慨然道：「弟兄們，皇帝無道，聽任小人陰謀奪嫡、謀害太子，我侯君集身為大唐的開國元勛，絕不能眼睜睜看著那些小人禍亂社稷，令太平盛世毀於一旦！所以，為了家國大義，為了天下蒼生，咱們今夜就要把那個昏聵的皇帝拉下馬來，輔佐太子登基繼位。過了今夜，你們個個就都是新朝的首功之臣，這輩子定有享不完的榮華富貴！弟兄們，成敗在此一舉，有種的就隨我殺將進去，無論何人阻攔，一律格殺勿論！」

眾親兵聞言，無不摩拳擦掌、雙目放光。

「走！」侯君集橫刀一揮，率先朝尚書省大門走去。眾人抽刀出鞘，緊隨其後。

魏王府的後院，有一座清淨雅致的佛堂，堂上供奉著西方三聖的檀木雕像：中間一尊是阿彌陀佛，其左邊是觀世音菩薩，右邊是大勢至菩薩。

此刻，佛像前的一座銅香爐上點著三炷香，一陣青煙裊裊升騰。

李泰和蘇錦瑟並肩坐在佛前的兩個蒲團上，兩人都微閉雙目。

「錦瑟，今夜危險至極，妳其實不該來的。」李泰道。

「正因如此，奴家才要來。」蘇錦瑟道：「殿下和我爹都置身於危險之中，讓奴家一個人待在家裡，怎能心安？」

李泰嘆了口氣，扭頭看著她。「對不起錦瑟，我近日閉關持戒，多有不便，把妳冷落了……」

蘇錦瑟也睜開眼睛，嫣然一笑，道：「殿下別這麼說。只要殿下的心中有奴家，奴家便心滿意足了。」

李泰定定地看著她，忽然握住她的手。「錦瑟，過了今夜，太子必定垮臺，若父皇能讓我入主東宮，我一定會設法給妳一個名分。」

「但願殿下心想事成，得償所願。至於奴家，有沒有名分並不重要……」

「不。這是我的承諾，我說到就一定做到！」

蘇錦瑟聞言，心中大為感動。

此時，在魏王府的四周，正有數百名精壯男子混雜在觀賞花燈的人潮中，從各個方向不緊不慢地向魏王府靠近。

為首之人正是謝紹宗。他親率百餘名羲唐舵的精幹手下，正策馬從魏王府南面的橫街自東向西而來。

魏王府的正門就開在延康坊的南邊坊牆，謝紹宗本人將率這隊人馬擔任主攻，從正面突入，另外三個方向也各安排了一隊人馬。

片刻後，謝紹宗將在魏王府南門前燃放八束五色煙花，以此為號，四路人馬同時對魏王府發起突襲……

上元之夜的平康坊，各家青樓為了招攬客人，也為了顯示排場，無不在花燈的設計和製作上投入重金，競相誇飾，於是滿坊的花燈千姿百態、爭奇鬥豔，把相鄰諸坊的眾多百姓都吸引了過來，因而大街小巷都被車馬行人擠得水洩不通。

今日天公作美，夜空一片晴朗，一輪皎潔的圓月孤懸中天。

清冷的月光下，平康坊東南隅一處高高的屋脊上，竟並肩坐著兩個人。

他們就是蕭君默和楚離桑。

蕭君默日暮時分潛入崇德坊烏衣巷的王宅，找到了楚離桑，說帶她到平康坊觀燈。楚離桑當然很高興，但一聽是平康坊那種煙花柳巷之地，不免詫異，說滿城都是花燈，為何要去那種地方。蕭君默說平康坊的花燈最好看，整個長安城罕有其匹。楚離桑沒再說什麼，便隨他來了。

不料一進平康坊，頓見人山人海，一眼望過去全都是黑壓壓的人頭，楚離桑頓時洩氣，說你是帶我來觀燈還是來看人的。蕭君默笑而不答，拉起她的手，喊了一聲「上」，就帶她躍上了街邊的屋簷，然後笑道：「舉頭望月，俯首觀燈，紅塵縱有萬般擾攘，豈能礙我自在獨行？」

楚離桑仰頭望了望皎潔的明月，又俯視周遭那些造型各異、美輪美奐的花燈，再看看腳下湧動的人潮，聽著耳旁喧囂的市聲，忽然有了一種奇妙的既喧鬧又寧靜的感覺。

「算你聰明。」楚離桑道：「不過你剛才說錯了，你今夜可不是『獨行』。」

「對，方才說的是我往年獨自觀燈的感受。」蕭君默說著，忽然目光灼灼地看著她。「可今年不同了，有妳相伴，所以這話應該改成『紅塵縱有萬般擾攘，豈礙妳我執手同行』？」

楚離桑一聽「執手」二字，驀然想起了《詩經》中「執子之手，與子偕老」的詩句，臉頰微微一紅，道：「大庭廣眾的，我可不與你執手。」

「哪有大庭廣眾？妳放眼看看，現在整個長安城之上，不就只有妳跟我嗎？」

蕭君默仍舊直視著她，旋即不由分說抓起她的手。

「來吧，來看看這只屬於妳我二人的長安。」

蕭君默說完，便拉著她在屋脊上奔跑了起來。

楚離桑感受著他掌心傳來的陣陣溫熱，心想這上面的確也無旁人，便也悄悄用勁握牢他的手，跟著他飛快地跑了起來。

就這樣，兩人在紅塵萬丈、繁華喧囂的長安之上，盡情享受著另一個只屬於他們、美麗而寧靜的長安。他們時而奔跑，時而駐足，時而執手漫步，時而並肩而坐……

此刻，他們坐在一座三層樓閣的屋脊上，楚離桑環顧四周，不禁感嘆道：「長安真美！」

「是啊，所以很多人都想把它據為己有，千方百計想做長安的主人。」蕭君默若有所思。「可無論是朝堂上的袞袞諸公，還是市井坊間的萬千百姓，都沉醉在這盛世太平之中，又有幾人知道，在這美麗祥和的景象背後，有多少陰謀和殺戮正在醞釀，正在發生……」

楚離桑聽出了弦外之音，蹙眉道：「你指什麼？」

蕭君默往太極宮的方向瞟了一眼，淡淡道：「看見那些森嚴巍峨的宮闕了嗎？那裡就是大唐的心臟。今夜，就有人處心積慮要捅它一刀。」

他說得輕描淡寫，可楚離桑卻悚然一驚。「是誰？」

「大唐太子，李承乾。」

「他想幹什麼？」

「劫持皇帝，篡奪天下。」

楚離桑嚇得跳了起來，睜大眼睛道：「那你還有閒心坐在這兒?!」

「不然我該在哪兒？」蕭君默微笑地看著她。

楚離桑看他如此鎮定，心下明白幾分，又坐了回去，道：「你一定是事先向皇帝告發了吧？」

蕭君默搖搖頭。

「沒有？」楚離桑大為驚詫。「你為何不告發？」

「我調動了天刑盟潛伏在禁軍中的人，打入了東宮內部，才掌握了太子政變的計畫。」蕭君默道：「我若是提前告發，必然要向皇帝解釋這一切。那妳說，我該怎麼解釋？告訴他我就是天刑盟盟主，而那個禁軍將領也是我的人嗎？」

「這……這些當然不能說。」楚離桑道：「你可以說你動用的是玄甲衛的身分和權力啊，玄甲衛不是專門偵辦大案的嗎？」

「玄甲衛再有能耐，也沒那個許可權和膽量支使皇帝身邊的禁衛將領吧？」

楚離桑眉頭一皺。「這倒也是。」

「所以，我只好保持沉默了。」蕭君默攤攤手。

「可你總不會作壁上觀吧？」楚離桑盯著他。「你一定把防範措施都做好了，對不對？」

「我為何不可作壁上觀？」蕭君默故意逗她。「反正皇帝也不是什麼好人，他綁架過妳和妳爹，還差點要了你們性命。我這麼做，不是替妳和妳爹出一口惡氣嗎？」

「別逗我了。」楚離桑白了他一眼。「你知道我不是那種不識大體、睚眥必報的人。假如太子謀反得逞，社稷必定分崩離析，到時候別說長安，整個天下都會大亂。我怎麼會不考慮這些？你又怎麼會不懂我？」

「對，我懂妳，妳也懂我。」蕭君默笑。「這就是世人常說的心心相印吧？」

「錯，這叫英雄所見略同！」楚離桑又嬌嗔地白了他一眼。「別廢話了，快告訴我，太子的謀反計畫是什麼，你又是怎麼防範的？」

蕭君默這才收起笑容，目光渺渺地望向太極宮。

「咱們說話這會兒，太子很可能已經動手了……」

百福殿中，觥籌交錯，歡聲笑語，宴會已接近高潮。

按原計畫，杜荷此時便應借故離開百福殿，到附近的千秋殿和承慶殿召集事先潛伏進來的東宮兵，帶他們包圍百福殿，配合李承乾行動。

然而，讓李承乾意想不到的是，酒過三巡之後，杜荷剛想離席，就被喝得滿臉通紅的尉遲敬德給攔了下來，硬要叫他一塊兒喝。杜荷無奈，只好陪他喝了兩杯，可尉遲敬德還是不依不饒，罵他喝酒跟娘兒們似的，一點都不痛快。杜荷滿心惱怒，卻又不敢發作。

李承乾心下焦急，頻頻給李元昌使眼色。李元昌趕緊上前解圍。「尉遲將軍，人家駙馬爺喝多了內急，你總得讓人家上一趟茅房，回來再跟你喝吧？」

尉遲敬德兩眼一瞪，粗聲粗氣道：「他內急你咋知道？莫非你是他肚子裡的蛔蟲？」

李元昌看出這老傢伙已經醉了，懶得跟他計較，笑道：「老將軍興致這麼高，不如讓本王陪你喝幾盅？」

「王爺此話當真？」

「這還有假？」

「好！」尉遲敬德忽然抓過食案上的一只酒壺，往他手裡一塞。「要喝就喝個盡興！」

李元昌慌忙接住，卻登時傻眼。

趁二人說話的當口，杜荷拔腿想溜，不料尉遲敬德反手一撈，牢牢抓住了他的手臂。「駙馬爺，咱的事還沒完呢，你就想溜？」說著也抓起一只酒壺塞給了他，然後自己抄起一壺，哈哈大笑道：「來，有種的話，咱仨就一塊兒把這些酒乾了！」

李元昌和杜荷面面相覷，都哭笑不得。

「怎麼，都慫了？」尉遲敬德一臉不屑。「你倆還是不是爺們？」

就在三人僵持之際，坐在尉遲敬德鄰座的李道宗看不過眼，便走了過來。「我說尉遲，你就節制一下吧，哪有人像你這麼喝酒的？」

尉遲敬德斜眼看他。「你不服嗎？不服你也來呀！」

李道宗苦笑了一下，湊近他，低聲道：「敬德兄，這可是在宮裡，不是你自己府上，況且聖上還在這兒呢，你就別讓漢王和駙馬爺難堪了，萬一鬧起來對誰都不好……」

「李道宗，你把話說清楚，啥叫我讓他們難堪了？我跟他們喝酒是看得起他們，若換成你，一個小小的江夏郡王，我尉遲敬德還瞧不上呢！」

李道宗一聽，臉上頓時掛不住了，正色道：「敬德兄，我是看在多年的交情上才對你好言相勸，你可別好心當成驢肝肺！」

「你少教訓我！」尉遲敬德怒目圓睜。「老子今兒高興，愛怎麼喝就怎麼喝，關你鳥事?!」

「尉遲敬德，嘴巴放乾淨點！」李道宗也怒了。「這可是太極宮，容不得你放肆撒野！」

「喲呵，還跟老子來勁了！」尉遲敬德狠狠把手上的銀質酒壺往地上一摜，掄起拳頭，不由分說砸在了李道宗的右眼上。

李道宗猝不及防，仰面跌坐在地。

面對這突如其來的變故，李元昌和杜荷不禁大驚失色，一時竟手足無措。

李承乾霍然起身，臉上寫滿了驚駭。

李恪淡淡地瞟了李承乾一眼，不動聲色。

附近的皇親國戚們都被這一幕驚呆了，不過隔得較遠的大部分賓客並未察覺，依舊在推杯換盞、笑語喧譁。直到看見皇帝李世民面無表情地離開御榻，一步步走了過來，整座嘈雜的大殿才慢慢歸於沉寂。李道宗慌忙從地上爬起，右眼眶黑了一圈，神情煞是狼狽。

李世民走到尉遲敬德和李道宗中間，左右看了看，冷笑。「打呀，怎麼不打了？二位都是我大唐的開國元勛，都是在戰場上殺敵無數的主兒，今兒倒在這裡對上了！很好，那就當著朕和眾位賓客的面，好好打一場，讓朕看看二位是不是寶刀未老，也讓大夥兒開開眼，領略一下二位老將的雄姿和風采！」

李道宗大為尷尬，趕緊跪地叩首。「聖上恕罪，臣與尉遲將軍只是……只是鬧了點誤會，並非打架鬥毆，還望聖上明察。」

此時尉遲敬德也終於清醒過來，急忙跟著跪下。「對，李尚書說得對，臣和李尚書只是鬧著玩的，並沒當真……」

「鬧著玩？」李世民冷笑。「你們倆加起來都一百歲了吧，玩性還這麼大？既然你們童心未泯，不如朕就放你們回家去含飴弄孫好了。如此一來，你們可以玩個盡興，朕也眼不見為淨，豈不是大家都好？」

李道宗和尉遲敬德面面相覷，都不敢答言。

此時，李承乾就站在李世民身後三步遠的地方，右手緊緊抓著那根從不離身的金玉手杖。他的心臟在劇烈地跳動著，彷彿隨時要從胸腔裡蹦出來。

尉遲敬德這一鬧，原定的計畫就被徹底打亂了。

本來李承乾的計畫是：讓杜荷去千秋殿和承慶殿，召集事先埋伏在那兒的百餘名東宮侍衛，帶他們過來包圍百福殿；與此同時，守在殿門外的韓聽在聽到酒壺擲地的聲音後，便要做好準備，只等第二個信號——李承乾踹翻一張食案，便帶人衝進來，劫持皇帝和眾賓客。

可是，該死的尉遲敬德方才碰巧擲了酒壺，韓聰一定會誤以為這是李承乾發出的信號，現在肯定都已經拔刀出鞘了！

然而，杜荷眼下出不去，也就通知不到千秋殿和承慶殿的人手。李承乾不免擔心，如果以現有殿門外這五十人發起行動，李安儼那二十五名手下能否聽命於己？

萬一待會兒他們懾於父皇的赫赫天威而臨陣倒戈怎麼辦？

李承乾焦灼地思考著對策，額頭瞬間沁出了細密的汗珠。

就在這時，李世民忽然沉聲一喝。「來人！」

李承乾心頭猛地一顫，下意識地握緊了手上的金玉手杖。他的手背因過於用勁而青筋暴起，每一根手指的關節都在微微顫抖。

聽到皇帝的喝令聲，外面的「禁軍」不太正常地沉默了一小會兒，才把殿門推開，然後韓聰便帶著十九名手下大步跨進殿門，徑直朝李世民走了過來。

一般而言，大殿的守衛聽到皇帝召喚，通常只會進來二人或四人，此刻卻一下進來了二十個人，這絕對不正常；何況他們的表情都那麼奇怪，面孔又都那麼陌生！

李世民目光如電，倏然射向韓聰。「站住！」

天子威嚴果然是無法抗拒的——韓聰等人雖然極不情願，但仍不由自主地齊齊停下腳步。

李世民正待繼續喝問，耳邊忽然傳來「鏗」的一聲輕響，餘音悠長。

這顯然是某種兵器出鞘的聲響，卻又不同於刀劍。今夜宮宴，任何人都不許攜帶兵器上殿，到底是何人如此膽大妄為?!

李世民當然不會想到，在他身後抽出兵器的人正是李承乾；而更讓他沒想到的是，李承乾的兵器居然是從那根片刻不離身的金玉手杖中抽出來的——這是一把二尺來長、造型極為罕見的「細劍」，由於劍身很窄，所以到了劍鋒之處，已然收縮為三棱之狀，看上去更像是一把尖銳的錐子。

此刻，李承乾正用這把獨一無二的細劍抵住了李世民的後頸。

事已至此，除了立刻劫持父皇，他已別無選擇。

見此一幕，所有人不禁都目瞪口呆，整座百福殿一下子鴉雀無聲。

李恪靜靜地看著李承乾，嘴角掠過一絲不易察覺的冷笑。

尚書省位於皇城承天門大街的東側，是一座前後七進的龐大建築，今夜聚宴之地是在第四進的都堂。侯君集率眾殺入後，由於守衛毫無防備，所以紛紛被殺。侯君集一路如入無人之境，不消片刻便殺到了都堂前的戟門處。

此刻，長孫無忌和眾官員仍舊在燈火通明的堂上開懷暢飲，喧譁之聲陣陣傳出，絲毫沒有人意識到一股殺機已逼至眼前。

侯君集站在戟門之下，遠遠望著長孫無忌春風得意、笑逐顏開的樣子，眼中射出一道寒光。

他手握滴血的橫刀，走下臺階，大步跨入庭院，踏著青石甬道朝都堂步步逼近。

六、七十名親兵緊隨在他身後，每個人的眼中都閃爍著興奮和貪婪的光芒，彷彿一世富貴就在前方，唾手可得。

五十步，四十步，三十步……

直到侯君集率眾行至庭院中央，堂上的官員們依舊毫無察覺。

就在此時，都堂兩側迴廊同時發出了一陣弩箭破空的嘯聲。緊接著，一連串近在咫尺的噗噗聲便傳入了侯君集的耳際。

侯君集猛然煞住腳步。他知道，這是弩箭刺入皮肉的鈍響。

聲音響過，他左右兩邊的十數名親兵便都捂著噴血的脖子，直挺挺倒在了地上。

侯君集臉上泛起一抹苦笑——自己最擔心的事情終於還是發生了！

一群黑影從都堂正門兩側的暗處走了出來。與此同時，都堂的屋頂上和庭院兩側迴廊的屋頂上，倏然站起了一排排身著黑甲的弩手，手中的弩機全都瞄準了庭院中央的侯君集及其手下。

正面的那群黑影慢慢走到十步開外站定，然後為首之人又往前邁了一步，才開言道：「侯尚書，今天是上元節，普天同慶，明月高懸。如此祥和美麗的夜晚，似乎不太適合殺人吧？」

果然，不出侯君集所料，此人正是李世勣。

「李世勣，你是怎麼知道我要在今晚動手的？」侯君集現在最想知道的便是這件事。

「碰巧而已。」李世勣微微一笑。「值此良辰美景，我本想召集弟兄們好好喝幾盅，可你卻生生壞了我的雅興，硬要給我找活兒幹，你說你是不是太不厚道了？」

「你放屁！世上哪有這麼巧的事？」侯君集怒火中燒。「你到底是從哪兒聽到了風聲？」

李世勣嘆了口氣，攤攤手。「你不信我也沒辦法。行了，事已至此，你問那麼多也沒用。放下武器吧，今天過節呢，別再死人了。」

這時，長孫無忌、劉洎、岑文本、房玄齡及眾官員聽到動靜，無不驚詫，紛紛走到門口，想看看到底怎麼回事，卻被桓蝶衣攔住了。

「長孫相公，諸位相公，現在外面不安全，請暫且不要出來。」

「到底出了何事?!」長孫無忌大惑不解。

「有人陰謀造反，帶兵闖入尚書省，企圖劫持長孫大人和百官，如今外面的幾十名守衛都已經被他殺了。」

「什麼?!」長孫無忌既驚且怒。「是何人如此大膽？」

「吏部尚書，侯君集。」

聞聽此言，長孫無忌等人無不面面相覷。劉洎更是倒吸了一口氣，不敢相信自己的耳朵。

庭院中，侯君集的親兵們驚恐萬狀，紛紛望向主子，不知道該怎麼辦。

侯君集面色如鐵、眉頭深鎖，卻更緊地握住了手中的橫刀。

「侯尚書，你可要想清楚了！」李世勣加重語氣。「你手底下這六、七十條人命，是生是死都在你的一念之間。你若執迷不悟、一錯再錯，明早，這長安城就要多出幾百個孤兒寡母了！」

聞言，侯君集身旁的一個親兵越發驚懼，低聲道：「主公，好漢不吃眼前虧，現在咱們還有退路，要不……撤吧？」

很顯然，李世勣和他的手下是從尚書省後門進入，然後埋伏在此的，如果幸運的話，現在尚書省前門——也就是侯君集他們剛剛殺進來的地方——應該還沒有伏兵。這個親兵所謂的「退路」，便是指此。

侯君集猶豫片刻，才重重嘆了口氣。「撤！」

親兵們如逢大赦，簇擁著侯君集迅速後撤。

站在李世勣側後的裴廷龍見狀，眼中殺機頓熾，趨前一步道：「大將軍，給弩手下令吧，這些人個個該死！」

此時只要李世勣一聲令下，三個方向的弩手同時發射弩箭，足以把侯君集和他的手下們全都射成刺蝟。

「我剛才說過，」李世勣淡淡道：「如此美好的一個夜晚，不應該再死人了。」

裴廷龍一聽，只好悻悻閉嘴。

那一頭，侯君集和親兵們剛剛退到戟門，還未邁上臺階，便又被一隊突然殺到的玄甲衛擋住了去路。侯君集定睛一看，為首之人正是新近晉職的玄甲衛旅帥羅彪。

羅彪手裡拎著一個東西，朝著他放聲大笑。「侯尚書，這就要走了？你也太不仗義了，怎麼著也得把你們家侯七帶上吧！」說完便把手裡的東西擲了過來。

侯君集下意識伸出手去，接住的竟然是一顆血淋淋的人頭——侯七的人頭。

身旁的幾名親兵嚇得退了好幾步。

侯君集慘然一笑。

「侯府的人都給我聽著！」李世勣遠遠喊話。「你們現在放下武器還來得及，我會向聖上陳情，只治你們的罪，不株連爾等家人。可要是你們一條道走到黑，那朝廷必將以謀反罪誅滅爾等三族！你們忍心讓父母妻兒陪你們一塊兒死嗎?!」

眾親兵聞言，最後的防線終於崩潰，遂紛紛扔掉武器，一個個跪伏在地。

「你們這群孬種！都給老子起來！」侯君集目眥盡裂，聲嘶力竭地大喊。

「侯君集，別頑抗了，給你自己留個後吧！」李世勣再次喊話。

侯君集卻扔掉手裡的人頭，揮起橫刀，嘶吼著朝李世勣撲了過來。

裴廷龍等人正要上前，李世勣伸手一攔。「機會難得，誰也別跟我搶，讓本官練練手。」說完，緩緩抽出腰間的龍首刀，邁著沉穩的步履朝侯君集迎了過去。

這兩人都是久經沙場、戎馬半生的武將，功夫都不弱，所以一交上手便殺得難解難分。此時局面已經控制住，長孫無忌等人便都走出了都堂，遠遠觀戰。但見兩條身影緊緊纏鬥在一起，兵刃相交處火花四濺，一時間竟難分勝負，把一眾文官看得心驚膽戰。

然而，侯君集終究年長李世勣七、八歲，且功力也稍遜一籌，數十回合後便腳步虛浮，漸落下風。李世勣瞅準一個破綻，一刀將其橫刀格開，同時左手肘朝其胸部狠狠一擊。侯君集橫刀脫手，整個人向後飛了出去。

李世勣一招得手，旋即搶身上前，未等侯君集爬起，手中的龍首刀便抵在了他的胸膛上。

「侯尚書，恕我直言。」李世勣一臉譏嘲。「都說歲月不饒人，你身手可不比當年了！」

侯君集面如死灰，一個字都說不出來。

當李承乾的劍尖抵上李世民的後頸，百福殿的氣氛便瞬間凝固了。

李世民不必回頭也知道發生了什麼。

「承乾，你知道你在做什麼嗎？」李世民淡淡道，那語氣好像什麼事都沒發生，只是在跟兒子聊家常而已。

「兒臣知道！」李承乾大聲道，聲音因緊張激動而顫抖。「兒臣已經受夠了，只能破釜沉舟！父皇，都怪您太偏心，縱容四弟奪嫡，才會鬧到今天這個地步。」

趙德全一直跟在皇帝身邊，此刻早已嚇得臉色煞白，便懇求道：「太子殿下，刀劍無眼，千萬別傷著大家，有什麼話咱好好說……」

「你閉嘴！」李承乾厲聲一吼。「這兒沒你說話的分兒！」

趙德全嚇得一哆嗦，不敢再言語了。

「承乾，就因為朕寵愛青雀，你就要殺朕嗎？」李世民的聲音仍舊平靜。

「不，兒臣不想殺您，只希望您退位！」

「如果朕說不呢？」

「您現在已經沒有選擇了。」

「哦？聽你這意思，不還是想殺朕嗎？」

「我……」李承乾語塞，只好轉而對李元昌、杜荷和韓聰等人大喊：「你們還愣著幹什麼？還不動手?!」

眾人這才回過神來。李元昌和杜荷各自從袖中摸出一把匕首，分別挾持了尉遲敬德和李道宗，韓聰則持刀逼住了李恪，其他十九名侍衛也挾持了一群公主和誥命夫人。這些女賓從未見過這等陣仗，紛紛發出尖叫，有兩、三個膽小的甚至當場暈了過去。

正當李承乾暗暗慶幸自己掌控了局面時，殿外庭院中那二十名真正的禁軍也衝了進來。不過，他們並未幫李承乾挾持賓客，而是拔刀指向了李承乾和他的人。可李承乾等人手裡都有人質，所以他們也未敢輕舉妄動，只能持刀對峙。

李承乾吃驚地看著他們，終於意識到發生了什麼——原本他還只是擔心這些人會懾於父皇天威而倒戈相向，可現在看來，這些人分明一開始就不是自己這頭的！

這也就意味著，李安儼也根本不是自己人！

李承乾心念電轉，瞬間明白了一切。

現在看來，李安儼分明是假意投靠，目的是套取自己的全盤政變計畫。可讓李承乾百思不解的是，既然李安儼早就掌握了計畫，為何不向父皇告發？難道是因為他的老母妻兒被自己挾為人質，他才不敢妄動？可到現在為止，他的家人還在自己手上，此刻的李安儼就全不顧惜了嗎？

就在李承乾愣怔之際，一直沉默的李恪開口了。「大哥，放了父皇，我來當你的人質。」

李承乾冷笑。「你現在也是我的人質，有什麼資格跟我討價還價？」

「是嗎？」李恪被韓聰和另外兩名侍衛一起用刀指著，卻毫無懼色，反而微微一笑。「就憑這三把千牛刀，你覺得會嚇住我嗎？」

韓聰聞言，不禁怒形於色，把目光轉向李承乾，顯然是希望他下達格殺命令。

李承乾看著李恪，眼中閃過一絲不忍之色，但也只是稍縱即逝。很快，韓聰便看見太子朝他微微頷首，旋即獰笑著對李恪道：「吳王殿下，是你自找的，可別怪哥兒幾個心狠手辣！」

話音未落，韓聰手腕一振，千牛刀便閃著寒光削向李恪的脖頸。與此同時，站在李恪側後那兩人也同時出刀，一刀刺向他的後心，另一刀則從半空當頭劈落。

這三人皆為東宮的千牛備身，都是從貴胄子弟中嚴格遴選而來，資質優異，武功過人，此時同時對手無寸鐵的李恪發動攻擊，無疑是要一舉置其於死地。

眼看李恪避無可避，連見慣了殺戮和死亡的李世民也不由發出了一聲驚呼。

電光石火之間，李恪突然出手抓住了韓聰的刀刃，旋即身體急旋，堪堪避過後心那一刀，同時將手中千牛刀奮力一舉，鏗的一聲擋住了當空劈落的那一刀。整個動作一氣呵成，有如行雲流水，不禁把殿上眾人都看呆了，連尉遲敬德、李道宗及一幫老臣都忍不住發出了喝采。

李承乾更是看得瞠目結舌。

然而，千牛刀是一種異常鋒利的兵刃，其「千牛」之名便取自「解千牛而芒刃不頓」之意，此刻李恪竟然徒手抓著刀刃，且硬生生扛住了當空一劈，他那隻手掌定然皮開肉綻、受傷極重。

果然，一股鮮血從他的手掌中潺潺流出，啪啪嗒嗒落在了地板上。

韓聰萬沒料到李恪會如此勇猛，稍一愣神，李恪便已用左手抓住他的手腕，右手依舊抓著刀刃，兩手同時用力一扳，那刀刃竟然直立了起來，接著把刀往上一送，刀尖便刺入韓聰的下頷，直接貫入頭部，並刺破頭盔自頭頂穿出。

看到如此恐怖的景象，眾人無不駭異，連李世民都趕緊別過頭去，不忍細看。

另外那兩人本欲再攻，見狀也不由倒退了好幾步，臉色瞬間變得慘白。

李恪抽出千牛刀，刀尖唰地指向他們，刀鋒上的腦漿竟甩到了二人臉上。僅僅這個動作，就把二人又逼退了數步。

然後，李恪緩緩轉過身來，對著李承乾露齒一笑。「大哥，現在我可以換父皇了吧？」

李承乾早已變了臉色，持劍的手也微微顫抖了起來。

李恪冷笑了一下，朝他走了過來。

「別過來！」李承乾手一抖，劍尖竟刺破了李世民後頸的皮膚，殷紅的鮮血立刻滲出。

旁邊的趙德全一看，急得都快哭了，卻又無可奈何。

李恪見狀，只好頓住腳步。

「李恪，你要是想換父皇也行。」李承乾惱羞成怒。「你就刺自己一刀，以表明誠意！」

李恪愣住了。

李世民臉色鐵青，頭也不回地厲聲道：「承乾，做人不能無恥到這種地步！」

「我這麼無恥也是你逼的！」李承乾憤怒咆哮，幾乎喪失了理智。「你對我從來都不滿意，只是礙於我是嫡長子，礙於魏徵那些老臣反對，才不敢下決心廢長立幼，對不對？可你又不甘心，只好私下縱容四弟奪嫡，想讓我們兄弟倆自己鬥，看誰更有本事。四弟去年設計陷害我，你明明知道，卻處心積慮包庇他，無恥地欺騙天下之人，我說得對不對？這陣子你雖冷落了四弟，可一轉眼又寵上了三弟，說白了，你心裡不還是存著廢立之念嗎？今天當著這麼多宗親和老臣的面，你敢大聲說一句，你從來都沒想過要廢長立幼、廢嫡立庶嗎？我天天要提防這個、提防那個，食不知味，寢不安枕，這樣的日子我早就受夠了！我走到今天這一步，全都是你逼的！」

李世民渾身一震，痛苦地閉上了眼睛。

他其實早已知道李承乾對自己心存不滿，卻沒料到竟然有這麼深的恨意。身為皇帝，身為父親，竟然令自己的兒子深恨如此，不能不讓李世民感到了一種椎心之痛。

矛盾。

更讓他感到痛苦的，還不只是這一點，而是李承乾這番話，其實在一定程度上道破了他內心的矛盾。

當然，在李泰奪嫡這件事上，李世民並沒有像李承乾說的那麼不堪，至少他不可能有意縱容李泰奪嫡，充其量只能說是無心之失。可即便如此，他還是不得不承認，自己確實有過廢長立幼、廢嫡立庶的想法，甚至直到今天，這種念頭也依然沒有消失。

就此而言，李承乾的這番話就不能說全無道理。縱然他今晚的行為大逆不道，罪無可逭，但他的恐懼和憤怒卻是可以理解的，並且足以令人同情。

想到這裡，李世民的內心頓時充滿了愧疚。

自己的親生兒子、自己一手培養的儲君竟然走到這一步，無論如何，都應該算是一個君父的失職和失敗！

「承乾，如果殺了朕可以撫平你的心頭之恨，那你就動手吧！」李世民淒然一笑，臉上寫滿了無盡的悲涼和滄桑。

李承乾的手又抖了一下，眼中竟然不由自主地泛出了淚光。

「大哥，我照你說的做，你放了父皇！」李恪突然一聲大喊，旋即把千牛刀刺入了自己的大腿，登時血流如注。

李世民大驚失色，在場眾人也不約而同發出了一片驚呼。

李承乾呆住了，沒想到李恪真的會這麼幹。

李恪扔掉了千牛刀，一瘸一拐地向他走來，臉上竟仍舊帶著一抹微笑。

就在這時，李承乾忽然感到腦袋發沉，兩眼發黑，身體也隨之搖晃了起來。李世民察覺，倏然轉身，困惑地看著他。

李承乾持劍的手終於無力地垂落下來。

在身體失去平衡之前，他用盡全力對李世民露出了一個淒涼的笑容，然後便向後倒去。

李世民一個箭步衝上來，緊緊抱住了他。「乾兒！」

「父皇，對不起，兒臣也不想這樣……」

李承乾閉上眼睛的時候，感到了父親身上的溫暖，那是一種睽違多年、早已忘卻的溫暖……

第十三章 潛逃

「……這就是我在百福殿和尚書省所做的安排。」

在平康坊一座高樓的屋脊上，蕭君默將自己大部分的防範計畫向楚離桑和盤托出。最後，他遠遠地望了太極宮一眼，道：「如果我所料不錯，這會兒，太子身上的藥力就該發作了。」

「藥力發作？」楚離桑剛才並未聽他說到這一事，頓覺詫異。「你讓人給太子下藥了？」

蕭君默點點頭。

「你應該不會要他性命吧？」

「當然，只是在酒裡下了點蒙汗藥而已。」

「你是安排什麼人下手的？吳王嗎？」楚離桑大感好奇。

「宮宴上那麼多人，到處都有眼睛盯著，吳王怎麼有機會下手？」蕭君默道：「事實上，我連安排人下藥的事都沒告訴他。」

楚離桑一驚。「為何不告訴他？」

「如果事先什麼都知道，他的反應就不真實了，難免會露出作假的痕跡。」蕭君默笑了笑。「皇帝是何等精明之人，豈能看不出破綻？所以，我故意隱瞞了一部分，就是想讓吳王隨機應變、臨場發揮，這樣才能取信於皇帝。」

楚離桑想了想，覺得有道理，便接著剛才的問題問：「那你是安排什麼人給太子下藥的？」

「這個嘛……妳暫且就不要問了。」蕭君默神祕一笑，道：「該讓妳知道的時候，我自然會告訴妳。」

楚離桑心想，關於這場政變還有好些部分沒弄清楚，大可不必糾纏這件小事，便又問道：「那魏王府那邊你安排了嗎？」

「當然。」蕭君默道：「我給魏王送了一封匿名信，告訴他今夜會有一支不可小覷的江湖勢力夜襲魏王府。」

「你說的這個江湖勢力，是咱們天刑盟的人嗎？」

蕭君默點點頭。「謝安的後人，羲唐舵的謝紹宗。」

楚離桑忽然想起了什麼。「我記得你說過，魏王便是謀害你養父的凶手，你遲早要找他報仇，可這次為何還要救他？」

「我不能讓魏王就這麼死了，這樣太便宜他了。」蕭君默冷冷地道：「我會讓他付出比死亡更大的代價。」

「還有什麼是比死亡更大的代價？」楚離桑不解。

蕭君默眼中寒光一閃。「身敗名裂，眾叛親離，遠離朝堂，流放邊地，在餘生中品嚐失敗的苦果。所有這一切，對魏王這種人來說，才算是真正的懲罰，也才是他應得的報應。」

楚離桑看見他眼中一閃而過的寒光，心中不禁泛起了一絲隱憂。

母親以前經常告訴她，人是很容易被環境改變的，在什麼樣的地方待久了，人往往就會變成什麼樣子，所以古人才說「近朱者赤，近墨者黑」。如今，蕭君默置身於這樣一個權力鬥爭的漩渦之中，每天面對的都是爾虞我詐的權謀和你死我活的殺戮，久而久之，他是不是也會變成一個追逐權力、冷酷無情的人呢？

謝紹宗在魏王府南門外的橫街上燃放了八束五色煙花。

對於此刻「火樹銀花不夜天」的長安而言，這些煙花根本不會引起任何人的注意，但是對埋伏在魏王府四周的羲唐舵成員來說，這個信號無疑是異常醒目的。

發出信號後，謝紹宗便率領百餘名精幹手下從南門直接殺進了魏王府。

起初的進展十分順利，因為魏王府的守衛壓根兒沒料到會在這樣一個喜慶祥和的夜晚遭遇突襲。謝紹宗一路勢如破竹，很快便殺到了魏王府的正堂前。他相信，既然從正面突入都未遭遇什麼像樣的抵抗，那麼從北、西、東三個方向殺進來的手下一定也不會遇到多大麻煩。所以他斷定，這場血洗魏王府的行動至此已經成功了大半，剩下來的事情就是搜出魏王並砍下他的人頭了。

正堂大門緊閉，燈光昏暗，無從看見裡面的情形。

謝紹宗率眾衝進堂前庭院的時候，忽然感覺地面異常滑膩，腳一踩就發出咯吱咯吱的聲音。由於他們衝得太快，等察覺之時，已經有一大半的手下相繼滑倒在了地上。

謝紹宗頓覺不妙。

正狐疑間，身後那些滑倒的手下紛紛起身，謝紹宗回頭一看，頓時大驚失色。他們的腿上、身上和手上全都沾上了一種黑乎乎、黏稠的不明液體。

石脂水！

謝紹宗猛然反應過來——這是石脂水，也叫石漆，是一種極易燃燒的液體，人一旦沾上，只要再加一絲火星引燃，立刻會被烈焰吞噬！

「快撤！」謝紹宗爆出了撕心裂肺的一聲大喊。

然而，一切都已經太遲了。

話音未落，四面八方便射來了無數枝火箭。頃刻間，正堂前的這片庭院就變成了一片火海，而謝紹宗的絕大部分手下，自然也都陷入了地獄般的烈火之中。

只有謝紹宗和身邊幾個心腹反應敏捷，在那些火箭落下之前便拔腿飛奔，躥到了正堂門口的臺階上。幾個人驚魂未定地轉過身去，只見百餘名弟兄大多在火海中狼奔豕突，聲聲慘號響徹夜空。少部分沒有被燒著的手下試圖逃離，卻被突然從周遭暗處殺出來的一群黑衣人一一砍殺。

謝紹宗萬般驚駭地看著這一幕慘狀，意識到自己被人出賣了！

很顯然，突襲計畫事先便已洩露，此時其他那三路手下肯定也都遭遇了埋伏。可以想見的是，太子和侯君集的行動很可能也已經失敗了。

「義唐，別來無恙啊！」

身後忽然傳來一個似曾相識的聲音。謝紹宗一震，猛然轉身，只見一個戴著青銅面具的男子在一群黑衣人的簇擁下從正堂走了出來。

「冥藏?!」謝紹宗從沙啞的喉嚨裡蹦出了兩個字。

王弘義站定，摘下面具，得意一笑。「羲唐，江陵一別，有二十多年了吧？真沒想到，咱倆會在這種情況下見面。」

當年，智永帶著六、七個分舵前往江陵輔佐蕭銑，冥藏和羲唐便是其中的兩個。雖然後來謝紹宗先行離開，但跟王弘義也算短暫共事過。

謝紹宗苦笑。「王弘義，你我都是天刑盟的人，可你居然下得了這個狠手！」

王弘義呵呵一笑。「各為其主罷了！今日若換作是我夜襲東宮，你肯定也會以相同的方式來歡迎我，對吧？」

「自從去年的厲鋒案後，魏王就已經廢了。王弘義，你輔佐他，又能指望有什麼好結果？」謝紹宗既已落到這步田地，便已抱定必死之心了，所以反而輕鬆了下來。

「是啊，你說得沒錯。本來魏王的確已經沒什麼希望了，不過你跟太子今晚搞這麼一齣，無異於幫了魏王一個大忙，也等於幫了我一個忙。說起來，我還得謝謝你和太子呢！」

謝紹宗冷哼一聲。「就算太子倒了，你以為魏王就能入主東宮了嗎？別忘了，現在李世民身邊的紅人可不是魏王，而是吳王。」

王弘義聞言，不禁沉默了片刻，旋即笑了笑。「謝紹宗，你我這麼多年不見，就別談這些無聊的朝堂之爭了，咱們還是敘敘舊吧。」

「你想說什麼？」謝紹宗冷冷道。

「我想說，其實你謝紹宗的野心，我當年在江陵便看出來了。你一心想跟你的先祖謝安一樣，成為一個治國安邦、名垂青史的宰相。我說得對吧？可你離開江陵的那些年中，卻一門心思做起了生意，在天下各道都買了不少銅礦。此舉一時迷惑了我，讓我以為你是厭倦了權力鬥爭，打算從此歸隱江湖了。可直到今天我才發現，其實這麼多年來，你一直是在韜光養晦，目的便是有朝一日東山再起！如今看來，是我低估你了。想當年，謝安直到四十多歲才入仕為官，給世人留下了『東山再起』的典故，而今你謝紹宗可以說是學得唯妙唯肖啊！只可惜，你心比天高，卻命比紙薄，空有一腔抱負，卻跟錯了主子，才落到今天這步田地，我真是替你感到惋惜啊！」

「王弘義，你也不必急著笑話我。」謝紹宗依舊冷笑。「我不否認，我謝紹宗的確想追隨先祖，做一番經天緯地的功業。如果這就是你說的野心，那你王弘義又如何呢？你非但不擇手段要篡奪天刑盟的大權，而且還想利用組織，幫你重拾當年『王與馬，共天下』的榮光。可在我看來，你這純屬痴人說夢！以你的所作所為，我敢保證，你到頭來非但什麼都得不到，而且本盟的兄弟還會聯手反對你。所以，焉知我的今日，就不是你的明天？我甚至敢斷言，你最後的下場，會比我更為不堪！」

王弘義聽完，不僅不怒，反而哈哈大笑。「謝紹宗，我非常理解你現在的心情。像你這麼一個心高氣傲的人，的確很難接受如此慘痛的失敗！所以，你想罵就罵吧，我不會跟你一般見識。不過我還是要提醒你，你的時間不多了，有什麼遺言要交代，就趕緊說。看在你我都是同盟之人的分上，我會幫你把遺言轉達給你的後人——如果到時候你沒有被朝廷滅族，還有後人在世的話。」

「不必了。」謝紹宗舉起橫刀，一臉決然。「你還是先想想自己的遺言吧，恐怕很快你就用得著了。」

王弘義無聲冷笑，輕輕揮了揮手。

身後的韋老六立刻帶著十幾名手下撲了上去。此時謝紹宗這邊，連他在內只剩下四個人，顯然寡不敵眾。但是此時此刻，除了力戰至死，他們已別無選擇。

這場廝殺沒有懸念。雙方大約打了一炷香之後，謝紹宗的三個手下便相繼被殺，他自己也多處負傷。當然，韋老六這邊也付出了傷亡六、七人的代價。

在此期間，王弘義一直背負雙手靜靜觀戰。最後，就在謝紹宗精疲力竭，眼看就要死於韋老六的刀下時，王弘義突然出聲喝止，然後走到謝紹宗面前，正色道：「兄弟，再怎麼說，你也算是天刑盟的好漢，別人沒有資格殺你。你的頭顱，理當由我來取。」

謝紹宗渾身上下鮮血淋漓。他奮力用刀拄地，才強撐著沒有倒下。

「這話倒是不錯。」謝紹宗慘然一笑。「那我是不是還得謝謝你的好意？」

「不必客氣。」王弘義緩緩抽出了佩刀。「舉手之勞。」

謝紹宗面帶笑容，直視著王弘義的眼睛。

刀光閃過，謝紹宗的頭顱飛了出去，可身軀仍舊保持著原來的姿勢，片刻之後才頹然倒下。

就在謝紹宗這路人馬被地獄般的烈焰吞噬之時，其他三路也都被事先埋伏的王弘義手下殺戮殆盡。從魏王府北門殺進來的這一路，其中有兩人異常悍勇，竟然徑直殺到了李泰所在的佛堂。

當時李泰和蘇錦瑟正在專心誦經，這兩名殺手突然破門而入，把蘇錦瑟嚇得失聲尖叫。李泰卻面不改色，迅速從香案下面抽出一把事先藏匿的精緻短刀，反身迎戰，不過幾個回合便將這兩人結果了。

蘇錦瑟驚詫地看著他。「你在佛堂裡也藏了兵器？」

李泰笑笑不語，拿著沾滿鮮血的刀在那兩具屍身上擦拭了幾下，然後輕輕地唸了一聲：「阿彌陀佛。」

這個血腥的夜晚，太子李承乾的這場政變共有四處戰場，除了百福殿、尚書省、魏王府外，還有一處，便是玄武門。

當其他三處戰場都已塵埃落定的時候，李安儼和封師進仍舊並肩站在玄武門巍峨的城樓上，等待著計畫中的信號。

按原計畫，一旦太子在百福殿得手，便要燃放一紅、一綠、一黃三束煙花。然而封師進從今日午後率部潛入玄武門到現在，看見遠遠近近、此起彼伏的無數煙花，卻始終沒看見約定的信號。

隨著時間一點一滴流逝，封師進越來越焦躁不安，最後只好對李安儼道：「李將軍，情形好像不太對頭，我得帶人過去看看。」

約定信號沒有出現，完全在李安儼的意料之中。此刻他幾乎可以斷定，太子的行動已經被挫敗了。所以，按照他和蕭君默事先商定的計畫，接下來要做的，便是收拾封師進了。

「也好，封將軍放心去吧，這裡就交給我了。」李安儼不動聲色道。

封師進衝他抱了抱拳，隨即帶上幾名親信轉身就要離開。

此時，封師進的百餘名手下都在城樓下嚴陣以待，而城樓上的數十名禁軍則都是李安儼的人。李安儼給了手下一個眼色，數十名禁軍立刻抽刀出鞘，將封師進等人團團包圍。緊接著，李安儼又打了一個響亮的呼哨，然後便有數百名禁軍從各個方向擁出，迅速圍住了城樓下的那些東宮兵。

封師進大驚失色，回頭怒視。「李安儼，你想幹什麼?!」

「封師進，太子已經完了，你投降吧。」李安儼淡淡道：「現在你只有這條路可走。」

封師進一愣，片刻後才反應過來，不禁暴怒。「李安儼，你竟敢背叛太子！」

「你錯了。」李安儼打斷他。「我從來就沒有投靠過太子。」

封師進至此才終於恍然，旋即抽刀，怒吼著要衝過來。不過，他根本沒有機會跟李安儼交手，因為旁邊的數十名禁軍可不是擺設。一轉眼，城樓上下就都陷入了混戰狀態。李安儼轉過頭，用一種複雜的目光環視了太極宮一眼，然後又往東南方向遙遙一瞥，最後才拔刀加入戰團。

約莫一盞茶工夫，封師進和數名親信便被砍倒在了血泊之中。

李安儼一刀砍下封師進的頭顱，大踏步走到城垛邊，把頭顱高高舉起，厲聲道：「下面的人都睜大眼睛瞧瞧，這就是你們的太子左衛率！要是不想跟他一個下場，就通通給老子放下武器！」

城樓下的東宮兵本來便處於劣勢，現在一看頭兒死了，更是鬥志全無，遂紛紛繳械投降。

李安儼吩咐副手關押俘虜、打掃戰場，然後說要親自入宮向聖上稟報，便獨自走下了城樓。

一片混亂中，沒有人注意到，李安儼下了城樓之後，並未走入宮中，而是朝相反方向快步走去，轉眼便消失在了濃濃的夜色之中。

他離去的方向，正是禁苑。

半年多前，蕭君默就是從這個地方逃出了長安……

玄武門的東南方向，也就是方才李安儼目光遙望的地方，便是平康坊。

此刻，蕭君默和楚離桑仍舊坐在屋脊上。

「你說什麼？」當楚離桑聽蕭君默講完有關李安儼的部分計畫，頓時不解。「你的計畫是讓李安儼消失？」

「是的，他必須消失。」

「為什麼？」楚離桑越發困惑。「他冒著危險刺探了太子的全盤計畫，這才挫敗了太子的政變陰謀，現在他可是朝廷的有功之臣啊，為什麼要消失？」

「沒錯，他是立了功，而且還是大功。」蕭君默微微苦笑。「可問題是，他沒辦法向皇帝解釋這一切。」

「為何沒法解釋？」

「道理很簡單。妳想想，他要怎麼向皇帝解釋他是如何刺探到太子情報的？要講清這一點，勢必要把我和吳王都牽扯進來，對不對？這樣不僅我和吳王撇不清，他李安儼也撇不清。此其一。其二，身為禁軍將領，得知了太子的政變陰謀，是不是要立刻向皇帝告發？可事實上他並未告發，這又該怎麼向皇帝解釋？難道要說他的家人被太子綁了，他不敢告發嗎？這樣的理由皇帝如何接受？難不成皇帝和那麼多皇親國戚的命，都不如他李安儼家人的命值錢？」

楚離桑沉默了。

的確，李安儼解釋不清這麼多東西。所以，無論是為了他自己的安危，還是為了保護蕭君默和整個天刑盟，他離開長安才是最好的選擇。

「那李安儼的家人呢？你把他們救回來了沒有？」楚離桑終於想起了這個最重要的問題。

「咱們說話這會兒，郗岩應該已經得手了。」蕭君默站了起來。「走吧，過去看看。」

「去哪兒？」楚離桑一臉懵懂。

「李安儼的家人被謝紹宗之子謝謙關著。」蕭君默指了指不遠處的某處院落，說道：「喏，就在那兒。」

楚離桑不免驚詫，旋即想到什麼，故作不悅道：「哦，我明白了，你今晚帶我來這兒，其實並不是真的來賞花燈的，對不對？」

「這妳可冤枉我了。」蕭君默一笑。「我只是摟草打兔子，公私兼顧而已。」

楚離桑嬌嗔地白了他一眼。「你這人最會狡辯！」

蕭君默帶著楚離桑走進那座院落的時候，看見院子裡已經橫陳著七、八具屍體，其中一人正是謝謙。

想到謝紹宗、謝謙父子和整個羲唐舵，就在今夜一夕覆滅，蕭君默心裡不禁有些痛惜。可是，這個結果歸根結柢是謝紹宗自己選的，沒有人能夠幫他挽回。

郗岩從屋裡迎了出來。「盟主，楚姑娘。」

「辛苦了，老郗。」蕭君默拍拍他的肩。「弟兄們怎麼樣？」

「就兩位弟兄受了輕傷，不礙事。」

蕭君默點點頭。「李將軍的家人呢？都安全吧？」

「全都毫髮無傷，已經從後門送出去了。」郗岩道：「老袁照看著呢。」

「好，這裡就交給你了。」蕭君默又看了一眼謝謙的屍體。「都是天刑盟的兄弟，找個地方，好生埋了吧。」

「盟主放心，屬下一定讓他們入土為安。」

隨後，蕭君默和楚離桑從後門出來，看見一駕馬車正靜靜地停在後巷，袁公望和十幾個手下牽著馬守在一旁。見蕭君默出來，眾人趕緊上前見禮。蕭君默擺了擺手，徑直走到馬車旁，輕輕掀起了車簾。車內坐著李安儼的老母、妻子，還有四個尚未成年的兒女，個個蓬頭垢面，眼裡都還有驚懼之色。

「大娘，嫂夫人，對不起，讓你們和孩子受委屈了。」蕭君默柔聲道。

「這位郎君，多謝你們出手相救。」李母急切道：「我……我們家安儼在哪兒呢？」

「大娘別著急，李將軍正在城外等你們呢，咱們馬上過去跟他會合。」

半個時辰後，蕭君默、楚離桑、袁公望等人護著馬車來到了禁苑東北十多里外的龍首原。李安儼已經換上了一身布衣，單人獨騎等候在此。

一家人大難不死，終於團聚，大人小孩不禁都在一起抱頭痛哭。蕭君默和楚離桑在一旁默默看著，也都紅了眼眶。

李安儼知道此地不宜久留，安撫完家人後，便徑直走到蕭君默面前，忽然單腿跪地，雙手抱拳。「多謝盟主救了屬下一家老小！」

「快快請起！」蕭君默趕緊把他扶起。「這事主要責任在我，是我讓你捲進了這場陰謀，才讓令堂他們身陷險境，而今不過是在彌補過失，談何『謝』字？」

「盟主切莫這麼說。此次行動雖然是您一手安排，但屬下既是天刑盟的人，又是大唐的食祿之臣，逢此社稷危難，自當挺身而出；一切代價，也自應由屬下承擔，豈能說是盟主的責任？」

楚離桑在一旁聞言，不禁在心裡感慨：這又是一位鐵骨錚錚的義士，正與當初的蔡建德和孟懷讓一樣。

「我知道你一腔忠肝義膽，可不管怎麼說，我安排你今夜出走，不僅葬送了你的仕途，還讓你背上了謀反和畏罪潛逃的罪名。這一切，都令我深感不安和歉疚……」

「不，盟主無須自責，這都是我自己選的。」李安儼道：「那天在忘川茶樓，您把參與這次行動的後果都跟屬下講清楚了，讓我自己決定，您忘了屬下是怎麼回答您的嗎？」

蕭君默的思緒回到了數日前的忘川茶樓。

那天，當蕭君默得知今年的上元節夜宴不在魏王府而改在太極宮舉行時，便預料太子很可能會在這次宮宴上發動政變。於是，蕭君默立刻想到了一個反制計畫，該計畫的核心便是要派人打入東宮內部，刺探太子情報，而身負宮禁安防重任的李安儼，無疑是最有可能獲取太子信任，也是最適合執行此次任務的人選。

然而，這卻是一個極度危險且無法回頭的任務。

蕭君默很清楚，由於整個反制計畫到最後根本無法向皇帝解釋清楚，所以執行這項任務的人，最後也必然無法洗清自己，很可能要背負謀反的罪名，被永遠釘在歷史的恥辱柱上。

當蕭君默想到這裡，差點沒忍心跟李安儼提這個事，然而出於大局考慮，最後他還是不得不開了口。

那天，蕭君默是這麼說的。「老李，我想問你一個問題，你可以慎重考慮一下，不必現在就回答我。」

李安儼有點懵。「盟主想問什麼，還……還請明示。」

蕭君默又定定地看了他一會兒，這才湊近身子，用很輕的聲音道：「如果有辦法可以挫敗太子的政變陰謀，然而代價是把你牽連進去，最後你可能無法洗清自己，只能永遠背負歷史罵名，你願意嗎？」

李安儼聞言，猝然一驚，趕緊問是什麼計畫。

蕭君默將計畫和盤托出。

李安儼聽完，呆愣了好一會兒，最後才道：「敢問盟主，這個計畫的勝算有多大？」

「九成。」蕭君默不假思索。

李安儼又沉吟片刻。「若按此計畫行事，最後……只能是你剛才說的那個結果嗎？」

蕭君默苦笑了一下，艱難地點了點頭，少頃道：「當然，這事由你自己決定，我絕不強求。你若不應承，我也完全能理解，畢竟此事非常人所能行……」

「不，我願意。」李安儼忽然下定了決心。

「你可以再考慮一下，不必現在就答應。」

「不用考慮了。」李安儼笑了笑。「自從魏太師召我加入天刑盟的那一天，我就已經發過誓了，為了守護天下，頭可斷，血可流，赴火蹈刃，在所不惜。如今不就是丟個官、背個黑鍋而已嗎？多大點事，有什麼好磨嘰的？」

蕭君默聞言，不禁大為感動……

此刻，蕭君默收回了思緒，心情卻仍無法平靜，遂鄭重抱拳，朗聲道：「李將軍，我替本盟的兄弟和天下的百姓，謝謝你了！」

李安儼朗聲一笑。「謝什麼呢！我現在無官一身輕，帶著一家老小歸隱林泉，享受天倫之樂，這是多美的事啊，別人還求之不得呢！好了盟主，千里相送，終有一別，咱們就此別過吧。」

「此去山長水遠，還望兄弟……一路保重！」蕭君默說著，聲音竟有些哽咽。

「好，盟主保重！屬下先走一步了。」李安儼衝著他和楚離桑抱了抱拳，然後強忍著眼中的淚水，快步回到了馬車上。

袁公望走了過來。「盟主，還有什麼要吩咐的嗎？」

「老袁，李將軍一家人的安危，就全拜託你了。」蕭君默道：「到了塞外，安頓下來後，記得讓人給我捎個話。」

蕭君默說的「塞外」，指的是營州，那裡遠離長安和中原，是漢人和契丹人雜居的地方。由於袁公望與契丹人做過絲綢生意，在營州有據點，所以蕭君默便命他保護李安儼一家人前往營州，找個荒僻的山野隱居下來，並且讓袁公望也留下保護他們。這就是說，在接下來的日子裡，袁公望就無法在蕭君默的身邊效力了。

「放心吧盟主，只要我袁公望還有一口氣在，李將軍他們就絕不會有半點閃失！」袁公望慨然道：「倒是屬下這一走，盟主手底下的人就少了……」

「這你就不必擔心了，」蕭君默笑了笑。「有老郗他們在呢。」

說完，雙方互道珍重，袁公望等人便護著馬車從一條小道離開了。

蕭君默和楚離桑一直目送著他們遠去，心中不免都有些傷感。

「歸隱林泉，過簡單的日子，享受單純的快樂，也是我求之不得的。」楚離桑忽然幽幽道。

蕭君默聽出了弦外之音，淡淡笑道：「我答應妳，咱們很快就能過上這種日子。」

楚離桑一聽，心裡很是受用，嘴上卻道：「誰說要跟你一起過日子了？我說的是我自己。」

「行啊，不一起過也沒關係，大不了一人一間茅屋，中間再隔道籬笆，做鄰居總可以吧？」

「嗯。」楚離桑煞有介事地點點頭。「這倒可以考慮。」

「不過……」蕭君默轉頭凝視著她。「鄰居做久了，怕也會日久生情啊！」

楚離桑笑了笑，忽然問道：「假如你從未遇見我，也從未捲入過這些事情之中，你還會想離開長安嗎？」

「會。」

「為什麼？」

「因為我本來就不適合官場，也不喜歡。」

「可人是會變的。」楚離桑若有所思。「如果給你足夠大的權力，讓你可以想做什麼就做什麼，你還會不喜歡官場嗎？」

「倘若沒有遇見妳，我不知道自己會不會變。」蕭君默目光灼灼地看著她。「但是現在，我可以很有把握地說，我不會變。因為我已經知道，我這一生要的是什麼了。」

楚離桑也抬頭看著他，驀然想起了他的身世，不禁在心裡說：如果有一天，有人要把你推上至高無上的皇帝之位，讓你擁有整個天下，你還會拒絕嗎？你還能像現在這樣，篤定地說你想要的是什麼嗎？

當然，她不敢把這些話說出口。

而楚離桑並不知道，此刻蕭君默心裡說的恰恰是：世上的男人都渴望坐擁天下、富有四海，可妳知道嗎桑兒，我真正想要的，其實只是三、兩間茅屋，七、八畝薄田，還有一個白首不相離的妳——這，就是我的全部天下！

一陣風吹來，拂動著他們的衣袂，也捲起了地上的零星積雪。

龍首原地勢高聳，從這裡可以一覽無餘地望見整個長安。此刻，月光下的長安城依舊是一派燈火璀璨的繁華景象，彷彿今夜那些可怕的陰謀和殺戮從來沒有發生過。

貞觀十七年的這個上元節，李世民經歷了自他登基以來最危險、最混亂、最驚心動魄的一夜。

李承乾在百福殿暈厥後，李元昌、杜荷及一眾東宮兵群龍無首，只好跪地投降。李世民命人將李恪及其他傷者送往太醫署，同時命尉遲敬德率禁軍搜捕宮中的太子餘黨，命李道宗將李承乾、李元昌、杜荷等人押往玄甲衛囚禁，又命趙德全處理各種善後事宜……就這麼折騰了一宿，李世民也顧不上休息，又急召長孫無忌、劉洎、岑文本、李世勣四人入宮覲見。

晨曦初露，陽光散淡地照著重簷複宇的太極宮。

李世民坐在兩儀殿的御榻上，臉色蒼白，雙眼布滿血絲。

趙德全侍立一旁，長孫無忌、劉洎、岑文本、李世勣跪在下面，一個個大氣都不敢出。

許久，李世民沉鬱憂憤的聲音才在空曠的大殿上響了起來。「前幾日齊王剛剛伏誅，朕心如刀絞；現在太子又公然造反，把刀都架到朕的脖子上來了！不知你們這幾位文武重臣，此刻心中做何感想？」

四人都不敢答言。可長孫無忌身為首席宰相，不作聲是說不過去的，只好硬著頭皮道：「回陛下，太子突然發難，臣等也深感震驚。所幸天佑我大唐，太子終究沒有得逞，陛下也龍體無恙，只是虛驚了一場——」

「虛驚？」李世民冷冷打斷他。「你說得倒輕巧！昨夜太子要是再狠一點，那把劍再往前送兩寸，只怕此刻坐在這御榻上跟你們說話的，便不是朕，而是太子了！」

「是、是，未能提早察覺太子的陰謀，以致陛下身陷險境，是臣等之罪，臣等難辭其咎、罪無可逭！」長孫無忌一驚，慌忙道：「還好太子人性未泯、天良未喪，總算沒有釀成大禍，此亦不幸中之萬幸！」

李世民想著什麼，忽然神色一黯。「身為宰輔，爾等固然是失職了，不過話說回來，教出這麼一個兒子，朕身為君父，同樣也有不可推卸之責。」

聽皇帝竟然自責了起來，眾人更不敢接腔，遂一陣沉默。

片刻後，李世民才嘆了口氣，讓眾人平身，然後問道：「侯君集現在何處？」

「回陛下，」李世勣道：「臣已將他關押在玄甲衛，等候陛下裁決。」

李世民苦笑。「朕剛剛把他評定為開國二十四功臣之一，閻立本給他畫的像還沒掛上凌煙閣呢，他倒好，冷不丁就把自個兒變成階下囚了。」

一提到侯君集，劉洎心裡便懊悔不迭。

自己一輩子謹小慎微、臨深履薄，沒想到昨晚多喝了幾杯，竟把尚未公開的功臣名單向侯君集透露了，萬一他把這事招出來，自己頭上的宰相烏紗恐怕就不保了。

「陛下，像侯君集這種忘恩負義、狼子野心的小人，已經喪失了功臣資格。」長孫無忌憤憤道：「臣建議把他從功臣名錄中劃掉，不能讓他的畫像上凌煙閣。」

昨夜差點就成了侯君集的人質，長孫無忌到現在還後怕不已，故而耿耿於懷。

劉洎一聽，心頭猛地一顫。

長孫無忌和皇帝都不知道侯君集已經從自己這裡得知了功臣名單的事，所以他們會覺得把他拿掉也無不可。可問題是侯君集現在已經知道了，倘若真把他刷掉，侯君集必然不忿，到時候為了爭這個身後名，肯定會把自己牽扯進去，那就什麼都完了！

思慮及此，劉洎不敢再保持沉默，忙道：「啟稟陛下，長孫相公此言，臣以為不妥。」

劉洎一直都是長孫無忌的副手，向來對他言聽計從，不料此刻竟然公開唱反調，長孫無忌大為詫異，不禁扭頭看著他。

劉洎低頭盯著地面，假裝沒看見。

「如何不妥？」李世民淡淡道。

「臣以為，侯君集曾為我大唐開國立下過汗馬功勞，幾年前又率部遠征，平滅了吐谷渾和高昌，誠可謂功勛卓著！而今雖然參與太子謀反，犯下滔天大罪，但功是功、過是過，並不能因為他現在的罪行就抹殺他過去的功勞。」

「劉侍中，」長孫無忌不悅道：「照你這麼說，咱們還得把這種大逆不道的亂臣賊子供奉在凌煙閣了？這成何體統？你是想讓後人笑話他還是笑話聖上？」

「長孫相公，聖上向來賞罰分明，該如何治侯君集的罪，聖上自有裁斷；而讓侯君集上凌煙閣，則是對他過去功勞的褒獎，二者豈能混為一談？」

長孫無忌怎麼也想不通劉洎會為了一個將死之人跟自己頂撞爭執，正待再辯，忽聽岑文本道：「長孫相公，在下也認為劉侍中所言不無道理。皇皇青史俱在，是非功過後人自有公論，又怎會因侯君集晚節不保便無視他的早年功績？倘若真有這樣的後人，那也只能說明他沒有見識。在下相信，真正有見識的人，一定會讚賞聖上功過兩分的做法。」

岑文本早在歸附大唐之前，便與劉洎同在南梁蕭銑朝中任職，二人關係匪淺，此刻當然要替他說話。長孫無忌發現自己孤掌難鳴，便把臉轉向皇帝，巴望他支持自己。

李世民沉吟良久，才緩緩道：「劉洎和文本所言有理，功與罪是不該混為一談。那就照原定的辦吧，等閻立本把二十四功臣像都畫完，擇日掛上凌煙閣，這事就這麼定了。」

長孫無忌大失所望。劉洎暗暗鬆了一口氣。

「德全，」李世民換了話題。「聽說昨夜魏王府也出事了？」

「是的大家，魏王府遭到了一夥不明身分的歹徒攻擊，所幸府中侍衛警覺，擊殺了那群歹徒，魏王殿下也安然無恙。」

「不明身分的歹徒？」李世民有些狐疑。「有沒有抓住活口？」

「據老奴所知，魏王府的侍衛好像採取了火攻之術，那些歹徒都被燒成黑炭了……」

李世民蹙眉想了想。「世勣。」

「臣在。」

「這事交給你了，好好查一查，看這夥所謂的『歹徒』到底是什麼人。」

「臣遵旨。」

「對了……」李世民看著李世勣。「朕有些納悶，侯君集昨夜帶人潛入尚書省之事，你是怎麼發現的？」

「回陛下，昨夜臣和屬下恰好在本衛衙署聚宴，而本衛與尚書省僅一街之隔，無意間便發現了那些潛伏之人。」

「你們玄甲衛往年不都是放大假嗎？怎麼今年就想聚宴了呢？而且那麼巧，恰好就跟侯君集撞上了？」李世民狐疑地盯著他。「你是不是事先聽到什麼風聲了？」

「陛下明鑑，絕無此事！」李世勣一驚。「這真的是巧合。臣是覺得過去這一年，本衛辦了不少案子，手下部眾都很辛苦，所以才想犒勞他們一番，以此提振士氣而已。」

李世民想了想，沒再說什麼，把臉轉向趙德全。「昨夜危急之際，承乾忽然昏倒，究竟是何緣故，太醫後來是怎麼說的？」

「回大家，太醫說，太子殿下當時的症狀是四肢冰冷、呼吸粗重、舌苔薄白、脈象沉伏，此種暈厥之狀，應是過度緊張，精神受到刺激所致。」

李世民沉沉一嘆，旋即抬眼環視眾人。「昨夜這場事變，蹊蹺頗多，其中最可怕的一件事，便是數百名東宮侍衛竟然全都換上了禁軍的甲冑，而朕最信任的這個左屯衛中郎將李安儼，偏偏又失蹤了！世勣，李安儼在昭國坊的宅子，你仔細搜過了嗎？」

「回陛下，臣入宮之前剛剛帶人去搜過，可其宅已經人去屋空，不光是李安儼失蹤了，他的老母妻兒也都不見蹤影。臣詢問其鄰居，得知李安儼的家人早在幾天前就被人接走了，家中的下人也在當天被悉數遣散，全都不知所蹤。」

李世民冷笑。「這就很明顯了。這傢伙老早就參與了太子的謀反計畫，卻又擔心事敗，所以才提前把家人轉移。」

「陛下所言甚是。」李世勣道：「只不過，李安儼後來可能又反悔了，才會親手砍下封師進的頭顱，並逮捕了埋伏在玄武門的東宮兵。」

「是啊，或許到最後，他是良心發現了吧。」

「啟稟陛下，」長孫無忌道：「李安儼雖然最後有悔過表現，但終究是罪大惡極，現在又畏罪潛逃，純屬藐視國法，臣建議立刻下發海捕文書，命天下各道州縣全力通緝！」

李世民沉默了一下，道：「這事你去辦吧，不過要告訴下面人，倘若發現李安儼，只抓他一人便可，不得株連家人。」

長孫無忌詫異。「可是陛下，這李安儼犯的可是謀反大罪。按我大唐律法，一人謀反，家人皆須連坐啊！」

「律法不外乎人情。既然他最後時刻有悔過表現，那就應該酌情減罪。」

「是，臣遵旨。」

李世民說完，想著什麼，忽然苦笑了一下，神情頗有些無奈和感傷。「說到罪，昨夜發生了這麼大的事，你們覺得誰的罪責最大？」

眾人面面相覷，都不敢輕易答言。

「罪責最大的人，便是朕！」

眾人同時一驚。長孫無忌忙道：「陛下何出此言？」

李世民自嘲一笑。

「古人不是早就說過了嗎——朕躬有罪，無以萬方；萬方有罪，罪在朕躬！」

眾人都不敢出聲，大殿中一片沉寂。

良久，李世民才無力地擺了擺手。「朕累了，你們都退下吧。」

眾人當即行禮告退。

走到殿門口的時候，長孫無忌偷偷回頭望了一眼，看見皇帝仍舊坐在榻上一動不動。

輔佐皇帝這麼多年，他還是頭一回看到皇帝臉上露出如此憔悴和疲憊的神色，彷彿一夜之間便蒼老了許多。

第十四章
立儲

李世勣剛一回到玄甲衛衙署，便被桓蝶衣給纏住了。

昨夜發生了這麼大的事變，蕭君默竟然自始至終都沒有在場，讓桓蝶衣頗感蹊蹺。此外，召集本衛人員聚宴本來便是蕭君默的主意，可他自己卻不露面，這絕對不正常。再者，玄甲衛往年上元節都不聚宴，偏偏今年一聚宴就碰上了侯君集謀反，這難道只是巧合嗎？

桓蝶衣思來想去，覺得很可能是蕭君默事先察覺了太子和侯君集的政變陰謀，然後才勸說舅父安排了這些事。這就意味著，舅父李世勣必定早就知道了一切。

可是，他為何不提前向皇帝告發呢？

桓蝶衣百思不解，所以從昨夜到現在一直纏著李世勣追問不休。

「蝶衣，妳別再糾纏了行嗎？」李世勣一臉無奈。「此事純屬巧合，方才在宮裡聖上也問過了，我也是這麼答覆他的。」

「那您就是欺君了！」桓蝶衣板著臉道：「您和君默兩個人都欺君了！」

李世勣一驚，下意識地瞟了值房門外一眼，不悅道：「這種話妳也敢隨便亂說？都多大的人了，怎麼還這麼任性呢？說話也不過過腦子！」

「就因為過了腦子，我才會這麼說。」桓蝶衣盯著他。「舅舅，您實話告訴我，您是不是有什麼把柄落在君默手上了？」

李世勣苦笑。「有，我在外面娶了好幾房小妾，一個比一個年輕貌美，都沒讓妳舅母知道，現在君默拿它來要脅我了。這答案妳滿意嗎？」

桓蝶衣氣得跺腳。「舅舅，人家是跟您說正經的！」

「我也是跟妳說正經的。」李世勣道：「現在這事妳也知道了，妳也可以來要挾我了。」

桓蝶衣知道問不出什麼了，只好翻了個白眼，氣沖沖地走了出去。剛一走到值房門口，差點撞上匆匆入內的裴廷龍。裴廷龍衝她一笑，桓蝶衣卻連看都不看他一眼，徑直走遠了。裴廷龍看著她的背影，無趣地撇了撇嘴。

看見裴廷龍進來，李世勣臉色微微一沉，佯裝埋頭整理書案上的文牘。裴廷龍上前見禮，李世勣「嗯」了一聲，眼皮也沒抬。「我讓你去審侯君集，你審得如何了？」

裴廷龍淡淡一笑。「回大將軍，侯君集是被咱們抓了現行，其罪昭然，有目共睹，也沒什麼好審的，就是走個過場而已。」

裴廷龍仗著有長孫無忌這座大靠山，對李世勣向來不怎麼恭敬。

「哦？他在朝中有沒有潛伏的同黨，難道也不值得審嗎？」

「大將軍放心，這個屬下已經安排薛安他們在審了。」

「嗯，那就抓點緊。」李世勣仍舊一副忙碌的樣子。

「大將軍，昨夜之事，屬下覺得有些蹊蹺，不知當不當問？」

李世勣一聽就知道他想問什麼，冷冷一笑。「你都這麼說了，我還能不讓你問嗎？」

裴廷龍也笑了笑，直問道：「大將軍，屬下想知道，昨夜召集弟兄們聚宴之事，是您自己的主意嗎？」

「怎麼，莫非得有聖上的旨意，或是長孫相公的授命，我才能聚宴？」李世勣語帶譏諷。

「屬下不是這個意思。屬下只是想問，這事是不是左將軍向您提議的？」

這些天來，裴廷龍一直在暗中調查蕭君默，也派了好幾撥人跟蹤他，可要麼被他給甩掉，要麼就是沒什麼有價值的發現。正自一籌莫展之時，便爆發了這場宮廷政變。在裴廷龍看來，昨夜伏擊侯君集的行動，從頭到尾都透著一股蹊蹺，疑點頗多，而蕭君默昨晚都沒露面，也頗為可疑。

總之，裴廷龍隱隱覺得，李世勣和蕭君默身上一定藏著什麼不可告人的祕密。

「你是聽誰亂嚼舌頭？」李世勣終於抬起頭來看著他，面露不悅道：「這事是我的主意，跟蕭君默無關。」

「屬下還有一事想問。昨夜聚宴，弟兄們幾乎都來了，為何只有左將軍沒有到場？」

「他有私事要辦，之前已經跟我告假了。」

「屬下聽說，前天左將軍來找過您，還跟您鬧了點不愉快，不知可有此事？」

「裴廷龍，你這是在審問本官嗎？」李世勣拉下臉來。

「大將軍不要誤會，屬下怎敢審問您呢？」裴廷龍毫無懼色，微微一笑。「屬下只是想知道，左將軍那天都跟您談了些什麼。倘若不是什麼機密的話，屬下倒也想聽聽。」

「機密倒是談不上，只不過涉及本官的一些隱私。」李世勣盯著他。「右將軍對此也感興趣嗎？你要是真想知道，本官也不妨告訴你。」

裴廷龍有些尷尬。「大將軍說笑了，既然是您的隱私，屬下怎麼敢隨便打聽呢？」

「那好。要沒別的事，你就先下去吧。」李世勣翻開一卷文書，不客氣地下了逐客令。

裴廷龍卻站著沒動。「大將軍，關於昨晚的行動，屬下還有一個問題想請教。」

李世勣面無表情道：「什麼問題？」

「昨晚屬下一到本衛，酒還沒喝上幾杯，您就把屬下和大部分弟兄都召集了起來，並從後門潛入了尚書省，可見您一定是事先得到了什麼情報，否則怎會有如此及時而周密的部署？」

「沒錯，本官的確是得到了情報。」

裴廷龍眼睛一亮。

「宴會開始之前，羅彪無意中發現有不明身分的人員潛伏在尚書省外，立刻向本官密報，本官這才迅速做出了安排。」李世勣微笑地看著他。「快速反應能力是本衛的基本素養。你到本衛的時間不長，對此還有點不習慣，本官可以理解。可你要是因此便胡亂猜疑，那就不僅是貽笑大方了，而且是居心叵測！」

裴廷龍被狠狠噎了一下，卻又想不出別的說辭，只好訕訕一笑，抱拳道：「屬下也就是隨便問問，若有冒犯大將軍之處，還望海涵。」

「好說。年輕人心思活泛沒什麼壞處，可凡事過猶不及，若是想得太多，就變成疑神疑鬼了。本官作為你的上司，不得不提醒你兩句，這也是為你好。」

「是，屬下謹遵大將軍教誨。」

告辭而出後，裴廷龍意頗怏怏。

憑直覺，他料定李世勣是在撒謊，可一時卻又找不出任何破綻。

現在看來，蕭君默很可能事先便掌握了太子政變的情報，然後才向李世勣提議，召集本衛人員聚宴，真正目的其實是伏擊侯君集。

倘若這個猜測屬實的話，那麼問題就來了——蕭君默到底是怎麼得到這一重大情報的？按說這麼大的事情，無論蕭君默還是李世勣，都必須在第一時間向皇帝奏報，可他們為何沒有這麼做？如果說蕭君默跟天刑盟必有瓜葛的話，那麼這次的事件會不會也跟天刑盟有關？現在既然連李世勣也捲進來了，那麼他跟天刑盟是不是也有干係？

忽然，裴廷龍想起了什麼，立刻趕到玄甲衛的案牘司，從庫房中調取了去年劉蘭成案的卷宗，然後帶回自己值房，仔細研究了起來。

半個多時辰後，裴廷龍覆上卷宗，嘴角浮出了一抹冷笑。

這件案子疑點重重。雖然這個劉蘭成自己供認他就是玄泉，但裴廷龍還是覺得，他很可能只是個替死鬼而已。真正的玄泉，一定還潛伏在朝中。

這個案子是蕭君默一手經辦的，會不會是他採用了什麼手段迫使劉蘭成自誣，目的其實是保護真正的玄泉呢？

又沉吟了片刻，一個大膽的念頭倏然躍入了裴廷龍的腦海——蕭君默要保護的這個人，這個長期潛伏在朝中且身居高位的玄泉，會不會正是李世勣?!

蕭君默來到吳王府看望李恪，沒想到他竟然不在屋裡養傷，而是在庭院裡練劍。由於右手手掌包紮著厚厚的白布，他只能用左手持劍，加之腿上有傷，只能一瘸一拐，樣子頗有些滑稽。

「還折騰呢？」蕭君默走進院子。「瞧你都傷成什麼樣了。」

「我快憋死了，出來活動一下筋骨。」李恪慢慢收起架勢。「再說了，這點小傷對我來說算不了什麼。」

「我可不是擔心你的傷。」蕭君默笑著走到他面前，道：「我是說你現在這副模樣，練起劍來很難看。」

李恪冷哼一聲。「我又沒請你來看。」

兩人說著話，來到書房，李恪隨即屏退了下人。

「你那天是不是演得過火了？」蕭君默道：「就算要在聖上面前表現，也得悠著點吧？徒手去抓千牛刀倒也罷了，何必把自己的腿也弄瘸了？」

「你還說！」李恪沒好氣道：「你事先給太子下了藥，為何不告訴我？早知如此，我何必玩得這麼大？」

「什麼都告訴你，你的戲不就假了？」蕭君默笑。

「沒想到宮裡還有你的人，你祕密可夠多的。」李恪看著他。「快說，你是讓誰下的藥？」

「知道太多對你沒好處。」

「又要瞞著我？」

「對，收起你的好奇心，這是為你好。」

「哼！」李恪忍不住翻了下白眼。

「別那麼不高興。經此一事，你在聖上心目中的分量就更重了。你現在的任務是好好養傷，準備到東宮去當你的太子吧！」

「你能確定，父皇不會立四弟？」李恪有些狐疑。

蕭君默搖搖頭。「不會。」

「為什麼？」

「太子走到這一步，最恨的不就是魏王？他這次注定完蛋了，豈能不拉魏王來墊背？」

「可大哥能拿四弟怎麼著？」

「你可真是貴人多忘事。」蕭君默一笑。「你想想，魏王跟冥藏聯手的事，太子不是早就知道了嗎？」

李恪一拍腦袋。「對，我倒把這一茬給忘了。」少頃，忽然皺了皺眉。「可是，大哥現在說的話，父皇能信嗎？」

「當然不會全信，但也不會一點都不信。你想，謝紹宗那天晚上出動了數百精銳夜襲魏王府，卻全軍覆沒，若說單憑魏王府的侍衛便能辦到這一點，聖上能信嗎？他難道不會懷疑，魏王身邊有得力幫手？」

李恪點點頭。「沒錯，父皇那麼精明，肯定會懷疑。」

「所以說，此番立儲，你入主東宮的可能最大。」

李恪不由面露笑容。「孔明兄，若我真的入繼大統、君臨天下，你就是最有資格當宰相的人，你難道真的不動心？」

蕭君默淡淡一笑，搖了搖頭。

李恪蹙起眉頭。「能告訴我，你拒絕的理由嗎？」

「其實理由我早就對你說過了。」蕭君默道：「我厭惡官場的爭權奪利、爾虞我詐，我喜歡輕鬆、自在、簡單的生活。」

「別把自己說得那麼與世無爭。」李恪笑道：「不是我誇你，在我認識的人裡面，你可是最會玩弄權謀的！別的不說，就說這回太子輸得這麼慘，不就是拜你所賜嗎？要不是你運籌帷幄，現在這大唐肯定已經變天了。」

「我只是不得已而為之，並非志在於此。」蕭君默看著他。「說難聽一點，我可以玩弄權力，但不想被權力玩弄。」

「你是在暗示什麼嗎？」李恪臉色一沉。「莫非你認為，到時候我會玩鳥盡弓藏、兔死狗烹那一套？」

「我不是針對你。」蕭君默苦笑了一下。「我的意思是說，權力不是什麼好東西，它就像一把雙刃劍，若過於貪戀，遲早會傷人傷己。」

「照你這麼說，我也別爭什麼太子了，索性連這個吳王都不當了，咱們一同歸隱山林，去做閒雲野鶴豈不是好？」

「別說這種氣話了，你走得了嗎？」蕭君默淡淡一笑。「就算走得了，你自己放得下嗎？就憑你的性子，你甘心嗎？」

李恪嘿嘿一笑。「我自然不甘心。男兒立身處世，自當做一番揭地掀天、名留青史的豐功偉業，否則便是愧對天地，愧對列祖列宗，也愧對了這七尺之軀！」

「這不就結了？人各有志，何必強求？你有你的天命和志向，我有我的好惡和選擇，咱們只能各盡其分、各安其命。」

李恪嘆了口氣。「也罷，那就不強求了。等你功成身退那一天，你要到哪個地方隱居，告訴我一聲，我把那個地方封給你……」

「你還是饒了我吧。」蕭君默笑著打斷他。「讓你這麼大張旗鼓地分封，我那還叫隱居嗎？若真到那一天，你就好好做你的大唐皇帝，我安心做我的山野草民，咱們誰也別管誰了。」

「你就這麼絕情？」李恪瞪起了眼。

「相濡以沫，不如相忘於江湖。」蕭君默微微一笑，笑得雲淡風輕。

上元節的這場宮廷政變雖然有驚無險，並未給大唐朝廷造成什麼實質危害，但對李世民的內心卻是一次無比沉重的打擊。因為這場父子反目、兄弟相殘的悲劇，幾乎就是武德九年那場血腥政變的翻版，也等於把李世民內心那個早已結痂的傷口又血淋淋地撕開了。

也許，這就叫天道好還、因果不爽，這就叫冥冥中自有報應。

自從武德九年以暴力手段奪位之後，李世民的內心深處便刻下了一道巨大的傷口。儘管他一直以正義者自居，一直用「周公誅管、蔡」的堂皇說辭來說服自己和天下人，可他的良心並未因此得到安寧，一種強烈的負罪感始終橫亙在他的心中。

這麼多年來，李世民之所以臨深履薄、朝乾夕惕、虛懷納諫、勵精圖治，從某種程度上說，正是受到了這種負罪感的驅動。換言之，當年奪嫡繼位的手段越不光明，李世民為世人締造一個朗朗乾坤的決心就越大；玄武門之變給李世民造成的隱痛越深，他開創貞觀盛世的動力就越強；弒兄、殺弟、逼父、屠姪的負罪感越是沉重，他透過造福天下來完成自我救贖的渴望就更加強烈！

隨著時間的推移和太平盛世的逐步實現，李世民一度以為自己已經完成了這樣的救贖，可當這場政變猝然爆發，他才猛然意識到，再怎麼偉大的事功，也無法抵消自己曾經的罪愆；再怎麼完美的救贖，也無法逃避上天終將降下的懲罰！

生平第一次，李世民感到了一種透澈骨髓的無奈和悲涼……

然而，身為大唐天子，職責卻不允許他過久地陷溺於這種脆弱的情感中。因此，在甘露殿閉門三日之後，李世民終於強打精神重新出現在了世人面前。此後數日，他先後召見了長孫無忌、岑文本、劉洎、李世勣、李道宗、尉遲敬德、褚遂良等大臣，連去年被他勒歸私邸，至今仍賦閒在家的房玄齡也召進了宮。

李世民召見他們，議題只有一個，就是由誰來繼任太子。

一番問對之後，大臣們相繼提出了三個人選：其中，岑文本和劉洎力挺魏王李泰，李道宗和尉遲敬德傾向吳王李恪，長孫無忌和褚遂良則力薦年僅十六歲的晉王李治。

而李世勣和房玄齡都沒有明確表態，只說了一些模稜兩可的套話。李世民知道，李世勣是因為生性謹慎，不敢在如此敏感的問題上公開站隊；房玄齡則因為此前栽過跟頭，而今早已是驚弓之鳥，自然更不敢再捲入立儲之爭。

上述三個人選，李泰和李恪本已在李世民的考慮之內。在他看來，這兩個兒子各自繼承了他的部分優點，無論哪一個入主東宮，都可以算是合格的儲君；至於李治，則幾乎從未進入過他的候選名單——這個生性仁弱、年紀尚幼的雉奴，怎堪擔當大唐儲君的重任？

然而，長孫無忌提出的理由，卻又讓李世民無法忽視。

長孫無忌認為，未來的大唐天下需要的不是銳意開拓的雄霸之主，而是仁厚有德的守成之君。且在他看來，生性仁孝的晉王李治恰恰就是「守成之君」的不二人選，所以他才會力薦李治。

這樣的論調，李世民之前也聽他講過，不過當時只是隨口談論，並未放在心上，如今面臨重新立儲的大事，李世民就不得不慎重考慮了。

鑑於隋朝二世而亡的歷史教訓，李世民當然也覺得長孫無忌的看法不無道理，可一想到李治年紀還那麼小，且性情柔弱，易受人掌控，便忍不住對長孫無忌擁立李治的真實動機產生懷疑。

「無忌，朕日前重閱《漢書》，讀到漢武帝之後的西漢故事，不知為何，心中竟頗有些感慨啊！」這一天，李世民在甘露殿的御書房單獨召見了長孫無忌，一照面就拋出了這麼一句，令長孫無忌一時摸不著頭腦。

「敢問陛下……因何感慨？」

「縱觀青史，對於霍光這個人物，歷代史家褒貶不一，有人讚他功比伊尹、德配周公，也有人罵他擅權攬政、威福自專，不知你怎麼看？」李世民不答反問。

霍光是西漢的著名權臣。他受漢武帝遺命，輔佐年僅八歲的漢昭帝劉弗陵，此後平定了上官桀、燕王劉旦的叛亂，穩定了朝政；漢昭帝病逝後，擁立昌邑王劉賀為帝，隨後發現劉賀荒淫無道，又將其廢黜，另立漢武帝曾孫劉病已，即漢宣帝。

霍光前後把持國政近二十年，對漢朝的安定和中興建立了功勛，但也因其專權日久、擅行廢立而頗受世人詬病。

「這個……」長孫無忌一邊揣摩著皇帝的弦外之音，一邊趕緊應付道：「霍光受襁褓之託，任漢室之寄，匡國家，安社稷，廢無道之君，擁昭、宣二帝，恭謹立身，老成謀國，故臣以為，霍光之輔漢室，可謂忠矣！」

「哈哈！」李世民乾笑了兩聲。「朕問的是你個人的看法，你卻把班固的史論背給朕聽，未免太滑頭了吧？」

長孫無忌尷尬地笑了笑。「臣學識淺陋，對此並無過人的見解，只能因循前人之說，讓陛下見笑了。」

「就算因循前人，那班固對霍光的評價也不全是好的，你卻只記了這番褒獎之詞，另外那一半貶抑的話，你怎麼就不說呢？」

班固在《漢書》中雖然肯定了霍光輔政的功績，卻也毫不諱言他的過失。「然光不學亡術，闇於大理，陰妻邪謀，立女為后，湛溺盈溢之欲，以增顛覆之禍，死才三年，宗族誅夷，哀哉！」

由於霍光多年秉政、權傾朝野，其宗族子弟也都是高官顯爵、位居要津，霍氏一族的勢力幾乎盤踞了整個朝廷，所以漢宣帝心中極為忌憚。此外，霍光之妻為了讓女兒入主後宮，命人毒死了皇后許平君，霍光知悉後又替其隱瞞，此舉更是令漢宣帝深恨於心。故而霍光死後，霍氏一族懼不自安，企圖發動政變，最後卻被漢宣帝挫敗，慘遭滅族……

想起這段令人唏噓的歷史，長孫無忌不禁有些頭皮發麻，雖然還不太確定皇帝今日召見他的真正意圖，但心中已生出了些許不安。

「陛下提醒得對。霍光固然有大功於漢室，但其久專大柄，不知避去，且多置親黨，充塞朝廷，使人主蓄憤於上，吏民積怨於下，故身死之後，宗族即遭屠滅，委實令人唏噓扼腕。班固斥其不學無術，昧於君臣之理，誠為確論！」

「瞧瞧，剛才還在自謙呢，說你自己學識淺陋，可這番話不是說得挺有見地的嗎？」李世民似笑非笑地看著他。「正所謂『主少國疑』，像霍光這種輔佐幼主的大臣，其實是最不好當的，一輩子殫精竭慮不說，還要時刻保持戰戰兢兢、如履如臨之心，稍有不慎，便會跌入身死族滅的萬丈深淵！所以這幾日，朕一直在想一個問題，既然你也熟讀史書，深知其害，為何又一心要擁立少主，想當霍光這樣的人呢？」

長孫無忌一聽，頓時大驚失色。

原來皇帝繞了一大圈，是在暗諷他包藏野心，擁立李治的目的就是想做權臣！

「陛下明鑑！」長孫無忌慌忙跪伏在地，顫聲道：「臣推薦晉王，純屬公心，絕非出於私欲，更不敢有絲毫僭越之想，萬望陛下明察！」

李世民淡淡一笑。「話是這麼說，可你畢竟是雉奴的舅父，還是淩煙閣二十四功臣中名列第一的開國元勛，又是專秉尚書、門下二省大政的首席宰相，倘若朕真的立了雉奴，將來朕有個三長兩短，你不就是顧命大臣的頭號人選嗎？到時候朕要託孤，除了找你，還能找誰呢？萬一真有那麼一天，你不就是第二個霍光了嗎？」

聞聽此言，長孫無忌越發驚懼，額頭瞬間冒出了冷汗。「稟陛下，縱使您真的立了晉王，他將來也不會是少主；因為陛下龍體康泰，定可長命百歲，晉王若要即位，那也是數十年後之事了。屆時晉王已是盛年，又豈是昭、宣二帝可比？況且到那時候，臣說不定已先陛下而去，又如何當這個霍光？再者，陛下若實在不放心，今日便可罷去臣之相職，以防臣將來竊弄權柄、危害社稷！」

長孫無忌說到最後，已然有些負氣的意味了。

李世民又盯著他看了一會兒，忽然哈哈大笑。「行了行了，平身吧，朕不過跟你開個玩笑，何必這麼緊張？冊立晉王之事，也不是不可以考慮，你讓朕再想想吧。」

「謝陛下！」

長孫無忌從地上爬起來，感覺自己的後背已經被冷汗浸濕了。

夜闌人靜，王弘義負手站在一座石橋下。

聽到身後傳來一陣細碎而熟悉的腳步聲，王弘義無聲一笑，頭也不回道：「這幾日，李世民一定睡不著覺了吧？」

玄泉在橋下的陰影中站定，沉默了一下，道：「是的先生，如您所言，李世民近日一直把自己關在寢殿中，茶飯不思，夜不能寐，顯然受到了不小的打擊。」

「報應啊！他終於也有這麼一天！」

王弘義的聲音中洋溢著一種毫不掩飾的幸災樂禍的快意。

玄泉沒有接茬。

王弘義先是無聲而笑，繼而忍不住呵呵笑出了聲，半晌才道：「說說吧，重新立儲之事，有何眉目了？」

玄泉將大臣們分別提出三個人選的事情說了。

「哦？」王弘義轉過身來，有些意外。「長孫無忌居然推薦那個乳臭未乾的晉王？」

「是的。」

王弘義略加思忖，冷冷一笑。「這老小子，擺明了就是想等李世民死後，自己做權臣，胃口還真不小啊！」

玄泉依舊沉默。

「你剛才說，推薦吳王的是李道宗和尉遲敬德？」

「是的。」

王弘義又想了想，然後看著玄泉。「依目前的形勢看，你覺得魏王的勝算有多大？」

「據屬下觀察，李世民還是傾向於魏王。」

「何以見得？」

「今日李世民在寢殿單獨召見了長孫無忌，雖然屬下無法確知他們在談論什麼，但是長孫無忌回南衙後，屬下便找了個由頭前去刺探，發現他臉色很差。據屬下推斷，他一定是被李世民敲打了，原因只能是晉王之事。由此可見，李世民並不想立晉王。」

王弘義微微頷首。「那吳王呢？這小子近來頗為得寵，這回又在百福殿冒死救了李世民，出盡了風頭，他的勝算難道不比魏王更大？」

「吳王雖然得寵，但畢竟是庶子，若立他為太子，於禮有悖，必然會遭到大多數朝臣的反對，李世民對此不可能沒有顧慮。故屬下認為，兩相比較，還是魏王贏面更大一些。」

王弘義沉吟片刻，冷不防道：「玄泉，你對魏王，不會有什麼個人感情吧？」

玄泉一怔。「先生何出此言？」

「現在是我在問你。」王弘義冷冷地看著他。

「屬下輔佐魏王，不都是先生的安排嗎？豈會有什麼個人感情？」

「是我的安排沒錯，可我還是想提醒你，輔佐魏王只是咱們的手段，你千萬別把他當成了主子。倘若有一天，魏王失去利用價值，我會毫不猶豫地棄掉！希望到時候，你不會跟我唱反調。」

玄泉趕緊躬身抱拳。

「先生請勿多慮。屬下是天刑盟的人，只唯先生馬首是瞻，絕不敢有二心！」

「嗯。」王弘義面無表情道：「但願如此。」

玄泉低著頭，晶亮的目光在黑暗中隱隱閃爍。

玄甲衛的監獄中，有幾間乾淨整潔的牢房，專門關押身分特殊的人犯。

李承乾被關在其中最為寬敞的一間，裡面床榻、被褥、几案、筆墨一應俱全，角落裡還燒著一盆炭火，看上去幾乎跟普通驛館的房間沒什麼兩樣。唯一的區別是此處沒有窗戶，只在一人半高的牆上開著一扇小鐵窗，所以光線比一般的房子昏暗許多。

此刻，李承乾正呆呆地坐在床榻上。

陽光透過小鐵窗斜射進來，形成一道光束打在他的側臉上，令他的臉一半落在光明處，一半隱在黑暗中。

牢門打開了，鐵鍊聲叮噹作響，可李承乾卻像睡著了一樣毫無察覺，直到李世民緩緩走到他面前，他才猛然清醒過來，趕緊伏地叩首。「兒臣拜……拜見父皇。」

「平身吧。」

李承乾起身，低垂著頭，不敢接觸李世民的目光。

「那天沒有一鼓作氣殺了朕，你是不是挺後悔的？」李世民的聲音聽上去毫無半點感情色彩。

李承乾一驚，趕緊又跪伏在地。「父皇恕罪，兒臣從來沒想過要傷害您。」

李世民背負雙手，抬頭看著鐵窗外那一方小小的天空，用略帶沙啞的聲音道：「朕聞生育品物，莫大乎天地；愛敬罔極，莫重乎君親。是故為臣貴於盡忠，虧之者有罰；為子在於行孝，違之者必誅。大則肆諸市朝，小則終貽黜辱……承乾，你無君無父、忘忠忘孝，朕雖想寬恕你，奈何於禮有悖，國法難容。朕今天，是來見你最後一面的。」

李承乾大為震恐，抬起頭來。「父皇，您……您是要殺兒臣嗎？」

「你認為自己該不該殺？」李世民也轉臉看著他，不答反問。

李承乾語塞，片刻後忽然平靜下來，道：「是，兒臣是該殺，如果父皇一定要殺兒臣，兒臣絕無怨尤。不過，兒臣走到這一步，父皇認為都是兒臣一個人的錯嗎？」

李世民聞言，臉色一黯。

「父皇別誤會，兒臣不是說您。」李承乾道：「兒臣從堂堂儲君變成階下之囚，說到底都是四弟逼的，所以兒臣勸您三思，切不可立他為太子！」

「朕不否認，青雀是有奪嫡的心思，可你要是品行端正，誰能把你逼到這一步？說到底還是你咎由自取，是你的所作所為配不上大唐儲君的身分！事到如今，你就不要再怨天尤人了。」

「是，兒臣固然配不上。」李承乾微微冷笑。「可您認為，四弟就配得上嗎？」

「至少他比你有才學，也比你更有德行！」

見李承乾落到這步田地還在跟李泰爭長論短，李世民不禁有些動怒了。

「才學嘛……或許是吧，像《括地志》那種東西，兒臣的確是不感興趣，也弄不來。可要論德行，兒臣真心不覺得四弟多有德行。」李承乾撇了撇嘴，面露不屑。「父皇，您說的德行，主要便是忠、孝二字吧？」

李世民不答話。

李承乾只好自問自答。「從小，兒臣便聽太師李綱講過，所謂德行，指的便是禮、義、廉、恥、孝、悌、忠、信，其中忠、孝二字是最基本的。那麼兒臣想請教父皇，倘若有個臣子，明知君父最想得到某種東西，而他卻私自藏匿，祕而不宣，這樣的臣子，算得上忠孝嗎？」

李世民微微蹙眉。「你想說什麼？」

李承乾笑了笑。「兒臣想說的是，您這麼多年來一直在追查〈蘭亭序〉背後的祕密，也一直想挖出天刑盟這個神祕組織，可您知不知道，天刑盟最重要的人物王弘義，就是代號『冥藏』的那個傢伙，其實早就跟四弟狼狽為奸了？」

李世民渾身一震，難以置信地盯著他。「此事你如何得知？」

「不瞞父皇，」李承乾一副破罐子破摔的表情。「兒臣也早就跟天刑盟羲唐舵的人聯手了，那個人叫謝紹宗，是東晉宰相謝安的九世孫。關於冥藏的事情，便是他告訴兒臣的。所以兒臣想說的是，如果說我是不忠不孝之人，那麼四弟當然也談不上什麼德行。說白了，您這兩個兒子其實早就都背叛了您，差別只在於，兒臣暴露在了明處，而四弟依舊躲在暗處，僅此而已！」

李世民瞪著連日來夜不成寐的通紅雙眼，死死地盯著李承乾。

一直俯首躬身、侍立在牢門邊的趙德全皺了皺眉，眼中閃過一絲複雜的神色。

「關於天刑盟，你還知道什麼？」李世民沉聲問道。

李承乾聳了聳肩。「對不起父皇，兒臣當初招攬謝紹宗，只是為了防備四弟，至於天刑盟的事情，兒臣並不感興趣，也就沒打聽。現在謝紹宗死了，您要想追查天刑盟，只能去找四弟和他的盟友冥藏了。」

李承乾故意把重音落在了「盟友」二字上。

李世民聞言，臉上的肌肉不禁抽搐了一下。

自從得知身世真相後，蕭君默心裡就一直在糾結一個問題：該不該與母親相認？母親已然失憶，若要相認，勢必要把她早已忘卻的那些往事全部告訴她，而這麼做顯然過於殘忍；若不相認，他就只能以「朋友」的身分去看望她，這樣就要強忍內心的痛苦和悲傷，又要忍受不能在她跟前盡孝的愧疚和自責，對自己似乎也很殘忍。

就這麼猶豫多日，蕭君默還是沒有主意，最後決定去找楚離桑商量。他打算告訴她一切，然後請她幫忙想個兩全其美的辦法。

這天深夜，蕭君默悄悄來到崇德坊烏衣巷的王宅，用事先約定的暗號把楚離桑約了出來，然後便把自己的身世真相原原本本告訴了她。

儘管早已猜到蕭君默是隱太子和徐婉娘的骨肉，可整件事情背後的驚險和曲折還是讓楚離桑始料未及。聽完他的講述，楚離桑心中唏噓不已，半晌後才向他承認，自己之前便已猜出了他的身世，只是不敢告訴他。

蕭君默有些意外，怔了怔，旋即苦笑。「妳是如何得知的？」

楚離桑把不久前從王弘義那兒偷聽來的話，一五一十告訴了他，最後道：「你和姨娘的眼睛很像，所以我便猜出了六、七分。後來姨娘看見你的時候，那表情太奇怪了，我便越發認定她和你的關係肯定不簡單。當然，這些都是我的猜測。之所以不敢跟你提起，也是因為我沒有任何憑據，只是直覺而已。」

蕭君默恍然，沉默了一會兒，接著便道出了自己的糾結，問她有沒有什麼好主意。

楚離桑略微思忖，道：「這事不難啊，你跟方伯他們亮明盟主的身分，就說現在魏太師去世了，李將軍也離開了長安，只有你能保護姨娘的安全，然後你把姨娘接回家，這樣既不必告訴姨娘真相，又能對她老人家盡孝，不就兩全其美了嗎？」

蕭君默一聽，頓時啞然失笑。

是啊，這麼簡單的辦法，自己卻苦思多日而不得，真是當局者迷！

主意已定，二人當即趕往懷貞坊。

路上，蕭君默想著什麼，忽然問道：「如果我把我娘接回了家，妳……能不能幫我照顧她？」

楚離桑聽出了他的弦外之音，卻假裝沒聽懂。「當然可以。你放心，我會經常去看她的。」

蕭君默聞言，不禁在心裡苦笑了一下。

他當然知道楚離桑明白他的意思，也知道她為何佯裝不懂。原因就是王弘義。

此刻，蕭君默真的很想問她為什麼不離開王弘義，但話到嘴邊又嚥了回去。因為這麼問就太自私了。不管王弘義做了多少惡事，他畢竟是楚離桑的親生父親，自己有什麼權力逼迫她離開呢？

蕭君默並不知道，就在他這麼想的同時，楚離桑也在捫心自問：妳不離開王弘義，到底是像妳自己說的那樣，想刺探情報幫助蕭君默，還是妳終究捨不得離開這個「父親」？所謂刺探情報云云，會不會只是妳自欺欺人的藉口而已？

楚離桑感覺心裡像塞了一團亂麻，完全回答不了自己的問題。

二人各想心事，一路無話，很快就來到了芝蘭樓的院門前。

令他們意想不到的是，平時緊閉的那兩扇院門，此刻竟豁然洞開！

蕭君默的心猛地一沉，立刻一個箭步躥進了院子。楚離桑也猝然一驚，趕緊跟著跑了進去。

一幕慘狀同時映入他們的眼簾，令他們無比驚駭。

方伯直挺挺地躺在院子裡，喉嚨被利刃割斷，血流了一地，雙目圓睜，手裡還握著一把刀。他的妻子桂枝躺在小樓的樓梯口，死狀與他如出一轍。

兩人來不及多想，一前一後衝上了樓梯，剛跑上二樓，迎面又見一具女性的屍體俯身趴在走廊上。蕭君默一震，下意識煞住了腳步。跟在後面的楚離桑差點撞上他的後背。走廊上光線昏暗，一時無法辨認那具屍體到底是誰。

蕭君默深吸了一口氣，一步步走到屍體旁邊，蹲下來，輕輕抬起她的臉。

是杏兒，方伯和桂枝的女兒。

她的死狀也與爹娘一模一樣。這個年僅十幾歲的小姑娘同樣睜著雙眼，臉上甚至還凝固著一絲倔強和不屈的表情。

楚離桑再也忍不住心中的酸楚，捂住了嘴，別過臉去。

蕭君默沉沉一嘆，幫杏兒合上了雙眼。

二樓的三個房間都是大門敞開，房內均有打鬥的痕跡，所幸沒有出現第四具屍體——徐婉娘和黛麗絲已然不見蹤影。

蕭君默強迫自己冷靜下來，一一查看了三具屍體，發現屍身都尚有餘溫，被殺時間應該不超過一個時辰。三具屍體周圍的地上都有許多凌亂的血跡，有噴濺狀的，有滴落狀的，也有拖曳狀的。

很顯然，那不全是他們自己的血，也有對方的。

一番勘查後，蕭君默斷定，方伯一家三口，至少殺死殺傷了三到五名敵人。不過對方得手之後，便將死傷人員都帶走了。

一切都似曾相識，殺人手法乾淨俐落，行動進退有序，現場不留任何線索。

「到底是什麼人幹的？」楚離桑又驚又怒，帶著哽咽的聲音道：「他們怎麼知道姨娘住在這兒，又為什麼要綁架姨娘？」

蕭君默沒有說話，但他心裡已經有了答案。

第十五章

誘捕

李世民在兩儀殿單獨召見了李泰。

自從去年厲鋒案後，李泰便被李世民「遺忘」了，不僅一次也沒有被召見，好幾回提出要入宮請安也都被李世民婉拒了。現在太子已經垮臺，李泰相信這次召見一定非比尋常，說不定父皇今天便會宣布立他為太子。

為此，李泰激動得一夜未曾合眼。

今日一早，天剛曚曚亮，李泰便迫不及待地翻身下床，先是潔身沐浴，接著到佛堂焚香禱祝了一番，然後換上了一身全新的朝服，早早地便進了宮。結果，比原定時間早到了半個多時辰，只好在偏殿候著。直到陽光灑遍殿庭，李泰才接到了傳召。他連忙整了整朝服朝冠，深長地吸了幾口氣，懷著興奮而忐忑的心情登上了兩儀殿。

大殿上，李世民微閉雙目，端坐御榻，一旁侍立著趙德全。

李泰趨步上殿，跪地俯首，朗聲道：「兒臣叩見父皇，父皇萬歲萬歲萬萬歲！」

大殿空曠，李泰中氣十足的聲音在殿中迴盪，餘音嫋嫋：萬歲、歲、歲、歲……

長長的餘音消隱之後，李泰等了好一會兒，卻沒有聽到預想中的「平身」二字。李泰不敢抬頭，眼睛轉了轉，只好硬著頭皮又說了一遍。這回，他稍稍提高了音量，因而餘音更為悠長。然而，結果還是一樣，回應他的只有一片死寂。

李泰終於忍不住偷偷抬眼，只見父皇微垂著眼皮，猶如老僧入定一般，在御榻上端坐不動。一瞥之下，李泰心裡頓時咚咚敲起了鼓，原有的興奮之情全部化成了忐忑。李泰挪了下眼珠，把目光投向一旁的趙德全，希望得到一點暗示，不料這老閹宦的眼睛竟然閉得比父皇還緊，真是見鬼了！

李泰就這麼尷尬地跪在地上，額頭逐漸沁出了冷汗。

不知過了多久，當李泰額上的一滴冷汗順著鼻梁滑落，跌在地上碎成數瓣時，李世民的聲音才緩緩地響了起來。「青雀，知道朕今日為何召你入宮嗎？」

李泰如逢大赦，連忙把頭伏得更低了。「回父皇，兒臣每日每夜、時時刻刻都在聽候父皇召喚，無論父皇為何召兒臣入宮，兒臣都覺得是無上恩寵。」

「嗯，口齒還是那麼伶俐。」李世民淡淡道：「這一點，你的確比你大哥強多了。」

「謝父皇誇讚！」李泰稍稍鬆了口氣。「不過此乃兒臣肺腑之言，絕非矯飾之詞。」

「這幾年，你一直跟承乾明爭暗鬥，現在他終於栽了，你心裡有何感想？」

「回父皇，兒臣深感震驚，也替大哥感到惋惜。」

「哦？」李世民嘴角浮起一絲譏誚。「除了震驚和惋惜，是否也有一絲隱隱的快意呢？」

李泰猝然一驚，下意識抬起頭來。「父皇明鑑！兒臣……兒臣絕不敢幸災樂禍。兒臣與大哥乃一母同胞，若存此心，更與禽獸何異？兒臣發誓，若存此心，定遭天打雷轟、天誅地滅——」

「行了行了，朕召你來，不是來聽你發毒誓的。」李世民冷冷打斷他。「今日召你入宮，是有一件要緊的事，想聽聽你的看法。」

李泰心中一動，忙道：「請父皇明示。」

「承乾謀反，罪無可赦，朕已決定將他廢黜。然儲君之位不可虛懸，你說說看，在你的兄弟之中，誰更適合當這個太子？」

李泰萬沒料到父皇會這麼問他，更摸不透父皇此舉究竟何意，愣了一下，才道：「回父皇，茲事體大，當由父皇聖裁，兒臣不敢置喙。」

「朕讓你說你就說，沒必要講這些套話。」

「是。兒臣……兒臣推薦三哥。」

「哦？」李世民眉毛一挑。「理由呢？」

「三哥文韜武略、智勇過人，最似父皇當年，且自去年回京之後便屢建功勛、深孚眾望，此次宮變又臨危不亂、捨身護駕，可謂大仁大勇、至忠至孝！故兒臣以為，我大唐之新太子，實在非三哥莫屬。」

「嗯，這番評價雖然溢美，大體倒也符合事實。」李世民面色和緩了些。「那你再說說，除了你三哥，還有誰？」

李泰強忍著毛遂自薦的衝動，一臉恭謹道：「兒臣認為除了三哥，別無合適人選。」

「是嗎？」李世民玩味著他的表情。「那你自己呢？你跟承乾爭了這麼長時間，不就是因為你自認為比他更有資格當太子嗎？現在機會就擺在你眼前，怎麼反倒臨陣退縮了？」

李泰略一思忖，忙道：「回父皇，兒臣這大半年來閉門謝客，持戒修行，反躬自省，已經認識到了過去的錯誤。對於過往種種，兒臣深感懊悔，慚愧無地。是故從今以後，兒臣決意洗心革面，重新做人，絕不敢再覬覦儲君之位，更不敢再生奪嫡之想。」

「你能有這番體悟，朕心甚慰。不過，凡事都不宜矯枉過正。而今儲位虛懸，人心不安，你身為藩王，又是嫡次子，便負有不可推卸之責，正應替朕分憂。如果你仍然心懷天下的話，大可當仁不讓、毛遂自薦嘛。」

李泰琢磨著父皇這幾句話，腦子快速運轉了起來。

按說父皇這番話頗有鼓勵之意，尤其是強調了他「嫡次子」的身分，更令他生出了意料之外的驚喜。不過，剛剛經歷了大半年的「雪藏」，此時的李泰不免擔心父皇是在有意試探他，因而心中仍存狐疑，便不敢順著杆往上爬，於是遲疑了半天，也不知道該說什麼。

李世民看著他，淡淡一笑。「起來回話吧。」

「謝父皇。」李泰趕緊起身，發現自己的兩條腿都跪麻了。

「青雀，不瞞你說，最近幾日，大臣們推薦了幾個人選，其中有人推薦恪兒，還有人推薦雉奴，當然也有人推薦了你。」李世民頓了頓。「你也清楚，朕一向比較賞識你的，若你能從過去所犯的錯誤中記取教訓，朕當然也不會輕易放棄你，即使立你為太子也不是不可能，只不過……」

李泰沒料到父皇竟然會主動表態，不禁大喜過望，趕緊抬起頭來。「敢問父皇，不過什麼？」

「你當初跟承乾明爭暗鬥，引起部分大臣反感，若朕執意立你為太子，只怕會有不少人心存腹誹，甚至公然反對。所以，你要想當儲君，就必須為社稷建功，才能讓朝野上下心服口服。」

李泰終於意識到父皇是在給他機會，頓時眼睛一亮。「還請父皇明示，兒臣該做些什麼？」

李世民沒有馬上回答，而是想了想，反問道：「還記得去年，大致也是這個時候，你幫朕做了件什麼事嗎？」

李泰眼睛轉了轉。「父皇指的是……尋找〈蘭亭序〉一事？」

「正是。當時你幫朝廷抓獲了辯才，過後辯才供出了部分天刑盟的祕密，也供出了一個人，就是王羲之的九世孫王弘義，代號冥藏。此人野心勃勃，陰狠毒辣，一心要禍亂天下，乃至顛覆我大唐社稷。這些事情，你可知道？」

李世民說著，觀察著李泰的表情。

「這個……」李泰的目光閃爍了一下。「抱歉父皇，當初抓獲辯才後，您便沒有讓兒臣繼續參與此案了，所以……後來發生的事情，兒臣均不得而知。」

「哦？難道房玄齡父子私下也沒向你透露？」

「房遺愛好像是說過一些，不過兒臣知道這些都是朝廷機密，便不敢聽太多，即使聽過一些，也早就忘了。」

李世民呵呵一笑。「這麼說，你還滿謹慎的嘛。」

李泰也陪著乾笑了幾聲。

「既然你不知情，那朕現在告訴你，這個冥藏，從去年便潛入了長安，就躲在咱們的眼皮子底下興風作浪！據可靠情報，這回承乾謀逆，背後八成也有他的黑手。我大唐朗朗乾坤，豈容這種喪心病狂之徒翻雲覆雨？所以誰若能抓住冥藏，誰就為社稷立下大功。朕的意思，你明白了吧？」

李泰當然明白了，但他的心情也在一瞬間變得極為複雜。

父皇的意思明擺著，自己若能拿下王弘義，就等於拿下了太子位，這簡直是天上掉下了一塊大餡餅！憑李泰和王弘義的關係，要抓王弘義可謂易如反掌，問題是李泰忍不住犯了嘀咕，父皇為何偏偏把這個任務交給自己？他是不是已經知道自己跟王弘義暗中聯手的事情？

倘若如此，父皇此舉便是在「釣魚」，目的便是把自己和王弘義一鉤釣起！

想到這裡，李泰不禁驚出了一身冷汗。

可是，假如父皇已經知道，他為何又不明說呢？答案只有一個，就是父皇顧念父子之情，不想讓這件事大白於天下，才會心照不宣地給他這個將功贖罪的機會。

此刻，李泰驀然意識到，無論父皇知不知道他跟王弘義的關係，無論是從立功還是從贖罪的角度來看，他都已經別無選擇了，只有拿下王弘義這一條路可走。

雖然一直以來，王弘義都在幫他，雖然他對王弘義下手必然會傷害蘇錦瑟，但此時的李泰已經顧不上那麼多了……

主意已定，李泰當即重新跪地，朗聲道：「兒臣都明白了，請父皇下旨！」

「好，朕給你十天時間。十日之內，把王弘義帶到朕的面前來，最好是活口，若抓不到活的，也要提他的人頭來見！」

「兒臣遵旨！」

李泰雙手抱拳，高聲答道，同時在心裡說：兒臣當然只能提著王弘義的人頭來見，若是活的，他王弘義把所有事情一捅，兒臣便死無葬身之地了。

接旨後，李泰隨即行禮告退。

李世民目送著他的身影消失在殿門口，臉色瞬間冰冷如鐵，對趙德全道：「傳李世勣。」

李世勣已在偏殿等候多時，聞召立刻上殿。

一邁進殿門，李世勣便望見皇帝正背著雙手面朝屏風站著，只給了他一個寬闊的後背。李世勣很清楚，皇帝臉色特別難看的時候，通常便會做出這個動作。

李世勣快步上前，跪地行禮。「臣李世勣叩見陛下。」

李世民紋絲不動，恍若未聞，片刻後才頭也不回道：「即刻對魏王府實施十二時辰監控，密切監視魏王，一旦發現王弘義，立刻緝拿！記住，朕要活的。」

事實上，李世民給李泰下那道旨意，只是想利用他引出王弘義而已，真正抓捕王弘義的任務，李世民根本就不會放心交給他。

至於方才許諾給李泰的太子位，當然也只是李世民的隨口一說——不管最終王弘義是不是李泰抓的，他這輩子都不可能當上太子了。

「聖上讓您抓捕王弘義?!」

魏王府書房內，杜楚客聽李泰說了入宮的事情後，一時大為驚懼。

李泰點點頭。「父皇還許諾，事成之後就讓我當太子。」

「您信嗎？」杜楚客有些狐疑。

「我信不信又能怎樣？」李泰苦笑。「我也懷疑父皇知道了我跟冥藏的事，可事到如今，除了把冥藏的人頭交出去，我還能怎麼做？倘若父皇真的知情，我只能以此將功折罪；若不知情，我就還有希望入主東宮。無論如何，王弘義都必須死。」

杜楚客蹙緊眉頭，嘆了口氣。「那殿下打算如何行動？」

李泰沉吟半晌，忽然問：「咱們在終南山建的那座別館，已經竣工了吧？」

杜楚客不知他為何這麼問，怔了怔，道：「節前便已竣工，所有內外裝飾也已完畢，我最近正讓人添置家具來著，前廳、正堂和兩廂都拾掇得差不多了，就剩後院——」

李泰抬手止住了他。

「那就好。我待會兒就寫個帖子遞過去，邀冥藏後天上午巳時到別館聚宴。」

「冥藏此人多疑詭詐，無故邀他聚宴，恐怕會令他起疑吧？」

「怎會無故？」李泰自信一笑。「我自然有名目。」

「什麼名目？」

「名目有二。」李泰伸出兩根指頭。「其一，我就說父皇已答應立我為太子，所以我設宴答謝他一直以來的鼎力輔佐，同時商議一下入主東宮之後的事宜；其二，我就說，為表感激，要把這座別館送給他，故而邀他到此聚宴。怎麼樣，這兩個理由夠了吧？」

「不錯，很充分。」杜楚客頷首。「那，殿下是不是打算在酒菜中……下毒？」

「我當然也想下毒，這是最簡單的辦法，只可惜不能這麼做。」

「為何？」

「父皇一再叮囑讓我抓活口，我若下毒，不是擺明了想殺人滅口嗎？」

杜楚客恍然。「對對，我把這一茬忘了。」

「所以，咱們不能下毒，只能下迷藥。」李泰思忖著。「把他迷倒後，再取他人頭，到時候就跟父皇說他拒捕，混亂中被砍殺，諒父皇也沒什麼話好說。」

杜楚客深以為然。「殿下思慮果然周詳。」

李泰忽然想起什麼。「對了，別館的門匾做了嗎？」

「當然。照您的吩咐，老早便做了。」

之前，李泰親自為這座別館取名「聽風山墅」，並書寫了四個龍飛鳳舞的行書大字，杜楚客隨即命人用名貴木料做了一塊燙金匾額，花了不少錢。

「馬上重做一個。」李泰不假思索道。

「為何？」杜楚客不解。

「把名字改掉，改成『藏風山墅』。我要讓冥藏感覺，這座別館本來便是為他建的，所以才在名字中嵌入跟他名號相同的一個字。如此一來，才能讓他充分體會到我的誠意。」

杜楚客笑了笑。「殿下這心思可夠細的。」

李泰輕輕一嘆。「對付冥藏這種老奸巨猾之人，細一點沒壞處。」

杜楚客想著什麼，忽然盯著李泰。「殿下，還有一事，屬下不知當不當問。」

「何事？」

「殿下打算如何處置蘇錦瑟？」

李泰一愣，嘴唇動了動，卻沒說出話來。

從接到父皇旨意，決定除掉王弘義的那一刻起，李泰就一直在思考這個問題，可直到現在，他還是沒有答案。

杜楚客看著他，陰陰道：「殿下，恕我直言，留著這個女人，終究是個禍患。」

李泰何嘗不知道這一點？可要讓他對蘇錦瑟下手，他卻萬萬辦不到。

「先解決冥藏，這是當務之急。」李泰艱難地思忖著。「至於錦瑟嘛，可暫且把她藏起來，慢慢再想辦法……」

「殿下糊塗！」杜楚客急了。「聖上一旦抓到冥藏，不管是死的活的，接下去肯定會一查到底，把他的親朋故舊祖宗十八代全都翻出來！到時候蘇錦瑟豈能置身事外？萬一走漏風聲，讓聖上知道你一直藏著她，你就是渾身長嘴也說不清了！」

「這我都知道……」李泰痛苦地閉上眼睛。「我自有打算，你不必再說了。」

「殿下！」杜楚客霍然起身，又氣又急。「正所謂兒女情長、英雄氣短，殿下是志存高遠、胸懷天下之人，豈能為了區區一個風塵女子——」

「夠了！」李泰猛然睜開眼睛，怒視著杜楚客。「錦瑟是我真心喜歡的人，不是你口中的什麼風塵女子。我說了，這事本王自有主張，你休再多言！」

杜楚客見他為了一個女人竟然跟自己翻臉，不禁搖頭苦笑。正僵持間，緊閉的書房大門被敲響了，一個宦官在門外輕聲稟道：「啟稟殿下，盧典軍求見。」

「讓他進來。」李泰答言，順手翻開書案上的一卷書，頭也不抬道：「後天的行動，要準備的事不少，你先下去安排吧。」

杜楚客無奈，重重嘆了口氣，拂袖而出。

盧典軍進來，見杜楚客迎面而出，趕緊見禮，可杜楚客卻看都不看他一眼，徑直走了出去。盧典軍顧不上尷尬，忙快步上前，躬身行禮。「卑職盧賁拜見殿下。」

「免禮。」李泰淡淡道，目光始終停留在書上。「盧賁，你挑一些人，要身手好的，嘴巴嚴的，後天上午隨我去一趟終南山。」

「卑職遵命。敢問殿下，需要多少人？」

李泰想了想。「不用太多，五十人足矣。」

魏王府書房附近有一片小花園，幾樹寒梅在這百花凋殘、眾芳搖落的時節開得正豔。蘇錦瑟和幾個丫鬟在樹下賞梅。

這段日子，她都住在王府後院的春暖閣，今日本想回崇德坊看望養父，李泰卻硬是把她勸住了，讓她再住些日子，說捨不得讓她走。蘇錦瑟聽得心裡暖暖的，便依他了。

一個丫鬟摘了一朵半開未開的紅梅，正欲插上蘇錦瑟的雲鬢，眼角的餘光不知瞥見了什麼，竟猝然一驚，梅花掉到了地上。

蘇錦瑟大為詫異，順著她的目光回頭望去，只見杜楚客正站在不遠處的迴廊上，用一種陰森森的目光盯著她。蘇錦瑟頗感困惑，可礙於禮節，還是朝他微微一笑，並斂衽一禮。

然而，杜楚客的眼神卻沒有絲毫變化。

笑容遂從蘇錦瑟的臉上淡去，取而代之的是與杜楚客同樣冷冽的表情。

她從來就不是個弱女子，豈容別人用這種挑釁和輕蔑的目光逼視？

兩人就這樣無聲地對峙了片刻，然後杜楚客才轉身走遠。直覺告訴蘇錦瑟，肯定是有什麼不尋常的事情發生了，否則杜楚客絕不敢對她做出如此無禮的舉動。

蘇錦瑟當即離開花園，來到書房，卻見大門緊閉，不禁眉頭微蹙。守在門口的宦官一看，趕緊迎上來，躬身道：「蘇小姐請留步，殿下在裡面談事呢。」

「跟誰談事？」

「這個……」宦官面露難色。「對不起蘇小姐，奴才無權告知。」

蘇錦瑟略一思忖，沒再說什麼，轉身離開了。

一刻鐘後，書房的門吱呀一聲打開，盧賁匆匆而出，快步走遠。少頃，蘇錦瑟從不遠處的一棵梅花樹後探出頭來，望著盧賁遠去的背影，眼中泛出憂慮之色。

法音寺的大雄寶殿中，香煙裊裊。

楚離桑把三炷香插進香爐，面對佛像閉目合掌，默默祈求佛菩薩加持，讓蕭君默儘快找到母親徐婉娘。

那天在芝蘭樓，蕭君默告訴她，最有可能綁架他母親和黛麗絲的人，便是王弘義。楚離桑稍加思忖便意識到王弘義肯定是派人暗中跟蹤自己，才發現了徐婉娘，進而猜破了她身上的那些謎團。換言之，王弘義定然已經知道蕭君默便是隱太子和徐婉娘的骨肉，所以才會綁架徐婉娘，目的便是要脅和控制蕭君默。

想到此，楚離桑頓時愧悔不已。

她一直以為自己的一舉一動都很隱祕，不料早已被王弘義全盤掌握了。就此而言，自己其實是在無形中當了王弘義的「嚮導」，不僅幫他找到了徐婉娘，還幫他窺破了所有祕密。如今方伯一家三口慘遭殺戮，姨娘和黛麗絲下落不明，最大的「罪魁禍首」其實就是自己！

那天晚上，強烈的愧疚和懊悔令楚離桑再也無法自持，眼淚當即奪眶而出。

「別擔心，桑兒。」蕭君默輕輕攬過她的肩頭，柔聲道：「王弘義要對付的人是我，他不會傷害我母親的。」

「都怪我，我太傻了！」楚離桑哽咽不能成聲。「我以為留在冥藏身邊，可以刺探一些情報，結果……結果卻把一切都搞砸了。」

「別說了，別說了。」蕭君默強忍著內心的悲傷，把她擁入懷中。「憑王弘義的手段，他遲早會查出一切，妳阻止不了，我也不能。但是，咱們一定可以找到我娘和黛麗絲的，相信我。」

那天晚上，他們在院子的角落挖了一個大坑，埋葬了方伯一家三口，又稍稍清理了一下現場。等忙完這些，天已矇矇亮了。蕭君默讓楚離桑跟他回蘭陵坊，楚離桑卻搖了搖頭，道：「事情因我而起，我不能就這麼躲起來。」

「妳還要回王弘義身邊？」蕭君默苦笑。

「是的。」楚離桑看著他，眼中露出倔強之色。「只有回到他身邊，我才有機會查到姨娘和黛麗絲的下落，不是嗎？」

蕭君默本來想說「王弘義那麼狡猾的人，肯定不會露出馬腳」，可話到嘴邊卻嚥了回去。因為他知道，楚離桑是個絕不服輸的女子。自從在伊闕第一眼見到她，蕭君默便深知這一點了。

「那好吧，可妳凡事都要小心。」

「放心吧，」楚離桑略帶自嘲地一笑。「他不會把我怎麼樣的。如果說這世上還有他不敢害的人，那便是我了。所以，也只有我能利用這一點，查出姨娘和黛麗絲的下落。」

然而，讓楚離桑萬萬沒想到的是，她回到烏衣巷的王宅後，一連數日，都不曾見到王弘義的蹤影。他和韋老六等一干心腹就像消失了一樣，再也沒有回來。留在王宅的，都是一些什麼都不知道的小嘍囉。

楚離桑大失所望，卻又無計可施。

這幾日，蕭君默不顧一切地調動了他手下所有的天刑盟力量——郗岩的東谷分舵，玄觀的重元分舵，李安儼留下的臨川分舵，袁公望留下的舞雩分舵餘部——在長安城內外日夜不停地尋找徐婉娘，可結果卻一無所獲。

長安住著近百萬人口，在沒有絲毫線索的情況下想找一、兩個人，無異於大海撈針！

這幾天，楚離桑見了蕭君默幾面，發現他臉色蒼白，整個人明顯瘦了一圈，眼睛裡布滿了連日不眠的血絲。

楚離桑很心疼，可她也知道，此時任何安慰的話語都是空洞無力的。在這種艱難的時刻，她所能做的，便只有默默站在他身邊，和他一起面對這一切。

今日一早，蕭君默忽然派人來通知她，讓她到法音寺與玄觀等人會合，說有重要事情商議……

楚離桑在大雄寶殿敬完香，從後門出來，朝右一拐，繞過地藏殿，便來到了一處相對僻靜的禪院。守在院門外的玄觀弟子認得她，當即領她進去。

一進玄觀禪房，就見裡面已坐了七、八個人，除了玄觀、郗岩及各自心腹外，還有一位是袁公望的手下，大家都叫他老古；另外兩位是臨川舵的骨幹，表面身分是忘川茶樓的茶博士。

眾人起身相迎，彼此見禮後，便重新落坐。楚離桑拿眼一掃，每個人臉上都是沉鬱之色，顯然正為這幾日的徒勞無功而懊惱。楚離桑主動打開了話匣子，跟玄觀聊了聊大覺寺的佛指舍利，又跟老古問了些絲綢生意上的事，還向那兩位茶博士請教了茶道的學問，這才漸漸勾起了眾人的談興，原本壓抑的氣氛總算輕鬆了些。

半個時辰後，蕭君默終於到了。

他的臉色依然很差，不過眼中卻閃動著一絲喜悅的光芒。楚離桑一看便知道，尋找徐婉娘之事一定有轉機了。

「剛剛得到情報，明日上午，魏王會在終南山別館設宴款待王弘義，實際是想誘捕他，咱們的機會來了。」蕭君默剛一落坐，便環視眾人道。

正所謂擒賊先擒王，只要借此機會抓住王弘義，便不怕他不交出徐婉娘和黛麗絲。

眾人聞言，連日來的抑鬱心情頓時一掃而光，個個摩拳擦掌。

「這下好了！」郗岩大腿一拍。「把這個魔頭拿下，咱就不必大海撈針了。」

「話雖如此，但要拿他也非易事。」蕭君默道：「魏王怕他之前和王弘義勾結的事情敗露，明天一定會殺人滅口；玄甲衛則是奉了皇帝之命，不惜代價要抓活的；此外，王弘義一向多疑，定會在山莊周邊埋伏人手；再加上咱們，明日山上很可能會有四撥人馬，必然是一場混戰。」

「如此正好！」老古笑道：「屬下好些年沒開葷了，早就手癢難耐，等的就是這一天。」

「照盟主這麼說來，不能不慎重以待。」老成持重的玄觀摸著下頷的鬍鬚，緩緩道：「四撥人馬，有人要殺，有人要抓，有人要保，咱們要劫，這得亂成什麼樣子?!咱們得好好籌劃一下，切不可掉以輕心。」

「法師說得對。正因如此，我才把諸位都請了過來……」蕭君默說著，忽然咳嗽了幾下。楚離桑立刻關切地看著他。蕭君默衝她淡淡一笑，又接著對眾人道：「首先，我把魏王這座別館的位置和周圍地形，向各位介紹一下……」

接著，蕭君默就地取材，以面前几案上的茶壺、茶碗、筆墨紙硯等物做比擬，一五一十地對眾人講解了起來。過程中，他不時咳嗽，不得不暫停了幾次。楚離桑一直看著他，眉頭漸漸擰緊，最後悄然起身，走出了禪房。

蕭君默渾然未覺。

小半個時辰後，楚離桑才回到禪房。此時蕭君默已經講完，眾人正在熱烈討論，楚離桑給了蕭君默一個眼色。蕭君默會意，起身跟她走出了禪房。

「何事？」一出來，蕭君默趕緊問道。

楚離桑不語，徑直穿過院子，走向灶屋。蕭君默只好跟了過來。一進屋，他就聞到了一股濃釅的藥香，立刻明白了怎麼回事。

一碗藥遞到了面前。「都這麼大的人了，生病也不懂得吃藥嗎？」

望著楚離桑既擔憂又關切的眼神，蕭君默心裡不由湧起一股暖意，遂把藥接過，一飲而盡。

終南山，別名太乙山、周南山，位於長安城南五十里處，橫亙於關中平原南面，西起秦隴，東至藍田，綿延數百里，鍾靈毓秀，瑰麗雄奇，歷來以「洞天之冠」、「九州之險」著稱。因終南山毗鄰帝京又風光絕美，故自兩漢以迄隋唐，多有皇族貴冑、達官顯宦在此修建山莊別館，一來做遊樂宴飲、休閒避暑之用，二來也是身分地位的象徵。

魏王李泰的藏風山墅，位於終南山碧霄峰的半山腰，依山而建，氣勢非凡。

辰時末，王弘義戴著青銅面具，攜十餘名隨從準時到來，李泰親自站在門口迎接。雙方寒暄了幾句後，王弘義定定地打量著大門匾額上「藏風山墅」四個燙金大字，道：「殿下這別墅的名字，取得好生雅致啊！」

「此墅本來便是為先生而建，自然要處處配得上先生。」李泰笑道：「先生感到滿意，便是我最大的欣慰。」

「殿下此舉實在令老夫受寵若驚。只可惜如此洞天福地、人間仙境，老夫怕是無福消受。」

「先生何出此言？」

「太惹眼了。」王弘義淡淡道：「殿下最清楚，老夫乃行走於暗處之人，豈敢住在如此招搖的地方？」

「先生此言差矣。此墅方圓幾里杳無人煙，說是孤芳自賞也不為過，怎麼談得上招搖？」李泰湊近他，壓低聲音道：「再說了，父皇已親口答應立我為太子，眼看大事已辦，往後先生也不必經常行於暗處了，不是嗎？」

「殿下，不是老夫給你潑冷水，縱然你如願入主東宮，也不能說大事已辦。」王弘義斜眼看著他。「除非你能一鼓作氣登基即位，否則變數就始終存在。正如李承乾，當了那麼多年太子，現在不是說玩完就玩完了嗎？」

「是是是，先生所慮甚是！」李泰乾笑幾聲，側了側身子。「裡面都安排就緒了，先生請吧，咱們以酒助興，邊喝邊談。」

王弘義隨李泰走了進去，舉目四望，但見亭臺水榭與山石林泉錯雜相間，樓堂館閣與蒼松翠柏交相輝映，整個建築風格既奢華富麗又精緻纖巧，堪稱難得一見的人間勝境。尤其是山墅的選址，更可謂別具慧眼——它背倚層巒疊嶂的連綿群山，面朝壯闊雄渾的秦川大地，還可將整座長安城盡收眼底。無論是從風水的角度還是從覽勝的角度看，都足以令人嘆為觀止。

王弘義心裡不由暗暗驚嘆。

來之前，他已打定了主意婉拒李泰的饋贈，但現在一看，卻不免為之心動。

或許先接受下來也無妨。王弘義想，就算暫時不住，等將來功成名就之後，再來此頤養天年也未嘗不可。

「對了，韋左使怎麼沒跟先生一塊兒來？」李泰注意到王弘義的隨從中沒有韋老六。

「家裡有點事，就沒讓他來。」王弘義道：「況且我是赴殿下之約，又不是赴什麼鴻門宴，何須跟那麼多人？」

李泰微微一怔，旋即大笑了幾聲。「那是那是，先生在我這兒，可以說絕對安全。」

按李泰的原定計畫，本來打算把韋老六也一併除掉，現在卻落空了，心裡不免有些失落。

事實上，李泰無論如何也想不到，此時的韋老六正帶著幾十個精幹手下，躲在藏風山墅西側後山的一處柏樹林中，從那裡可以居高臨下地俯瞰整座山墅。

對於李泰的這次邀請，王弘義始終心存警惕，為此昨天還專門跟玄泉接了下頭，詢問皇帝是否真的已經承諾立李泰為太子。雖然玄泉給了十分肯定的回答，但王弘義並未完全打消疑慮，故而今日才帶著韋老六等人上山。

不過，為了維護與李泰的表面關係，王弘義也不好表現得太過提防，於是就讓韋老六等人躲到了後山上，密切監視下面的情況，萬一有什麼事情，可隨時策應。

李泰和王弘義說著話，很快來到了正堂，門口站著四名魏王府侍衛。

杜楚客畢恭畢敬地迎了出來，跟王弘義互相見禮後，便對其身後那些隨從道：「諸位就由在下作陪，請隨我去東廂房。」

為首的兩名隨從聞言，便用目光向王弘義請示。王弘義回了一個眼色。那兩人會意，當即一左一右站到正堂大門兩側，與那四名王府護衛並肩而立。杜楚客見狀，與李泰交換了一下眼色，便沒再說什麼，領著其他隨從朝東廂房去了。

李泰和王弘義進了正堂。剛一入座，王弘義便忽然想起什麼，道：「殿下今日又沒什麼要事相商，為何沒帶錦瑟一塊兒過來？」

「本來是要一塊兒過來的，」李泰嘆了口氣。「不想錦瑟昨夜感了風寒，今早一起便說頭疼，我只好讓她在府裡歇著，沒敢帶她上來。」

「感了風寒？嚴不嚴重？」王弘義滿臉關切。

「先生勿慮，我已命醫師看過，說只要吃幾帖藥，靜養幾日便沒事了。」

王弘義聞言，這才放下心來。

說話間，一群侍女手提食盒魚貫而入，將一盤盤佳餚珍饈擺滿了二人食案，還替他們斟上了酒。李泰揮了揮手，示意她們退下。眾侍女輕輕退了出去，並掩上了大門。

李泰看著王弘義，笑了笑道：「先生，現在這裡沒別人了，您可以把面具摘了吧，戴著那東西多不方便。」

王弘義沉默片刻，摘下了面具。

李泰端起酒盅，笑容滿面道：「先生，感謝您這一年來的鼎力輔佐，我李泰銘感五內，特此略備薄酌，以表寸心。來，我敬您一杯！」

「殿下言重了。王某一介布衣，能與殿下一見如故，共謀大業，實屬莫大之榮幸，還是我敬殿下吧。」王弘義客氣著，把酒盅舉到了唇邊。忽然，他的目光釘在了李泰身後的屏風上，像是察覺到了什麼，眉頭微蹙，同時不自覺地把酒盅放回了案上。

李泰見狀，不由心頭一緊。

這酒裡已經下了蒙汗藥，杜楚客說只要三杯下肚，保管王弘義不省人事。現在盧賁正帶著十名精銳軍士躲在屏風後面，只等王弘義一倒，便衝出來砍下他的腦袋。可王弘義這老傢伙生性多疑，莫不是已經察覺屏風後有人？

距藏風山墅幾里外的山道上，一駕馬車正疾馳而來。

車廂內傳出一個女子焦急的聲音，頻頻催促車夫再快一點。

「這位娘子您別催了！」車夫緊緊握著手裡的韁繩，不悅道：「這碧霄峰山高路險，急彎又多，您再死命催，咱就翻山溝裡去了！」

話音剛落，馬車恰好馳過一道又陡又窄的急彎，車身向山崖一側大幅傾斜，車廂內的女子發出了一聲壓抑的驚呼。車夫嫻熟地勒了勒韁繩，飛奔的馬兒頃刻慢了下來，馬車遂有驚無險地繞過了彎道。

車夫剛剛鬆了口氣，不料後面的女子竟又冷冷拋出一句。「你聽著，再給你一炷香時間，若按時趕到，我就讓你發一筆小財；要是趕不及，誤了大事，後果怕你承擔不起。」

「嘿妳這娘兒們，竟敢威脅老子！」車夫大怒，當即勒停馬車，回頭繞到車廂後部，呼地掀開車簾，正待發飆，一把寒光閃閃的匕首突然抵在了他的鼻尖上。

「一炷香。」車內的女子只重複了這三個字。

車夫驚愕地看著這個貌似柔弱實則狠戾的女子，呆愣了片刻，才勉強擠出一絲笑容。「是，是，聽您的，都聽您的。」

蘇錦瑟慢慢把刀收了回去。「那你還磨蹭什麼?!」

車夫慌忙跑回車上，重新啟動了馬車。

自從前天在魏王府嗅到了不祥的氣息，蘇錦瑟當天便趕回烏衣巷的宅子，想提醒王弘義小心提防，不料一回去才聽說他已數日未歸，而且沒人知道他去了哪兒。

蘇錦瑟住了一夜，仍不見王弘義歸來，心知再等下去也沒用，只好回到魏王府，找李泰旁敲側擊，問他最近可有與養父聯絡。

李泰與王弘義之間一直有一條祕密的聯絡管道，但李泰卻矢口否認與王弘義有聯絡。蘇錦瑟又問他近日是否有什麼重要活動，李泰又說沒有。蘇錦瑟知道他在撒謊，更加懷疑他在策劃什麼不可告人之事。

今日一早，蘇錦瑟像往常一樣跟李泰一塊兒吃早飯，可吃到一半便意識到自己太大意了，於是藉口上茅房，把吃到胃裡的東西全都吐了出來。但即便如此，蘇錦瑟仍中了招，剛一回房便感覺頭重腳輕、四肢無力，隨即一頭栽倒在了床榻上。

很顯然，李泰在飯菜中下了迷藥。

不過，由於蘇錦瑟及時吐掉了胃裡的東西，所以藥效減弱了不少，只睡了一個時辰便醒了過來。此時李泰早已不見蹤影。蘇錦瑟又氣又急，便跑到典軍值房去找盧賁，得知盧賁已隨李泰出門，越發認定李泰今日必有不利於王弘義的行動。然而李泰到底去了哪裡，究竟想幹什麼，她卻一無所知。

正自一籌莫展時，蘇錦瑟無意間發現王府的一夥軍士正聚在一起玩樗蒲，便躲在附近偷聽他們談話，終於得知盧賁帶了五十名軍士跟隨李泰上了終南山，還得知李泰今日要在藏風山墅宴請某位貴客。

蘇錦瑟瞬間明白了一切，當即僱了一輛馬車，火燒火燎地趕了過來……

「先生怎麼了？」李泰有些緊張地看著王弘義。

王弘義不語，目光仍然一動不動地停留在他身後的屏風上。這是一面紫檀木雕屏風，上面鐫刻著一首李世民御筆親書的五言詩，詩名〈元日〉：「高軒曖春色，邃閣媚朝光。彤庭飛彩旆，翠幌曜明璫。恭己臨四極，垂衣馭八荒。霜戟列丹陛，絲竹韻長廊……」

這種木雕屏風不同於一般繪有花鳥蟲魚的絹素屏風，那種屏風通常是半透明的，人躲在後面很容易被發覺，可這種屏風高大厚實，盧賁他們又沒發出半點動靜，王弘義怎麼會察覺呢？

正當李泰狐疑不定之時，王弘義緩緩開口了。

「殿下，這座藏風山墅，你真的有意送給老夫嗎？」

「這是當然。」李泰忙道：「我誠意相贈，又豈會出爾反爾？」

王弘義微微頷首，這才把目光挪開。

李泰暗暗鬆了一口氣。

王弘義不知想著什麼，眼神竟有些迷離，旋即悠悠地吟詠了起來。「夫人之相與，俯仰一世，或取諸懷抱，悟言一室之內；或因寄所託，放浪形骸之外。雖趣舍萬殊，靜躁不同，當其欣於所遇，蹔得於己，怏然自足，不知老之將至……」

誰都知道，這是王羲之的〈蘭亭序〉。

可李泰卻越發困惑，不知王弘義忽然吟誦此文到底何意。

「既然殿下誠意相贈，那老夫就恭敬不如從命了。」王弘義淡淡道：「只是這宅子千好萬好，唯獨有一處，不太合乎老夫的心意……」

李泰略一思忖，當即恍然大悟。

原來他方才一直盯著屏風看，是不喜歡這面屏風。不，準確地說，是不喜歡這面屏風上的那首詩。因為那是父皇的詩，而王弘義向來就不喜歡父皇，這一點李泰心知肚明。

既然如此，那事情就簡單多了。李泰不由暗暗一笑，道：「先生放心，我待會兒便讓人把這面屏風撤了，重新做一面，上面就刻王羲之的〈蘭亭序〉，不知先生意下如何？」

王弘義滿意一笑，端起案上的酒盅。「那老夫就不再多言了，話在酒中，請！」

「請！」

二人遙遙相敬，旋即各自把酒一飲而盡。

第十六章

混戰

疾馳的車子在山墅門前一個急停，馬兒高高揚起前蹄，發出一聲長嘶。

蘇錦瑟跳下馬車，取下腕上的一只碧玉手鐲扔給車夫，便朝大門跑了過去。

六、七個守門的軍士見狀，慌了神。為首軍士硬著頭皮阻攔。「蘇小姐，您不能進去。」

「放肆！連我都敢攔?!」蘇錦瑟拿出了女主人的威風。

「小的不敢。」軍士道：「請您在此稍候，容小的進去稟報一聲。」

「笑話！我找殿下，還要你們稟報?!」蘇錦瑟怒目而視。「都給我閃開！」

軍士怔住了，一時不知如何是好。

趁此間隙，蘇錦瑟晃過他，從其他軍士身邊擦身而過，飛也似地跑進了大門。為首軍士慌忙叫上數人，拔腿追趕。

就在蘇錦瑟硬闖山墅的同時，正堂旁邊的東廂房中，一場無聲的殺戮已經開始了。

杜楚客在王弘義隨從們的酒菜中都下了烈性毒藥，那七、八個彪形大漢面對美酒佳餚，完全放鬆了警惕，於是放開肚皮吃喝，結果剛剛吃到一半，便一個個七竅流血，紛紛倒斃。

杜楚客冷冷地看著橫陳一地的屍體，臉上露出了一絲獰笑。

突然，房門被猛地推開，一名軍士衝了進來，上氣不接下氣道：「杜長史，不……不好了，蘇小姐她……她闖進來了！」

杜楚客一愣，旋即無聲冷笑，大手一揮，帶上房內的十幾名軍士大步走了出去。

蘇錦瑟剛跑到第二進庭院的院門，就被此處的守衛堵住了，連同後面追上來的三名軍士，六、七個人立刻將她團團圍住。

蘇錦瑟又急又惱，遂拔出袖中匕首，指著他們。「都給我讓開，否則別怪我翻臉不認人！」

為首軍士知道她不會武功，便笑了笑。「蘇小姐，您是尊貴之人，千萬別學我們這些粗人舞刀弄劍，萬一把自己傷著了，小的們可擔待不起。」

蘇錦瑟怒，猛然把匕首橫在了自己脖子上。「你說對了，所以我勸你們還是乖乖讓開！」

眾軍士沒料到她會來這一招，頓時愣住了。

蘇錦瑟當即甩開他們，朝庭院裡跑去。然而，沒跑出多遠，她便生生頓住了腳步。

杜楚客帶著十幾名軍士臉色陰沉地走了出來，恰好攔住了她的去路。

二人四目相對，那較量的意味與前天在魏王府中的那一幕如出一轍。

此時此刻，在藏風山墅的後山上，韋老六的一名手下正攀在一株柏樹上觀察，隱約望見了庭院中對峙的情景，又凝神細看，頓時大吃一驚，慌忙從樹上躥了下來。

一樹的積雪被他震得簌簌飄落。

「左使，不好了，錦瑟小姐被人圍住了！」手下衝不遠處的韋老六低聲喊道。

韋老六眉頭一皺，快步走過來。「怎麼可能？你沒看錯？」

「絕對沒錯，就是錦瑟小姐，被杜楚客一幫人給圍住了，不太對勁啊！」

韋老六跳上一顆岩石，手搭涼棚，瞇眼一望，頓時變了臉色。

山墅的前院中，杜楚客與蘇錦瑟無聲地對峙了片刻，開口道：「蘇錦瑟，妳想幹什麼？」

既然直呼其名，就說明杜楚客根本沒把她放在眼裡了。

蘇錦瑟意識到，在他面前拿自己的性命要脅已經毫無意義，便把匕首放了下來，冷冷道：「這話我還想請教杜長史呢！你和殿下把我父親約過來，到底想幹什麼?!」

「蘇錦瑟，妳一個風塵女子，就別指望飛上高枝變鳳凰了。」杜楚客一臉輕蔑，根本不理會她的問話。「殿下將來是要當天子的，怎麼可能娶妳這種人？要是真讓妳成了母儀天下的皇后，豈不是讓世人笑掉大牙？古往今來，妳聽說過有青樓女子當皇后的嗎？」

「杜楚客，我跟殿下的事情，就不勞你操心了。」蘇錦瑟露出一個淡然的笑容。「我從沒指望殿下明媒正娶，更不敢奢望當皇后，所以這些無聊的話，你跟我說不著！我現在只想問你，你和殿下到底在玩什麼陰謀?!」

「既然妳這麼關心王弘義，那我不妨把實話告訴妳。」杜楚客獰笑。「明年今天，就是王弘義的忌日。本來我還在考慮該怎麼收拾妳，這下可好，妳自己送上門來了。所以，不出意外的話，今天同樣也是妳的死期。」

儘管早已料到了這一切，可蘇錦瑟還是難以接受這個突如其來的事實。

儘管早已知道養父和李泰不可能相安無事地走到最後，可她還是沒料到這一天會來得這麼快！

無論如何，這一年來養父一直在盡力輔佐李泰，也幫了他不少的忙，沒想到李泰會如此薄情寡義，竟然要設局謀害他！

「杜楚客，如果殿下認為我父親沒有利用價值了，大夥兒可以一拍兩散，各走各道，沒必要非得置人於死地吧？」

「一拍兩散？妳說得倒輕巧！」杜楚客呵呵一笑。「王弘義多行不義、惡貫滿盈，是朝廷的頭號欽犯，聖上做夢都想抓到他，只要殿下把他的腦袋交給聖上，就是大功一件。妳說，這麼好的機會，殿下會輕易放棄嗎？還有，留著妳也是個禍患，遲早會害了殿下，所以，妳也得死。」

「殺了我，殿下豈能饒了你？」

杜楚客哈哈大笑。「蘇錦瑟，妳自視也太高了吧？我是殿下的心腹謀臣，將來是要輔佐他登基即位、治理天下的，可妳算什麼東西？不就是一個彈琴唱曲的風塵女子嗎？可殿下身邊根本就不缺女人，將來當了皇帝就更不缺！就算我現在殺了妳，殿下又能拿我怎麼樣？他頂多替妳掉幾滴眼淚而已，回頭就會感謝我，替他剷除了一個莫大的隱患。」

蘇錦瑟苦笑了一下。她知道，現在說什麼都沒用了，當務之急是要立刻向父親示警！

後山上，韋老六帶著人一陣風似地衝了下來，可就在離山墅西側院牆六、七丈的地方，一彪人馬突然從樹林中躍出，攔住了他們的去路。

他們是老古及舞雩舵手下，還有那兩個茶博士及臨川舵手下，共有三、四十人，與韋老六這邊旗鼓相當。按照事先擬定的計畫和蕭君默的指令，他們今天一大早便已在此埋伏了，任務便是攔截韋老六。

如此十萬火急的關頭，韋老六也不管對方是哪路人馬了，攔路者死！他抽刀在手，嘶吼著衝向了老古，雙方人馬立刻殺成一團。

山墅正堂，李泰一邊跟王弘義扯閒話，一邊暗暗觀察他。

王弘義已經喝了四杯，卻還渾然無事。

終究是武功深厚之人，尋常人三杯便可放倒，可他居然還如此清醒！李泰這麼想著，趕緊舉起酒盅又開始勸酒。

忽然，王弘義眉頭一蹙，揉搓了一下額頭，接著猛然看向李泰，眼中充滿了懷疑。就在此刻，西邊院牆外的廝殺聲隱約傳了過來，外面那兩名隨從拚命拍門。「先生，外頭好像出事了！」

王弘義瞬間明白了一切，看向李泰的目光頓時銳利如刀。果然是鴻門宴！

李泰意識到不能再等了，立刻將手上的酒盅狠狠擲在了地上。

暗號一發，門外那四名護衛便跟那兩個隨從打了起來。可讓李泰詫異的是，屏風後的盧賁居然沒有半點動靜。

王弘義把面具重新戴上，接著猛然站了起來。也許是動作太猛，那蒙汗藥的藥效便在這時突然發作了。王弘義抱著腦袋，身體開始搖晃，眼前的景物也變得模糊起來。

「為何?!」王弘義從牙縫裡艱難地蹦出了兩個字。

「很簡單，咱們的合作結束了。」李泰站起身來，面無表情道：「父皇下旨讓我抓你，我別無選擇。」

「你……狠。」

「我也不想這麼做，可沒辦法。」李泰聳聳肩。「我要不對你狠，那就是對自己狠了。咱們玩的本來就是一場你死我活的遊戲，不是嗎？就算我今天不殺你，等將來即了皇位，你也一樣要死，只不過父皇逼我把這一天提前罷了。話說回來，其實你也是在利用我。假如有一天本王奪嫡失敗，你也一樣會毫不留情地把我踢開，甚至有可能殺了本王，對吧？既然咱倆這假面遲早要撕，那麼早一天撕晚一天撕，又有多大的差別呢？」

王弘義死死地盯著李泰，然後發出了一聲野獸般的低吼，抽刀向他撲了過來。

李泰萬沒料到，他人都快倒了居然還能出手攻擊！

「盧賁！你磨蹭什麼？還不快出來！」李泰一邊抽身閃避，一邊放聲大喊。

話音一落，盧賁果然從屏風後面出來了，遺憾的是，他脖子上架著一把刀。

這是一把寒光四射的龍首刀，持刀的人是面帶微笑的蕭君默。

屏風後面，那十名軍士都抱著頭蹲在地上，桓蝶衣、羅彪等一干玄甲衛拿刀逼住了他們。

王弘義萬萬沒想到蕭君默會出現在這裡，可他來不及做出任何反應，便一頭栽倒在地，瞬間便失去了意識。

前院，蘇錦瑟筆直地平舉著匕首，一臉凜然，一步一步地走向杜楚客。

杜楚客搖頭冷笑，反而背起雙手，微微揚起下巴，倨傲地等著她過來。

直到蘇錦瑟走到距他三步開外的地方，杜楚客才猛然抽出腰間佩刀，高高舉起，嘴裡大喊一聲：「受死吧！」

突然，蘇錦瑟左手袖子一揚，一團粉塵迎面撲來。杜楚客猝不及防，粉塵入眼，一陣刺痛。與此同時，蘇錦瑟的匕首已朝他當胸刺來。杜楚客下意識躲閃了一下，匕首從他胸前劃過，赫然劃開了一道血口子。

蘇錦瑟這一招是去年被黛麗絲綁架時無意中學到的，雖然黛麗絲用的是令人致幻的迷藥，而她用的只是普通的脂粉，但關鍵時刻，還是派上了用場。

這些動作發生在轉瞬之間，等兩旁的軍士回過神來，蘇錦瑟已經衝出了他們的包圍圈，朝第三進院門跑去。杜楚客睜不開眼睛，只能跳腳大喊：「快殺了她，殺了她！」

軍士們趕緊追了上去。

「放箭，放箭！」杜楚客又喊了一聲。他手下這些軍士，有一半身上揹著弓箭。

西邊院牆外，兩邊人馬殺得難解難分。雖然雙方人數相當，但韋老六一方畢竟身經百戰，功夫還是稍勝一籌，所以先後有十來人突破了老古他們的防線，翻牆進入了院內。

韋老六也一直想擺脫，無奈被老古和幾個手下死死纏住，始終抽身不得。

那十來個人翻越了院牆，卻沒料到剛一落地，便遇到了另一撥更強的對手。

他們便是楚離桑、郗岩及東谷舵的手下。

由於藏風山墅的院落中保留了很多山間松柏和大小岩石，很容易藏身，所以楚離桑等人也早就埋伏了進來。

好不容易殺進來的這些人，幾乎成了楚離桑等人的獵物，不消片刻便有大半倒在血泊中。楚離桑正待把剩下的幾個全部解決，忽然聽見身後傳來了箭矢破空的銳響。

楚離桑驀然回頭，卻見蘇錦瑟跌跌撞撞地跑了進來，身後有六、七個弓箭手在追趕。

她怎麼會在這裡，還被魏王府的人追殺?!

楚離桑只猶豫了短短一瞬，便衝了過去。

雖然她從來沒喜歡過這個「姊姊」，但眼前的情景卻不允許她見死不救。

「臥倒！錦瑟，快臥倒！」楚離桑一邊朝她跑過去，一邊大喊。

然而，蘇錦瑟卻充耳不聞，仍徑直向正堂門口飛奔。

轉瞬間，楚離桑便衝到了她身邊。又一波利箭呼嘯而來，楚離桑一邊揮刀格擋，一邊頭也不回地大喊：「蘇錦瑟妳瘋了?快找個地方躲起來！」

身後的蘇錦瑟沒有答言。

楚離桑依稀聽見她又奔跑了幾步，然後慢了下來，最後撲騰一聲，似乎跌倒在了地上。楚離桑趕緊回頭，心猛地一沉——蘇錦瑟果然已撲倒在地，後心赫然插著一根羽箭，鮮血早已染紅了她的後背。

可蘇錦瑟卻不顧傷勢，仍用雙手支撐著，奮力往前爬行。

正堂門口，王弘義那兩名隨從與李泰的四名護衛或死或傷地躺在臺階上。蘇錦瑟剛才衝進來的時候便已看在眼裡，而她當然也猜得出正堂裡面發生了什麼。

此時已然沒有必要示警了，可蘇錦瑟還是急於知道養父的安危……

正堂內，李泰無比驚愕地看著蕭君默，半晌才憋出一句話。「蕭君默？你怎麼會在這裡?!」

「王弘義詭計多端，聖上怕殿下有什麼閃失，便命本衛來給殿下搭把手。」蕭君默笑了笑。「蕭某遵照本衛的規矩，不請自來，事先也沒通知殿下，多有不敬，還望殿下海涵。」

今晨天還沒亮透，蕭君默便帶著桓蝶衣、羅彪等人潛入藏風山墅，並躲藏在了正堂後部的橫梁上。方才，盧賁和他的手下都在緊張地關注王弘義，壓根沒發覺頭頂上竟然藏著十幾名玄甲衛，直到蕭君默等人悄無聲息地把刀架上他們的脖子。

李泰似乎明白了什麼，眼中露出驚恐之色。「你真的是奉了父皇之命？」

「奉旨辦差，豈能有假？」蕭君默依舊微笑。

李泰的腦子急速運轉了起來。

方才他跟王弘義說的那些話，無疑都落進了蕭君默的耳中，倘若再讓他把活的王弘義帶到父皇面前，自己就全完了！所以，無論如何都不能讓他把人帶走！必須殺了王弘義，這樣才能死無對證，即使蕭君默隨後去向父皇告發，那也只是一面之詞，自己還有機會辯解。退一步說，即使父皇明明知道了真相，只要他還顧念父子之情，就可以像上次的厲鋒案那樣幫自己瞞天過海，不過前提當然是——王弘義絕對不能活著出現在滿朝文武面前！

主意已定，李泰當即沉下臉來，擺出了親王的派頭。「蕭將軍，既然你是奉父皇旨意來幫本王的，那現在人犯已經拿下，你卻用刀指著本王的屬下，究竟何意？」

「蕭某是怕盧將軍一時衝動，把人犯給殺了，那如何向聖上交差？」蕭君默說著，收刀入鞘，順手拍了拍盧賁的肩膀。「現在沒事了。盧將軍，多有得罪。」

盧賁恨恨地瞪了他一眼，不說話。

「弟兄們，可以出來了。」蕭君默朝屏風後面道：「把人犯帶走，回去跟聖上交差。」桓蝶衣、羅彪等十幾名玄甲衛當即走了出來。羅彪給手下使了個眼色，兩名甲士立即上前準備架起王弘義。「且慢！」李泰大聲道：「蕭將軍，抓捕王弘義是父皇交給本王的差事，你只是配合本王行動而已，現在行動已經結束，你們可以走了，本王自有處置。」

「殿下，現在外面殺聲四起，您不想出去看看發生了什麼嗎？」蕭君默淡淡道：「王弘義手下爪牙眾多，眼下肯定是來劫人了，倘若我跟弟兄們在這個時候撒手不管，不要說人犯的安危，連殿下您的安危恐怕都成問題吧？」

李泰和盧賁面面相覷。外面的廝殺聲他們當然早就聽到了，只是無暇顧及而已。此刻聽蕭君默這麼說，李泰一時怔住了，不知道下一步該怎麼辦。

正堂外，郗岩及其手下已經解決了西側院牆之敵，旋即趕過來幫楚離桑，與那些弓箭手和後續趕到的軍士打了起來。但後者顯然不是對手，很快便拔腿後撤。郗岩等人一邊打一邊追了過去。

楚離桑跑過來，扶起蘇錦瑟，小心地折斷了插在她背上的箭桿，然後察看了一下傷口，頓時眉頭緊鎖。

蘇錦瑟看著她，淒然一笑。「離桑，妳……是來救爹的嗎？」

楚離桑的心又沉了一下。「不，我是來抓他的。」

「救也好，抓也罷……」蘇錦瑟臉色蒼白，十分虛弱。「離桑，趕快幫爹離開這裡……越、越快越好。」

「妳都這樣了還想著他？」楚離桑沒好氣道，將她抱了起來。「走，我帶妳下山。」

蘇錦瑟渾身癱軟，根本站立不住。楚離桑想揹她，可她不配合，一下子又滑到了地上。楚離桑又氣又急。「妳就這麼想死嗎？妳這樣誰也救不了妳！」

「別救我，救爹……」蘇錦瑟氣若游絲。

「妳放心吧，他不會有事的。」楚離桑的心情一瞬間變得無比複雜。

一個毫無血緣關係的養女，竟然為了他願意放棄生命，這足以證明，這些年來，王弘義給了她深深的父愛。而這份父愛本來應該是楚離桑享有的，只因造化弄人，他才把這份愛轉移到了蘇錦瑟身上……

「離桑，不管妳和爹走的路多麼不同，他終究是妳的父親……」蘇錦瑟用盡最後一絲氣力。「爹做事，有他的道理，也有他的苦衷。聽姊姊的話，妳就算不肯認他，也千萬別把自己的父親當成仇敵……」

「別說了……」楚離桑不由紅了眼圈。「快跟我走，不然妳就沒命了！」

就在這時，正堂大門訇然打開，蕭君默、李泰等一大群人擁了出來，兩名玄甲衛一左一右架著昏迷的王弘義。

李泰一眼就看見了躺在地上的蘇錦瑟，頓時目瞪口呆，旋即不顧一切地衝了過來，一把扶起她，顫聲道：「錦瑟，妳……妳怎麼在這兒？妳怎麼會這樣?!」

蘇錦瑟用無神的目光看著他，聲如蚊蚋。「殿下，放過我爹……」

李泰扶著她的後背，感覺手掌一陣溫熱，抽出來一看，竟然滿手是血。他眼眶一紅，哽咽道：「錦瑟，這是誰幹的？告訴我。」

「殿下，求求你，放過我爹……」蘇錦瑟依然執拗地重複著這句話。

蕭君默下意識地跟楚離桑對視一眼，兩人眼中都充滿了傷感。

此時，西側院牆外，已然負傷的老古等人正且戰且退，一來蕭君默事先有交代，要他們只要拖住韋老六一陣子便可，切勿戀戰；二來他們終究不是韋老六的對手，再打下去只能是全軍覆沒。

韋老六急著要進山墅去救王弘義，所以無心追擊，遂任由老古他們撤離，旋即帶著剩餘的十幾名手下翻過了院牆。

一進入院內，便見王弘義昏迷被俘、蘇錦瑟奄奄一息，韋老六頓時血往上衝，怒吼道：「李泰，你這個背信棄義的小人！快把先生放了，否則老子親手宰了你！」

李泰淚流滿面地抱著彌留的蘇錦瑟，對身邊的一切已然視而不見、充耳不聞。

韋老六暴怒，帶著手下殺了過來，盧賁和眾軍士慌忙上前迎敵。

蕭君默抓住時機，給了桓蝶衣和羅彪一個眼色。羅彪立刻帶人架著王弘義，往東南角的山墅後門撤離，可桓蝶衣卻站著沒動。

她瞟了楚離桑一眼，對蕭君默道：「師兄，今天這藏風山墅好熱鬧啊，似乎有好幾撥人都聽你指揮，我能問問他們是什麼人嗎？」

「江湖上的朋友。」蕭君默淡淡答道。其實他早已想好了，必要的時候就跟桓蝶衣坦白一切，他相信她會理解自己的。

「咱們玄甲衛奉旨捉拿朝廷欽犯，你為何要讓江湖上的人插手？」桓蝶衣逼視著他。「讓我斗膽猜一猜，你這些所謂的江湖朋友，是不是天刑盟的人？」

「蝶衣，現在不是解釋這些的時候。」蕭君默迎著她的目光。「相信我，等今天的事情了結，我會把一切都告訴妳，好嗎？」

桓蝶衣又看了他一會兒，然後冷哼一聲，轉過臉去，冷冷道：「楚離桑，好久不見，還記得咱倆的約定嗎？」

所謂約定，便是二人要好好打一架，決出勝負。

「當然記得。」楚離桑淡淡一笑。「若桓隊正……不，若桓大旅帥有興致，我隨時奉陪。」

蕭君默聽不懂她們在講什麼，不禁眉頭微蹙。

「好，那妳等著，我會來找妳的！」桓蝶衣扔下這句話，便朝羅彪他們撤離的方向追了過去。

蕭君默莫名其妙地看著楚離桑，眼中寫滿了疑問。

此刻，蘇錦瑟雙目緊閉，在李泰的懷中一動不動。楚離桑含淚看了她最後一眼，走到蕭君默身邊，道：「你不用問了，這是我跟桓蝶衣之間的事，與你無關。」

蕭君默苦笑了一下。「好，我不問。」

終南山地勢高聳，氣候多變，方才還是晴朗明媚的天空，此時竟一片陰沉。不一會兒，淅淅瀝瀝的雨點和紛紛揚揚的雪花同時飄落了下來。

不知過了多久，蘇錦瑟竟悠悠醒轉，雙眸忽然又有了光芒。李泰喜出望外，用力要把她抱起來。「錦瑟，咱們下山，我找最好的醫師來給妳治傷，妳一定會沒事的……」

蘇錦瑟抓住了李泰的手。「殿下，不必麻煩了，我跟你說幾句話。」

李泰意識到她很可能是迴光返照，淚水便又忍不住潸然而下。

「殿下，這輩子能遇見你，錦瑟知足了，最後還能死在你的懷裡，錦瑟更是了無遺憾。」蘇錦瑟粲然一笑，眼中浮現出她和李泰在棲凰閣初見的情景。「殿下，錦瑟走了，你自己好好保重。來生，你若見到一個彈唱〈黍離〉的女子，那便是我了。你一定要把她認出來，好嗎殿下？」

李泰淚流滿面，只能拚命點頭，卻一句話都說不出來。

「彼黍離離，彼稷之苗。行邁靡靡，中心搖搖。知我者，謂我心憂；不知我者，謂我何求……」蘇錦瑟慢慢地唸著，聲音越來越小、越來越小……

李泰卻分明聽見一陣恍若天籟的歌聲在自己耳邊響了起來。這歌聲是如此淒美又如此蒼涼，如此空闊又如此遼遠，先是在李泰的周身環繞，繼而在庭院的上空盤旋，接著慢慢響徹整座碧霄峰，最後在終南山的層巒疊嶂中久久迴盪……

雨雪越下越大，周遭一片迷濛。

李泰緊緊抱著逐漸冰冷的蘇錦瑟，任由雪水、雨水混合著淚水在臉上流淌。

不遠處的廝殺也在此時見出了分曉。盧賁不是韋老六的對手，手下軍士很快折損了大半。眼看馬上就撐不住了，盧賁只好退到李泰身邊，命人強行把他架起，又讓人揹起蘇錦瑟的屍體，然後朝山墅大門方向倉皇退卻。

韋老六方才親眼看見王弘義被玄甲衛抓走了，本就無心戀戰，遂帶著手下向東南角的後門追了過去。

藏風山墅幾里外的山道上，一大隊飛騎正冒著雨雪風馳電掣而來。

為首之人是裴廷龍。他的眼中燃燒著熊熊怒火，彷彿要把目光所及的一切全部點燃。

利用魏王抓捕王弘義之事，李世勣竟然完全把他蒙在了鼓裡，並暗中把任務交給了蕭君默，這簡直是赤裸裸地無視他的存在！

今日一早，裴廷龍閒來無事，便去尚書省找姨父長孫無忌，不料長孫無忌一看到他就問：「王弘義逮著了？」

「王弘義？」裴廷龍一臉懵懂。「什麼王弘義？」

長孫無忌頓時哭笑不得，把皇帝命魏王誘捕王弘義，同時又讓玄甲衛暗中出手的事情說了，才斜著眼道：「你好歹也是玄甲衛右將軍，這麼大的事情居然一無所知，要讓我說你什麼好！」

裴廷龍當即像挨了一記耳光，感覺臉上火辣辣的，恨不得在地上找條縫鑽進去。

隨後，裴廷龍立刻趕回玄甲衛，毫不客氣地質問李世勣。

李世勣任由他一通發飆，之後才慢條斯理道：「裴廷龍，要派誰去執行何種任務，都在本官的許可權範圍內。你一個區區右將軍竟敢在我面前咆哮，是不是不想幹了？若是在本衛待膩了，就說一聲，本官幫你找個更好的去處；要是不想讓本官安排，你也可以去找長孫相公。朝廷這麼多衙門，三省、六部、九寺、五監，你愛上哪兒上哪兒，本官管不著！」

裴廷龍臉上一陣紅一陣白，卻終究不敢造次，遂憤然而出，旋即找了六、七個平時巴結他的郎將、旅帥等，追問蕭君默的去向。

這些人有的知道一星半點，有的卻毫無所知，只好回頭去找人問。就這麼折騰了半天，總算從零零星星的線索中拼湊出了一個準確的情報，可以確認蕭君默只帶了桓蝶衣、羅彪等十幾名心腹上了終南山。

「終南山綿延數百里，大大小小的山峰百十來座，你們讓老子上哪兒找去?!」

裴廷龍怒不可遏，覺得這個情報就跟沒有一樣。

眾屬下趕緊又分析了一番，最後終於有人說出，魏王最近在終南山碧霄峰蓋了一座別館。就是它了！裴廷龍腦中靈光一閃，立刻召集薛安、裴三等心腹部眾六、七十人，還特意帶上了幾十把頗具殺傷力的弩機，瘋了似地朝藏風山墅飛奔而來……

雨雪越下越大，山上的能見度越來越低，三丈之外便看不見東西了，可裴廷龍仍然狠命地拍馬疾馳。

緊跟在身後的薛安十分擔心，好幾次勸他騎慢一點，裴廷龍卻置若罔聞。

一行人飛快地繞過一處山角。裴廷龍剛在馬臀上狠抽了一鞭，不料雨霧中竟迎面馳來一彪人馬，雙方差點撞上。所幸他反應快，趕緊拽開馬頭，加之對方速度較慢，這才堪堪避開——兩匹馬幾乎是擦著身子交錯而過，把裴廷龍驚出了一身冷汗。

定睛一看，對方騎者竟然是羅彪。

羅彪本來張嘴要罵人，一看是他，慌忙下馬拜見，連聲賠禮道歉。

裴廷龍不想跟他廢話，開口便問：「蕭君默呢？」

「回右將軍，左將軍另有要事在身，沒跟屬下一起。」羅彪答。

「王弘義呢？抓住了沒有？」

「抓住了。」

裴廷龍在心裡發出一聲咒罵——又被蕭君默搶了頭功！

「人在哪兒？」

話音剛落，便見桓蝶衣和眾甲士押著一駕馬車過來了。眾人見到他，紛紛下馬行禮。

裴廷龍盯著馬車，冷哼一聲。「一個江洋大盜、朝廷欽犯，還給他這種禮遇？」

「裴將軍有所不知。」桓蝶衣道：「王弘義被魏王下了藥，昏迷不醒，只能用車押送。」

裴廷龍這才無話，隨即翻身下馬，走到車廂前，掀開了車簾。

一個中年男子躺在車座上，四肢被捆縛著，仍舊昏迷。讓裴廷龍感興趣的是，此人臉上戴著一張造型詭異的青銅面具。

裴廷龍此前看過有關王弘義的卷宗，知道這個代號「冥藏」的傢伙總喜歡戴著面具，很少以真面目示人。

他抽出佩刀，挑開了面具，那個人的臉露了出來。

站在一旁的桓蝶衣一看，突然露出難以置信的表情，差點叫出聲來。

一個時辰前，她埋伏在山墅正堂的橫梁上時，親眼看見王弘義摘下了面具，也看清了他的長相，可眼前的這張面孔卻全然陌生，根本不是在山墅抓獲的那個王弘義！

這到底是怎麼回事？人犯是何時被調的包？

桓蝶衣猛然想了起來，方才眾人從後門撤出山墅後，在東邊的一個樺樹林邊緣會合，自己比羅彪他們晚到了一步。

當時，羅彪已將人犯裝進了一架早已備好的馬車，隨後蕭君默趕到，跟羅彪低語了幾聲，便帶著楚離桑一起離開了。而她便跟羅彪等人押著馬車下山。自始至終，她都沒有想到要去掀開面具確認一下人犯，結果就被調了包！

現在看來，這事一定是蕭君默事先安排好的，而他的同謀和執行人，就是羅彪！

桓蝶衣忍不住轉過頭，狠狠地盯著羅彪。羅彪趕緊左顧右盼。

裴廷龍注意到桓蝶衣臉色有異，便問：「妳怎麼了？」

「沒什麼，就是快冷死了！」桓蝶衣哆嗦了一下。「裴將軍這麼盯著人犯看，也看不出什麼名堂。屬下建議，還是趕緊把他押回去審問吧。」

「不急。」裴廷龍意味深長地一笑，回頭給了薛安一個眼色。

片刻後，薛安從隊伍後面帶了一個人上來。那人的頭上罩著黑色斗篷，還一直低著頭，根本看不清面目。他從桓蝶衣身邊走過，站到了車廂前，顯然是在辨認「王弘義」的身分。

桓蝶衣的心怦怦直跳，下意識地瞥了羅彪一眼。

此時的羅彪也不淡定了，眼中露出了緊張之色。

那人看完後，對著裴廷龍搖了搖頭。

桓蝶衣在心裡發出一聲哀嘆。蕭君默啊蕭君默，瞧瞧你幹的好事！

裴廷龍臉色一沉，立刻轉身，厲聲道：「薛安！」

「在。」

「把桓蝶衣和羅彪給我拿下！」

薛安、裴三等數十人立刻拔刀出鞘，將桓蝶衣等十幾人團團圍住。

桓蝶衣無奈地閉上了眼睛，一動不動。羅彪一臉無辜，大聲抗議。「右將軍，這是做什麼？為何無故要抓我們？」

「無故？」裴廷龍獰笑。「你們把王弘義這麼重要的人犯都給調了包了，還敢說無故？」

「調包？調什麼包？」羅彪繼續裝傻。「屬下聽不懂將軍在說什麼。」

「車上這人根本不是王弘義！」裴廷龍勃然變色。「你還敢跟本官裝傻?!」

羅彪語塞，下意識地看向那個披斗篷的神祕人。

裴廷龍見狀，不由冷冷一笑。「很好奇是吧？你現在心裡一定很納悶，這傢伙到底是誰，憑什麼看了一眼就說車上的人不是王弘義？」

羅彪啞口無言。

「也罷，本官就滿足一下你的好奇心。」裴廷龍說著，把臉轉向那個神祕人，「來吧，讓他們瞧瞧你是誰。」

桓蝶衣一聽，忍不住睜開了眼睛。

神祕人聞言，慢慢取下頭上的斗篷，一張並不陌生的臉出現在了眾人面前。謝吉。他就是江陵城富麗堂酒樓的老闆、天刑盟回波舵舵主謝吉！

桓蝶衣和羅彪恍然大悟，不禁面面相覷。

「現在還有何話說？」裴廷龍一臉譏嘲。「本官沒有冤枉你們吧？」

「裴將軍，屬下有話要說。」桓蝶衣忽然開口道。

裴廷龍詫異地看著她。「說。」

「就算車上的人不是王弘義，也跟左將軍、我，還有羅旅帥無關。」桓蝶衣表情平靜。「因為我們在魏王殿下的別館中抓獲的就是這個人。如果說他果真不是王弘義，那最多只能說我們任務失敗，我們情願接受相關處罰。但若要把調包的罪名扣到我們頭上，請恕屬下不能接受！」

羅彪一聽，頓時精神一振。「對啊，我跟桓旅帥都沒見過王弘義長什麼樣子，怎麼知道這傢伙不是他？您若想追責，那也只能去跟魏王殿下追，輪不到我們啊！」

「閉嘴！」裴廷龍大怒。「你們倆沒見過王弘義，蕭君默也沒見過嗎？剛才在藏風山墅，難道不是蕭君默帶著你們一塊兒抓的人？」

「裴將軍請息怒。」桓蝶衣把話又接了過去。「方才的確是蕭將軍帶我們抓的人，可當時這傢伙戴著面具，加之現場情況混亂，蕭將軍一時疏忽，便沒有摘下面具確認。這充其量就是一次失誤，卻不能說什麼調包。」

「事到如今，妳還在替蕭君默狡辯！」裴廷龍大聲冷笑。「蕭君默何等精明之人，豈能犯這麼低級的錯誤？他要是這等草包，去年憑什麼一次次從咱們手裡逃脫？又憑什麼搖身一變從逃犯變成了玄甲衛左將軍?!」

「裴將軍此言差矣。」桓蝶衣淡淡道：「再精明的人，不也有犯糊塗的時候嗎？」

「夠了！本官現在沒時間聽你們胡扯！」裴廷龍厲聲道：「我早就看出來了，蕭君默就是天刑盟的人，所以才會玩今天這齣調包計。我敢肯定，他跟王弘義現在一定還沒跑遠，就在這山裡！」

「請恕屬下直言，這只是您的猜測——」

「是不是猜測，咱們馬上可以證實。」裴廷龍冷冷打斷她。「這樣吧蝶衣，你們都跟我一起走，我讓妳親眼看看，王弘義是不是被蕭君默救走了。」

這當然也是桓蝶衣現在最想證實的。

「行，咱們走。」桓蝶衣說著，故意瞟了羅彪一眼。

羅彪心虛，趕緊把頭低下。

薛安等人上前，卸了他們的武器，然後把他們夾在隊伍中間，一行人再次上路。裴廷龍隨手點了四名甲士，命他們和謝吉一起，把那個假王弘義連人帶車押回玄甲衛。

上路後，桓蝶衣策馬靠近羅彪，低聲道：「你和君默到底在玩什麼把戲？」

羅彪撓了撓頭。「這個……說來話長。」

桓蝶衣冷哼一聲。「沒關係，這山路也很長，咱們有的是時間，你慢慢說。」

羅彪想了想，嘿嘿一笑。「這事吧，還是……還是讓蕭將軍自己跟妳說比較合適。」

「你——」桓蝶衣怒目而視。

羅彪趕緊提了提韁繩，「駕」了一聲，坐騎當即躥了出去。

「你讓桓蝶衣他們押一個冒牌貨回去，騙得過皇帝嗎？」

此刻，在碧霄峰東側的另一條山道上，楚離桑與蕭君默並轡而行，身後跟著郗岩、老古等人，老古和許多手下都已掛彩。

隊伍中間還有一駕馬車，真正的王弘義正躺在這輛車中。

聽楚離桑問起，蕭君默淡淡一笑。「我本來就沒打算騙過皇帝。」

楚離桑眉頭微蹙，越發不解。

「我這麼做，也是不得已而為之。」蕭君默接著解釋道：「咱們要劫走王弘義，肯定得弄個冒牌貨回去交差。我當然知道這事誰都瞞不了，別的不說，江陵城的那個謝吉一直在裴廷龍手裡，只要他一出來認人，事情就露餡兒了。可就算這樣，也沒人敢說是我調的包。我可以說從魏王那裡抓的就是這個人，所以，即使皇帝心裡懷疑，表面上也只能以失職之名降罪於我。」

「那不也是要處罰嗎？」

「當然。罰俸、降職，都是題中之意。」蕭君默又無所謂地笑了笑。「反正我既不喜歡錢，又不愛做官，於我何損？再說了，我頭上這頂三品烏紗本來就是分外之幸，現在拿回去也沒什麼。」

楚離桑見他一臉雲淡風輕的樣子，心裡有些釋然，旋即又想起什麼。「對了，你讓羅彪配合你調包，事先是不是得把什麼都告訴他？」

「我只說找到了自己的生母，可她卻被王弘義抓了，所以我必須用王弘義換回我母親。至於別的，我什麼都沒說。」

「那……桓蝶衣呢？你是不是一直把她蒙在鼓裡？」楚離桑又問。

蕭君默苦笑了下。「這事要跟她解釋起來可就沒這麼簡單了。所以，我不得不瞞著她。」

楚離桑知道，蕭君默之所以一直瞞著桓蝶衣，是不想把她捲進來。換言之，他一直很愛護這個師妹。

可是，這份愛究竟是純粹的兄妹之愛，還是多少有些別的意味呢？

這麼想著，楚離桑的心情忽然便陰鬱了。

第十七章 絕境

雨雪依舊沒有止歇的跡象，山間一片灰濛濛。

裴廷龍一行趕到藏風山墅後，發現了裡裡外外橫陳一地的數十具屍體，沒看見半個活人。裴廷龍立刻質問羅彪是在何處與蕭君默分手的，羅彪支支吾吾就是不肯開口。裴廷龍大怒，狠狠踹了他一腳，隨即命手下展開搜索。

雖然雨雪很大，覆蓋了不少痕跡，但手下還是在山墅東南角的樺樹林發現了少許馬蹄印和一些血跡。裴廷龍立刻帶人循著痕跡追蹤，可惜追到一處三岔路口時，地上的所有痕跡便都因雨雪而消失了。

「這兩條路通往何處？」

裴廷龍策馬立在路口，瞇眼望著前方的雨霧，問一旁的薛安。

「左邊是畫屏山，右邊是玉柱峰。」薛安答。

裴廷龍想了想。「據我的印象，畫屏山的山莊別館好像比這邊還多？」

「是的將軍。」

「玉柱峰那兒便少了吧？」

「是的，玉柱峰山高路險，特別難走，幾乎可以說人跡罕至。」薛安道：「不過，屬下記得，玉柱峰下的山坳處有一座寺廟。」
「寺廟？」裴廷龍眼睛一亮。「什麼寺廟？」
「好像是叫……靈鷲寺。」
裴廷龍思忖著，得意一笑。「看來，這靈鷲寺也是個賊窩。」
「將軍何意？」
「你想，蕭君默帶著一個昏迷的王弘義，還有不少受傷的手下，他能往哪兒去？既不敢去人煙稠密的畫屏山，也不敢去爬山高路險的玉柱峰，剩下來的不就是靈鷲寺嗎？」裴廷龍目視右邊山道，一臉志在必得的樣子。「如果我所料不錯，這靈鷲寺必是他們的一個據點！」
薛安恍然。「將軍英明。」
裴廷龍回頭瞟了一眼桓蝶衣和羅彪，只見二人都神色黯然，不禁大笑了幾聲。「蝶衣，羅彪，別垂頭喪氣的，咱們馬上就要跟蕭將軍會合了，快打起精神來！」
說完，裴廷龍揚起馬鞭狠狠一甩，坐騎吃痛，立刻像離弦之箭飛奔而出。

雨雪初霽，山間的景物一點點清晰了起來。
靈鷲寺地勢低窪，恰如一個碗，嵌在碧霄峰和玉柱峰間的山坳之中。
不出裴廷龍所料，它的確是天刑盟重元舵的一個祕密據點。
此寺規模不大，常住僧不過二十來人，方丈是個年輕和尚，法名覺空。他既是玄觀的弟子，又是重元舵的骨幹成員。

此時，玄觀、覺空帶著十幾名僧人，正站在山門外，焦急地眺望西邊的碧霄峰。

片刻後，蕭君默一行人終於出現在蜿蜒而下的山道上，玄觀臉上露出了欣慰的笑容。

由於通往山坳下的道路陡峭難行，加之隊伍中有一駕馬車和不少傷患，所以蕭君默一行走得很慢，明明看見靈鷲寺的紅牆碧瓦就在眼前，可還是走了小半個時辰才來到山門。

車馬一停，覺空和手下僧人立刻上前攙扶那些傷者，其中包括老古和那兩名茶博士。

終南山植物繁茂、草藥眾多，覺空等人平日不僅採集製作了多種藥材，而且個個都是醫道高手。蕭君默早就料到今日一戰必有不少傷亡，所以便與玄觀商定，行動一結束便立刻趕到靈鷲寺來。另外，此地偏僻無人，不易引起注意，因此蕭君默也打算把王弘義暫時關押在此。

然而，蕭君默萬萬沒有料到，就在他們抵達靈鷲寺的同時，裴廷龍等人也已經快馬加鞭地追到了碧霄峰的半山腰處。

站在半山俯瞰，山下整座靈鷲寺一覽無餘。

而蕭君默等人的一舉一動，自然也都被裴廷龍盡收眼底。

祕密追查了蕭君默這麼久，始終一無所獲，沒想到今日竟然可以將他和天刑盟的同黨一網打盡，還能順道把王弘義抓獲歸案，裴廷龍的心中不禁掠過一陣狂喜。

「蝶衣，羅彪，你們看見了嗎？」裴廷龍命薛安把二人帶了過來，毫不掩飾得意之情。「咱們蕭將軍帶著這麼多江湖朋友，應該不是來這裡燒香拜佛的吧？還有，二位不妨猜一猜，現在躺在那輛馬車裡的人，會不會是王弘義？」

桓蝶衣和羅彪面面相覷，黯然無語。

隨後，裴廷龍立刻展開了圍捕行動。他命裴三等人把桓蝶衣、羅彪等十幾人捆了起來，在原地看守，然後命數十名弩手呈半月形分散開來，最大限度抵近靈鷲寺，占據樹林中的有利位置，隨時準備射擊，最後親率薛安等數十名騎兵，飛快地朝山下奔馳而去。

當急促的馬蹄聲自山上滾滾而來，覺空等人正攙扶著老古等傷患往寺內走，而蕭君默、楚離桑、玄觀、郗岩等人還站在馬車旁說話——所有人都以為安全了，自然也都放鬆了警惕，不料最可怕的危險卻在此刻呼嘯而至！

蕭君默猛然抬頭，裴廷龍一馬當先的身影即刻映入了他的眼簾。

蕭君默的嘴角泛起一抹苦笑。他意識到自己犯了一個不可饒恕的錯誤——太低估裴廷龍了！眼下，能夠彌補錯誤的唯一辦法，只能是背水一戰。

蕭君默緩緩抽出腰間的龍首刀，對身旁的玄觀道：「法師，讓覺空他們先把傷患帶進去。」

玄觀立刻向覺空揮手示意。

然而，老古等人卻相繼掙脫了僧人們的攙扶，一瘸一拐地走了過來。眼見大兵壓境，他們絕不會任憑盟主替他們擋刀。

蕭君默一看，不禁在心中發出蒼涼一嘆。

他知道，老古他們都是鐵骨錚錚的血性漢子，寧可戰死沙場，也不會臨陣脫逃，就像當初夾峪溝的蔡建德和孟懷讓一樣。

「桑兒，假如咱們今天在此壯烈了，你會有遺憾嗎？」蕭君默面朝越來越近的敵人，問身旁的楚離桑。

「你覺得我會嗎？」楚離桑也亮出了兵刃，嫣然一笑。「我娘教過我，殺身成仁，捨生取義，要遠勝蠅營狗苟地活著；我爹也說過，人活在世上，當抱定時時可死、步步求生之心，如此便可無所畏懼了。」

「說得好！」蕭君默不禁動容。「單憑這幾句話，你便足以讓天下大半的男兒汗顏。」

其實，楚離桑還有一句話想在心裡沒說出來：能和自己心愛的人並肩奮戰，不論是生是死，都將了無遺憾！

裴廷龍帶著數十騎轉瞬即至，在三丈開外勒住了韁繩。

雙方無聲地對峙了片刻，裴廷龍瞥了一眼蕭君默身旁的馬車，率先開言。「蕭君默，如果我猜得不錯，真正的王弘義，現在就躺在那裡頭吧？」

「你過來看看不就知道了？」蕭君默淡淡道。

裴廷龍當然不敢過去，便冷冷一笑。「蕭君默，還記得我說過的話嗎？我說要不了多久，便會讓你現出原形。現在我說到做到了，你是不是很意外？」

「智者千慮必有一失，愚者千慮必有一得。」蕭君默帶著譏嘲的笑意。「你輸了那麼多次，總得再給你一個機會，否則咱倆這場遊戲豈不是太沉悶了？」

「是，我承認，你是贏了我幾次。」裴廷龍訕訕道：「不過那都是過去的事了。今天這一把，你是輸定了。我現在給你兩個選擇：一、繳械投降，認罪服法；二、負隅頑抗，就地格殺。你自己選吧。」

「我要是兩個都不選呢？」

「那你還有第三個選擇嗎？」

「當然有。」

「說說看。」

「背水一戰，向死而生。」

「向死而生？」裴廷龍呵呵一笑，忍不住掃視蕭君默身邊那些傷患。「憑什麼？就憑你這些半死不活的天刑盟弟兄嗎？」

忽然，裴廷龍的目光無意中掃過玄觀的臉，頓時一陣驚愕，脫口而出道：「玄觀？你居然還活著?!」

玄觀淡淡一笑。「是啊，貧僧沒死，讓裴將軍失望了。」

裴廷龍又愣了半晌，才哈哈笑道：「不，我不失望，我很驚喜。今天在這兒，能把你們這幫天刑盟的賊匪一鍋端了，本將軍十分驚喜！」

「裴廷龍，不必再廢話了。」蕭君默握緊了手中的龍首刀。「反正你我二人，今天只能有一個走出終南山，要我說，咱倆自己做個了結吧。」

「你的意思，是讓我跟你單挑？」

「如果你有這個膽量的話。」

裴廷龍靜默了一會兒，搖頭笑笑。「蕭君默，我不會上你的當。跟你單挑是逞匹夫之勇，我還沒那麼傻。」

「既然你這麼怕我，那就往後躲躲，站這麼靠前，只會讓弟兄們笑話。」

蕭君默並不是站在原地說這句話的，而是一邊說一邊衝向了裴廷龍，速度之快讓在場的所有人都瞠目結舌。一句話說完，蕭君默已經縱身躍起，手中刀在半空中劃出一道弧光，直劈裴廷龍。

在敵眾我寡的情況下，蕭君默只能採取擒賊擒王的戰術。

面對蕭君默的突然發難，裴廷龍猝不及防，趕緊身子一歪，就此滾落馬下。還沒等他從地上爬起來，蕭君默刀光又至，裴廷龍雙手拄地，拚命後退，一時驚險萬分又狼狽至極。還好身邊的薛安等人及時反應過來，四、五把刀同時出手，才把蕭君默的刀從裴廷龍的胸前格擋開去。

緊接著，騎兵們全都圍了上來。

可蕭君默非但沒有身陷重圍的慌亂，反而如入無人之境，一把刀上下翻飛，頃刻間便把四、五個人砍落馬下。

眼見蕭君默僅憑一己之力便打亂了對方的陣腳，楚離桑等人大為振奮，旋即衝了上去。然而，就在此時，數十枝弩箭突然從兩側的山林中呼嘯而出，當即射倒了十幾個人，其中就有那兩個本已負傷的茶博士。

靈鷲寺山門前是一片開闊地，無遮無攔，楚離桑等人無疑成了弩手的活靶子。

「退！退回寺裡！」蕭君默發出一聲暴喝。

可是，他們要是退回去，就等於把蕭君默一個人扔在了戰場上。楚離桑等人不由大為焦急，一時間進退兩難。

第二波弩箭再度襲來，眾人不得不揮刀格擋。

弩箭比弓箭射程短，但是射速快、殺傷力大，武功稍差之人根本無法抵擋。

剎那間，伴隨著弩箭射入皮肉的鈍響，一蓬蓬血霧爆開，天刑盟的人一個個相繼倒地。

郗岩和老古頓時血脈賁張，遂分別帶著手下朝兩邊的樹林撲了過去。與此同時，楚離桑和玄觀、覺空等人則奮不顧身地殺入了騎兵群。

老古那一路距離樹林較遠，所以衝到一半，十來個手下就被悉數射倒。老古身中數箭，卻仍跌跌撞撞地往前衝，嘴裡發出聲嘶力竭的嘶吼。當他終於衝到樹林邊緣的時候，還是被一枝弩箭近距離射穿了胸膛，遂圓睜著雙目仰面倒下。

郗岩這一路二十來人，徑直撲向西邊樹林，中間陸陸續續倒下了一大半。可最後，郗岩還是帶著四、五個勇悍的手下成功殺進了樹林。很快，樹林中的弩機聲就啞了，取而代之的是刀劍的鏗鏘和那些弩手的聲聲慘號。

楚離桑殺入騎兵群後，奮力與蕭君默會合一處。兩人時而並肩，時而靠背，有攻有防，配合默契，轉眼便砍殺了六、七個人。

靈鷲寺前殺得昏天暗地，而桓蝶衣、羅彪等人則被捆在半山處動彈不得。他們被各自綁在樹幹上，每個人之間都相隔一丈來遠，根本沒辦法互相解救。

「桓旅帥，咋辦呢？」羅彪急得面紅耳赤。

旁邊的桓蝶衣滿不在乎地撇了撇嘴。「這是你跟蕭君默幹的好事，別來問我。」

羅彪唉聲嘆氣，卻又無計可施。

桓蝶衣掙扎了幾下，讓繩索鬆動了一些，然後順著樹幹往下滑溜，接著一屁股坐在地上，頭靠著樹幹，索性閉上了眼睛。

站在山崖邊觀戰的裴三偶一回頭，見她如此逍遙，忍不住走了過來，嬉笑道：「喂，桓蝶衣，妳的蕭情郎都快死了，妳居然一點也不著急？」

桓蝶衣衝他翻了個白眼。「滾一邊去，本旅帥著不著急關你屁事！」

「喲呵，還挺橫！」裴三一臉淫笑，湊近她。「桓蝶衣，要不妳乾脆跟了我吧，我去跟右將軍求求情，讓他放妳一馬。」

話音剛落，一口唾沫便啐到了他臉上。

裴三惱羞成怒，唰地一下抽出佩刀。

「裴三！」羅彪厲聲一喝。「你小子是不是瘋了？桓旅帥可是大將軍的親外甥女，你敢傷她一根寒毛，小心大將軍扒了你的皮！」

裴三想了想，終究不敢造次，只好罵罵咧咧地走開了。

桓蝶衣重新閉上了眼睛。

羅彪重重嘆了口氣。「唉，患難時刻才見人心哪！自己的師兄遭了難，卻還能不聞不問睡大覺，這人得有多無情啊，我真是服了！」

「羅彪，」桓蝶衣仍舊閉著眼睛，懶洋洋道：「你不說話，沒人當你是啞巴。」

「還是孔老夫子說得好啊，唯女子與小人難養也！」

「看不出來，你羅彪還能記得孔子的話。」

「就記得這一句，其他都忘了。」

「怪不得你三十好幾了還娶不上媳婦，原來只記得這句。」

「喂，桓蝶衣，做人不能這麼不厚道吧？」羅彪怒了。「就算咱沒辦法下去救，可也不能像妳這樣心安理得啊……」

突然，羅彪怔住了，目瞪口呆。

只見桓蝶衣悄無聲息地鬆開了繩子，然後躡手躡腳地走到他身後，低聲道：「接著罵，別停。」

「妳……妳是怎麼解開的？」羅彪又驚又喜。

「我叫你接著罵！」桓蝶衣加重了語氣。「別讓他們起疑。」

羅彪反應過來，趕緊大聲道：「桓蝶衣，妳的良心是不是被狗吃了？像妳這種冷酷無情、自私自利的女人，誰敢娶妳？娶妳就是倒了八輩子血楣！我看妳這輩子是鐵定嫁不出去了……」

「非得罵這麼難聽嗎？」桓蝶衣冷冷道。

「罵人話哪有好聽的？」羅彪話一出口，才發現身上的繩子已經解了，趕緊嘿嘿一笑。「妳別誤會啊，不是妳罵我娶不上媳婦我才報復，實在是找不到什麼罵詞……」

「『越描越黑』聽說過吧？」桓蝶衣狠狠瞪了他一眼，旋即解救其他人去了。

羅彪也飛快地解開了幾個手下，其間無意中一瞥，發現桓蝶衣的雙手腕竟然鮮血淋漓，又回頭去看她剛才被綁的那棵樹，只見地上有一塊邊緣鋒利的石頭，上面同樣沾滿了血跡。

羅彪恍然大悟，不禁給了自己一巴掌，連聲罵自己渾蛋。

二人剛解開六、七個手下，裴三等人便發現了，立刻衝了過來，雙方旋即開打……

山下的戰況異常慘烈。

剛開始，蕭君默一方二十多人，裴廷龍一方三十多人，本來可以打個平手，問題是東邊樹林裡的弩手一直在施放冷箭。雖然因戰況混亂，他們也誤傷了幾個自己人，但大部分弩箭還是有效地射殺了對手。

雙方廝殺了半個時辰後，蕭君默一方只剩下他、楚離桑、玄觀和另外兩、三個手下，而覺空連同手下僧人已全軍覆沒。此外，蕭君默和楚離桑都負了輕傷，玄觀則身中兩箭，戰鬥力大為削弱。

裴廷龍一方，還有十五、六人，且樹林中還有十幾個弩手，顯然已勝券在握。

蕭君默一直試圖靠近裴廷龍，卻總是被薛安等人死死擋著，裴廷龍也始終有意識地停留在周邊。眼看戰鬥已接近尾聲，樹林中的弩手便一個個冒了出來，排成散兵隊形向蕭君默他們逼近。

又一輪弩箭擊發，射殺了最後幾個天刑盟的人，另有兩枝直奔楚離桑後背。她正與三名甲士纏鬥，渾然不覺。蕭君默被薛安等人纏著，脫身不得，只好大喊「桑兒小心」，但箭矢轉瞬即至，已無從閃避。危急關頭，旁邊一個身影飛身一撲，那兩枝箭全都沒入了他的胸膛。

玄觀重重向後倒下，濺起了地上的積雪，細碎的雪點飛在半空，又紛紛揚揚落在了他的臉上。玄觀仰望灰濛濛的天空，慢慢閉上了眼睛。

「法師！法師！」蕭君默和楚離桑同時發出了撕心裂肺的呼喊。

他們的喊聲直衝雲霄，在周遭聳立的山峰間陣陣迴盪。

至此，戰場上除了蕭君默和楚離桑，剩下的就全都是敵人了。那些逐漸逼近的弩手紛紛扔掉弩機，拔出了佩刀——儘管方才那輪射擊已耗盡了他們最後的箭矢，可現在即使短兵相接，裴廷龍一方也可以憑藉兵力上的絕對優勢，輕而易舉地殺死蕭君默和楚離桑。

最後的時刻到來了。

蕭君默和楚離桑背靠著背，身上和臉上皆已血跡斑斑。

「桑兒，咱們要去哪兒隱居，妳想好了嗎？」蕭君默問道。

楚離桑想了想。「回我們伊闕怎麼樣？」

「嗯，是個好主意。不過我得事先聲明，只是做普通鄰居的話，我就不去了。」

楚離桑一笑。「那你想做什麼？」

「龍門形勝，伊闕風流，不做神仙眷侶，怎麼對得起那一片好山好水？」

「想得美！」楚離桑的臉上浮出一絲紅暈。「你向我求婚了嗎？」

「只要妳肯答應，我現在就求。」

「你這人好沒道理。你都還沒求，我怎麼答應？」

蕭君默剛想說什麼，裴廷龍忽然走上前來，獰笑了一下。「蕭君默，咱們的遊戲就快結束了，你還有什麼話想說嗎？」

「我只想說，你不配做我的對手。」蕭君默淡淡道。

裴廷龍呵呵一笑。「蕭君默，你這人最大的毛病就是太自負了。你一向瞧不起我，所以才會麻痹輕敵，最後死在我手上！你說你死就死吧，卻還要拉人家花容月貌的楚姑娘給你陪葬，真是暴殄天物啊！」

「裴廷龍，閉上你的狗嘴！」楚離桑怒道：「一個打仗都躲在背後的人，也配做朝廷的將軍？

我看你連男人都不配做！居然還有臉在這裡大放厥詞，你讓我噁心！」

裴廷龍惱羞成怒，只能咬牙切齒地大喊一聲：「殺了他們！」

薛安等人立刻圍攻上來，方才那些弩手也已趕到，雙方的力量對比越發懸殊。

這是最後的生死決戰，蕭君默和楚離桑都拚盡了全力。一陣陣刀光閃過，一簇簇血花飛濺。頃刻間，這對殺紅了眼的奪命雙煞便又砍倒了六、七個人。不過與此同時，蕭君默又中了一刀，楚離桑則再中兩刀。隨著鮮血逐漸染紅他們的甲冑和衣袂，兩人的體力漸漸不支，腳步開始虛浮，手上的動作也越來越遲緩。

眼看最終的勝利已唾手可得，一直保存著體力的裴廷龍終於加入了戰團。

此刻，強弩之末的蕭君默已然不是他的對手。

裴廷龍一上來就是不遺餘力的強攻，刀法凌厲，招招致命。蕭君默難以抵擋，步步退卻，被迫與楚離桑拉開了距離。二人旋即被分割包圍，裴廷龍等人專攻蕭君默，薛安等人圍攻楚離桑……

雪花不知何時又落了下來，鉛灰色的蒼穹就像一個密不透風的鍋蓋籠罩著這片山坳。此時此刻，遍體鱗傷的蕭君默和楚離桑就像兩枝風中的蠟燭，正用盡最後一絲力氣維繫著他們生命中的最後一點光焰。

西邊樹林中，身上多處負傷的郗岩正孤身一人與三名甲士苦鬥。

半山腰處，桓蝶衣和羅彪也還在與裴三等人廝殺。

他們都已身處絕境，只能各自為戰，直至力屈而死……

正當蕭君默和楚離桑都已瀕臨絕望的時候，裴廷龍忽然停了下來，同時命薛安等人罷手，然後一臉倨傲地道：「蕭君默，念在咱們同僚一場的分上，我給你個機會，只要你跪下來承認自己輸了，我就放了楚離桑，怎麼樣？」

還沒等蕭君默做出反應，楚離桑便厲聲道：「君默，別聽他的，他這是想羞辱你！咱們寧可站著死，絕不跪著生！」

蕭君默當然知道裴廷龍是想羞辱他，也知道這傢伙不會講信用，但即便只有萬分之一的機會可以救楚離桑，他也絕不放棄。

於是，蕭君默右腿一屈，跪了下去。

「君默，你站起來！我不要你這樣救我！」楚離桑又急又怒，高聲大喊。

蕭君默充耳不聞。

裴廷龍仰天狂笑。「蕭君默，單腿下跪算怎麼回事？你能不能有點誠意啊？我要的是你的兩隻膝蓋！聽見了沒有？兩隻！」

蕭君默微微一震，額角頓時青筋暴起，下頷的咬肌一跳一跳。

「不光兩條腿下跪，你還要給我磕頭，大聲說你輸了，然後求我放人！聽懂了嗎？下跪、磕頭、認輸、求饒，一樣都不能少！」

「裴廷龍，你說話算不算數？」蕭君默似乎動搖了。

「當然算數！」裴廷龍眉飛色舞。「這麼多弟兄都在聽著，我怎麼會食言呢？」

「讓她先走，我就照你說的做。」蕭君默抬起頭來，與裴廷龍對視。

裴廷龍眼睛轉了轉，呵呵一笑。「你這人還真是多疑。也罷，我成全你！」

楚離桑已多處負傷，身上血流不止，在這天寒地凍的荒山野嶺，她還能逃到哪兒去？裴廷龍這麼想著，示意薛安等人讓開一條道。

可楚離桑卻一動不動。

「桑兒，快走！」蕭君默大聲喊道：「咱倆沒必要都死在這裡！」

「我不走，要死一起死！」楚離桑堅定地說。

「妳糊塗！只有活下來才能替我報仇，才能替蔡建德、孟懷讓、玄觀、老古和所有死去的弟兄報仇！妳聽見了嗎？」蕭君默睜著血紅的雙眼，聲嘶力竭地大喊。

楚離桑渾身一震，兩行淚水奪眶而出。

呆立了好一會兒，楚離桑深深地看了蕭君默一眼，才毅然轉身，踉踉蹌蹌地朝來時的山道走去，但卻三步一回頭，走得很慢。

「好一對不離不棄的苦命鴛鴦，真是催人淚下啊！」裴廷龍譏嘲一笑，給了薛安一個眼色，暗示他別讓人跑了，然後回頭對蕭君默道：「我已經兌現承諾了，現在該你了吧？」

蕭君默望著楚離桑慢慢遠去的背影，突然抓起一把積雪擲向裴廷龍的雙目。不料裴廷龍早有防備，側身一閃，大聲冷笑道：「你不講信用啊！」

「信用不必跟禽獸講！」蕭君默長身而起，手中刀寒光乍現，竟然直接刺入了裴廷龍的左胸。

事實上，剛才那把雪純粹是蕭君默的障眼法。他故意讓裴廷龍有所察覺，做出閃避的動作，而他的刀鋒所向恰恰是裴廷龍移動後的位置，所以裴廷龍避無可避。

裴廷龍發出一聲慘叫。

然而，刺出這一刀的同時，蕭君默已經做好了與裴廷龍同歸於盡的準備。因為此時周遭還有六、七名甲士，蕭君默一意直取裴廷龍，就等於把兩側和後背都暴露給了他們。

果然，這群甲士幾乎同時出手，六、七把寒光閃閃的龍首刀紛紛朝蕭君默砍來。

只要這些兵刃落下，蕭君默必死無疑！

千鈞一髮之際，十幾枝利箭在毫無徵兆的情況下破空而至，瞬間沒入這六、七個甲士的身體。

蕭君默根本無暇驚詫，迅即抽刀，原地一個急旋，刀刃劃出一個圓弧，一一劃開了這些甲士的喉嚨。即使他們中箭未死，這一刀也足以令他們頃刻斃命。

一道道血柱從那些洞開的喉嚨中噴湧而出。

這突如其來的一幕令薛安等人大驚失色。他們原本已經朝楚離桑追了過去，見此變故，不得不反身回來救裴廷龍。

而蕭君默也在此時看清了那群「從天而降」的救兵。

從玉柱峰的方向，亦即東北面的樹林中，一群騎士正以最快的速度朝這邊疾馳而來，人數足有四、五十個，其中有一半手持弓箭，騎在馬上邊跑邊射，為首之人竟然是一名身著戎裝、英姿颯爽的女子。

看清她的面容後，蕭君默幾乎不敢相信自己的眼睛。

這個女子居然是華靈兒！

形勢驟然逆轉，此時薛安和手下的十幾名甲士反而成了活靶子，轉眼間便有四、五人被射倒在地。眼見大勢已去，薛安只好棄重傷的裴廷龍於不顧，轉身朝東邊最近的樹林跑去。然而，剛跑了十來步，便有一把橫刀呼嘯著飛來，不偏不倚地刺入他的後心，並自前胸貫穿而出。

薛安依著慣性又往前跑了幾步，才重重撲倒在雪地上。

楚離桑遠遠擲出這一刀後，終因體力耗盡癱軟了下去……

裴廷龍在雪地上艱難爬行，身後拖著一道長長的血跡。

身邊圍了一圈人，當然都是他的敵人。此刻，他的手下已被全部殲滅，一個不剩。

蕭君默那一刀本是衝著他的心臟去的，無奈因體力不支而失了平常的準頭，刀鋒偏離了心臟半寸，只給他造成重創，卻並未致命。裴廷龍又往前爬了幾尺，終於被人牆擋住，只好抬起頭來，只見蕭君默攙扶著楚離桑站在他面前，旁邊站著滿身血痕的桓蝶衣、羅彪和郗岩，另一邊站著華靈兒及其手下，那個被他砍斷一臂的龐伯也赫然在列。

「你打算就這麼爬回長安？」蕭君默輕輕笑道。

裴廷龍苦笑了一下，嘔出了一口血。華靈兒給了手下一個眼色，當即有兩名壯漢走過來，一左一右架起裴廷龍，讓他跪在眾人面前。

「蕭兄，放我走吧，我……我什麼都不會說。」裴廷龍耷拉著腦袋，有氣無力道。

蕭君默把楚離桑交給桓蝶衣和華靈兒，往前一步，蹲了下來，平視著他。「有件事我很好奇，你當初在兵部幹文職幹得好好的，為何要到玄甲衛來？」

「長孫相公告訴我，到此可以……建功立業。」

「可事實證明，玄甲衛並不適合你。」

「是，蕭兄說得是。」裴廷龍抬起眼皮，諂媚地笑了笑。「所以，你放了我吧，我回去就辭職，以後咱倆就井水不犯河水了。」

蕭君默看著他，不說話。

「蕭兄你瞧，我現在已經給你跪下了，而且是兩個膝蓋。」裴廷龍因他的沉默而恐懼。「我還可以給你磕頭、認輸、求饒，你讓我幹什麼都可以……」

「不必了，我不是你。」

「對，對，蕭兄是俠義君子，大人大量，不必跟我這種小人一般見識。」

「我當然不會跟你一般見識。」蕭君默站起身來，冷冷道：「只可惜，蔡建德、孟懷讓、玄觀、老古，所有死在你手裡的天刑盟義士，此刻都在天上看著你，要你還給他們一個公道。」

裴廷龍抬頭仰望著蕭君默，恐懼、仇恨、憤怒、不甘等各種神情在臉上交替閃現，最後卻只剩下一臉猙獰。「蕭君默，你不能殺我！我是堂堂三品將軍、長孫相公的外甥，你要是殺了我，如何跟聖上和朝廷交代?!」

「這就不勞你操心了，我自有辦法。」蕭君默說著，示意那兩個壯漢把人放開，然後緩緩抽出了刀。

「裴廷龍，有什麼話留給家人，我一定幫你帶到。」

「蕭君默！你不能殺我！」裴廷龍扯著嗓子嘶吼。「殺了我，聖上饒不了你，長孫相公也饒不了你……」

「就這句嗎？」蕭君默皺了皺眉。「沒別的了？」

「蕭君默，我做鬼也不會放過你！」

蕭君默一聲輕嘆，龍首刀劃出一道弧光。

裴廷龍的頭顱飛向了半空，張開的嘴巴彷彿還在叫囂……

靈鷲寺儲藏了很多止血療傷的草藥，楚離桑、桓蝶衣、羅彪、郗岩包紮完後，便各自在房間裡沉沉睡去。

蕭君默卻沒有時間休息，因為華靈兒剛幫他敷好藥，便有手下來報：王弘義醒了。

王弘義被單獨關押在一間柴房裡。蕭君默走進來的時候，見他半躺著靠在牆上，雙目微閉，彷彿還在昏睡。

「都睡了大半天了，還不想醒？」蕭君默走過來，踢了踢他的腳。

王弘義睜開眼皮，笑了笑。「是你救了我？」

「為了你一個人，今天死了一百多條人命。」蕭君默神情一黯。「你這種人活在世上，可真是個禍害！」

王弘義哈哈大笑。「既然如此，你幹麼還救我？給我一刀不就一了百了了？」

「你明知故問。」蕭君默蹲下來，盯著他的眼睛。

「哦？我不太懂你的意思。」

「你懂的。」

王弘義迎著蕭君默的目光，忽做恍然之狀。

「對了，我想起來了。前幾日，我的手下在懷貞坊遇到了兩個迷路的女子，我出於好心便收留了她們。蕭郎現在救我，莫不是想打聽她們的下落？」

「既然你我都心知肚明，那就不必廢話了。她們在哪兒？」

王弘義搖了搖頭。「這我可不能告訴你。」

「可你現在在我手裡。」

王弘義煞有介事地看了看綁在身上的繩索，點點頭。「這倒是，不過我在你手裡又能如何？」

「通知你的手下，換人。」

「換人？」王弘義噗哧一笑。「可惜啊！」

「可惜什麼？」

「實話跟你說吧，我今早出門之前，就跟手底下的人交代好了，萬一我有什麼閃失，或者十二時辰之內沒有回去，就把那兩個女人……殺了！」

蕭君默猝然一驚。「你撒謊！」

「不信你就試試。」王弘義得意一笑。「我這個人的確經常說謊，不過這一次，我說的是實話。你要不信，就關我十二個時辰，到了明天，你將再也見不到那個徐……不，到了明天，你將再也見不到你的母親！」

王弘義在最後兩個字上加重了語氣。

砰，蕭君默一拳重重砸在了他的臉上。王弘義眼冒金星，差點暈過去，半晌才回過神來。他啐了一口帶血的唾沫，笑道：「這麼打可打不死我。我剛才說了，你最好還是給我一刀，這樣咱倆都痛快。」

蕭君默猛地揪住了他的衣領，眼裡像要噴出火來。

王弘義卻始終面帶笑容。

許久，蕭君默才狠狠把他一推，放開了手。

王弘義的後腦勺撞在牆上，又疼得倒吸了幾口冷氣。

「蕭君默，我知道你很窩火，可這解決不了任何問題。」王弘義看著他。「你是聰明人，你應該知道，我綁架你母親是為了什麼。」

蕭君默盯著他，不說話。

「蕭郎，其實你我完全沒必要勢同水火。」王弘義接著道：「這麼多年來，我一直在尋找隱太子的遺孤，可我萬萬沒想到，這個遺孤竟然就是你！你也知道，當年我跟隱太子……不，我跟你父親志同道合，一心要共創大業，可最後一切都毀在了狼子野心的李世民手裡！他用殘忍無情、卑劣下作的手段殺害了你的父親，還有你的五個兄弟，奪走了原本屬於你父親的一切！你難道不恨他嗎？你難道就不想討一個公道？但凡還有一點男兒的血性，你就應該跟我攜起手來，為你的父親報仇雪恨，從李世民手裡把一切奪回來！」

蕭君默站起來，轉過身，痛苦地閉上了眼睛。

他不得不承認，王弘義的話在某種程度上擊中了他的內心。

李世民的確是自己的殺父仇人。如果說魏王殺了自己的養父，自己就一心要找魏王報仇，那憑什麼李世民殺害了自己的生父，自己卻可以無動於衷，甚至還一直在效忠於他?!

「蕭郎，你好好想想，李世民是不是咱們共同的敵人？」王弘義以一種推心置腹的語氣道：「你父親當年是我的主公，我今天也可以奉你為主公，咱們聯手，殺了李世民這個弒兄逼父、篡位奪權的獨夫，然後你就可以名正言順繼承大唐皇位了，那原本便是你父親的呀——」

「夠了，別再說了。」蕭君默強抑著內心的痛苦和糾結，回身看著他。「你口口聲聲要跟我攜手，卻又綁架我母親，難道這就是你對待盟友的方式？」

「蕭郎別擔心，令堂在我那兒絕對沒有受半點委屈，我只是把她請過去當客人而已，絕不會虧待她。」

「你把我母親放了，或許我可以考慮跟你合作。」

王弘義輕輕一笑。「蕭郎，不是我信不過你，眼下長安的局勢如此複雜，你現在嘴上說跟我合作，萬一明天就變卦了呢？所以，令堂最好暫時留在我那裡，等咱倆一塊兒把大事辦完，我不但會親自把令堂送還，還會再把一個人給你送過去……」

蕭君默聽出了他的意思，冷冷一笑。「桑兒現在就在我身邊，何須你來送？」

「對對，我知道，我知道桑兒喜歡你，你也對她一往情深，所以你們總是要談婚論嫁的對吧？我是桑兒的親生父親，我說把人給你送過去的意思，就是把自己的女兒託付給你，希望你讓她一生幸福，我這麼說不對嗎？」

蕭君默不語。

他知道，此刻的王弘義是真誠的。

王弘義說著，臉上流露出發自內心的喜悅，眼中也閃動著憧憬的光芒。

「如果你將來當上了皇帝，那麼桑兒就是皇后了，對吧？這難道不是你能給她的最大幸福和榮耀嗎？所以，不管是為了你父親、你母親，還是為了你自己、為了桑兒，你都應該跟我站在一起，共同對付李世民，對不對？」

「跟你站在一起的前提，是你必須放了我母親。」

「這……」王弘義苦笑了一下。「你怎麼又繞回來了？」

「除非你放了她，否則你我不可能達成任何共識。」

王弘義沉默了，神色漸漸冰冷下來。

「我說過，十二時辰內看不見我，我那些手下就會採取行動。」

「你馬上通知他們，取消行動。」

「不可能。」王弘義的語氣斬釘截鐵。

蕭君默恨不得衝上去再給他幾拳，可就像他說的，這解決不了任何問題。跟王弘義打了這麼長時間的交道，蕭君默很清楚，這傢伙的行事之道向來詭譎難測，很難用常理揣度。他說的十二時辰的事，很可能是真的，並不是嚇唬自己。

怎麼辦？這幾乎就是個死局。

蕭君默無奈地發現，自己剛剛擺脫那個命懸一線的絕境，便又陷入了一個難以破解的死局！

第十八章 貶官

杜楚客被一腳踹翻在地，緊接著又被一把劍抵住了胸口。

「你竟然殺了錦瑟，老子要你償命！要你全家陪葬！」

李泰怒吼著，一張臉因暴怒而扭曲。

杜楚客卻很平靜。他仰頭看著李泰，苦笑了一下。「殿下，如果殺了我可以讓您好受一些，那您就動手吧。」

「別以為老子不敢！」李泰手上一用力，劍尖刺破了杜楚客的衣服，一絲鮮血滲了出來。

「殿下當然敢。不就是殺一個朝廷的三品尚書嗎？而且還是您自己王府的僚佐。」杜楚客不無揶揄地笑笑。「反正您是堂堂皇子，想必聖上也不會讓您抵命，充其量就是廢掉您的親王之位罷了。倘若殿下願意付出這個代價，那還有什麼不敢的？」

「你還敢譏諷我?!」李泰依舊滿面怒容，但手上的力道卻明顯減弱了。

「屬下不是譏諷，只是在告訴您後果。作為殿下的長史，幫您分析每一件事情的後果，向來是屬下的職責，不是嗎？」

杜楚客雖然語氣和緩，但所道之言卻句句都在諫諍，李泰當然不會聽不出來。

僵持了半晌後，李泰手一鬆，長劍噹啷一聲掉落在地。

「殿下不殺我了？」

「別以為這事翻篇了。」李泰冷冷道：「錦瑟不能白死。」

「她當然不能白死。」杜楚客爬了起來，摸了摸被刺痛的胸口。「把她的首級交給聖上，殿下便可自證清白，這樣錦瑟就死得值了。」

「想都別想！」李泰又吼了起來。「錦瑟已經被你害死了，你還想侮辱她的屍首?!」

杜楚客苦笑。「請恕屬下說句實話，倘若殿下不這麼做，那錦瑟可真就白死了。」

李泰也知道他這麼說有道理，可一想到錦瑟連死後都不得安寧，又不禁心如刀絞。

「殿下，蝮蛇螫手，壯士斷腕，古來之成大事者，誰不曾經歷此痛？」杜楚客沉沉一嘆。「您以為屬下對錦瑟姑娘痛下殺手，心裡就好受嗎？」

「別說了！」李泰袖子一拂，走到榻上坐下。「你打聽得如何？王弘義現在入宮了沒有？」

上午一從終南山下來，杜楚客當即入朝打探情況，不料一直等到下午，也沒發現蕭君默把王弘義押回玄甲衛。杜楚客暗自慶幸，趕緊回魏王府報信，可一進書房就被李泰踹翻在了地上。

此時，杜楚客把情況說了，李泰頓時鬆了口氣，蹙眉道：「這麼說來，會不會是韋老六又從蕭君默手裡把人搶回去了？」

「有這種可能。」

李泰轉憂為喜。「如此最好！那這個黑鍋就由蕭君默那小子去背了，我反而脫了干係。」

「話雖如此，但聖上已然懷疑咱們跟王弘義早有聯手。」杜楚客眉頭緊鎖。「如今蕭君默又在藏風山墅偷聽了您和王弘義的談話，只要他一上奏，聖上的懷疑便坐實了。」

上潑髒水？」

「這事我可以辯白，我就說，自己是為了誘捕王弘義，才假意跟他套近乎，蕭君默豈能往我身上潑髒水？」

「殿下當然可以如此辯解，問題是聖上一向精明，只要他仍心存疑慮，便不會輕易立您為太子。」杜楚客道：「此外，現在王弘義到底在何處，咱們也還不能確定。萬一他還在玄甲衛手裡，或者很快又被逮住，那您豈不就危險了？不要說當太子，連您的親王之位怕也不保啊！」

李泰聞言，不由眉頭緊鎖。「照你這麼說，現在該怎麼辦？」

杜楚客沉吟良久，眼中閃過一道寒光。

「殿下，事到如今，恐怕不能坐等聖上來決定您的未來了。」

李泰聽出了言外之意，頓時一驚。「你什麼意思？」

「屬下的意思您還不懂嗎？當斷不斷，反受其亂！事已至此，咱們也只能狠下一條心，拚他個魚死網破了！」

「你是說，像承乾那樣勒兵入宮？」

杜楚客搖頭笑笑。「像他那樣是找死。」

「那你有何良策？」

杜楚客沉默片刻，陰陰地吐出一句。「只需讓聖上移駕王府，大事可畢矣！」

李泰瞬間明白了他的意思，一顆心不由怦怦狂跳了起來。

「殿下，事不宜遲，您明日便將蘇錦瑟的首級送進宮，如此定可挽回幾分聖上對您的信任。過一陣子，等咱們計議好了，準備停當，便派人稟報聖上，就說您突發急病，情形危殆，聖上愛子心切，必會帶太醫前來探視。到時候，只要讓盧賁在府裡埋伏一些刀斧手，便可一勞永逸了。」

李泰想像著對父皇下手的畫面，不由哆嗦了一下。「然後呢？朝廷怎麼辦？滿朝文武豈不得亂成一鍋粥？」

「殿下放心，絕對亂不了！」杜楚客自信滿滿。「朝中有劉洎、岑文本兩個宰相，還有我，還有房玄齡，有我們全力擁戴殿下，還怕鎮不住百官？」

「朝中可不只有你們，吳王黨和晉王黨的勢力都不可小覷。」

「所以才要先下手為強啊！」杜楚客湊到他面前，低聲道：「到時候咱們這邊一得手，就讓岑文本和劉洎以聖上名義發布遺詔，宣布由您即位，同時把吳王、晉王、長孫無忌、李世勣、李道宗、尉遲敬德這幫人全部拿下！等滿朝文武反應過來，這些傢伙早已身首異處，而大唐天下也已經是您的了！」

李泰慢慢站起身來，緊鎖著眉頭在書房中來回踱步。

足足一炷香工夫後，李泰才停住腳步，沉聲吩咐道：「茲事體大，約劉洎明天過來，聽聽他的意見。」

終南山，靈鷲寺。

窗外夜色漆黑，大風嗚咽。

一盆炭火在禪房裡嗶嗶剝剝地燃燒著。蕭君默、楚離桑、桓蝶衣、華靈兒、郗岩、羅彪圍著炭火坐了一圈。在今天的這場惡戰中，雖然他們都不同程度地負了傷，但均未傷及要害，主要是體力透支嚴重，所以敷藥之後，加上睡了大半天，此刻元氣都已有所恢復。

在炭火的映照下，眾人的臉龐甚至有了些許紅潤，唯獨蕭君默的臉色依舊蒼白。

方才，蕭君默說了很長時間的話，把自己身上的所有祕密全都向他們和盤托出了。

之所以下這個決心，是因為在座這些人都是願意拿性命幫他的「生死弟兄」，而且今天也確實險些命喪於此，所以蕭君默不忍心再瞞著他們。

聽完蕭君默漫長的講述，眾人中除了楚離桑和郗岩，其他人無不露出驚詫的表情，半晌回不過神來。尤其是桓蝶衣和羅彪，更是從頭到尾聽得目瞪口呆——他們打死也不敢相信，堂堂的玄甲衛左將軍竟然同時也是祕密組織天刑盟的盟主！

「該說的我都說了。」蕭君默微笑著環視眾人。「諸位還有什麼問題嗎？」

「有。」桓蝶衣盯著他的眼睛。「舅父和你是什麼關係？他也是天刑盟的人嗎？」

蕭君默淡淡一笑，搖了搖頭。「不是。我和師傅的關係，妳還不清楚嗎？」

桓蝶衣狐疑。「那你告訴我，上元節之前你和他吵了一架，到底是因為什麼。」

「這事我還真沒法告訴妳，因為……這涉及師傅的隱私。」

桓蝶衣知道他沒說實話，本想繼續追問，可想一想又忍住了。既然蕭君默把他身為天刑盟盟主和隱太子遺孤這麼大的事情都說了，那即便他還在隱瞞什麼，也肯定有他不得不隱瞞的苦衷。

眾人正沉默間，羅彪猶猶豫豫地舉起了手。

蕭君默忍不住笑了。「有話就說，幹麼扭扭捏捏？」

羅彪尷尬地撓了撓頭。「老大，你既然是隱太子的後人，那……那聖上不就是你的……」

「是的，」蕭君默淡然道：「聖上就是我的叔父。」

「對，是叔父，不過我的意思是……」羅彪欲言又止。

「羅彪，你腦子有毛病吧？」桓蝶衣知道他想說什麼，頓時瞪起了眼。「胡言亂語什麼？」

蕭君默抬手止住她，笑了笑。

「這沒什麼不敢說的。聖上既是我的叔父，也是我的……殺父仇人。」

此言一出，眾人又是一陣難堪的沉默。

桓蝶衣怒視著羅彪。羅彪窘迫，趕緊躲開她的目光。

「儘管如此，可我向諸位保證，我絕不會做任何危害社稷的事情。」蕭君默壓抑著內心的波瀾。「倘若不顧一切，一定要找聖上報仇，那我跟王弘義那種人還有什麼區別？」

「對了，說到王弘義，我還有一個問題。」桓蝶衣知道剛才那個話題太難為蕭君默了，趕緊幫他岔開。「今天頭一輛馬車上的那個冒牌貨是什麼人？」

羅彪呵呵一笑，接過話茬。「那是我從周至縣大牢提出來的一個死囚，也是我的同鄉。我按老大的吩咐，叮囑了他一些事，讓他到時候照著說，然後答應照顧他的家人。」

桓蝶衣恍然。

在眾人談話時，楚離桑一直有些不安，目光不時瞟向華靈兒，又不時看著蕭君默。此時，她終於按捺不住，對華靈兒道：「華姑娘，我想知道，我爹他……他後來怎麼樣了？」

對此問題，蕭君默的心情自然也跟楚離桑一樣迫切，趕緊看向華靈兒。

華靈兒神色一黯。「對不起，我……我沒照顧好左使。」

楚離桑頓時眼睛一紅，忍不住捂住了嘴。

「妳別著急，我話還沒說完呢。」華靈兒忙接著道：「那天跟你們分開後，我和左使跑進了一片樹林。可後面那幫人越追越近，眼看就快被他們追上，左使就把我推進了一個樹叢裡，然後獨自把他們引開了。都怪我沒用，我……我在樹叢裡躲著躲著，居然昏睡過去了，等我醒來的時候，已經是第二天早上了。我趕緊去找左使，可到處都找不著，後來又去找你們，可天目山太大了，轉著轉著就轉迷糊了。再後來，我只好下了山，找了戶人家養傷，住了十來天，最後就回了千魔洞。」

「這麼說，辯才法師只是下落不明而已，並不能確定是否遭遇不測，對嗎？」蕭君默道。

「對呀，我就是跟左使失散了，後來怎麼樣我也不知道。」

蕭君默趕緊看向楚離桑。兩人目光交會，心裡同時感到了一陣欣慰，也同時生出了一絲希望。

聽華靈兒提到千魔洞，郗岩不禁多看了她幾眼。

「敢問姑娘，令尊是浪遊先生華崇武嗎？」

「是啊。」華靈兒一喜。「您認識我爹？」

「在下東谷郗岩。」郗岩抱拳，有些激動。「華老英雄義薄雲天，曾救過在下一命，今日得見其後人，真是三生有幸！」

「原來是東谷先生，失敬了。」華靈兒也抱拳還禮。

「對了華姑娘，妳既然回了千魔洞，為何不繼續當妳的逍遙洞主，卻跑到這終南山來了？」蕭君默對她今天的「從天而降」十分好奇。

「還不是為了你！」華靈兒媚眼如絲。「我回去後就一直在留意你的消息，後來就聽說你回朝了，還當了大官，我就過來了唄。可長安那種地方我又住不慣，便在這玉柱峰安營紮寨了，本來還尋思這幾天去找你呢，趕巧就在這兒碰上了。你說，咱倆是不是特別有緣？」說完，華靈兒又飛了個媚眼。

當然，蕭君默早把目光挪開了，沒接招；而楚離桑對這個「女魔頭」的作派早有領教，自然也是見怪不怪，唯獨桓蝶衣卻納悶了。

當初在江陵城，她也曾見過這個華靈兒一面，可壓根兒沒料到她會對蕭君默有意思，更不敢想像她會當著這麼多人的面給蕭君默拋媚眼！

真是一個不知害臊的狐狸精！本來因為她救了大夥兒，看上去又是一副英姿颯爽的模樣，桓蝶衣對她還有幾分好感，現在則徹底倒了胃口。

楚離桑見此時的氣氛有些尷尬，便把話題引回眼下最重要的事情上。「君默，王弘義怎麼樣，開口了嗎？」

蕭君默苦笑了一下，把王弘義的強硬態度和「十二時辰」的事說了。

眾人聞言，無不義憤填膺，卻又都無計可施。

楚離桑想了想。「要不……我去跟他談談？」

蕭君默搖搖頭。「我已經把他放了。」

眾人一聽，又是一片驚愕。

為了劫持王弘義，大夥兒付出了這麼大的代價，現在卻把他放跑了，任誰都會心有不甘。

「我對不起大家。」蕭君默面帶歉意，環視眾人，嘆道：「我沒跟大夥兒商量，私自做了這個決定……」

「盟主這麼做是對的。」郗岩當即表態。「既然令堂在王弘義手裡，不管他說的『十二時辰』是不是真的，咱們都不能冒這個險，所以只能把他放了，沒有別的辦法。」

蕭君默感激地看了他一眼。

「我同意老郗的看法。」楚離桑接言道：「王弘義已經知道君默是隱太子的後人，定然不會為難姨娘；況且他還想跟君默聯手，姨娘便是他手裡最好的籌碼，他更不敢傷害姨娘。既如此，咱們便不必急在這一時，大可以慢慢找，我相信一定會找到的。」

桓蝶衣和羅彪聞言，也隨即表示理解和贊同，只有華靈兒嫣然一笑，道：「我這人不會講什麼大道理，我只知道：凡是盟主說的，都是對的；凡是盟主做的，我都支持。」

聽見這麼肉麻的話，桓蝶衣終於沒忍住，嫌惡地瞥了她一眼。

華靈兒敏銳地捕捉到了，卻不惱不怒，反而衝她露出一個愈加嫵媚的笑容。

月黑風高，王弘義單人獨騎在山道上疾馳。

突然，從旁邊的樹林中躥出一彪人馬，攔住了他的去路。

王弘義心頭一沉，當即勒住韁繩，緩緩拔出腰間的橫刀。今夜沒有月亮，周遭一片黑暗，根本看不清對方是些什麼人。王弘義做好了迎戰的準備，沉聲道：「敢問諸位是何方好漢？」

話音一落，對面的人便紛紛下馬，衝他跑了過來。

王弘義不由握緊了手中的刀。

「先生！先生！」一個無比熟悉的聲音響起，因激動而帶著哭腔。「是屬下，是屬下呀！」

來人居然是韋老六他們。王弘義鬆了口氣，收刀入鞘。韋老六等人撲到馬前，納頭便拜，話還沒說便啜泣了起來。

「行了行了，都起來吧，一群大老爺們，哭哭啼啼像什麼話！」

眾人起身。韋老六抹著眼淚，又驚又喜道：「先生，屬下們找您找得好苦啊！玄甲衛到底把您怎麼著了？」

「這不是把我放了嗎？」王弘義一笑。「放心吧，一根寒毛都沒掉。」

眾人重新上馬，簇擁著王弘義向山下走去。韋老六問起經過，王弘義便把蕭君默釋放他的原因說了，然後說道：「今日我昏迷之後，都發生了什麼，說一說。」

「是。」韋老六想了想，開始說了起來。

他跟盧賁打完之後，從山墅東南角的後門出來，在一片樺樹林的邊緣發現了車馬的痕跡，隨即跟著痕跡一路追蹤，便發現桓蝶衣、羅彪等人押著一輛馬車在前面疾行。韋老六大喜，剛要動手，卻見裴廷龍帶著大批玄甲衛趕到，只好躲進了山道旁的樹林裡。

讓他沒想到的是，裴廷龍叫了一個黑衣人到馬車前看了看，接著便跟桓蝶衣起了爭執。由於距離較遠，韋老六也不知道他們在吵什麼。隨後，裴廷龍命人卸了桓蝶衣和羅彪的武器，便帶著他們和大隊人馬朝藏風山墅而去，另外那個黑衣人則與四名甲士押著馬車下山。

韋老六大為詫異，但無暇多想，便帶人追了上去，把馬車給截住了。雙方打了起來，韋老六人多，很快幹掉了那四名甲士，活捉了那個黑衣人。不料掀開斗篷一看，那人竟然是回波分舵的謝吉。一看到他，韋老六旋即意識到剛才發生了什麼，也隱約料到馬車上的人很可能不是王弘義，隨後一看，果不其然！韋老六勃然大怒，便將謝吉和那個冒牌貨一塊兒宰了。

其後，他帶著手下回頭追蹤裴廷龍，可當他們趕到畫屏山和玉柱峰的路口時，山道上的痕跡便被雨雪覆蓋了。韋老六只好選擇左邊山道，即畫屏山方向追了過去，結果不但人沒追到，反而在山間迷路了，最後只能漫無方向地到處尋找，一直找到現在……

「弟兄們辛苦了。」王弘義安慰了一句。「除了這些，還有沒有別的？」

韋老六這才猛然想起了蘇錦瑟。

他依稀記得，自己帶人離開山墅的時候，蘇錦瑟似乎已經不行了，後果不難想見。可蘇錦瑟究竟是被何人所害，他卻一無所知，這件事教他如何張口？

「怎麼，」王弘義瞥了他一眼。「有什麼事不能說嗎？」

韋老六不敢隱瞞，只好把自己所見的一幕如實說了出來。

王弘義當即勒馬，整個人如遭雷擊，瞳孔因極度震驚而瞬間放大。「你說什麼?!」

散淡的早春陽光透過一扇長窗，恰好照在李世勣擰成了一個「川」字的眉頭上。

一本奏摺攤開在書案上，李世勣正伏案閱覽。

奏摺是蕭君默寫的，內容是昨天那場行動的全部經過，完整、翔實、具體，某些細節甚至寫得頗為生動，簡直可以用「繪聲繪色」來形容。

當然，李世勣並不知道，這是蕭君默與桓蝶衣、羅彪商量之後杜撰的版本，至少七成以上的內容純屬虛構。至於那個真實的版本，已經被死去的裴廷龍和他的手下們帶到陰間去了。

死無對證，所以李世勣只能接受這個版本。

稍後，他將帶著這份奏摺入宮向皇帝稟報，而皇帝當然也只能接受這個版本。

大概花了足足三刻鐘的時間，李世勣才把這份長長的奏摺看完。

蕭君默、桓蝶衣、羅彪束手站在下面，筆直的姿勢就像三根木樁。

李世勣抬起頭來，定定地看了他們一會兒，不無自嘲地笑了笑。「一名玄甲衛右將軍、一名郎將、四名旅帥、九名隊正，外加七十三名甲士，一夕之間，全部殉國，而且就死在京畿重地，此乃我大唐建元以來所未曾有，堪稱驚世奇聞！你們說，我待會兒是該拎著烏紗去見聖上呢，還是拎著自個兒的腦袋去？」

蕭君默單膝下跪，雙手抱拳。「回大將軍，屬下忝任玄甲衛左將軍，卻指揮無方，造成本衛官兵重大傷亡，實在難辭其咎！屬下願提烏紗，隨大將軍入宮向聖上請罪！」

「你的烏紗鐵定是戴不成了！」李世勣一聲長嘆。「怕只怕，你的烏紗還是不夠分量，平息不了聖上和長孫相公的怒火啊！」

「是，若烏紗不夠，屬下也甘願提頭入宮。」

羅彪見狀，趕緊也跪了下去。「屬下願與蕭將軍一起領罪！」

「你當然也跑不了！」李世勣瞪了羅彪一眼。「若聖上能夠讓你活著回家去種地，你就該謝主隆恩了！」

桓蝶衣聞言，頓時不平，大聲道：「大將軍，勝敗乃兵家常事。咱們玄甲衛的人又沒有不死之軀，碰上強敵自然免不了傷亡。當時，王弘義足足有幾百號訓練有素的手下來搶人，個個都是悍不畏死的亡命之徒，我們寡不敵眾，這才……」

「行了行了，這些奏摺裡都寫著，無須妳再囉唆。」李世勣不耐煩地擺擺手。「聖上要的只是結果，妳懂嗎？若你們把王弘義抓回來，死幾個弟兄還好說，可現在不但損兵折將，連人都被搶回去了，妳讓我這個大將軍如何解釋？讓聖上和滿朝文武做何感想?!」

「反正我們已經盡力了，人被搶回去我們也沒辦法。」桓蝶衣翻了個白眼。「您要是不滿意，那現在就把我們三個拉出去砍了，頂多在奏摺上添一個左將軍、兩個旅帥，權當我們昨天也壯烈殉國了。」

「妳！」李世勣氣得臉都青了，霍然起身，指著桓蝶衣和羅彪。「你們兩個都給我滾回家去，停職養傷，聽候發落。」然後又指著蕭君默。「你，跟我入宮請罪。」

李世勣和蕭君默一前一後，走在太極宮長長的甬道上。

李世勣神情凝重，蕭君默則幾乎面無表情。

兩人一路沉默，直到邁上兩儀殿前的丹墀，李世勣才忽然停住腳步，回頭凝視著他。蕭君默不解。「您……這麼瞪著我幹麼？」

「裴廷龍是你殺的吧？」李世勣忽然幽幽地冒出一句。

蕭君默一怔，旋即笑了笑。「師傅您開什麼玩笑？這種話要是讓別人聽見，我就是有八個腦袋也不夠砍。」

「若要人不知，除非己莫為。」李世勣冷冷地丟下這句話，大步朝前走去。

蕭君默苦笑了一下，趕緊跟上了他。

一邁進兩儀殿的殿門，蕭君默便感覺一股肅殺之氣撲面而來。

因為，皇帝正面朝屏風，背對他們站著。這顯然是極為不祥的信號。

二人行至御榻前，跪地行禮，高呼萬歲。李世民沉默許久，才莫名其妙地說了八個字。「廉頗老矣，尚能飯否？」

李世勣一震，當即明白了皇帝的意思，便摘下官帽，連同奏摺一起舉過頭頂。「臣無能，請辭玄甲衛大將軍一職。」

李世民依舊沉默。

趙德全心領神會，便輕輕走過來，接過了官帽和奏摺。

「你下去吧，蕭君默留下。」李世民淡淡道。

「臣……告退。」李世勣跟蕭君默對視了一眼，輕聲一嘆，躬身退下。

蕭君默萬萬沒想到，皇帝居然如此輕易、二話不說就罷去了李世勣的職務。這麼決絕的做法，以前從未有過，可見皇帝對玄甲衛此次的表現是多麼失望和憤怒。

想到師傅被自己連累而丟官，蕭君默心裡不禁充滿了愧疚。

片刻後，李世民終於轉過身來，坐在了御榻上。趙德全趕緊奉上奏摺。李世民接過，卻看都不看就扔到了御案上，沉聲道：「朕不看摺子，你口述吧。」

「臣遵旨。」

蕭君默微微清了下嗓子，開始講了起來，可剛一講到他帶人潛入藏風山墅時，李世民便打斷了他。「據朕所知，昨天的行動，你和李世勣事先都瞞著裴廷龍，這是何故？」

「回陛下……」蕭君默故意停頓了一下，才接著道：「臣有私心。」

李世民目光一閃。「什麼私心？」

「臣不敢欺瞞陛下。臣與裴廷龍向來不睦，故而此次行動，臣欲獨貪大功，便慫恿李大將軍對裴廷龍隱瞞了消息。臣有罪，請陛下責罰。」

蕭君默知道，要成功地包裝一個謊言，最好是先拋出一些真實的、對自己不利的細節，這樣才能減輕對方的戒備心。

「你當然有罪，不過夠不夠殺頭，夠不夠族誅，朕還得聽你往下說。」

「是。」蕭君默繼續講述，當講完王弘義被魏王下藥迷暈，自己現身劫人之後，便主動拋出了第二個真實的細節。「陛下，臣犯下的第二條罪，是私自讓辯才之女楚離桑和另外一些朋友，參與了昨天的行動……」

昨天楚離桑和郗岩等人都暴露在了魏王及其手下府兵面前，蕭君默不可能隱瞞。

「朕感興趣的便是這個。」李世民顯然已經從李泰那兒得知了這部分情況。「說吧，你為何這麼做？」

「回陛下，臣這麼做的原因較複雜，既有出於個人私心，也有出於行動考慮的公心。」

「哦？」李世民冷笑。「看不出你這麼做還有『公心』。也罷，朕且聽你說說看。」

「謝陛下。臣說的私心，還是與裴廷龍有關。由於臣不想讓他搶功，便不敢興師動眾，怕動作太大會洩露消息。因此，臣昨日只帶了十幾名心腹部眾上山，卻又擔心王弘義會在山墅附近埋伏人手，便讓楚離桑等人參與了進來。臣這麼做，當然不合朝廷規矩，所以臣自認有罪，可臣的目的也是想把王弘義抓獲歸案，完成陛下交代的任務。就此而言，臣自忖亦有些許公心。」

「聽你這麼說，你這幫朋友雖未領取朝廷俸祿，卻自願幫朝廷抓賊緝凶，非但無罪，反而有功了？」李世民一臉譏誚。

「臣不敢說他們有功，但在昨日的行動中，除了負傷的楚離桑外，其他人皆已被王弘義的天刑盟黨徒殺害。臣斗膽以為，他們以布衣之身為朝廷慷慨捐軀，庶幾可稱為義士了。」

李世民呵呵一笑。「照你的意思，朕是不是還得給他們發一筆撫恤呢？」

「多謝陛下，撫恤倒也不必。」蕭君默只當聽不懂皇帝的揶揄。「臣只懇求陛下，念在他們已然為朝廷捐軀的分上，不以其私自參與官府行動而加罪。」

李世民略微思忖。「人都死了，朕再加罪豈不是太不近人情？就照你所說，朕不加罪便是。」

「臣代他們叩謝陛下隆恩！」蕭君默俯首磕了三個頭。

「不過，朕倒是很想知道，你這幫江湖朋友到底是什麼身分。」李世民緊盯著他。

「回陛下，只是些三教九流罷了，不值一提。」

「朕就想知道他們是什麼樣的三教九流！」

「是。他們這些人當中，有茶博士，有絲綢商，也有方外之人，只因平時都習武，所以臣才找他們幫忙。」

「哦，果然是三教九流。」李世民煞有介事地點點頭。「可朕怎麼覺得，這些人聽上去那麼像天刑盟的人呢？」

蕭君默佯裝大驚失色，慌忙俯首。「陛下明鑑，他們昨日便是被王弘義的天刑盟黨徒所害，又……又怎會是天刑盟之人？」

「別趴著，抬起頭來。」

蕭君默只好把頭抬起來。

「怎麼就不會？」李世民玩味著他的表情。「據朕所知，天刑盟內部有許多分舵，未必就是鐵板一塊！這些分舵彼此之間，難道就不會有什麼衝突和過節？」

「這……」蕭君默做出一副欲辯無詞的樣子。「即便……即便他們真是天刑盟之人，可臣對此也是毫不知情啊！臣只是請他們來幫忙抓捕王弘義而已，還望陛下明察！」

蕭君默其實早已料到皇帝會懷疑到這上頭，但他也知道皇帝沒有證據，所以無論皇帝最終會如何降罪，都不至於取他性命。而只要還能保住這條命，蕭君默就還有機會與王弘義鬥到底，並完成自己未竟的使命。

李世民身體前傾，凝視著他。「蕭君默，你與天刑盟究竟有沒有瓜葛？」

「回陛下，絕無瓜葛！」

「你若從實招來，朕可念你過去的功勞，對你從寬發落；可你要是敢心存僥倖欺瞞朕，那你的罪行便不只是殺頭，而是族誅了！」

蕭君默聞言，不禁在心中冷冷一笑。他在玄甲衛數年，深知所謂「坦白從寬，抗拒從嚴」都是唬人的把戲，事實往往是相反的——坦白向來從嚴，抗拒方有生路。現在皇帝居然拿蕭君默駕輕就熟的一套來詐他，委實是班門弄斧了。

「陛下，臣冤枉啊！臣對社稷向來是一片赤膽忠心，此心日月可表、天地可鑑……」

「得了得了，朕今天不是叫你來表忠心的。」李世民皺了皺眉。「接著說吧，你從魏王那兒押走王弘義之後，又發生了什麼？」

「是。」蕭君默接著講述，把自己被裴廷龍圍攻說成遭王弘義手下伏擊，而後裴廷龍趕到，加入戰團，不料王弘義一方援兵又至，總計共有四、五百人之多；由於敵眾我寡，所以一番苦戰之後，裴廷龍等人壯烈殉國，王弘義最終也被對方搶回。

李世民仍舊盯著他的眼睛。「你是從碧霄峰的藏風山墅帶走王弘義的，可後來遇襲和交戰的地方，卻是遠在數十里外的玉柱峰下的靈鷲寺，這不是很奇怪嗎？」

「回陛下，準確地說，臣等是在藏風山墅東南角的樺樹林一帶遭遇伏擊的。由於敵眾我寡，臣被迫朝玉柱峰方向退卻，故一直退到了靈鷲寺，所以那裡便成了最終的戰場。」

李世民略微沉吟，雖然不盡信其言，但一時也找不出什麼破綻，便道：「就在你方才上殿之前，朕剛剛接到武候衛奏報，說在碧霄峰西北面的山道上，發現了一輛馬車和六具屍體。經查，其中四人是玄甲衛，還有一人是裴廷龍當時在江陵抓獲的天刑盟成員謝吉，最後一人身分不明。你告訴朕，這又是怎麼回事？」

蕭君默聞言，心裡不禁咯噔了一下。

他們今早是從玉柱峰方向下山，沒走碧霄峰那邊，當然無從發現什麼。回到玄甲衛後，他一直很納悶，一夜過去了，那個假王弘義為何遲遲沒有被押回來？

沒想到他早就被人殺了！

不過這樣一來，事情反而更好解釋了。蕭君默心念電轉，當即道：「稟陛下，這是臣略施小計，使了一個障眼法。那輛馬車中的不明身分之人，其實是臣事先從周至縣大牢提出的一個死囚。臣將他裝扮成王弘義的模樣，另乘一輛馬車，命人從碧霄峰押解下山；而臣則押著真正的王弘義，打算從畫屏山方向回城。臣這麼做，是為了預防被王弘義的手下伏擊，想以假目標分散他們的注意力。只可惜，王弘義太過狡猾，事先已在多處設伏，所以臣的障眼法還是落空了。他們那一路，應該也是遭遇了王弘義手下的伏擊。」

「如果這個假王弘義是你安排的，那麼謝吉為何會與他橫屍一處？」

「臣對此也不太清楚。」蕭君默想了想。「不過臣料想，這個謝吉一直在裴廷龍手上，這回應該是裴廷龍帶著他去認人。當謝吉認出那輛馬車上的人不是王弘義後，裴廷龍便可確定真正的王弘義在另外一路了，所以便讓謝吉先回城，不料謝吉他們隨後也遭遇了襲擊。」

李世民思忖良久，最後也只能接受這種解釋。

隨後，李世民宣布了對玄甲衛諸人的懲處結果：即日將蕭君默貶為郎將，罰俸一年；將桓蝶衣和羅彪貶為隊正，各罰俸半年；免去李世勣的玄甲衛大將軍一職，保留兵部尚書銜，罰俸三個月。

蕭君默領旨下殿後，屏風後忽然繞出一個人來。他便是長孫無忌。

李世民旋即屏退了趙德全等宦官宮女，偌大的兩儀殿遂只剩君臣二人。

長孫無忌雙目泛紅，有些憤然道：「陛下，臣有一言，不吐不快。」

李世民淡淡一笑。「你是不是想說，朕對蕭君默的處罰太輕了？」

「正是。」

「那你想怎麼樣？砍了他的腦袋？」

「蕭君默欺上瞞下、因私害公，導致了如此慘重的失敗，害死了那麼多同僚，若要讓臣說心裡話，臣以為殺頭亦不為過！」

「你說他因私害公固然沒錯，不過平心而論，裴廷龍的殉職還賴不到他頭上。」

「這……」長孫無忌顯然很不服氣，卻又不敢出言頂撞。

「一個巴掌拍不響。蕭君默與裴廷龍不睦，難道只是蕭君默單方面的責任？」李世民淡淡道：「再者，裴廷龍昨日追上山又不是蕭君默的安排，假如他沒去，死的不就是蕭君默了嗎？更何況，殺他的是天刑盟王弘義的人，怎麼能說是蕭君默害了他？」

長孫無忌語塞，半晌才道：「話雖如此，但裴廷龍和他帶上山去的部眾全都殉職了，如今陛下只能聽蕭君默的一面之詞，誰知道昨日的真相到底如何？」

「你說得沒錯，」李世民冷冷一笑。「正因如此，蕭君默才不能殺。」

長孫無忌一怔。「陛下的意思是……」

「朕留著他，便是為了查明真相！」

長孫無忌恍然，遂轉怒為喜。「臣明白了。」

李世民神色陰沉。「倘若蕭君默與天刑盟真有什麼瓜葛，那他必然還會有所行動。所以留著他，才能把王弘義和天刑盟引出來，要是現在便殺了他，真相就永遠消失了。」

「陛下聖明！」

李世民不語，眼中掠過一道寒光。

兩儀殿後門的一扇長窗下，一個灰色的身影貼著窗戶聆聽片刻，旋即匆匆離去。

蕭君默下殿之後，並未立即出宮，而是繞到大殿後面一處僻靜的園囿，看看四周無人，立刻鑽進了園中的一座假山。

只過了一盞茶工夫，便有一陣腳步聲漸漸走近，停在了假山的入口處。

假山內光線昏暗，蕭君默抱著雙臂靠在一塊岩石上。

外面的那人輕輕咳了一聲，是表示周圍無人的暗號。

蕭君默微微一笑，低聲道：「主人雖無懷，應物寄有為。」

外面那人沉寂了一會兒，才略顯不快地應道：「宣尼邀沂津，蕭然心神王。」

「沂津先生，別在外頭站著了。」蕭君默面含笑意。「外面風大，小心著涼。」

那人冷哼一聲，頗不以為然，不過還是邁了進來，停在了岩石的另一側。

「沂津先生，讓我猜一猜，方才我在殿上問對的時候，屏風後面應該躲著一個人吧？」

那人又哼了一聲。「你既然這麼聰明，又何必問我？」

蕭君默又笑了笑。「只是猜測嘛，答案當然得你來告訴我。」

「猜對了。」

「嗯，那我再猜一下，此人是不是長孫無忌？」

「是。」

「那，聖上都跟他說什麼了？」

「再猜啊。」那人譏誚道：「瞧你那聰明勁兒，多能耐啊！怎麼不猜了？」

蕭君默苦笑。「沂津先生，您能不能友善一些？怎麼每回見面都像要把我活吞了似的？」

「你要是不樂意，別來找我啊！」

「好好好，我怕您了。麻煩您快告訴我，您到底聽到了什麼？」

「聖上根本就不相信你，若不是想用你引出王弘義和天刑盟，他早把你殺了！」

蕭君默又苦笑了一下，其實這個結果他也料到了，現在只不過是得到證實而已。

「好吧，多謝先生，你快回吧，有事我再找你。」

「別再找我！」那人冷冷道：「那次在百福殿給太子下藥，我便已聲明，我只幫你一次，從此你我兩不相欠！今天這次，你已經是得寸進尺了，以後別想讓我再幫你！」

「幫我？」蕭君默呵呵一笑。「沂津先生，您口口聲聲說幫我，這話可不太準確。您好歹也是天刑盟沂津舵主、東晉大司馬桓溫的後人，為本盟做一點事，不也是天經地義的嗎？怎麼能說是單純幫我呢？」

「我要跟你說多少遍你才記得住？」那人似乎怒了。「早在三十年前，我就不是天刑盟的人了，你少拿大帽子來壓我！」

「呃……」蕭君默撓了撓頭。「當年是當年，現在是現在，如今形勢險惡，我作為新任盟主，當然要重新啟動你了……」

他話還沒說完，那人便扔下一聲重重的「哼」，然後快步離開了。

「盟主話還沒說完你就走，也太不尊重人了吧？」

聽著咯吱咯吱的腳步聲遠去，蕭君默一臉無奈，自言自語道。

從終南山回來後，蕭君默便把楚離桑接回了蘭陵坊的家中養傷，又命華靈兒去崇德坊烏衣巷，悄悄把綠袖接了過來，讓她照料楚離桑。

一晃十來天過去，楚離桑的傷勢已恢復了大半；蕭君默傷勢較輕，加之體質好，基本上已經痊癒。兩人朝夕相處，心心相印，在平靜中度過了一小段幸福的時光。如若不是徐婉娘一直未能找到，加上還有許多事情沒有做完，蕭君默幾乎覺得這就是自己想要的生活了。

這天上午，天朗氣清，和風拂面，楚離桑和綠袖在後花園盪鞦韆，不時打打鬧鬧。蕭君默站在一旁靜靜看著，唇角泛起一抹微笑。

一陣急促的腳步聲在身後響起。蕭君默回過頭去，看見郗岩正快步走來，眉頭緊鎖。

「情況如何？」蕭君默迎上前去。

這些日子，蕭君默命郗岩及其手下死死盯住了李泰，因為他知道，李泰坐不住了，遲早要魚死網破。

「不大對勁。」郗岩走到跟前，低聲道：「這幾日，李泰、杜楚客和劉洎天天密謀，看來是要動手了。」

李泰，你的末日終於到了。蕭君默在心裡說。

門下省的侍中值房裡，案牘堆積如山。

劉洎坐在書案前，正在批閱一卷文牘。他表面上專心致志，實則早已神遊天外。

自從抓捕王弘義的行動失敗，魏王入主東宮的希望就徹底破滅了。劉洎一度想要放棄魏王，可最後還是打消了這個念頭。

原因無他，劉洎是個念舊的人。

與魏王私下交往這幾年來，劉洎和他早已結下了一份不薄的情感。儘管劉洎混跡官場多年，眼下已然貴為宰相，位高權重，可他重感情、念舊的本色卻始終未曾改變。事實上，劉洎頗以自己的這份本色為榮，經常自詡為「古君子之風」。所以，當拋棄魏王的念頭一起，他便忍不住在心裡罵自己是小人。

當然，除了重情重義之外，劉洎也不是全然沒有半點現實上的利益考量。

在諸位皇子中，除了魏王之外，劉洎與其他皇子素無交往，可以說是徹頭徹尾的「魏王黨」。本來他還隱藏著這一身分，可前不久皇帝讓他提議太子人選，他不得不公開力挺魏王，這就等於在朝野面前亮明了自己的立場。

倘若魏王徹底出局，由吳王或晉王繼任太子，那麼將來太子即位，「吳王黨」或「晉王黨」的大臣必然得勢，也必然會打擊排擠他這個昔日的魏王黨。

到那時候，不僅宰相位置難保，說不定還會有性命之憂！

所以，無論從哪個角度來講，劉洎都不願也不敢放棄魏王，雖然他現在已然失寵。正因為一番權衡之後，做出了這個決定，故而十來天前，當李泰突如其來地向他透露政變的意圖時，劉洎並沒有十分吃驚。

他知道，在如今的形勢下，除了走這一步，李泰已經別無選擇。

這十來天，劉洎與李泰、杜楚客多次籌謀、反覆推演，總算制定了一個周密的行動計畫。然而，生性謹慎的劉洎還是不大放心，便與李泰和杜楚客約定，二月初三早上，也就是後天辰時三刻，三人各自喬裝，分別前往曲江池的陶然居密會，把計畫再推演一遍，最終敲定行動細節……

咚咚咚，猝然響起的敲門聲把劉洎嚇了一跳。

他回過神來，不悅道：「何事？」

「啟稟侍中，」緊閉的值房門外，一書吏輕聲稟道：「玄甲衛郎將蕭君默求見。」

蕭君默？劉洎大為詫異。自己跟此人素無交往，他怎麼會找上門來？

「我不是吩咐過了嗎？」劉洎有些不耐煩。「本官忙得很，除非有什麼緊要事務，否則一概不見！讓他走。」

「是。」書吏話音剛落，還沒走開，便聽見一個年輕人朗聲道：「劉侍中好大的架子！你怎知我找你不是緊要事務？」

聲音響過，值房的大門便被用力推開，蕭君默大步走了進來。後面的書吏想攔他又不敢攔，一臉窘迫。

「蕭君默，你好大的膽子！」劉洎臉色一沉。「本侍中的值房，豈是你說闖便闖的？」

「劉侍中，我剛才說了，我找你有要事。」蕭君默坦然自若。「更何況，玄甲衛辦案，別說是你劉侍中的值房了，就是長孫相公的值房，該闖也得闖！」

「放肆！」劉洎拍案而起。「玄甲衛又怎樣？就是李世勣也不敢跟本官這麼說話！」剛一說完，他便想起李世勣已經被罷職，而眼前這個蕭君默也被打回原形，如今不過是個五品郎將，便冷冷一笑。「對了，我剛想起來，李世勣被罷官了，而你的『左將軍』好像當了還不到二十天便被打回原形，如今已在朝野傳為笑談。真搞不懂你一個小小郎將，哪兒來這麼大的膽量和威風！」

蕭君默聞言，非但不怒，反而朗聲大笑，片刻後才道：「劉侍中，你還別看不起我這個小小郎將。你可知這幾年，被我這個區區五品郎將拿下的三品官有多少嗎？」說著，蕭君默翻了翻手掌。

「不下十個。」

「廢話少說！你擅闖本官值房，究竟意欲何為？」

「我剛才說了，辦案。」

「辦什麼案？」

蕭君默忽然一笑，回頭瞥了一眼那個瑟瑟發抖的書吏。「劉侍中，你是想讓我當著這位老兄的面，回答你這個問題嗎？」

劉洎眉頭一皺，隱隱感到來者不善，只好給了書吏一個眼色。書吏如逢大赦，連忙退了出去，還不忘帶上房門。

「蕭君默，」劉洎緊盯著他。「本官有言在先，如果你不能為你今天的行為找到足夠過硬的理由，那本官向你保證，你的仕途生涯，就要在今天結束了！」

蕭君默呵呵一笑。

「放心吧劉侍中，我的理由，肯定讓你滿意。」

「說，你到底來辦什麼案子？」

蕭君默迎著他充滿敵意的目光，輕輕吐出了三個字。「謀反案。」

第十九章 廢黜

二月初三，陽光明媚。

連日來天氣晴好，嫩綠的青草從漸漸鬆軟的凍土中探出頭來，在風中搖曳，彷彿在悄悄打量這個萬物復甦的世界。

李世民背著雙手在甘露殿的花園中散步，身後跟著趙德全等一干宦官宮女。這個時節，園中的梅花已漸露頹敗之象，凋謝的花瓣散落在泥土中，而一樹樹的杏花則爭先恐後地綻開了粉紅的花蕾，恍若萬點胭脂迷人眼目。

「半開半落，一榮一枯。梅花方謝，杏花已紅。」李世民望著這一半頹然一半燦然的景象，心生感慨。「德全，此情此景，何異於世態炎涼、人間窮通啊！」

自從上元節的太子謀反案爆發以來，皇帝的心緒便一直不佳。時至今日，太子仍被關在玄甲衛，可到底該如何處置，皇帝卻遲遲拿不定主意。日前魏王和玄甲衛抓捕王弘義的行動遭遇失敗，加之新太子的人選又一直未能敲定，更是令皇帝的心情低落到了極點。

今日晨起，春光明媚，趙德全便慫恿皇帝到花園散心，不料再美的景色落入心煩的人眼中，也都變成了傷春悲秋的素材，趙德全不禁在心裡一聲長嘆。

皇帝感嘆花兒榮枯、梅謝杏紅，實際上就是在感嘆他那些皇子的命運。

趙德全可以肯定，在皇帝心目中，此時的太子和魏王已然都是凋謝的梅花，只是趙德全並不敢確定，現在究竟是哪個兒子正像杏花一般在皇帝的心中灼灼綻放——多半可能是吳王李恪，卻也不排除是晉王李治。

「大家，天上有日月輪轉、寒暑更迭，世間有新舊遞嬗、人事代謝，此乃自然迴圈之理，亦乃亙古不變之則。還望大家保重龍體，不必過於傷懷。」

「正所謂『不在其位，不謀其政』，你當然是看得開了。」李世民苦笑了一下。「對了，青雀這幾日在做什麼？」

十幾天前，李泰親自拎著王弘義養女蘇錦瑟的首級入宮，涕泗橫流地向李世民請罪，聲稱其原本並不知道此女與王弘義的關係，但真心與此女相愛，如今獲知她的真實身分，便毅然斬斷情絲，以此表明與王弘義誓不兩立的決心。

李世民當然不相信李泰的自白，他懷疑李泰早就知道蘇錦瑟的真實身分。不過，他並不懷疑李泰與這個蘇錦瑟的感情。作為一個過來人，他從李泰的眼神和表情中便可以看出這一點。也正因如此，李世民才感到了幾分欣慰。因為要殺一個真正心愛的女人，這份決心並不好下，既然李泰做到了，那至少可以證明他的悔過之心是真實且堅決的。

那天，李世民慰勉了他幾句，便讓他退下了。

看著李泰戰戰兢兢、惶然而去的身影，李世民不由一陣心痛。

曾幾何時，這是他最為鍾愛的兒子，李世民曾不止一次想過要把皇位傳給他，沒想到短短一年之間，便發生了這麼多令人痛心失望的事情。驀然回首，一切已經恍如隔世……

「回大家，」趙德全的聲音拉回了李世民的思緒。「據老奴所知，魏王殿下這幾日又開始閉關修行了，基本上足不出戶。」

李世民「嗯」了一聲，正想說什麼，忽然看見一個宦官從迴廊上匆匆跑過來，神情頗為驚惶，顯然有急事要奏。

看來，又有什麼不祥之事發生了！李世民在心中沉沉一嘆。

曲江有一面風光絕美的人工湖，湖心有一座小島，島上有一間木屋，名曰「陶然」。木屋為原木建造，不加修飾，似亭非亭，造型頗為獨特；且四面開窗，視野十分開闊，可將四周的湖光山色盡收眼底。

這是魏王李泰的又一處別業。整個小島，連同木屋，都是他的。

小島與湖岸之間，僅有一條寬約五尺的長堤相連。若要登島，要麼走長堤，要麼坐船，而無論何種方式，閒雜人等都很難隨便接近。

此刻，盧賁帶著數十名便裝府兵，站滿了長堤和小島，一副戒備森嚴、如臨大敵之狀。

自從蘇錦瑟死後，李泰最擔心的事，便是王弘義找他報仇，所以這些日子一直躲在府裡不敢出門，實在是憋得難受。今天約杜楚客和劉洎到此，一來便是想散散心，二來正是看中了此處的私密性和安全性。

微風拂過湖面，穿入木屋，撩撥著一襲素白的衣袂。李泰身著白衣，席地而坐，正獨自在陶然居中撫瑟。琴聲嗚咽，如泣如訴，正是他與蘇錦瑟初次相見的那首〈黍離〉。

辰時三刻，一首〈黍離〉未曾彈完，琴聲卻戛然而止。

因為一個人走上了長堤。

李泰抬眼，從洞開的窗戶望去，那個人既不是杜楚客，也不是劉洎，而是蕭君默。

為什麼是他?!

盧賁等人抽刀出鞘，六、七把刀同時指著蕭君默。

「去告訴你們魏王，我有重要的消息給他。」蕭君默面帶笑容。

「滾蛋！你小子一來準沒好事！」盧賁咬牙切齒。那天在藏風山墅發生的事情至今仍讓他耿耿於懷。

「我是來救魏王一命的，你要是趕我走，恐怕後果你承擔不起。」

盧賁一怔。「你什麼意思？」

「這樣吧，說太多你也不懂。」蕭君默淡淡一笑，湊近他說了句什麼。「你就這麼稟報魏王，他一定會見我。」

盧賁滿腹狐疑，卻又不敢不報，只好快步走到木屋門口，剛想開口，裡面便傳出李泰不悅的聲音。「蕭君默想幹什麼？」

「屬下也不知道。」盧賁忙道：「他說只要告訴您四個字，您便會見他了。」

「哪四個字？」

「他說……寡人有疾。」

木屋中，李泰渾身一震。

這四個字語出《孟子》，本來沒什麼特別含義，可在此刻的李泰聽來卻足以令他心膽俱顫。因為這分明就是在暗示他企圖託疾謀逆，弒殺皇帝！

可是，蕭君默怎麼可能知道自己跟杜楚客、劉洎的暗室密謀？這絕對不可能！

蹙眉思忖片刻，李泰不得不命盧賁讓蕭君默進來。

很快，蕭君默便推門而入，走到几案前，然後大大咧咧地坐了下來，與他四目相對。

「我可沒請你坐下。」李泰冷冷道。

「對，你也沒請我來，可我還是來了。既來之，則安之。」蕭君默笑道：「再說了，咱們今天要說的話很長，得坐著說才舒服。」

李泰冷笑了一下，側了側身子，找了個舒服的姿勢靠在身後的一張楠木憑几上，道：「蕭君默，你還真是冤魂不散哪！你近來總是纏著本王，到底想幹什麼？」

「冤魂不散？嗯，這詞用得好。」蕭君默笑了笑。「殿下這麼說，莫非是做過什麼虧心事，怕冤魂來找你索命？」

「本王做過的虧心事多了，你指哪一樁？」李泰一臉挑釁的表情。

蕭君默迎著他的目光。「我指的，便是去年家父含冤而死的那一樁。」

李泰微微一驚，沉下臉來。「令尊雖然是本王的司馬，可他的死跟本王毫無關係，你這麼說什麼意思？」

話音未落，便有一團皺巴巴的東西扔在了案上。李泰定睛一看，竟然是一條破破爛爛的緋色布片。他當然認得這東西，它分明就是老鼠從蕭鶴年的身上撕咬下來的！

這東西怎麼會在他手裡？李泰又驚又疑，卻只能強作鎮定。「這是何物？」

「這是去年春天，我在你府上的水牢中發現的，當時我便知道，這是貴府的耗子從家父身上撕咬下來的。所以，事情很明顯，害死家父的凶手，便是你——魏王李泰。當然，你沒有親自動手，而是讓貴府的耗子，當了你的幫凶！」

李泰萬萬沒想到蕭君默早已查清了一切。他換了個姿勢，冷笑道：「既然你早就知道了，那你可以去告發呀，為什麼不去？」

「如果告了便可以將你繩之以法，那我早就這麼做了。只可惜，這是你們李家的天下，我告不倒你。」

「既然這麼有自知之明，那你今天又何必來找我？」

「因為，時機到了。」

「時機？」李泰眉頭一蹙。「什麼時機？」

蕭君默一笑。「魏王殿下，今天，二月初三，你不是約了兩位朋友到這陶然居來嗎？你怎麼就不問問，今天來的為什麼是我，而不是他們？」

是啊，辰時三刻早就過了，可杜楚客和劉洎為何遲遲沒有出現？

李泰下意識地看向了窗外。

四面都是煙波浩渺的湖水，長堤上除了盧賁等人，絲毫不見其他人的蹤影。

「不用看了。」蕭君默淡淡道：「杜長史，劉侍中，都不會來了。」

李泰猛然坐直了身子。他不敢相信，蕭君默竟能準確地說出他們二人。

「你到底知道什麼？」半晌，李泰才憋出了這句話。

「一切。」蕭君默輕描淡寫。「我知道一切。否則，我怎麼會出現在這裡？」

「不可能！」李泰終於露出驚恐的表情。「你不可能知道……」

「不可能？那我就給你講講。」蕭君默衝著他粲然一笑。「就在咱們抓捕王弘義的當晚，杜楚客向你提出了一個瘋狂的計畫，讓你把蘇錦瑟的首級交出去，以挽回聖上對你的信任，然後找一個適當的時機，以突然患病、情況危急為由，把聖上騙到魏王府，並事先埋伏刀斧手，一舉弒殺聖上，接著讓劉洎和岑文本矯詔，捕殺吳王、晉王及長孫無忌等一干重臣，徹底清除所有異己，最後登基即位。聽完杜楚客的這個計畫，你當時便動心了，隨後又召集劉洎進一步商議。這些天，你們至少密謀了七次，反覆推演各種細節，也制定了幾套預備方案。杜楚客急著要確定行動日期，可劉洎生性謹慎，還是認為要最後討論一次。於是今天，你們便約在了這裡，就是為了確定最終的行動計畫。我說得對嗎，魏王殿下？如果哪裡有遺漏，你可以補充。」

李泰呆若木雞，難以置信地瞪著蕭君默，嘴唇嚅動了幾下，卻一個字都說不出來。

很顯然，杜楚客或者劉洎，已經把自己出賣了，否則蕭君默不可能把整個密謀的過程說得分毫不差！

「蕭君默，算你狠！」李泰苦笑了一下。「能不能告訴我，你是怎麼知道的？」

蕭君默靜靜地看著他，盡情體會著復仇的快意，良久才道：「李泰，如果我告訴你，家父的亡靈回來了，天天守在你的身邊，看著你的一舉一動，然後託夢告訴了我，你信嗎？」

李泰悚然一驚，下意識地看了看左右，彷彿身邊真有蕭鶴年的亡魂。

「李泰，你可能真的是虧心事做多了。」蕭君默幽幽道：「所以去年入住武德殿，你四叔的鬼魂便纏上了你；現在，我父親的英靈又日夜環繞在你身邊。你說，這是不是報應？」

「蕭君默，少跟我裝神弄鬼！」李泰終於怒了，咬牙切齒道：「現在外面都是我的人，你要是不想死，就趕緊給我撂實話！」

「對喔，外面那麼多人，我可能真的打不過，好害怕！」蕭君默故作驚懼地摸了摸心口。「好吧，那我就實話告訴你，兩天前，我找到了劉洎，對他動之以情、曉之以理，又對他責以君臣大義，然後他幡然悔悟，便把你們的祕密都跟我說了。事情就這麼簡單。」

「你唬三歲小孩呢?!」李泰越怒。「你若不是拿住了他什麼把柄，豈能讓他開口?!」

蕭君默不置可否，只是微笑地看著他。

是的，這回讓你說對了。蕭君默在心裡說，我的確是拿住了他的把柄，一個足以讓他身敗名裂、殺頭族誅的把柄！

二月初一，劉洎值房。

當蕭君默說出「謀反案」三個字時，劉洎眼中閃過一絲驚恐，卻仍強自鎮定。「什麼謀反案？你小子要是敢胡亂栽贓，本官就讓你吃不了兜著走！」

「劉侍中，說起你的謀反情由，話可就長了，讓我該從何說起呢？」蕭君默走到案前，兀自盤腿坐下。「我勸你還是先坐下來，您那些陳年往事，一、兩句話可說不完，咱們得慢慢聊。」

劉洎本以為他說的謀反案指的是自己跟魏王的密謀，沒想到卻是什麼陳年往事，頓時滿腹狐疑。「少廢話，你到底想說什麼？」

「我這人有個嗜好，閒來無事，喜歡讀一些古詩，近來尤喜六朝古詩。」蕭君默慢條斯理道：「前天剛讀到一首，是王羲之在蘭亭會上所作的五言長詩，其中一句特別有印象，再三涵泳之下，深覺其意蘊豐贍、言近旨遠。劉侍中有沒有興趣品鑑一下？」

劉洎的臉色唰地白了，眼中的驚駭暴露無遺。

蕭君默笑了笑，自顧自吟道：「雖無絲與竹，玄泉有清聲。雖無嘯與歌，詠言有餘馨。劉侍中，品出其中韻味了嗎？」

「胡言亂語，不知所云！」劉洎用憤怒掩飾著驚恐。「蕭君默，如果你沒有別的話想說，那就休怪本官不客氣了！」

蕭君默冷冷一笑，然後笑容瞬間消失。「事到如今，你還不肯面對現實嗎？玄泉先生。」

玄泉先生?!

是的，劉洎就是玄泉。他就是那個潛伏在朝中二十多年，令皇帝李世民和滿朝文武談之色變、恨之入骨，卻又一直抓不到的天刑盟臥底玄泉！

劉洎渾身一震，無論如何也不敢相信蕭君默會得知這個天大的機密。

自武德四年蕭銑覆滅、劉洎歸唐以來，二十餘年間，他在大唐朝廷歷任給事中、侍御史、尚書右丞、黃門侍郎等職，臨深履薄，殫精竭慮，一步步取得李世民的信任和賞識，最終如願以償地坐上侍中之位，成為大唐宰相。而他的真實身分則一直深藏不露，普天之下除了冥藏先生和自己玄泉舵的手下，再也沒有人知道，沒想到這個玄甲衛郎將蕭君默，竟然會將這個祕密一語道破！

「玄泉先生，我知道你現在深感震驚，你也絕不肯輕易承認這個隱藏了多年的祕密身分。」蕭君默一笑。「沒關係，咱們可以聊聊往事，緩解一下目前的緊張氣氛。您覺得，咱們從哪兒聊起比較合適呢？」

劉洎閉上了眼睛，一動不動，形同雕像。

「世間萬事皆有緣起。要不，咱就從東晉永和九年的蘭亭會說起吧？」蕭君默站起身來，開始自問自答。「那一年三月初三上巳節，王羲之以『修禊』為由，邀請了四十餘位當時名士，在會稽山陰的蘭亭溪畔聚會。兩百多年來，世人都以為那是一次曲水流觴的文人雅集，可你我都知道，這並不是事實。真相是，這是一場士族精英的祕密聚會，是一次事關東晉興衰存亡的政治和軍事會議。就是在這次集會上，王羲之牽頭成立了一個龐大的祕密組織，它的名字就叫『天刑盟』，下設十九個分舵，包括十七個明舵、兩個暗舵。其中一個暗舵的舵主，便是蘭亭會的與會者之一劉密，時任參軍，而玄泉先生你便是他的九世孫。

「武德初年，時任盟主智永和尚，帶著王弘義的冥藏舵、謝紹宗的羲唐舵，還有你的玄泉暗舵等六、七個分舵，前往江陵輔佐南梁蕭銑；當時，你在南梁朝中官至黃門侍郎。武德四年初，你奉蕭銑之命，率部南攻嶺表，所到之處望風披靡，一連攻克五十餘座城池。世人都以為你能文能武、用兵如神，殊不知，若無智永盟主在後方運籌帷幄，還有天刑盟的諸多分舵在隱蔽戰線上全力配合，你怎麼可能取得如此驕人的戰果?!」

聽到這裡，劉洎終於睜開眼睛，無力地苦笑了一下。「看來，你還真是什麼都知道。」

「當然，否則我豈敢擅闖宰相值房？」

「這一切，你是怎麼知道的？」劉洎終於坐了下來。

蕭君默也隨之坐下。「我去年跟左使一起輾轉千里，你以為我們是在遊山玩水嗎？」

劉洎想著什麼，目光一閃。「你們找到〈蘭亭序〉真跡了？」

蕭君默一笑。「你說呢？」

「不可能！」劉洎狐疑。「就算找到了真跡，左使也斷斷不會把它交給你，除非……」

「除非什麼？」

「除非你是本盟的人。」

「如果我說我就是呢？」

劉洎一怔，不覺瞇起了眼睛。「左使讓你加入了？」

「不僅如此，左使還給了我一樣東西。」

「什麼東西？」

蕭君默看了他一會兒，然後從懷中掏出一個白絹包裹的東西，放在案上。

劉洎把眼瞇成了一條縫。「這是何物？」

「打開看看不就知道了？」

劉洎想了想，依言掀開了白絹，一隻完整的青銅貔貅赫然映入他的眼簾，正是天刑之觴！

劉洎大為震駭，瞬間瞪大了眼睛。

「若見天刑之觴，便如親見盟主。」蕭君默看著他。「玄泉先生是本盟的老人了，不會不知道這個規矩吧？」

劉洎又驚又疑。「盟主現在何處？」

「你不覺得這是多此一問嗎？」蕭君默似笑非笑。

「難道……」劉洎這一驚更是非同小可。「不可能，這絕對不可能！」

「事到如今，你還認為不可能嗎？」蕭君默面帶微笑。「若左使不把〈蘭亭序〉真跡交給我，我怎麼知道你就是玄泉？若不是左使推舉我當了盟主，我手裡怎麼會有天刑之觴？如果這一切都不可能，我現在又怎麼會坐在你的面前？」

劉洎雙肩一塌，啞口無言。

蕭君默收起笑容，接著道：「蕭某不才，經左使和浪遊、東谷、舞雩等分舵推舉，現任天刑盟第九任盟主。玄泉，你是不是該見禮了？」

他的表情雖然散淡，語氣雖然平和，卻自有一種不容抗拒的威嚴。

劉洎稍稍猶豫了一下，旋即起身，跪地行禮。「屬下玄泉劉洎，拜見盟主。」

「免禮。」

劉洎站起來，卻不敢再坐回去，便躬身道：「盟主今日大駕親臨，不知有何示下？」

「就一件事。」蕭君默淡淡道：「把你這幾日和魏王、杜楚客的密謀，全部告訴我，不得有半點遺漏。」

「這個……」劉洎心裡暗暗叫苦。鬧了半天，蕭君默還是衝著這件事來的。

「怎麼，有難處？」

「不不，屬下是想知道，盟主打算……打算如何處置這件事？」

「很簡單，讓杜楚客去自首，讓魏王認罪伏法。」

劉洎一驚。「可……可如此一來，屬下不也暴露了嗎？」

「放心吧，我會交代他們，別把你供出來。」

劉洎蹙眉。「可……可他們會聽您的嗎？」

「如果他們不想死的話，只能聽我的。」蕭君默道：「道理很簡單。你現在是聖上跟前的紅人，魏王和杜楚客若想保命，就得先保住你，這樣你才能替他們說話；倘若他們把你供出去了，那還有誰替他們求情？這對他們又有什麼好處？」

劉洎恍然，擦了下額頭上的冷汗。「對，對，還是盟主思慮周全。」

蕭君默淡淡一笑。

此刻，陶然居中，他微笑地看著李泰。「殿下說得沒錯，我的確拿住了劉洎的把柄，不過事已至此，你也沒必要打聽那麼多了。眼下你應該考慮的是此事該如何善後，別的一切都不相干。」

李泰冷笑。「聽你這麼說，好像今天是來幫我善後的？」

「從某種意義上，也可以這麼說。」

「我殺了你父親，你現在不是迫不及待要殺我報仇嗎？」

「我是想報仇，不過並不打算殺你。」

「哦？」李泰眉毛一挑。「那你所謂的報仇又是何意？」

「說實話，我當初的確很想殺你，做夢都在想！可我現在改主意了。我覺得，與其讓你死，不如讓你活著，體驗眾叛親離、身敗名裂的痛苦，讓你在活著的每一天，細細品嚐失去權力的滋味。我想，對你這種一心想奪嫡當皇帝的人來講，這種結局應該會更有意思。」

「哈哈哈……」李泰突然爆出一陣狂笑。「你的意思，是想讓我生不如死？」

「對，就這意思。」

「可你怎麼就不想想……」李泰突然湊近，陰森森地道：「你今天能活著走出這兒嗎？如果我現在就殺了你，你還能體驗到復仇的快感嗎？就算我落入你說的那般境地，你能看得見嗎？」

「你當然可以殺我。」蕭君默一臉從容。「不過我敢打賭，你不敢殺。」

「為什麼？」

「因為我知道，你是個非常怕死的人，而你若想保住一命，就不能殺我。如果你再問我什麼理由，那我就告訴你，事到如今，你的一舉一動都已經暴露在聖上的眼皮子底下了，你要是殺我，身上就又背了一條人命；若算上家父，那就是兩條人命。倘若數罪並罰，即使聖上顧念父子之情，可迫於大唐律法和朝野公論，最後也只能對你痛下殺手。所以，你現在殺我，就等於殺了你自己。」

蕭君默停下，笑了笑。「你好好想想，我說得對不對？」

「你今天單槍匹馬過來，就是料定我不敢殺你？」

「對，前提是我認定你怕死。」蕭君默又故意強調了一下。

李泰終於忍受不了這種赤裸裸的羞辱，一把揪住他的衣領，狠狠道：「蕭君默，你這一把賭大了！老子今天就讓你有來無回！」

「行，那就證明給我看。」蕭君默笑意盈盈。「不過我還要提醒你一件事，就在咱們說話這會兒，杜楚客已經去向聖上自首了。所以，你要殺就趕緊動手，不敢殺就儘快入宮。因為現在入宮，興許還可以算自首，若等到玄甲衛奉旨抓捕，你就被動了。」

「你說什麼？」李泰大驚失色。「杜楚客他……」

「沒錯，看這時辰，他恐怕已經交代得差不多了。」

李泰雙手一鬆，頹然跌坐在了地上。

蕭君默整了整領口，伸手抓過李泰的那張憑几，放到自己身後，舒服地靠了上去，然後用一種怡然自得的表情看著李泰……

從劉洎那裡得知政變計畫的全部內容後，蕭君默於昨日找到了杜楚客，把事情都跟他挑明了，然後告訴他。「你現在有兩個選擇，一是主動去跟聖上自首，二是由我去向聖上告發。你自己選，我不強迫。」

杜楚客當然是毫不猶豫地選擇了前者，可心裡還是極為忐忑，忙道：「我可以去自首，可畢竟事涉謀反，聖上他……他能饒得了我嗎？」

「這倒是個問題。」蕭君默煞有介事地想了想。「我有個辦法，可以保證你活命。」

杜楚客大喜，忙問什麼辦法。

「你明天自首的時候，供出你自己和魏王就行了，別把劉洎牽扯進去。」

杜楚客不解。「為什麼？」

「劉洎深得聖上寵信，若是由他出面求情，當可保你一命。可你要是把他也供出去，那就沒人救得了你了。」

杜楚客恍然大悟。

此刻，看著李泰一臉頹喪和絕望的表情，蕭君默又笑了笑，道：「殿下，時辰不早了，你還打算在這裡磨蹭多久？」

李泰如夢初醒，這才心神恍惚地站起身來。

「對了，有件事差點忘了。」蕭君默道：「你待會兒跟聖上自首的時候，切記不要把劉洎牽扯進來。因為劉洎不出事，對你和杜楚客都有好處。杜楚客那邊我也交代過了，你最好跟他保持口徑一致。」

李泰愣怔片刻，嘴唇嚅動了幾下，彷彿要說什麼，卻終究沒有說出來，旋即失魂落魄地走出了陶然居。

淅淅瀝瀝的春雨落了下來，遠山近水一片蒼茫。

蕭君默隨手撩撥了一下几案上的錦瑟。凌亂的琴音猝然響起，飛出木屋，驚起了旁邊草叢裡的幾隻斑鳩……

貞觀十七年春，緊繼太子李承乾的上元節宮變之後，大唐朝廷又爆發了魏王李泰的謀逆未遂案。朝野上下一時人心惶惶、議論紛紛。老百姓都說今上一定是八字犯了太歲，才會如此流年不利；而朝中百官當然知道這些事與八字和太歲無關，純粹是奪嫡之爭導致的兩敗俱傷。至於社稷能否儘快恢復往日的安寧，人們普遍認為取決於兩個因素：一、兩起案件的性質都極其惡劣，今上到底會如何處置太子、魏王及其黨羽？二、儲君之位虛懸日久，今上究竟會立誰為太子？

這個淫雨霏霏的春天，沒有人知道，今上李世民在接連遭遇如此重大的打擊之後，內心經歷了怎樣的痛苦和創傷，只有少數幾個宰輔重臣和內侍發現，今上的兩鬢忽然就生出了無數白髮，讓他看上去至少蒼老了十歲。

不過，李世民畢竟是一代雄主，儘管內心創傷甚巨，可還是很快就給了朝野一個交代。

魏王案爆發數日後，李世民與長孫無忌、岑文本、劉洎等宰輔一番商議，旋即連下數道詔書，公布了對太子、魏王及其黨羽的處置結果——

太子李承乾被廢為庶民，流放黔州；漢王李元昌被賜死於家中；杜荷被斬首；侯君集被斬首，家產抄沒，妻兒流放嶺南；其餘一干東宮屬官盡皆罷免，斥逐殆盡。

魏王李泰被貶為東萊郡王，逐出長安，徙居均州鄖鄉；杜楚客論罪當死，經侍中劉洎極力陳情，因其兄杜如晦有大功於朝，故免其死罪，廢為庶人；原魏王府官員，凡李泰親信者，如典軍盧賁等人，皆流放嶺南。

在貶黜魏王的詔書中，李世民用無比沉痛的心情寫下了這麼一段話：

魏王泰，朕之愛子，實所鍾心。幼而聰令，頗好文學，恩遇極於崇重，爵位逾於寵章。不思聖哲之誡，自構驕僭之咎；惑讒諛之言，信離間之說。以承乾雖居長嫡，久纏痾恙，潛有代宗之望，靡思孝義之則。承乾懼其凌奪，泰亦日增猜阻，爭結朝士，競引凶人。遂使文武之官，各有託付；親戚之內，分為朋黨。朕志存公道，義在無偏，彰厥巨釁，兩從廢黜。非惟作則四海，亦乃貽範百代！

在此，李世民絲毫沒有避諱自己過去對李泰的偏愛和專寵，也沒有否認這種行為的過失。換言之，他這麼說，就等於間接承認自己對這場奪嫡之爭負有不可推卸的責任——正是對李泰的過度寵愛，無形中催生了他的奪嫡野心，才導致了這一場兄弟鬩牆、父子反目的悲劇。

當然，在譴責魏王和自我責備的同時，李世民也順帶敲打了一下滿朝文武。所謂「文武之官，各有託付；親戚之內，分為朋黨」，既是在陳述事實，也是在訓斥百官：正是因為你們出於各自私利，在這場奪嫡之爭中選邊站隊，同時推波助瀾、煽風點火，才把兩個皇子都逼上了這條造反謀逆的不歸路！

隨著太子和魏王相繼被廢，這場歷時數年的奪嫡之爭總算告一段落。然而，接下來要立誰為太子，卻仍舊是橫亙在皇帝心中的一個難題，也是朝野上下關切矚目的焦點。

此外，還有一件讓皇帝和滿朝文武都頗感憂懼的事情，便是詔書中提到的「凶人」。

毫無疑問，這裡的「凶人」，指的就是以王弘義為首的天刑盟！

一日不除掉王弘義、摧毀天刑盟，皇帝李世民和大唐社稷就一日也不得安寧。

可是，這個老奸巨猾、神出鬼沒的王弘義，現在到底在哪兒呢？

「對不起盟主，屬下也不知王弘義究竟藏身何處。」

在門下省的侍中值房內，劉洎面露難色，對蕭君默道。

這些日子，蕭君默把郗岩、華靈兒等天刑盟手下和桓蝶衣、羅彪等玄甲衛手下全都撒了出去，動用了他所能掌控的黑白兩道的所有力量，拚命查找徐婉娘的下落，卻始終一無所獲。所以，蕭君默只能來找劉洎。

此時，蕭君默盯著劉洎看了一會兒，知道他沒有撒謊，便道：「那你約他見面，我自有辦法。」

劉洎蹙眉。「盟主莫非是想跟蹤他？」

蕭君默點點頭。「不瞞你說，你上回在崇德坊跟他接頭，我便是派人跟蹤，才發現了他在烏衣巷的藏身處。」

劉洎苦笑了一下。「盟主有所不知，也許正因為察覺到了這一點，冥藏日前便已通知我，今後不再與我直接見面了，一切聯絡皆以密信方式進行。」

這回輪到蕭君默苦笑了，忍不住在心裡罵了聲「老狐狸」。

既然連劉洎這條線都無法追蹤到王弘義，那就真的是毫無辦法了。

「最近冥藏跟你聯絡過嗎？」蕭君默問。

劉洎搖搖頭。「自從終南山的事情後，便再沒聯絡過。」

蕭君默又想了想，只好無奈地站起身來。「若王弘義有任何動向，你要隨時通知我。」

劉洎趕緊跟著起身。「盟主放心，屬下一定隨時向您奏報。」

蕭君默告辭，剛走到房門，劉洎便在身後喊道：「盟主……」

拜。」說著便跪了下去。

「還有何事？」蕭君默回過頭。

劉洎走上前來，又思忖了一下，才道：「上回魏王一案，多謝盟主保全了屬下，請受屬下一拜。」說著便跪了下去。

蕭君默趕緊把他扶起，道：「保全本盟兄弟是我的職責，何必言謝？更何況，你也算是一位盡忠職守的好官，既不貪贓納賄，也不徇私枉法，朝廷需要你這樣的人，我豈能不保你？」

劉洎有些動容，遂深長一揖。蕭君默拍拍他的臂膀，拉開房門走了出去。

剛一回到玄甲衛衙署，羅彪便急匆匆地跑上來。「老大你去哪兒了？讓我一陣好找！」

「什麼事？」

「新任的大將軍今兒正式履職了，急著要見你。」

蕭君默微微蹙眉。

這個接替師傅的人終於還是來了，雖不知是何方神聖，但一定來者不善。因為這種時候，不管皇帝派什麼人來，主要任務肯定就是盯住自己，進而挖出王弘義和天刑盟。而負有這種特殊使命的人，必然不會是庸才，估計比裴廷龍更難對付，看來今後得多加小心了。

「新來的頭兒是誰？」蕭君默一邊轉身朝大將軍值房走，一邊問羅彪。

「您去了不就知道了？」

蕭君默有些不悅。「你小子還跟我保密？」

羅彪撓撓頭。「不是屬下故意跟你保密，是新來的頭兒不讓說。」

蕭君默頗感詫異，想不通這個新來的上司到底在玩什麼把戲。到了大將軍值房外，守門甲士一看見他，便讓他直接進去，說大將軍已等候多時。蕭君默進了值房，卻見偌大的房間中空無一人，仔細一看，才發現屏風後面有個人正坐著煮茶。

李世勣過去用的屏風是木質的，現在卻被換成了蠶絲屏風。那人在屏風後影影綽綽，只聽得見煮茶的動靜，根本看不清是何人。

蕭君默趨步上前，下跪行禮。「卑職蕭君默拜見大將軍。」

那人恍若未聞，自顧自喝茶，還咂巴了幾下嘴，似乎故意要讓他難堪。

蕭君默聞著陣陣飄出的茶香，淡淡苦笑。果然不是善茬，一來就要起了官威。

蕭君默不以為意，又大聲地說了一遍。對方還是沒動靜。直到他喊完第三遍，那人才慢慢起身，從屏風後踱了出來。

礙於禮節，蕭君默只能低著頭——上司不發話，下屬就不能抬頭與其對視。

那人走到他面前停下，卻仍舊沒有開口。

蕭君默壓根兒不明白這傢伙葫蘆裡賣的什麼藥，正自困惑，忽然聽到幾聲壓抑不住的「嗉嗉」竊笑。蕭君默抬眼，從對方的靴子慢慢往上，目光停留在一張無比熟悉的臉上。

李恪正一臉壞笑地看著他。蕭君默翻了個白眼，站起身來。「你玩得挺歡哪！」

「哎，本大將軍還沒讓你起來呢！」李恪意猶未盡。「你怎麼敢擅自起身？」

蕭君默不理他，逕自走到屏風後，盛了一碗茶出來，一屁股坐在大將軍的坐榻上。

「怎麼會是你？」

「怎麼不能是我？」李恪走過來跟他同榻而坐。「放眼滿朝文武，今時今日，還有誰比我更能讓父皇信任，更適合當這個玄甲衛大將軍？」

蕭君默想了想，這話也對，最近朝廷出了這麼多亂子，皇帝當然要將玄甲衛這把「利刃」牢牢攥在手裡，而此時的吳王李恪顯然是皇帝最信任的皇子，不找他找誰？

「瞧你嘚瑟成這樣，是不是聖上跟你露什麼口風了？」蕭君默吹了吹茶碗上蒸騰的熱氣。

李恪嘿嘿一笑。「父皇說了，只要能抓住王弘義，便立我為太子。」

「他當時好像也是這麼跟魏王說的。」蕭君默淡淡道。

「那不一樣，父皇當時就懷疑四弟跟王弘義有瓜葛了，說那個話只是為了讓他引出王弘義。」

「你的武候衛呢？」蕭君默喝了口茶，換了個話題。

「還兼著。」

「哦？」蕭君默稍有些意外。皇帝把武候衛和玄甲衛這兩支護衛京畿的最重要力量都交給了李恪，足見對他寄望甚重。由此看來，若不出什麼意外，李恪很快便能入主東宮了。

「這麼說，你現在是雙料大將軍了？」

「那當然！」李恪躊躇滿志。「我現在離東宮只有一步之遙了。你趕緊給我打起精神來，儘快幫我抓到王弘義，咱們便可大功告成了！」

蕭君默放下茶碗，暗自苦笑。暫且不說王弘義沒那麼好抓，就算抓到了，自己恐怕還是得放了他——只要母親一天在王弘義手裡，自己就一天奈何不了他。

「噯，我說……」李恪忽然湊近他，壓低聲音道：「上回在終南山，你沒有玩什麼花樣吧？」

「什麼意思？」

「就是說……」李恪選擇著措辭。「你跟裴廷龍之間，以及跟王弘義之間，是不是有什麼事情不足與外人道也？」

「你懷疑我？」蕭君默眉毛一挑。

「哪能呢？」李恪訕訕一笑。「那天的事情鬧得那麼大，又死了那麼多人，我只是好奇，隨口問問罷了。」

「聖上這回派你來玄甲衛，是不是讓你來查我的？」蕭君默試探道。

李恪的目光閃爍了一下。「瞧你說的！父皇又不是不知道咱倆的關係，若他老人家真想對付你，肯定就找別人了，怎麼會讓我來幹這事？」

蕭君默笑了笑，又端起茶碗喝了一口。

在玄甲衛幹了這麼久，他對皇帝的心機和手腕早已了然，所以李恪這話乍聽好像很有道理，其實恰好相反——正因為皇帝知道李恪和他私交不錯，才會讓李恪來當這個玄甲衛大將軍，目的就是考驗李恪，看他在自己這件事上到底秉公還是徇私。若能秉公執法，對自己下手，進而搞定王弘義和天刑盟，那太子之位自然非他莫屬；反之，若李恪不忍下手，那皇帝就絕不可能立他為太子。

想到這裡，蕭君默不覺在心裡苦笑。

曾幾何時，自己還在全力輔佐李恪奪嫡，兩人的關係更是親如兄弟，可一轉眼，自己卻變成了李恪入主東宮的障礙。世事無常，一至於斯，怎不令人扼腕！看李恪現在閃爍其詞的樣子，顯然已經對自己設置了心防。在殘酷的權力鬥爭面前，昔日的兄弟之情已然蒙上了一層陰霾。接下來是否會進一步惡化，蕭君默不敢再想下去了。

看他怔怔出神，李恪咳了咳，道：「對了，有件事跟你說一下。這陣子父皇總是悶悶不樂，我昨天跟他提議，到驪山去打打獵、散散心，父皇同意了。」

蕭君默回過神來，放下茶碗。「什麼時候？」

「明天。」

「這麼急？」

「所以我才急著找你嘛。」李恪道：「明日的扈從人員，武候衛那邊出三百人；玄甲衛這邊的人我不熟，就由你負責，挑一百個精幹的，明日隨同護駕。」

蕭君默想著什麼。「如今王弘義還沒抓到，你卻勸聖上出城狩獵，這妥當嗎？」

「王弘義算什麼東西?!」李恪不悅。「父皇當年打天下，哪一仗不是身先士卒、親冒矢石？就因為一個區區王弘義，你就想讓父皇成天躲在宮裡嗎？他老人家的性情你也知道，這麼長時間沒打獵，早就手癢難耐了，我不過是順水推舟而已。」

蕭君默一笑。「聖意如何，我不敢妄加揣測，不過某人手癢，我倒是看出來了。」

李恪聞言，故意板起臉，可還是沒繃住，噗哧一笑。「我也不怕你看出來。回長安這麼久了，一次獵都沒打過，本王早就百爪撓心了！」

「好吧。」蕭君默起身。「我這就去召集人手。」

李恪看著他向外走去，忽然道：「等等，你就這麼走了？」

蕭君默回過身來。「大將軍還有什麼吩咐？」

李恪起身，走到他面前，眼神忽然有些怪異。「終南山的事情，你真的沒什麼想跟我說的？」

蕭君默迎著他的目光。「你到底想問什麼？」

「真相。」李恪似笑非笑。「我就想知道真相。」

「真相都已經寫在奏疏裡了。」蕭君默一臉平靜。「你可以去問聖上。」

「君默，不要什麼事都瞞著我。」李恪收起笑容。「我知道，那天在終南山上，一定發生了非同尋常的事情，你要是把我當兄弟，就告訴我實話。」

兄弟？蕭君默在心裡無奈一笑。有些時候，兄弟是用來救命的；可有些時候，兄弟卻可能是用來出賣的。

「行，你想知道真相，那我就都告訴你。」蕭君默忽然笑了笑。「裴廷龍是我親手殺的，王弘義也是我親手放的，我不但是天刑盟的人，而且還是天刑盟的盟主，我準備和王弘義聯手，一起弒殺聖上，顛覆大唐，最終掌控天下！這就是全部真相，現在你滿意了吧？」

李恪愕然片刻，旋即笑笑。「好可怕的真相，你快把我嚇死了。」

蕭君默伸出雙手，做束手就擒之狀。「要不現在就綁我入宮？」

兩人無聲地對視了一會兒，李恪乾笑兩聲，在他肩上捶了一拳。「滾你的吧！」

第二十章 獵殺

驪山位於長安東面，是秦嶺山脈的一個支脈，蒼松翠柏，四季蔥鬱，峰巒峻秀，山勢嵯峨，遠望如同一匹青色的驪駒，故而得名。自西周、秦、漢以迄於唐，驪山一直是皇族貴冑鍾情的出遊狩獵之地，因而離宮別館眾多。相傳上古時期，女媧便是在此地煉石補天；周幽王「烽火戲諸侯」的故事也是發生在這裡；而秦始皇的陵寢，亦橫臥於驪山腳下。

這一日，李恪、蕭君默率四百餘名全副武裝的武候衛和玄甲衛，簇擁著天子鑾駕，於上午巳時許，來到了驪山的西繡嶺下。李恪的副手是三十餘歲、精明強幹的左武候中郎將韋挺，蕭君默的副手是桓蝶衣和羅彪。李恪身邊還有一騎，正是年輕的晉王李治。他也跟眾人一樣，身披鎧甲，背負弓箭，一副意氣風發之狀。

此日天氣晴朗，天空碧藍如洗，山上草木蔥蘢，林間百鳥啁啾，正是一個出遊狩獵的好日子。

皇帝李世民一身戎裝，手握寶弓，步下鑾駕，騎上了一匹高大的白色駿馬，看上去威風凜凜，大有當年征戰天下、睥睨群雄的氣概。李恪、李治、蕭君默率眾將士牽馬束立於山道兩側，齊聲高喊：「吾皇威武！吾皇威武！吾皇威武……」

雄壯的喊聲響徹山嶺，驚起了林中的一群群飛鳥。

李世民抬手，示意眾人停止，旋即給了身後的趙德全一個眼色。趙德全趕緊趨身上前，清了清嗓子，面對眾人道：「諸位將士，聖上有旨。常言道：『上天有好生之德』，春季萬物復甦，本不宜圍獵殺生，然聖上久處宮闈，常念騎射之樂，故有今日之行。不過爾等須知，今日馳騁畋獵，可縱馳騁之情，非圖畋獵之樂，尤不可射殺幼獸、已孕之母獸等，萬望爾等切記！」

李恪、李治、蕭君默等人齊聲道：「臣等遵旨。」

自古皇帝狩獵，通常都在秋季，因春、夏兩季萬物生發，殺生乃不仁之舉，冬季則萬物肅殺，百獸蟄伏，也不適宜，唯獨秋天適合，故常稱為「秋獮」。由此而言，皇帝今日做這番叮囑，也屬當然之理，只是蕭君默稍微有些納悶：就這麼幾句話，皇帝為何自己不說，卻要讓趙德全代言？

趙德全說完，李世民用威嚴的目光掃視了眾人一圈，隨即縱馬朝山上馳去，趙德全和一干宦官緊隨其後。

眾將士立刻翻身上馬，以皇帝為核心組成了一個護衛隊形，蕭君默率一部為前鋒，李恪、李治率一部隨侍皇帝身側，桓蝶衣率一部在左翼，韋挺率一部在右翼，羅彪率一部斷後。

數百騎浩浩蕩蕩，沿山路迤邐而上，捲起了漫天黃塵。

馳上西繡嶺不久，隊伍迅速分成三路。桓蝶衣率左翼沿西繡嶺的山麓前行，韋挺率右翼轉道馳向東繡嶺；蕭君默、李恪、李治、羅彪則護衛著皇帝，沿中路馳下一面緩坡，進入了一片秀麗幽深的山谷。

此地名為石甕谷，夾在驪山的東、西繡嶺之間，山谷狹長深邃，植被茂密，野獸出沒，是一處得天獨厚的天然獵場。

狩獵隊伍之所以分成三路，是因為左、右兩路必須沿著兩側山麓搜索林子，以防刺客預先埋伏，同時負責阻止中路的獵物往兩邊逃竄；而中路的前隊、後隊同樣負有搜索、拱衛與圍獵之責。

李世民自少年時代起便縱橫沙場，弓馬嫻熟，此時一進山谷，便見成群的麋鹿四散逃奔，一隻隻野兔、狍子來回亂竄，頓時大為興奮，一邊拍馬衝了上去，一邊拉弓搭箭，片刻工夫便射倒了一隻麋鹿和兩隻野兔，衛士們立刻發出一陣陣歡呼。

「父皇真是天縱神武，雄風絲毫不減當年哪！」李恪策馬緊隨，開口讚道。

「三哥說得對，父皇寶刀未老！」李治也附和道。

李世民淡淡一笑，並不答言。眼見一隻肥碩的麋鹿即將跑進一片柏樹林，他立刻又搭上一箭，拉了個滿弓，嗖地射出，不料卻失了準頭，羽箭擦著麋鹿的腹部射在了一株樹幹上。

那隻麋鹿死裡逃生，慌忙一頭躥進了樹林。

李世民眉頭皺起，面露不悅。

李恪和李治對視一眼，都有些尷尬。李恪忙道：「請父皇在此稍候，那畜牲就交給兒臣吧。」說完一夾馬肚，便要追上去，李世民卻把弓一橫，攔住了他的馬頭。

李恪只好勒住韁繩。可還沒等他反應過來，李世民已拍馬朝柏樹林疾馳而去。

旁邊的趙德全一驚，連忙大喊：「大家您慢點，等等老奴！」一邊喊邊帶著一干宦官追了上去。

對於父皇今日的表現，李恪頗有些詫異。雖說父皇最近心情不佳，但像今天這麼沉默，一語不發，也並不多見。不過此刻護駕要緊，李恪不及多想便帶著李治和手下衛士一起追進了樹林。

作為整支狩獵隊伍的前鋒，蕭君默此刻正帶著數十名甲士，以一字排開的隊形在樹林中搜索前進。忽然，前方五丈開外，一株枝葉濃密的高大柏樹輕微晃動了一下。蕭君默目光一凜，立刻抬手，朝兩邊的手下示意。

數十名甲士紛紛從背上取下弓箭，慢慢策馬圍攏了過去。

蕭君默走在最前面，緩緩接近那棵柏樹。五丈，四丈，三丈……突然，樹枝劇烈搖晃，三、四條黃色的身影飛躍而出，跳到了另一棵樹上。緊接著，數十條黃色身影紛紛從附近的樹上現身，而且上躥下跳，亂成一團。

蕭君默忍不住和左右甲士相視一笑。

金絲猴。一大群金絲猴就在他們的頭頂上跳來跳去，嗷嗷亂叫。

「死猴子！」旁邊幾名甲士張弓要射，蕭君默伸手攔住。「聖上的旨意你們沒聽到嗎？今日可縱馳騁之情，非圖畋獵之樂。」

就在這時，身後傳來雜遝的馬蹄聲，李恪、李治帶著一群衛士衝了過來。

李恪急切喊道：「君默，看見父皇了嗎？」

蕭君默眉頭一蹙。「聖上不是和你們在一塊兒嗎？」

「唉！」李恪焦急地四處張望。「他去追一頭鹿，一轉眼就不見了。」

「分頭找！」蕭君默心頭一沉，大聲對眾甲士下令。「全部散開，找聖上！」

眾手下立刻散開，朝四面八方馳去。

「咱們也分開找吧。」蕭君默對李恪和李治道：「這片山谷地勢險峻、溝壑縱橫，要找個人絕非易事，不過聖上想必不會走遠，耐心一點定能找到，二位殿下別太著急。」

李恪又沉沉一嘆，對李治道：「九弟，你去西邊，我往東邊。」然後對蕭君默道：「你繼續在山谷裡找。」

蕭君默點頭。隨後，李恪和李治掉轉馬頭，各自帶著一隊武候衛，分別朝東、西繡嶺方向馳去；蕭君默則繼續在樹林中搜尋。

在林中兜兜轉轉了約莫一刻鐘，仍絲毫不見皇帝蹤影，蕭君默心中不禁生出不祥的預感。忽然，他吸了吸鼻翼。一股腥氣，是血的味道！

蕭君默目光如電，四面一掃，便見左前方兩丈開外的地上有一簇血跡。他立刻策馬上前，很快便發現了更多的血跡，遂循著血跡一路追蹤。大約一盞茶工夫後，血跡在一棵茂密的柏樹下中斷，而樹幹旁邊赫然躺著一隻身中三箭的麋鹿。

麋鹿已經死了，卻仍雙目圓睜。蕭君默下馬，輕輕幫牠合上了眼睛。

就在這時，右首的一面土坡處傳來了一聲動靜。蕭君默當即把馬繫在樹幹上，緩緩抽出佩刀，一步步走了過去。

土坡上，一塊岩石背後，露出了一隻腳。

那是玄甲衛的烏皮靴！蕭君默立刻跑了過去，便見岩石後躺著一個奄奄一息的甲士，胸口上插著一枝箭，傷口處血如泉湧。

「出了何事？」蕭君默抱起甲士，用手捂住了他的傷口。

「快、快，聖上……」甲士氣若游絲，抬起一隻手來，想指一個方向，卻抬到一半便垂落下去，同時停止了呼吸。

蕭君默眉頭緊鎖，四下觀察，驀然發現土坡邊緣的軟土上有一片凌亂的馬蹄印，顯然不只是一匹馬留下的。

聖上危險了！

蕭君默立刻反身跑回去，躍上馬背，順著馬蹄印往前追蹤，一路上看見了許多射在樹幹上和地上的箭矢。這一切分明意味著，皇帝正遭到一夥刺客的追殺！

他大為焦急，拍馬疾馳，片刻後便馳出了林子，而馬蹄印也在林子外消失了。

這裡的地面鋪滿了砂礫和碎石，馬蹄根本留不下痕跡。蕭君默不得不勒馬駐足，舉目四望，但見前方不遠處，有一座精緻的單孔石拱橋，橋下是一條深溝；石橋過去是一片皂角樹林，更遠處則是刀砍斧削般的懸崖峭壁；一道飛瀑自山嶺上奔騰而下，激流飛湍，訇然作響。

蕭君默策馬走上拱橋，立在橋面的最高處。

突然，遠處的一幕令他倒吸了一口冷氣。

天子李世民的坐騎——那匹純白的駿馬，此刻正躺在樹林邊的草叢裡，身上至少中了十來箭。很顯然，皇帝十有八九已經落入刺客手中了，只是生死未知！

蕭君默頓覺血往上湧，來不及做更多思考，便毫不猶豫地衝進了皂角樹林。

剛剛馳出半里遠，蕭君默便猛然勒住了轡繩。身下的坐騎人立而起，發出一聲長嘶。

皇帝赫然就站在眼前三丈開外的地方，被一條粗大的繩索緊緊捆綁在一根樹幹上，肩膀上中了一箭，頭顱耷拉著，明顯已經昏迷。

蕭君默蹙緊了眉頭，額上青筋暴起。

他幾乎不用想也知道，這是什麼人幹的。

「王弘義，你給我出來！」蕭君默大聲一吼，聲音在一片闃寂的樹林裡迴盪。

吼聲消失之際，數十個騎在馬上的黑衣人從四面八方冒了出來，為首一人仍舊戴著蕭君默十分熟悉的那張青銅面具。

「哈哈哈哈……」王弘義發出一串大笑，同時摘下面具。「蕭郎——喔不，應該叫你李郎，我一路上給你留下那麼多記號，就是請你過來會合的，你果然沒讓我失望。」

蕭君默在心裡苦笑。

原來，自己一路追蹤所見的那些馬蹄印和箭矢，都是這傢伙刻意留的。

「王弘義，你到底想幹什麼？」

「這還用問嗎？」王弘義回頭瞥了一眼昏迷的李世民，滿臉得意。「這十多年來，我日思夜想、千方百計要做的一件事情，就是親手殺了這個弒兄殺弟、逼父屠姪的狗皇帝！今日總算蒼天開眼，讓我得償所願！要是放在過去，我早把他的狗頭砍了！不過現在，我不會親手殺他了，我得把這事交給別人來做。」

說完，王弘義用一種意味深長的目光看著蕭君默。

「你說的這個別人，就是我嗎？」

「當然。否則我早把他殺了，又何必請你到這兒來？」

「如果我說不呢？」

「那你就是懦夫，我看不起你。」王弘義陰陰一笑。「這人殺了你父親，還有你的五個兄弟，奪走了屬於你父親的一切！這世上還有什麼人比你更有理由殺他？你有什麼理由說不呢？」

是啊，我有什麼理由說不呢？

此刻，蕭君默的臉上看不出任何表情，可心中卻掀起了萬丈波瀾。

他不得不承認，從得知自己是隱太子遺孤的那一刻起，他便不止一次想過要殺李世民，為自己的生父報仇！可與此同時，他也不止一次地拷問過自己：你真的要殺皇帝嗎？你真的會為了一己私仇，殺了這個一手開創太平盛世、深受天下臣民愛戴的皇帝嗎？身為玄甲衛，你曾在入職時宣誓，要用自己的鮮血和生命捍衛天子和大唐社稷，如今你卻要背棄自己的誓言嗎？辯才、楚離桑、華靈兒、郗岩、袁公望、魏徵、玄觀、李安儼，還有無數死去和活著的兄弟，他們把天刑盟交到你手上，跟著你出生入死，難道是為了幫你報私仇嗎？倘若如此，那你跟王弘義這種人還有什麼區別？如果殺了李世民，導致社稷分崩、天下離亂，那麼身為天刑盟盟主，你還有什麼顏面說自己要「守護天下」？

見蕭君默沉吟不語，王弘義臉色一變。「君默，我是看在隱太子的面子上，才給你這個手刃仇人的機會，你要是還有男兒的血性，就趕緊動手，別讓我瞧不起你！」

蕭君默依舊沉默，恍若未聞。

王弘義露出極度失望的表情，嘆了口氣。「蕭君默，看來你也只配姓蕭了，你根本不配做隱太子的兒子！」

蕭君默仍然毫無反應。

王弘義搖頭苦笑，給了旁邊的韋老六一個眼色。韋老六翻身下馬，幾個大步跨到李世民面前，獰笑著拍拍他的臉頰，然後唰地抽出腰間橫刀，發出一聲叱喝，把刀高高舉起。

橫刀在陽光下閃爍著冷冽的光芒。

就在刀光即將落下的一剎那，蕭君默大喊一聲。「住手！」

韋老六的刀停在半空。

「讓我來吧。」蕭君默淡淡說著，跳下馬背。

王弘義轉怒為喜。「哈哈，這才對嘛，隱太子的骨肉，又豈能是孬種?!」

蕭君默徑直走到韋老六面前，道：「麻煩讓讓。」

韋老六用目光詢問王弘義，得到示意後，收刀入鞘，站到了一邊。

蕭君默靜靜地看著這個不省人事的大唐天子，一時間五味雜陳。

誰能想到，這個當年叱吒風雲、身經百戰的蓋世英雄，這個曾經一統天下、開創盛世的一代雄主，竟然會落到今天這步田地?!又有誰能想到，他的命運竟然有一天會掌握在我蕭君默的手裡?!

「君默，不必再猶豫了。」王弘義在一旁催促。「你父親在天上看著你呢！當年在玄武門下，李世民射殺你父親的時候，可沒有一絲一毫的猶豫。有道是天道好還、因果不爽，他早該為當年的罪孽付出代價，這就叫報應！動手吧，殺了他，咱們再一起奪回曾經屬於你父親的一切！」

蕭君默沒有答言，仍舊注視著眼前的皇帝。

忽然，他的目光閃爍了一下，扭頭對王弘義道：「把他弄醒，我要讓他死個明白。」

王弘義哈哈大笑。「好主意！是該讓他知道，到底是誰殺了他，為何要殺他！」說完，朝韋老六呶呶嘴。韋老六當即上前，一把抓住李世民肩頭的那枝羽箭，猛地拔了下來。

李世民發出一聲慘叫，猝然驚醒過來。

望著眼前的一幕，李世民先是困惑，繼而明白過來，臉上怫然變色。「蕭君默，你想跟著這些賊人造反嗎?!」

蕭君默注視著他的眼睛，淡淡道：「陛下在武德九年不也是這麼幹的嗎？」

李世民一震。「放肆！朕那是替天行道，是周公誅管蔡——」

「不必再說這些冠冕堂皇的話了。」蕭君默冷冷打斷他。「你不是周公，我父親也不是管叔蔡叔。他是名正言順的大唐儲君，是你一母同胞的兄長，可你為了篡奪皇權便殘忍地殺害了他！像你這種不忠不孝、弒兄逼父的亂臣賊子，根本不配做大唐皇帝！」

李世民又是一震，難以置信地看著他。「你說什麼？你父親?!」

「是的，隱太子便是我的生父。」蕭君默緩緩抽出腰間的龍首刀。「今天，就是你的贖罪之日，我要用你的首級，來祭奠亡父的在天之靈！」

王弘義很是滿意，在一旁放肆大笑。

「李世民，我王弘義等這一天已經等了整整十七年了，本來想親手宰了你，不過，讓隱太子的遺孤、你的親姪子來砍這一刀，顯然更符合道義！你說對吧？」

李世民顧不上理會王弘義，眼睛一直驚恐地盯著蕭君默手上的刀，身體拚命掙扎。「蕭君默，不管你們說的是不是真的，你都不能殺朕！朕是大唐天子，身繫天下蒼生福祉，你要是殺了朕，一定會天下大亂、生靈塗炭的……」

「不至於。」蕭君默說著，慢慢舉起龍首刀，用雙手握住了刀柄。「你死了，我就是大唐皇帝！我會讓天下的老百姓，過上比現在更好的日子！」

「說得好！」王弘義大聲讚嘆。「有氣魄！不愧是隱太子的骨肉！」

龍首刀舉在了半空。

李世民圓睜雙目，眼珠凸起，突然大喊一聲。「聽我說——」

話剛出口，龍首刀劃過一道寒光，滾圓的頭顱便飛了出去，噴出的鮮血濺了蕭君默一臉。

「君默，」王弘義開懷大笑。「親手砍下天子的腦袋，是何等感覺？」

「沒什麼感覺。」蕭君默收刀入鞘，轉過身抹了抹臉上的血。「天子的腦袋不也是肉做的？」

「妙哉妙哉！」王弘義連連頷首。「此言甚妙！就像孟子所言，天子有什麼了不起？不就是殿高菜好女人多嗎?!」

就在這時，一枝利箭突然嗖地射來，正中蕭君默的右胸。蕭君默猝不及防，捂著傷口連退數步。同時，不遠處傳來一聲暴喝。「蕭君默！你幹了什麼?!」

王弘義和手下們猝然一驚，抬眼望去，卻見李恪目眥盡裂，正像一頭發狂的野獸朝他們策馬狂奔而來。緊跟在他身後的，是數十名武候衛。

方才，李恪循著樹林中那些記號追蹤而至，正好目睹了蕭君默砍下父皇首級的一幕。剎那間，李恪只覺全身血往上湧，眼前一陣發黑——他無論如何也不會想到，蕭君默竟然會與賊人勾結綁架父皇，並且幹出「弒君」這種罪大惡極、天誅地滅的事情！

這一刻，李恪整個人已經被震驚、困惑和憤怒攫住了，根本無法思考，只想衝上來把蕭君默千刀萬剮、碎屍萬段！

「來得正好！」王弘義從鼻孔裡重重哼了一聲。「把這小子也一塊兒結果了，一了百了！」

說完，王弘義便帶著韋老六等人撲了上去。雙方短兵相接，瞬間殺成一團。

蕭君默捂著傷口，遠遠望著憤怒欲狂的李恪，不禁苦笑了一下。「李恪，人是很容易被自己眼睛矇騙的。你親眼所見的，不一定就是真相。」

正當兩撥人馬在石甕谷的皂角樹林中激戰之時，有一個一身戎裝的人，正策馬立於驪山最高峰一處突出的懸崖上。

此峰名為九龍頂，聳壑凌霄，視野無比開闊。從這裡，不但可以俯瞰層巒疊嶂、蔥蔥鬱鬱的驪山全貌，還可以遠眺寥廓蒼茫、雄渾壯闊的秦川大地。

這個人久久地凝望著腳下這片壯麗的山河，眼角忽然有些濕潤。

山風獵獵，吹動著他身後的數十面旌旗大纛。

大纛之下，整個山頂竟然密密麻麻地站滿了禁軍步騎，總數至少有五千人。

全副武裝的兵部尚書李世勣，就站在這五千名禁軍步騎的前列。他不時探頭看看山下，又不時看著懸崖邊的那個人，目光中有一絲焦灼。

這時，眾人身後的山道上傳來一陣急促的馬蹄聲。

李世勣回頭，看見趙德全正急急忙忙地拍馬而來。經過他身邊時，趙德全和他交換了一下眼色，然後徑直騎到懸崖邊上，翻身下馬，揩了一下額頭上的汗珠，快步走到那人身後，躬身稟道：「啟稟大家，如您所料，冥藏現身了。」

李世民意味深長地一笑，頭也不回道：「現在情況如何？」

「回大家，據老奴最新得到的情報，王弘義在山谷北邊的皂角樹林中抓住了替身，不久蕭君默也進入了那片樹林。就在剛才，吳王殿下也帶人趕了過去。老奴照原定計畫，已派人通知韋挺、桓蝶衣、羅彪那三路，命他們立刻率部前去增援。至於目前的情況如何，尚不得而知，還得等候進一步消息。」

「蕭君默……」李世民若有所思，冷冷一笑。「他倒是挺能湊熱鬧啊！」

趙德全不知該說什麼，只好沉默。

「若說他跟王弘義沒什麼瓜葛，朕還就不信了。」李世民又道：「你說呢，德全？」

趙德全不敢不吱聲了，忙道：「陛下所言甚是！照此看來，老奴也覺得應該有瓜葛。」

「不是應該，是肯定！」

「對對，肯定有瓜葛。」

李世民露出滿意的神色，然後想起什麼。「對了，雉奴呢？他現在何處？」

「大家恕罪。」趙德全忙道：「晉王殿下適才帶人往西繡嶺方向去了，老奴已派人去找，可……可目前尚未找到。」

「多派些人去找，讓他立刻到這裡會合。」李世民有些擔憂。「他可不比恪兒。以恪兒的身手，一般人十個八個近不了身，可雉奴手無縛雞之力，萬一撞上賊人，豈不麻煩？」

「是，老奴遵旨。」

李世民瞥了山下一眼，得意一笑。「朕與這個天刑盟賊首王弘義鬥了這麼久，今日總算可以甕中捉鱉了！」

此次驪山狩獵，表面上是李恪提議的，實際上卻是李世民順水推舟，然後精心設計的一場殺局，目的便是以替身誘使王弘義前來刺殺，並以重兵包圍，一舉獵殺王弘義！

昨日深夜，李世民命李世勣集結了三萬禁軍，祕密離京，連夜趕到此處埋伏。

也就是說，他們至少比替身一行早到了兩個時辰。這個計畫，除了李世民、李世勣、趙德全之外，其他人全都被蒙在了鼓裡，包括李恪和李治——不讓他們知情，這場戲才能演得逼真。

此刻，三萬名禁軍中，五千名停駐在這九龍頂上，還有一萬名分別埋伏在東、西繡嶺的密林之中，另有一萬五千名埋伏在驪山周邊。

李世民就像精明的獵手，給王弘義布下了天羅地網，而王弘義則像獵物，已經插翅難飛！

由於掛念著山下的蕭君默和桓蝶衣，此時的李世勣越發焦灼，眉頭又擰成了一個「川」字。

忽然，趙德全匆匆跑了過來，邊跑邊喊：「大家有旨，全軍出擊！」

「臣遵旨！」李世勣大喜，立刻掉轉馬頭，右手用力向下一劈。

一排傳令兵同時抬起長長的號角，鼓起腮幫用力吹響。

嗚——嗚——嗚——低沉雄渾的號角聲霎時響徹群山。

「弟兄們，跟我來！」李世勣大聲下令，正待拍馬下山，趙德全一把拉住了他的轡繩。「李尚書留步，大家還有旨意。」

「內侍請講。」

「傳令三軍，逮捕蕭君默，如若抵抗，就地格殺！」

「這……」李世勣大為驚愕。「這是為何？」

「聖意如此，李尚書執行便是。」趙德全似乎輕嘆了一聲，轉身走了。

李世勣不敢耽擱，只能長嘆一聲，率部向山下馳去。

山下的皂角樹林中，李恪一直想衝過去殺蕭君默，無奈卻被王弘義死死纏著。所幸片刻之後，韋挺率部趕到，加入戰團，李恪終於脫身，立刻揮刀衝向了蕭君默。

趁著剛才的空當兒，蕭君默粗粗處理了一下胸前的箭傷。見李恪瘋狂殺來，不得不揮刀格擋。刀刃相交，火星四濺。

李恪全力猛攻，蕭君默一味防守，故步步退卻，二人漸漸脫離了核心戰場。蕭君默往王弘義那邊瞥了一眼，低聲道：「李恪，你冷靜一點，聽我說。」

「聽個屁！」李恪像一頭暴怒的獅子。「老子早料到你跟天刑盟有瓜葛，沒想到你竟然敢對我父皇下手！」

蕭君默一邊格擋，一邊苦笑。「都說你文韜武略，我看你也是有勇無謀，你真的相信那個人就是聖上？」

李恪眉頭一皺，手上卻力道不減。「你到底什麼意思？有屁快放！」

「你仔細回想一下，今天聖上跟你說過一句話嗎？從頭到尾，你有沒有聽到他說過一個字？」

李恪一怔，放慢了進攻的速度。其實他對此也有所懷疑，只是沒有細究。現在想來，父皇今天的確很怪，為什麼一個字都不說呢？

「世上總有相貌酷似的人，可要想連聲音都一模一樣，那就難了。」蕭君默接著道：「那人雖然已經在盡力模仿聖上，可聲音還是有些差異，所以他才一直不敢開口。」

「你是說，那個人是父皇的替身?!」李恪終於停止了進攻，一臉驚愕。

蕭君默又苦笑了一下，算是回答，然後撫了撫傷口。「你夠狠哪，也不動腦筋想想，上來就是一箭！」

「世上竟然真有如此相似之人?!」李恪仍舊沉浸在驚愕中。

「形貌的確十分酷似，舉止動作也模仿得很像。」蕭君默道：「不過，世上沒有兩個人可以完全做到形神畢肖，即使孿生兄弟也不可能。」

「除了聲音不同，你還看出什麼了？」

「氣質，神采。」蕭君默收刀入鞘，把李恪拉到一棵樹後，躲開了遠處王弘義的目光。「聖上是人中龍鳳，別人絕難模仿得形神兼備。尤其是眼神，聖上的眼神睿智而堅定，那人卻虛浮無力。所以，就算五官再像，也是徒有其表。」

李恪恍然，看著蕭君默的傷口，微露愧疚之色，但卻稍縱即逝。「即便你沒有弒君，可你跟賊首王弘義顯然是一夥的，這你又做何解釋？今天父皇到此狩獵，肯定也是你露的口風吧？」

「這你就冤枉我了。」蕭君默一笑。「依我看，洩露情報的八成是你的人。」

「別跟我扯了。」李恪冷笑。「老實說，你是不是天刑盟的人？」

「我是大唐的人。」蕭君默看著他。「無論如何，我都忠於大唐。」

「你這麼說，不就是默認了嗎？」

「我不會默認任何無憑無據的指控。」蕭君默無聲一笑。「不過，退一萬步說，假如我真是天刑盟的人，你會怎麼做？殺了我嗎？」

「別以為我不敢！」李恪舉刀直指蕭君默。

蕭君默看著近在咫尺的刀鋒。「你要殺我，至少得等我先殺了王弘義吧？」

李恪眉頭微蹙。「你為何要殺王弘義？」

「我說了，我是大唐的人。王弘義禍亂大唐，當然就是我的敵人。」

李恪越發不解，瞇眼看著他。

就在這時，羅彪率部趕到，見李恪拿刀指著蕭君默，大驚失色，慌忙帶著手下甲士把李恪團團圍住，十幾把龍首刀齊齊指向李恪。

「羅彪！」李恪沉聲道：「你想造反嗎？」

「把刀放下。」蕭君默平靜地道：「羅彪，讓弟兄們都把刀放下。」

「要放大家一起放！」羅彪梗著脖子道。

「你！」李恪怒不可遏。

九龍頂上的號角聲就在這時驟然響起，眾人頓時都有些驚詫。

王弘義聞聲，臉色大變，奮力砍倒兩名武候衛，對韋老六喊道：「老六，快撤！」然後朝蕭君默這邊大喊：「君默，快走！隱太子大仇已報，咱們沒必要再戀戰了！」說完，帶著韋老六等人迅速朝西繡嶺方向退卻。

韋挺帶著一部分武候衛追了過去，其他衛士追出了幾步，忽見李恪被玄甲衛包圍著，連忙衝過來，持刀對羅彪等人形成了反包圍。

場面頓時膠著，甚至有些尷尬。

「隱太子？」李恪用一種萬分驚詫的表情看著蕭君默。「那傢伙在說什麼？你跟隱太子是什麼關係?!」

此時，蕭君默已經顧不上回答他了。

因為驟然響起的號角聲，讓他瞬間明白了自己的處境——很顯然，皇帝早已在驪山埋伏了軍隊，精心布下了天羅地網，其目的不僅是獵殺王弘義，肯定也包括他蕭君默！

換言之，皇帝布置這個殺局，既是為了引出王弘義，也是為了觀察他會不會與王弘義發生交集；一旦有交集，皇帝便完全有理由認定他就是天刑盟的人。

更何況，他方才親手殺了皇帝的替身，這樣的行為在皇帝看來，肯定要遠比跟王弘義有交集更為惡劣也更不能容忍，縱使他蕭君默有三寸不爛之舌，也無法合理解釋這個行為。

所以，為今之計，只有先殺出去再做打算了。

蕭君默心念電轉，龍首刀突然出鞘，噹啷一聲格開了李恪的刀。

兩邊人馬當即動手，一場混戰就此展開。

「老大，你快走，走啊！」羅彪一邊猛攻李恪，一邊大喊：「你出去還有機會救弟兄們；你要不走，大夥兒就全完了！」

儘管蕭君默很不願意隻身脫逃，可此時的他卻不得不承認，羅彪的話是對的。

「弟兄們保重！」蕭君默扔下這句話，旋即逼退了圍攻他的幾名武候衛，飛快躍上旁邊的一匹馬，迅速朝北邊馳去，轉眼便消失在了樹林中。

李恪想追，卻被羅彪死死纏住，氣得拚命罵娘。

片刻後，一大片馬蹄聲自南邊滾滾而來，為首之人正是李世勣。

「羅彪，把刀放下！」李世勣遠遠望見這邊的情形，便高聲大喊。

雖然他現在已經不是玄甲衛大將軍，可畢竟是羅彪等人多年的上司，威信猶在。羅彪聞聲，只好恨恨扔掉手中的刀。其他手下見狀，也只能紛紛棄刀。

武候衛們一擁而上，把他們一一按跪在地上。

李恪一腳把羅彪踹翻，對其他武候衛道：「都跟我走！」隨即帶著眾人紛紛躍上馬背，朝著蕭君默消失的方向追了過去。

李世勣拍馬而至，看了看跪在地上的羅彪等人，又望著李恪等人疾馳而去的背影，眉頭又擰成了一個「川」字。

當漫山遍野的禁軍步騎從密林中不停地冒出來時，王弘義終於意識到自己落入了李世民的圈套。既然提前埋伏了這麼多士兵，說明今天這場驪山狩獵就是要引他入甕的，也足以表明剛才被蕭君默殺死的那個人，很可能不是李世民本人，而只是他的替身！

發現自己竟然成了李世民的獵物，王弘義感到了無比的沮喪和憤怒。

然而眼下，除了逃命，他已經什麼都顧不上了。從石甕谷的皂角樹林往西繡嶺逃竄的一路上，王弘義記不清自己遇上了多少伏兵，只感覺四面八方都是敵人。他和韋老六帶著三十餘名手下一路廝殺、拚死突圍，至少幹掉了十倍於己的敵人，可他的兄弟卻一個接一個相繼倒下，他自己和韋老六也是遍體鱗傷，渾身上下都被鮮血浸透了。

所幸，驪山夠大，儘管伏兵數不勝數，可並不可能處處設伏，約莫半個時辰後，王弘義等人還是跌跌撞撞地殺出了重圍，逃到了西繡嶺東北面的一片密林中。

這時，他身邊只剩下韋老六和三名手下。

此處伏兵漸少，但身後仍有一支數百人的禁軍驍騎緊追不捨。為了保護王弘義，那三個手下硬是把他和韋老六推進了一片灌木叢中，然後拍馬朝樹林外馳去，引開了追兵。

當那支禁軍驍騎從身邊呼嘯而過，雜遝的馬蹄聲漸漸遠去，王弘義的眼睛不覺便濕潤了。

「是我害死了弟兄們，我太大意了，是我害死了他們……」王弘義喃喃道。

「先生，這怎麼能怪您呢？」韋老六也紅了眼眶。「誰能料到李世民這個狗賊會使出這種陰狠招數！」

「其實我早該料到的。」王弘義苦笑。「李世民這廝何等精明，又何等謹慎，怎麼可能僅僅帶著幾百名侍衛，就貿然離開長安到此狩獵？都怪我求勝心切，非但沒有識破他的詭計，還以為這是殺他的大好機會。」

韋老六想著什麼，忽然一驚。「先生，您說，『烏鴉』會不會是背叛了咱們，才給咱送假情報，誘咱們入局？」

王弘義略微沉吟，搖了搖頭。「不會，我相信他的忠誠。」

韋老六沒再說什麼，側耳傾聽了一下外面的動靜。「先生，此處不宜久留，得趕緊走。」

王弘義想站起來，身上多處傷口一陣劇痛，雙腳一軟，差點摔倒。

韋老六慌忙扶住。「先生小心！」

「看來，我今天怕是走不出這驪山了！」王弘義悲涼一笑。

「先生切莫這麼說……」

韋老六話音未落，灌木叢外便響起了一個冷冷的聲音。

「說得沒錯，王弘義，你今天休想再逃了！」

王弘義和韋老六大驚失色，面面相覷。

這是一個女子的聲音，緊接著又道：「出來吧，別躲了！」

王弘義無奈，只好在韋老六的攙扶下走出了灌木叢，但見眼前赫然站著兩個英姿颯爽、手持龍首刀的女甲士，正是桓蝶衣和紅玉。

桓蝶衣在半個多時辰前接到命令，說發現王弘義，讓她率部前往石甕谷皂角樹林，可她剛走到一半，又接到傳令，說王弘義已向西逃竄，只好折回西繡嶺繼續搜尋。為了擴大搜索範圍，她將部眾化整為零，以兩、三人為一組，分開搜索，不過各組之間相隔不遠，一旦發現目標，只要大喊一聲，眾人便可立刻集結。

王弘義在終南山的藏風山墅見過桓蝶衣，認得她，便淡淡笑道：「桓隊正，據我所知，妳那天在終南山也傷得不輕，現在應該還沒好透吧？這麼著急又來給李世民賣命了？」

桓蝶衣冷冷一笑。「本隊正能掐會算，知道今天聖上會在此甕中捉鱉、關門打狗，這麼好玩的事情，我怎麼能錯過呢？」

「蝶衣姊，」紅玉有點擔心這種二對二的局面。「要不把弟兄們都叫過來吧？」

「不用！」桓蝶衣一臉自信。「妳沒看見嗎？這是兩條奄奄一息的落水狗，我一個人對付他們足矣！」

「不知天高地厚的臭婆娘，竟敢口出狂言！」韋老六勃然大怒，抽刀就要拚命，王弘義一伸手把他攔住了。

「桓隊正，」王弘義又笑了笑。「請恕王某直言，妳今天還真不能殺我。」

「哦？」桓蝶衣冷笑。「為什麼？」

「原因我想妳也清楚。」王弘義泰然自若。「不過我可以提醒妳一下，那天在終南山上，蕭君默出於什麼理由放了我，妳應該知道吧？」

桓蝶衣微微一震，心裡暗暗叫苦。自己怎麼把這一茬給忘了?!

紅玉蹙眉，不解地看著桓蝶衣。

「想起來了吧？」王弘義呵呵一笑。「徐婉娘的命，現在就掌握在妳手裡，妳要是不想讓蕭君默傷心的話，最好別為難我。」

桓蝶衣心中怒火升騰，但卻無計可施。

「桓隊正，倘若有緣，咱們應該還會再見。王某告辭，先走一步。」王弘義說完，便拉著韋老六徑直離開。

紅玉大惑不解，忍不住大喝一聲。「站住！」

王弘義止步，卻頭也不回地道：「桓隊正，讓她小點聲，別把人都召來，害妳難做。」說完，與韋老六一瘸一拐地走遠了。

紅玉又焦急又困惑。「蝶衣姊，到底怎麼回事？為什麼要放了他們?!」

桓蝶衣緊咬下唇，說不出話，只能徒然地望著王弘義和韋老六的背影消失在一處山角。

此時，桓蝶衣並不知道，她私縱王弘義的這一幕，已經被附近的一雙眼睛盡收眼底。

李治策馬立在不遠處的一棵松樹旁，身後跟著一隊武候衛。

「把她們抓了，帶去見父皇。」李治面無表情，對身邊的一名領隊下令。「其他人，跟我來！」說完，鞭子一抽，一馬當先衝了過去。

桓蝶衣和紅玉還沒回過神來，便已被一群武候衛騎兵團團圍住。李治冷冷地掃了她們一眼，親率數十騎從她們身邊疾馳而過。

「妳們兩個，立刻放下武器！」那名領隊厲聲道。

「蝶衣姊，怎……怎麼辦？」紅玉緊緊握著龍首刀，眼中卻露出了驚恐。

桓蝶衣仰面朝天，苦笑了一下。「對不起紅玉，是我把妳害了。」說完，手一鬆，龍首刀噹啷落地。

李治率部轉過山腳，本以為定能將王弘義和韋老六手到擒來，不料周遭卻空無一人，彷彿那兩個人憑空消失了。

「人呢?!」李治大怒，提著轡繩，牽著坐騎團團轉。「你們看見了嗎？」

身旁的武候衛們也是一臉懵懂，紛紛搖頭。

就在這時，韋挺恰好帶著幾個手下從一片亂石堆後面策馬而出，似乎正要追什麼人，看見李治，趕緊勒馬抱拳。「卑職見過晉王殿下。」

「看見王弘義了嗎？剛才就在這裡！」李治大聲質問。

「回殿下，卑職看見兩個人往嶺下逃了，正要去追。」韋挺答道。

「什麼方向？」李治眼睛一亮。

「那邊。」韋挺抬手一指。「西北方向。」

「追！」李治掉轉馬頭，率先朝西北方飛馳而去，韋挺及眾人緊緊跟上。

此時，王弘義和韋老六正躲在不遠處那片亂石堆的石縫中。

「好險！」韋老六驚魂未定。「還好在這兒撞上了『烏鴉』。」

「我說過，他是忠誠的。」王弘義淡淡道。

忽然，天邊隱隱滾過一陣悶雷。

方才還是風和日麗的驪山，轉眼已是一片陰霾密布。

第二十一章　兄弟

蕭君默一路朝北疾馳，遇到了多股禁軍步騎的圍追堵截。

這是一場毫無退路的生死之戰，其險惡和慘烈程度甚至超過了去年亡命天涯時遭到的追殺。因為當時的蕭君默並不是一個人在戰鬥，一路上都有人及時伸出援手，而且與身後的追兵總能拉開一段距離。然而今天，老天爺卻殘忍地把他拋入了一個重重包圍、短兵相接且無人救援的絕境，似乎決意要置他於死地！

蕭君默一開始並不願傷害這些禁軍同僚，都以防守避讓為主，可隨著追兵越來越多，戰況越來越凶險，他被迫拚盡全力廝殺，前後不知砍倒了多少人。

約莫跑出一里路後，李恪帶人追上了他。

不過，與其說李恪是要抓他，不如說是在「護送」他，因為一路上李恪不斷高喊「抓活的」，以致那些禁軍士兵都有些無所適從，令蕭君默生生殺出了一條血路。

蕭君默知道，不管李恪嘴上說什麼，心裡仍然是顧念兄弟之情的。

這麼想著，他的心底便湧起了一股暖意。

坐騎漸漸馳到了樹林的盡頭，林子外便是石甕谷中最難行的地段，布滿了深溝大壑。蕭君默的坐騎在方才的一路奔逃中已身中數箭，至此再也支撐不住，前蹄一軟，頹然跪倒，前衝的慣性把蕭君默整個人甩了出去。

儘管身上已多處負傷，可他還是以靈巧的身姿卸去了落地的力道，然後飛快起身，一個箭步衝出了樹林，縱身躍入了前面的一條溝壑。

面對溝壑縱橫的地形，身後的李恪和追兵們也都不得不下馬，這恰好給蕭君默提供了一線生機——倘若是在平地，失去馬匹的蕭君默便無處可逃了。

武候衛和那些禁軍士兵大多善於騎馬，可會輕功的著實不多，而眼前的那些溝壑，淺的有三、四尺高，深的足足超過一丈，於是多數人都裹足不前，只有李恪帶著二、三十個輕功好的手下追了過去。可是，他們的身手還是不及蕭君默。眼見前面的身影健步如飛、兔起鶻落，很快就跟他們拉開了三、四丈距離，李恪忍不住又罵了聲娘。

天上雷聲隆隆，豆大的雨點就在這時劈劈啪啪落了下來。

當李恪等人吭哧吭哧地從一條兩丈多高的深溝裡爬出來時，頓時傻了眼——前方是一口碧綠的深潭，雨水紛紛落下，濺起無數水花，而蕭君默已然不見蹤影。

水潭的右邊是一片蘆葦蕩，左邊是一片雖然陡峭但仍可攀爬的山崖，對面則是一面緩坡，坡上長滿了一人多高的蒿草。

蕭君默到底在哪裡？李恪若有所思地站在水潭邊，雨水混雜著汗水在他臉上流淌。

「殿下，要不……讓弟兄們分頭搜吧？」旁邊的一名武候衛小聲建議。

「就你們這幾個，還分頭搜？夠不夠蕭君默塞牙縫的？」李恪冷冷道：「回去通知李世勣，讓他把人都派過來，以此潭為圓心，方圓三里之內密集搜索，我就不信他逃得掉！」

「遵命！」武候衛們領命而去。

此時，雨越下越大，周遭的景物漸漸變得模糊。李恪盯著水面，又怔怔地站了一會兒，忽然轉身走進了雨幕之中……

一根蘆葦稈露在水面上。

它就靠近岸邊，而且距離李恪方才所站的地方不過兩、三丈遠，可由於岸邊水草豐盛，所以不易察覺。

蘆葦稈動了動，旁邊咕嚕咕嚕地冒出了一串氣泡，緊接著蕭君默的頭便躍出了水面。

如果不是平時練就了過人的閉息功夫，僅靠這根蘆葦稈呼吸，肯定堅持不了這麼長時間。此刻，四周一片雨霧迷濛，蕭君默迅速觀察了一下，然後深長地吸了一口氣，又一頭扎進了水裡。

半個多時辰後，蕭君默從水潭西邊爬上了山崖。

他臉色蒼白，腳步踉蹌，體力已然有些不支。血水從他身上的多處傷口不停地冒出來，雖然被雨水沖淡了不少，卻還是染紅了他的一身黑甲。

蕭君默走到一塊巨大的岩石旁，大口大口地喘氣，然後頭一低，鑽到了岩石下面，一屁股坐在了地上。這一小塊地方剛好可以避雨。他閉上眼睛，把頭靠在岩石上，心中一片茫然。

今天發生的一切都讓人猝不及防，彷彿有一股無形的力量一下把他推進了深淵。跟去年一樣，他忽然又一次變成了朝廷欽犯；而不同的是，去年發生的一切是他主動選擇的結果，可今天遭遇的這場巨變，卻是突如其來，完全令他措手不及。

接下來該怎麼辦？就算可以從幾萬名禁軍的包圍圈中突出去，僥倖逃離驪山，可之後呢？

也許應該先找個地方養傷，同時設法通知郗岩、華靈兒他們，當然還有楚離桑。

再然後呢？難道要和他們一起，再次亡命天涯嗎？或者索性拋開一切，跟郗岩他們分道揚鑣，只帶著楚離桑遠走高飛，去一個沒有人知道的地方隱居，從此不問世事、終老林泉？

蕭君默苦笑了一下。

他當然不可能這麼做。別說母親徐婉娘尚在王弘義手裡，就算已經把母親救回來了，他也不會放棄責任——作為一個大唐臣民和天刑盟盟主應盡的責任。

正這麼想著，蕭君默忽然感覺有些不對勁。

雖然閉著眼睛，但他還是隱約感覺到，自己正被一道目光逼視著。

他倏然睜開眼睛，旋即發出了無可奈何的一笑。

果不其然，李恪正負手站在不遠處的一棵大樹下，用一種冰冷如霜、鋒利如刀的目光盯著他。

「你已經送過我一程了，不必再送了吧？」

蕭君默不得不走到樹下，與李恪四目相對。

「你以為自己逃得掉嗎？」李恪冷冷道。

「還好有你一路護送，」蕭君默笑。「不然就凶多吉少了。」

「蕭君默，大部隊轉眼就到，你已經沒時間了，別再跟我嬉皮笑臉。說吧，你跟天刑盟、王弘義，還有隱太子，到底是什麼關係？」

事實上，李恪剛才在水潭邊，早已發現了那根露出水面的蘆葦稈，卻佯裝不知，支開了手下，目的就是單獨跟蕭君默把事情問清楚。

蕭君默抹了一把臉上的雨水，望著周遭灰濛濛的雨幕，忽然蒼涼一笑。「李恪，如果我今天注定命喪於此，你能幫我做件事嗎？」

「什麼事？」

「幫我找一個人。」

「什麼人？」

「我母親。」

李恪不解。「令堂？她不是……」

「我現在說的，是我的生母。」

「生母？」李恪眉頭一緊，隱約意識到蕭君默要說的真相很可能非同小可。「她是誰？」

「她叫徐婉娘。」

「她在哪兒？出什麼事了？」

「王弘義綁架了她，我不知道她在哪兒，所以才讓你幫我。」

李恪驚詫，越發不解。「那你告訴我，你的生父是誰？」

蕭君默看著他，又奇怪地笑了笑。「李恪，如果我告訴你，其實咱倆是堂兄弟，我應該喊你三哥，你信嗎？」

「什麼?!」李恪渾身一震，頓時睜大了眼睛。「你的意思是……」

「是的。」蕭君默一字一頓道：「隱太子，就是我的生父。」

一聲驚雷突然在他們的頭頂炸響。李恪萬般驚駭，不由倒退了兩步。

「難以置信是吧？」蕭君默儘量讓自己露出笑容。「可這就是真相，就是你要的真相。」

「那王弘義為何要綁架你母親？」

「因為他知道了我的身世，挾持我母親，就是為了讓我幫他殺害聖上、顛覆大唐。」

「王弘義跟我父皇有何深仇大恨？他為什麼要這麼做？」

「兩個原因：一是為了實現他的權力野心，再造『王與馬，共天下』的昔日榮光；二是因為，武德年間，他是我父親，也就是隱太子身邊的謀士，所以他要替我父親報仇。」

李恪恍然，旋即又想到什麼。「這麼說，你昨天跟我說的都是真的？你的確是天刑盟盟主？」

蕭君默用沉默做了回答。

李恪「哈」了一聲，頓時哭笑不得。「蕭君默，你可真行！披著玄甲衛的皮，卻幹著對抗朝廷的勾當！」

「天刑盟的宗旨是守護天下，並不是要對抗朝廷。」

「是嗎？可你剛才不是說，王弘義想顛覆大唐嗎？」李恪滿臉嘲諷。「難道他不是天刑盟的人？難道他不是王羲之的後人嗎？」

「他是王羲之的後人不假，可他背棄了天刑盟的宗旨！」

「這麼說，你跟王弘義是鬧內訌了？」李恪仍舊一臉譏誚。「既然如此，你方才為何還要幫他殺父皇的替身？」

「我那是為了穩住他！」蕭君默忽然提高了聲音。「我剛才說了，我母親在他手上！」

李恪語塞，片刻後才道：「君默，有句話我不得不問。你當初說要幫我奪嫡，是出於……出於什麼動機？」

「動機？」蕭君默苦笑。「你說我是什麼動機？我是想害你呢，還是要害朝廷、害天下？」

「我也沒這麼說。」李恪訕訕道：「只是你的身分實在是太複雜了，難免……讓人多心。」

「我自己的身世，我也是前不久剛知道的。」蕭君默道：「更何況，就算我本來就知道，跟這件事也毫無關係！你不會以為，我幫你奪嫡，是為了我自己吧？」

「為什麼不能呢？」李恪不自然地笑笑。「你既然是隱太子的遺孤，身上也流著皇族的血液，那麼原則上，你不也可以奪嫡當太子，甚至是……當皇帝嗎？」

蕭君默聞言，心裡不由一痛。

他心痛的不是李恪對他的質疑，而是無論如何也不會想到，命運竟然會把他們兩人逼到這種相互猜忌的地步！

「如果你真的這麼想，那你不妨現在就殺了我。」蕭君默雙手一攤。「砍下我的人頭，你不但可以消除一個威脅，還可以去跟聖上請功，這樣你的太子之位就十拿九穩了，豈不兩全其美？」

李恪沒有答言，而是暗暗握緊了腰間的刀柄。

蕭君默注意到了這個細節，遂淡然一笑，把雙手張得更開，同時閉上了眼睛。

「李恪，殺了我之後，記得找到我的母親，把她交給楚離桑。她們是無辜的，請讓她們離開。拜託了！」

李恪仍舊沉默，握緊刀柄的手在微微顫抖。

「你要是不答應，我會死不瞑目的。」蕭君默依舊閉著眼睛，居然笑了笑。「那我做鬼也不會放過你。」

李恪的眼睛忽然濕潤了。

他拚命告訴自己，這不是眼淚，而是雨水流進了眼睛。然後他又拚命告訴自己，蕭君默說得沒錯，對自己來講，現在殺了他是最好的選擇——今天把他的人頭獻上，明天一定就能入主東宮了！

至於當初的兄弟之情，實在沒什麼好顧念的，因為那都已經是過去的事了。當初自己只是一個逍遙自在的藩王，而蕭君默也只是一個玄甲衛郎將，彼此的關係是那麼簡單、清澈，大家自然可以好好做兄弟。可現在一切都不同了，自己已經走上了奪嫡的不歸路，而蕭君默更是成了父皇必欲誅之而後快的「天刑盟盟主」，況且他還是隱太子的遺孤，父皇更不可能讓他活在世上！

所以，不管從哪個角度來講，蕭君默都非死不可。既然如此，那與其讓他死在別人手裡，還不如讓他死在自己手裡更划算！

李恪就這樣說服了自己，然後緩緩抽出了佩刀。

「我答應你。」李恪說。

「多謝了。」蕭君默道。

一道閃電劃過，照亮了蕭君默蒼白如紙的臉，也照亮了李恪手上寒光閃閃的刀。

而滾滾的馬蹄聲卻在此時驟然響了起來。禁軍大部隊到了。

李恪扭頭望去，只見茫茫的雨霧中猛然衝出兩騎，一騎是李世勣，還有一騎是李治。緊接著，漫山遍野的禁軍騎兵便從四面八方冒了出來。

「動手！」蕭君默閉著眼睛，一臉從容。「別讓這個功勞白白落到別人手裡。」

「別怪我，君默，我沒有選擇。」李恪雙手握刀，高高舉起。

「少廢話！用我一顆人頭，換你的帝王大業，值了！」

假如此時有旁人在場，聽見這句話，一定以為蕭君默是在揶揄嘲諷，可李恪知道，蕭君默是真誠的。這是真正的兄弟才會說的話，也只有作為兄弟，才聽得出這句話裡面包含著多麼重的情義。

淚水就在此時奪眶而出。

李恪大吼一聲，然後抬起一腳把蕭君默踹了出去。

蕭君默一屁股摔在了泥濘不堪的地上。還沒等他做出反應，李恪已經衝了上來，一把刀虎虎生風，接連砍在他身邊的岩石上，發出清脆的鏗鏘之聲。

「跑，快跑！」李恪壓低嗓門，萬般焦急。「先給我一刀，然後趕緊跑！」

「我跑了，你就完蛋了！」蕭君默一骨碌爬起來，揮刀格擋，做出拚殺之狀。

此時，李世勣和李治已經率部圍了上來，不過雨霧太大，他們也看不太真切李恪那邊的情況，只依稀看見兩人在過招。李世勣正要帶人衝過去，卻被李治攔住了。「師傅，咱們就在這兒吧，不必上去了。」

李世勣曾經以晉王長史一職在並州理政多年，名義上是李治的僚屬，所以，李治私下裡常常喊他「師傅」。

「殿下此言何意？」李世勣急著想上去「活捉」蕭君默，先保住他一命，而後再想辦法救他。

「適才三哥違背了父皇旨意，沒把蕭君默就地格殺，父皇已經生氣了。」李治淡淡笑道：「現在，當然要給三哥一個將功補過的機會。倘若咱們上去把人給殺了，不就是在跟三哥搶功嗎？這也太不厚道了。」

李世勣心裡焦急萬分，卻不得不道：「殿下果然仁厚，是老夫欠考慮了。」

李治瞇眼望著遠處「廝殺」的二人，嘴角泛起一個若有所思的笑意。

他很清楚，李恪囿於交情，不忍對蕭君默下手，此刻兩人打得鏗鏘有聲，不過是在作戲而已。他料定，李恪最後一定會放跑蕭君默，所以他才要「成全」李恪。

如此一來，李恪私縱人犯的罪名便徹底坐實了，即使不被父皇嚴懲，也會失去父皇的信任，到時候又如何跟自己爭搶儲君之位呢？

李治想著，悄悄握緊了手裡的弓。

這邊，蕭君默始終不願依李恪所言「給他一刀」，李恪急紅了眼，趁他不備，自己把身子撞了上去。噗的一聲，龍首刀的刀鋒貫穿李恪鎧甲，刺入了他的胸膛，鮮血立刻湧出。

蕭君默大吃一驚，趕緊抽刀。

李恪順勢把他推了出去，低聲一喝：「快跑！別磨蹭了！」

蕭君默無奈，只好深深地看了李恪一眼，反身朝山崖頂上跑去。

「不好，三哥受傷了！」李治假意驚呼，實則心中暗暗得意，因為事情的發展完全如他所料。「師傅，你快去看看三哥，我去追人！」說完，不等李世勣回話，便拍馬疾馳而出。一群禁軍騎兵緊隨其後。

李治的如意算盤，就是等李恪放跑蕭君默後，再親手將蕭君默射殺，以獨攬頭功。

從李恪身邊馳過的時候，李治一笑。「三哥莫急，我去幫你報仇。」

李恪又驚又怒，卻只能無奈地看著李治縱馬而去。

蕭君默奮力往山上跑了十幾丈，忽然生生煞住了腳步。這裡是一處高聳的懸崖，他已經無路可走了。

李治帶人飛馳而至，在三丈開外的地方勒住了轠繩，得意地笑了兩聲。「蕭君默，今天這麼多人都抓不住你，最後你卻死在我的手上，你說，這是不是天意？」

蕭君默往深不見底的懸崖下面探了一眼，然後慢慢轉過身來，面無表情地看著李治。

二人目光對視。忽然，李治意識到了什麼，笑容立刻斂去，旋即搭弓上箭，嗖地射了出去。

就在利箭射到眼前的一瞬間，蕭君默仰面朝天，往懸崖外一倒。

羽箭擦著他的鼻尖飛過。

蕭君默張開四肢，像一隻滑翔的鳥兒，從崖上直直墜了下去……

驪山以溫泉名聞天下，泉水四季沸騰如湯。

大雨傾盆，李世民只好在驪山北麓找了一處天然岩洞避雨。洞穴中溫泉湧溢，熱氣蒸騰。趙德全等一干親隨好不容易才找到一塊乾燥且平坦的岩石，在上面鋪了好幾層明黃綾錦，權且給天子當「御榻」用。

此刻，李世民正坐在這方御榻上，面前跪著渾身濕漉漉的李恪和李治。

李世民瞥了一眼李恪身上的傷。「都說你勇武過人，居然也掛彩了。傷得如何？」

「回父皇，只是一點皮肉傷，無足掛齒。」李恪臉色很差，精神頗為萎靡。「兒臣無能，未能活捉蕭君默，請父皇降罪！」

「你恐怕不是無能，而是不肯盡力吧？」李世民淡淡道。

李恪微微一驚。「稟父皇，兒臣……兒臣是想抓活口，以便查獲天刑盟的更多線索。」

「可朕的旨意你沒聽清嗎？如若抗拒，就地格殺！」

「是，兒臣知道，可兒臣還是想盡力一試。」

「盡力一試？」李世民冷哼一聲。「將士們死傷無數，可王弘義到現在都沒抓到，蕭君默也跳崖了！這就是你盡力一試的結果嗎？」

「兒臣無能，辜負了父皇，也愧對朝廷，兒臣甘願領罪。」

「有罪無罪暫且不論，只是你今天，的確讓朕失望了。」李世民嘆了口氣。「假如朕今天沒用替身，那麼被王弘義綁架，又被蕭君默砍掉腦袋的人，不就是朕了嗎?!你身兼武候衛大將軍和玄甲衛大將軍，全權負責此行的安全事宜，結果卻弄成這樣，你太讓朕失望了！」

李恪面如死灰，沉默了片刻，忽然取下頭盔，雙手捧過頭頂。「兒臣罪無可逭，請父皇即刻將兒臣罷職！」

見此情景，李治心中竊喜不已，表面卻做出一副求情之狀。「父皇，三哥他已經盡力了，沒有功勞也有苦勞呀。要怪只能怪王弘義和蕭君默那兩個賊人太過狡猾！父皇若要處罰三哥，也請一併處罰兒臣！」

「你又來了！」李世民苦笑。「雉奴啊，怎麼每次你的兄長們一犯錯，你都要搶著一同受過呢？朕向來賞罰嚴明，你今天的表現甚是英勇，讓朕頗為驚喜，所以，朕不僅不會罰你，還要重重賞你！」

李治心中大喜，臉上卻不動聲色。「多謝父皇誇獎，不過兒臣只是做了自己該做的，並不覺得有何功勞……」

「你把蕭君默一箭射落懸崖，這還不是功勞？」

「父皇這麼說並不太準確。」李治仍是一副天真無邪的模樣。「兒臣那一箭其實射空了，並未命中，蕭君默是自己摔下去的。」

「不管射沒射中，總之都是你及時採取了行動，才將蕭君默逼落懸崖的，不對嗎？」

李治撓了撓頭。「這……這倒是真的。」

「所以說嘛！」李世民滿面笑容。「在朕看來，這就是大功一件！」

李恪聞言，不禁在心裡苦笑。

九弟今天無非是陰險地撿了一回漏，卻被父皇說成「大功一件」，實在是可笑。然而，更可笑的其實是自己。昨天還信心滿滿地以為東宮之位非自己莫屬，此刻卻儼然已是戴罪之身；沒想到自己跟太子、魏王鬥，到最後卻是鷸蚌相爭，漁翁得利，反而讓九弟這個貌似仁弱、實則居心叵測的小子撿了個大便宜！

「父皇，即使兒臣真有尺寸之功，兒臣也不想領賞。」李治道。

「這是為何？」李世民不解。

「兒臣願以此功，抵三哥之過，只求父皇不賞不罰。」

李世民恍然，眼中露出欣慰之色，對李恪道：「恪兒，看見了嗎？雉奴小小年紀，卻能如此仁義孝悌、胸懷寬廣，你和承乾、青雀這幾個做大哥的，是不是該感到汗顏呢？」

李恪淡淡苦笑。「父皇所言甚是，兒臣慚愧無地。」說著，扭頭看著李治，低聲說了句什麼。

李治登時有些尷尬。

李世民眉頭一皺。「你嘀咕什麼？」

「哦，兒臣是在感謝九弟替兒臣求情。」

李世民把目光轉向李治，李治忙笑笑道：「三哥這麼說就見外了，都是自家兄弟，何必言謝？」其實，剛才李恪說的是：九弟，好一招螳螂捕蟬，黃雀在後啊，三哥我佩服之至！

而面含笑意的李治則在心裡回了一句：你錯了三哥，我不是黃雀，我是樹底下拿著彈弓射黃雀的那個人。

「把你的頭盔戴上。」李世民沒好氣地對李恪道：「在徹底剿滅王弘義和天刑盟之前，你不能給朕撂挑子。」

「是，兒臣遵旨。」李恪只好把頭盔又戴了回去。

就在這時，李世勣匆匆從洞外走了進來，正要跪地行禮，李世民抬手止住。

「說吧，情況如何？」

「回稟陛下，王弘義尚未抓獲，將士們還在搜索。而蕭君默墜崖的地方，亂石嶙峋，溝壑縱橫，還有不少深潭，頗不易尋，目前也尚未發現屍體……」

李恪聞言，心裡像被刀剜了一下。

蕭君默從那麼高的懸崖摔下去，絕對沒有生還的希望，若連屍體都找不著，都無法入土為安，那自己這個做兄弟的，將來有何面目到九泉之下與他相見？

「哈哈！」李世民大聲冷笑。「活的不見人，死的不見屍，莫非他們會上天遁地不成?!」

李世勣面露慚悚，慌忙跪地。「臣無能，請陛下降罪！可有一言，臣不得不說，今天這雨實在太大，不僅視線不清，且地上泥濘濕滑，方才有幾個將士不留神，便從山崖上……掉下去了。」

李世民一聽，不由神色一黯，冷冷道：「倘若你的外甥女不私縱王弘義，將士們怎會找得如此辛苦，又怎會白白犧牲?!」

李世勣渾身一震。「陛下說什麼？」

今天的情況異常混亂，所以李世勣到現在還不知道桓蝶衣被捕的事。

李世民陰陰地盯著他。「李世勣，今日驪山狩獵，朕雖然沒有獵到半隻野獸，但卻逮到了好幾個潛伏在身邊的天刑盟細作，有趣的是，這幾個細作還都跟你有著密切關係。所以朕現在非常好奇，你李世勣的真實身分到底是什麼？」

李世勣大驚失色，慌忙伏地叩首。

「陛下明鑑，臣一向對朝廷忠心耿耿，絕對沒有什麼別的身分……」

「沒有嗎？」李世民眉毛一挑。「那你好好跟朕解釋一下，為何你的得意弟子蕭君默會與王弘義勾結，殺害朕的替身？而後，你的舊部羅彪又為何會以武力協助蕭君默脫逃？最後，你的外甥女桓蝶衣又為何私自放跑了王弘義？如此種種，你要做何解釋？」

「回陛下，蕭君默所為之事，臣也很意外；而羅彪協助蕭君默脫逃，臣已親自將其逮捕；至於桓蝶衣的事情，臣……臣全然不知啊！」

李世民冷冷一笑，給了李治一個眼色。李治乾咳了兩聲，對李世勣道：「李尚書，桓蝶衣私縱王弘義之事，是我發現的；她本人，也是我抓的。」

李世勣目瞪口呆，一個字都說不出來。

「李世勣，」李世民沉聲道：「今日一案，你有重大嫌疑，本應革職查辦，可念在你有功於朝的分上，朕暫不褫奪你的官爵俸祿，但從即刻起，暫停你的兵部尚書一職。你回私邸自省吧，在朝廷查明真相之前，不得踏出家門一步。」

這個意思，就是要將李世勣軟禁於家了。

「臣……遵旨。」李世勣面如死灰，微微顫抖著摘下自己的頭盔。

趙德全當即上前，接過了他的頭盔，接著便有兩名禁軍侍衛走上前來，把李世勣押了出去。

李世民望著洞口外灰沉沉的雨幕，沉吟良久，嘆了口氣，對趙德全道：「碰上這種鬼天氣，也是難為將士們了。傳令下去，留下一部，嚴密封鎖所有進出驪山的路口，其他將士全部撤回，各部就地紮營，待天晴再搜吧。」

「遵旨。」趙德全撐開了一把傘，匆匆出去傳旨。

「父皇，」李恪忽然道：「讓兒臣去找吧，兒臣想將功補過。」

李恪是想，無論如何也要把蕭君默的屍體找到，否則自己將一輩子良心不安。

「不必了。」李世民又瞥了一眼他的傷口。「都受傷了還逞什麼能？下去治傷吧。」

「是。」李恪滿心無奈。

洞外電閃雷鳴，雨下得更大了……

蕭君默再次睜開眼睛時，已是三天之後。

他發現自己躺在一張木床上，明媚的陽光透過一扇木窗斜射進來，暖暖地照在他的臉上。兩隻色彩斑斕的蝴蝶正在窗邊翩翩飛舞，追逐嬉戲。環顧四周，這是一間簡陋卻乾淨的木屋，拾掇得很整潔，為數不多的幾件家具都是用原木打造，未加雕飾髹漆，在陽光的照耀下，淡淡地散發出一股木料特有的清香。

蕭君默掙扎著想坐起來，身上的多處傷口同時牽動，疼得他倒吸了口氣，不得不躺了回去。

我這是在哪兒？我居然還能夠活下來?!

他清楚地記得，那天被李治逼到懸崖上的時候，他探頭一看，發現這座山崖至少有百丈之高，雖然視線被雨幕遮擋，但仍依稀可見崖底布滿了亂石和溝壑，摔下去必死無疑！

不過，天無絕人之路，就在懸崖下方三、四丈處，有一棵小樹竟然橫著從岩石縫中長了出來，約莫五尺長。就是這棵旁逸斜出的小樹，給了絕境中的蕭君默一線生機。

他悄悄挪動了一下腳步，讓身體對準了下面的小樹。就在李治射出那一箭的瞬間，蕭君默向後倒下，然後在下落過程中穩穩抓住了樹幹，接著翻身而起，抱著樹幹迅速爬向崖壁，最後站起身來，一腳踩著樹幹，一腳踩著旁邊凸出的岩石，整個人緊緊貼在了崖壁上。

李治帶著手下站到懸崖邊，探頭探腦地往下看了好一會兒，卻根本發現不了他。

蕭君默一邊聽著崖上的動靜，一邊仔細觀察四周，看見在右首一丈開外的崖壁上，垂著幾根粗大的藤蔓。片刻後，崖上傳來馬蹄遠去的聲音。蕭君默深吸了一口氣，奮力一躍，牢牢抓住一根藤蔓，然後攀著藤蔓，腳踏崖壁，一點點往下滑。

向下滑了十幾丈，崖壁上忽然出現了一處凹陷的岩石平臺。此時蕭君默仍然血流不止，體力已近乎透支，全憑一股強烈的求生欲望在支撐，而這個平臺的及時出現，無疑使他再一次絕處逢生。

蕭君默立刻跳上了平臺。

危險一解除，一陣強烈的虛脫感頓時襲來。他渾身無力地癱倒在了岩石上，慢慢閉上了眼睛。

迷迷糊糊中，他感覺身旁的草叢窸窸窣窣地動了幾下，緊接著便聽到一個少年的聲音顫聲道：「爹，這兒躺著個人，看樣子快死了。」少頃，似乎有個人走到他身邊，用手指撐開了他的眼皮。

蕭君默看到了一張中年男人模糊的臉，接下來便什麼都不知道了……

此刻，蕭君默想，一定是這對父子救了自己，這兒應該就是他們的家。可讓他納悶的是，這對父子是什麼人，又怎麼會出現在那個懸崖絕壁上呢？

屋外傳來了隱約的說話聲。蕭君默側耳聆聽，眼中忽然露出驚喜的神色。

楚離桑！她怎麼也在這兒?!

木屋的門吱呀一聲打開，楚離桑端著一碗藥走了進來。她一抬眼，驀然與蕭君默四目相對。她手一顫，差點打翻了碗裡的藥，眼眶登時便紅了。

蕭君默粲然一笑，輕輕拍了拍床沿。

楚離桑走過來坐下，把藥放在一旁，揩了下眼角，微微哽咽道：「我還以為你不想醒了呢。」

蕭君默又笑了笑。「我這一覺，睡了多久？」

「三天。」

「這是哪兒？」

「洪慶山。」

蕭君默恍然。洪慶山就在驪山南邊，比驪山的範圍大得多，且山高林密、溝深谷狹，藏於此地，很難被外面的人找到。

就算皇帝發動十萬大軍在這裡找上三個月，只怕也是大海撈針，徒勞無功。

「那，妳是怎麼找到我的？」

「不是『妳』，是『你們』！」華靈兒高聲說著，大步走了進來。「盟主一字之差，可把我華靈兒的功勞全都抹殺啦！」

楚離桑見她進來，有些尷尬，便起身離開床沿。

「坐就坐唄，」華靈兒衝她擠擠眼。「我又不跟妳搶。」

楚離桑一笑，沒接她的茬，而是對蕭君默道：「這次多虧了華姑娘，不然你可就凶多吉少了。」

「那就多謝華姑娘了！」蕭君默微笑道。

「盟主這麼說我可不高興了，好像把我當外人一樣！」華靈兒嬌嗔道，然後又不無醋意地瞥了楚離桑一眼。「要說謝，你最該謝的應該是桑兒姑娘，人家才真的是跟你心有靈犀呢！」

「妳表妳的功，不必捎上我。」楚離桑淡淡道。

「那可不行！我華靈兒從不貪天之功、掠人之美。」華靈兒道：「該誰的功勞就誰的功勞……」

接著，她便一五一十地道出了事情經過。

那天，郗岩奉蕭君默之命，在蘭陵坊的蕭宅保護楚離桑。仍處於休養期的楚離桑在房中小憩，忽然被噩夢驚醒，立刻衝出房間，大聲告訴郗岩，說蕭君默在驪山遇到了危險。郗岩不信，說不就是個夢嗎，哪做得準？楚離桑無奈，只好趁其不備，翻牆而出，找到住在同坊的華靈兒。華靈兒聽她一說，起初也有些猶豫，可見楚離桑萬般焦急，心想事關盟主安全，寧可信其有也不可信其無，便帶上龐伯等手下，與楚離桑一同馳出長安，冒雨來到了驪山。

然而此時，所有的進山通道都已被禁軍封鎖。楚離桑見狀，越發相信自己的夢是真的。就在眾人因進路被堵而焦灼之際，龐伯忽然想起來，他有一位故交叫柳七，是個採藥人，隱居在驪山南面的洪慶山中，常年在兩山之間穿梭，識得很多不為人知的祕道。眾人隨即讓龐伯帶路，進入了洪慶山，好不容易找到了柳七所住的木屋，不料卻空無一人。

眾人無奈，只好在此等待。楚離桑忍不住，幾次想自己去找，都被華靈兒死命攔下。等了一個多時辰，雨漸漸小了，才見柳七父子揹著一個渾身是血的人從樹林中跑了出來。眾人迎上前去，萬分驚喜地發現這個受傷之人竟是蕭君默。

聽完華靈兒的講述，蕭君默心中頗為感慨，卻仍有一個疑問未解，便道：「我昏迷的地方是在懸崖峭壁間，柳七父子怎會在那兒？」

「那兒有個山洞，他們從另一頭的洞口進去避雨，順便想到你那頭的洞口採點草藥，碰巧就看見你了。」華靈兒道：「有道是吉人自有天相，他們之前剛好採了止血藥，便幫你止了血。」

蕭君默恍然，趕緊道：「我得好好謝謝柳七先生。」

「他進山了。不過盟主也不必掛懷，他跟龐伯是過命的交情，說謝就見外了。」

「話雖如此，但救命大恩，不可不謝。」

正說著，屋外傳來一陣急促的馬蹄聲。楚離桑往窗外一瞥，說了聲「是老郗」，便走了出去。片刻後，外面傳來郗岩刻意壓低的說話聲。蕭君默聽力過人，分明聽到了什麼，便讓華靈兒叫他們進來。

郗岩隨楚離桑走了進來，一看到蕭君默，眼圈立刻泛紅。「盟主，你總算醒了……」

「死不了。」蕭君默淡淡一笑。「你剛才說，我師傅和師妹他們怎麼了？」

郗岩目光閃爍，和楚離桑對視一眼，欲言又止。

蕭君默把目光轉向楚離桑。「桑兒，快告訴我，到底發生了什麼？」

楚離桑猶豫了片刻，最後還是道出了實情。「老郗剛剛聽說，李尚書被皇帝停職軟禁了，桓姑娘和羅彪他們……也被關進了大理寺獄。」

蕭君默渾身一震，頓時瞪大了眼睛。

砰的一聲，蕭君默在床板上重重砸了一拳，把在場三人都嚇了一跳。

第二十二章

身分

太極宮，安仁殿。

時光荏苒，轉眼已是暮春三月。

此日春光明媚，李治起了個大早，剛剛洗漱完畢，還未及用早膳，就見趙德全一溜小跑地來到安仁殿，說父皇緊急召見他。李治立刻預感到有好事在等著自己，卻裝出一副懵懂的樣子，趕緊跟著趙德全來到了甘露殿。

一邁進殿門，便見殿中只有父皇和舅父二人，李治越發相信自己的直覺是對的。果不其然，見過禮後，父皇便拍了拍御榻，讓他過去坐。

這可是以前從未有過的待遇。在李治印象中，所有皇子裡面，似乎只有四哥李泰享受過這種特殊待遇。

「雉奴啊，你可知道，方才朕和你舅父在談論什麼？」李世民道。

李治搖搖頭。他的眼神看上去既單純又清澈。

「我們在商量，打算立你為太子。」

李世民的口氣很平淡，但這句話的分量卻無疑重於泰山。

儘管對這個結果早有預料，可李治的心中還是忍不住掠過一陣狂喜。

這場「螳螂捕蟬，黃雀在後，下有彈丸」的遊戲玩了這麼久，至此終於塵埃落定。

愚人之道陽，聖人之道陰。這個外表仁弱、實則深諳權謀之術的晉王李治，終於笑到了最後。

不過，狂喜僅止於內心。此刻李治臉上的表情是驚詫和惶惑。「父皇，兒臣才十六歲，且一無所長，才學也比不上諸位皇兄，怎……怎能擔此大任？」

李世民搖頭苦笑。「承乾悖逆，青雀凶險，恪兒徇私，還有你其他那幾個大哥，也都不成器，皆不堪為我大唐儲君。你既是嫡子，又一向仁孝，怎麼就不能當太子？況且十六歲也不小了，朕便是在你這個年紀開始馳騁沙場的，所以你要跟朕學學，拿出當仁不讓的氣魄，切不可妄自菲薄。」

「是，兒臣謹遵父皇教誨。」李治還是一副乖乖兒的模樣。

李世民見狀，有些無奈地笑了笑，對長孫無忌道：「這事就這麼定了，立晉王。」

長孫無忌大喜，遂深長一揖。「陛下聖明，臣恭奉聖詔！」

「雉奴，」李世民又道：「朕做此決定，離不開你舅父的大力舉薦，你還不趕快拜謝？」

李治趕緊從榻上起身，跪地叩首。「雉奴叩謝舅父！」

長孫無忌笑得合不攏嘴。「不必多禮，不必多禮，快起來吧。」說著便把李治扶了起來。

李世民想著什麼，忽然面露憂色。「明日朝會，朕若宣布此事，不知滿朝文武會做何感想？」

「陛下勿憂！」長孫無忌忙道：「晉王仁孝，天下久已歸心，百官必會擁戴。即或有一二異議者，亦屬螳臂當車、蚍蜉撼樹，臣以為不足為慮。」

李世民俯首沉吟，許久才道：「但願如此吧。」

李治暗暗與長孫無忌交換了一個眼色。

一切盡在不言中。

長安普寧坊，李世勣宅。

初更時分，一輪上弦月斜掛天邊，顯得清冷而寂寥。

李世勣了無睡意，便披了一件單衣，信步來到了後花園中。

屈指算來，李世勣被勒歸私邸已經一月有餘了。這一個多月來，他幾乎夜夜失眠，一是思念失蹤的蕭君默，二是牽掛牢中的桓蝶衣。

蕭君默那天墜崖之後，皇帝命禁軍在崖底和附近山林搜索多日，後來又數次擴大了搜索範圍，卻始終一無所獲，最後只好不了了之。儘管李世勣也知道，蕭君默生還的可能微乎其微，但只要一天沒找到屍體，他就會一天心存希望。

桓蝶衣被捕後關進了大理寺獄，李世勣因遭軟禁，無法探監，便給多位平素交好的朝中同僚去信，請他們代為探望；不料所有的信全都石沉大海，沒一個人給他回音。李世勣索性直接致信大理寺卿，請他通融，告知桓蝶衣、羅彪二人近況。大理寺卿倒是很快就回信了，卻只寫了「愛莫能助」四個字，令他哭笑不得。

李世勣自從歸唐之後便平步青雲，深受皇帝倚重，所以滿朝文武都爭相與他結交，豈料今日一失勢，便人人避之唯恐不及，可見人情冷暖，世態炎涼！

無可奈何之下，李世勣只能每日枯坐府中，或仰天長嘆，或扼腕神傷……

時值暮春，滿園的桃花梨花已過了最絢爛的花季，夜風拂過，片片花瓣紛紛飄落。李世勣負手站在一棵桃樹下，望著風中飛舞的花瓣，怔怔出神。

忽然，身後傳來一聲細微的響動。李世勣戎馬半生，聽力十分敏銳，立刻聽出這是有人翻牆落地的聲音，遂眸光一凝，頭也不回道：「何方朋友，竟敢夜闖私宅?!」

一個身影沿著牆根的暗處走了過來，在他身後一丈開外停住。

「俯揮素波，仰掇芳蘭。」此人悠悠道。

李世勣一震，猛然轉過身來，臉上露出又驚又喜、百感交集的神色。

那人又往前邁了一步，蕭君默的臉便從暗處露了出來，面帶笑容道：「師傅，我好歹也是盟主，您總得給個面子，把切口對一下吧？」

李世勣冷哼一聲，沒好氣道：「尚想嘉客，希風永嘆。」

蕭君默一笑，煞有介事地拱拱手。「多謝素波先生，沒忘了本盟規矩。」

李世勣就是素波。

他就是東晉行參軍徐豐之的九世孫，而這首精短的四言詩正是徐豐之在蘭亭會上所作。

李世勣原名徐世勣，祖籍曹州，後遷居滑州，家境富裕，與其父徐蓋都是樂善好施、仗義疏財之人。隋朝大業末年，天下大亂，徐氏父子奉智永之命，率素波舵投奔瓦崗。出於天刑盟的一貫規矩和智永的某種考慮，素波舵與魏徵的臨川舵雖然同在瓦崗，但彼此並不知曉對方的真實身分。武德元年，魏徵隨李密降唐，智永又出於「分散潛伏」的考慮，命徐世勣暫不歸唐，仍舊鎮守黎陽。

武德二年，唐高祖李淵為了籠絡徐世勣，不僅許以高官顯爵，且賜皇姓「李」。徐世勣在徵得智永的同意後，暫時接受了李唐的招攬，從此改名李世勣。

不久，其父徐蓋在一次戰役中被竇建德所俘，難以行使舵主職權，智永遂命李世勣接任素波舵主，其後又命他率部歸附竇建德。

當時，竇建德在河北一帶深得人心，智永也對其寄予了一定希望，故命李世勣全力輔佐他。然而，竇建德對李世勣卻始終有所提防，故一直將徐蓋軟禁，扣為人質。李世勣便向智永建議，救出父親一起歸唐，但智永考慮到李唐一方已潛伏了幾個分舵，而竇建德這邊只有一個素波舵，便從大局出發否決了他的提議。

面對忠孝難以兩全的困局，李世勣不得不做出了自己的選擇。他表面上仍奉智永之命，暗中卻一直在策劃刺殺竇建德，救出父親。不料尚未行動，計畫便洩露了，李世勣被迫僅帶數十騎叛離竇建德，正式歸順唐朝。

對此，智永自然大為不悅，遂親自潛入長安，當面斥責李世勣。

李世勣當時年少氣盛，加之其父仍在竇建德手中，氣不打一處來，便極力抗辯。智永大怒，當場表示要撤掉李世勣的舵主之職，而李世勣則毫不示弱，表示悉聽尊便。雙方就此翻臉，不歡而散。其後，智永便疏遠了李世勣，再沒起用過素波舵。李世勣也樂得自在，遂一心一意輔佐李唐征戰天下。

武德四年，李世勣隨李世民在虎牢關和洛陽一舉擊敗了竇建德和王世充，其父徐蓋得以歸唐。此後，隨著南梁蕭銑的覆滅，李唐統一天下的形勢漸趨明朗，智永雖然轉變了態度，但依舊冷落李世勣，彷彿素波舵根本不存在。

武德九年，玄武門之變前夜，李世民暗中派人拉攏李世勣，勸其一起對付太子。可李世勣知道智永屬意太子，遂婉拒李世民，保持中立。

政變爆發後，李世民大獲全勝，智永看出李世民具備明君潛質，便對各分舵下達了「沉睡」指令，其中自然也包括早已被打入「冷宮」的李世勣和素波舵。

李世民上位後，以不計前嫌的寬容姿態接納了曾經的反對派和中立派，所以魏徵、李世勣也相繼受到重用，在貞觀一朝中平步青雲，漸漸躋身高位。

由於李世勣早在武德二年便與智永產生了隔閡，且從此以後就被邊緣化了，所以他對於天刑盟並沒有多少感情，更談不上忠貞。換言之，自從歸唐之後，李世勣便完全把自己視為大唐的臣子，有意無意地淡忘了天刑盟的身分。因此，當去年辯才一案爆發，李世民極力要破解〈蘭亭序〉之謎的時候，李世勣便採取了隔岸觀火的態度，不僅無意幫助辯才和天刑盟，且出於對大唐社稷和李世民的忠心，還不遺餘力地履行著玄甲衛大將軍的職責。

當然，李世勣敢這麼做，前提是他認為自己早就被智永撤職了，已經不能算是天刑盟之人。此外，他對天刑盟的核心機密也瞭解甚少，更不知道〈蘭亭序〉裡面隱藏著什麼祕密。所以在他看來，即使有朝一日〈蘭亭序〉之謎大白於天下，也不見得會牽扯到他頭上。

今年正月，蕭君默從齊州回京，把〈蘭亭序〉真跡獻給了皇帝，此後皇帝也沒有任何懷疑他的跡象，李世勣越發認定自己是安全的。

然而，他並不知道，自己的真實身分早已被智永寫在了〈蘭亭序〉的世系表上，並且沒有因智永口頭宣布撤職而劃掉，因而讓蕭君默得以知悉。

蕭君默回京後，考慮到時機未到，便沒有馬上揭破他的身分。直到上元節前夕，蕭君默徑直走入他的值房，驀然稱呼他「素波先生」的時候，李世勣才大驚失色。

那天，蕭君默把一切都告訴了他，包括天刑盟盟主的身分。

李世勣愣怔良久，好半天才回過神來，然後陰沉沉地對蕭君默道：「你小子就算當上盟主也與我無關，我早就不是天刑盟的人了！」

隨後，李世勣也把當年的事情告訴了蕭君默。

蕭君默聞言，也愣了一會兒，旋即笑道：「師傅，無論你跟前任盟主之間發生了什麼，我作為現任盟主，都有權重啟素波分舵。」

「少跟老子來這套！」李世勣一下踹翻了面前的書案。「當年智永都奈何我不得，你小子又能拿我怎麼樣?!」

「我也沒想把您怎麼樣。」蕭君默仍舊笑道：「我今天來，不過是想讓師傅幫個小忙而已。」

「幫什麼忙？」

「咱們玄甲衛的弟兄一年到頭辛苦得要死，明日上元節，您就在衙署召集大夥兒聚宴，好好犒勞一下。」

李世勣不解，滿臉狐疑地盯著他。「你小子到底想玩什麼花樣？」

蕭君默隨即把太子的政變計畫和自己的一部分反制計畫告訴了他，最後道：「太子這回來勢洶洶，志在必得，您要是不出手，社稷就危險了。」

李世勣大為驚愕，這才意識到了問題的嚴重性。

他略微沉吟，道：「必須立刻向聖上稟報此事！」

「不可。此事牽涉太廣，若要稟報，我無法自圓其說。」

李世勣恨恨地盯著他，咬牙切齒道：「我怎麼早沒看出來，你小子竟然一肚子權謀?!」

蕭君默呵呵一笑，道：「師傅過獎了，徒兒肚子裡要是沒一點貨色，又怎麼對得起玄甲衛這身甲冑?!」

李世勣既惱恨又無奈，滿腔怒火無從發洩，只好抬起腳來，把已經翻倒在地的書案又踹了出去。那天，就是這些不尋常的動靜，引起了外面桓蝶衣的懷疑……

此刻，在這夜闌人靜的花園中，當幾乎沒有生還希望的蕭君默忽然出現在面前，李世勣內心的複雜情緒已經難以用言語形容。

「你小子幹麼不死了算了，又回來幹什麼?!」最後，心中的千言萬語就匯成了這句話。

蕭君默撓撓頭。「我捨不得師傅，也捨不得師妹。所以，暫時還不敢死。」

「你還有臉提?!」李世勣瞪著眼。「我被你連累就算了，你可知蝶衣也被你害慘了?!」

「我知道，我知道……」蕭君默滿心愧疚。「師傅，我今天來，就是想告訴您一聲，我有辦法救蝶衣，也有辦法讓您官復原職。」

「有辦法？」李世勣大為驚詫。「事已至此，你還有什麼辦法？」

「我今夜便要入宮，面見聖上。」

「什麼？」李世勣覺得自己的腦子完全轉不過來了。「你瘋了？你可知聖上現在巴不得把你五馬分屍、大卸八塊?!」

「我知道。」蕭君默苦笑。「正因如此，我才要去見他。一切是因我而起，自然也應該由我來了結。」

「你想如何了結？」

蕭君默苦笑不語。

「你小子可別犯傻。」李世勣急道：「你千萬不能入宮，去了你就死定了！」

「師傅，時辰不早了，您早點休息吧。」蕭君默盡力做出輕鬆的表情。「我向您保證，要不了多久，蝶衣便可安全回家。」

說完，也不等李世勣做出反應，蕭君默便轉身走入了黑暗中。

「站住！」李世勣沉聲一喝。

蕭君默頓住了腳步。

「你把話給我講清楚，你到底要做什麼?!」

蕭君默無聲地佇立了片刻，忽然縱身躍上牆頭，瞬間消失在了茫茫的夜色之中。

李世勣怔怔地站在原地，悵然若失。

深夜，太極宮萬籟俱寂。

宮中響起二更梆子的時候，甘露殿的御書房仍然亮著燈火。

趙德全背著雙手，在殿外的庭院裡慢慢踱步。

皇帝又把自己關在御書房裡研究王羲之的法帖了。每當這種時候，趙德全等一干侍從宦官就會被皇帝全都支到殿外，彷彿怕他們看到什麼天大的祕密。如此一來，宦官們就苦了，既要陪皇帝熬夜，隨時聽候傳喚，又得站在殿外餵蚊子，心裡不免都有些牢騷。

這會兒，幾個宦官就忍不住湊在一塊兒嘀咕。趙德全遠遠望見，便重重地咳了一聲，那些人慌忙散開，各自站回自己的位置。

趙德全轉過身來，又見不遠處有個宦官正直挺挺地站在一棵榆樹下，好像在盯著他。

「喂，你是哪個殿的？」趙德全低聲喝問。

那人卻一動不動，就像根木頭。

趙德全不悅。「杵那兒幹麼？給我過來！」

那人終於動了，卻不是抬腳走過來，而是朝他招了招手。

趙德全頓時火起。「你個小兔崽子！皮癢了是吧?!」說著便大步走了過去，準備好好教訓這小子一番。可就在相距約一丈遠的地方，趙德全卻猛地煞住了腳步。

因為他終於看清了，這個「宦官」居然是蕭君默！

「沂津先生，別來無恙。」蕭君默滿面笑容。

趙德全一驚，慌忙四下看了看，然後快步走過來，把蕭君默拉到了旁邊的陰暗處，又驚又怒道：「你小子居然沒死?!」

「先生這樣就不厚道了，」蕭君默仍舊笑道：「見到盟主不行禮倒也罷了，怎麼能咒我死呢？」

「你……」趙德全一看到他就忍不住一肚子火，壓低聲音道：「我跟你說過多少次了，我早已不是天刑盟之人，你也別再來找我！你自己要死便死，何苦拉我當墊背！」

「唉，真是可惜啊！」蕭君默煞有介事地嘆了口氣。「堂堂一代名將桓溫的後人，堂堂天刑盟沂津舵舵主，想當初也曾輔佐隋朝兩代帝王開疆拓土、縱橫沙場，如今卻變成了一個貪生怕死的鼠輩，豈不令人扼腕嘆息?!」

趙德全原名桓克用，是東晉名將、一代權臣桓溫的九世孫。北周年間，其父桓威是天刑盟安插在北朝的一個臥底，以軍功拜上儀同，與楊堅交好。當時，北周宣帝宇文贇荒淫無道，而南朝皇帝陳叔寶同樣沉迷酒色，是故天刑盟盟主智永對這兩個皇帝都失望已極。他放眼天下，認為只有北周國丈、沉穩有謀的楊堅最有可能開創大業。而恰在此時，桓威也向他傳遞了一份重大情報，稱楊堅已漸露代周自立之心。

原本天刑盟自成立伊始便一直奉南朝正朔，但智永經過一番權衡，毅然改弦更張，向桓威下達了一道指令，命他全力輔佐楊堅登基並統一天下。不久，宇文贇病死，桓威便聯合一幫重臣擁戴楊堅攝政，隨後又參與平定尉遲迥叛亂，最後成功輔佐楊堅開創了隋朝，因佐命之功拜上大將軍。

開皇八年，楊堅發兵五十餘萬，以晉王楊廣為統帥，以賀若弼、韓擒虎、桓威等人為大將，對陳朝全面開戰。在這場統一天下的戰爭中，桓威率水師攻九江，大破陳朝水師，此後又收降大批陳朝將領，兵不血刃地拿下了陳朝的數十座城池。

當時，桓威有意把年僅十餘歲的桓克用帶在身邊，讓他親歷了整個戰役。陳朝覆滅後，桓威因功進位柱國，擢任荊州總管，不久又帶著桓克用祕密拜見了智永盟主。

開皇十七年，桂州俚民爆發叛亂，年方二十歲的桓克用隨父出征，迅速將其平定。凱旋後，桓威進位上柱國，桓克用也官拜右御衛郎將，進入朝中任職，並博得了隋文帝楊堅和晉王楊廣的賞識。隋文帝楊堅雖有雄才大略，但生性刻薄猜忌。開皇後期，許多開國功臣相繼獲罪，桓威也沒能逃過一劫，於開皇十九年被楊堅以謀反罪名斬首，家產抄沒，妻兒流放。桓克用本來也在流放之列，因楊廣出面求情而倖免，且保住了官職。

然而，一夜之間便家破人亡的桓克用無法接受這個殘酷的現實，便找到智永，請求他動用天刑盟的力量推翻楊堅，為父親報仇。

儘管智永對桓威的遭遇深感震驚和悲憤，可還是出於大局駁回了桓克用的請求。因為當時的隋朝天下已經在楊堅的治理下呈現出一派欣欣向榮的盛世景象，而幾百年來飽受分裂和戰亂之苦的百姓也終於過上了太平日子。換言之，王羲之當年夢寐以求的盛世理想，以及天刑盟歷來秉承的「守護天下」的使命，已經在楊堅的手上達成了。在此情況下，智永怎麼可能讓桓克用為了一己私仇而再度擾亂天下？

是故，智永不僅駁回了他的請求，而且命令他繼任沂津舵主，摒棄私仇，繼續效忠隋朝。桓克用無奈，只能遵命。幾年後，楊廣奪嫡，繼任太子；不久楊堅駕崩於仁壽宮，楊廣登基。其後桓克用得到隋煬帝楊廣重用，被擢升為左武衛將軍。

楊廣甫一登基，楊堅第五子，時任並州總管的漢王楊諒便在並州起兵反叛了。桓克用奉命出征，隨宰相楊素揮師北上，歷時不到兩個月便平定了叛亂。大業元年，桓克用又奉命南下，征服了小國林邑。此後數年，桓克用數度征戰四夷，輔佐楊廣開疆拓土，屢立戰功，官至右屯衛大將軍，深得楊廣倚重。

雖然在煬帝一朝官運亨通，但當年家破人亡的那幕慘劇卻一刻也沒有從桓克用的心上抹去。他只是迫於智永盟主的命令，並念及楊廣的知遇之恩，才把這一巨大的創傷掩藏在了心底。大業中後期，好大喜功的楊廣營建了一連串勞民傷財的大工程，並傾天下之力連征高麗，桓克用頻頻勸諫，卻反遭楊廣忌恨疏遠。

從大業七年起，不堪忍受的百姓相繼揭竿而起，四方群雄也紛紛割地稱王，剛剛太平了二十幾年的天下轉眼便又分崩離析、戰火紛飛。

邦有道則隱，邦無道則現。眼看楊廣已無可救藥，智永不得不再度啟動天刑盟，派遣各分舵分別打入各個割據勢力。其中，桓克用接到的命令，是輔佐楊素之子、時任上柱國的楊玄感起兵，攻取東都，號令天下。

雖然楊玄感名重當世，但桓克用瞭解他，知道他是個志大才疏之人，終究難成大器，便向智永提出異議。可智永不聽，桓克用無奈，只好於大業九年隨楊玄感悍然起兵。

當時楊廣正在二征高麗，聞訊立刻回師，僅用時一個多月便平定了叛亂，將楊玄感的屍體在洛陽鬧市寸磔，並剁成了肉泥。桓克用被俘，楊廣念其有功，饒了他一命，卻對他施以宮刑，然後廢為庶民。

桓克用不堪受辱，本欲自盡，可最後想起了蒙冤而死的父親，遂放棄了輕生之念，並發誓在有生之年一定要推翻隋朝，並輔佐一個真正的明主，開創一個真正的太平盛世。但是，他卻再也不想聽從智永的號令了，因為正是智永的錯誤決策，才一步步把他推入了現在的絕境。所以，他決意脫離天刑盟，去尋找自己的道路。

隨後，桓克用偽造了一個自焚的現場，讓智永以為他已身死。隨後，他改名趙德全，僅帶著沂津舵的少數幾個心腹，開始輾轉各地，尋找明主，最終於大業十四年投到了秦王李世民的麾下。

從此，世間再無桓克用，人們只知道秦王李世民身邊出現了一個生性謹慎、做事周全的宦官趙德全。偶爾，在戰場上，這個看上去毫不起眼的趙德全竟也能給秦王貢獻一、兩條計策，令唐軍旗開得勝，所以李世民便對他格外器重，並一直把他留在身邊，直至今日。

原本，蕭君默無論如何也不可能識破趙德全的真實身分，因為在〈蘭亭序〉世系表上記載的沂津舵的最後一任舵主，分明是已死去多年的桓克用。

不過，巧合的是，大業年間，舞雩舵主袁公望曾奉智永之命，潛入洛陽執行任務，其間與桓克用有過一面之緣。上元節前幾日，趙德全出宮，至西市採買宮宴所需的物品，恰好被袁公望遠遠看見。袁公望隨即稟報蕭君默。蕭君默將信將疑，可袁公望發誓他不會看錯，因為儘管這麼多年過去，桓克用的容貌變化很大，可他左耳下有一顆痣，卻瞞不過袁公望的眼睛。

蕭君默還是不太相信，問袁公望。「如果趙德全真是你說的沂津舵主桓克用，那去年辯才左使在宮中被關數月，為何沒把他認出來？」

「左使不一定見過桓克用。」袁公望道：「當年智永盟主做事有個原則，就是為了組織安全，除非萬不得已，儘量不讓本盟之人互相認識。我那次去洛陽是執行緊急任務，屬於特殊情況，否則我也不可能認得桓克用。」

蕭君默聞言，這才打消了疑慮。當時，蕭君默正在籌劃如何應對太子宮變，這個消息無疑來得非常及時。他隨即在趙德全回宮的路上將其攔下，私下以沂津舵的接頭暗號進行試探，結果憑藉趙德全的細微表情便認定，他的確就是當年那個「自焚而死」的桓克用！

隨後，蕭君默便以盟主身分，要求趙德全在百福殿的宮宴上，暗中給太子下蒙汗藥。趙德全又驚又怒，堅決不從。蕭君默便暗示要揭露他的真實身分。趙德全冷笑。「你要揭發儘管去，我若是怕死之人，也活不到今天了。」

蕭君默笑道：「沂津先生，我知道您是死過一回的人了，所以，死對您來講並不可怕。不過，我知道，您還怕一樣東西。」

「我怕什麼？」趙德全斜著眼問。

「您怕的是，死得冤，死得不值，死後還要背負不應有的罵名——正如令尊當年一樣。」

趙德全猛地一震。

「沂津先生，」蕭君默接著道：「您輔佐聖上這麼多年，兢兢業業臨深履薄，倘若結局卻是以天刑盟細作的身分被誅，那您一定會死不瞑目的，對吧？」

趙德全怒不可遏，罵蕭君默卑鄙，說他這麼幹純屬訛詐。

蕭君默笑了笑。「我也是為了大唐社稷，不得已才找您幫這個忙。幹不幹，您自己決定，我不強迫。」說完便飄然而去，把趙德全氣得臉色煞白……

此刻，想起蕭君默一次又一次的「訛詐」，今晚不知又想出什麼么蛾子，趙德全真是氣不打一處來。

「蕭君默，你一個被朝廷兩度通緝的欽犯，竟敢三更半夜闖入皇宮，到底意欲何為?!」趙德全壓著怒氣，也壓著嗓音道。

「我想了結一切。」蕭君默說得雲淡風輕。

趙德全嚇了一跳。「你……你想弒君?!」

蕭君默一笑。「我迄今為止所做的一切，無不是為了大唐社稷。您說，我會弒君嗎？」

「那你到底想幹什麼？」

蕭君默看了他一會兒，忽然湊近他說了一句話。

趙德全蹙緊了眉頭，半信半疑道：「僅僅如此？」

蕭君默點點頭。「僅僅如此。」

此時，在門窗緊閉的甘露殿御書房內，李世民手裡正擎著一盞燈，趴在御案上，專心致志地研究著一卷法帖。

毫無疑問，那正是令他又愛又恨的〈蘭亭序〉……

約莫三更時分，劉洎在睡夢中被一陣奇怪的鳥叫聲吵醒了。

他側耳聆聽了一下，神色一凜，連忙披衣下床，趿拉著鞋子，三步併作兩步地跑出了寢室。

庭院裡，一個熟悉的身影從暗處走了出來。果然是蕭君默。

他們之前約定好了，若有緊急事務，便以斑鳩叫聲為聯絡暗號。

「抱歉劉侍中，這麼晚了還擾你清夢。」蕭君默道。

「不不不，不打緊。」劉洎連連擺手，又驚又喜。「盟主，聽他們說您墜崖了，屬下萬分難過！還好，上蒼庇佑，您總算安然無恙。」

「多謝侍中掛念。」蕭君默淡淡一笑。「有件事還沒做完，我不能死。」

劉洎立刻反應過來。「盟主指的，莫非是……」

「你立刻寫一封密信，明天一早就送出去，告訴冥藏，說你發現了我的藏身之處。」蕭君默說著，從袖中掏出一張對摺好的紙條。「這是位址。」

劉洎接過，面露不安道：「盟主是打算……」

「具體你不必多問，儘快把信送出即可。另外，還有件事，你也得寫進去……」蕭君默湊近，低聲說了幾句。

劉洎眉頭微蹙，想問什麼，卻又忍了回去。

「都聽清了嗎？」

劉洎點點頭。「聽清了。」

蕭君默拱拱手，反身隱入黑暗中，無聲無息地消失了。

劉洎站在原地，望著濃墨般的夜色愣了好一會兒神。

倘若不是手裡頭捏著那張紙條，他真懷疑自己只是做了一個夢。

長安城南，少陵原。

一輪渾圓的落日懸浮在地平線上。滻水、潏水倒映著夕陽的餘暉，從少陵原的兩側緩緩流過。原上東南有一座村莊，名叫鳳棲村，村莊西側有一片茂密的槐樹林。此時，一群黑衣人忽然策馬從林中馳出，驚飛了一群剛剛歸巢的倦鳥。

為首一騎戴著青銅面具，率先馳上一面土坡，然後勒馬停住，居高臨下地眺望著這座百十來戶、炊煙裊裊的村子。

「就是這兒吧？」王弘義問緊隨而至的韋老六。

「沒錯，就是這鳳棲村。」韋老六道：「照玄泉所言，蕭君默就躲在村東頭土地廟邊上的那座宅子裡。」

王弘義微瞇雙目，仔細觀察著整座村莊的情況。

「先生，」韋老六看著他。「玄泉的情報，應該不會有假吧？」

「怎麼，你怕玄泉出賣咱們？」王弘義笑了笑。「設若他真想出賣，也不會找這種地方。此處三面開闊，唯獨西面一片林子，方才咱們拍馬過來，驚飛了不少鳥雀，可見林子裡沒有伏兵。至於這個村子，就更不可能設伏了，你沒看那些孩童在那邊嬉鬧嗎？」

韋老六依言望去，果真有一群孩童在村口追逐嬉戲。

「這世上，只有一種東西是可信的。」王弘義忽然道。

韋老六有些不解。「先生指的是那些孩子嗎？」

「不，孩子也可能被大人教唆。」王弘義淡笑。「我說的是孩子的笑，只有它騙不了人。」

韋老六這才注意到，那群孩童正發出一陣陣銀鈴般的笑聲，當即恍然——即使有大人安排他們在這裡假裝嬉鬧，但那種笑聲是無論如何裝不出來的。

「走吧。」王弘義翻身下馬，同時摘掉了面具。「咱們徒步進村，別驚擾了那些孩子。」

鳳棲村東邊一座簡陋的宅院裡，蕭君默正光著膀子在劈柴，一身結實的腱子肉在夕陽的映照下熠熠生輝，但遍布身體的大大小小傷疤卻令人觸目驚心。

嘩啦一聲，一段圓木被利斧劈成兩半。

蕭君默扶起一半木頭，高舉斧頭，正欲再劈，忽然察覺到什麼，下意識地抬起目光。

王弘義不知何時已經翻牆而入，正站在角落的一株李樹下，面帶笑容地看著他。

蕭君默收回目光，唡嚓一下，把地上的木頭又劈成了兩半。

「年輕人，看這架勢，你是打算在這裡過日子了？」王弘義笑著道。

「你是怎麼找到我的？」蕭君默把斧頭劈在一截木頭上，取過旁邊柴堆上的一條布巾擦汗。

「這你就不必問了。」王弘義依舊微笑。「你只需要知道，我很關心你就夠了。」

「害我險些死在驪山，就是你關心我的方式？」蕭君默冷笑。

「我不也差點把老命扔在那兒嗎？」王弘義從樹下走了過來。「咱們是中了李世民那廝的圈套，誰也不想那樣。」

「既然都僥倖撿回了一條命，那就別再折騰了。」蕭君默擦完汗，取過一件中衣穿上。「我已經厭倦這些爭權奪利的把戲了，我勸你也收手吧。」

「收手？」王弘義冷笑。「我王弘義從來就不知道這兩字怎麼寫。」

「那我管不著。」蕭君默沒好氣道：「反正你們那些破事，我是不會再參與了。」

王弘義搖頭苦笑。「賢姪啊，身為隱太子唯一在世的骨肉，你說這種話，良心不會痛嗎？」

「你少拿這事要脅我！」蕭君默突然大聲道：「隱太子的骨肉又如何？既然我父親當年都鬥不過李世民，那我今天又憑什麼跟他鬥？就憑你王弘義和你的冥藏舵嗎？你要是真有本事對付李世民，當年又何至於輸得那麼慘?!」

王弘義頓時語塞，半晌後才長嘆一聲。「是啊，賢姪所言也不無道理。當年敗得那麼慘，老夫的確負有不可推卸之責！可唯其如此，老夫才想要彌補，想要贖罪，想要把當年被李世民奪走的一切，再重新奪回來啊！否則，我如何對得起隱太子的在天之靈？又如何對得起賢姪你呢？」

「我無所謂。」蕭君默聳聳肩，自嘲一笑。「我只求你別再來找我，讓我過幾天安生日子。」

王弘義看著他，忽然嘆了口氣。「對了，你母親最近胃口不太好，人也消瘦了許多。我還經常聽她唸叨『毗沙門』，唉，真是可憐哪！」

蕭君默聞言，頓覺血往上衝，衝過去一把揪住了他的衣領。

院牆外，韋老六及手下察覺動靜不對，立刻翻牆而入，紛紛拔刀圍住了蕭君默。

王弘義擺擺手。「出去。」

「可是先生，這小子太放肆了……」

「我讓你們出去！」王弘義提高了音量。

韋老六等人無奈，只好又帶著手下翻出了院牆。

「王弘義，你聽著！」蕭君默仍舊揪著他的衣領，狠狠道：「如果我母親有絲毫閃失，我一定親手把你的腦袋擰下來！」

「放心，你母親在我那兒很好。我只是想告訴你，她沒有忘記隱太子，而且一直在思念他。」

蕭君默聞言，眼圈立刻紅了，慢慢鬆開了手。

「賢姪，你想想，倘若不是李世民害死了你父親，那麼你母親現在就是大唐的皇后，錦衣玉食，養尊處優，又何至於受這麼多苦？」

「你到底什麼時候放我母親？」

「等咱們一起殺了李世民之後。」

蕭君默苦笑。「你又不是沒試過，李世民有那麼好殺嗎？」

王弘義盯著他。「賢姪，眼前就有一個機會，可以一舉除掉李世民。」

蕭君默揶揄一笑。「你這大白天的做什麼夢呢？」

王弘義不理會他的揶揄，仍舊直視著他。「三月十一，也就是三天之後，李世民要去九成宮避暑。這，就是我說的機會。」

蕭君默微微一震。「這是朝廷機密，你如何得知？」

王弘義得意地笑了笑。「不瞞賢姪，朝中有我的人，而且身居高位！」

「身居高位？」蕭君默露出又驚又疑的神色。「你說的……莫非是玄泉？」

王弘義頷首。「你躲藏在此的消息，也是他告訴我的。」

「此人埋伏朝中多年，我也追查了很久。」蕭君默苦笑。「能不能告訴我，他是誰？」

「暫時不能。」

蕭君默撇了撇嘴。「那你怎麼知道，這次九成宮避暑，不會是李世民設下的又一個圈套？」

「不可能！」

「為什麼不可能？」

「消息還未公布，此事尚屬絕密，李世民只告訴了幾個宰相，又怎麼會是圈套？除非李世民懷疑玄泉就在幾個宰相之中，才故意透露假情報……」王弘義說到這裡，才意識到洩露了玄泉的職位，便乾咳了兩聲。

「真沒想到，玄泉已經位居宰相！」蕭君默刻意做出恍然之狀，道：「看來，你們天刑盟果然不簡單哪！」

既然已經說漏了嘴，王弘義便不再隱瞞。「沒錯，正因為玄泉已經位居宰相，所以一旦咱們除掉李世民，我便有辦法恢復你的皇室身分，進而讓你繼承皇位。」

「可就算除掉李世民，不還有吳王李恪、晉王李治和長孫無忌他們嗎？我哪有那麼容易恢復身分，繼承皇位？」

王弘義呵呵一笑。「巧的是，這回去九成宮，此三人都會同行，正好一網打盡！」

蕭君默聞言，不禁沉吟了起來。

「怎麼樣，現在你還會說我是做白日夢嗎？」

「我還是有些擔心……」

「擔心什麼？」

「萬一就像你說的，李世民已經懷疑玄泉，故意讓他傳遞假情報呢？」

「不可能。李世民一向賞識他，也很信任他。據我所知，這段時間，李世民有些政務都不一定找長孫無忌，而是直接跟玄泉商議。你說，這豈是懷疑他的樣子？」

蕭君默聽完，便不作聲了。

「賢姪，我說了這麼多，你還是下不了決心嗎？」

蕭君默又沉默片刻，才道：「沒有九成宮的地形圖，什麼都幹不成。」

這就是同意加入了。王弘義大喜。「這有何難？我明日便能拿到。」

「這東西可不好弄。玄泉雖然貴為宰相，但也管不到這上頭。」

王弘義一笑。「誰告訴你，我要讓玄泉去拿了？」

蕭君默眉頭微蹙。「你還有別的內線？」

「不瞞賢姪，」王弘義矜持一笑。「禁軍裡面有我的人，內侍省也有。」

蕭君默撇了撇嘴。「既然如此，你又何必一定要我加入？」

「他們怎麼能和賢姪你相提並論呢？」王弘義笑道：「一來，你是隱太子遺孤，咱們要對付李世民，自然要以你為旗號，奉你為主公；二來嘛，李世民離京，玄甲衛必為扈從，而你是資深玄甲衛，最瞭解他們，我當然需要你助一臂之力了；第三嘛，這一年來，我折了不少弟兄，眼下人手實在有限，所以……」

「你有多少人？」

「眼下能召集的最多六、七十。」王弘義訕訕道：「據我所知，你好像有不少江湖朋友吧？」

蕭君默想了想。「我召集三、五十人，應該沒問題。」

「好！」王弘義大喜。「那咱們就可以放手一搏了！」

這時，後院忽然傳來楚離桑的聲音。「君默，飯做好了。你跟誰說話呢？」隨著話音，楚離桑從屋後走了出來，腰上還圍著一條沾滿油漬的圍裙。

一看到王弘義，她頓時愣住了，臉色旋即一沉。「你來幹什麼？」

王弘義賠著笑臉。「桑兒，爹過來跟君默談點事……」

楚離桑馬上轉過目光，逼視著蕭君默。「跟他這種人有什麼好談的？要談也得讓他先把姨娘和黛麗絲放了！」

「桑兒，妳對爹的誤會太深了。」王弘義尷尬。「爹這麼做，也是幫君默保護他娘嘛。妳放心，爹把她們照顧得很好……」

「夠了，別再假惺惺了！」楚離桑眼裡噴著怒火。「你不就是綁她們做人質，好要脅君默給你賣命嗎？」

「桑兒，妳聽我說，爹這麼做都是為了你們好。」王弘義急道：「君默是李唐皇族，是隱太子唯一在世的骨肉，一旦我們大事成功，他就能恢復皇族身分，進而當上皇帝，到時候妳就是母儀天下的皇后了……」

「我不稀罕！」楚離桑厲聲道：「我不像你那麼貪圖富貴，更不像你凡事都昧著良心！」

王弘義大為窘迫，只好把目光投向蕭君默。

蕭君默略微沉吟，柔聲道：「桑兒，妳先去吃飯吧，有話咱們晚點再談，好嗎？」

「君默，我警告你，」楚離桑冷冷道：「你可不要為虎作倀、助紂為虐！」

「行了，我知道了。」蕭君默賠著笑。

楚離桑重重地哼了一聲，解下腰間圍裙擲在地上，然後又瞪了王弘義一眼，這才轉身離開。

王弘義喟然長嘆，一臉的感傷和失落。

「冥藏先生，」蕭君默第一次正式稱呼他。「有件事你想過沒有，萬一咱們行動失敗，你我固然無懼一死，可我娘和桑兒她們怎麼辦？」

王弘義一怔，想了想，道：「我會交代可靠的手下，負責送她們安全離開。」

蕭君默沉默半晌，無奈地點點頭。「看來也只能如此了。那我想請求先生，把我娘和黛麗絲她們轉移到這裡來，跟桑兒待在一起，萬一咱們遭遇不測，她們也好及時脫身。」

王弘義眉頭一皺，若有所思地看著他。「這……」

「怎麼，先生懷疑我別有所圖？」

「不不。」王弘義乾笑幾聲。「咱倆現在都是一條船上的人了，我怎麼會懷疑你呢？」

「那先生顧慮什麼？」

「我是在想，這裡似乎不夠安全……」

蕭君默凝視著他。王弘義目光閃爍。

許久，蕭君默才無奈一笑。

「也罷，那就讓桑兒過去吧，跟我娘她們在一塊兒，這樣你總放心了吧？」

蕭君默這麼說，等於把楚離桑也送過去當人質，不僅徹底打消了王弘義的疑慮，而且無形中證明了他與王弘義聯手的誠意和決心，王弘義豈有不肯之理？

王弘義聞言大喜，當即表示同意。

「可是，桑兒會同意你這個安排嗎？」王弘義問。

「我會說服她。」

王弘義搖搖頭。「難，你很難說服她。我這個女兒我瞭解，脾氣跟我一模一樣，她認定的事情，誰也改變不了。」

蕭君默蹙眉思索，忽然道：「我倒是有個辦法，不過……」

王弘義眼睛一亮。「不過什麼？」

「先生得配合我演一場戲。」

「演戲？」

「對。我就告訴桑兒，說我是假意跟你聯手，而送她過去的目的，便是探查我娘的下落。這麼說，她肯定會答應。」

王弘義怔了怔，旋即反應過來，不禁拊掌大笑。「妙，甚妙！賢姪果然機智過人啊！」

「那就這麼說定了。」蕭君默神色凝重。「必須儘快拿到九成宮的地形圖，咱們得擬一個周全的計畫。」

第二十三章

決殺

九成宮，位於長安西北三百多里外的岐州境內，始建於隋朝開皇年間，原名仁壽宮，唐貞觀五年修葺擴建，更名「九成」，寓九重宮闕、高大巍峨之意，史稱唐朝第一離宮。自改建後，李世民曾於貞觀六年、七年、八年、十三年，先後四次駕臨此地避暑，每次居留時間，短則四、五個月，長則半年多。

九成宮坐落於杜水北岸的天臺山，東臨童山，西接鳳凰山，南有石臼山，北依碧城山，冠山築殿，絕壑為池，堪稱鬼斧神工；周遭地勢奇崛，景色瑰麗；山中古木森然，蔽日遮天，實為消夏避暑之勝地。

貞觀十七年三月十一，李世民鑾駕從長安啟程，扈從人員有長孫無忌、李恪、李治、趙德全，及殿中省官吏數十人，並率武候衛三千人、玄甲衛八百人、宦官宮女各數百人，車轔轔，馬蕭蕭，儀仗隆盛，旌旗飄揚，經咸陽、武功、麟遊等地，於六天後的正午時分抵達九成宮。

當浩浩蕩蕩的天子車隊緩緩進入宮城的南正門——永光門時，宮監鄧崇禮、副監崔紹已率宮丞、主簿等一干官吏在此恭候多時了。

隨侍在天子鑾駕旁的一個官員遠遠望見鄧、崔二人，立刻拍馬向他們馳來。

這個官員四十來歲，面目清臞，名叫尹修文，是殿中省的尚舍奉御，專門執掌皇帝的起居、湯沐、灑掃等。此番皇帝行幸九成宮，一應起居事務自然由他負責。

看見尹修文策馬而來，鄧崇禮和崔紹趕緊迎了上去。

尚舍奉御的官秩是正五品下，宮監和副監分別是從五品下和從六品下，鄧、崔二人當然要對尹修文畢恭畢敬。不過尹修文為人甚是謙和，當即下馬與二人見禮。

「鄧宮監，崔副監，」尹修文看上去有些焦急，問道：「咸亨、御容、排雲三殿，可都灑掃乾淨了？」

鄧、崔二人同時一怔，不禁對視了一眼。

九成宮的殿堂樓閣，大大小小不下數十座，其中，大寶殿、丹霄殿最大，咸亨、御容、排雲三殿次之，皇帝每次駕臨，都是下榻大寶殿。所以鄧、崔二人對尹修文的問題有些莫名其妙；就算皇帝這回想換個地方，不想再住大寶殿，至少也得是丹霄殿吧？其他三殿無論規模還是規格都差了許多，難道皇帝這次想住到這些偏殿裡去？

這可嚇壞了鄧崇禮和崔紹。

自從接到皇帝要來避暑的詔敕，他們便依照往年慣例，命人把大寶殿和丹霄殿都精心整飭了一番，不僅把家具、門窗、地板都擦洗得一塵不染，而且大到帳幕陳設，小到瓜果糕點，也都是按照天子規格用心準備的；其他三殿雖然也灑掃了，可它們通常只供隨行宰相、親王入住，各方面也就沒那麼用心，若皇帝搞突然襲擊，他們可就措手不及了。

「請教尹奉御，」鄧崇禮大為詫異。「聖上往年不都是下榻大寶殿嗎？今年這是……要移駕？可事先也沒人通知下官啊！」

尹修文苦笑了一下。「不瞞鄧宮監，聖上也是剛剛才下了口諭，說今年想換個地方，可到底要換哪一殿，聖上也沒明說，在下只好這麼問二位了。」

鄧、崔二人再度面面相覷。

「尹奉御，照聖上這意思，咱們不就得每座殿閣都做準備了嗎？」崔紹皺著眉頭道。他在三人中最為年輕，有些沉不住氣了。

「崔紹！」鄧崇禮不等尹修文回話，便沉聲道：「即便如此，那也得趕緊去準備！」

「二位莫急。」尹修文忙道：「依我看，那些太小的殿閣聖上也不會去住，只需把大寶、丹霄和其他三殿拾掇好即可。」

「現下都午時了，要拾掇也並非易事啊。」崔紹小聲嘟囔。「要是拾掇不出來，這責任該由誰來負？」

「我來！」鄧崇禮眼睛一瞪。「有這發牢騷的工夫，還不趕緊去幹活?!」

「是，屬下這就去。」崔紹一臉懊惱，回頭便對侍立道旁的十幾個宮丞、主簿吼道：「都還傻愣著幹什麼，趕緊跟我走！」

眾人一驚，慌忙跟著崔紹快步跑進了宮門。

「失陪了鄧宮監，我這就叫下面的人一塊兒去幫忙。」尹修文拱拱手，旋即上馬，掉頭馳去。

「有勞尹奉御了。」鄧崇禮拱手一揖，望著尹修文飛馳而去的背影，若有所思。

就在天子鑾駕抵達九成宮的同時，在宮城北面碧城山的一個山洞裡，有五個人正圍著一卷地形圖聚精會神地看著。

他們便是蕭君默、王弘義、韋老六、郗岩、華靈兒。

郗岩和華靈兒只是作為蕭君默的「江湖朋友」參與進來的，王弘義並不知道他們是天刑盟之人。而韋老六雖然跟郗岩在藏風山墅交過手，一照面心裡都有些不舒服，但雙方的老大既已聯手，他們也就沒什麼好說的。

「諸位，確定最終的行動計畫之前，咱們把九成宮的地形和布防情況再熟悉一下。」蕭君默說著，用手在地圖周邊畫了一大一小兩個圈。「九成宮有內外兩道城牆，外郭城周長約一千五百步，共有北、東、南三個城門；宮城周長約一千步，南北各一個城門。所有這些城門中，最重要的便是宮城的北正門——玄武門。據先生內線『烏鴉』傳回的情報，李世民帶來的武候衛，當有一千人屯駐此處；另外兩千人，一千駐守外郭城，一千駐守宮城各處。」

「接下來，咱們看看宮內各殿的情況。」蕭君默用手一指地圖上某處。「這裡是丹霄殿，位於宮城西部的天臺山頂，地勢最高，登臨俯瞰，可將宮城內外盡收眼底。它是整個九成宮的主殿，旁邊還有一座偏殿是咸亨殿，不過據情報來看，此二殿均只做觀景覽勝之用，並非李世民的寢殿。」

說著，蕭君默又指向地圖上另一處。「李世民的寢殿當在此處，大寶殿，位於宮城最北端，距丹霄殿約五十丈，旁邊有配殿御容殿。這兩殿都緊鄰重兵駐防的玄武門。而玄甲衛的布防情況，『烏鴉』不太清楚，我只能憑經驗推測。我估計，八百名玄甲衛中，至少會有四百人駐守在大寶殿，另外三百人，分散駐守其他各殿，最後一百人，則在各殿之間往來巡邏……」

「他們都不睡覺嗎？」華靈兒忽然詫異道：「所有人全都徹夜站崗巡邏？」

蕭君默一笑。「我話還沒說完。通常情況下，不管是武候衛還是玄甲衛，都會分成上半夜和下半夜兩班輪值。也就是說，把我剛才講的各處布防兵力減掉一半，便是準確的值守兵力。不過大夥兒別忘了，一旦開打，那一半睡覺的士兵轉眼便可傾巢而出。」

「所以說，咱們必須在隱祕狀態下盡可能地接近大寶殿。」王弘義接言道，並指了指地圖某處。「咱們現在的位置，是在外郭城北門外兩里處。今夜三更，『烏鴉』會在北門接應咱們，給咱們提供三十餘套武候衛的甲冑，咱們便以這三十餘名化裝的精銳，加上『烏鴉』和他手下的十幾個兄弟，從外郭城北門和宮城玄武門潛入，直逼大寶殿……」

「玄武門和大寶殿相距多遠？」郗岩問。他現在的化名是嚴希。

「嚴兄弟問到點子上了。」王弘義呵呵一笑。「兩處相距三十丈。而這段距離，便是決定此次行動成敗的關鍵！因為過了玄武門，便進入玄甲衛的防區了，雖然咱們身披武候衛的甲冑，但是五十人突然出現，玄甲衛必定警覺，所以我才講，咱們必須在暴露之前盡可能接近大寶殿。只要有一半的兄弟突入大寶殿，便有把握將李世民格殺！」

「殺了他之後呢？」郗岩蹙眉道：「咱們如何脫身？」

「哈哈！」王弘義朗聲大笑。「殺了狗皇帝，咱們便是九成宮的主人，又何必脫身？」

郗岩不解。

「冥藏先生的意思是，咱們會兵分兩路。」蕭君默接過話茬。「除了大寶殿這一路，還有一路人馬，負責清除李恪和李治，並活捉長孫無忌。倘若得手，便讓長孫無忌以宰相名義下令，命所有人放下武器。此外，『烏鴉』也是武候衛的長官，只要李恪一死，三千武候衛就全得聽他號令。到時候，咱們不就是九成宮的主人了嗎？」

「不僅是九成宮，」王弘義背起雙手，躊躇滿志道：「等回到長安，把蕭郎皇族的身分一公布，再用李世民的名義發布一道遺詔，咱們……不，蕭郎就是李唐天下的主人了！你們也都將成為新朝的佐命功臣！」

「太好了，到時候就封我一個大將軍做做。」華靈兒喜上眉梢。她現在化名林華。

「林姑娘豪氣干雲，令人敬佩！」王弘義拊掌大笑。「老夫相信，妳這個巾幗大將軍，一定不會比那個建立娘子軍的平陽公主遜色！」

華靈兒頓時心花怒放，對蕭君默道：「怎麼樣老大，你這個未來天子，封不封我做大將軍？」

蕭君默笑了笑。「冥藏先生都許給妳了，我豈敢說不？」

「賢姪這話就不對了。」王弘義趕緊道：「皇帝是你要做的，老夫怎麼能僭越呢？」

「先生切莫這麼說。」蕭君默道：「若不是您，我現在也只是一個逃犯，連做個庶民都不可得，又怎敢奢望做皇帝？若真到了那一天，晚輩一定拜您為相，且尊您為仲父。」

歷朝歷代，被尊為「仲父」、「尚父」的往往都是權臣，某種程度上甚至比君王更能左右王朝命運，如周朝的姜子牙、春秋的管仲、秦國的呂不韋等，都曾榮膺此號。蕭君默現在竟然主動提出，無疑正中王弘義下懷，令他大喜過望。

王弘義發出一陣朗聲大笑，拱拱手道：「既然賢姪如此重情重義，那老夫就恭敬不如從命了！」

韋老六見他們說得這麼熱鬧，不免有被冷落之感，便道：「先生，咱們還是說說計畫吧。剛才說要兵分兩路，另一路如何潛入宮城？怎麼個打法？」

「對，言歸正傳。」王弘義道：「讓蕭郎接著說吧。」

「韋先生請看。」蕭君默指著地圖上一條自西向東的長長虛線。「可知這條線是何意？」

韋老六看了看，搖搖頭。

「這是一條地下排水道，一端在西面北馬坊河的河谷，然後自西向東，先後穿越外郭城和宮城的兩道城牆，另一端便在天臺山的山腳，即丹霄殿和御容殿的下方。根據『烏鴉』的情報，往年的隨行宰相和親王，通常住在這兩座殿中，想必李恪、李治和長孫無忌也不會例外。咱們的這一路兄弟，有七、八十人，便是要從下水道潛入宮城，然後攻上天臺山，襲取丹霄、御容二殿。」

「可是……」韋老六眉頭緊鎖。「下水道通常都有鐵柵把守吧？」

「沒錯，從北馬坊河到天臺山下，少說也有一里多路，除了兩端的出口各有一道鐵柵外，中間至少還會有三道。不過，前面的四道，咱們都可以用蠻力強行破開，因為沒有人會聽見動靜，只有最後一道，天臺山出口處，附近定有士兵站崗，不能使用蠻力。」

「那咋辦？」

蕭君默沒有回答，而是看向王弘義。

「到了約定時間，那兒自會有人接應。」王弘義淡淡道。

韋老六一喜，脫口而出道：「看來除了『烏鴉』，九成宮裡還有咱們的人？」

王弘義冷冷掃了他一眼。韋老六意識到自己多嘴了，趕緊噤聲。

「老大，那今晚的行動如何分工？」華靈兒問蕭君默。

「我和先生帶三十位兄弟，從玄武門潛入，目標是大寶殿。你們三位率餘下的兄弟，從下水道進入，突襲丹霄、御容二殿。」

「不，我要跟你一塊兒。」華靈兒噘著嘴道。

見她忽然露出一副撒嬌般的女兒態，似乎與蕭君默有些曖昧，王弘義不禁感到意外。

蕭君默微覺尷尬，趕緊咳了一聲。「林姑娘，咱們這是在打仗……」

「對啊，我說的就是打仗。」華靈兒察覺到王弘義在看著她，便正色道：「殺宰相跟親王有什麼意思？要殺就得殺皇帝，那才過癮！」

這話倒是很合王弘義的胃口。他哈哈笑了幾聲，對蕭君默道：「賢姪，既然林姑娘有如此巾幗不讓鬚眉之勇，那咱們就成全她吧。」

蕭君默淡淡一笑，沒再說什麼。就在這時，一個手下匆匆走了進來，附在王弘義耳邊說了什麼。王弘義臉色一變，擺了擺手，那手下退了出去。

蕭君默與郗岩、華靈兒對視了一眼，然後看著王弘義。「怎麼了，先生？」

王弘義沉默半晌，輕聲一嘆。「『烏鴉』剛送來消息，李世民今夜可能不會入住大寶殿。」

眾人頓時相顧愕然。

「這個老狐狸！那他會住哪兒？」韋老六怒道。

王弘義搖了搖頭。

「那依先生之見，咱們該怎麼辦？」蕭君默問。

王弘義又沉吟良久，然後瞟了一眼洞口外的天色。「現在離天黑還有幾個時辰，咱們可以先討論一個應變計畫，然後，等待進一步的消息。」

長安作為大唐帝京，擁有百萬人口，但人口的分布卻極不均勻。由於北部里坊靠近皇城和宮城，又有東、西兩市，所以達官貴人、富商巨賈大多居住在此，導致北部地方的人口異常稠密。相形之下，城南的人口便稀少得多，許多里坊甚為空曠，史稱其「煙火不接，耕墾種植，阡陌相連」，雖處帝京之中，卻形似野嶺荒村。

位於長安城西南角上的永陽坊，便是這麼一處荒曠淒清的里坊。

王弘義自從夜襲芝蘭樓後，便轉移到了該坊西北隅的一座宅院中。

宅院孤零零地矗立在一片尚未開墾的荒地裡，四周長滿了野生的蕎麥和雜草，附近別無人家，最近的鄰居是半里多外的一座小寺廟。

三天前，楚離桑和綠袖被王弘義派人接到了這裡，然後便被關在了宅子後部的一處小院落。每日三餐都有人送到房中，不時還會送些瓜果點心，房中還有沐浴用的大木桶，各方面都照顧得無微不至，但她們的活動範圍就只有兩間相通的臥房，窗戶都被長木條從外面釘死了，門上也落了大鎖，且房前屋後共有十幾名大漢日夜看守，令她們一步也無法離開。

楚離桑急於想知道徐婉娘和黛麗絲的下落，又無計可施，急得在屋裡團團轉。

這天夜裡，將近二更時分，楚離桑想不出別的辦法，只好假裝腹痛，滿地打滾。綠袖也拍著門板，朝外面大呼小叫。

在楚離桑看來，現在三更半夜，看守們無從找醫師上門，肯定得把她抬出去找醫師，她便能趁機除掉看守，脫身探查整座宅子。

可她萬萬沒想到，王弘義竟然早就在宅子裡備了一名醫師。

她一鬧，看守們便把醫師找了來。

醫師是個六旬開外、面目慈祥的老者，一搭脈就明白了怎麼回事，便低聲道：「姑娘，地上涼，別折騰自己了。」

楚離桑翻身坐起，用一把簪子抵在他的喉嚨上。「那本姑娘只能折騰你了，走！」說著便揪著他的衣領站了起來。

醫師慌忙舉起雙手，苦笑。「姑娘劫持老夫也沒用，外面那些人根本不在乎我的死活。」

楚離桑一怔。「你不是他們的人？」

「老夫也是被他們抓來的。」醫師一臉無奈。

楚離桑只好把簪子放了下來。「多久了？」

「好幾個月了。」

楚離桑眼睛一亮。「這宅子裡是不是還關著別的人？」

醫師遲疑片刻，點了點頭。

「是不是兩個女人？」

醫師又點點頭。

楚離桑又驚又喜。「她們被關在什麼地方？」

醫師面露難色，頭一低，拎起藥箱就朝門口走去。

站在一旁的綠袖挺身一攔。「你不說就別想走！」

醫師哭喪著臉。「二位姑娘，咱們都是被他們抓來的，都是苦命人，何苦相逼若此呢？」

「老伯，正因為咱們都是被抓來的，才更需要互相說明，從這裡逃出去！」

楚離桑走到他面前。「只要你把關她們的地方告訴我，我答應你，一定把你也救出去。」

「此言……當真？」

「絕無虛言！」

醫師又猶豫了半晌，終於咬咬牙道：「好吧，我告訴妳，她們都被關在了地牢裡。」

「地牢?!」

楚離桑沒想到，王弘義口口聲聲說把她們照顧得很好，可事實竟然是這樣！

「她們身體怎麼樣？都還好嗎？」楚離桑滿心擔憂。

「都還好。」醫師道：「只是被關的時間長了，有些虛弱，其他倒無大礙。」

楚離桑略略鬆了口氣。「地牢在什麼地方？」

「就在後院東北角的馬廄下面。」

楚離桑謝過醫師，又問明他被關的地方，承諾一定會把他也救出去，然後便把他送走了。

綠袖憂心忡忡道：「娘子，就算知道了她們被關的地方，咱們也出不去啊！」

「一定會有辦法的。」楚離桑眉頭緊鎖。

夜色深沉，群山環抱中的九成宮閃爍著點點燈火。

約莫二更時分，一個黑影從大寶殿方向往玄武門匆匆走來，一路躲避了好幾撥玄甲衛的巡邏隊，最後來到距玄武門不遠的一棵樹下。他警惕地觀察了一下周圍，然後從懷裡掏出了什麼東西，藏進了樹洞，緊接著便探頭朝玄武門張望。

玄武門城樓燈火通明，崗哨林立。

左武候中郎將韋挺正在城樓下巡視，對站崗的士兵說著什麼。

樹下的黑影撿起一顆石子扔了出去，旋即轉身，迅速沒入了黑暗中。城樓那邊的士兵聽見動靜，喊了一聲「什麼人」，正要過來，韋挺攔住。「站你們的崗，我過去看看。」

隨後，韋挺慢慢走到樹下，四顧無人，彎腰從樹洞裡掏出了那個東西。

這是一張小紙條。借著遠處城樓的光亮，韋挺展開看了一眼，隨即把紙條塞進嘴裡，一口嚥了下去，然後又若無其事地走回了城樓。

大約半個時辰後，碧城山的山洞裡，仍然在討論應變計畫的王弘義、蕭君默等人終於接到了「烏鴉」的最新情報。傳訊的手下稱：李世民最後還是決定下榻大寶殿。

眾人不禁啞然失笑。

韋老六大怒。「鬧了半天又回大寶殿了，這個李世民是耍咱們呢?!」

「李世民生性謹慎，不到臨睡前一刻，他當然不會透露具體的下榻處。」蕭君默苦笑了一下。「他這麼幹倒是耍不著咱們，只是苦了那些安排起居的官員。」

「老大，馬上就三更了，咱們動手吧！」華靈兒摩拳擦掌。

蕭君默看向王弘義。王弘義環視眾人一眼，沉聲道：「照原計畫，行動！」

隨後，眾人離開山洞，兵分兩路，王弘義、蕭君默、華靈兒帶領三十餘名精幹手下，往外郭城北門方向疾行；韋老六和郗岩則率餘下的六、七十個手下往北馬坊河而去。

九成宮中敲響三更梆子的時候，王弘義這一路準時來到了外郭城的北門外。

發出暗號後，早已等候在此的韋挺及其手下立刻出現，同時帶來了三十餘副武候衛甲冑。

蕭君默至此才知道，原來韋挺便是「烏鴉」。難怪那天在驪山，王弘義和韋老六能從數萬名禁軍的天羅地網中逃出去。

眾人換上甲冑，隨即跟著韋挺大搖大擺地進入了北門。

一炷香後，他們便從玄武門城樓進入了宮城。

一路走來非常順利，因為兩個城門之間都是武候衛的防區，而在此時的九成宮，除了李恪之外，韋挺便是武候衛的最高長官了。

不過，從進入玄武門的這一刻起，便是玄甲衛的防區，他們必須隨時做好戰鬥準備。往大寶殿方向走了十丈遠，他們碰上了第一支玄甲衛的巡邏隊。

「來者何人？」對方沉聲一喝。

「武候衛中郎將韋挺。」韋挺自報家門。

「口令？」

「雲氏龍官。」韋挺鎮定自若。「回令！」

「龜圖鳳紀。」對方回應。

蕭君默知道，這兩句口令均出自〈九成宮醴泉銘〉，該銘文由魏徵奉旨撰文，歐陽詢奉旨書寫，就勒碑於天臺山頂的丹霄殿旁。

兩隊人馬漸漸走近，相距一丈開外站定。

「韋將軍，此刻已過三更，您帶著這麼多人是要去哪兒？」為首甲士一臉警惕。

「奉吳王殿下之命，加強宮裡的巡邏守備。」韋挺十分沉著。

李恪現在是兩衛的共同長官，他臨時調派武候衛進入玄甲衛防區，似乎並無不妥。對方甲士想了想，便拱拱手，帶著隊伍離開了。

韋挺暗暗鬆了口氣。

蕭君默從後面走上來，拍了拍他的肩。「韋將軍沉著冷靜，在下佩服！」

隨後，眾人繼續朝大寶殿前進，路上又遭遇了兩撥巡邏隊，不過韋挺都用相同辦法矇混了過去。直到距離大寶殿六、七丈的地方，他們才真正碰上了硬茬。

此處防衛極為森嚴，三步一崗五步一哨，領隊是玄甲衛的一名中郎將。

「此人姓段名立，在玄甲衛多年，做事一向謹嚴刻板，不講情面。」蕭君默站在隊伍中，低聲對身邊的王弘義道。

「通知弟兄們，準備動手。」王弘義目光灼灼，緊盯著眼前的這座宮殿。

果如蕭君默所言，聽了韋挺的說辭後，段立便冷冷一笑，道：「韋將軍，你的防區在玄武門，吳王殿下若要派人給你傳令，必會通過我的防區，怎麼你接到了命令，我反而毫不知情呢？」

「在下接到的命令便是如此。」韋挺微微一笑。「段將軍現在知情也不算晚。」

段立的手按上了腰間的刀柄。「空口無憑，請出示殿下手令。」

「很抱歉，我接到的就是口頭命令。」

「那我也很抱歉。沒有手令，你只能往回走。」段立說著，手一揮，兩邊的數十名甲士立刻聚攏過來。

「段將軍如此阻撓，是想讓韋某交不了差嗎？」

「段某只是在履行職責。至於韋將軍交不交得了差，那是你的事，與我無關。」

「這麼說，咱們是沒得談了？」韋挺眉毛一挑，也把手按在了刀柄上。

段立唰的一聲抽出佩刀，在面前的沙地上畫下一條線，對左右道：「弟兄們聽著，任何人膽敢越過此線，殺無赦！」

「遵命！」眾甲士同聲應諾，齊齊抽出了佩刀。

與此同時，韋挺這邊的人也都已抽刀在手。就在此刻，站在段立右首的一名甲士突然出手，龍首刀劃過一道弧光，迅疾無聲地割開了段立的喉嚨。

鮮血噴濺而出。段立雙目圓睜，連哼都來不及哼一聲，便直直栽倒在地。

這瞬間發生的逆轉令所有人目瞪口呆，只有王弘義的嘴角浮起一絲獰笑。

蕭君默也忍不住一臉驚愕。

這大唐朝廷裡到底潛伏著多少冥藏舵的人?!

那些玄甲衛在愣了短短一瞬後迅速反應過來，最近的六、七個人同時出刀，將那名細作砍成了肉泥。這時韋挺等人已經撲了過來，雙方展開混戰。王弘義和蕭君默、華靈兒交換了一下眼色，一同帶著精幹手下殺開了一條血路，以驚人的速度直撲大寶殿……

韋老六和郗岩率部從北馬坊河東岸進入了下水道，一路上連續撞開了四道鐵柵，於半個時辰後來到了第五道柵欄前。

頭頂上便是天臺山了，所以他們只能在這兒等著，等那個「自己人」來接應。

差不多一刻鐘前，九成宮宮監鄧崇禮便來到了天臺山的山腳下。

在此站崗的十幾名玄甲衛都認得他，於是簡單地問過口令後便任他自行活動了。鄧崇禮信步來到下水道的入口處，忽然發現不遠處的一棵松樹下站著一個人。

「誰在那兒？」

那個人從暗處走了過來，竟然是尹修文。

「尹奉御？」鄧崇禮趕緊拱拱手。「這麼晚了，您還沒休息？」

「睡不著啊！出來走走。」尹修文笑了笑。「鄧宮監不是也還沒睡嗎？」

「哦，下官也沒有睡意，便四處看看。」鄧崇禮的目光閃爍了一下。「今日有些忙亂，我怕忙中出錯，便各處再巡一巡。」

「今天把你們折騰得夠嗆吧？」尹修文面露關切之色。「我看你臉色不太好，沒事就早點休息，巡查的事交給底下的人就行了嘛。」

「我這人天生勞碌命。」鄧崇禮苦笑。「不自個兒再巡一遍，我還真不放心。」

「鄧宮監盡職盡責，令人欽佩啊！」尹修文親切地拍了拍他的肩。「好吧，你忙你的，我先去睡了。」

「尹奉御慢走。」鄧崇禮躬了躬身，目送著尹修文走遠，旋即臉色一冷，快步走回下水道的入口處，左右看了看，一低頭便鑽了進去。

下水道的兩壁和階梯都由整齊的石料砌成。鄧崇禮舉著一枝松明火把，從布滿青苔的石階上小心翼翼地往下走。走了三十來級，便下到了一個平臺上，平臺下方便是水道。鄧崇禮將火把舉高了一些，看見前面有個黑影，正背對他站著，面朝不遠處的鐵柵欄。

「現在你可以說了吧？」鄧崇禮朝前走了兩步，口氣有些不悅。

「您終於還是來了。」崔紹轉過身來，面帶笑容。

「有什麼話不能在上面說，非得約到這鬼地方來？」

「哈哈，您這話說得好，鬼地方！」崔紹朝他走近了幾步。「之所以約您到這兒來，是因為屬下知道，今夜，這裡會鬧鬼！」

崔紹故意在最後兩字上加重了語氣，鄧崇禮不禁打了個激靈。

「你到底玩什麼花樣？」鄧崇禮惱了。「你不是說咱們宮裡有內鬼？快說，誰是內鬼？」

「內鬼？不不，您聽錯了，我說的是鬧鬼。今夜，就會有一群鬼……」崔紹突然一指黑黢黢的柵欄處。「從那兒冒出來！」

鄧崇禮嚇了一跳。「你什麼意思？你是說……有人會從這兒潛入宮城？」

崔紹陰陰一笑，點了點頭。

「不可能！」鄧崇禮下意識地把手伸向腰間，那兒掛著一大串各門禁的鑰匙，終日不離身，連睡覺都掖在被褥底下。

「怎麼不可能？」崔紹冷冷一笑。「您仔細看看，那道柵欄的鑰匙還在不在您身上？」

不遠處的鐵柵門上，橫著一塊粗大的鐵鎖。

鄧崇禮聞言一驚，立刻把腰間的一大串鑰匙掏了出來。

就在這時，他身後的暗處突然躥出一人，一手捂住他的嘴，同時一刀刺入了他的後背。

崔紹一個箭步跨上來，接過了他手中的火把，當然也搶過了他另一隻手上的鑰匙串。後面的那個人把刀抽回，將鄧崇禮推倒在地。他的面目露了出來，竟然就是鄧崇禮手下的一名主簿。

鄧崇禮倒在血泊中，又驚又怒地瞪著二人。「你、你們就是……」

「對，我們就是內鬼！」崔紹獰笑著，晃了晃手上的鑰匙串。「多謝你把鑰匙親自送過來。待會兒，我就會打開那道門，把更多的鬼放進來。今夜，我們要血洗九成宮！」

長安，永陽坊。

三更時分，那座宅子後部的小院落突然燒起了熊熊大火。

看守們大驚失色，慌忙破開門窗，衝進去救火。楚離桑趁其不備，忽然從後窗跳出，一下就沒入了夜色之中。一部分看守趕緊追了過去。

剩下的看守忙著提水救火，並未發現另一個身影撞破屋頂跳了出去。這個人異常敏捷，從屋頂上縱身躍起，飛快掠過幾道屋脊，迅速奔向了後院的東北角。

這個人穿著綠袖的衣服，可她才是楚離桑！

片刻後，她便來到了東北角的馬廄。這裡只有兩個看守，其他人都已跑去救火了。沖天火光吸引了他們的注意力，楚離桑輕而易舉便把二人打暈了。她從其中一人身上摸出地牢的鑰匙，然後撥開馬廄角落裡的一堆雜草，果然發現地上有一扇上鎖的木門。

她打開木門，從木梯下到了地牢。

地牢裡光線昏暗，只有最裡面的一面牆上掛著一盞燈，地上依稀坐著一個人，背對牢門，身上穿的正是徐婉娘的衣服。

「姨娘……」楚離桑一下就哽咽了，快步跑了過去。

可奇怪的是，徐婉娘竟然一動不動，彷彿根本沒聽見她的聲音。

楚離桑顧不上納悶，飛快跑到徐婉娘身後，又叫了一聲「姨娘」。

徐婉娘仍舊紋絲不動。

楚離桑滿腹狐疑。就在此時，七、八個黑衣人忽然從周遭的暗處躥出，把她團團圍住。然後，那個「徐婉娘」慢慢回過頭來，微笑地看著她。

此人竟然是醫師！

王弘義、蕭君默、華靈兒帶著二十幾名精銳一路殺進了大寶殿。

這一路廝殺，真是讓蕭君默感到驚心動魄！

原因倒不在於守衛大殿的玄甲衛進行了頑強的抵抗，而是每當蕭君默他們進攻受阻的時候，便有冥藏舵的臥底瞬間露出真面目，砍殺正與其並肩作戰的甲士，讓蕭君默他們得以撕開一個缺口，繼續往內殿突入。

而這些冥藏舵的臥底，不僅有玄甲衛，還有殿中省的官吏和內侍省的宦官，甚至還有好幾個宮女！這些人暴露後，為了掩護他們進攻，往往主動殿後，遂很快便被玄甲衛砍殺。

毫無疑問，他們是一群隨時可以為冥藏犧牲的死士！

蕭君默既驚且嘆——王弘義到底有什麼魔力，可以讓他們如此忠誠、如此心甘情願地為他賣命？而更讓他心驚的是，這九成宮裡到底還藏著多少冥藏舵的死士?!

僅僅一炷香工夫後，他們便成功殺進了內殿。

寬大豪華的龍床就位於內殿的中央，四周垂落著半透明的金黃色帷幔，裡面端坐著一個人。可當蕭君默看清這個人的面目時，臉上不禁泛起了苦笑。

李恪。

坐在龍床上的人，竟然是全身甲冑的李恪。

很顯然，他們在行動前一刻收到的，仍然是一份假情報——李世民根本就不在這裡！

意識到這一點時，王弘義忍不住罵了聲娘，然後揮刀便要衝上去。

「交給我吧。」蕭君默攔住了他。「我跟吳王也算有點交情，就讓我們自己了結吧。」

這時，方才被阻滯的那些玄甲衛已經追了進來，王弘義、華靈兒和手下們不得不掉頭應戰。蕭君默提著滴血的龍首刀，徑直走到龍床前，隔著帷幔與李恪四目相對。

「你終於還是走到了這一步。」李恪冷冷道。

「我有得選嗎？」蕭君默淡然一笑。

「我在驪山救了你，為此丟掉了太子之位，你就這麼報答我？」

「我救過你兩次，你也還了我兩次，咱倆扯平了，誰也不欠誰。」

「這麼說，今天不是你死就是我活了？」

「看來是這樣，咱倆都沒得選。」

另一頭，王弘義一邊砍殺一邊大喊：「君默，別跟他囉唆，快動手！」

蕭君默用雙手握住刀柄，慢慢舉起了龍首刀，彷彿那刀有千鈞之重。「來吧，吳王殿下，讓我們所有的恩怨，都在今夜了結吧！」

李恪眼中殺機頓熾，然後爆出一聲厲叱，從龍床上一躍而起，手中橫刀刺破帷幔，刀尖直逼蕭君默的眼睛。

龍首刀寒光一閃。

鏗的一聲，雙刃相交，餘音悠長……

崔紹順利打開鐵柵欄，及時接應了韋老六、郗岩等人。

此時，王弘義那一路也剛剛從玄武門進入宮城，戰鬥還沒打響。

出了下水道，崔紹和主簿在前面用口令開路，而韋老六、郗岩等人則緊隨其後實施暗殺，將玄甲衛的崗哨和小股巡邏隊一一清除。很快，他們便神不知鬼不覺地登上山頂，摸到了丹霄殿前的一片樹林裡。

「目標在裡面嗎？」韋老六問崔紹。

「只有長孫無忌和李治。」崔紹啐了一口唾沫。「李恪那小子不知道跑哪兒去了。」

韋老六一聽，頓時有些猶豫。

「動手吧！」郗岩道：「殺一個算一個，免得貽誤戰機，夜長夢多！」

「這位兄弟說得對！」崔紹附和道。

韋老六又想了想，然後大手一揮。「上！」

地牢裡，楚離桑怒視著假扮成徐婉娘的老者。「原來你不是醫師！」

「不，老朽的確是醫師。」老者站起身來，笑了笑。「只不過，老朽還有另外一個身分，就是先生座下的冥藏右使，老朽姓顏，顏色的顏。」

楚離桑冷笑。「顏右使這麼一大把年紀了，還玩這麼下作的把戲？」

顏右使不以為忤，哈哈一笑。「請小姐原諒，這都是先生的吩咐，老朽也是不得已。」

「冥藏為何要讓你這麼做？」

「自從把妳接過來，先生就料到妳不會安分，肯定會千方百計尋找徐婉娘的下落。」顏右使道：「所以，先生決定做個試驗。」

「試驗？」楚離桑蹙眉。「什麼意思？」

「如果妳真的不顧一切要尋找徐婉娘的下落，那麼先生便讓我把實情都告訴妳，免得妳做出什麼傷害自己的事情。」顏右使說著，又補充了一句。「妳知道的，先生一向很在乎妳。」

楚離桑一聽他要說出實情，頓時目光一亮。「那你快說，我姨娘和黛麗絲她們在哪兒？」

顏右使眼中掠過一絲微妙的神色，咂巴了一下嘴，似乎有點難以啟齒。

楚離桑捕捉到了他異樣的表情，然後又仔細看著他身上的衣服，可以確定正是徐婉娘的衣裳，而且胸前居然有幾簇暗紅的血跡。

她驀然一驚，心裡有了一絲不祥的預感。

「你實話告訴我，我姨娘她們……是不是出什麼事了？」

顏右使道：「先生吩咐過，告訴妳實情之前，妳必須先答應一件事。」

「什麼事？」

「妳必須老老實實在這兒待著，不可再生事，也不能再逃跑。」

「行，我答應你。」

楚離桑想，我跑不跑，也得看你到底要告訴我什麼。

蕭君默和李恪繞著龍床打了數十回合，仍然不分勝負。

王弘義一邊抵擋著蜂擁而來的玄甲衛，一邊偷眼觀察他們的戰況，心中大為焦急——突襲行動貴在速戰速決，時間拖得越久，對己方就越不利！

有好幾次，王弘義都想抽身去幫蕭君默，無奈總是被對手死死纏住。

正當他心煩意亂之時，龍床後面忽然傳來蕭君默的一聲暴喝，緊接著便是一聲兵刃刺入鎧甲的鈍響。王弘義趕緊回頭，透過龍床的帷幔，但見蕭君默與李恪緊緊貼在了一起，而蕭君默手中的龍首刀有一半從李恪的背後露了出來。

得手了！王弘義大喜，奮力砍倒了面前的一名玄甲衛，然後對蕭君默、華靈兒和剩餘的手下大喊：「咱們走！」

龍床後面，蕭君默猛然抽出龍首刀，一股鮮血噴濺而出，染紅了帷幔。

李恪圓睜雙目，手捂著腹部，緩緩向後倒下。

蕭君默面無表情地蹲下來，幫他合上了雙目。

「快走，君默，別磨蹭了！」王弘義又喊了一聲，帶著華靈兒等人向邊門退卻。

蕭君默意味深長地看了李恪最後一眼，快步朝邊門跑去。

血從李恪腹部的傷口中汩汩而出……

從邊門殺出大寶殿後，他們發現外面已經亂成了一團。

戰鬥打響後，駐守在玄武門的武候衛便傾巢而出。一到大寶殿外，看見他們的長官和一撥兄弟正與玄甲衛廝殺，又聽韋挺大喊「玄甲衛造反了」，當然二話不說加入了戰團。武候衛的身手雖然不及玄甲衛，但憑著人多勢眾，竟然將玄甲衛牢牢壓制住了。

趁雙方殺得難解難分之際，王弘義、蕭君默、華靈兒帶著餘下的十幾人立刻殺往附近的咸亨殿，卻仍不見李世民蹤影。緊接著，眾人又先後突入了四、五座殿閣，還是一無所獲。最後，在錦繡閣附近的一片樹林裡，他們撞見了一名殿中省的直長。王弘義正要揮刀，那人慌忙大叫「先生」，並迅速對出了冥藏舵的接頭暗號。

王弘義大喜，忙問李世民現在何處。那人答道：李世民就躲在大寶殿東南方向約一里外的排雲殿。眾人喜出望外，立刻由此人領路，快速趕到了排雲殿。

排雲殿是九成宮中一座中小規模的殿宇，遠離主殿落群，周遭林木繁茂，顯得幽深靜謐。殿前站著數十名玄甲衛，都處於高度戒備狀態，個個持刀在手。王弘義迅速觀察了一下，便命那個直長和其他手下從正面強攻，吸引守衛的注意力，然後與蕭君默、華靈兒一起繞到了大殿後方。

殿後的防衛相對鬆懈，三人悄無聲息地除掉了七、八個崗哨，順利摸進了內殿。

內殿燈火昏暗，顯然是李世民為了掩蓋行藏有意為之。

此刻，李世民正腰懸佩劍、身著便裝，在殿中來回踱步，趙德全、尹修文和一名小宦官侍立一旁，大氣也不敢出。

「外面的情形到底如何，怎麼也沒人來回個話?!」李世民一臉怒容，沉聲質問。

「回……回大家，」趙德全顫聲道：「已經派了好些人去打聽了，應該馬上會有消息。另外，大寶殿那邊有吳王在呢，定能將那幫賊人誅殺，請大家勿憂。」

「是啊陛下，您還是保重龍體要緊。」尹修文也趕緊道：「吳王向來勇武過人，不會讓陛下失望的。」

「你們錯了，吳王他已經下地獄了。」

一個倨傲而又得意的聲音驀然響起，李世民等人同時一驚，全都愣住了。

王弘義從暗處走了過來，左邊是蕭君默，右邊是華靈兒。

李世民萬般驚愕，唰的一聲抽出佩劍。趙德全、尹修文和小宦官慌忙擋在他身前。

三人走到五步開外站定。王弘義想了想，又往前邁了一步，然後注視著李世民，笑道：「李世民，你不是一直想抓我嗎？現在我自己送上門來了，你一定倍感驚喜吧？」

李世民迎著王弘義的目光，與他無聲地對峙了片刻，隨即發出了一陣朗聲大笑。

王弘義微微蹙眉。「李世民，你都死到臨頭了，還這麼高興？」

「是啊，朕高興，朕非常高興！」李世民泰然自若。「朕做夢都想抓住你，可惜一直未能如願，而今略施小計，你便主動把人頭送來了，朕又豈能不高興？」

王弘義的眉頭擰得更深了，腦中在一瞬間閃過無數畫面。突然，他意識到了什麼，剛想舉起手中的刀，蕭君默和華靈兒已經一左一右把刀架上了他的頸項。

「王弘義，結束了。」蕭君默奪過王弘義的刀扔在一旁，淡淡道：「血已經流得夠多了，是時候結束這一切了。」

王弘義死死地盯著蕭君默，眼中燃燒著一團驚愕和憤怒的火焰……

丹霄殿是一座「回」字形的三層殿閣，四面皆可觀景，中間圍著一片開闊的中庭，庭中有一口池塘，塘邊是一座精緻的八角亭。

當韋老六、郗岩、崔紹帶著六、七十人殺進來的時候，一路都沒遇到什麼像樣的抵抗。如此異乎尋常的順利，不由令韋老六有些心底發毛。直到殺入中庭，望見李治和長孫無忌竟然悠閒自在地坐在亭子裡品茗，他才驀然意識到，這很可能是一個陷阱。

他聲嘶力竭地對手下大喊：「撤！」

然而，一切已經來不及了。

這聲「撤」字剛剛從他的口中飛出，便有數百名玄甲衛從四周的房間裡衝了出來，把他們團團包圍，明顯就是甕中捉鱉之勢。

而更讓韋老六沒想到的是，還沒等他回過神來，站在他身邊的郗岩竟突然發難，揮起橫刀一刀刺穿了他的脖頸。

鮮血噴湧而出。

韋老六怒目圓睜，左手捂著血如泉湧的脖子，右手舉刀想要反擊，可舉到一半便無力地垂了下去，然後整個人直挺挺地撲倒在地，頃刻間便斷氣了。

這一路人馬中，至少有三分之一是郗岩的手下，所以郗岩剛一動手，便有數名手下同時出手，解決了崔紹。緊接著，他們便與周圍的玄甲衛聯手，開始對那幾十個韋老六的手下展開了屠殺。

由於雙方兵力太過懸殊，加之韋老六已死，這些手下群龍無首、軍心渙散，所以戰鬥並沒有持續太久。只過了一盞茶工夫，這些人便全都倒在了血泊之中。

當然，郗岩這邊也付出了一定的代價。戰鬥結束時，他身邊只剩下十幾個人，而他本人的肩膀也挨了一刀，鮮血浸濕了他的半邊衣襟。

亭子裡，李治站了起來，面帶微笑，輕輕拍了幾下掌，以示對郗岩等人的勗勉。

郗岩出於禮節，便雙拳一抱，躬了躬身。

可沒有人料到，就在他躬身的瞬間，二樓的迴廊上突然冒出上百名玄甲衛的弓箭手，個個箭在弦上，並且全都拉了滿弓。與此同時，周遭的玄甲衛迅速後撤，把偌大一個中庭全都留給了他們。

郗岩瞬間反應過來，發出一聲暴喝，揮刀衝向了八角亭。

亭子中，李治獰笑了一下，右手向下一揮。

如蝗箭矢立刻從四面八方飛來，霎時便把郗岩和他的手下全都射成了刺蝟。

郗岩從頭到腳，密密麻麻地中了不下二十箭。

他倒地之前，用盡最後的力氣嘶喊了一聲：「李治，我操你八輩祖宗！」

最後這血腥的一幕，並不在原計畫之內。長孫無忌不無驚愕地站了起來，望著郗岩等人一個個頹然倒下，不由倒吸了一口冷氣。

「雉奴！你搞什麼名堂？他們是蕭君默的人，並不是王弘義的徒眾，而且剛剛還立了功，你怎麼可以……」

「舅父說得對。」李治淡淡道：「正因為他們是蕭君默的人，才要趁此機會順手解決掉，以免後患。我這麼做，有什麼錯嗎？」

長孫無忌一想，蕭君默並非自己和李治的盟友，趁此機會清除他的勢力，的確不能算錯，甚至可以說是頗有遠見的做法。只是這麼幹畢竟有些見不得光，所以心裡一時難以接受。

「你下此狠手，該如何跟蕭君默解釋？」

「這個簡單。」李治仍舊笑道：「我會很沉痛地告訴他，他這些兄弟在行動中不幸犧牲了，為我大唐社稷光榮捐軀了！然後我會向父皇請旨，重重撫恤他們。」

長孫無忌瞥了他一眼，沒再說什麼。

今夜的李治，彷彿完全變了一個人……不，也許他本來就是這麼一個人！

長孫無忌這麼想著，內心不由生出了一絲隱憂。

地牢中，顏右使向楚離桑講述了他一個多月前跟隨王弘義夜襲芝蘭樓的經過。

那天夜裡，王弘義、韋老六帶著十幾個精幹手下潛入芝蘭樓，遭到了那個護院老漢的偷襲，一下就折了兩個兄弟，傷了一個。他們殺了老漢後，在樓梯口撞上一個婆娘，又折了一個兄弟，然後砍殺了她，衝上了二樓。

這時候，樓上的三個女人都驚醒了。那個小丫鬟先跑了出來，被韋老六一刀砍倒，不料黛麗絲竟從背後冒了出來，拿著一把剪刀插在了韋老六背上。所幸這女子不會武功，插得不深。韋老六大怒，回身一刀就刺入了她的腹部。

王弘義本不欲殺黛麗絲，見狀趕緊喝止。韋老六抽回了刀。黛麗絲跌跌撞撞跑向徐婉娘的臥房，徐婉娘剛好迎出來，便一把抱住了她。這也就是徐婉娘身上有血跡的原因。

黛麗絲躺在徐婉娘懷中，叫了一聲「娘」便嚥氣了。

徐婉娘悲痛欲絕。王弘義命人把徐婉娘帶走，徐婉娘奮力掙脫，說她自己會走，並質問他們是什麼人，為何無故殺人害命。王弘義面有愧色，道：「嫂夫人，在下是隱太子當年的摯友，今日不請自來，多有得罪。但在下並無惡意，只是想把妳轉移到一個更安全的地方。」

徐婉娘顯然不知「隱太子」是何人，一臉懵懂。王弘義反應過來，便改口說是「毗沙門」。徐婉娘渾身一震，眼中竟流下淚來。

王弘義見狀，也是滿懷傷感。

就在這時，誰也意料不到的事情發生了——徐婉娘趁他們不備，突然衝上走廊，翻過欄杆，從二樓摔了下去。

王弘義等人大驚失色，慌忙跑到樓下。

徐婉娘傷得很重，一看就知道不行了。王弘義眼眶泛紅，抱起徐婉娘，問她可有遺言。徐婉娘看著他，眼神忽然變得異常清澈，說了這麼一句話：「告訴君默，我去跟他父親團聚了，讓他不要難過。我和他父親會在天上看著他，我們會永遠陪伴著他……」

說完，徐婉娘便斷氣了。

王弘義默默流下了眼淚。良久之後，他才命韋老六把徐婉娘和黛麗絲的屍體都帶走。韋老六有些不解，問帶走屍體有何用。王弘義突然搧了他一耳光，怒道：「咱們不能讓蕭君默知道他娘已經死了，只能讓他以為咱們綁架了她，你懂不懂?!」

韋老六這才恍然大悟，又給了自己幾個嘴巴，然後便命手下們抬起徐婉娘和黛麗絲的屍體，跟著王弘義離開了……

聽顏右使說完，楚離桑早已淚流滿面。

聽到黛麗絲臨終前喊了徐婉娘一聲「娘」，楚離桑的眼淚便已奪眶而出，後來又聽到徐婉娘的遺言，淚水就更是不可遏止地爬了她一臉。她沒想到，徐婉娘臨終時的神志會變得那麼清醒，竟然會給蕭君默留下遺言。由此可見，當她第一次，也是最後一次見到蕭君默的時候，當瀾漫在她眼中的那層薄霧忽然散盡的那一刻，她其實就已經認出蕭君默是自己的兒子了，所以才會不由自主地叫出隱太子的小名「毗沙門」。

「你們把我姨娘和黛麗絲埋在了何處？」楚離桑強忍著心中的悲傷，問道。

顏右使嘆了口氣。「在西邊的高陽原，隱太子墓的邊上。」

「既然人都埋了，你們還留著姨娘的衣裳做什麼？」

顏右使苦笑了一下。「先生說，留著衣裳，是為了日後給蕭君默留個念想。」

楚離桑一聽，心裡又是一陣酸楚。這一個月來，蕭君默一直認定他母親只是被王弘義綁架了，可事實上卻早已陰陽永隔。她真不敢想像蕭君默得知這個真相後會怎麼樣……

這時，地牢門口一陣嘈雜，接著便看見綠袖被幾個黑衣人押了進來。她身上綁了繩索，嘴裡還塞著塊布，只能拚命掙扎、嗚嗚連聲。

「快把她放開！」楚離桑怒視顏右使。

「我會放開她，不過……」顏右使道：「為了不再出現意外，老朽必須把妳們倆分開。希望小姐不要再輕舉妄動，否則，老朽只能拿她開刀了。」說著便示意那些人把綠袖帶了出去。

「現在，只能委屈小姐在這兒待兩天。」顏右使接著道：「先生和蕭君默他們辦完事，頂多過兩天就回來了，到時候咱們都是一家人，就無須再委屈小姐了。」

楚離桑聞言，不由擔心起了九成宮的情況。

數日前，當蕭君默把九成宮的這個計畫告訴她的時候，唯一的顧忌便是被王弘義綁架的徐婉娘。楚離桑遂自告奮勇，說設計讓王弘義「接」她過來，她便可探察徐婉娘的下落。蕭君默擔心她的安危，起初堅決不答應。可楚離桑說自己是王弘義的女兒，他只會防著她，肯定不會傷害她。蕭君默思忖良久，最後才同意這個辦法。

此刻，顏右使已帶人離去，地牢裡一片寂靜。

楚離桑黯然坐在地上。

她在心裡一遍遍祈求上蒼，保佑蕭君默行動順利，安然歸來……

九成宮，排雲殿。

王弘義瞪著血紅的眼睛怒視蕭君默。「小子，你今天跟李世民一塊兒算計我，就不想想自己的明天嗎？以你的身分，李世民又豈能放過你?!」

蕭君默笑而不語。

「哦？冥藏先生想說什麼？」李世民收刀入鞘，撥開擋在身前的趙德全等人，饒有興味道：「蕭君默是什麼身分，可否說來聽聽？」

王弘義冷笑。「說出來怕嚇著你。」

李世民哈哈一笑。「朕這輩子，還真沒怕過什麼東西。你說吧，朕洗耳恭聽！」

「你知道蕭君默是誰的兒子嗎？」

「不就是蕭鶴年嗎？」

「蕭鶴年只是他的養父。」

「哦？這麼說，他還有生父？」

「當然！」

「那他生父是誰？」

王弘義獰笑了一下，一字一頓道：「就是當年被你殺害的隱太子！」

然而，出乎他意料的是，李世民聽完，表情卻絲毫沒變，只有眉毛動了動。「就這事嗎？這有什麼值得大驚小怪的？」

王弘義頓時目瞪口呆。

他當然不知道，早在十天前的深夜，蕭君默便已潛入太極宮，與李世民進行了一次開誠布公的徹夜長談……

那天夜裡，蕭君默化裝成宦官，迫使趙德全把他帶進了甘露殿。當時，李世民仍在伏案研究〈蘭亭序〉，忽然感覺身邊好像站著一個人，抬頭一看，頓時色變，回身抄起一把劍，唰地一下就把劍尖抵在了蕭君默的額頭，沉聲道：「蕭君默，你好大的膽子，竟敢闖到朕的寢宮裡來！你到底有幾個腦袋?!」

「臣只有一個腦袋，陛下要的話，隨時可以拿去。」蕭君默坦然自若。「不過，臣今夜為何主動把腦袋送過來，陛下不想問一問嗎？」

李世民想了想，冷冷一笑。「行，那你說，你到底想做什麼？」

「臣今天來，是有一件重要的事情要稟報陛下。」

「何事？」

「臣的出身。」

「出身？」

「是的。臣只是蕭鶴年的養子，臣的生父，另有其人。」

「生父？」李世民眉頭一皺。「你的生父是誰，又與朕何干？」

「若是普通人，當然與陛下無關。只可惜，臣的生父不僅與陛下有關，而且干係甚深。」

李世民的眉頭擰得更深了，依稀察覺到了什麼。「說下去。」

蕭君默凝視著他，緩緩道：「臣的生父，便是陛下的同胞兄長——隱太子李建成。」

此言一出，如同平地一聲驚雷，令李世民渾身一震，連持劍的手都劇烈抖動了起來。

「不可能！」李世民遽然變色。「隱太子哪兒來你這號兒子?!你竟敢當面欺君，就不怕朕滅你三族嗎?!」

蕭君默苦笑。「倘若陛下真的要滅臣三族，恐怕我李唐皇族就瞧類無遺了。」

「放肆！」李世民龍顏大怒。「再敢胡言，朕馬上砍了你！」

「陛下息怒。」蕭君默很平靜。「臣完全理解您此刻的心情，當初得知這個真相，臣也萬萬不敢相信。可遺憾的是，這就是事實。」

「你有何證據？憑什麼敢這麼說？」

蕭君默知道他肯定會這麼問，便從懷中掏出了一遝信紙，遞了過去。李世民想接，卻又怕蕭君默對他不利，有些猶豫。

蕭君默一笑。「陛下，假如臣想害您，方才就動手了，何必等到現在？」

李世民一想也對。方才自己埋頭書案，毫無防備，他要動手早就動了。猶豫片刻後，終於接過信紙，回到御案前坐下，把劍也放在案上，然後又瞟了蕭君默一眼。

蕭君默一直靜靜地站在原地。

李世民這才把目光挪到信紙上。突然，一個個熟悉的行書字體映入了他的眼簾。

魏徵！

這分明是他再熟悉不過的魏徵的字。所以，還沒看內容，李世民心裡就已經信了一半了。因為魏徵當年便是隱太子的心腹，由他所道出的蕭君默的身世真相，又怎麼會是假的呢？

隨著李世民一頁頁地讀下去，當年那段隱祕、曲折而又充滿悲情的往事便一幕幕浮現在了他的眼前。看到最後，李世民心中已是百感交集、五味雜陳，連眼圈也微微泛紅了。

蕭君默看著他，一直等到他心情稍稍平復，才道：「陛下現在信了吧？」

李世民黯然不語。

「陛下，臣自知說出這個真相後，恐怕難逃一死，不過在死之前，臣還想幫朝廷做件事，望陛下恩准。」

「何事？」不知道為什麼，看完這封信後，李世民心裡竟然生出了隱隱的愧疚。

「臣希望幫朝廷抓住王弘義，並徹底剷除其安插在朝中的所有細作！」

李世民倏然抬起目光，冷冷一笑。「好大的口氣！王弘義這幫逆黨若有那麼好對付，朕又何須等到今日？」

「是的。正因為他們不好對付，臣今夜才會冒死入宮，向陛下獻計。」

「你有何計？」李世民半信半疑。

「王弘義一直想跟臣聯手，刺殺陛下，臣正是想利用這一點，將計就計，引蛇出洞，再將其一網打盡。」

「你們不是已經在驪山聯手過了嗎？」李世民揶揄道：「如果你真是隱太子的遺孤，那你有什麼理由不答應他呢？朕可是你的殺父仇人啊！」

「啟稟陛下，臣固然是隱太子的遺孤，但臣更是大唐的臣子。臣當年入職玄甲衛時便已宣誓，必誓死捍衛社稷、捍衛陛下！除非臣死了，否則臣永遠不會背棄誓言！」蕭君默正色道：「至於驪山發生的事，臣事先便已看出那人是陛下的替身，所以才會動手，此事臣當時便已向吳王殿下說明，陛下可以查證。」

「即便如此，殺朕的替身難道就無罪了嗎？」

「是，臣是有罪，但臣也是逼不得已。」

「你有何不得已？」

「臣的母親被王弘義綁架了，如果臣不假意與他聯手，家母便會有性命之憂。」

「什麼，」李世民一怔。「你母親被他綁架了？」

「是的陛下。正如太師在信中所言，王弘義一直在查找家母的下落，最後便綁了家母。」

李世民聞言，心中的愧疚之感更深了。「這麼說，王弘義一直是以此在脅迫你？」

「是的，所以臣才打算將計就計。」

「可你母親尚在王弘義手中，如此一來，她豈不是更危險了？」

「多謝陛下垂念。但自古忠孝難以兩全，臣也只能先對朝廷盡忠，而後才對家母盡孝。」

李世民一聽，微微動容，遂緩了緩口氣。「嗯，忠心可嘉！那就說說你的計策吧，如何將王弘義和他的逆黨徹底剷除？」

蕭君默隨即將整個九成宮避暑的計畫和盤托出。

李世民聽完，眉頭緊鎖，片刻後才道：「你這個計畫，是要讓朕以身犯險啊！」

「請陛下恕罪。臣並非沒有顧慮到此，但王弘義的勢力已打入朝廷多年，誰也不知道如今的外朝和內廷中，到底隱藏著多少冥藏舵的細作；倘若不用這個辦法，即使捕殺了王弘義，也很難將潛伏在朝廷的整個冥藏舵勢力連根拔起！」

李世民思忖良久，不得不承認蕭君默說得有道理，便原則上同意了。之後，他們又討論了計畫的各種細節。李世民不斷提問，蕭君默對答如流，直到雄雞報曉、東方既白，才把整個計畫確定了下來。

經過這一夜的相處和討論，李世民忽然覺得跟這個年輕人在一起，有一種很融洽、很舒服的感覺。其實並不奇怪，自己跟他本來便是叔姪，李世民想。

「君默……」當蕭君默要告辭下殿的時候，李世民叫住了他，然後走到他面前，道：「朕答應你，此事若成，朕會給你……應得的一切。」

蕭君默明白李世民的意思，也知道自己該怎麼做，但此時無須多言，便抱拳躬身，道：「謝陛下隆恩！」

此刻，在排雲殿中，王弘義終於意識到大勢已去。

他萬般無奈地發現，跟李世民鬥了這麼多年，自己最終還是輸了，而且這次是一敗塗地，再也沒有任何翻盤的可能。

然而，這並不等於李世民可以笑到最後。

因為，王弘義的牌並沒有全部打光。雖然失敗的結局已不可逆轉，他至少還有最後一招，那就是玉石俱焚，與李世民同歸於盡！

王弘義面無表情，暗暗朝某人使了個眼色。

李世民身後的那個小宦官突然發難，從袖中摸出一把匕首，飛快刺向李世民的後心。

此時所有人都以為塵埃落定，連蕭君默也放鬆了警惕。直到小宦官發動，他才驀然驚覺，遂一個箭步衝上去，推開了李世民，同時飛起一腳，將小宦官踢飛了出去。而就在這電光石火的一瞬間，尹修文突然右手一揚，一枚袖箭從袖口激射而出。

本來這箭也是射向李世民的，可由於蕭君默推開了他，又站到了他的位置，所以袖箭便徑直朝著蕭君默的胸口射來。

蕭君默剛剛抬腳踹飛那個小宦官，重心不穩，根本來不及躲閃。眼看袖箭倏忽即至，華靈兒飛身一擋，袖箭沒入了她的胸膛。

尹修文大怒，正欲抬手再射，後腦突然重重挨了一拳，整個人倒在了地上，當即暈厥。打出這一拳的人是趙德全。

趁此混亂之機，王弘義朝李世民撲了過來。李世民拔劍在手，做好了迎戰的準備。可就在這時，一群玄甲衛殺了進來，團團圍住了王弘義，為首之人竟然是李恪！

李恪手裡提著一顆血肉模糊的首級，扔到了王弘義的腳下。

王弘義定睛一看，頓時目眥欲裂。那是韋挺的頭顱。

見李世民已然安全，蕭君默趕緊抱起了地上的華靈兒。

就這麼片刻工夫，她的整張臉便已經發紫了。很顯然，她中的袖箭上抹了劇毒。

「華姑娘……」蕭君默雙目赤紅，萬般焦急。

「都這會兒了，你……還不肯叫我一聲靈兒嗎？」華靈兒勉力露出了一個笑容。

蕭君默的眼淚奪眶而出。「靈兒……」

「行了，能死在你懷裡，我華靈兒……此生無憾了。」華靈兒又笑了一下，然後一股暗紅的鮮血便從她的嘴角流了出來。

蕭君默雙手顫抖著，抬頭對愣在一旁的趙德全大吼。「還愣著幹什麼?!快去叫太醫啊！」

趙德全回過神來，剛拔腿要走，華靈兒的頭便往下一勾，一動不動了。

蕭君默一震，旋即把她緊緊抱在了懷裡，淚水順著他的臉頰潸然而下。

這時，王弘義已經被制伏了。幾名玄甲衛把他死死按跪在地上。李恪蹲在他面前，笑著道：

「是不是很納悶，我明明已經死在了你的面前，怎麼又活過來了？」

王弘義拚命掙扎，發出一陣陣野獸般的低吼。

原來，李恪事先在鎧甲裡面的腰部位置綁了一包羊血，蕭君默的刀其實只是從他的腋下刺入，雖然刺穿了鎧甲，但只把那個血包捅破了而已，並未傷及皮肉。而當時他們故意站在了龍床後面，王弘義既忙於廝殺，又隔著影影綽綽的帷幔，根本看不清實際狀況，所以便想當然地以為蕭君默刺中了李恪。

後來，蕭君默把刀抽出之後，又有一串鮮血濺在了帷幔上，王弘義便越發相信李恪被殺死了。

李世民走到蕭君默身旁，拍了拍他的肩，以示安慰。

此時，原本為了配合行動故意躲起來的宦官宮女們陸續走了出來，開始清理戰場。趙德全命人拿了一床錦被，輕輕蓋在了華靈兒的屍身上。

蕭君默木然起身，依依不捨地看著她的屍體被抬了出去。

同時，王弘義、尹修文、小宦官也都被玄甲衛押走了。李世民目送著他們離去的背影，忽然道：「君默，朕有一個疑問，百思不解，不知你能否幫朕解惑？」

「陛下請講。」

「那個小黃門，頂多也就十六、七歲，從小就入宮了，王弘義究竟是怎麼籠絡了他，又是怎麼把他變成一個死士的呢？難道王弘義會什麼魔法，能夠蠱惑人心嗎？」

蕭君默想了想，淡淡一笑。「對，王弘義確有魔法，也的確可以蠱惑人心。」

李世民聽出他話中有話。「哦？怎麼講？」

「臣接下來要說的話，可能對陛下多有不敬，還請陛下恕罪。」

李世民呵呵一笑。「你對朕不敬的事還幹得少嗎？說吧，朕赦你無罪便是。」

「謝陛下。臣猜測，您若是去查一下那個小黃門的家世，一定可以在他的家族長輩中，發現死於武德九年六月四日的人。」蕭君默緩緩道：「要麼是叔伯，要麼是祖父，甚至可能是從未謀面的父親。同理，今夜九成宮中的絕大多數死士，想必也跟這個小黃門有著同樣的家史。所以，王弘義的魔法，其實便是兩個字——復仇。只要能喚醒這些人復仇的信念，他不就能輕而易舉地蠱惑人心，乃至操縱人心了嗎？」

李世民恍然。

但恍然之後，也唯有苦笑而已。

他萬萬沒想到，時間過去了這麼久，當年那場政變的血腥味卻一直沒有散去，至今仍然瀰漫在大唐朝廷之上，也瀰漫在許許多多人的心間。他本以為貞觀盛世的陽光，一定可以驅散武德九年那一夜的黑暗，可直到今天他才發現，自己錯了。

原來，人心並不那麼容易放下仇恨。

事實上，蕭君默能夠把這些死士的心態分析得這麼透澈，何嘗不是因為他內心也有這種「復仇」的情結呢？

所幸，這個年輕人最後還是選擇了放下，選擇了寬恕。

僅此一點，李世民便覺得從今以後一定要善待他、補償他，給予他應得的一切。

尾聲 歸隱

貞觀十七年三月，唐太宗李世民在九成宮成功實施了「引蛇出洞」計畫，誘捕了天刑盟冥藏舵舵主王弘義，並一舉殲滅了冥藏舵潛伏在朝中的主要黨羽。數日後，朝廷昭告天下，命仍未落網的冥藏舵黨羽主動向官府自首，朝廷可據其罪行輕重，或酌情減罪，或既往不咎。詔令一下，陸續有百餘人投案自首。其中，原於朝中任職的九品以上官員二十七人，流外吏三十六人，餘則士農工商、三教九流皆有。

至此，王弘義的殘餘勢力被剷除殆盡，大唐朝廷終於消滅了一個心腹大患。

楚離桑在地牢中被關了兩天。到了第三天早晨，她在昏睡中被一陣鐵鍊的叮噹聲驚醒，接著地牢門便打開了，一束陽光驀然照射進來，晃得她睜不開眼。

然後，一個熟悉的身影快步走下樓梯，來到了她的面前。

明媚的陽光勾勒著他輪廓分明、線條硬朗的臉龐，並且讓他的臉彷彿鍍上了一層金色的光芒。

楚離桑毫不猶豫地撲進了他的懷中。

「你是怎麼找到我的？」

「用心找，總能找到。」蕭君默淡然一笑。

「綠袖呢？」

「放心吧，我讓人先送她回蘭陵坊了。」

當天，蕭君默便帶著楚離桑來到了長安西郊的高陽原。隱太子李建成於貞觀二年被埋葬在了這裡。楚離桑一路上都很忐忑，既納悶他怎麼沒問起徐婉娘的事，又不知道他一旦問起，自己到底該怎麼說。蕭君默看出了她的心思，便主動對她說，王弘義已經把芝蘭樓發生的一切都告訴他了。說這句話的時候，蕭君默的眼中並沒有淚水，可楚離桑知道，這兩天，他一定在沒人的地方把自己的眼淚都哭乾了。

李建成的墓葬很不起眼，看上去就跟一個普通長安富人的墳塋沒什麼差別。在李建成的墓旁，有兩座半新的墳——這裡便是徐婉娘和黛麗絲長眠的地方；在它們旁邊，有兩座新墳，裡面安葬著郗岩和華靈兒。

蕭君默在他們的墳前點了香，擺上了祭品，然後靜靜地站著，這一站便是一個多時辰。楚離桑與他並肩而立。

自始至終，兩人都沒有說話。楚離桑知道，蕭君默是在心裡跟自己的親生父母說話。這一生，他們一家三口還從來沒有在一起過，所以蕭君默跟他們一定有說不完的話。

不知何時，遠處有一支送葬的隊伍迤邐而來，披麻戴孝的人群高舉著喪幡，白色的紙錢在空中飛舞，慘切的哭聲遠遠傳來，執著地撕扯著蕭君默和楚離桑的耳。接著，天上下起了淅淅瀝瀝的小雨，把空曠的原野籠罩得一片迷濛。

直到雨水打濕了雙肩，蕭君默才牽著楚離桑的手默默離開。

次日，李世民在兩儀殿召見了蕭君默，鄭重宣布，要讓他歸宗，入皇室籍，並拜玄甲衛大將軍，封郡王爵。可是，出乎李世民意料的是，對於所有這些榮寵和封賞，蕭君默一概謝絕了。李世民大為不解，道：「那你想要什麼，告訴朕，朕一定滿足你。」

蕭君默只說了一句話。「臣欲歸隱林泉，唯望陛下恩准。」

李世民沉默了許久，才道：「除此之外，就沒別的願望了嗎？」

「有。臣懇請陛下讓李世勣、桓蝶衣、羅彪三人官復原職。」此時，桓蝶衣和羅彪已被釋放，但仍與李世勣一樣賦閒在家。

李世民想了想。「朕准了。還有嗎？」

「還有，懇請陛下也讓房相公官復原職。」

「房玄齡？」李世民詫異。「你跟他也有私交？」

「回陛下，臣與房相公並無任何交集，更談不上私交。臣斗膽進言，只是希望我大唐朝廷能夠人盡其才，才盡其用；其次，臣更希望我朝能進一步澄清吏治，加強科舉取士的公平與公正，讓天下的寒門子弟，皆能以其真才實學獲取上升之階，不至於被終身埋沒。」

李世民總算聽明白了。

在當今的滿朝文武中，房玄齡是為數不多的進士出身的人之一，早在隋文帝時便以進士之身入仕，當時年僅十八歲，其家世背景也很普通，並非出自士族高門。所以，蕭君默幫房玄齡說話，用意並不在房玄齡身上，而是借此進諫，暗示朝廷的吏治還不夠清明，科舉取士還不夠公平公正，以致權貴子弟阻斷了寒門士子的上升管道。

實際上，對這些不公現象，李世民向來也是深惡痛絕，所以自即位後，他便非常重視科舉，且屢屢打壓士族，目的便是給真有才學的寒門子弟打開一條上升通道。然而，歷史的因襲很難在短時間內打破，源自南北朝的門第觀念至今占據人心，因而也一直左右著大唐官場的風氣和規則。如此種種，李世民又何嘗不想改變？

「你的意思，朕明白了。」李世民淡淡道：「房玄齡的事，朕會考慮。」

「謝陛下。」

蕭君默現在無官無爵，只是一介布衣，能把話說到這分兒上也就夠了，再無須多言。

三天後，王弘義被押赴西市開刀問斬。

午時，空中烈日高懸。刑場設在西市的一個十字街口。長安的士紳百姓早就聽說了王弘義的大名，也在口耳相傳中把他描繪成了一個青面獠牙的大魔頭，於是一大早就把刑場圍得水洩不通。可很多人看到他的真容後都大失所望，覺得驚動朝野、禍亂天下的大魔頭絕不該長得如此普通。

蕭君默徵得李世民的特許後，帶著楚離桑來到了刑場，來送王弘義最後一程。無論王弘義幹了多少傷天害理的事，他終歸是楚離桑的父親，也是她在這世上的最後一個親人。

王弘義披頭散髮，被綁在行刑臺的一根大柱上，正午的陽光把他曬得滿面通紅。蕭君默把劊子手支到了一旁，好讓他們父女單獨說幾句話。可是，楚離桑在王弘義面前站了好一會兒，卻一個字都說不出來，唯獨眼裡一直有晶瑩的東西在閃爍。

王弘義微笑地看著女兒，道：「桑兒，別難過了，爹馬上就要去跟妳娘團聚了，妳應該替爹高興才對。」

「你別誤會，我沒難過，只是今天的日頭太刺眼了。」楚離桑冷冷道。

「桑兒，妳能來送爹最後一程，爹就心滿意足了。」王弘義依舊笑道：「爹唯一感到遺憾的，是不能送妳出嫁。好在蕭郎是個不錯的年輕人，妳好好跟他過日子，爹也就放心了。」

「是他設計抓了你，你不恨他嗎？」

「恨，當然恨！」王弘義哈哈一笑。「可一想到他能幫我照顧女兒，還能讓我女兒幸福，我就恨不起來了，甚至還有點感激他。」

楚離桑知道他說的是真心話，便再也忍不住眼中的淚水，趕緊別過身去。

「桑兒，爹就要走了，妳還從來沒叫過爹呢……」王弘義露出祈求的眼神。「這輩子，就叫這麼一次，好嗎？」

楚離桑捂著嘴，雙肩劇烈地顫抖了起來。

此時午時三刻臨近，監刑官已經在催促蕭君默離開了。

蕭君默走到楚離桑身邊，撫了撫她的肩，想說什麼，卻終究沒說出來。忽然，楚離桑毅然轉身，走到王弘義面前，低聲道：「見到我娘後，好好跟她認個錯，然後告訴娘，就說……就說女兒已經原諒你了。」

聽她這麼一說，王弘義的眼中立刻泛出驚喜的淚光，一邊頻頻點頭，一邊抱著更大的期望等著她再說下去。

可是，楚離桑的勇氣卻好像一下就用光了，後面的話堵在了舌根，愣是說不出來。

王弘義眼中的希望之火漸漸黯淡了下去。

「午時三刻已到，驗明正身，開刀問斬！」監刑官的聲音高高響起，刑場四周的圍觀百姓發出了一陣興奮的騷動。

劊子手大步朝王弘義走了過來。

就在這一瞬間，楚離桑脫口而出。「爹，一路走好！」說完，她便一把拉起蕭君默，頭也不回地走下了行刑臺。

王弘義仰天大笑，笑聲在刑場的上空迴盪。片刻後，他才中氣十足地吼了一句：「來吧，腦袋掉了碗大的疤，二十年後又是一條好漢！」

圍觀人群發出了一陣喝采聲。

蕭君默和楚離桑就在這喝采聲中離開了十字街口，轉眼便消失在了茫茫人海之中。

是日午後，蕭君默和楚離桑先是到玄甲衛告別了羅彪等兄弟，然後便策馬來到了李世勣的府邸。他們決定今日便離開長安。

這是蕭君默與李世勣和桓蝶衣最後的道別。然而，讓蕭君默沒料到的是，桓蝶衣卻始終躲著不肯見他。

蕭君默無奈，與李世勣互道珍重後，黯然離去。李世勣親自把他送到了府門口，最後說了一句：「不管你小子躲到哪個天涯海角，都要給為師來信，聽見了嗎？」

蕭君默點點頭，翻身上馬，與楚離桑並轡而行，很快便在長街上遠去了。

桓蝶衣就在這時候追了出來，可街上已經沒有了蕭君默的身影。她定定地望著長街盡頭，淚水潸然而下。

「妳瞧妳這孩子！人來了妳不見，人走了妳又追。妳說妳……」李世勣忍不住搖頭嘆氣。

桓蝶衣充耳不聞，只任憑淚水在臉上肆意流淌。

「回吧。」李世勣柔聲道：「那小子已經答應我了，等安頓好便給我來信。到時候，咱們再一塊兒去看他，好不好？」

桓蝶衣忽然趴上李世勣的肩頭，哇的一聲哭了出來。

「哭吧哭吧，哭出來就痛快了……」李世勣一臉苦笑。「舅舅待會兒也到妳舅母的肩頭去哭一會兒。」

桓蝶衣憋了一下，終於忍不住破涕為笑。

蕭君默和楚離桑來到了親仁坊的吳王府，可李恪已經不在這裡了。下人告訴他們，吳王已經奉旨回安州，繼續當他的都督去了。

蕭君默聞言，不禁啞然失笑。

下人給了他一封信，說是吳王留下的。蕭君默趕緊拆開，眼前立刻浮現出李恪似笑非笑的表情。他在信裡說：「兄弟，本王平生最討厭的就是跟人道別了，所以思來想去，還是先走一步為妙。你見信之時，本王估計已經在安州打獵了。別怪我，反正你小子也幹過不告而別的事，我這是跟你學的。什麼時候想我了，就到安州來，咱們再練練。」

最後，蕭君默和楚離桑回到蘭陵坊的家裡，跟何崇九等一干老家人道別，然後焚毀了天刑盟的盟印天刑之觴，最後接上綠袖，從南面的明德門離開了長安。

夕陽西下，一群額紅羽白的朱鷺在天空中緩緩盤旋。

一望無際的原野上，夏日的野花正灼灼綻放。

蕭君默、楚離桑和綠袖各乘一騎，朝著遠方的地平線絕塵而去。

他們的身後，是一輪渾圓而血紅的落日……

很少有人知道，蕭君默和楚離桑最後隱居在了什麼地方。不過江湖中傳言，說他們找到了一處遠離塵囂的世外桃源，男耕女織，生兒育女，過著神仙眷侶般的日子。

據說，有人曾經見過，一個鬚眉皆白的老和尚不止一次拜訪過他們夫妻。關於老和尚的身分，有人說是附近山寺的方丈，也有人說是當初在天目山失蹤的辯才，但真相到底如何，終究無人知曉。此外，李世勣、桓蝶衣、吳王李恪，私下都與蕭君默保持著書信往來。所以，透過他們的書信，蕭君默也一直保持著對長安和天下的瞭解與關注。

第一個讓蕭君默感到意外和震驚的消息，是皇帝在他們離開不久之後，便親手砸毀了魏徵的墓碑，那上面還刻著皇帝數月前御筆親書的碑文；此外，皇帝還憤然取消了魏徵長子魏叔玉與衡山公主的婚約。

沒有人知道皇帝為何突然做出這些事情，但蕭君默一下就猜到了，最有可能的原因，便是王弘義在死前把魏徵是天刑盟臨川舵舵主的真相告訴了皇帝。若果真如此，那麼皇帝顯然已經是手下留情了。因為按照大唐律法，他就算把魏徵家人滿門抄斬也不為過。

想到這一點，蕭君默心中不免感到了一絲慶幸和安慰。

此後多年，陸續傳來的各種消息總是讓蕭君默唏噓不已……

貞觀十九年，廢太子李承乾在流放地黔州抑鬱而終，年僅二十七歲。

同年十二月，侍中劉洎被皇帝賜死，原因據說是褚遂良誣告他有大逆不道之言。朝野普遍認為，劉洎獲罪的真正原因，是他曾經是「魏王黨」，長孫無忌一直忌恨他，才指使心腹褚遂良將其剷除。可在蕭君默看來，劉洎之死還可能有另一種解釋，那就是皇帝終於知道他的真實身分是天刑盟的頭號臥底玄泉，因而借褚遂良之手殺了他。但無論哪一種原因，蕭君默都無從查證了，只能默禱劉洎的靈魂能夠安息。

貞觀二十三年五月，一代雄主李世民駕崩於終南山翠微宮，臨終前叮囑太子李治，一定要把他最鍾愛的法帖——王羲之的〈蘭亭序〉，作為殉葬品放入昭陵。

蕭君默聽說這個消息後，不覺苦笑。他不知道皇帝這麼做，究竟是出於對王羲之書法的真正喜愛，還是想把與〈蘭亭序〉有關的所有祕密全都帶到地下，還人間以安寧。

總之，無論皇帝是出於怎樣的動機，隨著他的靈柩入葬昭陵，世間便再無〈蘭亭序〉了。從此流傳後世的，也只是一些精緻的摹本而已。

李治登基後的永徽三年，濮王李泰卒於貶所鄖鄉，年僅三十三歲。

永徽四年，一手把持朝政的長孫無忌製造了所謂的「房遺愛謀反案」，然後大肆株連，把昔日的「魏王黨」和「吳王黨」悉數剷除，房遺愛、李道宗、柴令武等人皆死於非命，吳王李恪也被賜死於安州。據說，李恪臨死前，面朝蒼天發出了一句可怕的詛咒。「長孫無忌竊弄威權，構害良善，宗社有靈，當族滅不久！」

這一年，李恪三十五歲。

得知李恪的死訊時，蕭君默愕然良久，隨後躲開了楚離桑和兒女們，把自己關在書房中枯坐了一天。直到深夜，孩子們都已入睡，他才走出來，對楚離桑道：「我當年對吳王說過一句話，可惜他聽不進去。」

楚離桑問他是什麼話，蕭君默說：「世間所有的權力，都是一把傷人傷己的雙刃劍。唯有放下，才是最終的救贖。」

楚離桑聽完，淒然而笑。「這世上的人，誰不熱衷權力？又有幾人能像你這樣真正放下？」

僅僅六年之後，即顯慶四年，李恪死前發出的那句詛咒便一語成讖了。由於李治早就對一手遮天、獨霸朝綱的長孫無忌心存不滿，加之雙方又曾在武則天立后的事情上發生過激烈衝突，所以李治便聯手武則天誅殺了長孫無忌——先將他流放黔州，繼而賜死，同時也將他的黨羽褚遂良等人剷除殆盡。

在李唐的元勛老臣中，似乎只有李世勣（後來為避太宗諱改名李勣）最為幸運，他不僅一直隱藏著天刑盟素波舵舵主的真實身分，而且安然躲過了一次次殘酷而血腥的權力鬥爭，直到總章二年才壽終正寢，享年七十七歲。

這一年，蕭君默和楚離桑都已年近半百，膝下兒女也都已長大成人，其長子甚至已經成家立業。據說，他娶的是一位溫婉賢淑的長安女子，女子的母親便是桓蝶衣。

即使成年之後，蕭君默的兒女們都還清晰地記得，小時候，父親經常教他們學習王羲之的書法，也時常跟他們講一個關於〈蘭亭序〉的故事。不過，他們聽到的版本，是從長安的朝廷流傳出來的。

這個版本說的是：貞觀年間，太宗皇帝酷愛王羲之的書法，便命天下州縣廣為搜羅其法帖，後來聽說〈蘭亭序〉真跡藏在一個叫辯才的老和尚手中，便命一位姓蕭的御史，假扮書生接近辯才，用計騙取了〈蘭亭序〉。

據說，皇帝得到〈蘭亭序〉後，愛不釋手，日夜揣摩，卻始終未能勘破王羲之書法的真諦，用他自己的話說，就是「玩之不覺為倦，覽之莫識其端」。

兒女們問父親。「〈蘭亭序〉真有那麼深的奧祕嗎，連皇帝都無法勘破？」

蕭君默淡然一笑，答言：「這世上有許多事情，縱然貴為皇帝也不一定能勘破。也許有些奧祕，終究只能留給後世之人去破解了。」

【後記】

可以卑微如塵土，不可扭曲如蛆蟲

寫小說是我少年時代的一個夢想，而當今日夢想成真，我已年逾不惑。其間的跨度，是三十年。

人的一生沒幾個三十年，可見我這個夢，做得真的是有點長。在這段漫長的時光中，我其實寫了不少小說，但都讓它們躺在了抽屜裡或電腦檔案裡，至今未見天日。之所以如此，是因為我對自己的要求近乎嚴苛，總覺得它們拿不出手。而今，我終於讓這部小說付梓面世，那至少說明，它在我自己的心目中屬於及格產品。

人到中年才完成第一部小說，從壞處來看，或許會少一些年輕人特有的天馬行空的想像力和信馬由韁的激情，但是從好處來說，卻可以調動半輩子的思想沉澱、知識積累和寫作技巧。換個角度講，我可以說為了這部小說，已經準備了整整三十年。如此「厚積薄發」，如此三十年磨一劍，想必挺符合當下流行的所謂「工匠精神」吧？

當然，我這麼說，意思並不是我從三十年前就開始為這部小說打腹稿或搜集資料了，而是說，我為自己儲備了駕馭這部小說所需的能力和各方面「乾貨」，使我得以勝任這項工作，從而對得起萬千讀者。

《蘭亭序殺局》是一部歷史文化懸疑小說。細心的讀者應該能看出，它的對應作品就是當年曾風靡一時、大名鼎鼎的《達文西密碼》。至今我猶然記得，當時讀到這本小說時的那種驚豔之感——一幅畫作背後竟然隱藏著那麼深遠、複雜和驚人的祕密，作者腦洞真大！

儘管我們都知道，所有的祕密和陰謀都是丹．布朗扯的，可人家就是扯得讓你服氣，扯得讓你懷疑那些東西都是真實的歷史。平心而論，《達文西密碼》的故事並不算特別好看，情節有些套路，人物也有些臉譜化，但瑕不掩瑜——丹．布朗在西方歷史、文化、宗教，尤其是藝術史、符號學方面的學識和造詣，以及把虛構的陰謀論嵌入歷史縫隙的本領，足以令人拍案叫絕、嘆為觀止。

作為歷史文化懸疑小說的里程碑之作，《達文西密碼》對於所有後來的同類型小說，肯定都會有不同程度的啟發和影響，拙作自然也不會例外。雖然在構思和創作《蘭亭序殺局》時，我並未有意識地去模仿《達文西密碼》，但由於二者在類型上的一致，以及它對我潛移默化的影響，所以拙作必不可免會有它的影子，帶上它的氣味。套用豆瓣上一位讀者竇木笑先生的評論，他說拙作完全可以稱得上是《達文西密碼》的一種「中式映射」。我認為，這個評價還是比較中肯的。

瞭解我的讀者都知道，我之前的創作集中在通俗歷史和傳統文化方面，相應的主要工作成果便是七卷本《血腥的盛唐》和《王陽明心學》。有了這些必不可少的沉澱和積累，才有了目前呈現在大家面前的這部小說。

再次借用竇木笑先生的話說，就是：「作者王覺仁先生在作家和編劇的職業之外還有一個身分就是傳統文化研究者，他的《王陽明心學》有著很深的學術功底，七卷本的《血腥的盛唐》算是為《蘭亭序殺局》夯實了寫作的基礎。」「王覺仁對於唐朝的官制、服飾、禮儀、風俗、建築、音樂等各方面的描述都極具功底。」這些評價雖然有些過譽，我愧不敢當，但至少勾畫出了我這些年為學和寫作的大致脈絡，也從旁觀者的角度道出了一個事實——我創作《蘭亭序殺局》的確是「有備而來」的。

佛說世間萬物皆是眾緣和合而生，現在就談談本書的緣起吧。

這部小說的選題和創意，源於兩年前，我與一位相知多年的編輯朋友在ＱＱ上的閒聊。當時不知怎麼，聊著聊著就聊到了王羲之的千古名帖〈蘭亭序〉，朋友建議說：「能不能用這個經典的文化符號做扣子，寫一部好看的歷史懸疑小說？」

我當即靈光一閃：能啊，為什麼不能？

眾所周知，唐太宗李世民是王羲之的「骨灰粉」，王羲之在中國書法史上的名望和地位在很大程度上是李世民賣力宣揚的結果，所以我當時就想：假如李世民力捧王羲之的真正原因，並不單純是喜愛他的書法，而是深藏著什麼不可告人的隱祕動機，那麼用一部小說把這個動機找出來（編出來），豈不是很好玩？

於是，我倆一拍即合，這個項目就此啟動。

隨後，我一頭扎進故紙堆，搜集了一切我能找到的有關〈蘭亭序〉和王羲之的資料，用差不多一年時間消化史料並完成了構思。

在這個過程中，我不止一次體會到了「文章本天成，妙手偶得之」的快感——我虛構的神祕組織天刑盟及其相應的種種陰謀論，居然與歷史上真實發生的很多事情都能嚴絲合縫地扣上，這太讓人驚喜了！

無論是蘭亭會的實質、淝水之戰的內情，還是李世民與〈蘭亭序〉的糾葛，以及《蘭亭集》中那些讓人浮想聯翩的詩文，無不是編織陰謀論的絕佳素材。這些原本散落在故紙堆中毫不顯眼的東西，就如同隱藏在歷史暗角中的一支支兵馬，只等我扛起天刑盟這面大纛，便蜂擁來附、齊聚麾下，任憑我指揮調遣，同心戮力完成一場精采的「殺局」。

由於太多的歷史細節與我虛構的東西暗合，以致到後來連我自己都有些恍惚：這一切到底是我的編造，還是歷史上果真實有其事？

當我用上述陰謀論成功地「忽悠」了自己，我想，它應該也能「忽悠」到一些讀者。

完成構思只是成功了一半。接下來動筆寫作，我才發現自己原有的知識積累遠遠不夠。我雖然已經把唐朝將近三百年的歷史寫了一遍，對唐朝的典章制度、重大事件和歷史人物都還算熟悉，但僅憑這些卻不足以構建一個具有真實感的小說世界。優秀的歷史小說，不僅要做到歷史與虛構的巧妙結合，還要讓筆下人物的言談舉止、衣食住行、吃喝拉撒儘量貼合其所處的時代。簡言之，情節是虛構的，但細節一定要力求真實。

我個人不太喜歡現在熱播的一些古裝劇，原因之一就是細節上的硬傷太多，令人慘不忍睹。舉幾個大家都熟悉的例子。古裝劇不管是號稱歷史劇還是古偶言情劇，也不管故事發生在哪個朝代，所有人出門一律花「銀子」，這其實是個低級錯誤。

白銀作為流通貨幣，是明朝以後才有的事情。在此之前，主要貨幣都是銅錢。比如在唐代，小額消費用銅錢，大額消費用「布帛」。如果是出於影視呈現的需要，不方便讓人物拉著一車布帛去購物，那麼在大宗交易時可以用金子替代（本書便是用「金錠」作為替代品）。

此外，在目前絕大多數歷史小說和古裝劇中，無論大小官員都被稱為「大人」，這也讓人很尷尬。稱呼官員為「大人」，其實也是宋明以後的事，而在唐代，都是以職務或職務的雅稱稱呼官員，如稱宰相為「相公」或「閣老」，稱六部官員為「尚書」「侍郎」，稱刺史為「使君」，稱縣令為「明府」，稱縣尉為「少府」，等等。還有。「太監」這個稱呼也是明代才有的，卻同樣被很多人濫用。在明代之前，其正確的稱謂是「宦官」，對話時可稱「內使」。其他方面，如人物一張口就說出後代才有的詩詞或俗語等「穿越」現象，也很常見。

類似的問題還有很多，限於篇幅，就不一一贅述了。

當然，細節真實只能盡力而為，不可能做到十全十美。某些無據可查的東西或是嚴重違背當代人認知習慣的，也只能付之闕如或將錯就錯了。茲舉一例：在唐代，子女通常稱呼父親為「阿耶」，可這個詞對今天的讀者來講實在違和，所以我考慮再三，還是尊重讀者的習慣，在本書中統一以「爹」或「父親」相稱。

這部小說我構思了一年，執筆又用了一年，其中相當一部分時間，都花在了對唐代各種市井民俗和生活細節的研究和考辨上。有時候一個細節拿捏不準，我會花好幾個小時把它弄清楚。儘管我已經盡力了，可拙作一定還存在很多謬誤和疏漏，懇請讀者諸君不吝指正。

最後，我想談一談本書的主人公蕭君默。

有人說，小說家筆下的主人公往往是作者的化身。對此我深表認同。所以，無論有意無意、自覺或不自覺，蕭君默身上肯定帶有我本人的影子。我固然沒有他那麼完美，但他身上終究寄託了我的性情和好惡，承載著我的三觀和情懷。讀完本書的讀者當能發現，我所塑造的蕭君默，既有儒家經世濟民的精神，又有佛教救度眾生的悲心，還有道家淡泊名利的思想，可以說是典型的中國文化語境中的理想人格。

蕭君默在小說中遭遇的黑暗、不公、陰謀、苦難，都是我對這個世界懷有的憂慮；而蕭君默對使命的擔當，對所愛之人的溫情與付出，對黑暗勢力百折不撓的抗爭，以及對和平、正義和政治清明的不懈追求，則是我對自己，也對這個世界抱有的期許和希望。

蕭君默所處的時代距今已經一千多年了，但從某種意義上說，我們這個世界並不比他那個世界好多少。太陽依舊每天昇起，可世上還是有很多陽光照不到的角落；文明和科技極大地進步了，但人性並沒有因此變得美好；我們擁有了比過去多得多的物質財富，卻不見得比古人活得更安全、更幸福、更有尊嚴……

為了生存，蕭君默付出了極大的努力，但他所追求的絕不只是生存，而是比生存高得多的諸多意義和價值。

那麼，在生存之外，我們又在追求些什麼，又該追求些什麼呢？

寫到這裡，我忽然想起了一位媒體人說過的一段話。「如果天空是黑暗的，那就摸黑生存；如果發出聲音是危險的，那就保持沉默；如果自覺無力發光，那就蜷伏於牆角。但不要習慣了黑暗就為黑暗辯護，也不要為自己的苟且而得意，更不要嘲諷那些比自己勇敢的人。我們可以卑微如塵土，不可扭曲如蛆蟲。」

在歷史的滾滾洪流中，一路奮戰的蕭君默終究是卑微的，正如你我一般；可他即使一次次被打落在塵埃中，也從不允許自己變成「扭曲的蛆蟲」。

但願，蕭君默的故事能給你力量。

但願，我用三十年光陰打磨的這把「劍」，能夠助你在這個並不安寧的世界上負重前行，並且心存希望。

王覺仁

二〇一七年十二月一日於福建漳州

國家圖書館出版品預行編目資料

蘭亭序殺局 卷三 長安亂（完）/ 王覺仁 作 . -- 初版 . -- 臺北市：三采文化，2018.7 -- 面；公分 . --（iRead 108）

ISBN 978-957-658-022-2（平裝）
1. 大眾小說 2. 歷史小說 3. 推理
857.7　　107009036

suncolor 三采文化集團

iRead 108

蘭亭序殺局

卷三 長安亂（完）

作者｜王覺仁
責任編輯｜戴傳欣　美術主編｜藍秀婷　封面設計｜李蕙雲　美術編輯｜徐珮綺
行銷經理｜張育珊　行銷企劃｜劉哲均　版權負責｜孔奕涵
內頁排版｜陳佩君　校對｜黃薇霓

發行人｜張輝明　總編輯｜曾雅青　發行所｜三采文化股份有限公司
地址｜台北市內湖區瑞光路 513 巷 33 號 8 樓
傳訊｜TEL:8797-1234　FAX:8797-1688　網址｜www.suncolor.com.tw
郵政劃撥｜帳號：14319060　戶名：三采文化股份有限公司
本版發行｜2018 年 7 月 6 日　定價｜NT$420

原书名：《兰亭序杀局》作者：王觉仁
港澳台地区繁体中文版，由中南博集天卷文化传媒有限公司授权出版发行。
All rights reserved.

著作權所有，本圖文非經同意不得轉載。如發現書頁有裝訂錯誤或污損事情，請寄至本公司調換。 All rights reserved.
本書所刊載之商品文字或圖片僅為說明輔助之用，非做為商標之使用，原商品商標之智慧財產權為原權利人所有。